U0735716

大酒坊

风雨
牛栏山

李志刚 著

中国长安出版传媒有限公司

图书在版编目（CIP）数据

大酒坊 / 李志刚著 . —北京：中国长安出版传媒有限公司，2022.9
ISBN 978-7-5107-1075-9

Ⅰ . ①大… Ⅱ . ①李… Ⅲ . ①长篇小说 – 中国 – 当代 Ⅳ . ① I247.5

中国版本图书馆 CIP 数据核字（2021）第 267185 号

大酒坊

李志刚　著

出版： 中国长安出版传媒有限公司
地址： 北京市东城区北池子大街14号（100006）
网址： http://www.ccapress.com
邮箱： capress@163.com
发行： 中国长安出版传媒有限公司
电话：（010）66529988-1319
印刷： 三河市双升印务有限公司
开本： 710mm×1000mm　16开
印张： 21.5
字数： 460千字
版本： 2022年9月第1版　2022年9月第1次印刷

书号： ISBN 978-7-5107-1075-9
定价： 68.00元

[目录]

第一章　斗赏

咸丰八年的阳光是暗红色的，像黏稠的液体，铺天盖地，却又不甚明亮。这些光拥挤地充满了灵芸的记忆，干涩地流动。每每忆及，她的眼睛就会随之黯淡。那年五月，她带着惶恐在骡车上颠簸。英法联军已经攻占了大沽炮台，与京城近在咫尺。戏班只能向着遥远而广袤的蒙古多伦逃离。京城外的官道上，到处是外逃的饥民，他们如同剪影，在红色的光影中悄无声息地移动，没有灵魂的样子。

宣统三年，当烈焰升腾而起的瞬间，灵芸突然意识到，那可怕的天光也许只是一种命运的铺垫。它像是一个人生陷阱，等待着灵芸，等待着师父刘鹤亭，等待着大师哥洛芸，等待着福盛班一众男女。

在晚年暗淡无光的日子里，灵芸经常会坐在黑暗里。唯有人陷入黑暗，过往才会绚烂而清晰地呈现。她时常会问自己，如果再次回到咸丰八年，师父刘鹤亭会不会做出别的选择？比如，向着温柔的南方去，或者向着富庶的山西去？每次沉思之后，她都会轻轻摇头。这是宿命，无可逃避。

那会子，大师哥洛芸清瘦得像个书生。辫子松垮地绕在脖颈上，长衫的下摆塞进腰间，透着精干。车厢没有棚子，阳光照得肆无忌惮。灵芸只能躲在洛芸形成的小小荫凉里，猫一般蜷缩着。她的心被阳光炙烤得温热。这段旅程最好再远些，再长些，哪怕永无归期，好让自己这颗疲惫的心能漂浮在红尘里，永远朝着希望的方向去——即便希望是那样缥缈。

洛芸坐在车辕上轻扬马鞭，不时会挪动一下身子，好让自己遮蔽的荫凉更大一些。灵芸心里泛起涟漪。对于这位大师哥，灵芸很难说清楚抱有一种什么样的情愫。但仔细想来，绝不是男女之爱，更多的时候是把他看作兄长，即便有一点小小的依恋，也不曾掺杂男女之情。

"热吗？"洛芸回首一笑，牙齿白得炫目。

"不热。"灵芸又向大师哥挪了挪。

阳光浮在旷野上，蒸腾起一片氤氲，雾一般朦胧。女孩的眼和心顿时迷离起来。她不再说话，支起双膝把脸埋进臂弯，脑海里晃动一个健朗的身影。时间久远，影子已经模糊不堪，唯有那双眼睛却深刻在女孩的心里。那双眼睛明亮、清澈，光彩熠熠，每次一想起她就顿生温暖。

咸丰六年的冬夜，她为师父抓药，在胡同里遇到了一个醉酒的公子哥。一眼瞥到灵芸，他推开小厮摇摇晃晃地向着她走来，嘴里颠三倒四地说着疯话。她看到那人的腰间挂着一块玉佩，在寒夜里闪着冷峻的光。还有大拇指上的扳指，绿莹莹的瘆人。

女孩被公子哥逼到了墙角，小兽般撕咬。

胡同口走来一个健朗的身影。二十八九的样子，身着浅驼色马褂，辫子盘在头上，肩膀挂着褡裢。来人一脚踹翻小厮，又揪着公子哥的衣领拖拽在地。公子哥骂骂咧咧地爬起身，隐约听见说"竟然敢打我玉贝勒"。那人跟上去又一脚踹翻，拽了灵芸就跑。

女孩跟着他在夜色里狂奔。

男人手劲儿很大，女孩的手隐隐地痛，心却暖烘烘的。一直到了天桥闹市，才松开手。

看着那人要走，女孩在背后"嗳"了一声，男人站住脚，回头，眸子闪闪烁烁。

"你叫什么？哪儿的人？"女孩问。

男人微笑，指指北方天上。清冷的夜空，满天星辰，就像那男人的眼光。而后，谜一般消失在喧闹中。

女孩沉默想事儿时，少年洛芸的目光一直在追逐着漫无边际的红色。他渴望着早一点落脚，能让心爱的女孩安顿下来。有了这种强烈的希冀，手中的鞭子也就暴虐起来。绕在脖颈上的辫梢在轻快地晃动，骡车犁开血色，一路颠簸向北。

目光所及正有一点绿色在血海中挣扎，犹如红色蛛网上的一只飞虫，颤抖着，痉挛般跃动，却又不舍不弃地想挣脱红色的束缚。女眷们惊叫着掀开轿帘。那点葱绿越来越强烈，鲜艳而又放肆，犹如秋日怒放的墨菊。

几乎没有过渡，那片不祥的红色天光骤然散去。

车队驻了脚。男男女女都跳下车向着北方眺望。那是怎样一种充满了生机的颜色啊——远处一座青黛色的小山，犹如龟背。山下是一座葱绿的小城，在它的上空弥漫着一种浓郁得化不开的香味。所有人都在用力抽动鼻子，甄别这种香味。

"是酒糟的香味，牛栏山到了。"班主刘鹤亭跳下骡车。弥散的酒香，像是一种强烈的召唤。从京城一路南来，满眼饥馑，遍地饿殍，横暴的洋人、兵卒，都让福盛班的男男女女心惊胆战。人困马乏之际，他们寻找的正是这样一个庇护所，一个能让他们安身立命的庇护所。他们已经无力北去。

"就这儿吧。"刘鹤亭抽足了一袋烟，然后在车辕上敲了敲烟袋锅。

"师父，我们不走了？"灵芸惊愕地问。

"听说，朝廷已经派桂中堂前去天津议和，咱们等等看，要是议和不成再向北去不迟。"刘鹤亭说，"再说，这北去的路上凶险得很，咱们戏班女眷又多，要是遇到古北口的土匪和蒙古马匪……"起了风，浩浩荡荡地从远处的牛栏山顶掠过，把他的话吹远。山林簌簌，簇拥着那座小城幻影般摇，像一场梦的开始……

八月将近月圆时，福盛班在镇外潮白河边的药王庙站住了脚。

大殿中央扯了条白色的幕布，左边是男，右边是女。风一吹，幕帘似雪，让男男女女们都恍若梦寐。庙前的月台正好做戏台。搭了席棚，一入夜，锣鼓丝弦声便卷地而来。人影在灯影中浮动，躁动如鱼。灵芸一上场，周围立马静了下来。月色满地，被风一吹，琐琐碎碎的，犹如银波。灵芸运目挥袖——

乱愁多怎禁得水流花放？
闲将这木兰词教与欢郎。

台下的男人顿时都看得痴了，甚至忘记了喝彩。

灵芸的到来令牛栏山镇变得无比清凉。

她如一朵芍药，在男人们的梦中肆意绽放，艳丽而又妖冶。听惯了蹦蹦戏的牛栏山人第一次见识了京城里的大戏——这地方的人管京剧、昆曲叫作大戏，管梆子、坠子、蹦蹦戏叫小戏。确实，灵芸带给他们的是一种幻境。那眼神，那唱腔，那水袖，都是天上才有。

台下看得最痴的是贝勒载澜。

在江湖上行走久了，灵芸早就学会了看人的功夫。一甩水袖的工夫，目光却撒下一张网。载澜是那张网中最痴的鱼。那人二十多岁，前额锃亮。穿了石青色的稠衫，外罩绀色的马褂，腰间挂着一枚晶莹剔透的蟠龙玉佩，腰带上还缀了耳挖勺、镊子、牙签等许多精致的玩意儿。灵芸觉得眼熟，反转身形，又是惊鸿一瞥。看到公子哥正用大拇指去抿两撇胡须，绿色的扳指随着灯影一晃，绿莹莹的耀人眼。

这扳指竟然是碧玺做的。

是他！正是那年在胡同口自称"玉贝勒"的公子哥！

好在载澜没有认出灵芸。

台下一片叫好声，铜板雨点般落在台上。

载澜头也不回地伸手向后。身后站着一个清秀的小厮，肩膀上搭着沉甸甸的褡裢。看主子伸手，忙从褡裢里掏出一锭小金元宝来。载澜又叫一声好，金锞子落在台上砰然有声。众人一声惊呼，都去瞧载澜。

趁着饮场，箱官老谭托了盘子去捞金锞子。刘鹤亭等候在幕后，掂了掂，看到锭子托上铸着"卍"字，心下顿时一惊。

"看样子不是一般的水柳（票友），应该是宫里的人。"老谭悄声说，"十两重的金锞子还是第一次遇到呢。"

台下，载澜依旧捋着小胡子目不转睛地看戏，小厮看上去十分焦灼。"贝勒爷，顺义县衙的太爷还在茶馆候着呢！"他俯身低语。

"让他候着嘛。"载澜不耐烦地说。

"爷，毕竟人家是地主，也让人面子上过得去不是？"

载澜这才想起正事儿，站起身恋恋不舍地向外走，目光却仍流连在灵芸身上。心不在焉地跟着小厮转过一条街，走到霍记茶馆时发现有官员正佝偻着身子杵在夜色里，旁边是一个怀里抱账簿的跟班。载澜背了手只管向前走，瞟一眼官员胸前的补子，脸色顿时一凛。

"卑职顺义县县丞王歆迎候贝勒爷。"官员掸袖打千儿跪在路侧。

载澜停住脚："你们家太爷呢？"

"回禀贝勒爷，户部肃中堂派员看漕河河务，不但我们大人，就连顺天府一众官员都陪着看河道呢。"

载澜冷哼了一声："眼下朝局这么乱，肃疯子却还惦记漕运这点钱粮。大概是朝廷和洋人们谈出些眉目了，不然他也不会有这些闲心。"看到仍旧匍匐在地上的王歆，他略用手作势挽了一下，"起来吧，茶馆里面谈。"

账簿堆积在茶桌上，载澜心不在焉地翻看了几页，心里却丢不下灵芸。载澜的父亲老王爷载蓬走得早，也没有给他留下承袭爵位。载澜心下不甘，瞅准近支堂叔勋王爷膝下无子，就隔三岔五地向王爷和福晋献殷勤，王爷、福晋就把他当成儿子一样宠。载澜虽然是纨绔子弟，可早年学得一手好画，仿起前人作画来几可乱真。勋王爷素来喜欢字画，看着欢心，索性把他收作继嗣。载澜心眼活泛，阿玛、额涅地叫着，勋王爷听得心软，上折子央求朝廷让载澜承袭了贝勒，并把祖传的蟠龙玉佩送给了他。这玉佩来头不小：由羊脂白玉雕成，两条蟠龙上下翻飞，背面有汉字和老满文各两行：顺承天心，克成大业。说是太宗皇帝征战时由太祖皇帝亲赐。后来，由于勋王爷的老祖有功，便恩赏了这枚玉佩，并封其为世袭罔替的铁帽子王。许以见玉如见君，只要有玉佩在，即便有该死之罪也要赦免。勋王爷知道载澜喜欢闯祸，就把玉佩转赠给他护身。有了"铁券丹书"，载澜越发跋扈，惹得满京城的人都知道这位混天魔王玉贝勒。有现成的钱粮领着，载澜自然也懒得读书，整天不是作画，就是在赌坊、戏班厮混，加上为人阴狠，鬼点子多，成了闲散宗室的郎君领袖，浮浪班头。攒鸡毛凑掸子的事儿，宗室们第一个想到的准是他。勋王爷看不过，唤过去申斥了一顿，要他去京郊旗地找块田产干些正经营生。载澜答应一声想赶紧离开，却又被勋王爷唤住。问他可有中意的去处，载澜说左不过是通州密云这些郊县罢了。勋王爷又骂他蠢才，说顺义的牛栏山才是最好的去处。这地方旱路北通热河、蒙古，南达京师。水路北到密云，南接通州、天津。更主要的是牛栏山烧锅名震天下，人称大清国酿。大清国凡是有饮水处，哪里不喝烧锅？眼下朝廷国库空虚，乾隆朝制定的禁酒之策早已有名无实，放开禁酒令是早晚的事儿。不如趁早圈些地来造酒，异日局势生变也好有个安身之处。载澜即便再不羁，也不敢违拗勋王爷，只能怏怏地带了小厮来牛栏山厮混几日。

看到载澜出神，王歆在一旁试探着唤了一声："贝勒爷。"

载澜回过神来，目光却四处游移，没有半点落在王歆身上："王大人可知勋王爷和我什么关系？"

王歆连忙弯腰："卑职自然知道。"

载澜"嗯"了一声："知道就好。这次本贝勒是替我阿玛寻块好地的——"

"账册都在，这些都是旗地，随便贝勒爷挑选一块。"

"镇上数哪家酒坊最大？"载澜又问。

"兴泰烧锅。"

"把兴泰盘下来如何？"载澜把玩着扳指，眼皮也不抬。

王歆变了脸色："这可使不得，兴泰是乾隆爷在时亲封的贡酒作坊，算是国酿呢！"

载澜抬起头，眼也略睁大了些。王歆又道："贝勒爷有所不知，这兴泰烧锅将近两百年不倒全凭着两样事体，一是院落里那眼圣井。这眼井也不知道是什么年头打的，井水迥异于镇上的其他水井。不但水中自带酒香，而且酿出来的酒也甘洌清爽。乾隆四十三年，正是木兰秋狝的时节。乾隆爷途经牛栏山，亲封这眼井为甘泉圣井。陈氏祖上福至心灵，趁着老皇帝高兴又斗胆讨字。老皇上那一日心情极佳，竟然一口应允，就在井边的凉亭挥毫御书了'甘泉圣井'四个大字。又见陈氏祖上新婚，便命内务府广储司专门打造了一枚金簪送给新娘。这枚金簪代代相传，只有陈家正房长媳才能佩戴。此后，历经嘉庆、道光、咸丰三朝，兴泰受了'甘泉圣井'御笔的加持，数次禁酒，兴泰都能置身事外。府县官员逢中秋、春节还要到兴泰向匾额祭献参礼呢！"

"另一样事体呢？"载澜摆弄扳指的手停了下来。

王歆道："兴泰除了那块御匾的庇护，还有一道酿酒的秘法。牛栏山做烧锅的常说'曲为酒之骨'，这烧锅酒醅出甑降温后，要将粉碎的大曲定量加入酒醅中，但这量却最难把握。多则辛辣，少则寡淡，镇上只有兴泰一家把握曲量最好，加上圣井里的水，兴泰才坐稳了头把交椅。他们在京城、河南、山东、山西均有分号。说起来，即便是内务府的官长怕都要给三分面子的。"

载澜冷笑："这兴泰只不过是蒙了乾隆老佛爷的恩，没了那块匾护着怕也是一只脱毛的鸡，有什么盘不得的？"

王歆又小心回禀："这位陈嘉怡掌柜是个厉害人物，人聪明，手段又狠。捋了兴泰的毛，怕要自伤三分呢。"

载澜冷哼一声，把陈嘉怡的名字记在心里。夜风吹得窗纸呜呜作响，依稀能听到远处的板鼓月琴声。载澜抿口茶，放下茶盏："这些事儿我都知道了，王大人请回吧，等明儿细细看过账簿后再定。"

王歆连忙打躬："贝勒爷，卑职掌管本县的钱马粮税，这些账簿断不敢离身。"

载澜一拍桌子，连茶盏都跳了起来。"真是笑话，这天下都是我们宗室的家产，你一个小县的几页废纸就拿不得？！"

王歆吓得魂飞魄散："贝勒爷拿去就是。"

载澜哼一声，起身走出茶馆。小厮忙抱了账簿紧紧跟在身后："贝勒爷可是回馆驿？"

"你先回吧，我四处转转。"说着话，人却又去了药王庙。

散场时已经是三更天。

药王庙的配殿权作后台。后台无人。箱官老谭催了几次，灵芸才懒懒地对着镜子摘下头面。月光从窗口抛下来，一桌子闪闪烁烁，耀得人眼花。女孩不由得出神，对于这种江湖漂泊，她早已厌倦。人如浮萍，整年整月地在江湖游荡，也看厌了台下看客们的猥琐不堪。就像这遍地的月光，杂乱，斑驳，无脚无形，没有归宿。

帘栊响动。斑驳的镜子像是涂了一层云霭，洛芸在云霭中若隐若现。灵芸冲镜子里笑了笑："大师哥来得正好，替我拆头。"

洛芸站在灵芸身后解了发髻，一头乌云披散而下，像绸缎，带着浓郁的香味。洛芸一阵迷醉。

"今儿有人向台上抛了金锞子。"洛芸说。

灵芸在镜子里和洛芸短暂对视了一下："看到了，像是京城里的公子哥。"她没有向洛芸提及往事。那双眼睛是她独享的秘密。

"怕不那么简单呢。"洛芸说，"刚才散场时又来了，在台前转悠了好一阵才去。师父和他说了半天话，那人只管问你叫什么……还问你是否婚配。"

灵芸看到洛芸眼中的忧郁越发重了。

镇子匍匐在月色中，夜风里有肆意弥荡的酒糟味儿。刘鹤亭坐在石阶上抽烟，老谭正闪展腾挪地在月台下舞关刀。

"你留点儿神，那刀可是开了刃的。"刘鹤亭语调里有些莫名其妙的怨气。

老谭收刀，挂着刀杆坐下："东家，我知道你在想什么，这金锞子怕不是这么好拿的。"

"看出来了，奔着灵芸来的。"刘鹤亭道，"不过，话说回来，这兵荒马乱的年月带着一个女孩子真是不方便。不如寻个好人家早些嫁了好，也省得跟着我受罪。"嘴里这么说着，心里却倍觉寒凉。灵芸虽是捡来的，他却视若己出。从蹒跚学步一直养到亭亭玉立，跟亲生的闺女又何曾两样？一想到终要嫁作人妇，心里未免凄凉。

老谭道："东家，你还是瞧不透灵芸的心事。这丫头心性要强，那样的公子哥再有钱也怕是难入她的眼呢！你可记得她十五岁时在詹事府薛詹事家唱堂会？姓薛的一眼瞧上了灵芸，要收她做小。要是寻常的女孩怕是早就依了，哪知道灵芸却当场翻脸把茶壶都摔了，说'我们唱戏的没这么下贱'。"

"这孩子骨子里傲，心性高，小时候我就看出来了。"刘鹤亭叹息摇头，"可女孩家终究要嫁人，到底她是怎么想的呢？"

"这会儿洛芸正在后台为灵芸拆头呢。"老谭下巴微扬，意有所指。

刘鹤亭一怔，随即把烟袋锅用力在鞋底磕了磕："洛芸怕是想瞎了心！道光二十年的冬天，他偷东西吃差点被打死在街上，要不是我发善心把他留在戏班，这会儿那把骨头怕早就丢在乱葬岗了，亏他还敢打灵芸的主意。怎么，嫁给他让灵芸跟着受一辈子苦？"越想越气，又朝偏殿吼了一嗓子，"洛芸，端壶茶来！"

老谭低声道："东家，这倒不用来气。我觉得洛芸有心，灵芸无意。怕就怕洛芸意乱情迷，早晚做出什么出格的事儿来。"拍拍刘鹤亭的肩膀打着哈欠去了。

夜色中，刘鹤亭抽烟发怔。灵芸正踮着脚搭衣服，马灯昏暗的光线在摇曳，女孩身形婀娜，像是画中人。刘鹤亭眼睛一热，泪险些淌下来。这哪儿还是道光二十五年那个冻得皱巴巴的女童？那年的正月，天寒地冻，多少年不遇的奇寒。腊月天，下了一场雪，紫禁城外到处是冻毙的流民。那晚唱完堂会已经是三更天，走到天桥时他听到了小孩的哭声——雪地上躺着一具女尸，一个两三岁大小的女童坐在尸体旁大哭。刘鹤亭站住脚。女童梳着两个鬏鬏，睫毛上挂着白霜，脸被冻得通红，胸前还挂着一个银色的长命锁。女童正张大了嘴号哭，像一只绝望的小兽。刘鹤亭叹口气抄着手继续走路，走到胡同拐角处，雪突然大了起来，甚至能听到落地的噼啪声。北风从天穹深处呼啸而来，巨兽般喘息。女童的哭声被撕成碎屑，纷纷扬扬地变成了雪粒，扬起，又洒落。

刘鹤亭忍不住回头看。那女童正站在灯影里向他张望。雪隔成了一道银色的幕帘，在两个人中间被风簇拥着荡来荡去。一大一小两个人就在雪中对峙着。女童突然张开了双臂，如振翅欲飞的小鸟。刘鹤亭顿一下脚，走到女童跟前蹲下。他看到了女童的泪眼，像两枚熟透的黑果。抱起女童，那双张开的臂膀圈住了他的脖颈。刘班主觉得眼眶里热热的，泪水把脸上的白霜都暖化了……

从此，灵芸跟着刘鹤亭辗转漂泊。

江湖上的种种险恶伴随着她的成长。她跟着戏班出入王府官邸、闹市乡野，熟识了官场的各种虚文路数，也学会了化解各种江湖危局。年纪小小就成了福盛班的头牌，也成了刘鹤亭的心肝肱骨。

灵芸已经十七岁。

刘鹤亭不得不面对这样一个现实——拆骨割肉的日子越来越近。

第二天戏开场时，载澜仍旧霸占着席棚中央的桌子。桌上的茶具白底蓝花，显见是官窑，跟其他桌上的粗瓷大碗完全不同。醉醺醺的载澜显然精心打扮了一番：溜光水滑的辫梢上栓了黄丝，湖色的袍衫外又罩了雪青色的坎肩，腰间系了黄带子。座中大都是南北路的酒商，看到载澜衣装齐楚，加上腰间的黄带子，纷纷猜测来头。

"人又来了。"老谭溜到后台冲刘鹤亭眨巴眼。

刘鹤亭忙向正在勾脸的灵芸叮嘱一句："灵芸，今晚务必卖力些，那位赏金锞子的公子爷又来了。"灵芸停下笔，从镜子里睃一眼师父，眼神里冷冷的都是霜雪。

临开场时，兴泰烧锅的掌柜陈嘉怡进了席棚。

他三十出头，穿了皂色的"一裹圆"袍子，袍袖半绾着，腰里缀了一个金色的荷包，肩上搭着绣花土色褡裢，看样子像是刚出远门回来。一众看客纷纷起身抱拳，"大掌柜""陈会长"地招呼。陈嘉怡抱拳环顾，看到载澜时，心道，这人穿着打扮不像是酒商，也不像是官府的人，身上富贵之气逼人，眉宇间却又带着一股促狭。又见腰间缠着黄带子，推定应该是京城来的天潢贵胄。他在旁边的桌上坐了，不知怎的觉得载澜眼熟，又不住打量。载澜抬头瞄一眼嘉怡。牛栏山镇上到处是南北酒商，酒糟味已经浸到了骨子里，见人便矮三分。载澜一身富贵打扮走在街上，见惯了酒商客贩塌陷的腰身和目光里的卑微。但嘉怡不同。他的眼神像一堵墙，撞得载澜眼睛疼，载澜不由得转过头不再去睃嘉怡，耳朵却支棱着听旁边的动静。

嘉怡和周围的人都十分熟识，一面斟了茶，一面应付着南腔北调的问候。又说不知道镇上什么时候来了戏班，听说班里的头牌唱得好，从济南讨账回来家也顾不得回就来看热闹。有酒商附耳低语了几句，嘉怡就狂放地昂头大笑。

载澜的眉头皱成了一团。

开场锣一响，躁动的男人们顿时安静下来。灵芸水袖挥动，嬉笑的嘉怡就中了蛊——

空对着月儿圆清光一片，
好叫人闲愁万种离恨千端。
抬泪眼仰天看月阑，
天上人间总一般。
那嫦娥孤单寂寞谁怜念？
罗幕重重围住了广寒。

嘉怡拖着腔喝了一声好。灵芸一怔，险些冒场，幸好有缭乱的光影遮蔽。惊鸿一瞥间，她看到月光从席棚缝隙流溢而下，直直地洒在那男人的肩膀上。他肩膀厚实，身板硬朗，凌厉的目光像刀子，剜得女孩心疼。

这双眼睛，灵芸认得。不正是想兹念兹的那双眸子吗？！

竟然是他！灵芸心里又惊又喜。

载澜察觉到灵芸的眼风分明投向嘉怡。他盘弄着扳指，狠狠地，要捏碎的样子。嘉怡虽然觉得灵芸漂亮，唱功也好，却没认出她就是当初在胡同里救下的女孩。趁着酒兴向托手巾把儿的伙计招手，从褡裢里取了一贯铜钱放进簸箩。伙计在锣鼓点儿间隙拖着长腔："兴泰烧锅陈掌柜赏大子儿一贯。"

载澜暗笑，手懒懒地向后伸。小厮忙拿了一锭银子放在手心，载澜捻一捻，皱眉道："金锞子！"

小厮附耳："贝勒爷，这可是王爷的买地钱。"

载澜回头瞪一眼，一把夺了金锞子向伙计招手。伙计低声问载澜的官职名号，载澜把金锞子重重地放进簸箩。小厮对伙计耳语了一句，伙计惊得连忙打千。

"镶黄旗奉恩贝勒载澜载贝勒赏足金一锭！"伙计的吆喝声盖过了台上的锣鼓点儿，座中一阵喧哗。载澜轻摇折扇，驱赶着刺耳的聒噪，余光瞥见嘉怡正在看他。

台上一阵急急风。嘉怡脸色沉下来，向伙计招手，掂出两锭金锞子放进簸箩。

伙计报号时声音隐隐发颤。

后台老谭乐开了花。在京城时也经常遇到公子哥斗富，不过是些铜钱碎银子，外加些细软，哪里像今天载贝勒和陈掌柜这样出手阔绰。对于嘉怡，老谭早有耳闻。他虽然只是箱官，却被刘鹤亭视为心腹，走马江湖、拜山头、靠码头全凭他一个人打点。初到牛栏山，就听说镇上最大的烧锅作坊是兴泰。老谭去酒坊拜访，恰巧嘉怡不在家。烧锅大师傅吴老和说人去了山东讨账。老谭便留了名帖和礼物在兴泰。没想到陈嘉怡打济南返家，人尚未进酒坊就来看戏。

"老谭，怕是要出事。"刘鹤亭忧心忡忡地掀起幕帘向台下窥视。

"他们斗富，碍咱们何事？"老谭笑吟吟的。

刘鹤亭道："这陈家掌柜的不懂规矩，怎的敢惹贝勒爷？自古民不和官斗，他怕是不懂得这其中的凶险。"

果然，载澜的茶盏重重落在桌上。嘉怡拿眼去睃，只见载澜从褡裢里掏出一锭长方形的足金放在茶盘上，伙计才要去拿却被他拦住。载澜亲自托了茶盘，喝一声"本贝勒爷赏足金一锭"！人便向台上走。

老谭忙迎上去打躬："贝勒爷，这戏还演着呢！我拿着就是。"

载澜一把推开，跳上台去。看客们爆出一声惊天动地的彩来。

第二章　堂会

锣鼓点未停，载澜趁着酒兴头顶了金锭单膝跪在灵芸跟前。刘鹤亭在后台顿脚："这贝勒爷怎么跪下了？这哪里承受得起？"台上灵芸却眉头一蹙，想起载澜那晚的作为，心里厌恶得不行。重挥衣袖，把茶盘打翻，金锭滚落在台上铿锵有声。灵芸脚下不乱，踩着锣鼓点，又挑了一脚，金锭翻落台下，看客们一哄而上。灵芸趁乱下了场。大幕关闭，载澜红了脸，人站在台上一时手足无措。

刘鹤亭忙上台向载澜打躬："贝勒爷莫怪，女孩江湖习气，见不得大场面，您莫怪。"台下乱作一团，有人抢了金锭，一群人哄闹着出了席棚。台上是载澜和刘班主，台下只剩下载澜的跟班小厮和稳坐喝茶的嘉怡。

载澜这时才回过味儿来，黑了脸唤小厮："猴崽子，拿了我的片子去县衙。我的钱也敢黑，让他们太爷把这戏班封了！"小厮答应一声才要转身，却被嘉怡拦住。

"贝勒爷，一锭金子而已。"嘉怡掏出一锭足金，招手唤伙计过来，"这锭金子算是我替班主还上了。"

载澜拿起金锭，瞪一眼嘉怡扔在地上，恨恨地负手而去。

灵芸正从幕布缝隙向台前窥视，一眼瞥见嘉怡。身后的洛芸看到师妹脸上飞过一片绯红。他的心不由一颤，不知怎的手中的锣重重摔在地上。这声锣响，在静寂中刺耳如惊雷，台上台下都吓了一跳。

多年以后，灵芸常常会想起那声锣响，那何尝不是一场大戏的开场锣？

那晚散场后，灵芸在后台有些魂不守舍。那双眼睛，不知道已经多少次出现在她的梦中，如今就在眼前，犹如做梦一般不真实。想着嘉怡挺拔的身影，举手投足，透着一股大度练达，不知怎么就意乱情迷起来。

翌日朝暾初上，灵芸一反常态地梳了个高髻，穿了湖蓝色的琵琶襟大褂，下着撒花绉裙，像一朵蓝色的瓜叶菊在阳光下肆意盛开。龙套新荷冲灵芸喊："了不得了，仙女下凡了。"

灵芸骂一声"贫嘴"，越发走得轻灵。裙摆肆意拖拽着轻尘，就如仙子落凡时荡起的云。

老谭跟在刘鹤亭身后拢掌着双手："东家啊，咱这梨园行有多下贱，哪有穿锦缎的？灵芸怎的穿得像个命妇？快让她脱了吧，怕是命薄担不起啊！"

刘鹤亭吧嗒着烟袋："这孩子有主见得很，任她去吧。"

老谭又嘟囔道："这么惯着怕是越来越没规矩了。"

"灵芸快脱了，女孩子家家的，别这么张狂。"后厨张妈也瞧不下去了。

灵芸回头："张妈，你觉得我配不起这身衣裳？你小看人了，说不定我将来就是有钱人的身子呢！"女孩张开双臂，仰面向天，潮白河湿暖而温润的气息扑面而来。她闭上眼睛，感受着秋天的旷远。原来她和自己的心上人近在咫尺，似乎不远处正有美好的前程在等待她。

秋天的潮白河在连绵无垠的山峦里曲折潆洄。不远处的岸边是稀稀拉拉的白杨和矮柳，放眼望去，犹如一轴泛黄的古画。灵芸坐在河堤上，看秋色驮着浑浊的河水静默长流。

"昨晚兴泰陈掌柜跟载贝勒争风吃醋了。"洛芸不知道什么时候站在了身后，"不过，我觉得陈掌柜这人倒比载贝勒靠得住，你觉得呢？"

灵芸听师哥说破心事，顿时红了脸。

"客人赏银子有什么稀奇？"灵芸嘴上犟，心里却软软的。

"累了？"洛芸坐下，语带双关。

灵芸垂下头不置可否，下巴贴在双膝上。

洛芸抬头看天，叹口气："也许你该住脚了。咱们这种人能停下来该是多大的福分呐。一个女孩家，整日在江湖上混，还要练功吃苦，受人欺负……"他喃喃自语，又像是在试探灵芸，"我看那个陈掌柜对你像是有意思，也许你该考虑留下来。"

"大师哥……"洛芸一瞥之下，见女孩连脖颈都红了，声音里却是娇嗔和难以掩饰的幸福。

"飞吧，飞得越高越好！"洛芸站起身拍拍土走得决绝，很快就消失在矮柳中。

"大师哥！"灵芸高声喊。

矮柳摇曳，不见有人回。

向晚时，药王庙来了一个陌生男子。二十岁上下，一身锦缎马褂，头上一顶瓜皮小帽，黝黑面皮，人透着机灵。灵芸正在晾衣裳，看到有客人来，就停了手中的活计。

"先生找谁？"

"刘班主可在？"男人一口山东腔，不敢直视灵芸白藕般小臂，只得假装残阳晃了眼，用手搭在眼上。

"师父在呢。"灵芸下巴扬了一下，红唇犹如烈焰，红彤彤的耀人眼。来人心里暗想，怪不得掌柜的说福盛班的头路角是个美丽的女子。只是人虽然生得俊俏，却也太冷艳了些。正胡思乱想间，刘鹤亭从庙里迎了出来，一路带着卑微的笑，嘴里不住地唤着

"贵客"打了一个躬："尊管哪里的？"

来人抱拳："刘班主到底是跑江湖惯了的，一眼就能看出身份来。俺姓孙，是兴泰烧锅陈掌柜的跟班伙计，你叫俺小山东就行。"

"怎敢乱叫？"刘鹤亭又是一躬，"还是叫孙管家的好。"

小山东呵呵地笑："刘班主会说话。"又随手递过请束和一锭银子，"俺们东家中秋想请贵班唱次堂会，这是定银。"

刘鹤亭忙不迭地打躬谢过。

小山东回头望了一眼灵芸："俺东家懂戏，别把我们当乡下人唬。"

刘班主忙又打躬："哪里敢？"

送走小山东，刘鹤亭看看手里的请束和银子，嘴里低声念着"兴泰"，眉心皱成了一团。老谭叼着烟袋靠在山门上，悠悠地吐口烟："东家，我看这事儿你得想开。该撒手时就撒手，只要价钱合适。"

刘鹤亭的心突的跳一下，猛回头怒视老谭："该怎么做我知道，哪里要你管？"一脚踢翻了搁在地上的铜盆。

起风了，满院梧桐萧瑟。

嘉怡拄着扫帚坐在戏台的石阶上。中庭的葡萄架早已黄了叶，藤条稀疏，像老年人干瘦的筋骨。架下的秋千兀自在晨风中晃动，咯吱作响。嘉怡的眼神恍惚，仿佛看到二太太寄春在葡萄架下荡秋千。在嘉怡的印象里，寄春荡秋千时就会变成画中人。她坐在秋千上，飞一样扬起又落下。衣袂裙角被风掀起，像仙子。寄春的笑声在庭院里回荡，染得一院的草木都有了精神，绿的更绿，红的更红。嘉怡会拿着茶壶静静地坐在石阶上，目光随着寄春上下。

嘉怡打小性子倔强，强韧，却太在乎一个情字。就像是江湖上练家子的气门，一戳就破。又过于外露，从不掩饰对寄春的钟情，也从不掩饰对大太太书瑶的厌恶。书瑶永远都是病恹恹的。生长子峻卿时受了风寒，从此落下病根儿，人瘦到只剩骨头，眼里从此没了精神。寄春进家后，书瑶就变得更加羸弱，索性终日躲在西厢房闷坐，把窗户都用牛皮纸糊得严严实实。

书瑶姓林，她的父亲林茂声是富顺庄烧锅的掌柜。乾隆年间，兴泰与富顺庄原本合伙做酒，后来分利不均成了对头。两家一直斗了将近两百年，到嘉怡父亲这辈有人撮合着联姻。林茂声和嘉怡父亲都有意和亲。嘉怡不喜欢书瑶，却又拗不过父亲，只得勉强同意。婚后两人也不冷不热，很多时候只有吃饭才见面。隔着桌案，嘉怡大口扒饭，吃得半饱就把碗筷一扔，丢下落寞的书瑶和伺候吃饭的王妈，逃也似的离开膳房。更让书瑶伤心的是，陈家祖传长媳的金簪嘉怡一直没露，更没有传给她的意思。这就意味着她陈家长媳的地位岌岌可危。那枚金簪，就如利剑，时时悬在头顶让人胆寒心颤。书瑶常常回娘家哭诉，林掌柜心疼女儿，心里暗暗记恨嘉怡。如果不是翁婿的名分还在，早就联合其余几家烧锅断了兴泰的财路。

咸丰元年的秋后，嘉怡去保定绿兵营送酒。交接完毕后，兵营的把总老胡把嘉怡拉进酒馆，两人从午后一直喝到初更。酒酣耳热之际，老胡唤出一个女孩提壶劝酒。女孩才十七八岁的样子，梳着平髻，穿了淡粉色的琵琶襟褙服，外罩湖蓝色的坎肩，像是一株春桃。女孩的眼睛很大，流盼生辉，犹如春水流溢。嘉怡一时呆了，竟碰翻了酒盏。老胡捻须大笑，又让女孩唱曲儿。女孩也不扭捏，唱了一曲《银纽丝》——

> 一更里思夫过黄也么昏
> 思量年少俊卿卿
> 好伤心
> 奴身独自苦
> 带影共三人
> 想亲夫
> 真个心肠硬
> 空房孤守，误我青春
> ……

满耳都是市井的浮浪，嘉怡红着脸低了头，心里却如一群蚂蚁在爬，痒得很。一曲终了，嘉怡整个心都化了，趴在桌上成了一堆烂泥。第二天醒来时，发现躺在厢房的床上，那女孩正伏在几上酣睡。

回家时，嘉怡的车上多了一个挽髻的少妇。

寄春如同妖魅，倏忽而来，带着令嘉怡为之颠倒的各种快乐。四年后，她又倏忽而去，如一场疾雨。咸丰四年，春天来得怪异诡谲。这天下着小雨，路湿苔滑，寄春穿了红色的袄裙，在雨中站上了秋千。丫鬟尽力一推，她顿时飞上九霄。向下看，细雨空蒙，花木渐繁。雨突然大了起来，寄春高高地飞上淡灰色的天空，然后落进花丛。

木槿花一片绚烂。

走的那年，寄春丢下了才三岁的女儿瑜卿，一个长着和寄春一样大眼睛的女孩。

嘉怡非常后悔。其实，那枚长媳金簪一直揣在怀中。他时时想着戴在寄春的发髻上，可每每想起此举有可能激怒林茂声就又收了起来。寄春去世后，嘉怡常常深夜在灯下凝视金簪。要是能够重来，他一定会毫不犹豫地把金簪戴在心爱女人的发髻上。

唤醒嘉怡魂魄的是灵芸。

那一晚，他分明看到了戏台上挥舞水袖的是寄春。嘉怡坚硬的心顿时变得柔软，眼里又有了光彩。他受不了载澜的浮浪，好像台上的那个女人早就属于自己。酒醒后又有些后悔自己冒失，这次斗赏损了贝勒爷的面子，兴泰两百年还不是仰仗人家旗人的势？这位贝勒要是恼了，少不了日后使绊子。可血脉里的倔强又容不得他低头，贝勒爷又怎样？兴泰二百年打过交道的宗室、官员还少吗？

眼见着月亮一天圆似一天，嘉怡的心缺了一大块。

小山东揣度透了东家的心思，就说年年中秋咱们家都要为酒坊的师傅们唱一台戏，好让他们趁着过节歇歇筋骨。今年何不就请福盛班来唱三天大戏？嘉怡假意不耐烦，让小山东自己做主。小山东还没跨过门槛，却被唤住——叮嘱他让账房蒋先生拟张请柬，江湖人不易，别慢待了。沉吟一下，又道，自己爱听才子佳人戏，少演那些打打杀杀的袍带戏。小山东答应一声，冲嘉怡挤挤眼。

一进兴泰大门，灵芸就吃了一惊。即便是在京城，这样的阔大门第也不多见。广梁大门两侧临街是一溜店铺，门上悬着一块黑底金字的匾额：兴泰烧锅。店铺后面是酒坊。即便是糠房、曲房、酵库、酒窖也不同于镇上那些寻常酒坊，依旧是青砖粉墙，十分悦目。曲房院子里是那口遮了凉亭的圣井，亭上高悬一块"甘泉圣井"匾额。听说是乾隆爷的御笔，刘鹤亭带着一众戏子恭恭敬敬地磕了三个响头。过了酒坊，绕过宽大的影壁，从侧廊一直走了七进才到后院。

此时正是深秋，后院花木潇潇，假山游廊都罩在一片不甚清晰的氤氲中，雾蒙蒙的，和前院的酒坊像是隔了一个世界。草木深处，有一座五间大小的瓦舍。青砖斑驳，苔藓满地，显然是陈家祖祠。过了祖祠，戏台在花木扶疏间横卧，通体朱红色，飞檐翘角，雕花矮窗。藻井犹如伞盖，层层叠叠地绘了许多人物典故。梁柱并未上漆，隐约弥漫着一股清香，看纹理似乎是上等的杉木。

刘鹤亭惊愕得出了一身冷汗。

"刘班主，这戏台做得如何？"带路的小山东问，"原本是老戏台，东家怕慢待了你们，这几日才重新修缮了。"

刘鹤亭忙打个躬道："即便是京城王爷家的戏台也不过如此。"

"照规矩今儿祭台，唱老爷戏冲煞，明儿正式开唱。"小山东道。

刘班主应一声道："请尊管转告陈掌柜，明晚是大戏，福盛班的压台大戏，《大西厢》。"又沉吟一下，"不知道何时才能当面向掌柜的致谢？"

小山东摇头："东家正有事呢，哪里有空儿见你们，你们且先忙自己的。"

灵芸的心到了这里突然变得活泛起来。她无心听师父和小山东絮叨，独自一个人在花树间踟蹰。这时候起了风，轻轻洒洒地从花木上轻掠而过，吹得对面假山前的秋千在萧瑟花影中轻摇，吱吱地轻响。女孩掂了裙角走到花影里。秋千搭在葡萄架上，虬枝交错间，铁索早已锈迹斑斑。她绾绾衣袖，把住铁索，站在秋千上随风一荡，魂魄顿时上了天。绚烂的天空平生第一次距离她如此之近。女孩觉得自己肋下生出了一双无形的翅膀，挥一挥就能扶摇九霄，她禁不住从胸腔里发出低低的叫声，惊恐而又欢愉。

再落下时，眼前站着一个人。灵芸想要跳下秋千，却一个趔趄差点摔倒。那人忙搀了一把。竟然是那晚和贝勒爷斗赏的酒坊掌柜。嘉怡穿了蓝色的长袍，外罩皂色马褂，额头显然是刚刚剃过，微微泛着青色。灵芸羞了脸，草草行了一个万福就要离开，却被嘉怡唤住。

"灵芸姑娘，我这戏台可还看得过？"嘉怡问。

"自然看得过。"灵芸站住脚，扭过头不敢去看嘉怡。

只听到他走到跟前，呼吸之声，近在咫尺。灵芸的心几乎要从嗓子眼里跳出来。嘉怡伸手在女孩的发髻上弹了一下："你头上有草叶。"草叶飘零而下，那手却依旧轻抚在发丝上，散发着温热，熏得女孩的脸生疼。一只在花丛中翻飞的彩蝶倦倦地落在秋千上，灵芸的心也跟着栖落。

"一个女孩家哪能整日在江湖上跑呢？"嘉怡轻叹，"姑娘若是愿意，我倒想给你一个落脚的地方。"

灵芸心头鹿撞，却不知怎的微微摇头。

"留下吧，江湖浮浪，不是你们女人待的地方。"嘉怡温言。

灵芸聪颖，人却有傲骨。虽然对嘉怡倾心，但又怕唐突答应被他瞧不起，一时进退失据，只得拈带垂首。嘉怡轻轻握住了灵芸的手。

女孩撤了几下，却挣不动，遂无语而立。

两人相对无言，却被站在假山后的洛芸觑个正着。看到嘉怡握着灵芸的手，洛芸的眼睛腾地一下冒出了火。

远处，刘鹤亭在焦急地唤灵芸扮相。女孩漫应一声，趁机落荒而逃，只剩下嘉怡站在芳尘里呆呆伫立。

点过卯后，刘鹤亭吩咐开始祭台。

花脸老高扮成钟馗模样上了台。念过祭文，有跑龙套的逮来一只公鸡，老高吼一声咬断公鸡脖子，立时鲜血迸溅，沾染得月光都变成了红色。老高一路洒着鸡血，从前台跳到后台，然后又从后台洒到台下。一棒锣响，台上"群鬼"乱舞，呜咽怪叫不绝。天上云遮月，到处是缭乱的鬼影。

这时，老高拎刀上台，吼一声，把"恶鬼"们赶得四处逃窜。又一声锣响，"恶鬼"殆尽，老高抛了刀摔倒在台上。几个龙套忙把他抬了下去。

"净台！"老谭一声吼。端着水盆，一路把台上台下的鸡血冲了个干净。

"开院门吧！"刘鹤亭高喝一声。门开处，嘉怡和贵客们顺着甬道进了院子。走在最前面的是一个穿官服的。那人四十岁上下，干瘦，两只眼睛却很亮，鼬鼠般闪着光，嘉怡紧跟身后。

灵芸上台帮着收拾场子，看到女孩，嘉怡不觉又出起神来。

落座后，那位穿官服的坐在了首席。他摘下顶子，小心翼翼地放在桌上。嘉怡陪坐下首，奉上茶盏："老父母喝茶。"

来人是顺义知县谭耀宗。

刘鹤亭早就打听得谭耀宗为人贪鄙，在顺义县声誉极差。县衙里的班头皂吏几次到戏班打秋风，想来背地里也有此人的怂恿。

谭耀宗端着茶盏，眼光却在人群里起起落落："今晚什么戏？"

"头彩戏单刀会。"嘉怡道。

"哦。"谭耀宗意兴阑珊地应一声，将茶盏复又放下："台上那个女戏子叫灵芸吧？怪不得前些日子你跟载贝勒争风吃醋呢，果然生得妖娆。不过话又说回来，到底是个戏子，下贱人，值得你跟载贝勒抢风头？听说载贝勒很生气。"

"这位载贝勒人也忒小气了些。"嘉怡装作满不在乎的样子，"不过是些江湖游戏，何必当真？"

谭耀宗接着道："我听王歆说，他把离你酒坊不远的万盛酒楼盘下了，说要跟你唱对台戏，也要做烧锅。"

嘉怡冷笑："他要是做别的生意还好，做烧锅怕是自寻死路。"

谭耀宗把茶盏用力放下："陈掌柜，别忘了他背后的勋王爷！古来民不与官斗，你兴泰做得再大也是民，别因为一个女人坏了兴泰的生意。"

嘉怡漫应着。可一看到灵芸，心就又硬了起来。

台上台下都挑起了灯笼，被月光一润，红得通透。灵芸忍不住又向台下瞄，瞥见嘉怡，心里顿时升腾起一股热望，究竟是什么，连她自己也说不清楚。

洛芸扎了衣靠，对着镜子挂髯口。正要勾脸，有人从身后捂住了眼睛。他闻到了一股淡淡的脂粉香，荡人魂魄。

"灵芸，我脸上有油彩。"声音有些冷。灵芸的心一沉，松了手。

"怎么了？"女孩问。洛芸也不答，只顾勾脸。

"不理我，我就让你今儿唱不成。"灵芸把洛芸的盔头放在身后。

"把盔头给我！"洛芸去夺，灵芸不给。门帘一动，老谭来唤洛芸拜关老爷。看到两人拉扯，皱眉怒道："怎么越发不像话了？老爷戏的规矩你俩不懂吗？洛芸只要一挂髯口就不是他自己了，关老爷附着身呢！他老人家平生最不喜女色，你们这么嬉闹怕是神明要怪罪了！"洛芸白了脸不说话，灵芸却不怕，偏要去掸洛芸衣靠上的灰尘，嘴里说道："关老爷，您老生平最不喜女色，戏班里女人不如一刀一个都杀了好！到那时只怕福盛班的人都要去喝西北风！"

洛芸上了场。灵芸站在台口暗暗发呆，想不通为何这几日洛芸对自己冷淡。一眼瞥见台下心不在焉的嘉怡，才突然醍醐灌顶般若有所悟。

第三章　出阁

　　好戏在第二天，《大西厢》。灵芸早早随师父进了后院。扮上妆，天色尚早，就带着扮相在园子里徜徉。在秋千架上坐了，人怔怔地出神。昨天此时，那个男人就在眼前，他的温度和气味都还流连在尘埃里。

　　小山东去后台唤刘鹤亭，说"东家有请"。刘鹤亭连忙跟着小山东进了前跨院。看到刘鹤亭进门，嘉怡连忙起身迎接，嘴里唤着"刘班主辛苦"，搀着刘鹤亭请到了侧座。刘鹤亭惊得复又站起，腰不由得弯了几分，迟迟不敢坐下。

　　"刘班主不必生分。"嘉怡带着笑亲自端了茶盏递过去，"昨儿唱得辛苦，连咱们谭父母都说好呢！"

　　刘鹤亭一脸惶恐："哪里，昨儿照老理儿是老爷戏。知道掌柜的爱听文戏，只是祖宗的规矩不敢坏了。今儿安排的是《大西厢》，早上就嘱咐灵芸卖卖力气，好讨爷们一声彩。"

　　嘉怡笑笑，又端详了几眼刘鹤亭："刘班主人憔悴得很。也难怪，戏班几十号人怕都要指着您活命呢。"

　　刘鹤亭受惯了白眼，听得嘉怡关心，险些掉下泪来："这些年年景不好，我们福盛班在京城都是租的园子。加上洋人又老欺负咱大清，大伙儿命尚且难保，听戏文的又能有几个？说实话，要不是牛栏山这块宝地，我们这一帮人怕是早就要饿死几个了。"

　　嘉怡讪笑一下，像是在积蓄勇气。

　　"爷有什么吩咐只管说。"刘鹤亭看出了端倪。

　　嘉怡轻叹一声："实不相瞒，我有个想法也不知道当讲不当讲。"刘鹤亭忙站起，仍旧是半弓着身子。

　　嘉怡拍手，屏风后转出一位戴眼镜的消瘦老先生来，手里掂着一个沉甸甸的蓝皮包袱。刘鹤亭认得，老先生是兴泰账房的蒋先生，昨儿去领茶水钱时曾见过。

　　刘鹤亭忙一揖道声"蒋先生"。

　　蒋先生微微颔首，将包袱放在桌上，对嘉怡道："大掌柜，这是一千两。"

　　嘉怡道："您老先忙去，我跟刘班主有话说。"

　　蒋先生答应一声去了。嘉怡推推桌上的包袱："刘班主，这里有一千两银子，足够你们买地。有了自己的园子，也免得大伙儿跟着你遭罪。"

刘鹤亭晃一晃，险些晕倒。扑通一声跪了，向着嘉怡叩头。

嘉怡连忙挽起："刘班主别客气，我这白花花的银子也不是白给你。"

"爷用得着的地方只管说。"

"灵芸，我要灵芸。"嘉怡字字千钧。

刘鹤亭抬起头，泪眼里满是惊愕。

"怎么，我配不上她？"嘉怡的脸沉了下来。

刘鹤亭用袖子擦拭着老泪："爷说的什么话，灵芸是什么样人？你收了她是天大的眷顾。只是这孩子心气太高，傲得很，我怕她……"

嘉怡想一想："我这样的门庭也辱没不了她。我大房你恐怕也知道，整天病恹恹的，活不久的样子。灵芸过门后虽然是二房，我却少不了疼她。听说灵芸是你的义女，你总该给她找个好归宿吧？难道忍心让她一辈子在江湖漂泊？"

刘鹤亭掉了泪："我岂不知道这样的好？只是养了十多年，一想到离开免不得要伤心流泪。"

"刘班主是怕我亏待灵芸？这样吧——"嘉怡从怀里掏出一枚金簪来："乾隆六年时，乾隆爷木兰秋狝路过我家酒坊，正遇上老祖新婚。乾隆爷不但为圣井题了御匾，还让内务府专门造了这枚金簪作为贺礼。我们陈家的长媳世代相传，这枚金簪在，就能当兴泰半个家。灵芸过了门虽然是偏室，但这枚金簪戴在头上，陈家的人都不会小瞧她。"

"那大太太那边……"

"这是我兴泰的家务事儿，刘班主就不用操心了。"嘉怡神情冷漠，他掰开刘鹤亭的手指，将金簪放进手心，"你将金簪给灵芸。晚上我去看戏，若灵芸愿意，就让她戴上这簪子。如果不愿意的话，就戴戏文里的簪子。她答应了，这一千两银子你领走就是。"

刘鹤亭答应一声，跌跌撞撞地出了客厅，一路跟着小山东向后院走，心像是被刀戳了无数个透明窟窿。灵芸是他的心头肉，刀割下来就会血流如注。可陈掌柜说的何尝不是？女孩哪里能够一辈子跟着自己？嘉怡拿出金簪来，其心可鉴，陈家正是灵芸的好归处。若是被自己拦下了，不但戏班的兄弟要继续受颠沛饥饿之苦，灵芸更是要下贱一辈子。这女孩，他了解，聪明，倔强，心大，小小的福盛班根本容不下她！

亥时开戏。台上正在定弦，酒坊的师傅们已经坐了大半个席面。又都是喝了酒来的，一片闹哄哄的。王妈去唤书瑶看戏，唤了半天她才病恹恹地出来。裹了件厚重的裘袍，只露了半张黄喇喇的脸，不住地低声咳嗽。嘉怡带着镇上一众烧锅掌柜说说笑笑地入席。看到座中没有自己的父亲，书瑶叹了口气，干脆把眼睛一闭，不去看台上的红男绿女。

新荷要为灵芸贴片子时，女孩却道："今晚还是要洛芸师哥打下手吧。"说话时，眼里噙着泪。新荷明白，忙答应一声，又哽咽着嘱咐灵芸"不要洇了腮红"，便转身去唤洛芸。

陈掌柜求亲的事儿大伙都听说了。

洛芸早就丢了魂儿，人坐在衣箱上发痴。虽然触了戏班的忌讳，老谭也不敢去吼。听到新荷唤他，他有气无力地走到后台。掀开帘子，灵芸正散着头发在妆镜前静候。女孩穿着小衣，肩上乌云流泻。洛芸看得心醉眼痴，不觉流下泪来。

"师哥，替我梳头。"灵芸轻声道。洛芸的手抖得厉害，戏班里人少，没戏的少不得要串场帮忙，但为灵芸梳头却是第一遭。他拿了牛角梳，才一走近就闻到了淡淡的胭脂香。

"师哥，我要留在牛栏山了。"女孩道。

牛角梳算在女孩的头发上，手一抖，梳子顺着头发滑落。"真的要留下？"洛芸的声音同样抖。

灵芸摇头："我累了，厌倦了江湖。再说，咱们戏班这么多人也得养活。"她顿了一下，"最重要的，那个男人我也喜欢。"

洛芸的眼睛里生了火，熊熊地烧。他挽髻时手上竟然用了大力，女孩不觉叫出了声。

"我——"洛芸凝噎。

"你是我的师哥，也是我的亲哥。"灵芸回头。

"一直都是？"洛芸的心头有钝器坚硬地划过。

"一直都是。"

他痛苦地闭上眼睛，不再去看灵芸。

"一千两银子，算是我赎身了。"灵芸又道，"师父能有一家自己的园子，我也能有一个自己的家……"

"明白了。"洛芸心里的火熄灭了，眼里的光也黯淡了。他看到胭脂盒旁那枚金灿灿的簪子。

"给我戴上这簪子。"灵芸捻起簪子。纤手金簪，煞是好看，却烫得洛芸两眼变成了红色。

临近亥时，嘉怡在台下端着酒杯，却迟迟不肯送到嘴里。等到灵芸上场，看到头上的金簪在光影中晃动，才长长地舒了口气。一杯酒下肚，顿时周身热气蒸腾。看到灵芸，书瑶却觉得风寒侵体。台上唱戏的女孩透着怪异，仿佛一直在向她笑。仔细瞅，心头一震——那女孩头上的金簪格外刺眼，分明就是陈家祖传的簪子，上面应该还錾了个"陈"字。这支簪子在陈氏长媳间传了二百余年，书瑶只是在嘉怡一次醉酒后见到过。

她刚拿在手里端详，嘉怡突然睁眼一把夺过，把簪子攥在手里复又转过身酣睡。那晚，书瑶在灯下抹泪。进了陈家多年，嘉怡却始终没有正眼看过自己，金簪也不肯给。若不是顾及父亲林茂声，怕早就一纸休书休了。

后来听说嘉怡想把金簪给寄春。

又听说，嘉怡怕得罪富顺庄，一直犹豫未定。寄春人善，怕书瑶伤心，劝说嘉怡不要将金簪给自己。每念及此，书瑶都对寄春心存感激，对她的闺女瑜卿也愈发视如己出。

夜风一吹，书瑶身上有了寒意。转念又想，怕是自己看错了。陈家祖传的金簪怎么会出现在一个戏子头上？心里又怨自己太过多疑。

台上灵芸唱得动情，一字一句像是在说自己：

当时仰望如饥渴，

今日把同心结儿狠狠地割。

如今烦恼犹自可，

这久后的相思可奈何？

若不是母亲旁边坐，

我待把知心话儿对你说。

兄妹虚名误了我，

月底西厢变南柯！

……

台下嘉怡听得舒心，想到马上就要手携新妇，指尖不由得在桌上合拍轻敲起来。后台洛芸却听得刺心，声声句句像是在叙离别。尤其那句"兄妹虚名误了我，月底西厢变南柯"，眼中不由得一热，掉下泪来。座中书瑶听得颇感闹心，台上的女孩生得魅惑，眉眼里透着妖冶。偷瞥一眼嘉怡，男人的目光一刻都不曾离开那女孩。一阵夜风从裘袄的下摆窜上去，咬噬着书瑶的骨节。

"王妈，回屋吧。"书瑶皱着眉头。

王妈知道书瑶的心事，道："您瞅那女角透着股子妖气，总觉得要兴风作浪的样子。也难怪，这些戏子哪里有好人？看到富人家的男人，都恨不得一口吃了去。"

回了屋，王妈皱着眉头欲言又止。

"王妈，怎么了？"书瑶问。

"我怎么瞧着那女戏子头上的簪子眼熟？说句掌嘴的，看着可像是少爷祖传的金簪。"

书瑶的心一沉："怎么，你见过那簪子？"

"自然见过。"王妈道，"嘉怡娘去得早。老爷想念太太，经常独自在圣井凉亭下喝酒解闷儿。有一次，我去凉亭给老爷送茶，看到他靠着椅子睡着了，那枚簪子就搁在茶几上。我看得很清楚，簪上还雕了一个小小的'陈'字。原来他是睹物思人呢……"王妈只顾说着话，挑灯时才发现书瑶的脸色蜡黄，忙住了嘴。

"你先出去吧，我想歇会儿。"书瑶有气无力地斜倚进帐子。王妈拢了房门，把那些丝竹锣鼓声统统关在了外面。屋里顿时一片漆黑，茫茫荡荡地没有尽头。眼泪淌过书瑶的脸颊，烧灼着黑暗哧哧作响。

载澜让马车停在蜈蚣街的路口，一个人踏着暮色进了许智广的宅子。一路走，心里不住地骂。内务府广储司总办郎中——在旗人眼里不过是个去了势的奴才。如今竟然在宫外买了宅子，听说还有了挂名的老婆。这些阉奴哪里配有老婆、房子？要是顺治爷那会儿，还不被拉出去砍了头？一路想着走到了许公公的宅子前。先前，他随几个贝子、贝勒来过几趟。许公公的宅子里藏了许多让人眼馋的玩意儿。有一次，他竟然端出一个西洋自鸣钟来。每到一个整时，和着钟鸣就会转出一个赤身女人，同行的宗室无不看得眼热。许公公也斜着眼看着这些皇子皇孙，眼神里的轻蔑和自得让载澜很是恼火。

许公公的宅子虽然不大，却很精致。朱红的大门上密排门钉，横竖五路，竟然是侯爵的规制。

"越发没有王法了！"载澜啐了一口，用力敲打门环。门后吆喝一声："谁啊，用这么大力？"

载澜刚要骂人，却想到这次来是央求许公公办事的，于是忍着火气道了名号。

"来了。"里面的人懒洋洋的，显然没把他这个贝勒放在眼里。开了一道缝，却是一个白头长须的门房，脸上还带着一些愠怒："老爷出去喝酒了，要晚些时候才回来。"说着话要关门的样子。

载澜忙用手撑住门："没事，我等公公回来。"也不等门房说话，人就进了院子。

"这位爷怎么敢闯宅子？夫人在呢！"门房气呼呼地喊。

载澜只顾向前走："别说是他许公公的宅子，就是皇宫内院都是我们旗人的地儿！"过了垂花门，就是许公公的正房。珠帘晃动，屋内传来叮叮咚咚的琴声。

"老许好雅致，竟然学起弹琴来了！"载澜掀起珠帘。屋内居中靠墙放着一张翘头长案，左右各置一个青花梅瓶。前面摆方桌，上面放了风磨铜的宣德炉，香烟袅袅，中人欲醉。左侧帐幔后置了一张三围罗汉榻，上摆炕桌，有一个女孩坐在炕上抚琴。琴声呕哑啁哳，像是在学琴的样子。旁边许公公正倚着靠枕闭目养神，人极消瘦，脸色蜡黄，像透明的纸。听到有人唤才睁开眼。

"哎哟，我的载贝勒！"许公公忙起身屏退女孩，请载澜在中厅坐下。

"载贝勒别取笑我们奴才。皇上木兰秋狝，我们这些奴才才得了空儿歇两天。"许公公掀开帘子向门外瞧了瞧，从长案匣子里取了烟枪和芙蓉膏。两人转过屏风，在罗汉榻上隔着案几抽大烟。

"听说贵中堂已经在天津和洋鬼子谈拢了？"载澜熟练地用火折子点亮烟灯，把烟枪凑在火苗上点燃。

许公公叹气："少不得又要我们赔银子，让地盘。这今后的日子可就更难过了。国库里没银子，但宫里娘娘们的花销却不曾减少一分一毫，没钱又要办事，这日子是没法过喽。"

载澜把玩着烟枪。红木杆，烟头用白银花雕包裹，上嵌绿松石，单是这烟枪也少不得百把两银子。他用烟枪敲一下许公公："老许，穷了皇上可穷不了你这公公啊。你怕什么？"

许公公变了脸色："载贝勒可不敢乱说，这话要是让宫里听到了是要杀头的！"又瞥一眼载澜，"这大烟你不也抽了？要不要送宗人府啊？"

载澜哈哈大笑："玩笑的，别当真。"又正了色道，"眼下国库空虚，皇上怕是得想办法搞银子。我一直想不通一件事，想请许公公指点。"

"呦，一个踢天弄井的贝勒爷倒操起国家大事的心来了。"

载澜放下烟枪："这禁酒令打康熙爷开始时紧时松，牛栏山那帮做烧锅的，明里暗里地做酒，搞得官府和百姓两头难受。我就不明白了，朝廷既然这么缺银子，为什么不干脆放开？"

"没想到载贝勒倒是眼光挺准。"许公公从榻上坐起，压低声音，"这禁酒令我看早晚都要废除。原本祖宗是怕制曲用粮太多，争了朝廷的用度。可不准酿酒，市场上的粮食就会增多，粮价也随着下跌，到头来还是谷贱伤农。康熙、雍正、乾隆朝对禁酒时严时松，朝廷宽绰时就严厉些，拮据时就松弛些。但眼下朝廷已经被洋人逼得走投无路，只能四下里找银子，哪里还顾得上祖宗法度？"许公公又把脑袋凑近些，"听说肃顺大人这会子正在顺义私访呢，一心要打开酒禁。"

"这正是我找你的原因。"载澜的眼里冒着光，"我想在牛栏山开家烧锅坊。"

"好啊，怕是勋王爷的主意吧。你整天搞得鸡飞狗跳的，也劳他老人家经常操心，有了营生也就拴住了你的身子。"

"开酒坊容易，可要在牛栏山站住脚怕还得公公帮忙。"

许公公眯着眼睛，烟枪锅子闪闪烁烁："我能帮什么忙？"

"贡酒，牛栏山的贡酒得由我的酒坊出。"看到许公公脸色惊诧，载澜轻拍他的手背，"这酒坊算是咱俩的。"

许公公停了烟枪，皱眉坐起："这贡酒是当年乾隆爷钦点的兴泰，要是换人怕有些难啊。"

载澜冷哼一声："兴泰受了乾隆爷两百多年的恩泽，早该知足了，真要做一辈子铁帽子王不成？该易主了！寻个错，换人吧。你我背后有勋王爷撑腰，寻一个小民的错还不容易？"

许公公兀自沉默。载澜又道："许公公，现在咱们大清外有洋人欺辱，内有长毛、捻子滋事，要是自己手里没点儿家底，还不知道哪天就做了叫花子呢！"

天交戌时，自鸣钟咣咣作响。许公公全身震了一下，咳嗽几声，用力在案几上磕了一下烟灰。

戌时初，戏子们就被老谭叫起。几个年轻的趁着大雾在庙前驾车。刘鹤亭坐在偏殿里望着窗外白茫茫的天地出神。

潮白河上烟雾蒸腾。岸堤上的枯柳被拢在帐幔里，影子疏淡，犹如国画一般。灵芸唤一声"师父"，推开门，身后跟了做陪嫁丫头的新荷。女孩在寡淡凉薄的背景中鲜艳得刺眼：低领红衣紫裙，裙子静面和底边均镶了金色绲边。紫色的裙带一直垂至膝下，腰间还挂了梅檀的香囊。

"师父。"灵芸又唤一声，长跪在刘鹤亭膝下。

刘鹤亭又想起那个在寒风中哭泣的女童，想起女童头上两个小小的鬏鬏和睫毛上的白霜。他的手颤抖着伸向灵芸的发髻，又恐弄乱头发，手就悬停在半空，像是为信众摸顶的老僧。

灵芸抓住了刘鹤亭的手："师父，闺女嫁人了。"她把刘鹤亭粗喇喇的手抚在自己温热的脸上。

"闺女啊，别弄脏你的妆。"刘鹤亭努力抻出一丝笑来，"陈掌柜家底厚，你能跟了他也是福气。记住，你的脾气倔，性子拗，嫁入陈家后切莫跟人耍性子。酒坊不是戏班，陈掌柜也不比你师父、师兄。"

灵芸只管攥了师父的手号啕大哭。

刘鹤亭又道："还有，别跟陈家大太太争风。咱们唱戏的是下九流，下贱人，能有口热饭吃已是万幸。比不得人家从小娇生惯养的阔太太，凡事都要忍让才行。"

老谭站在门口咳嗽一声进了屋。

"陈家来人了？"刘鹤亭抹着泪问。

"来了，小山东带着四个轿夫庙外候着呢。"

刘鹤亭吃了一惊："就他们五个？"

老谭看一眼跪在地上的灵芸："是。"

刘鹤亭拍一下桌子："我们唱戏的再下贱也是人呐，即便你陈家的门楼再高也要敲锣打鼓来才行！"

"东家，这事小山东刚才都给我讲了，也怨不得陈掌柜。"老谭道，"陈家大太太也是有来历的。她的父亲是富顺庄烧锅的林掌柜，原本就跟自己的女婿不对付。这几天，载贝勒正串联镇上其他酒坊想搞垮兴泰。富顺庄在牛栏山镇是仅次于兴泰的大酒坊，他要是倒了自己女婿的戈，怕是兴泰就全完了。所以陈掌柜还是觉得暂时不声张的好。他家在牛栏山下有一处清静的老宅子，先请灵芸去那里住。待风头过后，再把灵芸迎到大宅子去。"

刘鹤亭挽了灵芸的手站起身："闺女，这就是咱戏子的命，认了吧。"

门外传来小山东的声音："刘班主，时辰不早了，趁着大雾俺们得赶紧走呢！"

"师父。"灵芸又一个头磕在地上，"我一方便就去京城看您老去。"刘鹤亭口里答应着，心下却万分悲凉。想起昨晚拿银子时，嘉怡又让小山东从账房拿了三百两来。人坐在灯影里，只听到冷冰冰的声音："兴泰是牛栏山酒坊的龙头，我不想让人笑话灵芸是戏子。我再多给你三百两，你带着人明儿就离开牛栏山，走得越远越好，最好一辈子别再踏进顺义半步。"

刘鹤亭用力点头，觉得脖子有千钧之重。他半辈子在江湖上行走，靠的就是信用两个字。此一去，就是京城也不想待了。若是哪一天灵芸去寻，自己岂不是违诺？

他把这件事昧在了心里，又叮嘱新荷好好跟着灵芸。虽然陪嫁丫头不好听，但跟了灵芸起码有碗热饭吃。说着话，早走到药王庙外。一乘花轿停在雾中。小山东唤一声"二奶奶上轿"，掀开轿帘，灵芸又跪下朝着月台上拭泪的刘鹤亭磕了三个头，才退身进轿。再掀开轿帘向外瞅，月台上却不见了师父和老谭，只有轻盈的薄雾在缭绕。

大师哥也没在。

昨晚夜风频吹，只听到潮白河上有笛声哽咽，断断续续吹了一宿。灵芸听出那是大师哥的笛声，也能听得出笛声里的幽怨和无奈。

刘鹤亭躲在门后看着花轿消失在雾中。

老谭说："车马都已备好了，该走了。"刚才隐匿在雾里的师兄弟们突然出现在月台上。他们都没有和灵芸道别，怕承受不了那份离恸。

"走了，走了！"老谭大喊。

刘鹤亭坐上骡车，头再也不回。

"东家，洛芸好像没在。"张妈从车厢里探出头来。

刘鹤亭叹口气："别找他了，人都有命管着呢。"

洛芸坐在河中小舟上，哽哽噎噎地吹了一天的笛子。他听到了远处小山东吆喝起轿的声音，那一刻，他知道自己将永远地失去一个深爱的人。洛芸的心陡地沉到潮白河底，小舟似乎载不动他的愁苦，竟然也跟着水势摇晃起来。

他用力捶着船板，咚咚地响，震得潮白河都起了波澜。

花轿在雾里穿行。小山东在前面开路，嘴里不停地叫着"快"。穿过清冷的街巷，绕到镇外基督教堂后面的背街，轿子在一处青砖宅院前停了脚。灵芸掀开轿帘，从缝隙里向外瞧。她是第一次见到教堂。这种在她看来怪异的尖顶建筑是那么让人不安，硕大的圆柱支撑着巨大的拱形穹顶，在雾中极力伸展。宅子躲在高大的阴影中，像是藏在母亲腋下寻求庇护的孩子，恓惶不安。再远处，是牛栏山。山脚萧瑟处，隐隐藏着许多墓碑——那是陈家的祖坟。灵芸的心又凉上了一层，这条街上住的都是教民，平时跟镇上其他人绝少来往。嘉怡用心良苦：躲在教堂腋下，正好可以遮掩镇上其他人的眼目。

第四章　洞房

"停轿，停轿！"小山东喝住轿夫，焦急地敲打老宅门环。一个婆子应声打开大门。

"灵芸，该下轿了，把盖头蒙上。"新荷隔着轿窗叮嘱。

小山东闻言瞪了新荷一眼："胡乱叫什么？怎么不懂规矩？以后改口叫二奶奶！"

新荷红着脸应了一声。

那婆子搭了灵芸的手，嘴里"二奶奶"叫个不迭，搀着灵芸进了大门。门槛后又按照老理儿放了马鞍，上面还搁了一枚铜钱。婆子叮嘱灵芸一脚迈过去，千万莫回头。

灵芸道："谢谢大娘。"

那婆子却吓得什么似的："二奶奶可别这么称呼，我是下人，您叫我梁妈就成。"

绕过影壁便是正房。

灵芸被盖头罩着什么也看不到，只能任婆子摆布。堂屋正门口摆了一张桌子，上面供着祖宗神龛，桌子前面还搁着一个火盆。婆子用力一架灵芸腋下，道一声"红红火火"，灵芸的脚就不由得跨过了火盆。

"小山东，老爷呢？"梁妈的声音焦急喑哑，"过了吉时可不吉利！"

小山东急得直跺脚："昨儿夜里跟老爷再三说了拜堂时辰，谁知道他这会儿还不来，俺到酒坊找他去。"

"别去了。"灵芸索性揭了盖头。

梁妈连连拍腿："哎呀，二奶奶，这还没进洞房呢，怎么能见天光？"

灵芸把盖头抓在手里，向着祖宗神龛跪下："列祖列宗，今儿我灵芸算是嫁到了陈家，即便是做小的，也是陈家的人了。嘉怡有事来不了，祖宗们也不必怪罪，我一个人权当拜堂了。"她重重磕了三个头，把盖头抛在了一边。梁妈不住顿足，叫道："活了这么大，还是第一次见新娘子自己拜堂。"

教堂的钟声突然响起，栖息在塔楼上的鸽群突然飞进暮色。刹那间，杂乱的雾气被搅得纷纷纭纭。梁妈由恼生恨，低声嘟囔道："这哪里来的煞星？搞得吉时还有送钟的！"

灵芸也不理会，抻着裙裾独自一人进了堂屋，"砰"地关上门。红烛烧灼着惨淡的夜色，烛台上早已烛泪堆积。女孩的一双泪眼顿时迷离了……

岳丈林茂声来得颇为蹊跷。戌时末拜堂，他偏偏戌时初到了兴泰。人先去了书瑶的屋里。看到父亲，书瑶勉力要行大礼，林茂声一把搀住。见书瑶面黄肌瘦的样子，险些掉下泪来。搀着书瑶在榻沿上坐了，问："可是嘉怡又欺负你来？"书瑶连忙摇头道："嘉怡待我很好，您老可别为难他。"

林茂声不放心，问书瑶："是不是他又在外面寻腥？我听鸿利烧锅白掌柜说嘉怡最近喜欢上一个戏子。"

书瑶用袖子掩住嘴咳嗽了几声："听王妈说那天嘉怡是醉了，跟一个贝勒爷斗赏，第二天还心疼银子来。"

林茂声又埋怨书瑶总是护着自己的男人，怕是哪天被卖了都不知道呢。书瑶觉得眼中一热，忍不住掉下泪来。

林茂声顿足："也不知道我们林家造了哪辈子的孽，把一个好端端的女儿嫁给了陈家，现在竟然变成这般模样。那一年，他偷娶了一个老兵痞的闺女做小，打那时起，我们的翁婿之情早就没了！"

林茂声的话戳到了书瑶痛处，她忍不住哽哽噎噎地哭。王妈也叹道："也不知道老爷怎么回事，偏偏就喜欢那些门外的贱女人。我家奶奶知书达理，去哪里寻这么好的太太？"

林茂声听得心里越发火大，说要去找嘉怡算账。书瑶跟到门外，唤一声"爹"，林茂声只装作听不见，气呼呼地去了后院。本来嘉怡已经换好了吉服，正准备出门。听到院子里林茂声喊"嘉怡"，忙一面答应，一面脱了吉服，随手罩上了一件绀色的长袍，又忙把吉服塞到了被垛后面。林茂声进了门，兀自叼着烟袋闷头猛抽了一通。又问嘉怡是否要出门，嘉怡忙道："没事。"

"这些天那个什么载贝勒一直活动着呢。"林茂声终于说了正题，"他盘下了离你不远的万盛酒楼，听说要做烧锅坊呢。"

嘉怡奉上茶："这个我早就听说了，他做他的，我做我的，两不相扰，他即便是什么贝勒也奈何不了我。"

"你错了。"林茂声把烟袋在桌沿上重重磕了两下，"这家伙就是冲着兴泰来的。他收买了镇上好几个做烧锅的老师傅，听说又要跟内务府的许公公联手造酒呢。要是许公公掺和的话，你这贡酒的名分和烧锅公会会长还能要得吗？"

嘉怡的心重重一抖。他当然晓得其中的利害——丢了这两个名头，就意味着兴泰丢掉了牛栏山烧锅的头把交椅。南北酒商看重的就是兴泰贡酒的名分，没了它也就丢了魂。嘉怡的脑袋上顿时冒了汗。

正说话间，峻卿探进头来。孩子长得壮硕可爱，穿了绀色的小袄，脖子上挂着赤金的长命锁，看到林茂声怯生生地唤了一声"姥爷"。林茂声张开臂膀唤峻卿进来，孩子看看嘉怡站在门槛后不敢稍动。

林茂声走过去抱了峻卿，又瞪嘉怡一眼："你看把孩子吓成什么样？平日里不知道怎么凶呢！这可是我外孙子，要是亏待了我可不饶你。"

嘉怡道："岳父说的哪里话，峻卿可是我亲儿子。"

林茂声冷笑："只怕儿子是亲的，老婆却不是亲的。我刚才去见了书瑶，人瘦得不成样子。也不知道你怎么疼的老婆，怕是心里只有那个死了的寄春吧？嘉怡我可告诉你，现在镇上的烧锅除了兴泰就属我富顺庄大，要不是我接济你，兴泰能坐稳头把交椅？你烧锅公会会长的位子怕也是难以坐稳。"又在峻卿的脸上亲了几下，"这一切都是看在书瑶和峻卿的面子上。实话实说，要是我一倒戈归顺了载贝勒，你兴泰的好日子可就到头了！"

嘉怡的手心里攥出了汗，林茂声的话里倒有七分是真的，不禁暗自庆幸自己隐瞒了娶戏子的事。那年娶寄春时，林茂声就在酒坊里闹了一场。若是林茂声知道了灵芸的事，不知会闹出什么事体来。等林茂声教训够了，已经到了掌灯时分。嘉怡偷偷瞧了一眼西洋钟，早已到了亥时。他假惺惺地留岳丈吃饭，林茂声却冷冷地丢了一句"还有事"。

夜风吹得灯笼摇曳，一地破碎的光影。嘉怡站在灯下暗自出神，他何尝不知道书瑶对自己的好，可怎么就爱不起来呢？他拉了峻卿的手走到前院，书瑶的屋里还亮着灯。女人的身影影影绰绰地映在窗纸上，像没灵魂的槁木。

"峻卿，去陪你妈说会儿话。"嘉怡抚着峻卿的头。孩子"嗯"了一声，转身去敲母亲的房门。嘉怡这时才想起来，自己已经耽误了拜堂的吉时。

灵芸一直在榻上枯坐着。梁妈把盖头送来，却被她扔了出去。一对红烛烧尽，婆子又续上了两支。灵芸看着烛泪叠叠，也不由得眼里含了泪。想起每日此时，师父和老谭应该正在整理行头，两个老头一边唠嗑，一边忙碌，累了时会靠在墙上抽袋烟，相对无言，却又那么默契。大师哥应该坐在庙外吹笛子吧？心情好时，笛声就悠扬得很，心情糟时，笛声就会哽哽噎噎。自己有时也会坐在师哥身旁手撑两腮倾听，笛声在星空中弥荡，天上的仙子也会听到吧？想到大师哥，灵芸的心更痛了一重。临走时没见他送行，此时也不知道会在哪里。心里想着，人却斜倚在榻上睡着了。朦胧间，突然听到笛声。她连忙跑出去，夜空寥廓，那些雾霾不知何时散了去，星空清澈如水。灵芸唤了一声"大师哥"，在一旁偎坐了，洛芸侧脸一笑，仍旧俯首吹笛。夜风频吹，从天际俯冲下来，吹动灵芸的发丝。灵芸被笛声撩拨着，心在瞬间融化了。

大师哥停了笛子，走到潮白河边，衬着一河的星光宛如幻境。"灵芸，你好狠心。"洛芸幽怨地说，眼中有泪光闪闪烁烁。

"师哥……你怎么还不明白……"灵芸嗫嚅着站起，周围一片寒蝉凄切。洛芸横吹短笛，一步步向着潮白河走，转眼河水就没过了腰身。

"师哥，快回来！"灵芸大喊。

洛芸渐渐消失在星光河影中，只是那短笛声持久不散，袅袅地在半空中飞。灵芸气得大哭，人竟然随着笛声飞起来，又落下，像纸鸢一样。有人在用力摇晃她的肩膀，她睁开眼睛，眼前却站着嘉怡。穿着蓝色薄袍，外面罩了湖蓝色的马甲。他背着手，正俯首看灵芸的脸。

"怎么，做噩梦了？大师哥是谁？"大拇指在灵芸的腮上抹了一下。女孩烫着一般，连忙扭头。见嘉怡问大师哥，脸却羞得红布一样。男人宽厚地一笑，不再追问。在旁边偎着女孩坐了，牵了她的手："你莫怪我耽搁了拜堂，本来早就要来，却被人缠住了，等哪天咱们再补上。"

"这拜堂哪里有再补的？"灵芸抽出手别过脸去，"也只能怪我们戏子命贱。"

烛光跳动了几下，嘉怡的心旌随着烛光摇曳。女孩一身红装，霞帔上珠辉流溢，滋生出满室暧昧的暗红光晕。他恍然间觉得坐在床头的分明是寄春，一时间竟然忘了今夕何夕，眼前何人。他再次握紧女孩的手，灵芸抽了数次都难以挣脱，只能垂首无语。

"你放心，我会好好待你，把这一切错过的都补过来！"嘉怡不知道自己是在向谁说。寄春，还是眼前的灵芸。

临近万盛酒楼时，谭耀宗跛了一下脚，轿夫忙停了轿子。谭耀宗下了轿，特意叮嘱仪仗就停在远处，不要鸣锣。他整整顶戴，一路向万盛酒楼走来。脸上酝酿着笑意，心里却在骂娘。暗怪自己时运不济，怎么就偏偏在顺义做官。这地方近在京畿，不仅京师各衙门的官长常来，更要命的是那些王爷和贝子贝勒们不时光顾。自顺治始，顺义县便成了赏赐给八旗官兵的畿辅旗地，原来还只是赏赐官田，到后来土地渐少，这些贵勋们干脆圈地抢占民田，好几次都差点激起民变，如果不是行文请求顺天府弹压，恐怕他这知县也早就死过几次了。这次载澜来顺义，他本想借故不见，但听说载澜是勋王爷的侄子时，又只得硬着头皮见上一面。得罪载澜不可怕，得罪了勋王爷，自己怕是要吃不了兜着走。

万盛楼原本是牛栏山镇最大的酒楼，装饰豪华。楼后是一座五进的大宅院，宅院之大足以和兴泰一较高下。载澜也不知道用了什么手段，毫不费力地盘下酒楼，想来背后必有勋王爷撑腰。谭耀宗一路想着进了门，门首站着两个衣着干净的小厮。他递了名帖，一个小厮把他领进院子，绕过影壁让他在庭院里候着，说去后花园知会一声贝勒爷。谭耀宗拨弄着朝珠，假装观赏花廊上的对联，心里却盘算着如何跟这位贝勒爷见面。

载澜正在后花园鱼池前撒鱼食，跟班小厮跑了来，说是顺义知县谭耀宗求见。载澜冷笑，说："这位谭大人终于有时间理会本贝勒了。"想了想，干脆撩开衣襟在池边坐了，"你让他进来吧。"不一会儿工夫，谭耀宗提着袍襟一路疾行到载澜跟前，嘴里唤着"顺义县正堂谭耀宗拜见贝勒爷"，拍打袖子跪了下去。清朝旧例，贝勒出行，大臣、都统、尚书在道旁勒马停下，二品以下皆要下马，谭耀宗七品官秩自然要下拜。载澜却大喇喇地坐在池堤上，手里拿了一个白底青花的鱼食罐，嘴里不住地唤着鱼，眼睛也不向谭耀宗看上一看。谭耀宗伏地偷瞧，心里气不过，又轻唤了一声："顺义县谭耀宗拜见贝勒爷。"载澜这才转过头来，装作惊讶的样子："贵县什么时候来的？"也不起身，手里仍旧在抛撒鱼食，"起来吧，看样子你年纪也不小了，跪在这石板路上可不好受。"

谭耀宗勉力起身："前些天就听说贝勒爷到了顺义，因为卑职一直陪着户部的人查看漕河河务，实在不得空，力望贝勒爷海涵。"

载澜放下鱼食罐，负手而立："我都听贵县县丞王大人说了。我怎敢怪你？肃顺是当今皇上面前的红人，即便是他手下的小厮到了，你谭耀宗恐怕也是吓得要命。我不过是一个贝勒，大清朝户部尚书只有一个，贝勒爷却多的是。你说我怎敢怪你？"

谭耀宗红了脸："贝勒爷还是责怪卑职怠慢了。这漕河事务打我大清立朝就是国本，天下漕运，大运河就承担了一半。事关我朝财赋大事，户部勘查，卑职怎敢怠慢？"

谭耀宗这段冠冕堂皇的话，载澜倒也无可辩驳。又想到今后在牛栏山许多事怕是还要谭耀宗张罗，说得多了恐怕要伤了和气。于是，缓和了神色，不尴不尬地讪笑了几声："我这人就爱开个玩笑，谭大人过于认真了。我来贵县做事，怎么能不体谅你的难处？"说着话，做了一个"请"的手势，让谭耀宗进凉亭坐下，又亲手斟了茶递过去："我从京里来时，叔父勋王爷再三要我致意贵县。并要我再回京时把贵县的年庚、资历奉上，想是要提携大人呢！"

谭耀宗一听忙放下茶盏，重重地一跪："请贝勒爷代向勋王爷请安，就说谭某时时刻刻不敢忘王爷提携之恩。"

载澜哈哈大笑，挽了谭耀宗一下："你这话我一定带到。"

谭耀宗战战兢兢地坐下，用马蹄袖偷偷拭一把冷汗。载澜暗笑，还是叔父的名号好使。有了叔父做靠山，谭耀宗帮衬，牛栏山大大小小的酒号早晚全是他载澜的，陈嘉怡算什么？那块乾隆爷题的匾额早晚要摘下来。突然又想到灵芸，心头不禁一荡。早上听小厮说，福盛班突然趁着大雾离开了牛栏山，也不晓得因为什么。看到载澜出神，谭耀宗假意咳嗽了一声。载澜这才回过神来，问肃顺的人可曾回京。

谭耀宗道："户部的一位主事带了几个人刚走，不过临去时说肃顺大人近期可能要亲自来顺义。"

载澜心头一紧："他来做什么？"

"听说一是考察河务，二来为开酒禁的事。"谭耀宗道，"如今我大清内忧外患，国库吃紧，这实行了二百多年的酒禁怕是要开了。"

载澜笑道："看来肃疯子是在帮我的忙呢。知道我盘下这万盛楼是要做什么吗？做烧锅！实不相瞒，这也是我家勋王爷的主意，指挥运筹全是他老人家，我也不过是走在前面应个名而已。这酒坊的名字勋王爷都想好了，就叫它——福恒昌！"

嘉怡来了又去，像是一只候鸟穿梭在酒坊和小宅院之间。每天傍晚教堂的钟声响过之后，嘉怡就会拍打院门，带着一身淡淡的酒糟香味。许多年后，灵芸总会忆起这段时光。那些岁月，冷峻而美好。对于一个常年漂泊的戏子来说，能有一个衣食无忧的家该是多么难得啊！何况还有一副宽厚的肩膀可供自己依靠。每天她都隔着窗子向西面眺望，等待着鸽灰色的云翳在天际肆意涂抹。每当这时，嘉怡离回家就近了许多。她会让新荷备下酒菜，等待着那串让人心生希冀的敲门声。男人会端了酒杯，嘴里絮絮叨叨地向她说起酒坊的事体。在男人的口中，她逐渐认识了跟班伙计小山东、酒坊大师傅吴老和和奶娘王妈，还有她最不愿提及却又无可回避的大太太书瑶。饭毕，男人照例会吹灭了灯，把女人裹在怀里。教堂的灯光从窗棂里流泻而下，像是一摊绵软的月色，竟然还散发着一缕酒香。男人的胸膛厚实、宽阔，足以让她久已狂驰的心安顿下来。灵芸沉浸在温暖的黑暗中，深夜醒来，听到身旁的鼾声，她会产生一种不真实感。然后忍不住又去抚摸嘉怡，那肩硬实，那胸宽阔，都真切不虚。她会坐在黑暗中无声地笑，这一切才是她想得到的。而每天清晨辰时初，是灵芸最难受的时候。嘉怡虽然贪欢，但对于生意却不曾落下半分半毫。教堂晨祷的钟声一响，嘉怡会快速穿上袍褂，嘴里念叨着酒坊今天的活计，把凌乱的辫子在头上盘上一盘，长袍的纽襻都不曾系好，腰里扎了布带，飞也似的出了屋门。听到院门"砰"的一声，灵芸的心顿时缩成了一团，皱巴巴的，变得没有半分生机。

于是，女人开始了下一个轮回。她焦急地等待着教堂晚崇拜的钟声敲响，那是她欢乐序幕开始的钟声。

吴老和和所有伙计都发现东家最近的反常。人看上去萎靡了许多，不像以前常常跟伙计们在一起干活儿说笑，很多时候都是一副倦怠的样子。甚至前几天装醅入甑的重要日子口，东家还晚了半个时辰才来。搁在往常，他会早早地等在曲房里，若哪个来晚了，还会招他一顿臭骂。入甑的日子，就连最浑的伙计都不敢怠慢，唯恐挨了东家的骂。哪知道这次入甑，所有伙计都齐刷刷地候在曲房，东家却迟迟不见身影。一直到辰时末，人才一脸倦容地出现。眼里无神，脚下也软塌塌的，还险些踩空掉进地缸里。

吴老和把小山东拉到背处问："东家是不是遇到了狐狸精？怎的这些日子整天魂不守舍，人也瘦了许多？"小山东哪里敢说，只是说可能在外面喝酒来着。吴老和知道小山东没有说实话，他是兴泰的老人，打嘉怡的父亲开始就一直做酒坊里的大师傅，嘉怡是他看着长大的。少东家的一个眉眼，一个表情，他都能推测出背后的含义。嘉怡爱喝酒不错，可性格高傲，很少跟镇上其他烧锅作坊的掌柜饮酒，更不曾连天数日滥饮。

王妈也察觉出了端倪。她从书瑶屋里捧着痰盂出来，正好遇到吴老和，忙唤一声吴师傅，放下痰盂把吴老和拉到了花廊的葡萄架下。吴老和本来就厌烦这个婆子长舌，看到她用端痰盂的手拉自己，忍不住用烟袋掸了掸袖子。

"干吗啊？我还忙着呢。"吴老和也不看王妈。

"就问你一件事。"王妈压低声音，"这些天少东家是怎么回事？整天夜不归宿，平日整天生龙活虎的，这些日子倒像是被狐狸精吸了精血，人蔫得要命。你跟他最亲近，一定知道底细。"

吴老和瞥一眼王妈："少东家是吃你奶长大的，要说亲近也是跟你，你敢叫他名字，我敢吗？我一个扛活儿的，哪里就成了他最亲近的人？你想知道就应该亲自去问他，拿出奶妈的威严来，训斥他一番才是。"

王妈沉了脸："嘉怡这孩子从小就脾气大，老爷在的时候连他爹都敢顶撞，哪里会把我这个奶妈放在眼里？"又讪讪道，"我这不也是为了他好吗？"

吴老和冷哼了一声："一个大男人，不外是喝酒赌钱的事儿，至于大惊小怪吗？"

王妈到底心中不甘，又把头凑得近些："听说福盛班突然离开镇上了。这事倒是稀奇，本来唱得正好，怎么就突然走了？莫不是那女戏子……"

"王妈，你年岁也不小了，能不能把嚼舌根子的习惯改改？"吴老和脸上变了色，把烟袋锅在鞋底上敲了敲，头也不回地走了。王妈哼了一声，自语道："我看这事怕是真的了，不然脸上变色做什么？"遂又进了书瑶的屋子。

书瑶怕光，就连窗户也用幔子遮了，把日头天光统统挡在了门外。她枯瘦如柴，两颊塌陷得很深，那团被挤得狼狈不堪的光打在脸上时，会仓促地落下两块阴影。她坐着不动，几案上搁着烟枪，烟灯上还有丝丝余烟，断断续续地，像绝唱。王妈看到又拍腿抱怨："大奶奶，你怎么又抽大烟？真不要命了？"

书瑶被未尽的烟雾缠裹着，人有些微醺。她闭着眼，靠在被垛上："不要就不要了，这命有什么好贪恋的？"

"大奶奶净说些犯忌的话，你要是不在了，还不知道会称谁的意呢！"

书瑶仍旧闭着眼："还不是你奶大的嘉怡高兴？他怕是巴不得我死呢。"

第五章　邂逅

王妈坐在榻上，让书瑶靠在自己身上："大奶奶可别这么说，嘉怡虽然脾气大，但却没那么狠。到底是结发夫妻，哪里有那么恨自己老婆的？"

书瑶又是摇头冷笑："王妈年轻时就守寡，怕是不知道这男女之事。要是男人心里没有女人，那女人就是把心掏给他也无济于事。要是心里有了女人，即便女人是瞎子、聋子、哑巴也是好的。你没看先前寄春吗？爹是军汉，她打小就在军营里厮混，为人轻佻得狠，嘉怡还不照样迷得要死？"

王妈叹息一声，又道："说起寄春，前些日子唱堂会的那个女戏子竟然和她面目有几分像呢！"

书瑶睁开了眼："我那天早就看出来了，无论眉眼举止竟然都很像。"

王妈沉吟一下："福盛班刚刚在牛栏山站稳脚跟，前些天突然趁着大雾走了，也不知道去了哪里。这些天嘉怡又整宿在外不归，人看上去也倦怠得很……"

书瑶沉默了一会儿，突然掉了泪。王妈忙抚胸捶背地劝慰："兴泰这么大的家业，嘉怡年岁也不算大，男人在外面吃点腥也算不得什么。你不是有峻卿吗？都说母以子贵，峻卿是陈家的嫡长子，嘉怡做得过分了，不但陈家族人不答应，怕是镇上所有做烧锅的都会戳他脊梁骨呢。"

书瑶哽咽道："王妈，我不怕嘉怡在外面眠花宿柳，也不怕他娶小。嘉怡人在盛年，加上家底又厚，我也挡不住他娶小，只是怕他娶来一个像寄春的漂亮女人。当年，寄春没来的时候，嘉怡虽然不待见我，可大面上还说得过去。自从那女人到了家，我就成了路人……"书瑶呜呜地哭。

"大奶奶别哭了，这事若真这样就是嘉怡过分了。我让人打听着点儿，看嘉怡到底是怎么回事。"王妈道，"若在外面娶了小，就得告诉亲家老爷，嘉怡再怎么样也要顾及他老丈人的面子。"

书瑶止住哭："我爹前些日子说，嘉怡在药王庙和一个京城来的贝勒爷斗气。那位贝勒爷身后有当权的王爷撑腰，被嘉怡损得丢了面子，就拿定主意要在牛栏山开烧锅作坊。这位贝勒爷要拉拢富顺庄，我爹虽然对嘉怡有看法，但毕竟是翁婿，所以没有理会他。要是这次嘉怡在外面再做出什么不体面的事体来，怕是我也挡不住爹去投靠贝勒爷。到那时，兴泰怕是要毁在嘉怡手里了。"想想又道，"王妈，杏儿跟小山东是同乡，你让她打听打听去。"

牛栏山的秋天来得没有半分迟疑，才一入秋山峦树木就被铺天盖地的金黄色笼罩了。官道两旁的白杨和银杏黄得肆意，像是画师醉后的涂抹。叶子簌簌地落，衬着头顶绚烂的天空，入眼就成了画。河堤上的矮柳成了枯色，淡淡的一笼烟沙。风从潮白河上吹来，是那种温润潮湿的寒凉。嘉怡看着伙计们装了甑，随意裹了件袍子，把辫子盘在头上，负了手朝着河堤走去。他心里快快的，想不通自己怎的一刻也离不开灵芸。即便是在酒坊的院子里，他也会时常仰望教堂的塔尖。那下面就是灵芸，一只禁锢在宅院中的金丝雀。他期待着教堂晚祷告的钟声，那是欢乐启幕的召唤。女人给予他的不仅仅是肉体的快乐，还有一种深刻到灵魂深处的东西。他推开宅门的那一刻，女人总会站在院子的暮色中候着他。那些因被风洗涤而纯净的云翳会洒落在女人的肩上，像透明的羽毛。于是，女人就变成了天使。

嘉怡无时无刻不想着把灵芸接回大宅院，可目下那位载贝勒正在寻衅，他需要岳父林茂声的帮助。一旦他娶小的事情公开，林茂声就会反目，站在载贝勒一边。这还不是最可怕的，最可怕的是镇上其他烧锅号子也可能追随林茂声而去。载贝勒这次动静不小，听说正在逐户拉拢烧锅同行。兴泰百年兴旺，靠的不单单是那块御匾和甘泉圣井，还有同行的帮衬。

一路想得出了神，过磨坊街时险些与迎面而来的人撞个满怀。嘉怡才要发怒，那人却含笑抱拳打了个躬，嘴里道着"海涵"。嘉怡这才回过神来，细看那人却是四十上下，脸上留着短须。头戴黑色秋帽，身着深绛色长袍，外面罩了石青色的马褂。脸上虽笑得谦卑，那神态气度却甚是威严。男人的身后跟着五六个伙计，手上都牵了骆驼，驼背上搭着各种毛皮，显见是从蒙古多伦来的驼队。

嘉怡掸掸衣襟，道一声"不碍事"刚要离开，多伦商人却挡住前路。

"敢问先生，这镇上最大的烧锅是哪一家？"多伦商人问。嘉怡一怔。虽然烧锅在蒙古有买家，但草原上的人还是习惯喝奶酒，牛栏山北路烧锅还是没有打开局面。

嘉怡脸上遂堆了笑，微微一躬："先生算是找对人了，这镇上最大的烧锅是兴泰，不才就是兴泰的掌柜，我姓陈。"

"兴泰。"多伦商人上下打量了一下嘉怡，"可是乾隆爷亲题御匾的兴泰？"

"正是。"嘉怡抱拳。

"真是天意啊！原来是陈掌柜，正到处寻您呢！"多伦商人令伙计们在路旁暂歇，他却挽了嘉怡的手进了街边的酒铺。两人落座，嘉怡打问多伦客商姓名。那人道："鄙姓艾，你管我叫艾掌柜就好。"又道，"这次我南来一是运送皮子，二是想打听一下烧锅的行情。不瞒陈掌柜，我这些皮子都是走单行，从北边送到京城就空手而归，枉跑了这么远的路。要是回去时捎上些烧锅，不也是一举两得吗？"

嘉怡看到艾掌柜的拇指上是羊脂玉的扳指，心里一惊，觉得从言谈举止看此人绝不是一般的皮贩子，显然是有些来路。要是在多伦找到了有权势的靠山，打通多伦北路怕是指日可待。于是脸上赔了笑道："艾掌柜的主意好是好，但就凭这几头骆驼怕运送不了多少酒。"

艾掌柜大笑："只要你有酒，还怕蒙古人没有骆驼？只是——"他压低声音，"大清自打圣祖爷开始就实行酒禁，虽然当今朝廷睁一只眼闭一只眼，但酒禁未停，怕是你兴泰也不能敞开造酒吧？"

嘉怡笑道："兴泰两百年兴旺不衰，全仗着乾隆爷那块御匾加持。顺天府和顺义县再大也大不过朝廷吧？只要你卖得出，我陈嘉怡就造得出。"

艾掌柜捋着短须若有所思："陈掌柜，你说这朝廷也是，天下人这么多喝酒的，为何还要下禁酒令呢？"

嘉怡四下看看，轻拍桌子："艾老板算是问到点上了。说句杀头的话，这禁酒令早就该收了，不然受损的还是朝廷。"

"此话怎讲？"

嘉怡手指沾茶在桌上写了个"粮"字："你想想，当年康熙、雍正、乾隆三位爷为什么要禁酒，还不就是因为这个粮字？当初天下甫定，百废待兴，最重要的就是百姓安定。每逢灾年，朝廷的第一件要事就是赈灾、放粮、施粥，可这粮食打哪里来？还不是从老百姓的牙缝里去挤？那会子，朝廷看到的是这些烧锅酒坊在与民争粮。康熙三十二年，京畿因灾歉收，粮价奇高，而蒸造烧酒又太费谷米，于是康熙爷就下令顺天、永平、保定、河间四府禁酒。到了雍正爷时，不但受灾地区禁止酿酒，就连周围的府县也要一并禁酒。不过，最厉害的还是乾隆爷。乾隆初年，天灾频繁，民不聊生，乾隆爷干脆全国无论丰年歉年都要禁止酿酒，烧酒最盛行的北方五省还要永行禁止酿酒。"

艾掌柜抚须而叹："这事儿我倒是知道一二，禁酒之事一直有争论。当时的刑部尚书孙嘉淦曾上书皇帝，说禁止烧酒不利民生，北方五省多种高粱，禁止酿酒会导致高粱滞销。还有就是，禁酒太严必然会有人铤而走险，私下酿酒，高价售出。也正是这封奏折提醒了乾隆爷，所以禁酒一说虽然始终奉行，但终究还是留下余地，不然他老人家也不会替你写那块御匾。"

嘉怡道："艾掌柜说的是。嘉庆、道光时禁酒令也略有松动，但终究没有被废除，这也就有了后来的贡酒制度。兴泰能够存活是沾足了乾隆爷那块匾的光，百年以来一直做着朝廷的贡酒。这内务府向下面府县分发配额，府县再下发给各大酒坊。我们兴泰是顺义的贡酒作坊，其余各家无论大小，要酿酒都要向兴泰讨要配额。"

"那您陈掌柜可就是扛把子了，怕是谁都不敢得罪您吧？"

嘉怡苦笑："艾掌柜有所不知，这牛栏山的扛把子并不好做。这些年来，各大酒坊都要看兴泰眼色，哪个心里能痛快？都恨不得想把兴泰取而代之，做一回扛把子呢！"

店伙计摆上几碟菜肴，又问嘉怡可要喝酒。嘉怡道："艾掌柜远道而来，我正要尽地主之礼呢，怎么能没有酒？"

艾掌柜也微笑点头："正要尝尝兴泰的烧锅。"

伙计搬了一坛酒来，摆上两个青花大碗，打去酒坛泥头向碗中斟满了酒。嘉怡端起酒碗："艾掌柜，喝烧锅就要配上这青花大碗，您是见过大世面的，莫要笑话。"

艾掌柜和嘉怡碰了一下碗，把鼻子凑在酒上用力闻了闻："这酒还没有到嘴里，味道已经蹿到心里了。"尔后喝了一口，啯啯嘴赞道："清爽醇净，余味悠长，真不负兴泰烧锅的大名啊，这生意我是做定了！"

嘉怡正好借酒浇愁，又碰上艾掌柜这样一位善谈的塞外富商，越发肆意起来。"不瞒艾掌柜，我看眼下这形势，怕是朝廷早晚要解开酒禁。到那时，怕是你们多伦都要设分号呢！"

"陈掌柜怎么觉得朝廷要开酒禁呢？眼下内忧外患，百姓口中无粮，不正应该禁酒才是吗？"艾掌柜的眼神里多了一分凝重。

嘉怡用手沾酒在桌上写下一个"钱"字："看到没有，现在的朝廷跟开朝时可不一样，那时为了天下苍生的肚子需要禁止烧锅，现在洋人欺辱朝廷，割地不说，还要赔款，听说要赔给洋人几百万两银子。加上咱们家里面也不消停，南方的长毛和捻子杀不尽、赶不绝，这一桩桩哪里不需要钱？眼巴前朝廷可顾不上百姓的肚子了，他们想的是钱。有了钱就能向洋人买太平，有了钱就能发军饷，镇压长毛、捻子。所以嘛——"

艾掌柜突然压住了嘉怡搁在桌上的手。

两人目光撞在一起。有一瞬间，艾掌柜的眼里有了一丝怒气，蒸腾如狂飙，几欲夺眶而出。嘉怡一怔，但随即艾掌柜眼中的火焰渐渐熄灭，倒成了一汪浅浅的眼泪。两人无声地对视，直到艾掌柜慢慢垂下眼帘。

"陈掌柜，要是朝廷开了酒禁将会怎样？"艾掌柜的语气放缓，按在嘉怡掌上的手也慢慢抬起。

"朝廷和百姓两相受益。"嘉怡道，"您想想看，如果是丰年，势必会粮贱，百姓手中有粮却卖不出去。如果是灾年，粮食势必价高，那时即便是朝廷不禁酒，烧锅作坊怕也是无利可图，只能歇业了事。这样算下来，有了禁酒令，酒商和百姓都无利可图，朝廷不能课以酒税自然也会受损。如此算来，三败俱伤。"

"你的意思是？"

"不过是八个字——酌量变通、弛禁征课。若是丰年，百姓口中有粮，可以大开酒禁，民有售粮之资，商有造酒之谷。要是遇到歉收之年，就对酒坊课以重税，对民对商两相有益，朝廷何乐而不为呢？"

艾掌柜轻拍桌子："对啊，要是遇到大灾之年，就收取酒坊捐赈银，赈民课税两不误，朝廷可是大大受益啊！"

两人又对视片刻，随即哈哈大笑。

嘉怡饮一杯酒叹道："我俩都是生意人，这些话也只能在酒桌上说说，怕是入不了朝廷耳朵的。"

艾掌柜捻须而笑："这可说不定，也许真的会传到朝廷的耳朵里呢。"他抬头看看窗外的日头，站起身，"陈掌柜，今日受教了，日后这生意咱们一定要做。明年春上，我要你兴泰两千坛老酒。"

嘉怡忙站起身抱拳："咱们烧锅行最讲究信誉二字，既然艾掌柜想跟陈某做生意就留下信物来，我这里好贮备曲子粮食。"

艾掌柜略一沉吟，从袖子里掏出一把折扇来："陈掌柜，看看我这扇子如何？"

嘉怡拿在手里端详，见是象牙扇骨，大骨精神，小骨匀实，上面又花团锦簇地雕着细花，展开扇面是极薄极轻的泥金纸，上面画了一丛墨竹，钤着一枚鲜艳的小印，落款是墨禅居士。更让人惊喜的是，扇钉上还有一枚玉石吊坠，上面写着"大清司农"四个红色小篆。嘉怡在江湖上行走得久了，又多与好酒文士交往，自然认得这是难得的扇中精品。"墨禅居士，是朱吉甫的画？他的画花木竹石，脱尽前人窠臼，自出机杼，没想到今儿能见到他的真迹。"

艾掌柜哈哈大笑："既然陈掌柜识得此物，就送给你当信物了。"说毕，负手而去。

"艾掌柜，这信物太重了些。"嘉怡在身后唤。

艾掌柜跨过门槛回头："不重，今天能跟你谈这一席话，价值千金，一把扇子能当得几何！"又沉吟一下，"你今后若有事想找我就到京城的分号去，我在帽儿胡同巷口开了家皮货分号。若是我不在，拿这把扇子给伙计看，他自然会带你找到我。"

嘉怡答应一声送到门外。艾掌柜唤伙计们牵了骆驼，头也不回径直向南门而去。嘉怡远远地瞧着，一直到驼队走进城外的秋色中，变成了一幅画。

丫鬟杏儿站在皂角树下打水，心里在计算着时间。每日的这个时辰，小山东应该从这里经过。

杏儿是阖宅公认最有心计的丫头。

这次相遇将会再自然不过。她在打水——当然，她必须在小山东经过时把水桶掉进井里。杏儿坐在井台上，手指轻敲着井台。她在心里暗数，一、二、三……到一百时，游廊拐角处有了脚步声，咚咚地踩着杏儿的心跳。

小山东终于出现了。

他肩上搭着褡裢，步履轻快地踩着青石板，像匹伢马。

"天福哥，哪里去？"杏儿扶着辘轳。阖宅上下只有杏儿管小山东叫天福，这才是他真正的名字。

小山东笑笑："去县城给东家抓药。"

预谋中的动作做得不温不火。杏儿一声惊叫，辘轳飞快地倒转，水桶掉到了井中。

"姑娘家到底没有力气。"小山东把辘轳摇得飞快。水桶晃碎了一泓井水，杏儿一只手搭在了他的手上，帮着摇辘轳。小山东闻到了杏儿身上的香气，心一动，水桶碰上了井台，溅出的水湿了棉裤。杏儿忙拿出汗巾蹲下身为他擦拭。小山东不敢低头看女孩，只能抬头看天。头顶落叶纷飞，蓝天之下，皂角树叶红色的脉络清晰可见。

"杏儿，算了，俺得赶路。"小山东说得语无伦次。

"还没问你呢，东家怎么了？"杏儿抓住话头。

小山东沉吟一下："哦，只是受了寒凉，拿些温补的药来。"

女孩站起身："天福哥，最近东家有些奇怪，整夜不回家，人也看着瘦了许多，大奶奶挺担心呢。"

小山东怔了怔道："酒坊里事多，东家是一家之主，劳心是难免的。"

女孩凝视着小山东："天福哥，难道你连我也要瞒吗？"

小山东垂下头嗫嚅道："俺哪里有瞒你……"

"我也不为难你了，快去吧。"杏儿把手绢塞进了小山东的褡裢："把这个带上，天冷，别在外面丢了丑。"小山东"嗯"了一声，转身欲去，又觉得过意不去，复又站住脚。

"你怎么又不走了？"杏儿问。

小山东低声道："东家的事只许你一人知道，可不许告诉别人。"

杏儿烟波一转："说吧，我只是好奇。"

"咱家爷在外面娶小了。"小山东像是蚊子在哼哼。

"当真？"杏儿的眼睛真的瞪成了杏核。

"当真。"小山东点点头，"人就在祖坟旁的老宅子里。"

"哪里人？好看吗？"

"你可记得前些日子唱堂会？那个头牌小旦就是。人自然比大太太好看许多，也年轻。"

杏儿想了想，惊道："是她啊！说起来还是大太太看人准，她一见到就说那女的长得妖气，一副要兴风作浪的样子。果然……"

小山东"嘘"了一声，连连作揖："小姑奶奶，你可小声点儿。要是东家知道了，非得把俺的皮扒下来不可，你可别对大太太讲。俺可要进城了，你记着点儿。"

教堂的钟声响过不久，嘉怡踩着暮色进了宅子，灵芸已经站在屋门口的葡萄架下迎候多时。两人见面，顾不得新荷跟梁妈在场，牢牢地执了手。梁妈咳一声，灵芸这才红着脸松了手。嘉怡命梁妈就在院子石桌上摆了晚饭。

灵芸看着男人，眼神里泛出心疼。嘉怡抬头，温柔的暮色中，灵芸眼眸烁烁，恍惚间像是当年寄春看他的眼神。那些夏日，他们也是坐在后院的葡萄架下，忙碌了一天的嘉怡光着膀子吃饭，石桌上灯烛摇摇，引来蚊虫嘤嘤撕扰，寄春手持纨扇驱赶飞虫，嘉怡每次抬头都能看到女人眼神中荡漾出来的爱意。相对一笑，刹那间这个世界里仿佛只剩下了他们两人。

"你倒是吃啊，怎么只管出神？"灵芸嗔道。嘉怡抬头笑笑，低头夹菜。

"跟我说说，你今天又遇到了什么有意思的事情？我在宅子里圈着，每天都闷得要死。"灵芸道。

嘉怡停了箸："我知道你心里怨恨，再过些日子一定让你风风光光地搬到大宅子里去。"

灵芸神情黯淡："你有你的难处，我没说非要搬到大宅子里去。一个做小的，到哪儿都得看大太太的脸色。"

嘉怡叹口气："这事儿你得看开。载贝勒一直在找兴泰的麻烦，此时我要是不隐忍着点儿，怕是会落人把柄。"

"我知道，不就是怕你老丈人不高兴嘛。"灵芸别过脸去，眼里有光在闪闪烁烁。又发嗔道，"我可告诉你，我打小在戏班里长大，受欺负的事儿经得多了。哪怕是做偏房，我也图个长远的名分，偷偷摸摸的也就算了。要是将来像破抹布一样将我丢了不管，我饶不过你！"

见灵芸发嗔的样子，嘉怡怜意顿生，一把抱住，亲昵道："我爱你还来不及，怎么舍得丢下你？"

灵芸撑拒："我可听人说了，你娶我是因为我像你先前的偏房寄春，是不是真的？"

"听谁乱嚼舌根？是不是梁妈？哪儿有的事儿？"嘉怡红了脸，一时语塞。

灵芸赌气回头，不理嘉怡。

嘉怡连忙转了话题，从袖里取出折扇来："跟你说件有意思的事儿。晌午时遇到一个多伦来的皮货商人，这个人怪得很。从样貌穿着上看，也不太像个商人，倒像是个做官的。他说要跟我做生意，问的却全是关于禁酒的事体。临走时，还给我留下这把扇子当信物，又说日后要是想找他时，就拿着扇子到京师的皮货分号。"

灵芸接了扇子，拿着玉石扇坠端详，再抬头时一脸惊愕："这扇子怕是来头不浅。扇坠上写着'大清司农'，要是一般的多伦皮子商人哪里能配得上'大清'两个字？"

嘉怡拿帕子拭着嘴："这事我也考虑了，多伦这地方藏龙卧虎。康熙爷那会子为了安抚喀尔喀蒙古，就在多伦与蒙古的王公贵族会盟，封了好多亲王、郡王、贝子、贝勒，说不定这位艾掌柜就是什么王爷、郡王。"又道，"管他是谁，多个朋友多条路，日后在北路也好打开局面。"

两人说话间早已夜凉如水。灵芸唤新荷去屋里拿了件大氅让嘉怡披上。嘉怡推却道："我不冷。"灵芸嗔怨地一瞥，嘉怡忙换了笑容披上大氅。"好好，我穿上就是。"

宅子外面，夜风吹动街上的落叶，滚滚而来，又滚滚而去，在夜色里像是荡漾不安的水波。书瑶被王妈和杏儿搀着站在墙外，墙里的说话声被风吹得隐隐约约。夜色里看不见书瑶的脸色，但杏儿感觉到书瑶在剧烈地抖动，摇曳如风中的叶子，轻飘飘地舞动，飘落，直到隐没进成堆的腐叶中。

"走吧。"书瑶道。

"就这么饶过那贱人了？要不要我去找亲家老爷？"王妈为书瑶抱不平。

书瑶轻叹一声："男人讨小，能有多大的错？再说，我爹要是跟嘉怡撕破了脸，兴泰倒了对我又有什么好？我毕竟是陈家的人。"

"大奶奶，你啊，就是人太好才受欺负……"王妈恨铁不成钢地摇摇头。

第六章　闹寿宴

这些日子，牛栏山上空阴云堆积，远山近水都被遮蔽在缠绵不清的雾霭里，让人觉得憋闷不堪。嘉怡偷偷养小的事儿还是传了出来，整个牛栏山镇都在经历着一场悄无声息的狂欢。林茂声到底还是得到了信儿，趁着酒性，踩着斑驳的夜色一路进了陈家宅子。他阴沉着脸掀开书瑶厢房的帘子，女儿怀里抱了猫，朽尸般坐在榻上。

"书瑶啊，你的魂儿是不是丢了？"林茂声在春凳上坐了，用力抽一口烟袋，"嘉怡偷偷娶小了你可知道？"

"我知道。"

"那小老婆在老宅子里养着呢，就是那个福盛班的女戏子！"

"我知道。"

林茂声叹道："我林茂声也是在江湖上混出名堂的人，当年跟古北口的土匪、多伦的响马都干过仗，还有牛栏山镇上这些个大大小小的酒号，一路上拼胆色才有了富顺庄今天。可我怎么生了你这样一个没出息的闺女，让人欺负成这样大气都不敢喘一声。"

"爹，哪个有家有业的男人还不娶小？"书瑶坐在暗影里低声下气。

林茂声呵呵冷笑："娶小不怕，可总得给我这老丈人说一声吧？再说了，嘉怡上次娶回那个疯疯癫癫的寄春，险些没把你害死，这次又来一个戏子，还不疯到天上去？我看他嘉怡是快活到头了。那个载贝勒后天要办寿宴，把镇上所有烧锅号子的掌柜都请了，唯独没有请嘉怡。这明摆着是要拉拢所有号子跟兴泰叫板呢！我也接到了载贝勒的请帖。只要富顺庄不去，兴泰就能和他载贝勒分庭抗礼。可这次我真得去了，也好让嘉怡知道我林家还有人在。"

"爹，富顺庄要是站在载贝勒一边，兴泰可真就走到头了。"书瑶摇摇晃晃地站起来，走到林茂声跟前，用手搀了他的胳膊。

林茂声拍拍书瑶枯瘦的手指："闺女啊，载贝勒是勋王爷的侄子，人家权势大得很。听说，后天内务府的许公公也要参加寿宴，怕是人家在福恒昌里也有股份呢。没了内务府的看顾，兴泰今后可能会丢了贡酒的名分，连造酒的份额怕也拿不到手了。富顺庄怎么能跟着兴泰往火坑里跳呢？"

书瑶变了脸色："爹，我也恨嘉怡无情，可思来想去这兴泰最终还是你外孙的家产。"

林茂声冷笑："男人眼里没女人,哪里还顾得上孩子?要是哪一天那个戏子生下孩子来,不知道峻卿要遭多少白眼呢。"说着话,人拔腿要走。

"爹,顾念着你闺女,明天的寿宴不能去!你一去兴泰就真倒了!"书瑶跌跌撞撞地走到门前,手扶门框喘作一团。林茂声背了手,头也不回地走进夜色。

晌午时,嘉怡来看书瑶。他站在门口,看到书瑶倚在被垛上,杏儿正在用调羹喂药。嘉怡轻轻摆了摆手,杏儿忙放下药碗,退出屋去。

嘉怡半个屁股坐在春凳上,随时要站起来离开的样子:"这些天酒坊里太忙,总也顾不得来看你,你最近将养得如何?"

书瑶用帕子捂住嘴,咳了两声:"还是那样,总觉得心里憋闷,胸满胁痛。大夫说是情志不舒,开了气郁汤和逍遥丸,服了几日总也不见效。"

嘉怡叹气摇头:"你是富人家的孩子,打小衣食无忧,我陈家也算是小有之家,也不知道你哪里来的这么些气。"

阳光陡然隐去,屋内一团漆黑。书瑶突然笑出了声,呵呵地不能自已。

"你笑什么?"嘉怡有些恼怒。

书瑶止住笑:"你不是我,当然不知道这气打哪儿来。女人哪里是有吃有喝就能自足的?我自打嫁到你们家,就没见到过你的笑脸,倒是那个死去的寄春,你每天捧在手里当作宝贝。你知道我看在眼里是什么滋味?"

"够了!"嘉怡沉下脸去。

书瑶又是冷笑:"当我不知道你娶小的事儿?走了一个兵痞之女,又来一个江湖戏子,我看你是想把陈家的门风丧尽,把兴泰的家业掏光。"嘉怡的心像是挨了重重一击,脸上变了色,一时却不知道如何应对。

书瑶又道:"把那女戏子藏在老宅子里终究不是长久之计,不如光明正大地接到咱们宅子里来,让她做了大,我做小的,天天服侍着你们俩。将来有了一男半女,再把峻卿和瑜卿赶出陈家,让这女戏子做了兴泰的掌柜岂不是更好?!"

嘉怡听得气不过,一掌拍在茶几上,药碗顿时翻了个。猫一声惊叫蹿出屋去,书瑶也吓得不再作声。

"我娶小的犯哪里王法了?将来怕是还要再续一房姨太太呢!"嘉怡怒气冲冲地站起身,"你看镇上酒坊的掌柜哪个不是三妻四妾?上次我娶了寄春,你爹就给我脸色看,还撺掇其他酒坊和那些粮农、卖酒篓的号子作弄我,险些把兴泰掀翻。还有,当年富顺庄和兴泰联姻,你爹肚子里不也是打着自己的小算盘?有了兴泰这门姻亲,镇上其他酒坊谁敢不给他面子?这些年富顺庄越做越大,还不是兴泰的帮衬!"

书瑶又冷笑。

"你笑什么？"

"说到帮衬，怕是富顺庄也没少帮衬兴泰。镇上所有的酒坊都要看兴泰的脸色，他们就那么甘心做陈家的奴才？还不是怕惹了兴泰，也就得罪了富顺庄，两相帮衬才有了两家酒坊的今天。怎么到你嘴里就成了我们林家仰仗你陈家？告诉你，前阵子那个载贝勒搞事，拉拢我爹，要不是我爹脚跟站得稳，怕镇上的酒坊早就投奔过去了。"

嘉怡不想再跟书瑶说下去，起身掀开帘子才要走，身后又传来书瑶的声音："不过，这次怕你是没这么好运气了。明天载贝勒要办寿宴，邀请了镇上所有的酒坊掌柜，就连我爹也接到了邀请。"

嘉怡吃惊地回过头去，书瑶的目光逐渐黯淡。

"上点心在生意上才是正道，别让那女戏子夺了魂儿！"书瑶说完，又是一阵咳嗽。嘉怡失魂落魄地走出厢房，院子里光影杂沓，阳光不知道什么时候又隐匿进了云霭里，恍恍惚惚的，一地昏黄。

这天夜里，灵芸等了一夜不见嘉怡的踪影。她独自一个人在葡萄架下枯坐，像是丢了魂。教堂狭长的窗子里有光流泻下来，在地上涂了一层迷迷蒙蒙的白霜。街上传来巡更的梆子声，已是三更天。就连钟楼上的鸽子都收敛了羽翅，没了躁动的咕哝声。灵芸的心被满地的霜雪缠裹着，说不出的冰冷。

新荷轻轻把大氅披在灵芸身上。"回屋吧，二奶奶。"——新荷早已改了口。

灵芸摇头："我再等一会儿。"

"三更天了，不会来了。老爷操持着这么大的酒坊，兴许是被事儿缠住身子了。"新荷道。

灵芸叹口气，兀自枯坐不动。

槛外，嘉怡正坐在冰冷的石阶上。他披着棉袍，从腰里拔出烟袋来，用火镰点了，一星火光在霜天中跃动。也许书瑶说得对，灵芸除了能给自己身体带来愉悦还有什么？说到根源，他并不是喜欢灵芸，而是寄春。灵芸不过是寄春的替代品。想到这儿，嘉怡的心还是一怵，像是迎面碰上了锐物，撕心裂肺地疼。仔细想想，这些天和灵芸待在一起的日子是那么甜蜜。这种甜蜜甚至连寄春也没有给予过。到底，自己现在爱的是虚幻的寄春，还是真实的灵芸？转念又一想，自己毕竟是个生意人，要看顾兴泰二百年的老招牌。他虽然不喜欢书瑶，但却知道这个女人对兴泰、对自己是掏心掏肺的忠诚。她是在提醒自己，更是在保全兴泰。一旦岳父站在载贝勒一边，那制衡载贝勒的天平将会倾斜，兴泰的招牌必将被摔得粉碎。

抽罢一袋，嘉怡习惯性地在台阶上敲敲烟锅，站起身刚要走，却听到了灵芸和新荷的对话声——"新荷，门外有响动，你看是不是老爷回来了？"

"二奶奶别疑神疑鬼了，这男人哪里会有常性？"墙里传来梁妈的声音，"再好的女人终究也有厌烦的一天。说句不好听的，在外面眠花宿柳也是常有的事儿。"

嘉怡站住脚——女人正在寒夜里揣着一腔希冀苦等自己。进退失据之际，听到新荷的脚步声，他轻叹一声，快步绕到背巷里去。

敲响林茂声宅门时已经将近四更天，林家的门房嘟嘟囔囔地开了条缝。见是嘉怡，忙道一声"姑老爷"。嘉怡也不言语，径直绕过垂花门进了二道院。门房叫着："姑老爷，老爷已经睡下了，有事儿明天再说。"伸手去拦，被嘉怡一把推了个趔趄。正房里，林茂声的窗子亮了起来，他打开门，披着衣服挡在门槛外。

"天这么晚了，你来做什么？"林茂声冷冷的，声音像是被漫天的霜雪浸染过。

"来求您救救峻卿。"

"峻卿怎么了？"林茂声一脸惶惑。

"他目下没事，怕是将来有事。"

林茂声此时才悟过来嘉怡的弦外之音，又冷哼了一声："说到底峻卿是你们陈家的人，将来如何我也做不得主。"

"您当然能做主。峻卿来日过得怎么样，全操在您的手里。"

"我有这么大能耐？"林茂声靠在门框上，拿出烟袋。嘉怡掏出火镰，用力一擦，火绒冒出一丛火焰在暗夜里飘摇。林茂声却不去就火，只是瞧了一眼嘉怡："你到底还是娶了小的。"

"男人娶三妻四妾也不犯王法。"

"还嘴硬，那就怪不得我明天去为载贝勒贺寿。"

"你闺女可是陈家的人，兴泰倒了也没她好果子吃。"

林茂声一口吹灭火绒："我林家就这一个女孩，万贯家财养她足够了。"

"书瑶姓林，可峻卿姓陈。他过不好，书瑶更过不好。"嘉怡步步紧逼。

"你在威胁我。"林茂声拿烟袋的手在颤抖。

"没有，我只是在说利害。"嘉怡又擦亮了火镰，"不就是一个女人吗？何苦把你的女儿、女婿，还有外孙都推向火坑？"

林茂声的眼睛里映着那丛火："一个女人是不打紧，可你先前把所有的心思都投在了那个寄春身上，书瑶的病就是从那时候开始的。眼下娶的这个女戏子我也见过，妖精一样的人物。人瞧着心思就多，绝对不是甘居人下的主儿。你怕是要比对寄春还要上心吧？你这是在要书瑶的命。"

这次是嘉怡自己吹灭了火镰："我的老泰山，您说，我怎么做您才能放过兴泰？"

"那个女戏子永远不能进你们陈家的宅子，更不能和书瑶平起平坐。"

嘉怡怜惜灵芸不假，可陈家的家业性命更重。两相权衡，还得舍弃儿女情长。听了这话，心不由得被冻成了硬硬的一坨。

林茂声在黑暗中凝视着他。

"行，我答应你。"嘉怡第三次擦亮火镰，火绒将要燃尽，火焰黄豆大小，他拢着手，唯恐被夜风吹灭。

林茂声把烟袋就过来深吸了一口，道："嘉怡啊，你是我女婿，哪有老丈人不向着自己女婿的道理？只是咱们的血亲全靠书瑶系着呢，她人不好了，咱们的血亲也就没了。这句话你要牢牢记下才行。"

嘉怡垂下头"嗯"了一声。

林茂声道一声："那就好，回去吧。"转身进屋，把门闩了。

嘉怡才要走，门却又打开了。林茂声一脚踏在门外："明儿载澜的寿宴明摆着是冲你，你打算怎么办？"

"您老的意思呢？"

"我当初答应跟你陈家结亲，也是看重你陈嘉怡的胆色。兴泰走到现在，全仗着陈家祖上的血气。明儿的寿宴攸关兴泰生死，你怕不得。再说，他载贝勒也知道兴泰有御匾罩着，不是没有忌惮。"

嘉怡站在阶下想了想："明儿我搅了他的局。别说是贝勒爷，就是王爷、郡王也要将他拉下马。"

"别硬来，鸡蛋碰不过石头。要想办法逼他跟兴泰斗酒！"门"咣当"一声关上了。

"您老说得对。官儿还不打送礼的呢，明儿我给他载贝勒送寿礼去！"

夜风在呼啸，嘉怡一路走着，远处教堂塔楼上的灯笼在凄苦地摇曳。下雪了，落在脸上一片冰凉，一直冻到了心底。

雪下得纷纷扬扬，远山近水都笼罩在了一片苍茫中。

才交辰时，载澜就起身唤人伺候穿上朝服。载澜知道，只有穿上这身行头，佩戴上蟠龙玉佩，他的腰身才会挺直，人们的目光里才会有敬畏。正是因为看透了这点，他才刻意露出玉佩，时时炫耀身世，好让人永远以一种仰视的目光注视他。只有这样，自己才能在官场、商场如鱼得水。载澜对着镜子伸展胳膊，两个小厮忙着为他扣纽襻。一个道："慢着点儿，别污了贝勒爷的团龙。"载澜给了小厮一个爆栗："说话小心着点儿，什么团龙？这叫正蟒，僭越了。"话虽如此，心里却受用，道："今儿爷寿诞，猴崽子倒也说了句吉利话，将来当了郡王、亲王，补子也就是团龙了。"

两个小厮应承着，又说了好些奉承话。

一个小厮道："贝勒爷是龙子龙孙，将来做郡王、亲王也是情理中的事儿，用不着心急。"

载澜又在他头上弹了一下："前面说的还算人话，怎的又胡说，哪个心急了？"

正说间，又跑过来一个年长些的家院："贝勒爷，有人来了。"

载澜看看条案上的西洋钟，不过辰时，怎的就来了客人？那家院附上来低声道："是镇上的一个混混儿，叫什么薛三的。原来也曾开过一间酒坊，后来抽大烟赌钱把家给败了，流落到天津府。一身混不吝，跟着一帮青皮在赌局、妓院'吃宝局'，到处撒泼打诨。听说在码头上混出了些名气，眼下不知怎么又跑回老家来了。"

载澜摆弄着颈下的朝珠，对着镜子左顾右盼："赶出去就是了，我这福恒昌可不是谁都可以来的。青皮混混在天津卫的码头上还行，我贝勒爷可不怕他。"

门外，薛三听了一个满耳。

薛三虽然是青皮混混出身，却跟官家和宗室打交道惯了，知道他们的心思。满街的"黄带子"，看着唬人，可京城内外有好几万这样的闲散宗室，朝廷哪里照看得过来？这些人却偏爱生事，是非太多，时间一久就连官府也冷淡了。载澜这样有依靠的还好，没有靠山的遇到被人欺负也只能受着。于是，有些"黄带子"就靠起了青皮混混，前呼后拥的看着威风，遇到事儿时也有人壮胆。天津卫码头众多，青皮们很难混出模样来。听说载澜要在牛栏山开酒坊，薛三自觉机会来了——他载澜即便势力再大，也得有人捧着。薛三清楚"黄带子"的德性，你越是下贱，他便越是张狂，你要是拿出混不吝的架势来，他却偏又另眼相待。听到载澜要赶他，喝一声："是谁要赶薛三走啊？"一脚踏进门来。

只见薛三身材消瘦，三十四五的年纪，脸色黢黑，辫子像盘在头顶，辫梢还高高地翘着，一望而知是混天津码头的青皮。身上的衣服倒也干净：穿了一件皱巴巴的绀色棉袍，脚上蹬了一双千层底布鞋，就连袜子也是白布的满洲袜。唯有那双眼睛是阴郁的，让人看着寒意顿生。

载澜皱着眉，负手站在薛三跟前："你就是薛三？"

薛三拱拱手："我就是昌运酒号的掌柜薛三。"

载澜冷笑一声："原来是薛掌柜，不过我听说昌运酒号好像前年就关门了。"

薛三红了脸，一屁股偎在圈椅里："昌运关门不假，但我这个掌柜的还在呢。听说今天是贝勒爷的寿辰，而且你们这家新酒号要开张，这么大的日子遍请了镇上所有的酒号掌柜，独独把我落下，我今天就来讨个说法。"

"原来是找碴儿的！"载澜转过头，语气重重一挫。两个小厮撸起胳膊要抬薛三出去。

"慢着，官还不打送礼的呢，我可是带着寿礼来的。"薛三慢慢地把手伸进怀里，掏出一把锃亮的匕首来。众小厮大惊失色，载澜也吓得退了两步，险些把穿衣镜撞倒。薛三哈哈大笑："都别怕，我是送礼来的，不是要杀人。"他挽起裤腿，露出麻秆般纤细的小腿，咬了牙一刀刺进肉里，血顿时蹿了出来。中厅里乱作一团，小厮们手持棍棒，团团把薛三围在中间。

薛三牙一咬，拿出混天津码头的手段来。"刺啦"一声，割下一块肉来，连同匕首插在桌子上："我的寿礼搁这儿了，贝勒爷看着处置吧。"

载澜先是一惊，后转念一想，自己要在牛栏山立足，就离不开这样的嘎杂子、混不吝，何不收在帐下效力？捻着朝珠慢慢走到薛三跟前，盯儿眼满头大汗的薛三，用力拔掉插在桌上的匕首，拍拍薛三的肩膀："真是上好的寿礼！本贝勒收了！"招手叫跟班小厮，"猴崽子，快去唤郎中来给薛三爷敷药，然后再扶过来吃席！"

两个小厮答应一声，架起薛三。

载澜从袖子里掏出汗巾为薛三擦擦额头上的汗："薛三，我等着你，今儿你跟我坐上席！"

薛三忍着疼跪下："贝勒爷，我薛三今儿就是投奔您老人家来的！"

载澜哈哈大笑："我早就瞧出了你的意思！从今后你跟着我，我这酒坊你能当半拉家。"薛三一顿叩头，头上的辫子也散了去，露出辫子里的细铁丝来，形象看上去更觉鄙陋不堪。

午时末，家院来报，许公公到了门外。

满厅的宾客都对着一桌美食枯坐了多半个时辰，听到许公公的消息顿时来了精神。载澜忙拽了谭耀宗出门迎接，外面大雪纷飞，积雪早已没过了脚踝。许公公的马车一路轧着雪泥停在了福恒昌门前。跟班的小公公把矮凳放在车下，又恭敬地掀起门帘。许公公戴着瓜皮小帽，瘦小的身子裹在貂皮大袄中，外面还罩了宝蓝色的斗篷，缠裹之下只露出半张刀条脸来。载澜和谭耀宗忙拱手上前，嘴里道着"辛苦"，心里却暗骂许公公摆架子，让他们苦等了这么久。许公公是认识谭耀宗的，略拱了下手，道："来得晚了。咱大清的规矩你们也是知道的，原本我们去了势的人不能出宫。可打道光爷开始，宫里规矩松了些。我们采办太监总得出门才能买东西吧？当下万事扰心，万岁爷更懒得管我们这些下贱人，出宫只要向总管太监报备就是了。昨儿夜里喝多了，忘了跟大总管打招呼。今儿早起，才向总管要了出宫的腰牌。辰时从宫里出发，原料巳时可到牛栏山，哪儿知道下了这般大的雪，一路上吃了不少苦头，就连咱家也要下地推车呢！"又盯一眼谭耀宗，"贵县嘴里可有点儿把门，皇上心思虽然不在宫里，但也不要乱说。"

谭耀宗连忙一躬："这点儿规矩卑职还是懂的。"

载澜知道许公公是在告苦邀功，遂一手搀了许公公的胳膊，低声道："许公公，哪里来的这么多抱怨？这买卖不也有你一半？"

许公公怔一怔，随即哈哈大笑："咱家说多了。"遂又问载澜，"来得可齐全？"

载澜摇头："除了陈嘉怡的丈人林茂声。这姓林的富顺庄可是镇上第二大酒坊，少了它也算缺憾不少。"

许公公冷笑："少了张屠夫，难道我们就要吃带毛的猪不成？慢慢来，没了造酒的配额，少不了日后要来找你。"

许公公一面说着进了大厅。满屋的人都站起身来，一片乱哄哄的请安问候声。许公公道声"罢了"，遂脱下大袄在正中的酒桌坐了下首。载澜又假装谦让一番，才在正中坐定。一面叫小厮们斟酒，一面又站起身来四下拱手："各位掌柜，本贝勒初到贵宝地就逢贱辰，加上今日我的小生意开门，也算是双喜临门了。承蒙各位掌柜看得起，加上内务府的许公公从京师跋涉半日冒雪来贺，还有本地的老父母谭大人拨冗光顾，本贝勒惶惑得很。"许公公半闭着眼睛略略颔首。

　　载澜接着道："想必诸位都知道，许公公可了不得。目下虽然禁酒之令不甚严苛，但牛栏山烧锅作坊都要按照内务府的额度酿造，所以说我们烧锅一行的性命都在许公公的手中攥着呢。"厅内一片喧哗，各烧锅掌柜的都知道许公公的大名，自己的身家歉赢全掌握在这个太监的手中，无不站起身施礼敬酒。又低声议论，看样子许公公跟载贝勒亲近得多，日后牛栏山烧锅行怕是要变天了。

　　载澜趁热打铁，道："诸位，自今日起本贝勒也要在这牛栏山镇凑凑热闹，福恒昌算是开业了。实不相瞒，这买卖也不是本贝勒一人的——"许公公在地下拽了一下载澜的袍襟，"——哦，我叔父勋亲王想来大家也都认得，如今朝廷的日子不好过，即便我叔父贵为王爷，日子也过得紧巴，只能借着烧锅生意，贴补一下家用。不过大家放心，日后只要我福恒昌有饭吃，各家烧锅就都饿不着。"他端着酒杯蹀步来到大厅中央，"今天来的都是烧锅行的头面人物，只有兴泰和富顺庄没来。兴泰打乾隆爷开始就坐了牛栏山烧锅的头把交椅，凭什么？还不是乾隆爷的一块御匾？好日子不能一家独霸不是？我福恒昌有勋王爷、许公公做靠山，还有谭父母看顾着，定能生意兴隆，在座各位也少不得跟着吃香喝辣。"

　　薛三捧着酒杯站起道："贝勒爷，我们牛栏山烧锅行都跟着您老人家，就连烧锅公会会长也是您老的。凭什么这会长就应该从兴泰出？难道成了他们家的私产不成？"

　　门外，嘉怡推开拦他的家院，一路大踏步地向里走。临来的时候，他喝了一碗烧锅老酒。老烧锅莽撞，血性充盈，一入肚就打通了周身血脉，奔涌呼啸，渗透了每一根毛发。莫说是福恒昌酒坊，即便是皇宫内院也敢闯。

　　大厅的门突然被推开，寒风卷着鹅毛大雪缠裹着一个身影。嘉怡负着手跨过门槛，朗声道："这烧锅公会自然不是我陈家的私产，那是因为我们陈家的烧锅最好，加上各位掌柜的抬爱选出来的。载贝勒做会长也不难，只要你的酒赛过兴泰，我自然拱手相让。"他摇摇晃晃地进了大厅，不等载澜说话，便朝门外唤道："小山东，今儿载贝勒寿辰，咱们兴泰可不能失礼。把寿礼抬进来！"

　　小山东和另外一个小厮抬进一坛陈酒。

　　载澜站起身昂首而笑："陈掌柜真是玩笑了，到我福恒昌贺寿竟然抬着酒来，未免小气了。这不是江边买水吗？"大厅里一片附和的笑声。

　　嘉怡让小山东打去泥头，抱了酒坛走近首席："贝勒爷，这酒可与你福恒昌的酒大不相同。"

载澜沉了脸: "不都是烧锅吗? 配料做工都一样, 能有什么差别?"

嘉怡道: "贝勒爷才入烧锅行, 这外行话对外人可说不得。"他分别在许公公、谭耀宗和载澜的空酒盏中斟了酒, "闻闻兴泰烧锅与别处烧锅可有不一样的地方?"他把酒坛放在桌上, 拿了薛三的酒尝一口, 眉头一皱吐到地上, 把地毯污了一片。

谭耀宗皱眉道: "陈掌柜, 怎的醉了?!"

嘉怡也不理会他, 晃着酒盏道: "这酒分明是糟糠, 是泔水, 哪里比得上我兴泰烧锅的清洌甘醇? 没有圣井的水和加曲秘方, 福恒昌将来的烧锅不过还是泔水。"他又端了许公公的酒盏, 递到他唇边: "许公公, 这贡酒可不是闹着玩的, 宫里的大爷们嘴刁, 好多王爷可是喝惯了兴泰烧锅的, 若是冷不丁换了, 怕是众口悠悠, 你许公公也免不了徇私谋利。"

许公公心里有鬼。兴泰烧锅是大清国酿, 朝廷贡酒, 名分已定, 难以撼动。眼下支持载澜不过是财迷心窍, 趁着朝廷乱局谋取私利。陈嘉怡性子执拗, 事情闹大了被朝廷知道, 自己的下场也好不到哪儿去。再说, 先前总是拿着贡酒配额敲诈兴泰, 也得了不少好处。若是当场惹恼嘉怡, 不知道他会抖搂出什么不堪的事儿来。眼下只能吃些闷头亏。他假装咳嗽, 用袖子掩了半面脸。

谭耀宗忙替许公公解围, 怒道: "陈嘉怡! 你怎么对着许公公撒泼?"

嘉怡借着酒劲, 对谭耀宗也斜着眼道: "谭老父母也是进士出身, 自然知道礼义廉耻四个字。暗室亏心, 怕是要遭报应的。"又附耳低声道, "你若是再为载澜帮腔, 我就把你的那些龌龊事全都当众抖出来。"谭耀宗也受了兴泰不少好处, 这事儿要是讲明, 发配宁古塔的罪过都有了。他了解嘉怡的脾气, 不敢再说, 只得坐在一旁生闷气。

嘉怡索性站到凳子上, 抱拳四顾: "各位掌柜的, 载贝勒今天是设宴, 也是设局, 无非是要把你们都拉过去。烧锅行不是我兴泰一家的, 你们愿意站哪边我也无话说, 不过凡事都要有规矩。将来谁承做贡酒, 谁做公会会长, 不能由着许公公定, 朝廷也是讲规矩的地方, 若是今儿许公公做了主, 我就告到大总管那里去。就是把天捅个窟窿也要出这口恶气!"

一句话正戳在许公公的心窝上。

内务府贪鄙成风, 大家心里都有数。无非是大官大得, 小官小得。可总管太监却没料到许公公远比他要实惠许多。若是嘉怡将事儿捅破, 怕是总管太监也饶不过自己。许公公不由得心里打鼓, 怕嘉怡让他当场出丑, 忙令人拿过斗篷, 不顾载澜挽留拂袖而去。谭耀宗也怕嘉怡再说出什么疯话来, 借着送许公公顺脚溜了。又有些烧锅掌柜害怕得罪嘉怡, 也跟着溜之大吉。载澜气得面红耳赤, 他抱着胳膊走到嘉怡跟前, 冷笑一声: "姓陈的, 这个梁子咱们是结下了。你说, 这事怎么解?"

嘉怡在许公公的座位上坐定, 端了一盏酒递过去: "载贝勒要是男人的话, 就喝了这杯酒。咱们以半年为期，按照牛栏山烧锅行的老规矩，在药王庙前开一场斗酒会。邀请各家掌柜还有各路酒商品酒，要是福恒昌胜了，贡酒和会长都是你的。若是我胜了，你就老老实实地给兴泰打下手。"

载澜接过杯子一饮而尽，把酒盏摔得粉碎："好，这战书我接了，一言为定！"嘉怡掸掸衣襟上的雪，摇摇晃晃地走过大厅，一路大笑不止。

第七章　夜唱

　　雪连下了数日，看上去没有要停的意思。这些天，嘉怡像是栖息在教堂塔楼上的那些鸽子一样消失得无影无踪。雪粒子落在窗纸上噗噗有声，灵芸的世界变得混沌不堪。她失神地坐在炉火旁，让新荷把帘子撩起半边，等候那个熟悉的身影出现。隔了蓝色的炉火，屋外的积雪、那株含苞的蜡梅和墙角一丛枯萎的凌霄都变得不甚真实，虚虚幻幻，犹如梦境。新荷端了茶来，灵芸看也不看，只是低头拨弄炉火。

　　终于火熄炭冷，灵芸的心也冻成了一坨。

　　"二奶奶，许是老爷酒坊里太忙了。"新荷低声劝慰。

　　灵芸抬起头："新荷，你不用劝我。他是怎么想的我全知道，这老宅子咱们不待了。"

　　新荷吃了一惊："那我们到哪儿去？去京城找戏班？"

　　灵芸冷笑："我们走了，怕是有人高兴。我的意思是说，咱们得到酒坊的大宅子里去住。"

　　新荷以为灵芸要用强，忙道："二奶奶，这事儿可闹不得，大奶奶娘家人多势众，要是闹将起来咱们肯定吃亏。"

　　"这事儿我筹划好了，你不用管。"灵芸站起身，"咱们好些日子不曾唱戏了，今儿咱俩练练嗓儿，你拿胡琴来。"

　　"老爷吩咐过，不要咱们再唱戏。"新荷提醒。

　　灵芸冷笑："他都把咱们丢在脑后了，还管他干吗？别辜负了这么好的雪天。"又道，"咱们不但要唱，而且还要到街上唱去。"

　　新荷拗不过，只得为灵芸披上斗篷，自己从屋里拿了胡琴。

　　黄昏庭院，雪落无声。教堂的晚钟刚过，灵芸走到院外，站在高高的台阶上仰头看雪，一片清凉世界，不由得叫一声板，挥袖唱道——

　　　　崇老伯他言说冤枉能辩

　　　　不由得玉堂春珠泪涟涟

　　　　想从前入烟花身落下贱

被鸨儿她将我任意摧残

出勾栏入陷阱令人可叹

想起了王景龙负义儿男

却怎么到今日信音不见

……

此时的牛栏山镇静得出奇，那声音像是从天外飘来，呜咽不绝，杂糅了酒香重重叠叠地从九天落下。就连教堂里散步的神甫都停下了脚步，怕踩雪声扰了这天籁。不知不觉，老宅门前围满了人。人们认得灵芸就是先前福盛班那个角儿。不是已经悄没声地走了吗，怎么眼下又到了陈家的老宅？又有人议论："这还用问，肯定是陈掌柜金屋藏娇。"

书瑶近来咳嗽得厉害，夜里喘不过气，就让小山东去教堂请神甫看病。听到老宅前有人唱戏，小山东忙去瞧，一见是灵芸，连跑带颠地回酒坊向嘉怡报信儿。嘉怡听了，像是被兜头浇了一盆凉水，心里恨道，这女人八成是疯了。忙问小山东："你家二奶奶唱的是哪出？"

小山东道："《女起解》，玉堂春骂王景龙负情那段。"

嘉怡急得团团转："不用说，这是借王景龙骂我呢！这丑丢大发了！"

小山东道："俺这就去把二奶奶劝回去。"

嘉怡摆手："你家二奶奶可不是善茬，借势闹起来，我这兴泰大掌柜的脸还往哪儿搁！你别理她，让她唱去！她要的就是把事情闹大，逼我露面。要是这次把我制服了，以后还不知道出什么幺蛾子呢！你在暗处盯着点儿，防她乱说乱讲。"

第二天一大早，小山东在院子里扫雪时遇到杏儿，就把灵芸唱戏的事儿悄悄学了一遍。

杏儿闻言转脸又告诉了书瑶。

王妈道："大奶奶，这主儿可比先前的寄春厉害。到底是戏子，脸皮厚得很，这是在向嘉怡和您示威呢。"

书瑶脸色蜡黄，只管捂了胸口狂咳。王妈见她不表态，就做主让杏儿夜里去一趟老宅，看灵芸还能怎样折腾。

三更天杏儿回来，报说："那女人又在唱戏文呢。"

王妈问唱的什么，杏儿想一想道："还是玉堂春，什么'在监里将眼望穿'。"

王妈日常喜欢听戏，知道那段戏文，就拍着膝盖低哼：

玉堂春在监中将眼望穿

每日里朝思暮想茶膳懒餐

恓恓惶惶哭哭啼啼我真伤惨

无一日不把王三公子挂心间

又问杏儿："灵芸唱的可是这段儿？"

杏儿点头。

书瑶倚在被垛上止不住地咳嗽，杏儿忙去捶背。

王妈道："你瞧把大奶奶气的！明儿我找她算账去！"

书瑶摇头："你找她干吗？还不正中她的下怀？灵芸这会子巴不得把事情闹大呢！"说着话又险些掉下泪来，"我听出来了，她是借着唱戏在逼老爷回去呢。说起来，她倒是跟我一样苦。你听听，'每日里朝思暮想茶膳懒餐，恓恓惶惶哭哭啼啼我真伤惨'——她灵芸如此，我何尝不是？终日里盼着你家老爷，却总也不见人影。这几天嘉怡没回老宅不假，可也不曾来我屋啊。"

王妈恨铁不成钢："我的大奶奶，您怎么倒同情起她来了？"

杏儿叹气道："自从上次林老爷训了东家，东家白天就泡在酒坊里跟师傅们一起干活儿，夜里喝酒解闷儿，人也消瘦了许多。"

书瑶抬起眼："杏儿，知道你家老爷为何瘦了？"

杏儿摇头。

"想那女人呢。"书瑶闭上眼睛，"灵芸唱戏的事儿老爷肯定知道。他是怕得罪你林老爷，强忍着呢。可这酒坊呐，能锁住身子，却锁不住心。说到底，我跟峻卿都是陈家人，还指着你家老爷一人呢，他要是闷出好歹来，我们俩都没有好果子吃。"

"怎么着，您还打算把灵芸接到酒坊里来？"一旁王妈惊问。书瑶无言，索性闭上眼假寐。

此时嘉怡已经喝得半醉，他坐在糠房门槛上，仰面承雪。雪粒子犹如箭镞，纷纷扬扬地没有休止。刚才小山东来报，说"二奶奶接着唱呢"，接着又把戏文学了一遍。风断断续续地吹来，嘉怡侧耳细听，仿佛真的能听到灵芸在唱。那声音被北风卷着，夹杂在剧烈的聒噪中，细如蚊虫，却又犀利如刀，像是虫子在血脉中啃噬，细微绵密，让人又痛又痒。嘉怡裹了棉袍晃晃悠悠地站起身，走到二道门时又止住脚。书瑶的屋子亮着灯，像一盏眼睛，一把拽住了他的心。

灵芸只管动情地唱，人在雪中舞蹈，光影晃动，妖魅一般。阶下，站满了人。

梁妈在一旁哀求："二奶奶，别唱了。老爷嘱咐过的，不让您再唱戏。再说这——"指指门前的闲客。

灵芸停了唱，咯咯地笑："我一个下贱的戏子还怕人笑不成？你不让我唱，我却偏要唱，我要让全牛栏山的人都知道，兴泰的陈掌柜偷偷娶了偏房，而且娶了一个戏子。"

梁妈"哎哟"地叫着，无奈进了屋。

闲客们一阵喧哗。原来女戏子真是陈掌柜的偏房！肯定是林掌柜和大奶奶书瑶嫉恨生事，不然陈掌柜哪里舍得将这样一个娇滴滴的新娘子丢在阴暗逼仄的老宅里？

林茂声此时正躲在人群里，只不过戴了一顶四瓦帽，帽檐将脸遮挡得严严实实。

灵芸改唱起了《水漫金山》，叱一声"妖僧"：

> 一去三日无家报
> 活活斩断鸾凤交
> 望金山不由我银牙咬
> 青儿与我把橹摇
> 瞬间宝剑双出鞘
> 拿住了秃驴就莫轻饶！

林茂声听得心颤手抖，心突突猛跳。旁边有人议论，说这女戏子果然聪明，借着戏文在骂林掌柜呢！林茂声不由得把帽檐又向下拉了拉。

听那女人又唱——

> 那许郎他与我性情一样
> 立下了山海誓愿作鸳鸯
> 望禅师开大恩把许郎释放
> 我夫妻结草衔环永不相忘

分明是哀求，缠缠绵绵，抓心挠肝地苦求。

林茂声当然能听得懂，心里暗骂，这女人到底是走惯了江湖的戏子，这样的下贱手段都使出来了。想到这儿，他再也站不住，拉着帽檐，急匆匆地要走。

那女人仿佛看到了一般，接着又唱——

> 骂一声老匹夫你细听端详
> 我小姐与许郎妇随夫唱
> 老匹夫活生生你拆散鸳鸯
> 速放出许官人万事不讲
> 倘若是再迟延水涌长江

林茂声听得心惊肉跳，觉得这女人是妖精，能钻进人心眼里的妖精。

第二天停了雪，镇上的人都早早出了门，扎堆聚伙儿地谈论陈家的是是非非，只有林茂声、书瑶和嘉怡是沉默的。他们清楚地知道那唱词里的哀怨、切责、乞求和愤懑。

牛栏山镇从此再不得清静。

第四天清晨时，又下起了雪。书瑶让杏儿搀着回了娘家。父女相见，两人都吃了一惊——彼此都消瘦了好多。看到父亲面目清瘦，书瑶又不觉掉下泪来。

林茂声道："哭什么？这几天酒坊里事儿多，劳心劳力的，哪儿有不瘦的道理。"

书瑶抹抹眼泪："爹，您也不必瞒我。女戏子唱戏的事儿想必您老也知道了。这几天，镇上的人说什么的都有，都在戳咱们父女俩的脊梁骨呢。我知道您老人家爱面子……"

林茂声被女儿戳透了心思，便不再说话，只是低头沉默。

书瑶又道："这女戏子有心得很。她每天都唱那些悲悲切切的东西，骂嘉怡心毒，骂咱们父女俩幕后指使。现在满镇子的人都在看戏，这戏台上只有她一个人在唱，咱们父女倒像是跪在台上被她训斥一样。我听王妈说，这些天镇上已经在议论是非，都说这女戏子无辜、可怜，嘉怡心狠，咱们父女歹毒……"

林茂声一口接一口地抽烟袋，听女儿哭得久了，才从烟雾中露出满是愁容的脸来："书瑶啊，别管她怎么唱。熬的是她，又不是咱们爷俩。我倒要看看她能熬多久，难不成她能整夜不睡？"

"爹，她正年轻，又是戏子。走惯了江湖，有的是精神，熬几宿怕什么？只怕再过几天，咱们就先熬不住了。"

林茂声道："不听就是，让她只管唱。"

书瑶的眼泪又滑落下来："爹，我已经三天三夜没有合眼了，耳朵里一直是哭哭啼啼的声音。怕是再熬几天，女儿就撑不住了……"

林茂声不看书瑶，只把烟袋一晃，挡住书瑶的话头："那你打算怎样？"

书瑶嗫嚅片刻："这几天嘉怡倒是没去老宅子，只是整日价喝酒，人不人鬼不鬼的，像是吸了大烟。再这样下去，我跟他怕是命都不长了……"说毕，恸哭。

林茂声不由得心软，沉吟半晌，道："这事儿要是再这么闹下去，怕嘉怡到头来会把气撒在你身上。这么着，咱们行着险棋——你去一趟老宅，把那女戏子请到兴泰酒坊去住。"

书瑶大吃一惊："爹，您这是——"

林茂声哼一声："你以为是让她进门来享清福的？这样做一来可以堵众人的嘴，二来让下人们去斗她。你不是有王妈、杏儿她们吗？那戏子是江湖人，没规矩惯了，时间久了嘉怡也就腻了。到那时，再想法借下人们的手把她赶出去。"

沉吟半晌，书瑶点点头。

父女俩隔着一层烟雾无声对视。林茂声盘弄着烟袋杆，眼睛里蒙了一层灰色的云翳："书瑶啊，可叹你娘走得早，我也是死心眼，小老婆讨得晚了，没有给你生下个兄弟来，如今连个替你撑腰的人都没有。"说完后，恨恨地站起身进了里屋，只剩下泪眼婆娑的书瑶在客厅。

第二天黄昏，书瑶带着王妈和杏儿去了老宅。灵芸在屋里听到梁妈和新荷的阻拦声，从门帘缝隙中向外打量。只见一个面色蜡黄、披了兔毛大氅的枯瘦女人带着婆子、丫头站在雪地里，女人一副愁容惨淡的样子。倒是身后的丫鬟婆子气势汹汹的，一个推着新荷，一个挽了梁妈。

"你家二奶奶呢？"书瑶问新荷。

新荷红了脸，壮着胆子顶撞："你是谁，怎么私闯民宅？"

"什么民宅？这不是我们陈家的老宅吗？这是陈家大奶奶，还不跪下！"王妈怒斥新荷。

小丫头不理会，只管伸展胳膊拦住去路。

王妈动了怒，一把推开新荷："走开，叫你家主子出来！"

灵芸掀开门帘，款款走到院子中。书瑶连同王妈和杏儿顿时噤了声。只见女人穿了桃红撒花袄、白绫细褶裙，被雪地一映像极了院中绽放的蜡梅。书瑶第一眼仿佛看到了寄春，细看之下才觉得灵芸较寄春还要娇媚几分，眉梢眼角带着倨傲猖狂，分明又与寄春的明艳爽利不同。

"我就是这家的女主子，你找我做什么？"灵芸盯着书瑶的眼睛，不温不火，不愠不怒，却犀利如利刃。书瑶原本就口拙，一时慌了神，嘴里嗫嚅着说不出话来。倒是王妈一心护主，跳将出来，冷哼一声开了腔："你可是老爷新娶下的？这是我家大奶奶，照老礼儿你该磕头才是。怎么这般没有家教？"

灵芸问道："你是谁？"

王妈叉腰道："陈家老爷的奶妈，大奶奶跟前的下人。"

灵芸瞪着一双杏眼："你既然知道自己是下人，就该知道敬主子的规矩。我即便是你家老爷的小老婆，也是主子，你这么大年纪怎么这般没有规矩？依着家法怕是要被打断腿的！"

王妈一时语塞，气得脸色发白。

书瑶缓过神来，想着父亲的话，硬着头皮上前万福："灵芸妹子，都是我的错。你来了好多天，老爷也没说一声，天寒地冻的，让你在这个冷宅里住了这么多日子。"书瑶这一揖倒让灵芸措手不及，又听着她软语温言，一坨冰似的心顿时软了下来，只得回个万福，叫了一声"姐姐"，眼里不知怎的就掉下泪来。书瑶顺势携了灵芸的手："外面冷，咱们姐俩屋里说去。"

进了屋子，书瑶看到正房虽然狭小，却摆设雅致：黄杨木四柱床，黑漆描金立柜，朱漆的天香儿，花儿旁还放着一个黄花梨的大翘头案。室内炉烟缭绕，香气氤氲，显然是嘉怡用了心装扮的，比起书瑶阴暗杂乱的屋子不知要好出多少来。书瑶的心顿时一凛，寒气从足底直升头顶，人晃一晃险些摔倒。灵芸忙扶了她坐在椅子上。

　　"姐姐身体好像不好。"灵芸奉了茶递上。

　　"老毛病了，打进了陈家的门身体就一日不如一日。"书瑶叹道。

　　"那姐姐可曾吃药？"灵芸把手搭在书瑶的手上。温热滑腻，书瑶的心里一暖。虽然觉得是灵芸笼络人的手段，但眼泪还是肆无忌惮地流了下来。两个女人说着话，书瑶心里的怨恨倒减了七分。不过又怕中了蛊，暗暗叮嘱自己：在江湖上浪荡惯了的女人毕竟会见风使舵，得多加小心，别着了她的道。可看着灵芸眼波清澈，又不像那些狐媚女人一样狡黠，心里一时矛盾得很。

　　说了半晌闲话，书瑶才归到正题上："灵芸妹子，我这次来是想请你回大宅子的。在老宅里住久了，一来委屈了你，二来怕有人说闲话，说我做大的心肠歹毒。"

　　灵芸垂首沉吟："嘉怡可知道此事？"书瑶听到她叫"嘉怡"心里又是一寒，自从嫁到陈家，自己在人前哪里曾这样叫过？心想，女戏子毕竟没有规矩，不知道高低深浅。复又想到，这怕是闺中缠绵时叫惯了的。不由得喟叹："他哪里会不愿意？这些天不见妹子，人都疯癫了。"这声叹息中夹杂了无奈、艳羡、怨怼，还有掩饰不住的妒忌。

　　灵芸的脸顿时红了半边，轻轻颔首应许。书瑶脸上堆起笑，拉着灵芸的手道："灵芸妹子既然答应了，咱们今天就过去。王妈，你去街上寻几个扛活儿的来，再雇几辆车把东西拉过去。"转脸又对杏儿道，"你先回去让人把东厢房收拾出来，我和灵芸妹子对门而居，以后也有个说话的地方。对，再找顶花轿来，你家二奶奶坐着驴车进门可不成。"

　　载澜很快就知道了嘉怡偷娶灵芸做小的事儿，心里又酸又恨，思来想去不如让薛三把林茂声唤来，挑上一挑，只要他们翁婿反目，陈嘉怡自然就成了孤家寡人。没想到跟班小厮从街上打听到，灵芸已经被林茂声的女儿书瑶接进了陈家大院，堂而皇之地做起了二奶奶。载澜心下生气，坐在后花园的鱼池前跟锦鳞怄气，抓了一大把鱼食抛进池塘，趁着锦鳞扎堆抢食，又用棍子挑出一条锦鳞来，任由它在残雪上挣扎。正生气间，薛三进了园子。他捡起锦鳞投进水里，道："贝勒爷怎的生这么大的气？"

　　载澜哼一声："陈嘉怡处处和我作对，哪儿能不生气呢？我这福恒昌也开业几天了，南北酒商也没见来几个。这样下去难免有黄的一天。还有灵芸这个婊子也被他抢了去！想想就上火。赔本儿事小，丢人事大。折了这么多银子，我是没脸再回京城见阿玛了。"

薛三诡笑："贝勒爷，这兵书上说兵来将挡水来土掩，对付兴泰的着数多着呢。"

载澜忙拉薛三在凉亭坐下："快说说看，怎么对付兴泰？"

薛三道："贝勒爷，您老想想看，兴泰之所以兴隆靠的是什么？一是甘泉圣井，二是加曲秘方。做烧锅的人都知道这两句话，叫作水为酒之血，曲为酒之骨。兴泰连血带骨都占了先，其余的酒坊哪里争得过？咱们不要怕费力气，逐个破解就是，也强过在这里跟鱼怄气。"

载澜一脸失望："废话，你说的这些我哪能不知道？可井水和秘方在人家手里，我有什么办法？"

"我的贝勒爷啊，你到底还是京城里的富贵少爷，哪里知道江湖手段的阴损。"薛三端着茶哈腰奉上，"先说这井水。陈家的那口圣井与镇上所有的井水都不一样，甘甜馥郁，不用加蜜，也跟喝糖水似的。我仔细想了一下，在兴泰酒坊周围一里之内再没有其他水井。这是因为四面全是店铺，这些店铺大都是旅店、酒篓铺，全靠兴泰养活。他们都不敢打井，怕触怒陈嘉怡。俗话说十里水同源，要是在兴泰周围再打一口井的话……"

薛三挑了几下眉。载澜先是惊愕，接着如梦方醒，一拍大腿道："我怎么就没想到这招呢？！别人不敢，我敢！这事儿你亲自去办，看哪家地形好，咱们重金砸过去买了它。"

薛三道："盘下兴泰隔墙的孙记篓铺就行，一墙之隔，水能差到哪儿去？"

载澜一拳砸在掌心："好，这事迟不得，越快越好。盘下篓铺咱们就请人支架打井。你再说说秘方的事——"

"要得到秘方怕是有点难了。加曲的秘法是陈家祖传，而且只传嫡长子……"

看到载澜的脸色沉下去，薛三连忙道："这事儿也不是没有破解的办法，咱们可以从吴老和入手。这个人可了不得，他是兴泰的老烧锅师傅，打陈嘉怡父辈起就在兴泰做学徒，论起做酒的功夫来怕要数全镇第一。只要把吴老和拉过来，兴泰就会塌半边天。"

"这人可有什么毛病？"载澜忙问。

"吴老和除了爱喝两口外，不嫖不赌，毛病倒真不好找。"薛三沉吟一下，"不过，别看吴老和五大三粗的，却是个情种。年轻时，他看上了一个多伦酒商的女儿，后来听说那女人嫁给了山西的富商。吴老和一气之下，竟然半辈子未娶……"

载澜一拍腿："好一个情种，你想个主意再让他犯次情痴。"

"贝勒爷，这事儿您就放心交给我。不过，我这儿还有能要陈嘉怡性命的后手呢。"薛三诡笑。

载澜在薛三肩头重重击了一拳："你小子算是坏到家了，快说说你的后手棋。"

"我刚打听到，灵芸的大师哥洛芸在药王庙住着呢。"

载澜一怔：“他没跟着福盛班走？”

薛三道：“这就是问题所在。就连班主老刘都回去了，他留在这儿干吗？一打听才知道，他原来也喜欢灵芸，而且喜欢得不得了。您想想，灵芸嫁给了陈嘉怡，他能不恨吗？洛芸怕是憋着要找陈家的碴儿呢。”

载澜斜靠在凉亭栏杆上，对着石桌上的一局残棋，手里把弄着棋子哗哗作响：“你是想把这个什么洛芸拉过来？”

“对，他是灵芸的师兄，让他到灵芸身边去。一来搅乱陈家，二来让他做暗桩，关键时候用得着。”

载澜一揖到地：“薛三，本贝勒给你鞠上一躬，这三件事你要办好了，我重重地赏你。你先去账房领银子，如今天寒地冻的，你也没个正经营生，别亏待了自己。”

薛三忙跪下磕了个响头，然后欢天喜地地去了。载澜从栏杆上跳下来，在石桌残棋上重重按下一颗黑子，道：“我看你哪里逃！”

灵芸进门时，兴泰酒坊门口早就铺了红色的毡子。人一下轿，鞭炮声便惊天动地地响起来，半座城的人都挤到了酒坊门口。灵芸上身着大红贴身绸袄，下着红绫细褶裙，就连斗篷都是红色的。双脚沾地，白雪未消，红白相衬，人顿时又添了几分风采。

小山东一溜烟跑进曲房。里面热气腾腾，嘉怡正穿了小褂和工人们在蒸粮。小山东一路跑着叫道：“东家，二奶奶进门了！”嘉怡扔了手中的铁铲，忙穿了棉衣：“我说怎么不年不节的有人点鞭！你家大奶奶可曾知道？”

小山东又道：“老爷别怕，是大奶奶登门请来的。”

嘉怡一脸愕然：“她请来的？”

小山东点头：“这会儿两人正在酒坊外呢。”

嘉怡跑到大门口，又觉得棉衣不体面，让小山东去拿了件绸袄来穿，对着荷花缸整理一下衣领才背着手出了门。

门外，站着灵芸。娉娉婷婷，犹如一朵红云。嘉怡站在门阶上，两相对望，眼里不知不觉就有了泪光。

第八章　情定潮白河

潮白河毫无生机地在苍茫的雪原中向着远方延伸。药王庙前的枯树上盘桓着一群乌鸦，落霜簌簌而下，便成了一场薄雪。

洛芸裹着棉被坐在偏殿床铺上，两眼失神地望着窗外的冬鸦。早晨去香炉里取水时，打破薄冰，一炉寒水照见自己蓬头垢面，髭须上还挂着霜，寒怆得很。

他宁愿枯守在药王庙的断壁残垣间。因为他钟爱的女孩就距此不远，而且这里留下过她的很多印记：东偏殿的饭橱被她当作过梳妆台，上面还留着一盒早已凝固的脂粉。俯首一闻，灵芸的气息扑面而来。于是，泪便纷落。院子中间的大香炉一直被师兄妹们当作水缸，灵芸时常会对着香炉照看。照的时间长了，影子就留在了水中。洛芸每次去盛水，总会看到灵芸在水中向他笑。他忍着渴，唯恐皱了一炉水。

寒冷和饥饿都不及相思更折磨人。

薛三来了。一脚踹开殿门，洛芸却像是没看到一般，空洞的双眼仍旧盯着窗外。

"倒真是个情痴啊。"薛三晃晃手，洛芸的眼却不曾眨一下。薛三向身后的两个小厮招手："用棉被裹着抬回去。"

"抬哪儿啊？"小厮问。

"福恒昌，贝勒爷那儿！"薛三吼。

洛芸一直昏睡了三天三夜，第四天清晨时才缓缓醒来。睁开眼睛，发现满屋香气弥漫，自己正裹在滑腻的绸缎被褥里。阳光透过雕花窗棂投射榻前，光柱中无数细小的灰尘在狂舞。

眼前站着载澜和薛三。

载澜俯首在洛芸的额上搭了一下："醒了？"

见是载澜，洛芸挣扎着坐起。伸出手来，发现皲裂的双手被涂了冻疮膏，就连鬼一样的长指甲也被剪了。

一旁薛三道："你小子也不知道积了多少辈子的德，让贝勒爷亲自喂水喂药，还从京城找了郎中看病，光药就耗费了不少银子。"

载澜坐在榻前的春凳上，手里端着茶盏，一下一下地拨弄茶叶："你认得我吗？"

洛芸沉吟一下道："谁不认得载贝勒爷？"

载澜翻着眼看洛芸："若不是我，你怕早就死在药王庙了。镇上的保正用芦席一卷，拖到牛栏山下的坟圈子里去喂野狗。"

洛芸垂下目光："我也不稀罕你救我，死了才好。"

载澜放下茶盏哈哈大笑："好一个情痴！这才子佳人的戏不可多唱，伤心耗神要命啊！为了一个女人连自己的性命都不要了，本贝勒佩服得很！"骤然收敛笑容又道，"只可惜你是剃头挑子一头热，你这里差点冻毙荒野，人家那边却洞房春宵，快活得不得了啊。"

"灵芸也是被逼的，我知道她不快活。"洛芸躲避着刺眼的阳光。载澜站在逆光里冷笑："你听说她夜里唱戏了对吗？人家可不是在挂念你，她是唱给陈嘉怡和大奶奶听的。知道吗？你那位钟情的小师妹前些天被陈嘉怡接进了大院，正正经经地当起了二奶奶！"

"别说了！"洛芸掀起被子，摇摇晃晃地站起，低头找鞋，"你救我性命，早晚回报给你就是。"

载澜仰天大笑，薛三也跟着笑。

洛芸光着脚站在地板上："你们笑什么？"

薛三一把按住肩膀："你小子怕是一辈子不能如愿了！回报？你这样的穷光蛋拿什么回报贝勒爷？"洛芸晃了晃，重重坐回榻上。

"命，拿命换总行了吧？"洛芸负气道。

薛三一拍大腿："好，要的就是你这句话。贝勒爷救了你的命，你就该用命去报答。"

载澜瞪薛三一眼："说话客气些，别吓着咱们的角儿。"又温言道，"我说洛芸啊，眼下你这身子骨哪里也去不得。天寒地冻的，出去就是个死。我知道你想说自己不怕死，这是蠢话。你死又有何益？你师妹可不顾念你，甚至连你死在哪儿都不知道呢。至于陈嘉怡，要是知道你死了怕是要大笑才是！所以眼下你要好好活着才是正理儿。"

看到洛芸垂首不语，薛三接着煽惑："小子，灵芸姑娘是被陈嘉怡勾引去的。这是夺妻之恨，你得报仇，不然让人瞧不起。"

沉思良久，洛芸抬起头来："怎么，你们要我去杀了陈嘉怡？"

载澜哈哈大笑："你杀了陈嘉怡，不也得偿命吗？本贝勒可不做那样的亏心事。你啊，要学会用软刀子杀人。软刀子懂吗？看不出刀光剑影，却让人血肉横飞。最后你报了仇不说，就连灵芸姑娘还有陈家的酒坊说不定都是你的了。"

"我不要他的什么酒坊，我只要灵芸。"洛芸的眼睛被阳光照得烁烁发亮。

灵芸住进了东厢房。安顿完毕，她先到了书瑶的屋里，规规矩矩地向书瑶拜了三拜。也不知道有意无意，书瑶用汗巾捂了嘴不住地咳嗽。灵芸拜罢，才伸手去搀。书瑶道："妹子多礼，以后咱们就是一家人，哪里来的这么多规矩？"书瑶的屋子遮着幕帘，本来就阴森可怖，加上满屋浓郁的药味，让灵芸有些坐立不安。说话间，峻卿背着书包进了门，书瑶忙招手让他向灵芸行礼叫"二娘"。峻卿退到书瑶身侧，拉着母亲的衣襟，嘴里含糊着嘟囔。灵芸答应一声，去摸峻卿的头，男孩忙躲到母亲身后。

王妈在一旁道："二奶奶使不得，这男孩子摸不得脑袋，要不日后长不高的。"

灵芸憋了一肚子火，对着书瑶却不便发作，只是笑笑，又问峻卿在私塾里可好，峻卿不语。书瑶切责道："你这孩子怎么不像陈家的子孙？畏畏缩缩的，倒像是乡下小户的孩子。"灵芸心里一怔，嘴角却仍挂着笑。一直说到傍晚时分，新荷唤灵芸去膳房用饭。灵芸邀书瑶一起去，王妈却道："我家大奶奶在自家屋里用惯了。"灵芸看了一眼王妈，又冲书瑶笑笑，转身出了屋。

灵芸刚走，王妈就抱怨书瑶太过低三下四，"做大却还惯着一个做偏房的"。书瑶又滴下泪来，拉过峻卿："还不是为了他？我知道老爷的秉性，他到死都不会把我放在心上。要是哪天灵芸当了家，日后对待峻卿也念我的好。"说得王妈也不由得垂下泪来。

嘉怡和瑜卿对着满桌饭菜等候灵芸。

瑜卿哼哼唧唧地嚷着要吃饭。嘉怡夹一块肉放进瑜卿嘴里，道："丫头别急，一会儿二娘到了咱们再吃。"

瑜卿一口把肉吐了，瞪着嘉怡："什么二娘，不过是爹的小老婆！"

嘉怡忙抱在膝头，在她鼻子上刮了一下："瑜卿是个好孩子，一会儿二娘来了你可不能这么说。"

瑜卿跳下来瞪着嘉怡："爹，我听说了，她是个唱戏的，凭什么要我叫她二娘？"正说话间，灵芸一脚迈进了门槛。嘉怡忙站起来，瑜卿看一眼灵芸，气冲冲地跑了出去。新荷也颇有眼色，跟着退了出去。膳房里只剩下了灵芸和嘉怡。

嘉怡讪笑："你不必生气，到底是个孩子，信口胡说几句也不是多大的事儿。"

灵芸别过脸去不说话。嘉怡走上前，把她按坐在凳子上，道："先吃饭，一会儿咱们房里说话。"

灵芸抬起头来："今晚你去书瑶屋里住。"

嘉怡吃了一惊，半晌才嗫嚅道："怎么，你还在生我的气不成？"

灵芸突然掉了泪。

嘉怡伸手要抱，却被硬生生地推开："你别动我，今晚必须去她屋睡。"

嘉怡有些气恼："你到底什么意思？"

灵芸冷笑："我怕日后和她一样不受人待见。"

嘉怡一下子呆了，才想到这几日的冷落让灵芸有了切肤之痛。他刚要解释，灵芸却先开了口。"你不用解释，我都明白。如果你只挂念着儿女情长，我反倒看不上你了呢。不过，最近几天还是到书瑶屋里睡，她是你的结发妻子，正房，你不能这么冷落着她，这不公平。"

嘉怡沉默不语，半晌问道："你真的不生气？"

灵芸摇头："你对书瑶好我不生气，你惦念寄春我也不生气。寄春是军汉的闺女，我是下贱的戏子，你能惦记旧情，也算是个有情有义的汉子。日后，我死了，你也必能这么待我。只是书瑶无辜，你厚此薄彼就大错了。她即便让人生厌，也是峻卿的母亲。峻卿是长子，日后要做兴泰的大掌柜，你这么对书瑶要他怎么抬得起头来？"

一番话说得嘉怡心惊肉跳。相比寄春，两人容貌上虽然颇为相似，但灵芸似乎比寄春更为豁达明理。嘉怡才要说话，门外传来新荷的脚步声。

"本来今晚要和你好好聊聊呢。"嘉怡低声道。

灵芸难得一笑："我进了大宅子，以后时间还长着呢。书瑶身体不好，你多记挂些，也为子孙积些德，为你我留条后路。"嘉怡点头，悻悻然站起身。走到门口，又恋恋不舍地转回头，发现灵芸瞧也不瞧他一眼，只管在灯影里端坐。他心里暗道，这个女人比书瑶、寄春都要厉害上十分。她的话里六分是肺腑之言，另有四分是对自己前几日冷落她的惩戒。

傍晚歇工时，磨坊掌柜老侯用柳条串了两条马口鱼来找吴老和。兴泰的规矩严，外人不能进酒坊。老侯就和吴老和约了暗号，站在酒坊外大声吆喝着卖鱼。听到老侯的叫卖声，吴老和忙穿了棉袄出门。他已经四十岁，仍旧孑然一身。打道光二十四年起，就在曲房搭了一个帐子。小小的帐幔成了他的窝，他的精神家园。吴老和精心测量过，他栖身的地方就是多伦姑娘娜仁站立过的地方。

道光二十三年的夏天，吴老和还是一个从热河逃难到牛栏山的青涩后生，被老陈掌柜从街上"捡来"当学徒。当时，娜仁跟着父亲到牛栏山进货。吴老和在糠房第一次见到娜仁。她站在壮硕得像一座山的父亲身后，梳着齐腰的长辫，身穿缎青色长袍，两颊微红，两只眼睛龙眼核般晶亮，像一棵健壮的小树。吴老和一眼看过去，心立时融化了半边。娜仁的父亲白音是个酒鬼。到牛栏山三天，除了第一日到兴泰谈生意外，其余两日都在客栈睡觉。娜仁只得一个人牵着骆驼到酒坊拉酒，默默地装上酒篓，然后又牵着骆驼返回客栈，一连往返数次。烧锅师傅们怂恿青皮后生吴老和帮忙。他羞怯地盯着娜仁，终于鼓足勇气，把酒篓装满骆驼两边的大筐后，又从娜仁手中接过缰绳。烧锅师傅们哄然大笑。吴老和牵着骆驼走进洒满夕阳的青石街，娜仁轻轻地跟在他身后。

一直到掌灯，他们才把所有的酒转移到客栈马厩。

吴老和系上骆驼，头也不回地转身就走。

"站住。"娜仁的影子被吊在栏杆上的马灯拉长，更显纤细。"就这么走了？"

吴老和站住脚，心惊肉跳地听着身后的脚步声。娜仁用汗巾帮他擦拭额头的汗水：

"我请你喝酒去。"

吴老和搓着手不吭声。

"我知道你怕人说闲话。我有个好地方，别人看不到。"娜仁从马厩里拿了一坛酒。两人一路出了镇子，走向东边的潮白河。月亮大得惊人，被河水托出，又高高地抛向云端。潮白河波光粼粼，浩然万顷。岸边系着一条破船，横亘在水中，像是画中的点缀。

娜仁拉着吴老和上了船。

吴老和是旱鸭子，水一涌，脚下站不住差点掉进水里。娜仁就咯咯地笑。她掀开舱盖，取出两只青花碗把酒倒上。娜仁捧着酒碗，月光倒映，轻漾着一团琥珀光。她虔诚地举到眉梢："这碗酒算我谢你"，然后一饮而尽。吴老和那时还没学会喝酒，又不愿在娜仁面前丢脸，皱着眉一口喝下去，呛得咳成一团。娜仁放肆地大笑，笑得满天水光瑟瑟。

娜仁随父亲回多伦时，专门到兴泰去找吴老和。他正在糠房光着膀子干活儿，看到娜仁忙去取短褂。娜仁却摇摇头，掏出汗巾为他拭汗。烧锅师傅们都看傻了眼，心里又酸又涩。

"记着！明年驼队的银铃响时就是我来了，你等我。"娜仁把汗巾塞到吴老和的手里。那汗巾是素白色的，上面绣了两朵绯红色的柳兰花。

道光二十四年的夏天。又是夕阳遍洒的傍晚，白音的驼队到了牛栏山。吴老和听到街上传来了悠扬的驼铃声，丢掉簸箩跑到了大街上。白音在驼背上垂着头，显然是醉了。身后的骆驼上是几个伙计，唯独没有娜仁。后来，吴老和从伙计口中得知，娜仁早已在半年前嫁人，是一个山西富商。娜仁不愿意，说牛栏山还有人在等她。白音就用牛鞭沾着凉水打，那一晚娜仁的惨叫声比被狼群撕咬的羊羔还让人心碎。

最终，娜仁还是随着丈夫回了山西……

这一晚，老侯没有带吴老和去斜对面的酒铺，两个人神使鬼差地来到了潮白河岸边。天际圆月高悬，硕大得近于虚幻。长河流月，满眼瑟瑟。一艘系在岸边的渔船悠悠地随波晃荡，梦境一般。

"怎么来这儿？"眼前的一切都恍惚如十五年前的那个月夜，吴老和掐一把大腿，切肤地痛。

"有人等你呢。"老侯拽着吴老和上了船。船舱火炉上煮着一壶水，呜呜地轻响。月色中有人坐在船头，是个女人。她一手撑船，仰着脸去看月亮。吴老和吃了一惊，转身欲走，却被老侯一把拉住。

"去哪儿？"

"回去……"吴老和跳上岸。那女人回过头来，缓缓在船头站起。她梳着圆髻，一张脸俏丽得令人心醉。嘴唇下一粒小小的痣，米粒般大小，衬着雪肌，倒像是画师不经意间掉下的一点墨痕。女人的身量也高，穿着青色的合领大褂，长至膝下，夜风吹得下襟飘起，像是在银河闪烁中御风而行。吴老和的心骤然一动。

"你慌什么？"老侯跳上岸，又拽他进船，"女人又不是老虎，还能吃了你？涟雪，你站着干吗，还不烫酒？"

吴老和失魂落魄地进了船舱。涟雪放下舱口的棉门帘，拨弄一下炉火，舱里顿时暖和了许多。又用铜盆盛了水，放进锡壶，三个人对着一张小桌盘腿坐下。

老侯斟上酒，道："老和啊，苦熬了半辈子，那个什么娜仁能回来吗？"又向涟雪努努嘴，"今年淮河水患，涟雪是从河南驻马店逃荒来的。原本一同来的还有父母，谁承想在京城走散了。她被坏人诱拐，卖到烟花院，幸好逃了出来。前些日子下雪，人走到我家门前就不行了，亏得你嫂子看到才救了下来。我家窄门小户的，一个大姑娘家养着也不是事儿，就跟你嫂子说起想找户人家嫁……"吴老和偷偷瞧一眼涟雪，女孩用簪子拨着灯芯，眼里汪汪地含着泪，心里顿时又软了许多。几杯下肚，人就恍惚起来。

老侯喝一杯酒接着道："老和，涟雪姑娘人长怎样你也看到了。你虽然攒下几个钱，可要论起来，没个几百两银子是买不来的。但涟雪姑娘人偏又正直，说只要嫁个好人家，钱多钱少都不在意。我说的是不是，涟雪姑娘？"

涟雪点头，低声喽喁："侯叔说的是，只要人老实就行。"

老侯又问："你看老和人怎么样？虽然岁数比你大些，却是兴泰烧锅师傅里最厉害的一个，一年的佣金也足够你俩过日子。人又老实可靠，嫁过去后在镇上买一处房子，不出几年再生个一儿半女，这小日子红火着呢！"涟雪红了脸，吴老和索性连脖子也红了。看到茶喝尽了，涟雪又掀开帘子去河中舀水。一缕月光渗进来，暖暖地铺在吴老和身上。多像十五年前的那晚啊，尽管那时是盛夏，眼下是隆冬，可这月光却没有丝毫变化。

"成。"吴老和终于开了金口，青皮少年般羞赧。

老侯哈哈大笑："看来，还是你嫂子主意多。她说，吴老和再倔，也抵不过潮白河旁的月亮地儿。"说罢，又觉自己多嘴，轻轻在嘴上扇了一掌。

定更天的时候，新荷神秘兮兮地进了东厢房。灵芸正坐在灯前绣香囊，一针一线，心无旁骛。新荷站在灯影里咳嗽一声，灵芸微微抬头："回来了？"新荷"嗯"了一声，就不再说话。灵芸放下手中的活计，抬起头来看她："怎么了？"

"二奶奶，我好像看到大师哥了。"新荷低声说。

灵芸吃惊地站起身："他没跟师父走？"

"我在谢馥春店前分明看到了他。"新荷比划着，"只是人比以前消瘦了许多，辫子也很蓬乱，衣服也破破烂烂的。我叫了几声'大师哥'，可当时已经掌灯，他头也不回就走了。我跟上去，他在街巷里拐了几拐就没了踪影。"

灵芸皱眉道："兴许是夜黑你看错了。"

新荷摇头："不会。听到我叫'大师哥'，他还停住了脚呢！"

灵芸叹口气坐下，对着灯影出神。

"二奶奶，你倒是拿个主意啊。这么冷的天，他穿着单衣……"

灵芸想了想："牛栏山就这么巴掌大，他能到哪儿呢？我不便出去，明儿你唤上梁妈一起到街上找找。见到他务必留住，我想办法跟他见上一面。"

新荷道："即便见到又能如何？大师哥那倔脾气，让他找师父肯定不会答应，他们爷俩脾气不和。再说，他留在牛栏山恐怕也不是因为师父……"

灵芸知道新荷话中的意思，扶额闭目道："先这样吧，等见到人再劝说不迟。"

新荷见灵芸倦怠，忙上去捶肩，一眼瞥见桌上的针线，不由得发笑："二奶奶几时做过女红，怎么突然想起缝香囊了？"新荷把香囊拿在手里端详，只见针脚绵密，蓝色彩绸上用金丝线绣出两朵荷花来，亭亭净植，看上去赏心悦目。又放在鼻子下闻了闻，一股药香扑鼻而来。

"是梁妈教我的，里面放了白芷、川芎、苓草、山柰、甘松，不但可以祛除汗味，还能辟邪呢。"灵芸道。

新荷喜欢得不得了，捂在胸前道："二奶奶给我吧，这上面绣着荷花，我正好叫新荷……"

灵芸一把夺过来："谁给你绣的？这是给瑜卿的。"

新荷嘟嘴坐下："瑜卿这丫头小小年纪，人可厉害着呢。看见我跟梁妈都要剜上两眼，你对她这么好又有什么用！"

灵芸拉住新荷的手道："这个先给她，你要是喜欢我回头再给你做一个。瑜卿这孩子打小没了娘，可怜得很。既然她叫我二娘，我就要拿出个二娘的样儿来。"

新荷叹息一声："这孩子冷得很，只怕从没把你当什么二娘。"

灵芸的眸子顿时黯淡下去，半晌才道："即便是块石头，也总有焐热的时候吧？"

第九章　捉奸

　　灵芸和新荷正说着话，门外传来梁妈的声音，叫"二奶奶去膳房吃晚饭了"。灵芸答应一声，披了袄才要出门，又转身把香囊揣进袖子。膳房里嘉怡和书瑶早就坐了——也不知为何，自从灵芸进了门，从不在膳房吃饭的书瑶就改了习惯。

　　峻卿和瑜卿坐在最下首，眼巴巴地看着一桌菜不能动筷。见到灵芸进房，书瑶连忙招呼她坐在对面。瑜卿皱着眉对嘉怡道："爹，大娘，人来了，现在可以吃了吧？"

　　"吃吧，丫头饿坏了。"嘉怡笑道。

　　瑜卿别过脸去，不看一众大人，只管拣菜。对于瑜卿来说，原本 "二奶奶"的位置是母亲的，尽管自己对母亲并没有什么印象，可回回梦里都能见到她。梦里的母亲慈祥得像是庙里的菩萨娘娘，虚无缥缈地拥着她，擦拭她腮边的泪，又问她大娘和峻卿可曾欺负她。后来，凭空来了位唱戏的"二娘"，在梦里她看到母亲蹙着眉，一副郁郁寡欢的样子。"二奶奶"的"位子"原本是母亲的，怎么凭空就让给了一个戏子？瑜卿气不过，总觉得这个女戏子身上有股妖气，眉眼精细得像年画上的人，身上妖魅得没有半点烟火气，甚至连喝茶时都翘着兰花指，轻贱得很。难怪迷得父亲神魂颠倒的像是丢了魂儿。

　　灵芸从怀里掏出香囊："瑜卿快来，看二娘给你绣了什么？"瑜卿哼了一声，并不动身。看到灵芸尴尬，书瑶忙隔桌接过香囊，嘴里不住地称赞灵芸手巧，又道："要是戴在身上不但可以驱蚊虫，还可以辟鬼神呢。"招手让杏儿拿了香囊送给瑜卿。瑜卿只管低头吃饭，不理会杏儿伸过去的手。

　　嘉怡看到灵芸一脸绯红，觉得瑜卿做得太过，就低声训斥道："瑜卿怎么这样不懂事？你二娘一片苦心，还不收下！"

　　瑜卿放下碗筷，一只手接了香囊，放在鼻子下闻了闻："什么香囊，一股戏子味儿，臭死了！"把香囊扔在饭桌上，气呼呼地起身离席而去。灵芸觉得脸上滚烫，像是被人重重扇了一巴掌。连书瑶也红了脸，自己先前一番苦心遮拦调和，谁知瑜卿也不买她这大娘的账。嘉怡气得一拍饭桌，嘴里道："这丫头半点不像他娘那样灵气，天生的倔强！"说罢，又顿觉不妥，只能坐下摇头叹气。灵芸站起身，带着新荷快步出了膳房。书瑶也叹息一声，被杏儿搀了离开。只剩下嘉怡和峻卿爷儿俩隔桌呆坐。

　　这天夜里，灵芸在灯下呆坐了一宿，眼前总是浮现瑜卿那张稚气却充满仇恨的小脸。对于她的到来，书瑶不管是妥协也好，忍让也罢，总算是面上的礼数做得周全。可瑜卿却死硬得很，每每让她难堪。她曾听下人们说过寄春，人非常和善，嘴角总是带着笑，就连见到门房也谦恭有礼。可瑜卿这孩子像是从地里冒出来的，全然不像她母亲，对谁都是横眉冷目。身边的丫头全被她赶跑了，除了和峻卿还能说上几句话，整日沉着脸，完全没有孩子的天真烂漫。

如此想着，一直到四更末才昏昏沉沉地睡去。

孙记篓铺与兴泰酒坊一墙之隔。载澜让薛三从古北口柳林营找来几个专门打井的老兵，趄摸着在后院动手打井。领头的老兵背着手在后院转了一圈，指着墙角一处艾蒿茂盛的地方道："就在这里支井桄下锥，不出十天保准能打出水来。"载澜忙问："水能和隔壁兴泰一样吗？"老兵道："贝勒爷说笑。不过一墙之隔，水源相同，怎么会有差异？"载澜大喜，忙让薛三好吃好喝地招待老兵们，并每人先赏了五两银子。叮嘱领头的，务必十天之内打出井水来。老兵们满口答应，说他们行军时无论何地都能打出井水来，何况牛栏山有这么丰沛的水源。十日之内，肯定见水。

载澜心花怒放，又叮嘱薛三抓紧吴老和与洛芸的事儿，有了圣井水和暗桩，哪里还怕他陈嘉怡？

新荷在谢馥春脂粉店门口见到了洛芸。洛芸瘦骨嶙峋，就坐在对面茶馆门口，揣着袖子晒太阳。新荷忙叫一声"大师哥"，洛芸一见抬腿就跑。追到药王庙，洛芸一把关了山门，插了门闩，任新荷拍门呼喊全不回应。

新荷只好跑回酒坊向灵芸报信。

王妈正在书瑶屋前晾晒被子，看到灵芸主仆急匆匆地出门，冷冷地睃了一眼。新荷转身回屋，假装提了篮子，一副要上街买东西的样子。到了药王庙，看看附近没人，新荷又去敲门，好半天都不见洛芸回应。

"大师哥，是我。"灵芸拖着哭腔，"你好歹开门见一面。"院落里终于传来一声压抑的咳嗽。灵芸大喜，抓住门环用力拍打。山门开了一条缝隙，露出洛芸瘦得刀条似的脸来，满腮满颔都是胡须，身上裹了一件满是败絮的破袄。灵芸一把推开山门，抱住大师哥不住抽泣。新荷忙道："二奶奶，这里人多眼杂，还是到偏殿说话吧。"

进了偏殿，如同身处寒窑一般。窗棂上残纸被风吹得呜呜作响，榻上堆着一床薄被，洛芸像傻了似的坐在榻上不言不语。

灵芸又哭："大师哥，你怎么成这个样子？即便不愿意跟师父走，也总该找我才是。要是冻死在这里，日后我该如何见师父和师兄弟们？"

洛芸终于开了口："你是兴泰酒坊的二奶奶，我一个唱戏的，去找你怕下人们看低你。"语调低沉，迟缓如重车碾泥。灵芸忙在他额头一搭，唤新荷："快些请郎中来，额头烫得厉害。"

新荷答应一声转身欲去，却又在门槛前停住脚步："二奶奶，这里冷得跟寒窑一样，眼下得赶紧找个暖和点儿的地方才是。"

"陈家去不得，咱们能找什么地方安置大师哥？"灵芸的眼泪又掉了下来。

"二奶奶别急，我倒有个主意。"新荷道，"咱们先前住的老宅子是空的，何不把大师哥送到那所宅子里？正好让梁妈照顾他。"

灵芸慌乱中不假思索，忙点头称好，可青天白日的又不好扶洛芸去镇上，只得让新荷去镇外骡马市找来脚夫，把洛芸放进搭了席棚的骡车里。到了老宅，灵芸请脚夫帮忙搀着洛芸到正房躺下，又唤梁妈去请郎中看病。梁妈见宅子里无端多了个男人，刚想打问，却见情势急迫，只得揣着满腹的疑惑去了。新荷拿了一两银子塞到脚夫手里，千叮咛万嘱咐，要他不许对外乱说。

吃药后，洛芸出了一身大汗，躺在灵芸的床上沉沉睡去。灵芸拿着汗巾为洛芸拭汗，忙了大半天，又受了不少惊吓，一时困倦，竟然倚着床厢睡了过去。

梁妈拉着新荷走到院子里，问："荷丫头，这男人是谁？"

新荷道："是二奶奶唱戏时的大师哥，人病得不轻，总不能见死不救吧？"

梁妈拍手："二奶奶糊涂啊！念着旧情也不为过，给他几两银子就是。哪里能把个大男人拉到宅子里来？要是老爷知道了那还得了？"正说着话，灵芸突然走出屋子，扑通一声跪在梁妈面前。

梁妈吓得连忙回拜："二奶奶，这如何使得？哪里有主子向下人磕头的理儿？"

灵芸道："梁妈，屋里这个男人是我的大师哥，打小在戏班里厮混大的。他跟我的亲哥一样，算不得外人，救他就是救我。这里求您看顾几天——"又让新荷给了梁妈几两银子。

梁妈无奈，只得点头应允，又叮嘱灵芸："待您的大师哥身体稍好后，赶紧离开老宅。这事儿要是被老爷知道了，就捅了个天大的窟窿！"

许公公趁着休值到了牛栏山。正和载澜茶叙，薛三突然兴冲冲地闯进来，身后还跟着一个拎水桶的小厮。

"怎么，出水了？"载澜大喜。

"出水了！我尝了尝，这水可甜着呢！"薛三回头招呼小厮，"快让贝勒爷和许公公尝尝。"小厮拿着水瓢去舀水，被薛三一把拉住："一边待着去，喝圣井水能用水瓢吗？"

载澜连连点头："薛三说得是！古语说美食美器，这可是圣井水，必须用玉杯才行！用水瓢岂不糟蹋了圣井水？"忙从桌上拿了纯天青的钧窑茶盏，先冲水桶打了一个躬，又恭恭敬敬地舀了水。回头对许公公道，"公公，本贝勒可先得着了。"说毕，喝了一口，咂咂嘴，道："好啊，果真甜得像加了蜜一样。"

许公公却坐着没动，问薛三道："这井水打了有多深？"

薛三弓着身子："听打井的老兵说，大约是五丈七。"

许公公摇摇头："五丈七？深了，深了。"

"公公什么意思？"载澜忙问。

许公公道："咱家跟兴泰打了半辈子交道。以前曾亲自到他家院子拜了乾隆爷的圣迹，又品了井水煮的茶，听陈嘉怡的父亲说了好些圣井水与众不同之处。这圣井是前朝打的，据说下锥不及一丈就出了水。而且更让人奇怪的是，井水常盈不涸，尤其到了春天，井水泛涨，下人们根本用不上井绳，只消蹲在井旁弯腰舀水就行。"

载澜道："篓铺跟酒坊一墙之隔，本来就水源相同，难道还换了味道不成？"

许公公接茶盏细品一下，皱眉摇头："这水虽然也算是甘甜可口，可比起涌泉圣井的水就差远了。这水的甜不过是山野井水的纯净之甜，而圣井水的甜是一种天然酒香之甜，饮之甘洌芬芳，就如同饮酒后的余香一般。"

载澜知道许公公这个广储司总办郎中不是白当的，宫中采办必经他手，天下美酒俱先进他口。多半辈儿在酒缸里浸泡，已然成了半个酒圣，略一品咂就知酒质优劣。听他这么一说，心下顿时凉了半截。

许公公接着道："兴泰那口井咱们比不得。方才来时，我跟京里钦天监的灵台官讲过此事，他说兴泰的这口涌泉圣井正好压在牛栏山水脉的龙眼上。这龙眼直通牛栏山左近的千沟万壑，汇聚天地精华，因此井水才甘甜无比。偏偏这龙眼又是方寸之地，你就是在井旁再打一口也比不得圣井。"

载澜重重地捶腿："到了来年斗酒，没有井水我们拿什么跟兴泰比？！"

许公公向小厮摆摆手，小厮识趣地退出门外。许公公起身关了门，道："福恒昌要想压在兴泰头上，这口井是关键。"

载澜哼一声："这话还用公公说？"

许公公眼光闪烁："明的不行来暗的，得不到咱们就毁了它！上次让你找的暗桩都找了吗？"

薛三道："回公公，找了两个。一个是兴泰姓吴的烧锅大师傅，一个是陈嘉怡新娶戏子的师哥。吴师傅已经入套，我从京城找了个窑姐，两个人已经好上了。过几日，我就把窑姐藏起来，姓吴的如今痴情得很，不怕他不乖乖地听我们的话。还有那位大师哥，只等着一步步潜入兴泰呢。"

许公公斜一眼薛三："这些主意倒还不错，不过派人做暗桩不是一时半会儿就能见效的。半年时间一晃就到，要是斗酒输了，福恒昌再想出头可就难了。薛三，这两个暗桩要尽快楔进兴泰酒坊。告诉他们要做好三件事——一是在圣井上做手脚，把兴泰烧锅的水搅浑。二是要想法把秘方套过来，这件事怕得让那位吴师傅下大功夫。还有一件就是要把兴泰搞乱，陈嘉怡是兴泰的主心骨，这个人一倒，兴泰可就全完了。"

载澜一拍桌子，把大拇指伸到了许公公面前："公公这主意刁钻得很！"

许公公大笑："还有呢，咱家这里把烧酒的配额拖延些日子再给兴泰。陈嘉怡必定会沉不住气私下里酿酒，到那时你再让县衙户房去把酒坊封了。这样多管齐下，还怕兴泰不倒？"

载澜连叫"哎呀"，起身冲许公公一揖到地，又拖着戏腔道："公公呀，真乃孤之子房也！"

许公公忙道："贝勒爷，别乱讲。僭越了，让宗人府的人听到可不是闹着玩的。"

载澜忙刮了自己一个耳光："掌嘴！你看我这嘴，确实僭越了！"

吴老和这几天有些魂不守舍，涟雪的身影总在他眼前晃动。踩曲时，师傅们都扯开嗓子唱踩曲调，本来该他领唱，他却假托嗓子坏了，独自一人躲进糠房发呆，一时恨不得早点下工，好与涟雪见面。这时，嘉怡皱着眉头进了曲房，在师傅里寻不见吴老和，心下更是烦恼：前些天去内务府领酿酒公文的账房蒋先生直到昨儿才回来，说是一直见不到许公公，送出去的礼银也被小太监退了回来。问起许公公去向，小太监也推说不知道。蒋先生心下发慌，要是公文拿不到手，酒坊怕就得马上停工。忙又上下打点了一番，值日的小太监才隐晦地点拨，问："你家掌柜是不是得罪了许公公？"蒋先生一时猜不透，只好先行回家报信。嘉怡知道是载澜在捣鬼，忍不住犯起驴脾气——公文拿不到又如何？烧锅照酿不误！兴泰的头上不是悬了块御匾吗？你们谁敢触它？你许公公和谭耀宗这些年不知道吃了我兴泰多少好处，闹将起来索性一块儿告发了去！话虽如此，到底心下忐忑，原本想找吴老和商议一下，谁知道竟然遍寻不着，心下顿时又添了一层烦恼。

出了曲房，却见小山东和杏儿在葡萄架下窃窃私语，嘉怡心里窝火。上次娶小的事儿，嘉怡一直怀疑是小山东透露给杏儿的。如今两人又在嘀咕，必然没有好话。于是咳嗽一声，杏儿忙叫声"东家"，端着药罐急急地去了。小山东也叫一声"东家"才想转身离去，却被嘉怡叫住："你回来，刚才和杏儿嘀咕什么？！"

小山东红了脸，垂手道："回东家，也没什么。俺跟她本来是老乡，都说些家乡的事儿。"

嘉怡瞪眼道："杏儿是你大奶奶跟前的丫头，别什么都说。要是乱说乱讲，就把你的铺盖卷扔出去，回你山东老家种地去吧！"小山东一听，吓得魂不附体，忙跪下："东家，我是您跟前的，哪里敢乱说？您可千万别生气，我还想着为您出把力呢。"

嘉怡哼一声，道："不赶你走也行，就把刚才你俩的话跟我学一遍。要是有一句瞎话，立马乱棍撵走！"

小山东不住地"嗳"着，红着脸，欲言又止。

"快说！"嘉怡怒喝。

小山东战战兢兢地左右看顾了一番，才低声道："老爷，您听了可别生气。刚才杏儿跟俺说……二奶奶在老宅里养了男人。"小山东的脑袋险些垂进裤裆。

嘉怡怔怔地盯着小山东，脸色变得铁青。

小山东扑通一声跪下："老爷，俺可没说半句瞎话。这事儿是不是真的，俺也不知道。王妈也说过，二奶奶和新荷总是借着上街去老宅看那男人。"

嘉怡的牙齿险些咬碎："那男人是谁？"

"听杏儿说，像是福盛班的那个武生。"

嘉怡怔了片刻，一脚把小山东踹翻，怒气冲冲地出了门。小山东爬起身，嘴里低声叫着"怕是要出人命"，忙去东厢房寻新荷去了。

到了老宅，嘉怡嘴里叫着"开门"，不住地踹门。院内梁妈听到嘉怡的声音，吓得脸色苍白，却又不敢不开门。嘉怡闯进门来，一巴掌扇过去，梁妈"哎呀"一声摔倒在地。

"人呢？"嘉怡红了眼。

梁妈爬起来跪倒："东家，这可全是二奶奶的主意，我也是被逼得没有办法。"

嘉怡吼道："我问你人在哪儿？！"

正房门帘响动，一个人影在暮光中苻草般随着珠帘晃动。

"别找了，这儿呢。"洛芸倚着门框。嘉怡吃了一惊，他是见过洛芸的。那时洛芸身形挺拔，人物俊朗，每次在台上拉开架势总能赢得一片叫好声。怎么才不到半年时间人就瘦成了这样？一时想着，心里倒为灵芸开脱，许是她恰巧遇到师哥落魄，有心想救助，又怕自己怪罪才想出这样的下策。

洛芸人虽瘦，眼神却犀利得很。他盯嘉怡一眼，犹如锥心刺骨，这样的目光只有仇人间才会有。嘉怡心头怒起——谁才会有这种能杀人的眼神？怨恨中掺杂着愤懑，更多的是妒忌。嘉怡瞬间心领神会，这个戏子怕是对灵芸有些痴念！他一把揪住洛芸的衣领，两个男人的眼神碰撞在一起，锵锵作响，犹如刀剑。

"好你个唱戏的！说，你跟灵芸到底是怎么回事？！"

虚掩的大门"咣"的一声被撞开，灵芸带着新荷、小山东气喘吁吁地进了宅子。看到嘉怡正举着拳头欲打大师哥，灵芸忙挡在两人中间。嘉怡手一挥，灵芸一个趔趄倒在地上。洛芸看嘉怡推倒灵芸，顿时红了眼，一拳砸过去，正中嘉怡的脸上。两个男人顿时撕扯在一起。

新荷扶灵芸坐起，看到她脸色苍白顿时惊慌起来，叫道："老爷别打了，二奶奶有喜了！"

两个男人顿时停了手。

嘉怡向梁妈喝道："还愣着干什么，还不快去找郎中！"

众人蜂拥而上，把灵芸抬进屋子。新荷倒了水，扶灵芸靠在被垛上喝了，看着灵芸脸上渐有血色，方才安下心来。嘉怡抓住灵芸的手，脸上深有愧意："你真的……"

灵芸点头："早上才请郎中把脉，还没有来得及告诉你。"

嘉怡抬头看一脸彷徨之色的洛芸："今儿灵芸要是没事便算了，若是有事你走不出牛栏山！"

一旁小山东喂嚅道："东家，你脸上有血。"

嘉怡狠瞪他一眼："别人养奴才都是为主子拼命的，你可好，站在一旁看热闹！看事后我怎么收拾你！"

灵芸拉住嘉怡的手用力一握，眼里立时泛了泪光："小山东没了爹娘才背井离乡闯荡的，能投奔你是一场缘分，他一个孩子你怨他做什么？"指尖滑腻温润，嘉怡感到说不出的安适。他也用力握了灵芸的手，点点头。

灵芸又看看洛芸："我这大师哥跟我一样都是苦命人，是师父从街上捡来的。从小我俩就跟亲兄妹一样，就是有块硬馒头师哥也会先让我吃。有一年冬天我生了病，昏睡了几天几夜。师父也是慌了神，就从京郊请了一个萨满婆子来。那婆子说我得了外症，被鬼附了身，要想驱鬼就得用一块人肉做药引子。师父正作难时，大师哥从厨房拿了刀，在小腿肚上剌下一块肉来……"灵芸向泪流满面的洛芸招手，"大师哥，过来让你妹夫瞧瞧。"洛芸一脚踩在凳子上，绾起裤脚，腿肚上果然有一个大疤。一旁的新荷不由得叫出了声。

正说话间，梁妈带着郎中进了屋。一番望闻问切之后，郎中对嘉怡道："不妨事，这胎能保得住的。最近要多养心调神才好，千万不要动气。"嘉怡答应着付了诊费，又把郎中送出大门。才要回去，却见洛芸背着褡裢下了台阶。

"站住。"嘉怡一声喝，"哪儿去？"

洛芸站住脚，头也不回："讨饭吃去。我虽然是戏子，命贱，人却不贱。留在这里要看人脸色吗？"言毕，迎着夕阳彳亍而行。

嘉怡又喝一声："站住！"

洛芸停下脚，仍旧不回头："还有什么话？"

"刚才郎中也说了，你妹子的身子骨现在动不得气。你要是走了，她动起气来伤了身子算是谁的？"嘉怡走到洛芸跟前，目光里也没了先前的煞气，"刚才的事儿，我莽撞。妹子接济哥哥天经地义，我跟灵芸是夫妻，也就是你的妹夫。你对灵芸有恩，要是这么走了，也让人笑话我陈嘉怡不仁义。"

洛芸欲行不行。

嘉怡知道洛芸已经动了留下来的心思，只是面子上一时还过不去，又道："我也不是白养着你。你是武生，刚才那几拳我也尝了，好大的力道。我这儿正好缺个看家护院的，你就来当护院师父怎么样？"

洛芸的脚终于生了根。嘉怡道："回去吧，看看你妹子去。"

第十章　设局

下工时，雪已经下得厚了，沉沉地覆盖了牛栏山。吴老和一溜烟地出了曲房，在街上买了条白鲢，踩着雪向磨坊后街走去。风从北方来，远处的牛栏山根本挡不住它的来势，搅得一天飞雪迷蒙。吴老和走得有些艰难，但心却像是被拢了火，热腾腾地跳跃。他享受和涟雪所处的每一刻，只要那女孩在，每一分每一秒都值得留恋。甚至，有些时候，他吃惊地意识到，自己此时对涟雪的爱胜过了当初的娜仁。有了涟雪，原本干瘪的日子变得充实起来。吴老和拿出积蓄在磨坊街租了一套宅院。才几分地大，三间正房，东西两处厢房，天井也不过比磨坊略大些。可这片小天地已经足够安顿他疲惫的心。每日下工，涟雪总会在吴老和进门前把饭菜端上桌，然后一个人静静地在灯下托腮等候。门一响，女人的眼睛立刻就亮了。她急急地迎出来，把准备好的斗篷披在吴老和身上，还会抱怨他几句"不知冷暖"之类的话。那一刻，吴老和的心融化了，能听到胸腹中冰雪消融的哧哧声。

吴老和人本分。

虽然与涟雪共处一室，却从来没有过耳鬓厮磨，甚至涟雪递过碗筷时偶然的肌肤相亲，也会让他的脸红上好一阵子，惹得涟雪哈哈大笑。吴老和固执地笃守人伦礼教。白天时，他已经拿定主意，今晚就向涟雪求亲，然后让老侯家里的代为提亲，三媒六证，一个不能少，自己必须风风光光地把这个女人迎进家。

宅子的门虚掩着，屋里没有亮灯。

想是涟雪等不及早早睡了，又许是涟雪想跟自己开一个玩笑。他小心翼翼地踩着积雪，怕惊扰了女人。门外的雪映得屋里有光，迷迷蒙蒙，莹莹一室。有人影在几案旁坐着，一动不动。

吴老和唤一声"涟雪"，人影动了一下。擦亮火镰，灯下坐的竟然是薛三。吴老和一怔，嘴里唤着"涟雪"，屋里屋外地找。

"别找了，人不在。"薛三说。

吴老和一把揪住薛三的衣领："姓薛的，你把我女人弄到哪儿了？要是她出了差错，我要你的命！"

薛三冷笑，轻拍吴老和的手："吴老和，把你的臭手撒开。你的女人？你知道那女人是谁吗？"

"当然是我的女人，涟雪！"吴老和大吼。

薛三抹一把脸上的唾沫："你轻点儿，喊也没用，再喊衙门里就来人了。"

"来人正好，你闯进我的私宅，还拐带良家妇女……"

"行了！"薛三突然大吼，"良家妇女？你知道那个叫什么涟雪的是谁的女人？她是京城阿林保贝勒的小妾，前些天被人贩子拐了。阿贝勒托载贝勒在京北这一带找人，没想到竟然是你拐了去！"

吴老和松了手，用力撑住案几才勉强站住："胡说八道，诬陷，全是诬陷！"

薛三从怀里掏出一张纸来："这是你那位涟雪姑娘的卖身契，上面可有她的指印。就凭这张纸就能把你送进大牢，拐带皇族家室，你胆子可真大啊！"又高声叫一声，"侯掌柜！"老侯鬼影一样从屏风后转过来，低着头不敢去看薛三。

"你倒是跟我说说，这个女人是不是阿贝勒的女人？"

"老侯，你个丫挺的害我！"吴老和扑上前，一掌扇在老侯脸上。老侯捂着脸，道："老和，你打我干吗？我原来也是一番好意，哪儿知道她是什么阿贝勒的女人！"

屋门被风推搡着吱嘎吱嘎响个不停，吴老和站在灯影里周身寒彻。他逼视着老侯："人呢？涟雪去哪儿了？"

薛三踱到吴老和跟前："都到这时候了你还惦记着别人的女人？按照大清律，诱取良人为妻妾子孙者，杖一百徒三年，何况你诱拐的还是宗室之家。你脖子上吃饭的家伙怕是保不住了！"又瞪一眼蹲在地上的老侯，"还有你，恐怕也得吃一辈子牢饭！"老侯立时哭天抢地地求饶。

吴老和的心凉成了一坨冰。不过一日之间，他从天上掉进了泥淖。女人平白没了，眼前还有性命之虞。

老侯抱着薛三的腿，嘴里不迭地叫着"薛三爷饶命"。又唤吴老和，"你还愣着干什么，还不快跪下！"吴老和的腿不觉塌了，软软地跪下。

薛三低头看着匍匐在地的两人，道："要饶你们性命原也不难，不过……"

老侯捣蒜般叩头："薛三爷，您老要我们做什么只管说，我们愿意为您老效命。"

"我要毁了兴泰。"薛三说。

一大早，县丞王歆带着几名衙役进了酒坊。脸色阴沉沉的，全不似以前笑容可掬的样子。他轻车熟路地绕过垂花门，站在院落里咳嗽了一声。小山东正好袖着手走过游廊，看到王歆连忙跑过去，叫声"大人"。

"你东家呢？"王歆仰头看天，从小山东的角度能看到两个硕大的鼻孔。

"在酒窖摊酒醅呢。"小山东回道，"俺去请东家过来。"

"不用了，我知道酒窖在哪儿。"王歆道。

小山东忙伸展胳膊："大人去不得。"

王歆沉了脸："你家酒窖难道是金銮殿不成？我堂堂顺义县丞，还进不得了？"

"这是酒坊的规矩，酒窖不能让外人进。"

王歆大怒："你家的酒窖怕是马上连陈家人也进不得了！"

正纠缠间，嘉怡披了棉衣从酒坊后院跑过来。"王大人怎么跟下人吵起来了？您得顾着朝廷的体面啊。"嘉怡语带讥讽。这些年，谭耀宗和王歆没少在酒坊打秋风，讨便宜，嘉怡也乐得如此，喂饱了狗省得再咬人。所以，他对王歆态度上也不大客气。王歆略一拱手，从公文袋中取了户房的文书来，道："陈掌柜，内务府严令整饬酿私酒。昨儿，顺天府的经承专门到镇上私访，正好碰上你们酒坊正在向外倒酒糟，他老人家大为恼怒，让县衙户房立时封了酒坊，还要课以一千两的罚银。"

嘉怡觉得身体里的血在呼啸，眼前像蒙了块黑布。这分明是在寻事，兴泰两百年，哪里有封酒坊这样的事儿？嘉怡稳稳神，冲着王歆冷笑："王大人，打咱们大清开朝，兴泰的酒窖从来都没有空过。兴泰是乾隆爷钦点的贡酒号子——"又指一下院中的凉亭，"那块匾额可还悬在亭子上呢！"

王歆针锋相对："陈掌柜手里可有内务府的配额条子？要是有的话，我立马带人走。"

"我派蒋先生去了京城，在内务府外候了三天都不见许公公出来，摆明了是在刁难兴泰！"嘉怡嘶吼着，愤懑、怨恨和无奈在一瞬间迸发。

王歆垂下眼帘："没有内务府的条子那就是酿私酒，陈掌柜别怪我，我也是做差的，上面还有人管着，做不得主。"说罢，唤衙役们取糨糊封条来，封了酒窖、曲房。

"姓王的，我那酒醅可发酵呢，要是进不去兴泰可就赔大发了。"嘉怡抬起的手指在抖动，"你和谭耀宗到底吃了载贝勒多少钱，心如此黑，非要置我于死地？"

王歆阴沉着脸，只顾向外走："你跟我说没用，找内务府、顺天府去！"

嘉怡咬得牙齿咯咯作响："好，我就到京城告你们去！"

说毕，又觉得头疼腿软，扶着游廊栏杆摸向后院。进了东厢房，灵芸正在照着艾掌柜赠予的折扇描画。见嘉怡进门，遂把画幅遮在脸前让他看"画得如何"。若是以往，嘉怡早就偎了过来。等了片刻不见动静，灵芸吃惊地放下画，才发现嘉怡脸色铁青，眉头紧蹙。自己的男人一向沉稳，今天气成这样必是发生了大事，忙站起来问"怎么了"。

嘉怡气恼道："载澜是铁了心要跟我们兴泰作对！他串通许公公刁难我们，现在还让县衙封了酒窖。购买冬酿的酒商们已经在路上了，要是打不开酒窖，咱们兴泰的名声就坏了！我不能看着祖上的家业败在我手里！明儿我就上京城告状去，若是无可挽回，我就投潮白河，无论如何也要保全咱们兴泰的名声！"

灵芸轻轻揽过嘉怡，道："这明显是载贝勒和许公公串通，一面压着不分配额，一面又派人封了酒窖。你即便去告，能告到哪儿去？内务府？许公公是广储司总办郎中，就是总管大臣不也向着他？宗人府更去不得，那是人家旗人管自己人的地方，哪容得咱们一个生意人去告天潢贵胄？"

嘉怡缓缓推开灵芸："这么说我只能去找皇帝老子告去？那我就去皇城，就是扒层皮也要见到皇上。"

灵芸轻笑："你怕是气糊涂了，这皇上哪儿是你能见到的？即便见到，他老人家怕是比你烦闷多了，怎能理会你这些鸡毛蒜皮的小事儿？"

"这么说，兴泰只能等死了？"

"我倒有个主意。"灵芸拿起桌上那把折扇："你可还记得这扇子的主人？"

嘉怡拿起扇子，眼神亮起来："对啊，他不是说有事可以去京城找他吗？"

灵芸含笑："这位艾掌柜来头不小，寻着他也许能找到关节。"

嘉怡拍一下大腿："我也是气昏了头，怎么把这茬儿忘了？我也等不得了，连夜骑马到京城找他去！"说毕，起身便走。

灵芸喊住嘉怡："多带些银子，记得带上大师哥，让他陪你一起去。"

夜半，灵芸没了睡意。想着嘉怡在寒风中驱驰，大师哥又沉疴初愈，心像被虫子咬噬一般痛。就这样一夜辗转，直到天色微亮时才合眼。半梦半醒间，幽梦萦绕，先是梦到嘉怡戴着镣铐被县衙抓去，灵芸哭着去追，却被载澜拦住去路，一脸涎笑着动手动脚。洛芸不知道从哪儿跳了出来，挥拳去打载澜。衙役们蜂拥而上，把洛芸抬将起来向着潮白河狂奔。嘉怡向西，洛芸向东，灵芸不知该追向哪边，不由得放声恸哭。

蒙眬中，觉得新荷在摇晃她的肩膀。迷迷糊糊醒来，窗外已是日上三竿。掀开锦被，昏昏沉沉地枕上扶头。新荷在一旁默不作声地拾掇画幅笔墨，灵芸瞥见女孩腮边竟然有泪，忙问她哭什么，新荷抽噎起来。一再追问才知道，早上王妈在走廊遇见新荷，恶狠狠地朝地上啐一口，又回头骂了一声"臭唱戏的"。新荷又道："王妈仗着东家吃过她的奶，一直对我看不上眼。我整天躲着她，实在躲不过了就得挨骂。听小山东说，东家娶了你之后，这婆子一直替大奶奶抱不平，背地里也没少骂你呢。"

灵芸听得火起，心想，这陈家大院里丫鬟婆子看不起她的不在少数，就连酒坊里的师傅们见了她，也会嬉笑耳语。自己初来，又是陈家二奶奶，于是都窝在心里忍了。没想到这王妈没来由地如此恨自己，难道身后有书瑶撑腰？又想到，会不会是书瑶唱红脸，王妈唱白脸？想到这儿，觉得自己已经被逼到了墙角，再忍下去怕是这大宅子要待不住了。不管背后是不是有书瑶，自己都该立立规矩。

看到灵芸沉了脸，新荷忙擦泪道："该吃饭了。"

灵芸摇头："不吃了，没胃口。"

"大奶奶还在膳房等着呢，你若不去，她怕是不肯动筷。"

灵芸只好挣扎着起身，简单洗漱后带着新荷去了膳房。

书瑶果然在。一旁站着王妈和杏儿，小山东正在灶间忙着端菜。看到灵芸，书瑶忙唤她赶紧坐下吃饭。又问："怎么不见老爷？"灵芸不愿多说，只简单应了句："一大早出门了。"书瑶接着又问："可曾说什么时候回来？"

灵芸摇头："不知道。都是生意上的事儿，问多了也无益。"

书瑶放下筷子："县衙把酒窖都上了封条，还哪有生意可做？"

王妈在一旁劝书瑶道："大奶奶别担心，咱们陈家家大业大，人气又高，就连朝廷里都有人呢。您就别操这份心了，好好调养身子，等着峻卿大了好承下这份家业，到时候您就是陈家的祖奶奶了。"

听王妈这么夹枪带棒地一说，灵芸心里重重一挫。这王妈知道嘉怡不在家，越发猖狂了。她用力咬了一下嘴唇，忍住火气低头喝粥。书瑶也听出了王妈话里的机锋，怕灵芸伤面子，遂道："王妈不要乱说，这陈家又不是峻卿一个人的。"瞥一眼灵芸的肚子，柔声道："妹子，你这肚子显形了，看样子也是个小子呢。"

灵芸笑笑，沉默不语，心里也拿不准书瑶到底是真心欢喜，还是城府太深。

哪知王妈又在旁边多嘴："大奶奶，峻卿可是陈家的嫡长子，将来是兴泰的大掌柜，可跟别人不同。"

灵芸端茶盏的手在微抖，血在体内呼啸。

王妈还在絮叨："大奶奶，您可得调养好身子，好日子还在后头呢……"

茶盏砸在地上，声如霹雳，满屋人都吓了一大跳。灵芸瞪着王妈："王妈，我们陈家的事儿哪里要你一个下人多嘴？你的话太多了！"

王妈稳稳心神顶撞道："二奶奶哪儿来的这么大火气？我不过说了几句实话，您怎么连茶杯都摔了？不要说您一个做偏房的，就是东家也得给我几分面子。也是，您来得晚，不知道东家是吃我奶长大的……"

灵芸冷笑："我道是什么大功劳，不过做了几天奶妈，就敢骑到主子的头上来了。要是再敢多嘴，我就让人把你撵到街上要饭去！"

王妈听着话刺耳，索性撒起泼来："我打做姑娘时就到陈家伺候太爷，后来又当老爷的奶娘。你一个唱戏的才来几天，就敢耍威风要把我赶出去，我看哪个敢？！"

书瑶低声下气地去扯王妈衣襟，却被老太婆一把打掉。灵芸看一眼旁边目瞪口呆的小山东，厉声道："小山东，把这个疯婆子给我赶出去！"

小山东垂着手不敢动。

灵芸站起身指着小山东："你今天要是做老好人，我就把你的铺盖卷也扔出去，回蒙阴老家种地去吧！"

小山东知道东家最爱灵芸，要是灵芸跟他怄起气来，自己很可能真的丢了饭碗，遂挽起胳膊拉王妈向外走。王妈顿时慌了神，忙唤书瑶"大奶奶"。书瑶低声劝灵芸消气，灵芸却沉了脸道："要是今儿给了她脸，日后我的脸不知道要被她臊多少回呢！"

又对新荷厉声道，"你站着干吗，还不帮小山东一把？"

大院里顿时一阵喧闹。

三个人拉拉扯扯地走过酒坊，满院晒太阳的师傅们都伸长了脖子，听得王妈一通骂才知道是跟二奶奶怄气。平素王妈仗着嘉怡的势一向趾高气扬，如今有了事儿大伙儿都巴不得看热闹，心里又称赞二奶奶果然有手段。

小山东把王妈推出大门，一把插了门闩，任凭王妈在门外叫骂就是不理。

书瑶瞧一眼余怒未消的灵芸，赔着小心低声道："妹子，这王妈是老爷的奶娘，要是把他赶出去……"

灵芸理也不理，却对一旁噤若寒蝉的杏儿道："你去王妈的房里，把她铺的用的都拾掇出来，然后隔着墙扔出去！"

杏儿瞧书瑶一眼，畏缩不动。

灵芸不由柳眉倒竖，吓得杏儿一溜烟出了膳房。王妈叫嚷半日，一时又冷又累，只得袖了手坐在台阶上发怔，有心去找嘉怡，却不知道他人去了哪儿。正想着，门缝里传来杏儿的声音，问："王妈可在外面？"王妈以为是书瑶保她，连忙应了一声。杏儿不敢抽门闩，隔着门缝低声道："您老的包袱我拿来了，顺着狗洞给您塞过去。"王妈听得魂飞魄散。看来灵芸是下了狠手，要在陈家大院立威呢！这天寒地冻的，她哪儿有可去之处？心里又怨恨书瑶懦弱，不肯为自己做主，只得从狗洞里拿出包袱，摇摇晃晃地向镇外药王庙走去。

晌午时分，嘉怡和洛芸到了京城。在帽儿胡同向人打听皮货商号，都道不知。嘉怡心里猜疑，难道艾掌柜是骗他不成？两人怏怏地在一处茶馆坐定，嘉怡拿出折扇反复把弄：象牙扇骨、玉石吊坠，还有吊坠上的"大清司农"四个朱红小字，怎么看都来头不小。再说，艾掌柜跟他萍水相逢，断没有骗他的道理。正郁闷间，抬头看到对面一个中年男子正向他这边看。那人穿了皮袄，外罩玫瑰紫的坎肩，面目清癯，举止斯文，看样子是个读书人。见嘉怡看他，男子笑了笑走过来抱拳："先生哪儿来的？"

嘉怡连忙起身回礼："我打顺义来，要找一位做皮货生意的掌柜。不知道先生可曾认得？"洛芸在一旁坐着只顾喝茶，也不起身，冷冷地看两人客气。

男子呵呵一笑："能在这帽儿胡同住的非富即贵，大都是皇亲国戚，这做皮货生意的倒不曾听说。"落座后又道，"先生的折扇不知可否借来一观？"

嘉怡心冷，怏怏地把折扇递过去。男子接了，吃惊道："这扇子您是哪儿得到的？"

洛芸心烦："我们急着找人。先生既然不知道就算了，谁有空儿跟你扯什么扇子。"

那男子笑笑，又问嘉怡："我来猜猜，送你扇子的人可是姓艾，自称是从多伦来的皮商？"

"正是！他说有事就到帽儿胡同找他的皮货分号，可前后找了半天也不见踪影。"嘉怡忙为那人殷勤斟茶，"先生可知艾掌柜的下落？"

男子大笑："先生算是找对人了。鄙姓辛，是艾掌柜的管家，自然知道他的下落。"

嘉怡忙站起身打躬："尊管，今儿可能见到艾掌柜？"

辛管家摇头："我家主人现在多伦，不过我们会每五日从京城派人去趟草原。先生有什么事儿就请告诉我，明儿正好有人去多伦，我让人转达就是。"

嘉怡有些失望，遂把事情来龙去脉叙述了一遍。辛管家听后捻须皱眉，良久才道："这位载贝勒竟然如此嚣张，可见是勋王爷管教不严。"嘉怡听辛管家口气颇大，也猜测不出什么来头，只能叹息应和。

辛管家放下茶盏："先生既然跟我家主人有一面之缘，我定然会全力相帮。你在对面客栈暂且住下，等我回音。"

嘉怡心下忐忑："眼下是出酒的日子，各路酒商要到牛栏山取货，此事迫在眉睫。对了，这酒里面还有两千坛是艾掌柜订下的……"

辛管家道："先生还是耐心些吧。目下南方长毛和捻子闹得正凶，还有什么天地会也来凑热闹。就连皇帝怕也是毫无头绪呢，这些杂七杂八的事儿都要慢慢来才行。"言毕，拱手辞别。嘉怡起身恭送辛管家，一直到巷口才止步。洛芸在一旁冷笑不止。

嘉怡有些恼火："你笑什么？"

洛芸抱着胳膊："东家，我是走江湖的出身，形形色色的江湖客见多了。这个人话大得出奇，什么长毛捻子天地会，你也不想想，一个皮货商人的管家怎么还谈起朝政来了？不过是一个骗茶喝的街头混子罢了。"

嘉怡对辛管家的身份也是将信将疑。但事已至此，只能满怀忧戚地在茶馆对面客栈住下。

第十一章　托情

　　傍晚时，蒋先生愁眉苦脸地来膳房找书瑶。老先生原是山东不第的秀才，后来落魄才跟了嘉怡的祖父。大半辈子在兴泰酒坊做事，伺候了三代掌柜，算得上德高望重。书瑶见蒋先生颤颤巍巍地进门，忙放下碗筷。灵芸不大识得蒋先生，看他须发皆白，又见书瑶态度恭敬，知道应是酒坊的老人，遂也起身迎候。

　　蒋先生问道："这位可是新进门的二奶奶？我是账房的蒋万侯。"

　　灵芸行个万福："老先生好。"

　　蒋先生忙弓腰施礼："二奶奶使不得，哪有主子向下人行礼的？"

　　"老先生德高望重，受我一礼原也不多。"灵芸扶蒋先生坐下，并让新荷奉茶。蒋先生心里暗自称赞灵芸知礼，不像师傅们嘴里说的那样不识礼数。抿口茶道："两位奶奶正好都在，眼下有一桩难事，可我又到处找不到东家老爷，只能跟奶奶们商议。"

　　"什么事儿？"书瑶问。

　　蒋先生皱眉道："这个月底原本是出酒的日子，各路酒商都到了牛栏山，可正好遇上咱们酒窖被封。我前天安抚酒商们说东家不日就回酒坊，可东家已经三天不见人影。酒商都急了眼，眼下正在大门口聚集，说要是不开窖就要来抢呢！"

　　书瑶蹙眉听完，磕磕巴巴地问："这事儿该怎么办……先生可有主意？"

　　蒋先生道："我哪儿有主意？酒商们闹起来咱们要是拦的话，怕就断了以后的路。要是不拦呢，私开酒窖官府又不允……"

　　书瑶没了主意，觑一眼灵芸。蒋先生也不由得把脸转向她，心想，都说这二奶奶心眼多，眼下正好验证一下。灵芸性子要强，从来不肯服软。听了蒋先生的话，心里恼恨载澜歹毒。又想着，嘉怡不在，正好可以立上一功。一来立威，二来破破书瑶的算计。心里这般想，嘴上却不说，只管低头拨弄茶盏。

　　倒是书瑶急了："妹子，老爷不在，家里就咱姐妹俩，总得有个做主的！"

　　灵芸等的就是书瑶这句话。她放下茶盏道："我一个女人家，掺和酒坊里的事儿总觉得不大好。"

　　书瑶道："都什么时候了，还在乎这些？咱们酒坊要是倒了，一家大小都得去喝西北风。"

"主意我这儿倒有一个……"灵芸欲擒故纵。

"哎呀，我的二奶奶，这都火烧眉毛了，您倒是说啊！"蒋先生如坐针毡。

灵芸笑笑，问道："酒商们订的酒都做好了？"

"都在酒窖里存着呢。"蒋先生道。

"这就好办了，"灵芸又是一笑，"任酒商们抢就是了。"

蒋先生脸上变色："二奶奶说笑！怎么能由他们去抢呢？一来官府不允，二来岂不乱了账？"

灵芸微微一笑："要是不让他乱账呢？"

蒋先生是读过书的人，心智聪慧，想一想就明白了灵芸的意思。一拍大腿道："二奶奶这个主意好，既交了货，官府也怪不到咱们酒坊头上。"

一旁书瑶听得云里雾里，不明所以。

灵芸叮嘱蒋先生："您和吴师傅一起到客栈，先把酒商们的尾款收上来，然后让他们夜里到酒窖拉酒。告诉他们，每人该多少就多少，不可乱了。"

蒋先生道："这些人都是老主顾，乱不了。"

书瑶脸色苍白："妹子，这可使不得，私开酒窖，县衙岂能放过咱们？"

灵芸道："姐姐还是不明白。这酒窖可不是我们兴泰打开的，而是那些南北道的酒商们。月黑风高，也不知道究竟是哪个揭的封条，官府追究谁去？"

书瑶这才明白灵芸的用意，但还是心下忐忑。

灵芸又道："姐姐要明白这件事的利害。如果不行险着，咱们就要钻进载贝勒的套中，而且还要赔上许多钱财。还有最重要的一点，兴泰从此在生意场就坏了声誉。"

蒋先生暗自称赞二奶奶心思精巧，远胜大奶奶许多。这个主意即便是东家在，也未必能想得出。书瑶到底是个没主意的人，看灵芸和蒋先生态度坚决，只得点头应允。蒋先生忙着去打理此事，走到门口又转过身来："二奶奶，我想起一件事来，老和怕是去不得。原本吴师傅对酒坊的事儿非常上心，可这些天他也不知道是怎么了，老是闷头坐在门槛上看天，向他讨主意也总是摇头，一句话也不说。"

灵芸想一想，道："这事儿要快。先不管吴师傅的事儿，您带小山东去吧。这孩子精明伶俐，将来是能挑大梁的主儿，正好经经事儿，也历练一番。"蒋先生答应一声，又颤颤巍巍地去了。

书瑶看灵芸运筹指挥，俨然陈家的主子一般，心下有几分不悦，又暗恨自己没有这般本事，才让一个戏子抢了彩。这个女人如此精明练达，日后陈家的家业还不都让她霸占了去？想到这儿，心头又是一阵发闷，剩下的半碗粥再也喝不下去。

亥时初，前院突然传来阵阵喧闹。书瑶听得心惊肉跳，忙让杏儿搀着去东厢房。灵芸正在打袼褙剪鞋样，一副气定神闲的样子。书瑶道："哎呀，我的妹子，外面都乱成一锅粥了，你怎么还有闲心剪鞋样？"又看灵芸手中的鞋样，分明是个娃娃穿的虎头鞋，心下又是咯噔一下。

灵芸笑笑："他们闹他们的，自有蒋先生和小山东盯着呢，我们只管做好自己的事儿就行。"

"那些酒商要是红了眼还不闯到后面来？"书瑶坐下又站起，心烦意乱。

"他们不敢，除非今后不想再跟兴泰做生意。"灵芸道。

正说着，小山东闯了进来："二奶奶，您这办法真好。酒商们都装了酒，准备连夜回去呢。"

"别让他们停，装了酒赶紧出镇子。然后再去报官，就说酒商们哄抢了兴泰。"灵芸气定神闲。

"俺这就去催他们。"小山东转身欲去，又被灵芸唤住。

"你模样周周正正的，也不像被抢的样子啊。"灵芸走到小山东跟前，把他辫子扯开，歪着头端详，"还是不太像，倒像是自己扯的。"

小山东怕被撵回山东，一心想讨好灵芸，听她这么说心下顿时明白。狠狠心，在自己眼窝上捣了一拳，跳着脚地转了一圈，再放下手时，左眼窝处起了一圈瘀青。

灵芸笑道："这次真像了，快去吧。"

书瑶看得目瞪口呆，心下又有些自惭形秽，心想，这些办法自己是万万想不来的。她哪里知道，在戏班时这种阵势灵芸见得多了。又过了半个时辰，前院的动静方才停歇。灵芸放下鞋样，对书瑶道："姐姐，这一关咱们算是应付过去了。"

书瑶担心道："那官府又不是傻子，岂能瞒得过他们？"

灵芸笑道："这些手段原本是载贝勒和许公公串通好的，目的是搞垮兴泰。酒商哄抢酒窖，岂不正中他们下怀？恐怕高兴还来不及呢。他们哪里知道，咱们已经提前把尾款都收了。"

书瑶这才大悟："这么说起来，咱们一丁点儿亏都没吃呢！"

正说话间，院外又是一阵人喊马嘶，隐约还能听到小山东拖着山东腔在哭诉，又有衙役的训斥声。书瑶心神不定地侧耳细听，灵芸低头继续做鞋，全然不把外面的动静放在心上。一盏茶工夫，院子里没了声响。小山东捂着嘴跑进来："二奶奶，您神了！"

书瑶忙问怎么回事。小山东道："酒商们出了镇子后，蒋先生便报了官。王歆带着衙役查看酒窖，问俺和蒋先生是谁撕的封条，俺俩都说天黑没看清，俺又连哭带闹地要衙门做主，说兴泰这下亏大发了。那王歆也不知道咱们早就收了钱，假模假式地训斥俺和蒋先生没看好家，让人抢了酒窖，然后便带人去了。"

蒋先生也兴冲冲地进了门，向着灵芸深深一揖道："二奶奶，您算是救了兴泰一次，这功劳大了！"

灵芸微笑："就等老爷带着好消息回家了。"

屋外，北风吹着干涩的竹影簌簌作响。书瑶心里涩涩地不舒坦，总觉得有什么东西堵住了喉咙，吐不出，又咽不下——这次老爹的如意算盘恐怕是打错了。灵芸进到陈家大宅子，不但没有被下人们撵出去，还稳稳地扎下了根。

嘉怡怕辛管家来找，一连三天在客房里徘徊叹息。洛芸却自在得很，整天默不作声地喝酒，醉了倒头便睡，惹得嘉怡心里更加烦闷。加上又惦念着家里的情况，一时度日如年。左思右想，拿定主意：再等一天，如果辛管家还不来就回牛栏山去。第四天清晨，突然有人叩门，不急不缓，显得颇有教养。临榻上洛芸鼾声如雷，嘉怡叹口气一骨碌爬起抽开门闩。门外竟然是辛管家。

嘉怡连忙拉了辛管家进屋："我的大管家啊，您再不来我连死的心都有了！"

辛管家大笑："早猜到了。不过也是没办法的事儿，我家主人昨晚才从多伦回来。本打算今儿要见你一面，奈何又被总号的掌柜叫去商议大事，只能派我捎话给你。"

"艾掌柜说什么来？"

"他说你告诉陈掌柜，别担心许公公再用配额刁难。不久朝廷就要下令革除禁酒令，并要兴办酒坊，广开税源。"

嘉怡请辛管家坐下，心下半信半疑。

辛管家又道："知道你不大相信，过不了十天半月，弛禁令就会到达府县。到那时，你兴泰就再也不用看许公公的脸色，可放心大胆地做烧锅了。"

嘉怡心中一喜，随即又皱起眉头："好是好，只是眼下载贝勒串通县衙一直寻事该如何对付？"

"你们兴泰可有匾额？"辛管家问。

嘉怡道："谁家酒坊能没有匾额呢？那匾额原是我老祖写的，挂了二百多年了。"

"先把你家老祖的匾额拿下来。"辛管家从衣兜里掏出一张宣纸，"这是我家主人为兴泰酒坊写的匾额，做好后挂在酒坊门上，载贝勒和县衙自然就不敢造次了。"嘉怡忙铺展开来，只见纸上写着四个古拙隶书：兴泰酒坊。落款却是"雨亭"两字。

"你家主人字雨亭？"嘉怡问道。

辛管家点点头。嘉怡还是不踏实，心想，一个皮商的字又不是能祛鬼神的符箓。又不好再问，只得小心叠好宣纸塞入怀中。

辛管家看出了他的心思，微笑道："陈掌柜别担心，只管按照我说的做。我家主人的字真的可以祛除邪魅，保管县衙不再向兴泰寻事。"又从怀里掏出一张官票来，"主人曾在你们酒坊订了五百坛，这是酒款。回头你让人把酒送来就行。"

"艾掌柜的信物还给您。"嘉怡忙拿出折扇。辛管家拢在袖子里，看一眼榻上的洛芸："这位可是尊管？"

嘉怡红了脸点头。

辛管家哈哈大笑，抱拳辞别。嘉怡送出门外，又气势汹汹地去摇晃洛芸。"洛大管家，您老该起床了！"

洛芸从榻上坐起，揉着惺忪睡眼望一眼窗外："东家，还没到晌午呢，再睡一会儿。"

嘉怡大吼："起来，回牛栏山！"

晌午时，书瑶让杏儿去唤灵芸，说有事商议。灵芸进了门才发现王妈也在，她迈进门槛的腿又退了回来。才欲走，却被书瑶叫住。王妈扑通一声跪在地上，哭道："二奶奶饶了我这遭吧！是我不长眼招惹二奶奶。我老婆子原是河南的饥民，要不是遇到老太爷，怕早就沤成骨头了。当初他老人家收留我，让我在身边伺候他老人家，又许好人家嫁过去。奈何我命薄，丈夫死了不说，孩子也没留住。后来房东太太生下嘉怡，正好不下奶，便恩典我做了奶娘。说句不该说的，我这半辈子是把嘉怡当亲儿子一样看待，把屎把尿地将他拉扯大，原想着能安安生生地在陈家度过残生，哪里料想惹了二奶奶……"

"别说了！"灵芸绾起新荷的衣袖，露出一片瘀青来，"王妈，你能看清吗？这片瘀青是怎么来的？"

王妈垂首不语。

灵芸冷笑："我知道你看不上我们两个戏子。不过你要知道谁是这家的主子，谁是这家的奴才！我是戏子不假，可眼下却是陈家的二奶奶，自然也是你的主子。你屡次为难新荷，又甩脸子给我瞧，我都忍了。哪知道你竟然得寸进尺，夹枪带棒地羞辱我，这样的事儿我岂能再忍？要是老爷回家后请你回来，那我就走。我倒要看看，你这个奶娘和我这个二奶奶哪个分量重些！"

书瑶忙劝和："妹子，王妈做得自然不对，赶出陈家原也是应该的。可她毕竟是咱们陈家的三朝元老，一个孤老婆子，能去哪儿讨活？你就开开恩，让她好好地赔个罪，还是留下吧。"

灵芸站在原地不语。王妈又捣蒜般叩头，撞得簪子掉了，一头白发披散下来甚是狼狈。灵芸看时机已到，叹一声气："既然姐姐说情，就给她一次机会。要是今后再有不敬之事，我可饶不了她！"言毕，转身带着新荷去了。

书瑶听得如针芒在背。灵芸表面上是在说王妈，暗地里却像是在说自己。难道她已经猜透了自己的盘算？

四更天，嘉怡到了家。

听到外面脚步声，灵芸忙披衣开门。嘉怡顾不上说话，跳到榻上披着被子兀自哆嗦不止。灵芸忙唤醒隔壁的新荷去膳房做参汤，又到榻边偎着嘉怡抱住。只觉得男人周身冰冷，像是抱了一个冰人。

"怎么这般心急？白天回来也不迟。"灵芸温言道。

"还不是惦记着家里？怕那些酒商闹事，又怕载贝勒寻衅。"嘉怡神色黯然。

灵芸一笑："别担心了，酒商们都欢天喜地地回家了。"

嘉怡吃了一惊："难道把酒窖的封条揭了？"

灵芸原原本本地把事情叙述了一遍。嘉怡喜出望外，抱紧灵芸在脸上亲了一下。正好新荷捧着汤碗进门，一眼瞥见，险些把汤洒在地上。灵芸红了脸咯咯地笑，反倒是新荷不自在起来，把汤碗搁在案几上，仍回隔壁去了。

趁着嘉怡喝汤，灵芸又问起京城寻人的事儿。嘉怡从怀里掏出那幅字铺展在桌上，又把经过详细说了一遍。

"辛管家说，只在这几日朝廷就要放开酒禁，也不知道是真是假。"嘉怡放下汤碗，"还有这幅字，也让人摸不着头脑。"

"雨亭……"灵芸看着落款暗自念诵。

"你认识艾掌柜？"嘉怡问道。

灵芸突然笑起来，前仰后合。嘉怡不解："你笑什么？"

"兴泰有救了！"灵芸一把攥住嘉怡的手，"你知道这位艾掌柜是谁？"

"多伦的皮货商，最多是个蒙古王爷。"嘉怡道。

灵芸含笑摇头："你可记得折扇吊坠上写的是什么字？"

"大清司农。"嘉怡道，"这些蒙古王爷交往甚广，也不知道从哪位部院老爷那里讨来的扇子，无非是炫耀罢了，不足为奇。"

灵芸道："你去京城之后，我向蒋先生讨教。他告诉我，司农是上古时掌管稼穑的大官，也就是我们大清的户部尚书……"

"等等！"嘉怡变了脸色，"难道是当朝的户部尚书肃顺？"

灵芸微微颔首："正是肃顺。原本我也拿不准，刚才看了这张字的落款我才敢确认。前些年，师父曾带着我去尚书府唱过一次堂会，他的府邸就在帽儿胡同。中间歇息时有位外官向肃顺讨字，他当场写了幅中堂，落款就是'雨亭'。而且，那字的架势跟这幅一模一样。"

嘉怡猛地一拍桌子："怪不得他自称艾掌柜呢，原来是他的旗姓是爱新觉罗！还有那位辛管家，应该也是姓爱新觉罗，取的是第二个字'新'。这样说来，那次他到牛栏山是微服私访！"

灵芸笑道："这位肃顺大人可是当今户部尚书、协办大学士，举国的财政全赖他周全呢。加上他在道光年间曾做过总管内务府大臣，又是皇帝跟前倚重的大臣，就连勋王爷也比不得，载澜和许公公哪里有不怕他的道理？更别说什么谭耀宗、王歆了。"

"这么说来，艾掌柜根本没有去多伦！他是被朝廷上的事务缠身，才让我等了三天。辛管家说的总号掌柜应该就是皇上！"嘉怡背着手踱了几步，突然推开门大声唤"小山东"。灵芸忙问："你唤他做什么？眼下四更天都睡着觉呢！"

"让他连夜做匾，这字可是祛鬼神的神符！"嘉怡兴冲冲地说。

将近卯时，县衙的师爷照例去请谭耀宗点卯训话。谭耀宗推说自己染恙，让王歆代为主持点卯。听到师爷走远，他才披了件棉袍快快地踱到后花园。前阵子载贝勒和许公公勒逼得紧，他又收了载贝勒许多好处，不得不为整治兴泰出了些力。如今得罪了陈嘉怡不说，朝廷开酒禁的公文已经下达府县，自己今后再无禁锢兴泰的手段。更要命的是，昨儿王歆来报，说兴泰酒坊门楣上换了一块匾额，落款是肃顺大人的名讳。谭耀宗吓了一跳，转念又觉得可能另有人叫"雨亭"也未可知。放心不下，随即让人抬了一乘小轿悄悄从兴泰门前走了一遭。抬头细瞅，果真是肃大人的字。他是一县之宰，公文往来常见肃顺的批复，那字再熟悉不过。回县衙后，又唤来王歆，问："兴泰的一千两课税可曾送来？"王歆道："没有，陈嘉怡横得很。听说他与户部尚书肃顺交好，放开酒禁原本也是陈嘉怡的主意。"谭耀宗大惊，肃顺是当今皇上倚重的大臣，位高权重，就连勋王爷也有所不及。得罪嘉怡岂非就是得罪了肃大人？他令王歆再不要提税银的事儿，心里暗恨载澜把自己拖进了福恒昌与兴泰的争端。

谭耀宗心神不宁地在假山上坐定，薄雾中走来两个身影，走在前面的还狠狠踢了一脚蹲踞在甬道中间的哈巴狗。谭耀宗才要发怒，却发现来人是载澜和薛三。

"谭耀宗，你在哪儿躲着呢？"载贝勒在假山下四处兜转。

谭耀宗心下不悦，又不便发作，只能硬着头皮下了假山："原来是载贝勒，这么早。"

载澜狠剜谭耀宗几眼："这后花园云遮雾绕的仙境一般，原来谭大人在这里做神仙躲清静。"

谭耀宗沉下脸："载贝勒这是什么意思？"

"你是怎么答应我的？如今兴泰人欢马叫地开了工，听说酒坊各处的封条也都不见了。"载澜冷笑，"想是谭大人得了陈嘉怡的好处，屁股又坐到兴泰一边了。你要是再不管，我可要向内务府告发顺义县纵容酒坊私自酿酒！"

谭耀宗气得脸色发青，从衣袖里掏出户部文书："自己看去！"

载澜忙接住，上下几眼脸色顿变，语气也随即软了下去："谭大人，这朝廷怎么说变就变了？连许公公事前也不曾得信儿？"

谭耀宗冷笑不止："怪只怪你抱的大腿没有陈嘉怡的粗。一个许公公算什么？人家的后台是肃大人，户部尚书、协办大学士。你到兴泰酒坊门前瞧瞧去，上面挂的是肃顺大人题写的匾额。肃大人的字岂有随便题写的？那还不是写给内务府和府县衙门看的？"

"有这事儿？你说陈嘉怡和肃疯子有瓜葛？"载澜连声音都颤了。肃顺是郑献亲王济尔哈朗的七世孙。从道光朝的辅国将军做起，一路擢升，眼下又深得当今皇上恩宠，成了位高权重的御前重臣。更要命的是，肃顺平素最看不起宗室纨绔，每每大骂这些皇子皇孙无能误国，却与曾国藩、胡林翼这些汉人重臣来往密切，载澜这样的贝勒怕是他瞧也不瞧一眼。旗人们都对肃顺又恨又怕，暗中称呼他为肃疯子。

看载澜沉吟，谭耀宗道："卑职还有公务处理，载贝勒自去忙吧。今后你们两家的纷争我顺义县可管不了！"言毕，拂袖而去。

载澜站在原地怔了半晌，突然转头喝问："薛三，你布置的两个暗桩怎么都没有消息？洛芸和吴老和怎样了？"

薛三忙道："洛芸还好，做了陈家的护院。听说这次跟着陈嘉怡去了京城托情，此人日后肯定能用得上。"

"日后？"载澜瞪眼道，"眼下朝廷放开酒禁，兴泰如鱼得水。咱们福恒昌呢？堪堪也做了小半年，哪曾见大酒商找上门来？一开春就是斗酒之期，咱们拿什么跟兴泰比？暗桩不是还有一个吗？那个什么吴老和怎么样了？"

薛三道："把那个窑姐藏起来后，吴老和像疯了一样，每天都在宅子门前傻坐，听说对酒坊里的事儿也不上心……"

载澜想一想："你先去找洛芸，让他快点儿动手。对，他不是护院吗？就在圣井上做文章。坏了他的水源，看兴泰还能出多大风头！"

薛三诌笑："贝勒爷高明，我这就去见洛芸，让他在井水里下些草木灰。"

"下草木灰干吗？可别出人命，陈嘉怡背后毕竟还有肃疯子！"载澜皱眉。

"贝勒爷放心，这事儿我专门问了打井的老兵。草木灰这东西投在井里可以净水，但是放得多了，水质就会变硬……"

载澜忙捂住薛三的嘴，左顾右盼了一遭，低声道："好！你马上去见那个戏子！他对灵芸最为钟情，你就瞄准这点儿挑唆一番，让他尽快上钩。"

此时薄雾散尽，薄凉的阳光穿过重重叠叠的枯枝慵懒地洒在园子里。怪石枯塘，都被罩上了一层光晕。载澜变得心情大好，背了手，摇摇晃晃地走进晨光里。

第十二章　暗桩

　　咸丰九年的仲夏夜，满院凌霄花开得正艳。花香杂糅着酒香，在翁翁郁郁的花木间盘桓。陈家后院花木繁盛，月光下枝叶曳地，横亘在甬道上。游廊间，绿叶婆娑，花萼怒绽。就连怕风的书瑶也不忍关闭窗子，留了两指宽的缝隙，好让花香渗到屋子里来。谁料花粉提神，直到三更也毫无睡意，只能枕着花香在榻上翻来覆去地颠倒。近来灵芸的肚子一天大似一天，临盆的日子越来越近了。嘉怡除了在前院酒坊里忙，一进后院就往东厢房跑。听杏儿说，他经常会把头枕在灵芸的肚子上听小儿胎动。人还在肚子里，名字就已经想好——不管男女，都叫慕卿。书瑶听了一阵心寒。想想当初怀峻卿时，嘉怡像是断了线的风筝，整日在外地收账。峻卿生下来一个月，他才从山西回到牛栏山。人说母凭子贵，看来也不全然，有时会是子凭母贵。书瑶心里烦闷，披衣坐在榻上出神。恍惚间，听到门外有梁妈和新荷的说话声。随即门闩响动，一阵杂沓的脚步。书瑶心里一动，想来灵芸马上就要临盆了，心下忐忑：是个女孩还好，要是男孩，将来不知道峻卿要遭多少罪。灵芸人伶俐，手段又厉害，自己哪里是对手？

　　四更天，东厢房传来了婴儿的哭声，还有嘉怡隐隐的大笑。书瑶再也不能装作听不到，只得披衣去了灵芸屋。进了屋，稳婆正在收拾榻上的秽物。嘉怡小心翼翼地抱了襁褓，又叮嘱梁妈炖鸡汤。看到书瑶进门，笑吟吟地把慕卿抱过去，道："又一个儿子！我老陈家人丁兴旺啊！"书瑶嘴里说着"快让大娘瞧瞧慕卿"，心里却冰凉一片。

　　灵芸挣扎着想坐起，书瑶忙摁住被角："快躺下，别受了风。"

　　窗外，天色大亮。瑜卿听到婴儿哭声，好奇地推开一道门缝，露出半张圆圆的小脸来。素日里，瑜卿最见不得灵芸，哪怕是远远地见了也会绕着走。有时躲不开了，就会低着头走过去，即便灵芸叫她的名字也不理会。灵芸居住的东厢房更是她的禁区，她从来不曾进去过半步。

　　"瑜卿快来，你二娘又为你生下一个弟弟。"嘉怡一手抱着慕卿，一手牵了瑜卿，"将来要是你婆家欺负你，就让慕卿为你出气。"说来也怪，瑜卿竟然怯生生地进了门，踮起脚来去瞧襁褓里的弟弟。只一看，脸上就笑开了花，伸手要去摸慕卿的小脸，嘉怡连忙躲开："你弟弟才生出来，皮肤嫩得很，怕是一捅就破了，过几天你再抱他不迟。"女童眼光灵动，看慕卿的眼神里竟然有了几分爱怜。

灵芸向瑜卿招手，女童看到后脸色立刻变了，转身跑出了厢房。灵芸心里才生起的暖意又熄灭了，这孩子到底还是忌恨着自己。

一直等到傍黑，洛芸才姗姗来迟。薛三沉着脸坐在倚窗的位置上，手里把玩着温酒的锡壶。看到洛芸神情落寞地隔着桌坐下，抬起头来："怎么这个时候才来？"

洛芸不看薛三，举起酒杯一口闷了："过几天东家要为孩子办满月，我哪里抽得出身。"

薛三冷笑："你可真行，要你做暗桩，你真干上了。怎么，将来还想做兴泰的二掌柜不成？"

洛芸抛下酒杯，起身欲去。薛三连忙拉住，赔笑道："你这人的脾性怎么比驴还倔？一句听得不顺耳就要走人。"把洛芸按回座位，又满满地斟了酒。

"怎么，灵芸姑娘生了？"薛三也斜着眼关注洛芸的神色，"挺快啊，有了孩子她就会铁了心在陈家过下去。女人命里最紧要的是什么？孩子。你小子今后还是死了这条心吧，安安生生地在兴泰谋个正经差事，仗着你师妹撑腰，填饱肚子不成问题……"洛芸听得怒火中烧，起身一把攥住薛三衣领。

"松开！你这是要干吗？"薛三抓住洛芸的双手，"冤有头债有主，陈嘉怡夺了你的姑娘，你冲我发火有什么用？有胆量就奔着兴泰去，把陈嘉怡弄个倾家荡产也算你是条汉子！"两人目光交锋，互不相让。洛芸到底还是退却了，目光软塌塌地垂下，揪薛三的手也松了下来。薛三整整衣领，重新坐下，斟上酒，强拉着洛芸的手碰杯："陈嘉怡儿子满月时正好趁乱下手。"

"你要我怎么做？"洛芸终于开了金口。

"容易得很。"薛三从怀里掏出砖头大小的一个麻布包来，"把这个撒到圣井水里去。"

洛芸大吃一惊："你要我在井里下毒？！"

薛三嘶嘶窃笑："看把你吓的。人命关天，任载贝勒背后的势力再大也不敢做这等事。这玩意儿是草木灰，杀虫用的，撒在井里还可以净水呢。"

"你少哄我！你跟载贝勒哪儿有那么好心！"

薛三讪笑："瞒不过你。再过阵子就是斗酒之期，要是真刀真枪地较量，福恒昌哪儿是兴泰的对手？他陈嘉怡不就是仗着秘方和圣井水吗？秘方的事儿你别管，你只管把圣井水的水质变了，这批烧锅废了，他们拿什么来和载贝勒斗？"看洛芸沉默不语，又道，"无毒不丈夫。你跟灵芸的事儿我也有耳闻，打小青梅竹马，要不是陈嘉怡横插一杠，你们怕是早就做了夫妻……"

"行了！"洛芸把酒杯重重一放，伸手拿了草木灰，"这事儿过后，你我再没有瓜葛。"

薛三拿出一张银票来："这是载贝勒给你的。"

洛芸看也不看，揉作一团扔在地上："你转告载澜，我干这事儿不是为了做你们的鹰犬，而是为了我自己。"又瞪薛三一眼，掀开帘子下楼去了。薛三怔了半日才回过神来，骂一句"丫挺的"，捡起银票在桌上铺展开，又小心翼翼地叠起揣入怀中。

回到福恒昌，却见许公公也在。薛三笑吟吟地抱拳请安，许公公点下头算作回应。载澜问薛三情况如何，薛三道："洛芸收了银票，也收了草木灰，说要趁着陈家孩子满月动手。"

许公公微微颔首："这水质要是变了，兴泰烧锅就像是被放了血，丢了魂儿。目下朝廷放开酒禁，咱家也就用不上力了，你们不是还有一个暗桩吗？让他也想想办法，双管齐下才有胜算。"

"对，对，那个吴老和怎么样了？"载澜问薛三。

"人快疯了，一直缠着我要见涟雪呢。这个人忒倔，要让他偷秘方怕是不大可能。"

"那就退一步，让他在酒醅里捣鬼。"许公公道，"他想见女人就让他见嘛，就说是背着阿贝勒许他们见面的，条件是要他在酒醅里做手脚。这事儿要快，一定要在斗酒前做了。"沉吟一下又嘱咐薛三，"你现在就去告诉吴老和，陈家办满月时正好趁乱行事。"薛三答应一声去了。

载澜为许公公点了烟，又冲他伸一下大拇指："还是公公狠。"

许公公白载澜一眼："还不是为了咱们福恒昌。如今没了烧锅配额，内务府也拿兴泰没办法，只能用这些下三烂手段了。不过，朝廷放开酒禁也有一样好处——原本镇上其他烧锅酒坊都是从兴泰讨要配额，如今大家都能敞开来做，这样就不再会有人顾忌兴泰。贝勒爷这几天在镇上酒坊走一遍，煽煽风，再给些好处，务必将那些酒坊拉过来。其他的各路酒商我来说合，毕竟他们向官衙销酒还得我这个总办郎中帮忙。"

载澜点点头："其他的酒坊倒好说，只是富顺庄烧锅林掌柜……"

许公公低笑："这次恐怕林掌柜也会支持咱们福恒昌。"

"为何？"载澜不解。

"因为这个新生的小儿。"许公公吐一口烟，低声道，"看着吧，兴泰的好日子算是到头了。"

慕卿满月恰逢十五。一入夜，大院里就满地银辉。风吹灯影，红光拖曳，在地上涂了一层爽目的红云。喧闹尽日，但烧锅师傅和院工们反倒来了兴致，在曲房里又摆了十多桌，一时猜拳行令，喧闹得几乎要把屋顶抬起来。嘉怡兴致不减，拉了灵芸要向师傅们敬酒。满屋中只有洛芸和吴老和神情落寞，各自坐在不起眼处独酌。敬到洛芸这桌时，嘉怡亲自为他把盏，又说这次去京城托情洛芸有功，该满饮一杯。灵芸轻扯嘉怡的衣襟，道："大师哥平时不喝酒，别把他灌醉了。"

洛芸心头一漾，灵芸到底还是挂念自己。可又见灵芸挽着嘉怡手臂，夫唱妇随，一副恩爱模样，心下顿时五味杂陈。他不由得一饮而尽，嘉怡拖着戏腔叫一声好，又踉踉跄跄地唤着"吴师傅"去找老和。

灵芸没有跟着去。

洛芸仍旧摇摇晃晃地站着。

"大师哥，你别喝这么多，照顾着点儿自己。"灵芸低声嘱咐。

洛芸道："不喝心里不舒服。"

"大师哥，过几天咱们一起回京城找找师父。还有——"灵芸声音又低了许多，"我让梁妈趸摸着好人家的女孩，好让你早点儿成家。"

洛芸低眉垂目："你去吧，乐家叫你呢。"

嘉怡只管倒，吴老和只管喝，一杯杯烧锅把周身血脉都点燃了，眼珠也被沸血浸得赤红。洛芸趁乱出了曲房。夜风轻漾，吹乱月华，星星点点的像是波光。他站在天井里，禁不住轻叹一声。凉亭里传来小山东的喝问："谁？！"他从竹榻上坐起，见是洛芸才又懒洋洋地躺下。原来，兴泰打乾隆年就有的老规矩：必派最放心的家院看护圣井。

一阵夜风吹得竹梢窸窸窣窣地响，窃语一般。洛芸听来却像是锣鼓点，声声催促，犹如千军万马在血脉里奔腾。他拖着戏腔："乌骓啊……乌骓！想你跟随孤家东征西讨，百战百胜。今被围垓下，就是你，也无用武之地了！"

小山东在凉亭中自语："这是喝了多少？又想起自己的老本行来了。"

洛芸只装作听不到，大声吼："乌骓马它定知大势去矣，故而你在篱下沙沙声嘶……"

他恍惚间仿佛又回到了戏台。虞姬就在眼前，一蹙一颦，眉眼宛然，俱是灵芸的模样。于是又拖着女声："好在这垓下之地，高冈绝岩，不易攻入，候得机会，再图破围求救，也还不迟……备得有酒，再与大王对饮几杯。"声音凄厉，黄夜听来让人毛骨悚然。

小山东再也躺不住，匆匆下了凉亭，嘴里嘟囔道："怎么耍起酒疯来了？"

洛芸摇摇晃晃走到小山东跟前："如此，酒——来——"

"这是喝得魔怔了！"小山东躲闪过洛芸向曲房跑去。

"回来！"洛芸暴喝，"老子口渴，喝口凉水压压酒，你把井盖钥匙给我！"小山东指着凉亭："在竹床褥子下面呢，自己去拿。"眨眼不见了人影。

洛芸踉踉跄跄地拿了钥匙，眼里不知道何时噙了泪。他蹒跚到井口，打开井盖，井深处波光荡漾，一方月色仿佛另有人间。从怀里掏出麻布包，手却颤抖得厉害，禁不住仰天长吼："想俺项羽乎！"重重一抖，手里顿时空了，连麻布包也丢在井中。洛芸的心也顿时空了，他倚着井沿缓缓坐下。仰头再看，那轮圆月早就隐没在了乱云中。

隐约小山东在喊："快把他扶起来，别吐井里。"

窗纸上藻荇交横，图画一般。吴老和扶头坐起。风从窗隙中渗进来，吹得帐幔乱舞。人坐在帐子里像被包裹了一层蚕茧，丝丝缕缕般纠缠，摆脱不得。昨儿晌午，薛三托人来请，说是要他在福恒昌与涟雪见面。吴老和被门房带进一间密室，推开门却见载澜和薛三都在。不待他开口，薛三倒先怒了起来："吴老和，如今阿林保贝勒已经告官。顺天府接了状子，你拐带宗室家眷知道什么罪过吗？"

"不过是杀头流放，我都认了。"吴老和低声说。

载澜围着吴老和转了一圈，冷笑："你都死到临头了还惦记着自己的姘头。行，本贝勒发发慈悲，见涟雪可以，不过你上次答应薛三的事儿呢？"吴老和垂首不语。载澜咳嗽一声，屏风后转出一个人来，袅袅娜娜地站在吴老和面前，正是涟雪。他一把攥了涟雪的手，觉得指尖冰凉，像是握了块冰。

载澜用烟枪阻在两人中间："吴师傅，这可是贝勒爷的妻妾。你的色胆也忒大了些，竟敢当着我们的面动手动脚。"

吴老和缓缓撤回双手。情人近在咫尺，却像是隔了千层叠嶂。

"涟雪，他们说的是真的？"吴老和问。

女孩点头，眼里泪光闪烁。吴老和顿时觉得腿软膝麻。先前薛三虽然对他说了涟雪是阿林保的小妾，但总觉得虚幻不实。如今坐实了，心里仅存的一点儿希望轰隆隆地塌陷。不久前那些温存、缱绻不都真切发生过吗？女孩的发丝、手指还有晶亮的眸子俱在眼前，怎么就会是假的呢？

"吴老和，我交代的事你到底办还是不办？"薛三问。

吴老和突然大笑，颠颠倒倒，像醉酒了一般。

"吴师傅，告诉你件事儿。"载澜半倚在椅子上叼着烟枪，"阿贝勒说了，这女人原本是他花五百两银子买的。如今丢了贞操，他也不想太过认真。既然你想要，就拿五百两银子来。要是拿不出也不能白让你占便宜，顺天府可等着拿人呢！"

吴老和的眼神里又重新有了光，可白花花的五百两银锭一时去哪里寻？

薛三拍打着桌子："吴老和，你倒是说话啊。"

载澜笑着拦住薛三："别吓着吴师傅，他不说话肯定是银子不够。"又问吴老和，"我说得对不对？"

有了希望，吴老和的心也就活泛了许多。他点点头："这些年虽然在兴泰挣了不少，可每天好酒好菜地消耗着，剩在手里的也就百把两银子，一时哪里凑得齐五百两？"

"没关系，我可以借给你。"载澜子在鞋底上磕磕烟锅，"有了银子，我就劝阿贝勒撤了诉状，这女人就是你的了。"

吴老和觉得血液从胸腔里狂奔而过："那成，我三五年准还您银子。"

"银子不要了，不过我有一个条件。"说这句话的时候载澜咬着牙，仿佛在咬钢嚼铁，"我要你毁了兴泰，毁了陈嘉怡。"

夜风吹着窗纸蜂鸣一般惹人心乱，涟雪的泪眼闪闪烁烁就在眼前。吴老和横了一条心，走到神龛前点了香，重重地跪下："杜康爷，今儿我要做一件绝户的坏事。"话才出口，泪水就掺进了月色，朦朦胧胧的一片。"我是真不想做啊！可你让弟子怎么办呢？涟雪在人家手里，那可是我的命啊！"吴老和想号啕大哭，又怕人听到，只能把脸埋在臂窝。再抬眼时，发现杜康爷正看着他。"得了，我就当您老不怪罪我了！"他起身拿着簸箕，摇摇晃晃走到窖池边，手高高地一扬，那些洁白的稻壳如雪屑般撒入了窖池。

"六月飞雪了！"吴老和低声唧哝。

掌灯时分，隆盛酒坊的廖掌柜找到了膳房，人讪讪地十分不自在。嘉怡正和书瑶、灵芸吃饭，看到廖掌柜忙放下碗筷起身让座。廖掌柜不肯就座，低声道："我说两句就走，酒坊里还有事儿呢。"说着从怀里掏出一张纸来，"再过几天就是斗酒的日子，陈掌柜须把这保状签了。"

嘉怡扫一眼，见保书上有三十多家酒坊掌柜署名做保人，就连自己的老丈人林茂声也按了手印。他不禁一惊，这么大动静，怎么没人向他透气？想一想，心里顿时明白：灵芸在陈家得势，林茂声肯定要为闺女抱不平。心下忐忑，脸上却丝毫没有带出来，冷笑道："才想到廖掌柜是以烧锅公会副会长身份来的。你这个副会长怎么比我这当会长的还上心？是载贝勒心急了吧？"廖掌柜红了脸，向灯影暗处挪了一步。嘉怡一面剔牙，一面故意提高声调念保书："……公会各户为保，新掐二锅为范，以投花多寡论输赢，得花多者为公会会长。恐后无凭，永无反悔，立字存照。"嘉怡抬头看一眼廖掌柜，"原来是冲着公会会长的帽子来的，不过这载贝勒也太看得起自己了，倒像是他肯定能赢似的。"

廖掌柜嗫嚅道："去年本来就是这么口头约定的。"

嘉怡又道："这倒也罢了，我陈嘉怡又不怕他载贝勒。只是你也知道，原酒要存上半年才可能归味，干吗非要用新掐的酒？"

廖掌柜道："这是大家伙儿的提议，说用新掐的二锅比才见功力。"

嘉怡怔一下，随即大笑："好好，我就看成你们大家伙是在帮我，也难为载澜有胆跟我斗新酒。"随即正色，"廖掌柜，你去跟载贝勒说，就比新酒！若是他福恒昌赢了，我就认他这个公会会长，今后一切买卖往来调配我都听他的。"遂让小山东拿了笔，在落款上写了自己的名字。廖掌柜拿起保书，逃也似的离开了陈家大院。嘉怡把茶盏重重一摞，满屋人俱吓了一跳。

书瑶忙问怎么了，嘉怡瞪他一眼："你爹做的好事，胳膊肘向外拐，竟然做了保人，事前也没和我通气，明显是向我叫板呢！"

书瑶红了脸："我这就回娘家，问问爹是怎么回事。"

"坐下。"嘉怡忍着怒火，"去找他干吗？难道要他把自己的名字勾掉？倒像是我多怕载贝勒似的。福恒昌的烧锅我尝过，大路货。没有圣井水和秘方，烧锅公会会长的位置一辈子都不会落到他手里！"

灵芸劝慰嘉怡："这些酒坊两百年居于兴泰之下，心里都憋着气呢。现在来了个载贝勒，觉得腰粗了，要扳倒兴泰也在情理之中。你别发那么大的火，气坏身子倒让载贝勒高兴。"

嘉怡再也坐不住，背着手踱了几步，又停下："这些烧锅作坊哪个没受过兴泰的周济，怎么都按了手印做保人？载澜这么有胜算？不定他又在暗中捣什么鬼呢！"

灵芸蹙眉想了想："咱们这批烧锅怎么样？最近吴师傅也不知道是怎么了，魂不守舍的……"

"烧锅能有什么问题？都是老师傅，闭着眼睛都能把酒做好。不管载贝勒如何蛊惑人心，酒在哪儿摆着，掌柜们总不能昧着良心把红花投给福恒昌吧？吴师傅也没什么大事，听说在外面找了个伴儿。说是出身不好，兴许是为这事儿不高兴呢。"

灵芸不放心，就让小山东去唤吴老和。不多时，小山东回来说吴老和不在，可能是出去找相好的了。

嘉怡道："算了，想也出不了什么事儿。等哪天得空儿我说他几句。吴老和是跟过我家老爷子的，咱兴泰的老人，靠得住！"说毕，打一个哈欠，负着手回屋歇息去了。灵芸觉得眼皮突突跳了几下，心里更为忐忑。书瑶在旁边看着灵芸心神不定的样子，劝道："妹子别替老爷操心了，兴泰斗酒从来都没有输过。"正说着，听到新荷在窗外叫："二奶奶，小少爷醒了。"

灵芸答应一声，人却坐着没动。书瑶轻推一把："快去吧，慕卿醒了要吃奶呢，喂孩子才是女人该做的事儿。"

"姐姐，您还得回娘家一趟。"灵芸说，"别让老爷子犯糊涂。我总觉得载澜这次憋着坏招呢！闺女是爹的心头肉，老爷子气再大也听您的。"

"行，我一会儿就去，你快去唤慕卿吧。"书瑶回头唤小山东，"既然二奶奶不放心，你就去一趟酒窖，尝尝新掐的二锅。"

从膳房出来，女人踩着月影走。周遭花木婆娑，疏影摇曳。女人才一出神，身边新荷却叫了起来："二奶奶快看——"天上，一片红云遮住月亮，天地间充盈着淡淡的血色。

第十三章　斗酒

仲夏天气，药王庙前柳丝拂槛，层层叠叠的绿色把古庙拥偎在怀里。月台正中置了神龛，龛前香案上摆着两个酒坛，红斗方上分别写着兴泰和福恒昌。载澜有意穿了朝服，手里盘玩着朝珠在树荫下坐定，等候许公公和谭耀宗。兴泰的人迟迟不见踪影，显得对这场斗酒颇不在意。载澜暗笑嘉怡还被蒙在鼓里：不但外围的各路酒商、烧锅掌柜都被自己收买，就连兴泰酒坊的护院和大师傅都成了自己人，嘉怡哪里还有半点胜算？

前天夜里，薛三领着吴老和趁夜色进了福恒昌。老和弓腰奉上酒葫芦，然后跪在地上。载贝勒嫌酒葫芦埋汰，歪头示意薛三接住。薛三喝一口，又啐掉："贝勒爷，吴老和按照您的意思做了。"

载澜点点头，对吴老和道："你先回去，阿贝勒那儿我会跟他说清楚。到时候我让薛三通知你，你来接涟雪姑娘就是。"

吴老和不放心，仍旧匍匐在地上不起。

薛三皱眉问道："怎么，你信不过贝勒爷？快些去吧，贝勒爷自有安排。"吴老和叮嘱一声"您可记着点儿"，爬起来悻悻地去了。

看到吴老和消失在摇曳的灯影里，薛三问载澜："贝勒爷，你真要把那窑姐给吴老和啊？"

"人早就在陕西巷了，"载澜道，"吴老和要想见她，就到八大胡同找去吧。"

接近亥时，嘉怡踩着时辰到了，身边还跟着灵芸。光影迷离，女人的身影也变得虚幻不实，她娉娉婷婷地走在夏日的早晨，踩着男人们黏糊糊的目光。载澜不由自主地从椅子上站了起来，懊恼、妒忌、愤懑在胸腔里肆意蹿动，脸色也变得铁青。嘉怡走到载澜跟前，两个人近在咫尺，目光毫不遮掩地冲撞。嘉怡看清了载澜眉心有一颗痦子在轻微抖动。

"怎么，贝勒爷怕了？"嘉怡笑道。

载澜稳稳神，哈哈大笑："到底谁输谁赢片刻之后就见分晓。我输了无所谓，毕竟才入行嘛。倒是你输了，兴泰两百年的名声可就葬在你手里了。"

嘉怡的心剧烈地抽搐了一下。灵芸心道，载澜这人真是歹毒，句句戳在嘉怡的心窝上，不由得心下又多了一重疑虑。

远处来了一绿一蓝两顶官轿。

许公公和谭耀宗也是踩着时辰来的，两个人神情淡漠，一副公事公办的样子。许公公虽然心里偏袒载澜，但却又害怕嘉怡和肃顺有勾连，若不是勋王爷差遣怕早就装病不来了。谭耀宗心里更是纠结，原本也打算不来，却架不住许公公拿勋王爷压他，只得硬着头皮跟在许公公后面。载澜嘴里招呼着"许公公、谭大人"迎上去，许公公面无表情地略一拱手，全不似私下场合那般亲密，谭耀宗也是匆匆抱拳一揖，再无二话。

走过嘉怡时，许公公倒是停下了脚步："陈掌柜，这位就是如夫人？"

"许公公好眼力。"嘉怡道，"不想您老人家也知道我有位如夫人。"

"听说了。你的这位如夫人可不是一般人，要得衙门口的老爷们团团转，可敬得很呐。"许公公揶揄道。身后谭耀宗顿时红了脸。

灵芸向许公公道了一个万福："公公笑话了，我哪儿有这么大能耐？不过别人欺负我们，我们总不能抻着脖子挨宰吧？"

许公公一怔，随即哈哈大笑："陈掌柜啊，如夫人果然名不虚传。有了她，胜过你们兴泰的那口圣井呢！怪不得走到哪儿都带着她呢。"一面说着，一面入了座。谭耀宗和载澜分别坐在左右，嘉怡挨着谭耀宗坐了。灵芸正要在后排寻座却被许公公唤住："陈家二奶奶，你就坐在陈掌柜旁边。你们公会原本也不是朝廷里的衙门，都是烧锅行的人，豪爽惯了，哪儿来的那么多规矩？"灵芸笑笑，就在嘉怡旁边坐了。

许公公又道："今儿我和谭大人都是外人。你们烧锅行要定出个规制来，贝勒爷和陈掌柜哪位赢了我们都是欢喜的。"谭耀宗在一旁附和称是，载澜气得脸色铁青，心里大骂许公公滑头，两头讨好。

亥时，月台擂响大鼓。鼓声滚滚，惊雷般响彻牛栏山。

眼前的种种都让嘉怡心生不祥。他用余光瞥见载澜正轻松地盘玩朝珠，一副胜券在握的样子。这尚在其次。令他不安的是烧锅掌柜们的眼神，他们都在不约而同地回避自己，实在躲不过了就尴尬地一笑。林茂声也来了，看到灵芸坐在嘉怡身旁时眼神里竟然有了怨毒。这更令嘉怡忐忑，原本林茂声虽然对自己恶言恶语，但一碰上触及兴泰利益的事儿，他总会明里暗里帮自己一把。可今儿林茂声的眼神态度却大不相同——看到他时狠狠瞪了一眼，然后就在后排坐下，抱着臂膀一言不发。钟声过后，嘉怡和载澜两人一起献祭。拈香时，载澜低声祷告酒神护佑，日后接了烧锅公会定要为酒神老爷在潮白河畔寻一处吉地建庙。嘉怡气得发抖，却又不便当众发作，只得咬牙忍了。献祭后，廖掌柜又当众读了保书，随即酒商和烧锅掌柜们排队品酒投花。

第一个品酒的是南直隶昌裕号掌柜刘一口。此人是常州人，从小贩酒，人极精明。各种烧锅略一品咂即知优劣。刘一口为人狷狂，遇到劣酒时也不管掌柜的是否在场，一口酒喷出去，忙用清水漱口。有时还会蹲下抠着喉咙干呕，说是"被泔水玷污了肠胃"。要是遇到兴泰这样的好酒，一口下肚，随即闭目捻须，嘴里不住地叫好。由此，掌柜们个个都惧怕他三分，即便是嘉怡也对他恭敬有加。看到刘一口上台，嘉怡心下稍平。此人虽然狂放，却对兴泰不敢轻亵，每每品酒前总要洗手漱口以示虔敬，对嘉怡也是青眼相待。刘一口站在神龛前打了个躬，福恒昌的小厮用青花大碗盛了酒端到他面前。刘一口接过碗来却不急着去喝，先是就着碗口深深一嗅，脸上浮现出一副讶异的神情。嘉怡不觉一惊，手心此时浸透了冷汗。刘一口双唇轻触碗沿，微微颔首。嘉怡又是一惊，猜不透他为何要点头。刘一口又端起兴泰的酒，只闻了一下随即就皱起眉头，问旁边廖掌柜："是不是把福恒昌和兴泰的酒放混了？"

廖掌柜摇头道："酒坛上贴着红纸呢，怎么会搞错？"刘一口皱着眉喝了一口，又远远地啐了出去。台下一片哗然，嘉怡不由站了起来。

刘一口向着嘉怡摇首轻叹："陈掌柜大意了！兴泰怕从来没有出过此等劣酒！"手里那朵红花放在了福恒昌酒坛前，殷红一片，染红了嘉怡的眼。

第二个上台的竟然是林茂声，上台时，眼睛狠狠地朝嘉怡和灵芸一瞥。嘉怡觉得周身血脉瞬间停滞，像是浸进了寒冰。女人用力握一下他的手，嘉怡忙直起上身，尽力不让自己瘫软下去。他闭上眼睛，不敢去瞧。耳畔传来载澜得意的笑声，一声声锐利如刀，戳得嘉怡心在滴血。

再抬眼时，福恒昌酒坛前红花堆积。兴泰酒坛前只有一朵，孤零零地，凋谢在盛夏繁花的葳蕤中。

傍晚时下起了雨，淅淅沥沥地敲打着窗棂。嘉怡把自己关在屋里不肯见人，任书瑶和灵芸敲门全然不应。书瑶泄了气，独自一人回屋抹起了眼泪。屋檐下，大红灯笼被一团稀薄的雾气缠裹得暗淡无光。雨滴石阶，响得小心翼翼，琐碎缠绵，叮咚不绝。灵芸在走廊里倚着栏杆，一时有点出神。仰起头，脸颊一片冰冷，也不知是泪是雨。这场变故嘉怡承受不得，兴泰两百年声誉一朝散尽，他成了兴泰烧锅的罪人，这远比刀剑加身更令人难以接受。

洛芸站在假山的后面。女人的影子恍恍惚惚，孤孤单单地在雨里飘。想想兴泰落败受挫的不仅是嘉怡，还有灵芸，洛芸心里不禁生出愧来。若仔细想想，灵芸和嘉怡哪有半点对不住自己？倒是自己为了心头的那点私欲衔恨嘉怡，把兴泰家业砸得稀烂，害得灵芸这般孤苦无依。他见灵芸抬了一下衣袖，分明是在抹泪。洛芸的心骤然一痛。灵芸性子倔强，很少见她哭过。想起年少时，有一次师父教灵芸"卧鱼"，学了几日总是不得要领。师父发怒断了她的炊，何时学会何时再给饭吃。灵芸脾性犟得很，一次次跃起坐下，生生把脚踝扭断。洛芸心疼师妹，偷偷送来饭菜，却发现灵芸满脸是汗地瘫坐在地上，忙抱着她去找郎中。接骨时，眼见她倚在自己怀里满头冷汗，却不见有半滴眼泪流下来。老郎中道："这孩子了不得。即便是男人受这般折磨也总要叫上两声，可她愣是咬着汗巾一声未吭，日后怕是能成大事。"

洛芸才要从假山后转出来，却见灵芸顺着走廊到了正房窗下。"嘉怡，开门！"声音很低。四周只有风雨簌簌，屋里没有半点动静。

灵芸冷笑："我的命真苦啊！打小没了爹娘，跟着戏班在四九城流落。原想找个好人家嫁了，好一辈子有个依靠，却没想到嫁了个窝囊废！陈家先人怕是瞎了眼，把这片家业都托付给了你。输一场斗酒怕什么？哪儿有不败的将军？关二爷还走过麦城呢！现在他老人家的像还在关帝庙供着？圣井还在兴泰的院子里，秘方也藏在你的肚子里，还怕载贝勒偷去不成？"

窗纸上泛起一点光，豆一般大小。

"你要是倒了，兴泰怕就真倒了。"灵芸柔声道，"毕竟兴泰酒坛前还有人放了一朵花。"

正房陡然亮起来。

"那花是哪个酒坊的？"屋里传来嘉怡的声音，沉闷暗哑。

"是富顺庄，你岳丈的。"

"是他？"嘉怡的声音里有了一丝生机。

"林老爷子毕竟向着自己姑爷！富顺庄是镇上第二大酒坊，兴泰瘦死的骆驼比马大，两座酒坊联起手来还怕斗不过福恒昌？"

门闩响动，嘉怡披着衣服站在门首。灵芸走过去，两人默默地在黑暗中相对而立。嘉怡突然一把抱了女人，泪落在灵芸的肩膀上，滚烫地灼人肌肤。洛芸轻轻呼气，不知为何心里松弛了许多。那些纠缠在心间的妒忌烦乱瞬间了无影踪。

西厢房的门开了，书瑶看到正房亮着灯忙唤："小山东，快端饭菜来！你家老爷起来了！"几盏灯笼在夜色里拖拽着光影缭乱地流动，燃烧着夜色……

吴老和在福恒昌大门外徘徊良久。连亘不绝的院落宛若一头巨兽趴伏在夜雨中，隐隐的喧闹从院子深处传来：载澜和许公公他们正在纵情狂饮。他鼓足勇气踏上台阶，轻手轻脚地叩击门环。门房里有人恶声恶气地大声问"谁"，随后探出半张脸来："现在贝勒爷不见客，有事儿明儿再说吧！"随即用力把大门关了。

吴老和被晾在雨中，恓惶如一只孤鸟。他急切地想见到涟雪，那个让他销魂蚀骨的女人。这种热腾腾的欲望掩盖了由兴泰落败而导致的愧疚与负罪感。斗酒前夜，他在嘉怡的屋外徘徊良久，迟疑着是否要告诉少东家这一切。毕竟，他是兴泰的"老臣""重臣"。他不忍心眼睁睁地看着兴泰的名声毁于己手，更不忍心看到嘉怡为此落魄。可所有这些良心上的愧疚都抵不过涟雪的诱惑。此事一成，他就可以带着涟雪远走高飞，远远离开牛栏山，远离这个到处充斥着酒糟味的地方。他到底没有进屋，只在少东家的门前留下了一声无奈的叹息。斗酒那天晌午，吴老和看到失魂落魄的少东家进了大院，甩开二奶奶的搀扶跌跌撞撞地一个人进了屋。重重的关门声就像刀劈斧剁一般，让吴老和的心变成了两瓣。他趁着混乱，拿起早已收拾好的褡裢，悄无声息地从后门溜了出去。他不敢此时去福恒昌找载澜，就在牛栏山下躲到天黑，才又悄无声息地溜回镇上。

今晚必须见到载贝勒！吴老和明白，少东家终究会回过味儿来。兴泰落败，自己作为大师傅难辞其咎。他硬着头皮再次敲门，门房看又是吴老和才要发怒，却被一把推开。吴老和来过福恒昌多次，知道载澜此时肯定在二进院的客厅里。一路躲避着几个小厮的追赶，嘴里叫嚷着"贝勒爷，我是吴老和"，连滚带爬地进了院子。

客人们听到了外面癫狂的喊声，喧闹声戛然而止。载澜听出是吴老和的声音，忙让薛三出去应付。又端了酒道："这牛栏山除了出好酒，还出酒鬼。许是镇上哪个酒鬼听到咱们福恒昌赢了斗酒，打秋风来了。"酒商和掌柜们一片嬉笑迎合，到底还是淹没了吴老和的喊声。

薛三在客厅外拦住吴老和。

"三爷，人呢？涟雪在哪儿？"吴老和问。

薛三皱眉道："没瞧见贝勒爷正在待客？明儿再说。"转身欲去，却被吴老和挡住去路。

"今儿要是见不到涟雪我就不走了！"吴老和咬牙道。

薛三才要发作，却见载澜背着手站在门首。吴老和忙上前作揖："贝勒爷，总算见到您了。涟雪呢？我今晚就要带着她走，我在牛栏山待不住了！"

载澜冷笑："真想见涟雪？"

"嗯！"吴老和忙不迭地答应。

"我给你指个明处。"载澜道，"你现在就动身去京城陕西巷找，有家聚宝茶室，涟雪姑娘人就在那儿。"

吴老和大惊："涟雪在那儿做什么？"

载澜大笑："你真当聚宝茶室是喝茶的地儿？在陕西巷还能做什么？当然是做婊子。"

吴老和目瞪口呆。院落里沉寂了片刻，突然一声凄厉的叫声鬼啸般让人毛骨悚然，吴老和发疯般扑倒载澜。薛三和小厮忙把他抬到大门外，抛在地上一顿拳打脚踢。看到吴老和一动不动，众人方才住手。薛三伸手在吴老和鼻子底下探了探："人还活着。你们把他扔到牛栏山下的坟圈子里，别让他再惊扰了客人。"

雨一直下到清晨方停。林茂声负手站在荷缸前，眼神却离乱得没有方向。昨儿投在兴泰酒坛前的那朵红花让他与福恒昌彻底结下了梁子，今后怕是少不得受载澜的气。灵芸在陈家得势的事儿他都听说了。原本打算借着下人们的手将灵芸赶出陈家，谁知道事与愿违，反倒给了这戏子一个机会，在陈家稳稳地扎下了根。林茂声越想越恼，打算把花投给福恒昌。可书瑶前儿夜里来了一趟，一番哭哭啼啼让他又心疼又生气。临了还是神使鬼差地把红花投给了兴泰。想想还不是为了书瑶和峻卿？嘉怡再不堪也是自己的姑爷。这一投若是断绝了兴泰的前程，怕日后翁婿两人再也无法相见，就连闺女、外孙也都有了隔阂。但舍着身家的一投嘉怡到底承不承情？按说，昨儿嘉怡就该登门致谢，可候了一夜也不见人影，权衡得失，心下懊恼不已。正出神间，却见垂花墙后峻卿探出小脸来。

"峻卿。"林茂声俯身伸手，"跟你娘来的？"

峻卿还没说话，灵芸却从墙后走了出来。身后凌霄花影浮动，女人穿了青色长褂、百褶花裙，手里还拿着一个长形的锦盒。看上去如画师随意洇染的一抹石青，娉婷袅娜，清爽可人。

跟在身后的新荷抱着褓褓。

林茂声吃了一惊。

"见过老爷子。"灵芸万福，又拉峻卿见过姥爷。

林茂声仍旧望着天，声音冷峻："原来是陈家二奶奶，你来干什么？"

灵芸手拉峻卿："原本我打算和书瑶姐姐一起来的。可姐姐今儿觉着气闷走不得远路，我就带着峻卿来了。一是我进了陈家的门，却还没登门拜访过，二是代嘉怡谢昨儿的红花。"

林茂声垂下眼帘："嘉怡也有手有脚，他既然承情就该自己来。怎么这么大的架子，还派了一个女人来？"

灵芸却不生气："嘉怡原是打算来的，可他哪儿有脸来？昨儿夜里自己颠三倒四地说了许多话，说镇上那些烧锅掌柜都是些见风使舵的小人，算来算去还是自己的岳丈心疼姑爷。可又想起这些年对书瑶姐姐的种种不好，心里羞愧得很，只好由我代他看您老人家了。"

林茂声冷哼一声，在石桌前坐下，拿起烟袋锅低头添烟叶。灵芸也不客气，在林茂声对面坐了，把锦盒放在石桌上："老爷子的旱烟可有年头了，怎么还是铜嘴儿？说起来嘉怡这个姑爷确实没尽到心，要是被人看到还不笑话？"说着话打开锦盒，里面竟是一个乌木杆、翡翠嘴儿的旱烟袋。烟袋杆儿周身遍布云纹，上面还刻了一个小小的"林"字。此刻，它静静地躺在锦缎中，炫亮耀目。林茂声的心骤然一动，是京城"烟云轩"的上等货色。烟云轩是专门为王公大臣们做旱烟袋的商号。掌柜的眼界高，寻常买卖人即便有钱也买不来。猜测着，这手艺得小半年才能做出来，不像是现做的货。

"都说你精明，果不其然。"林茂声拿起沉甸甸的旱烟袋端详，"为了今儿见我连夜赶做的？"

灵芸笑道："说来您老不信，这是我半年前去京城烟云轩找吴老掌柜亲手做的。因为活儿多，老掌柜一时没做出来，就一直拖延到现在才做好。这上面还刻着您的姓氏呢，一时半会儿哪儿就能做好？"

林茂声"哼"了一声，顺手把旱烟袋放在一旁："拿回去吧，心意领了。只是铜锅烟袋用惯了，这上等货我怕是没福气消受呢。"嘴里虽然如此说，心却软了三分，心里暗叹这女人要比自己闺女精明百倍，恐怕自己喜欢旱烟这事也是从书瑶嘴里探知的。书瑶既知自己有这个喜好，怎么就没想到做一杆烟袋送给老爹？

灵芸笑吟吟地从新荷怀里抱过慕卿："这孩子还没有见过姥爷呢，您老人家瞅瞅。"说着把慕卿抱到林茂声跟前。男孩躺在褓褓里呢喃，嘴角是晶莹的涎水，眼仁剔透如水分充盈的葡萄。林茂声只有书瑶一个女儿，年轻时就想要一个儿子，将来好继承家业。奈何林家大奶奶天生气血不足，小产了数次才生下书瑶。林茂声偏又与大奶奶琴瑟和谐，任怎么劝都不肯娶小，一直到她故去三年，才在亲友劝说下纳了偏房。奈何人老灯枯，却不曾生下一男半女来。林茂声常常酒后叹息，也不知道前世做了什么孽，林家要他这辈儿做个绝户。富顺庄这么大家业，最终却不知要落到谁手。嘉怡对自己不冷不热，书瑶又蒙昧不明，加上新娶的二奶奶是个厉害人物，书瑶和峻卿孤儿寡母，哪里是对手？每每想到此处，林茂声总会忧从中来，烦闷不堪。常常想着若是林家有个男丁该有多好，于是街上见了男孩总要停下脚步逗弄一番。

慕卿天生喜人，瞪着一双大眼，挥手蹬脚地小兽般呢喃。林茂声脸虽然还阴沉着，却忍不住伸出一根手指去拂孩子的脸，慕卿胖蛙般的小手竟然攥住了他的手指。灵芸在旁边道："慕卿快些长大，日后好跟你大哥一起孝敬姥爷。"林茂声眼中一热，竟然掉下泪来。

"您老怎么哭了？"灵芸忙把孩子递给新荷，又从腰里摘下汗巾。林茂声接过擦了一把泪："二奶奶，我这老泪怕是脏了这么好的汗巾。"

灵芸道："老爷子见外了。我们小辈儿孝敬还来不及，哪里会嫌弃您老？您老要是嫌书瑶一个闺女单薄，就把我也当成闺女。这么着您老又多了一个闺女、一个外孙。"又拿起翡翠旱烟袋把烟丝添上，点着后抽了一口才给林茂声递过去。林茂声接过旱烟袋，一时手足无措。

"抽吧，闺女给爹点的烟，还怕别人说什么不成？"灵芸劝。

林茂声抽了一口，云遮雾绕，把他裹在了烟雾里。有了遮掩，心里也就少了许多顾忌。"二奶奶，嘉怡现在怎么样了？"

"哪儿有叫自己闺女二奶奶的？"灵芸一手拉了峻卿倚在自己身上，"您老叫我灵芸就行。"林茂声看峻卿脸上并无异色，可见在陈家日常也是如此惯了，心里不禁一暖。

"成，那我就叫你灵芸。灵芸，昨儿的事蹊跷得很，兴泰怕是被载澜捉弄了。"林茂声说。

灵芸脸上一凛："跟您老说实话，今儿除了来看您，更重要的还是想请您指点迷津，这事儿究竟哪儿出了问题？"

林茂声在石桌上敲敲烟锅："害兴泰的不是外人，酒坊有内奸！"

"这事我跟嘉怡也想到了，问题恐怕是出在辅料上。"灵芸道。

林茂声点点头："那酒辛辣得很，怕是辅料放多了。吴老和干了半辈子烧锅师傅，怎么会在这上面栽跟头？"

灵芸点头："吴师傅从昨儿下晌就不见了人影，嘉怡已经派小山东去找了。"

林茂声冷笑："这事儿怕跟载贝勒脱不了干系。听说昨儿夜里吴老和去福恒昌找他，还被薛三打了一顿。"

灵芸吃了一惊："难道真是吴师傅？"

林茂声皱眉道："你们兴泰的暗桩恐怕还不是一个人。除了辅料，井水也被人做过手脚。这事儿我是听刘一口说的。"

灵芸半信半疑："陈家老规矩，圣井必须派最信得过的人看着。这两年一直是小山东看井，嘉怡待他不薄，难道他会做手脚？"

林茂声摇头："老话说知人知面不知心。这个小山东我见过，人看上去倒还靠得住。怕只怕载贝勒出大价钱，小山东是苦孩子出身，人穷志短，怕是见到钱也顾不得道义了。"

灵芸一时失神。吴老和、小山东一个是酒坊大师傅，一个是嘉怡的跟班伙计，难道都被载贝勒收买了去？

"灵芸，"林茂声语调里多了几分随意，"你回去告诉嘉怡，兴泰仍有翻身的机会。当务之急是先除暗桩，还要找到刘一口，向他讨要净水药方。"又沉吟一下道，"你跟嘉怡说，要是找不到吴老和也不要紧，我就去给兴泰当大师傅去。至于酒商们我再去疏通，有兴泰的家底还怕斗不过福恒昌？"

灵芸忙拉了峻卿跪下："老爷子，我代嘉怡谢过您了，今后富顺庄和兴泰就是一体。"

林茂声忙丢了旱烟袋去扶灵芸："这怎么使得？我虽然是嘉怡的岳父，可毕竟是亲戚，受不得这样的大礼。快去吧，这个时候一刻也耽搁不得。"

第十四章　训仆

小山东拎着两包草药进了膳房。嘉怡沉着脸坐在迎门凳子上，手里还拿了一根朱红色短棍。小山东知道这根短棍，一直在祠堂的神龛前供着。除非有陈家子弟和家人违反家规，东家要施行家法时才会请出来。

"东家怎么在这儿？"小山东不知道东家为何发怒，心里打鼓，脚下发软，拎着药垂手在嘉怡面前站着。

"你给我买的药？"嘉怡问。

"对。都是些宽心解郁的药，郎中说东家得调理情志。"

嘉怡冷笑："宽心解郁？我身边尽是些吃里爬外的东西，心哪儿还能宽？你这药里没掺什么东西吧？"

小山东脸色大变，丢了药扑通一声跪在嘉怡面前："东家说的哪里话？俺怎敢在药里掺东西？"

嘉怡举起短棍重重地砸在桌上："你不敢在药里掺东西，可敢在井水里掺东西！"

小山东觉得天旋地转："爷，俺哪里敢动井水？井盖的钥匙就在俺身上片刻不离。夏天俺睡在凉亭里，就是冬天俺也睁着一只眼睛睡觉，谁有孙悟空的本事能在井里下药？"

嘉怡拿着短棍走到小山东跟前："当然是你！除了你谁还有这个便利？"

小山东凄厉的惨叫惊得鸽子们冲天而起，在厚重的暮色里穿梭翻滚。陈家人无人敢劝。嘉怡已经变成了一头暴怒的狮子，他积攒多日的郁闷、愤怒、悲怨都倾泻到了小山东身上。

厢房里的书瑶心里不忍，念着"阿弥陀佛"掩了门窗，和衣躺在榻上轻叹。杏儿在一旁听得落了泪："大奶奶，你去劝劝老爷吧，这么打下去会出人命的！"

书瑶叹息一声："老爷哪儿肯听我的？我要是去了，怕老爷的脾气更大。况且小山东做出这样的事儿来，原也是该打。"

杏儿跺一下脚忙去东厢房找灵芸求情，却见新荷正手忙脚乱地锁门。

"二奶奶呢？！"杏儿拖着哭腔。

"晌午没来得及吃饭就去找什么刘一口了，我原说随她一起去，二奶奶不让。"

杏儿咬牙道："怎么偏偏这当口出去了？"一面说着，人早就穿过了月洞门。只见膳房外门房德旺探头探脑地向里瞧，却搓着手不敢进去。小山东浑身血污瘫作一团，叫声已经变成了无力的呻吟。嘉怡气得脸都变了形，责打一刻没停。杏儿扑通一声跪下，双手抱住嘉怡的腿："爷，不能再打了！再打小山东就没命了！"

嘉怡怒道："好啊，一个个都反了！"短棍雨点般落在杏儿背上，女孩咬牙护着小山东，愣是一声未吭。新荷闯进来，一个头磕到地上："老爷，您消消气，有什么事儿等二奶奶回来再说。咱陈家要是这么乱下去，怕载贝勒他们要乐死了！"

提到灵芸，嘉怡的手停在了半空。片刻后，短棍落在地上。新荷忙唤德旺扶嘉怡回屋，又搀着杏儿坐起。看到她额头上有血，惊叫了一声："杏儿，你别动，我找郎中去。"

直到傍晚，醉醺醺的刘一口才回到客栈，一进门就吆五喝六地让伙计们装好烧锅，说明儿一早就回常州。他摇摇晃晃地推开房门，却发现中堂竟然亮着灯。一个女人端坐在太师椅上。红光摇曳，女人迷梦般艳丽。刘一口认得是陈家的二奶奶，忙装作看不见，转身欲走。

"刘掌柜难道不认得我？"身后是灵芸的声音。

刘一口拍着脑门回头讪笑："哎呀呀，喝多了。认得，认得，这不是陈家二奶奶吗？您怎么来了？大掌柜呢？"

灵芸冷笑："我们老爷丢了兴泰二百年国酿的名声，心里怎能好受？正在家生闷气呢。"

刘一口红了脸隔桌坐下："二奶奶，我也受过陈家的恩惠。只是这次兴泰的酒也太劣了些，我若是把花投给你们……怕是把自家的招牌也要砸了。"

"这次斗酒兴泰输得无话可说，我不是来讨罪的。"灵芸道。

"那您是？"

"讨利息。"

刘一口大吃一惊："二奶奶别开玩笑，昌裕号可不曾欠兴泰半文钱，哪里来的什么利息？"

灵芸一笑："再往根儿上想想。"她拔下金簪拨弄灯芯，"看到这灯了吗？肚子里盛的油再多，没有灯芯怕也亮不起来。"

刘一口怔了半晌："哦，我明白了，二奶可是说当年我受你家老掌柜照顾的事儿？"

灵芸冷冷地笑："道光八年，您还是个毛头小伙子，打老家常州凑了钱到顺义贩酒，在后沙峪被土匪劫了道儿，带的骡马本钱全都打了水漂。您大冬天穿着单褂流落到牛栏山镇，央求我家老掌柜赊酒。老爷子看您可怜，不但赊了酒，还送了骡马车辆和伙计。您也自此发了迹，才有了赫赫有名的常州昌裕号。"

105

刘一口怔了半晌道："二奶奶说得不错，是有这回事儿，可我在道光十年连本带利都还给老掌柜了。"

灵芸轻叹一声："道光爷在的时候，大清国禁酒最严，只有我们兴泰仗着乾隆爷的御匾才能做酒。那会子，怕是有钱您也买不到我家的酒。要不是老掌柜仁义，您现在怕还在常州开油盐店呢。"

刘一口叹气道："这倒也是。我昌裕号能在南方扎下根，靠的就是当年老掌柜的恩惠。这钱财好还，人情难偿啊。"

"刘掌柜，我这次来是想求您件事。"灵芸放缓了语气。

"二奶奶只管说，只要我刘一口能办到。"

"我家的圣井是被人做了手脚对吧？"灵芸目光咄咄，刀锋般逼人。刘一口原不想掺和福恒昌与兴泰之间的事儿，但此时却被灵芸逼迫得无可回避，只得点头。

"这圣井还有救吗？"

刘一口听到灵芸的声音在发颤。兴泰丢了圣井也就断了半条臂膀，女人明白此中的利害。刘一口也不答话，唤门外的伙计拿纸笔来，低头写了数行字。

"二奶奶，这井水十有八九是被人投了草木灰。"他把纸叠好递给灵芸，"这是净水的方子。不过是杏仁、赤豆、雄黄、石膏、碱面等寻常药材，按照配方足斤足两地投到井里。每七日一投，过七七四十九天再找人淘井，务必把井底的污泥都淘干净。"

灵芸大喜："这事儿不难办，古北口柳林营就有专门淘井的老兵。"

刘一口连忙摇头，压低声音："二奶奶，这柳林营的人请不得，这些老兵也是被载贝勒收买过的。"

灵芸皱眉："这一带淘井的怕是靠不住了，刘掌柜能不能帮我找人淘井？"

刘一口点头道："这事儿我答应二奶奶，让人从山西找熟悉的淘井老客。不过此事之后咱们本利两讫，再无瓜葛。我们生意人讲究和气生财，这事儿不能被载贝勒知道。通州漕运厅署衙门可是勋王爷的人，我们昌裕南下的水路……"

灵芸起身万福："这生意场上的规矩我自然懂得，今儿就算我没来找您。"

女人走到门口时，刘一口又在身后叫"二奶奶留步"。灵芸停下脚步，刘一口道："二奶奶，兴泰想翻身原也不难，除了偏方和圣井，兴泰还有一样宝贝。"

"什么宝贝？"

"就是您，二奶奶。"

灵芸怔了一下，笑道："我不过是个戏子，哪儿就成了宝贝？"

刘一口伸出大拇哥："为人练达，世事洞明，您二奶奶是这个！"看左右无人，又低声道，"二奶奶，还有件事情我得跟您说。听说陈掌柜跟朝里的肃大人有过交往……"沉吟一下，似有所顾忌。

"刘掌柜，您只管说。今儿的话咱们是左耳朵进，右耳朵出。"灵芸道。

"你就转告他一声：离肃大人远一些，将来总是有好处的。"刘一口眼神闪烁，话里有话。

二更天回到大院，灵芸才知道小山东和杏儿被打的事儿。她吃了一惊，又暗怪自己没能叮嘱好嘉怡。嗔怪了嘉怡一番，带着新荷急急忙忙地去前院看望小山东。曲房对面有一溜矮房，都是烧锅师傅和家院住的地方。以前每到入夜，院子总是最热闹的。自打昨儿斗酒之后，吴老和不见踪影，又有几个烧锅师傅不辞而别，原本喧闹的院子一下子变得冷清起来。新荷推开房门，杏儿正端着药碗喂药。小山东躺在榻上紧闭双唇，无力地躲避着汤匙。

看到灵芸进屋，杏儿忙放下碗垂手侍立。小山东听见动静，睁了眼想爬起来。灵芸一把按住，又要掀开被子查看伤情。小山东难为情，用力扯住被子，却被灵芸一把拉开。尽管听新荷说小山东伤势很重，但真见到时还是吃了一惊。灵芸忙掖住被子，不忍卒视。

"可看过郎中了？"灵芸问杏儿。

杏儿点头："郎中接了腿骨，又开了些草药。我不放心，又去教堂请了神甫来看，也开了些洋药。"

灵芸叹息一声，拉住小山东的手道："小山东，这账我来跟你家老爷算，这顿打不能白挨。"

小山东忙道："二奶奶，这怨不得老爷。虽然不是俺使的坏，但井里毕竟让人投了东西。钥匙由俺看管，出了事儿自然要算在俺身上。"

"井盖钥匙可曾给过别人？"灵芸问。

小山东摇头："这钥匙俺白天时是随身携带的，只是睡觉时嫌硌得慌才放在褥子底下……"语气一顿，眼睛里突然多了一层阴霾。

"想起什么来了？"灵芸忙问。

"只是……"小山东迟疑着，"前些日子洛芸大哥夜里喝醉酒，在凉亭前又唱又跳的。后来俺要去曲房躲他，洛芸大哥说口渴得厉害，要喝凉井水压压酒。俺就让他自己取了钥匙打水……"

"是哪天？"灵芸暗自惊诧。

小山东想一想："就是小少爷满月那天晚上。"

嘉怡有意在后院坐到三更时才回屋，没想到灵芸还坐在灯下等着他。嘉怡知道躲不过，只得硬着头皮讪讪而坐。

"你怎么把小山东打成那样？"女人声音暗哑，脸上也浮了一层霜，"即便有人在井里投药，也不见得就是他。这孩子打小没有爹娘，一路从山东流落到牛栏山投靠兴泰，这些年鞍前马后地跟着你，你怎么忍心把他打得遍体鳞伤？"

嘉怡疲倦地向后重重一倚："小山东拿着圣井钥匙，不是他又会是谁？即便是别人，他也有失职之过。要不是井水被人动了手脚，兴泰也不至于输得这么惨。"

灵芸看到嘉怡的鬓角竟然多出几根白发，不由得心里生出丝丝悲悯，语气上也就温存了许多："至于谁在井里投药我会搞清楚。小山东伤得不轻，这些日子就让他将养身体。我已经跟大奶奶说了，让杏儿伺候些日子，大奶奶那边就让王妈先跟着。"

嘉怡听灵芸安排得头头是道，稍觉宽慰。心想，要是灵芸也和书瑶一般呆，自己早就没了心劲，兴泰怕是真的会从此败落下去。能娶了她，真是人生大幸。又问灵芸可曾见到刘一口，灵芸点头，把刘一口的话说了一遍，又将方子递给嘉怡。男人心里一喜，前程茫茫，这方纸片就像是阴霾中的微光，在层层叠叠的云翳中露出一线生机。

"淘井的人何时能来？"嘉怡问。

"山西到牛栏山路途遥远，恐怕还要过些日子才能来。正好趁这几天没事去京城按方抓药，然后洒在井里净水。"

"这几味药寻常得很，在镇上买了就是，还是别大老远地去京城了。"嘉怡道。

"不行，载贝勒这人阴狠毒辣。镇上的药铺靠不住，还是专门到京城去买好。"女人说得斩钉截铁。嘉怡突然想到，不知从何时起，女人说话的语气已经不容商议，仿佛她才是一家之主。想到此处，心里隐隐不快。牝鸡司晨，持家大忌。兴泰几曾有女人把持家政？但是眼下无论现实还是心理上，自己都离不开她。再说女人说得不无道理，只得点头应允："那就让你大师哥去京城抓药。"

"不行！"灵芸下意识地提高声调。

嘉怡一怔，用目光询问原因。

灵芸说罢也觉得唐突，自己怎么突然对大师兄不信任了？她犹豫着是否要把洛芸醉酒的事儿告诉嘉怡，忍一忍，还是压在了心底。随即道："这事儿你还是亲自去吧，别再出差错。"

嘉怡也没多想："成，那我就亲自去抓药，正好也散散心。"

"先让载贝勒狂些日子，待井水淘干净后咱们再开工不迟。"灵芸道，"只是眼下烧锅师傅走了大半，听说有的还去了福恒昌，剩下的无论如何不能再放人。"

"成，明儿让蒋先生去跟师傅们说，歇工这些日子薪酬照发。"

"不，由你亲自去说。"灵芸说得字字千钧，"烧锅作坊师傅们是根本，不但要薪酬照发，还要比以往多才行，这样才能留住人。"

嘉怡听灵芸语气咄咄逼人，心下不悦，但又觉着说得有理，只能皱皱眉："成，明儿我亲自去说。"

灵芸叹口气道："这些烧锅师傅十个加起来也不顶吴老和一个。吴师傅这么老实一个人怎么就……"

一句话戳在了嘉怡心上："听说吴老和被薛三扔在了牛栏山下，上午我派人去找，连根毛都没找到。"发了会儿呆又道，"虽说吴老和对兴泰耍了奸，但到底是个人才。没了他，装醅入甑、看花摘酒，这些手艺活儿怕是得我亲自来……"

"你忙不过来也不怕，林老爷子说要是实在缺人手，他可以帮我们。"

嘉怡心里一热，想起过去对书瑶、对岳父的种种不是，心下暗生愧怍。

"没事儿时多去书瑶屋里坐坐，别冷落了她。这样也对得起林老爷子。"灵芸说得情真意切。

嘉怡微微颔首，心想，灵芸做事豁达，全然没有半点私念，将来真的管起酒坊来也是把好手。转念又觉得荒唐，自己怎么能有这种想法？把陈家的家业托付给一个女人，一个戏子，将来自己到了地下得被祖宗骂死。

两人对着灯光沉默了片刻。灵芸似乎在酝酿着什么，欲言又止。"小山东怕是得百十天干不得活儿，"女人终于开了口，"圣井的钥匙要另外找人掌管。"

嘉怡的心重重一颤，这把钥匙无疑是兴泰的命门。难道真如自己想的，灵芸想趁机揽权？略一沉吟："我看就让蒋先生看管吧。他是兴泰的老人，人又可靠……"

"蒋先生已经七十多了，又管着账房里的一大堆事儿，哪儿能顾得过来？我看还是让大师哥来吧，反正他做的就是看家护院的活儿。"

嘉怡的疑虑又多了一重，但一时又找不到话来反驳，于是噤声不语，只是望着爆裂的灯花出神。灵芸似乎看透了嘉怡的心思，轻叹道："你别想的太多，我这么做是有用意的，只怕要等到日后你才会明白。若真是小山东投的药，这顿打他也算应得。若不是他做的，将来怕是还得想法补偿他。"

"补偿？怎么个补偿法？"

"我已经想了个办法，时机成熟自然会告诉你。"灵芸道。

嘉怡觉得头胀眼花，于是走到榻前和衣躺在被垛上，嘴里说"你看着办吧"，心里却在想，自己是兴泰一家之主，看你能折腾到哪儿去！耳边又听到灵芸说"刘一口捎信儿来，让你离肃大人远些，也不知道什么意思"。嘉怡猛地坐起："看来刘一口还算念旧，这话再往深里说是要掉脑袋的！前些天听京城的酒商说，肃大人在朝里霸道得很。偏偏皇上宠爱的懿贵妃也不是善茬，两人一直明争暗斗，互不相让。懿贵妃是皇长子生母，将来这大清国肯定是人家的，肃大人势力再大也大不过人家。我昨儿还想去京城找找肃大人，求他帮忙托一把兴泰……"

"这么说来，刘一口的用意就在于此。"灵芸道，"我们是买卖人，还是离朝堂远点儿好，门前的那块匾找个机会摘了吧！"

"这匾我是不会摘的。肃大人是我的恩人，摘了我岂不成了小人？"嘉怡见灵芸不再说话，心里也悒悒不快。毕竟那块匾是悬在兴泰头顶的利剑。

载澜连续醉了两天，直到第三天才清醒过来，一大早就让薛三去招呼镇上的掌柜们议事。有贝勒爷这个名号撑着，掌柜们不敢怠慢。除了兴泰和富顺庄，都在巳时初到了福恒昌。脑袋上顶了烧锅公会会长的名头，载澜自觉又阔气了许多，一屁股坐在主人的位置上，不像当初嘉怡做会长时总要和年长者推让一番。他咳嗽两声，厅堂上顿时安静下来。载澜朝着四周略一抱拳，道："各位掌柜，不瞒大家说，这两天兄弟闭门不出不为别的，一直在想法子为咱牛栏山烧锅找出路。我想着，将来镇上的烧锅不但要遍布大清国的各个行省，就连伊犁、乌里雅苏台、黑龙江这些边地也要有我们的烧锅。诸位说我这想法可好？"

座下的掌柜们纷纷称好，说："到底是贝勒爷，气量派头就是不一样。"

载澜一笑："想必大家也知道，当朝勋王爷是我阿玛。有他老人家做靠山，加上内务府的许公公帮忙，我这个想法原也不难实现。只是，在座各位务必要实心实意地跟兄弟交朋友才行。"抿一口茶又道，"诸位，没有规矩不成方圆。这些年陈嘉怡把公会搞得乌烟瘴气，各大酒坊怨声载道，原因就在于有令不行。配额多寡全是兴泰一家说了算。如今朝廷放开酒禁，形势大变，旧章恐怕是不合时宜了。我重新写了公会章程，诸位可以先看一下，如无异议，咱们就照章施行。"

堂下，小厮拿了一摞章程分发下去。看了几眼，廖掌柜从座上站了起来："载贝勒，怎么还要由公会配额造酒？"

掌柜们都看出了端倪，一时人声鼎沸。

载澜笑笑，双手下压："诸位，静静。本贝勒刚才也说了，没有规矩哪来的方圆？即便朝廷放开了酒禁，咱们也不能各唱各的调。各路酒商从牛栏山购酒须先向公会填货单，然后由公会商议各家的额度。这事原本没有那么复杂，诸位不要想得太多。"又朝鸿利酒坊的白掌柜瞧一眼，"白老掌柜在咱们烧锅行里年龄最长，您老以为如何？"

白掌柜蹙着眉道："载贝勒，这事儿不妥。先前朝廷没有放酒禁时，兴泰凭着御匾和宫里的关节每年讨要配额，然后再分给大家。虽然陈掌柜性子傲慢，配额多寡全凭他一人说了算，但各家酒坊靠着兴泰吃饭，由人家做主也在情理之中，大家也说不出什么。可眼下已经没了酒禁，再由烧锅公会做主怕是不合情理了吧？"

旁边廖掌柜又道："烧锅公会原本是议事的地方，怎么就成了衙门？"

载澜略一皱眉，从案几上拿起一页纸来："白掌柜、廖掌柜，谁说我做不得主？这是顺天府的公文——今后凡是高粱等造酒作物必须由福恒昌统一收购分配。"又亮一亮公文上的大红官印，"大家看清楚了，顺天府的大印在上面呢！"

众人愕然。

载澜冷笑："诸位掌柜想想清楚，这大清国姓什么？"又低头问白掌柜，"老掌柜，它可姓白？"

白掌柜吓到脸色苍白："贝勒爷别乱讲，这可是杀头的罪过！"

载澜又看一眼廖掌柜："廖掌柜，既然不姓白，那就是姓廖了？"

廖掌柜双腿发软，扑通一声跪下："贝勒爷，我可没说过。谁不知道大清国姓爱新觉罗！"

载澜哈哈大笑，把腰间的蟠龙玉佩摘下放在桌上："廖掌柜说得不差。本贝勒就姓爱新觉罗，康熙爷第十六子庄亲王的六世孙！凡在大清国境内的，不管市农工商，全都是我爱新觉罗的臣民、奴才。你们做烧锅还不是朝廷赏的饭碗？现在怎么奴才竟然和主子还起价来？"见座下都低头无语，载澜越发狂躁。负着手在中厅来回踱了几步，又恶狠狠地道，"诸位须要看清，兴泰和富顺庄既然先坏了规矩，那就由他们单干去。有顺天府的公文摆在这儿，我就看他们从哪儿进原料！今儿在这儿说句没王法的，陈嘉怡身后有肃顺，难道我身后就没有勋王爷？没有懿贵妃？"

厅堂里一片静寂。白掌柜的长须不由自主地抖了起来。

第十五章　寻爱

洛芸在小山东屋外徘徊良久，到底还是没有勇气进门。这两天，陈家上下都知道圣井被人投了药，不敢再从井里汲水。蒋先生只得派几个伙计去街上的老井拉水。伙计们每天都要翻来覆去地把投药人的祖宗八辈骂上几遍。洛芸听得心烦，就躲进井道胡同的杂货铺和一帮破落户打牌厮混，傍黑儿时再去宝记饭铺喝个烂醉。但酒终有醒时，夜里听到小山东的呻吟声，心里就烦乱不堪。白天又看到嘉怡落魄，灵芸奔走，心下越发愧怍。有心去见嘉怡和灵芸，却两腿软软的没有半点力气，全不像以前一样混不吝。暗恨自己做了亏心事，才落得心虚气短，整日如丧家之犬，惶惶不安。

听到屋里有人走动，洛芸忙躲进墙角的凌霄花后。杏儿端着木盆走到晾衣架前，把盆里的白布搭上，又轻叹一声回了屋。借着灯笼光，一眼瞧见白布上血迹斑斑，洛芸顿时心里一凛。

身后有人叹气。

惊慌回头，却是灵芸。两相对视，幸好夜色掩着，瞧不见洛芸脸色。

"师妹。"洛芸气浮心跳。

"大师哥怎么在这儿？"灵芸问，"这两天也没见过你。"

洛芸在暗影里搓着手："这些天看东家心情不好，酒坊里又没有什么要紧的活儿，就跟镇上太和堂药铺养的小戏班唱了几场。"

"大师哥好闲的兴致。"灵芸话带机锋，洛芸分明听到灵芸说话前轻哼了一声。他心里暗惊，灵芸怎么会深更半夜到这儿来？难道是有意等着他？这么想着，一腔子血都变得冰凉。

"我也是怕把本行丢了……有什么事儿要我做，师妹只管说，也算是我为东家分忧。"洛芸说着话，眼风却去觑灵芸的神色。

"巧了，眼下正有件事情要大师哥做呢。"

"师妹只管说。"

"听郎中说，小山东得在床上躺半年。最近咱们要把井淘干净，看井的人必须靠得住。嘉怡思来想去，还是觉得你最亲近，所以要我把这个交给你。"灵芸的指尖多了一枚铜钥匙，在夜色里闪闪发亮。

洛芸不由心下发慌："灵芸，这事儿怕是使不得。看圣井可是大事。小山东人踏实，耐得住性子。我是唱武生的，平日浪荡惯了，东跑西颠的还行，这么重的担子怕是扛不起。"

灵芸仍旧倔强地把手伸向洛芸："大师哥，在小山东手里出了事，他是断不能再保管圣井钥匙了。"

"真是小山东？这孩子实在得很……"洛芸喏喏。

"如果不是他，又会是谁？难道大师哥知情？"

洛芸连忙摇头，心仿佛要跳出腔子。灵芸从来没有用这种语气跟自己说过话，难道话里有话？

"那就拿着钥匙。"灵芸道，"你想想，这陈家大院里除了你我，嘉怡还能信得过谁？"

钥匙在指尖晃荡，摇摇曳曳地生出一片泛着锈色的辉光来。洛芸只得接了，两人指尖相触，都觉得对方寒气凛凛，全无半点温度。

吴老和醒来时，发现自己正躺在瓜棚里。

眉骨上的血已经结了痂，眼睛迷迷蒙蒙地看不清。身边有人影晃动，隐约认得是牛栏山的农户。这人常年醉醺醺的，不时会拿着酒葫芦去兴泰酒坊打酒。伙计们只知道他姓张，就给他起了一个张大葫芦的外号。吴老和看他落魄，经常嘱咐伙计多加一提酒，少收一文钱。两人从未搭腔，目光也不曾交集，只是彼此认得对方。没想到，平日里的周济竟然换来半条性命。要不是被张大葫芦背进瓜棚，吴老和怕早就被雨水呛死了。吴老和昏睡了三天，张大葫芦守护了三天。敷药喂饭，半刻也不曾闲着。

第三天傍黑，吴老和终于醒来。摸摸身边，褡裢不见踪影。幸好涟雪送给他的荷包还在，里面还有一些碎银子。挣扎着起来，捏了几粒碎银子放在矮桌上，人摇摇晃晃地向着田外的官道走。张大葫芦将银子放回荷包，说："你平日里的周济我这三天已经报答完了。银子还是你自己留着吧，省得我再欠人情。"

吴老和痴笑："爱喝烧锅的人，都这么仗义。"看到瓜棚旁扔着一根棍子，就捡来做了拐杖，一瘸一拐地在夜色里走。

张大葫芦跟到官道上："你去哪儿？镇上可回不去，薛三心歹毒着呢。"

"京城，陕西巷，找我媳妇去！"吴老和中气不足，但却斩钉截铁般爽利。

吴老和一路向南。

他不敢走官道，山环水绕地走了五天才到东直门。在城门外寻了一处澡堂洗干净，又找了剃头挑子剃发修面，总算有了人模样。跟在运送木材的车辆后面偷摸进了城，又一路打听着到了陕西巷。

到巷口时已经是戌时。吴老和踩着夜风，走到一处高大的砖雕门楼前。有女人在墙内唱曲儿——

> 花开三月当
>
> 娇娆嫩蕊香
>
> 草萌芽，桃似火，柳垂黄
>
> 仕女王孙秋千忙
>
> 暗悲伤
>
> 愁锁两眉旁
>
> 春闺细语长
>
> ……

风吹灯影，匾额时隐时现。吴老和不认识字，也不知道是不是聚宝茶室。踟蹰半晌才鼓足勇气敲打门环，有大茶壶提了灯笼开门。从门缝里瞅一眼就皱起了眉头，恶声恶气地问："干吗？"

"请问尊管，这里可是聚宝茶室？"吴老和打个躬怯生生地问。

大茶壶砰的一声关上门，骂了一句："丫挺的乡巴佬还想开洋荤。"

二更天，寒露越发浓了。吴老和靠在墙角，一时不知该如何是好。老掌柜对嫖、赌两件事管得严，吴老和跟着嘉怡进过几次京城，戏园子是去过的，但这种地方却从没踏足过半步。只是酒坊里的其他师傅多是外地人，秦楼楚馆是少不得去的。听他们说，妓院也分三六九等，最好的是"清吟小班"。里面的姑娘不但年轻貌美，还会摆弄笙管笛箫，即便是写字画画、填词作赋也不罕见。比清吟小班低一等的叫茶室，这里的姑娘年龄、身段、姿色都要比清吟小班的姑娘差些，弹琴吟诗也不会，只会陪客人喝酒睡觉。最差的一等是窑子，不过是在民房里找些流莺暗娼，这才是贩夫走卒经常光顾的地方。看眼前高门大户的，猜想应该是"清吟小班"。仔细想来，涟雪烧饭烹茶还行，却没见过她写字画画，看来应该是次一等的"茶室"出来的。

吴老和想得心痛。一路在夜色中踟蹰，鼓起勇气向巡夜的更夫打听聚宝茶室。更夫看他是外地人，又穿得不堪，便道："那种下等窑子这儿怎么能找得到？"又指指一旁挂着红灯笼的院子，"美锦院，这可是朝里那些官老爷和贝子贝勒们常来的地儿。这里头的姑娘可风雅得很，会唱曲弹琴。哪像那些下等窑子里的只会陪男人睡觉压床。"吴老和又低声下气地追问聚宝茶室。更夫不耐烦地指了一通。吴老和谢过之后才要走，却听更夫低声唠叨"这种德性还要玩婊子"，心下一沉，脸也臊得通红。走路时，腿就像是灌了铅，一步步地挪，直寻到二更末才找到聚宝茶室。

地方果然跟美锦院不同：一座不大的四合院，龟缩在胡同尽头。大门半掩，隐隐传来男女调笑的声音。台阶上站着一个四十多岁的女人，穿着艳红的长襟大褂，脸上脂粉浓厚，手里捏着青缎绸子巾，正倚着门垛打瞌睡。听到有动静忙睁开眼，一把拉住吴老和胳膊："爷，别净在门前站着啊，里面瞅瞅姑娘去。"吴老和想挣脱，却又怕惹恼老鸨，一时进退失据。老鸨一阵笑："看来是第一次来。有什么可怕的？里面都是姑娘，又不是大老虎。"嘴里说着，手上更加用力。吴老和大伤未愈，脚下没根儿，踉踉跄跄地跟着进了院子。甬道湿漉漉的，在灯笼光的照耀下成了一片淋漓的水光。两旁的花木被繁露压得低着头，一时衣襟都被打湿了。跨院门首站着一个俏丽女人，上身穿碧烟衫，衬着绿色的百褶裙，看上去竟然有几分像涟雪。吴老和的心咚咚狂跳。

"燕儿，你有客吗？"老鸨大声问女人。

"没，那位贝勒爷倒是来了，不过照旧点的是菱花。"燕儿气呼呼地说，"也不知道喂了男人什么药，把贝勒爷搞得五迷三道的。"

"生什么气啊，又不是居家过日子。"老鸨道，"你长得不比她差，就是时运不济。你也别闲着，先来陪陪这位爷吧。"

燕儿瞅一眼吴老和，眼风里的厌恶显而易见，但人还是带着一阵香风走了过来。

老鸨推一下吴老和："还愣着干吗？"又用下巴指一下厢房，"上屋一位贝勒爷正占着呢，您就委屈一下去东厢房吧。不过里面也不差，新砌的大炕，崭新的被褥。"吴老和仍站在原地。

燕儿哼一声扭身走了。

老鸨变了脸色："这位爷，你要是不找姑娘就出去。"

吴老和鼓足勇气："我想打听一位姑娘。"

老鸨一怔，随即大笑："没看出来，原来还有相好的。说吧，是哪位姑娘？"

"涟雪。"吴老和的声音颤颤的，从心底发出来，游丝一般纤弱。

"涟雪？"老鸨摇摇头，"我这儿没有这个人。"

"我听人说她就在这儿。"吴老和变得急切，"我和她好过一阵子，后来人就没了。"

老鸨迟疑一下："她长什么样？"

"这么高，"吴老和比划着，"圆脸，挺白净的。对了，她嘴唇下面有一粒黑痣……"

"你是说菱花？"老鸨上下打量着吴老和，脸上表情诧异，"你是什么时候认识她的？"

"去年冬天。"

老鸨长长地"哦"了一声："是了。去年冬天她是随着阿林保贝勒'出外条子'，一去就是半年多。你跟阿林保贝勒也认识？"吴老和觉得腔子里的血直涌头顶。阿林保，这个名字太熟悉了。他不就是载贝勒和薛三口中那位京城贝勒吗？还说涟雪是他的小妾。

上房里的灯亮了。

吴老和腿软得站不住。老鸨脸上却挂着笑："阿林保贝勒就在正房屋，菱花陪着他呢。你等着他们吧，我可没工夫陪你。"说着，人又去了门口揽客。

门开了，一道光暗昧地铺在地上。前面走的是一个竹竿般消瘦孱弱的男人，身后跟着一个穿青色褂子的漂亮女人。竟然是涟雪！人还是那般俏艳，只是少了潮白河初见时的端庄与羞怯。腰肢身段都透着妖娆，眼风里也多了轻佻。

"回去吧。"阿贝勒持定女人的手。

女人仰面摇头："这一走又不知道何时才来，不如我跟你去府里住。"

阿贝勒捏捏女人的脸："那可不成！我府上那几头母老虎还不把你给吃了？我可舍不得。"

"那你可要多来。"女人撒娇，身子花枝般乱颤。

"现在宗人府管得严。洋人整天寻事，皇上正愁没地儿撒气呢。那些一等一的窑子我不敢去，就是你这样的窑子我也不便多来，怕人看到。"

女人用力一推，蹙着眉："这么说我倒是下等的暗娼了？那你以后就少来。"又赌气背过身去，"真让人寒心，去年要不是为了你，我怎么会去顺义陪那个穷鬼过了半年苦日子？"又问，"你上次答应要纳我做小，现在怎么却又变了？"

吴老和听到耳朵里顿时丢了魂，人一点点向前挪。一直走到灯笼下，阿贝勒和涟雪才看见对面站着一个人。

涟雪目瞪口呆，木木地站着。

阿贝勒先是吓了一跳，定下神来才怒喝："你谁啊？"吴老和变成了一头绝望的狮子，野兽般嘶吼着扑向阿贝勒。

巷子上空的脂粉气被血腥味掩盖了，浓得化不开。

天上飘浮着丝丝缕缕的云翳，幕帘般遮蔽了刺眼的阳光。地上云烟堆积，虚幻不实，像梦境。慕卿挓挲着双手在光影中蹒跚学步，身后跟着大惊小怪的新荷。灵芸坐在亭子里望着两人，双眼迷离，心底难得的宁静。瑜卿梳着一对小鬏鬏在皂角树后探头，看到慕卿就张开怀抱："慕卿，到姐这儿来。"慕卿看到女孩也跟着笑，嘴里含混不清地呢喃。灵芸不禁一笑，瑜卿这丫头倔强得很，见了灵芸就如同看到仇人一般，常常侧目而视。可一见到慕卿就笑逐颜开，总是一把抱了亲昵不尽。女孩瞥一眼凉亭里的灵芸，狠道："慕卿，跟姐到后花园抓蚂蚁去。"新荷跟在身后不停地叫"慢着点儿"。两个孩子咯咯的笑声在阳光下发酵，连站在圣井旁负手蹙眉的嘉怡都觉得心头一宽。

嘉怡已经按照刘一口的吩咐，每七天在井里投一次药。一直到七七四十九天之后，山西的淘井老客如约而至，只一天工夫就把圣井淘得干干净净。除了沉积的淤泥，还有一个吴氏磨坊的麻布包。嘉怡差人打听，才知道这种麻布是包草木灰做酵子用的，心下顿时猜透了八分。

林茂声急火火地进了门。

富顺庄和兴泰现在成了一条绳上的蚂蚱。福恒昌门前车水马龙，送料运货的往来不绝。富顺庄和兴泰却锅灶冷清，他又怎么能不急？

见到林茂声进门，嘉怡和灵芸连忙迎上去。

"书瑶呢？又在屋里？"林茂声在凉亭里坐了，"我这闺女算是废了，天天窝在屋里，这么好的天气也不出来透透气。"

有了这次经历，嘉怡对林茂声也尊重了许多，忙道："我这就叫她去。"

林茂声晃晃烟袋："叫她来有什么用？咱们得商量一下做烧锅的正事，有灵芸在就行了。你这位二奶奶可灵光得很，说句难听的，即便没了你，靠她也能把兴泰撑起来。"

灵芸笑道："老爷子说笑了，我哪儿有这么大能耐？"又恭敬地双手奉上茶盏，"老爷子尝一口井水，看跟原来的可一样。"

林茂声端茶品了一口："不错！甘甜清冽，还是原来的圣井水。看来咱们两家还有翻盘的机会！不过——"从怀里掏出一张告示放在桌上，"顺天府告示上说做酒的高粱等作物都要由福恒昌调配，这等于让载澜垄断了原料。没有原料咱们就没办法开工，这手釜底抽薪着实阴毒得很。"

嘉怡皱眉道："不能看着富顺庄和兴泰倒下！实在不行我就再找一次肃大人，让他跟顺天府打声招呼。"

林茂声摇头："这位肃大人在朝里可跋扈得很，听说跟珍贵妃和懿贵妃关系都不太好。日后怕会有事，你不可走得太近。"

嘉怡道："这事儿刘一口也曾让灵芸捎信给我。可肃大人曾经救过兴泰，我做不了那种看风使舵的小人。"

"这事儿留到日后再说，眼前这关可没这么容易过。"林茂声愁眉不展。

"我看这告示有空子钻。"一直在看告示的灵芸突然道，"告谕四厅各县及大兴、宛平二京县……凡境内高粱、稻壳等制烧酒作物皆须由顺义福恒昌酒坊采购度支……空子就在这句话里。"

嘉怡拿过告示："这话说得滴水不漏，整个四厅各县还有大兴、宛平全囊括在内，我们哪儿还有空子可钻？"

林茂声倒是看出了端倪，他睨一眼嘉怡："你啊，兴泰酒坊的大掌柜，倒不如一个妇道人家看得清楚。这句话确实有路可循。顺天府告谕的是自己治下的二十四州县，又没说其他地方的高粱不可以购进。"

嘉怡一拍大腿："这也是顺天府有意为之，看来府尹也怕得罪肃顺大人。这大清国又不是只有顺天府产高粱。热河、山东、直隶等地的高粱也不错。现在我们手里有圣井水和秘方，只要原料一到手咱们就抓紧造酒。"

林茂声点头："现在烧锅掌柜们也不是铁板一块。很多人对载澜蛮横跋扈都看不惯，只是都敢怒不敢言。酒商们对福恒昌的酒也不满意，都说这酒跟兴泰的比起来少那么一股香醇的味道。恨只恨眼下咱们缺少原料造不出酒来，要是有了高粱，还怕扳不倒载澜？"

"那您老看咱们去哪儿购料？"嘉怡问。

"我看就去平泉吧。"林茂声道，"我小的时候咱们这一带闹蝗灾，蝗虫把庄稼啃得干干净净。后来，还是我爹想办法去平泉买了高粱做烧锅。那地方的高粱秆壮粒大，一点不比咱们顺天府的差。"又望嘉怡一眼，"事不宜迟，咱爷俩明儿就去，不能再耽搁了。"

"还是让嘉怡带人去吧。您毕竟年岁大了，哪当得起车马劳顿？"灵芸道，"嘉怡，让大师哥跟着去一趟平泉怎么样？他人精明，是唱武生的出身。这一去山高路远的，又带着银子，还真得有人护持。"

嘉怡皱皱眉。对于灵芸的这位大师兄，他一直有一种说不出的感觉。人沉默、执拗，总像是藏着一肚子的心思。无论对他释放怎样的善意都不会得到回应，仿佛在刻意保持着一种距离。可无奈眼下酒坊又无人可用。蒋先生人精明，又熟悉酒行，但毕竟已经年近七十。小山东机敏勤谨，原也是好人选，可有伤在身，加上挨打之后，两人心存芥蒂，怕也是去不得。选无可选，只能让洛芸跟着走一趟了。

"成，就让洛芸跟我去一趟。"嘉怡终于点了头。

第十六章　平泉落难

翌日卯时启程。

嘉怡在前，洛芸在后。两人缓辔而行，走了多半日也没有一句话。嘉怡心里郁闷，洛芸怎么跟木头疙瘩似的？又隐约觉得此人阴鸷，跟在自己身边始终让人心里不宁。不知道为什么灵芸非要他跟着来，心里不由得胡思乱想。走到晌午，嘉怡心里焦躁，在潮河岸边柳荫下饮马歇脚。洛芸解下干粮，两个人就着河水吃饱喝足，又默不作声地上了官道。一直到天黑时分才到穆家峪。寻一处客栈住下，洛芸破天荒地为嘉怡端了盆热水，说句"东家烫脚"撂下木盆就走。

"站住。"嘉怡发了话，"走一天累了，咱俩喝点酒解解乏，你去让店家弄几个菜来。"

洛芸迟疑一下，点点头。过了片刻，店里伙计端着条盘送进几个菜和一壶烧锅。

"这是什么酒？"嘉怡问。

"牛栏山的烧锅。"伙计道。

"这酒好喝吗？"嘉怡问。

"这还用说？咱大清的国酿，能不好喝吗？"

嘉怡倒了一盅，沾唇品咂："这酒不行啊！寡淡了些，算不得上品。"

伙计上下打量几眼嘉怡。看他人物济楚，目光硕硕，显然见过大世面。遂赔笑道："看这位爷是喝酒的行家，不瞒您，这确实是牛栏山福恒昌的烧锅，可惜不是兴泰家的。"

嘉怡放下酒盅："兴泰的酒好，你们为什么要买福恒昌的？"

伙计叹息："听说福恒昌的掌柜使坏砸了兴泰招牌，我们就是想买也买不到。"

嘉怡微微一笑："别急，过不了多久就能喝上兴泰烧锅。"

伙计也不知道嘉怡什么来头，嘴里敷衍着"那敢情好"退了下去。嘉怡唤洛芸坐下，亲自为他斟了酒："尝尝咱们大冤家的酒如何。"

洛芸喝了一口："喝惯了咱们兴泰的烧锅，再喝这个确实觉得差点意思。算了，还是歇息吧，明儿还要一早赶路呢。"听到洛芸说"咱们"，嘉怡心里隐隐一动，遂举杯道："今儿咱们就喝仇家的酒，好让咱俩都记住兴泰败给了谁。"

洛芸顿时脸上泛红，忙借着喝酒遮脸。嘉怡喝得耳热，开始絮絮叨叨地说起和载澜的过节，说跟他结下梁子"跟你妹子有关，仗着自己势大想从我的怀里抢灵芸"。说着恶狠狠地拍一下桌子，"姥姥！"倒把洛芸吓了一大跳。"我们陈家什么都可以让，就是女人不能让。不然的话，我还有什么脸面活着？投潮白河算了。"

　　洛芸的脸又红了一层，总觉得这些话是说给他听的。

　　"洛芸，我的大舅哥，你这人我不大喜欢。"嘉怡结舌道，"人太木，怎么跟块石头似的总也焐不热？我对你好也是因为你妹子，若没有她我怕是连看都不看你一眼。"

　　洛芸哼了一声把脸别开，只顾自斟自饮。

　　嘉怡心里恼火："你是看家护院的，圣井被人投了药也不见你过问一声。"又从怀里掏出麻布包来，问洛芸可认得这是什么。洛芸像被兜头浇了一盆凉水。

　　"知道它是干吗用的？"嘉怡醉眼惺忪。

　　"不就是块破抹布吗？"洛芸嘴上说得轻松，心里却被压了块石头。

　　"什么抹布？这上面有字：吴氏磨坊。这个麻布包是老吴家磨坊包草木灰做酵子用的。你猜，我是在哪儿找到的？"

　　洛芸摇头。

　　"井里，大院的圣井里。"嘉怡又喝了一杯，"有人把草木灰投到了井里。这玩意儿含碱，当时正在润料，咱们那批酒正因为这包草木灰全完了！"盯一眼洛芸，"那口圣井是咱们兴泰的宝贝，小山东拿着井盖上的钥匙。这事儿除了他做还能有谁？"

　　"那孩子看着挺好，应该不会是他吧。"洛芸敷衍。

　　"你啊，年轻了。没听古人说知人知面不知心吗？"嘉怡拿着麻布包抹一把眼泪，"这个麻布包我留着，让子子孙孙都看着福恒昌是怎么欺辱兴泰的。"又道，"这圣井可是兴泰的命脉，历来由掌柜的最亲近的人看护。你妹子信得过你，把钥匙给了你，你这做大舅哥的可不能胳膊肘向外拐……"

　　洛芸听得如坐针毡，却又走不得，只能耐着性子听嘉怡唠叨了半夜，直到未时嘉怡才趴在桌上睡着。洛芸在灯下呆坐，联想起灵芸给他圣井钥匙时说的话，一时心乱如麻。思前想后，这次跟着嘉怡出来，似乎是灵芸的刻意安排。腰间悬挂的圣井钥匙更像是锥心利器，时时让他心在滴血。他看一眼嘉怡手里的麻布包，忍不住轻轻拽过来……

　　直到第二天戌时嘉怡才醒，看洛芸趴在桌上睡得正酣，手里还拿着那个麻布包。窗外红日冉冉，嘉怡连忙晃醒洛芸："别睡了，都出太阳了。"一面说着，一面把麻布包收起揣进怀中。两人顾不得洗漱，草草收拾一番就上了路。

　　路上两人又都沉默无语，好像昨夜就是一场梦。当晚在热河住下，嘉怡只要了稀粥咸菜，各自默不作声地吃过就睡下了。枕上辗转，洛芸总也睡不稳，嘉怡话里话外像是已经知道了一切。洛芸不怕流落街头，只怕自己良心不安。自己对嘉怡的痛恨毫无来由，如果有的话，那就是灵芸的缘故。可灵芸以兄妹之礼相待，自己那份掺杂了太多不伦情分的嫉恨又显得过于卑劣。思来想去，几乎一夜无眠。

第二天颠沛半晌才到平泉。

找了家车马店住下后，嘉怡就带着洛芸马不停蹄地去镇上收粮。只三天时间，车马店院子中间就堆积了小山似的麻袋包。嘉怡又让洛芸雇了车马伙计，准备第二天装车回顺义。一连几天劳累，嘉怡疲倦得要命，天一黑就关了房门睡下。洛芸躺在炕上翻来覆去地睡不稳，偷偷溜出去喝了半宿闷酒，直到三更才摇摇晃晃地回了屋。

夜半时分，嘉怡听得外面犹如天崩地裂一般，就连土炕也跟着巨响震颤，窗外电闪雷鸣，忙一骨碌爬起来去敲隔壁洛芸的门。洛芸酩酊大醉，睡梦里觉得自己身处潮白河的一条小船上，周遭狂风大作，波浪汹涌。小船如同一片树叶，随着波浪上下颠簸。隐隐听到嘉怡在叫他的名字，以为嘉怡已经知道了投药的事，忙拼命摇桨。可眼前波横浪狂，小船只在原地打转，却行进不了半分。

天像是缺了一角。暴雨铺天盖地，堆积在院子里的麻袋成了一座孤岛。

嘉怡慌了神，跑到前院叫客栈伙计帮忙。两人拖拽着苫布，蹚着齐膝深的水好不容易才挪到院子中间。嘉怡爬上麻袋堆，伸手去够苫布。偏偏伙计长得矮，踮了脚也触不到嘉怡的手。嘉怡一手抓住麻袋，探出身子尽力伸展臂膀，一时风骤雨暴，人像风筝般飘了下来。地上的积水倒映着闪电，一片耀眼的白光，说不出的诡异。嘉怡变成了一页纸，软软地浸到冰冷的水中。周遭寒气森森，连皮肉筋骨都结了冰。

喧闹的雨声一直在嘉怡梦中萦绕，直到他醒来看到窗子外面刺眼的阳光。

"醒了？"洛芸满脸愧色坐在炕沿。旁边是一位头发稀疏、面目清癯的老者，看样子应该是个郎中。

"人无大碍了，只是这腿骨一时半会儿怕是好不了，需要静养百日。"郎中道。

洛芸端过炕桌上的药碗，一手去扶嘉怡："东家，先把这药喝了。"嘉怡用力挥手，药碗险些砸到郎中，落在地上碎成了两瓣。

"东家……"洛芸喏喏。

嘉怡想坐起来，左腿一阵剧痛，人险些摔下土炕，只得又躺下："高粱呢？我的高粱呢？"

洛芸低着头一言不发。

"你扶我起来！快！"嘉怡大吼。

郎中忙道："这位爷，你不但腿摔坏了，还受了风寒，导致情志内伤，现在动不得气。天大的事儿也要搁下来静养。"

"静养！静养！我哪里静养了？！"嘉怡咬牙爬起，腿痛得犹如刀砍斧锯一般。洛芸见嘉怡执意要看高粱，只得背着他走到门前。院内的积水已经消退，满地都是淤泥和横七竖八的麻袋。嘉怡觉得周身一软，人顿时瘫倒在地。

再醒来时已是半夜。逆旅孤灯，心里说不出的苦楚。洛芸坐在炕沿上，胳膊支在膝盖上打盹。砂锅里还煎着药，咕嘟咕嘟地响。听到嘉怡叹息，洛芸忙关了火把药倒进碗里。抬眼看嘉怡时，目光里竟然有了一丝怯意。嘉怡见他神色憔悴，知道他一直守在自己身边，心里的怨恨顿时消了一些。又想着自己命运不济，先是遭人算计丢了烧锅行头把交椅，后又横遭天灾，折了银子不说，还丢了兴泰翻身的机会。总是自己时运不佳，哪里就怨得了别人？想到此，就轻轻冲洛芸招手，倚在枕上把药喝了。

"东家……这事儿怪我。多少银子您说，我当牛做马赔给您。"洛芸第一次向嘉怡低头。

嘉怡摇头："说得轻巧！这次亏的不但是本钱，还有咱们明年的生计，兴泰这一两年都没翻身机会了。"

洛芸突然把一条腿搭在炕沿上："东家，因为我你才伤了腿，我把这条腿索性打折还你！"

"放下！快放下！"嘉怡道，"你也瘸了腿，我还怎么回牛栏山？咱们兴泰要是回去两个瘸子，岂不是要被载澜和薛三他们笑死？"

洛芸放下腿："那我这条腿先寄存着，今后就当您的腿用。"

嘉怡无力地闭目："人啊，谁遭的罪谁受，任谁也代替不了。留下你的腿，明儿雇辆马车拉我回去。这儿我一刻也待不下去。另外把那些长芽的高粱留给店掌柜吧，他的伙计昨晚也算是帮了我的忙。"

"明儿恐怕走不得。"洛芸道，"郎中先生有交代，你这腿骨非得静养百日以上才能见好，这中间不能走动。从平泉到牛栏山五百多里路，这一路颠簸怕是你受不了。"

嘉怡听得心内焦躁："听我的，明儿雇车去。要是在这儿躺上一百天，我不如去死。"洛芸无奈，只得点头答应。

平明时，洛芸雇了辆马车上路。大雨初歇，路上泥泞不堪，马车走走停停。一路上洛芸上马下马，跑前跑后，身上脸上溅满了泥浆。如此颠簸了两天，落日时才到穆家峪。洛芸隔着窗子问是否找家客栈过夜，嘉怡摇头，说："过了镇子就在潮河边上歇息。"洛芸摸不着头脑，只得按嘉怡的吩咐穿过镇子，在潮河岸边停脚。此时，落日余晖洒在潮河上一片波光粼粼。河岸高柳成荫，乱蝉嘶鸣，喧闹之下反倒有一种说不出的静谧安详。嘉怡让洛芸把车上的垫子铺在柳树下，一手撑地，斜倚着柳树坐下，目光痴痴地望着落日长河，不知道在想什么。

"东家，我让车夫去镇上买点儿吃的去。"洛芸道。

"去吧。对了，再买坛酒回来。"

"郎中先生说了，你不能喝酒。"

"处处听郎中的话还不得吓死？难得我心情好点儿，陪我喝两杯。"嘉怡近乎央求。

洛芸迟疑一下，只得答应。

两人把吃食铺在草地上。没有酒盅，只能拿两个粗花大碗盛酒。车夫又找了些干柴，在岸边点起一堆火，一时把河水都染成了绛红色。远处，河面上的渔船也亮起点点灯光，两相映照，河天一色，星河旖旎，梦幻美丽。

经此一难，嘉怡反倒像是想开了。大块吃肉，大口喝酒，狼吞虎咽的竟然把洛芸看呆了。

"来，洛芸，我的大舅哥，这次回去又免不得你妹子训我，到时给我遮拦着些。"两人的酒碗碰到一处。酒漾出不少，夜色中弥漫着一缕酒香。

"东家，这事儿怪我，灵芸怎么会说您的不是？"洛芸道。

嘉怡在夜色中嗦嗦地笑："灵芸眼里可没有我这个掌柜的。不怕你笑话，关起门来跟训孩子一样。倒是你这位大师哥就不一样了，毕竟刺过腿上的肉给她做药引子，她哪儿敢说你半句不是？"洛芸正好挽着裤脚，不由自主地低头看了一眼那块疤痕。往事历历，就如做梦一般。他和嘉怡打了一年多交道，虽然嘴上不说却一直心存龃龉。尽管有时形影相随，却经常整天不说上半句话。直到今日，主仆两人才仿佛真正相识。

"灵芸没有坏心眼，她一心想让兴泰好起来。"洛芸道，"只是有时太要强了，让外人看着总像是图点儿什么。"

一句话正说到了嘉怡心里："你说实话，灵芸……真的没有长远的想法？毕竟兴泰将来是峻卿的。"

洛芸摇头："灵芸的为人我太清楚了。江湖儿女的性子，仗义，磊落，敢扛事儿，连心都是透亮的，你不用猜她。"嘉怡不知怎的顿时心下释然，原本千缠百绕的心结被洛芸一句话就解开了。也许，自己是在用生意人的算计去看待灵芸的豁达和敞亮。

他呵呵笑着，为洛芸斟酒："我信得过你的话。来，再干一杯。"

洛芸突然抬起头："东家，我想跟你说件事儿。"他盯着嘉怡，目光闪烁。"往井里投药的人不是小山东，是我。"他随即垂下头，等待着暴风骤雨。嘉怡却自顾喝酒，全然没有半点儿反应。

"怎么，你不觉得意外？"洛芸忍不住问。

嘉怡淡淡地笑："其实，我跟灵芸都听说了，只是不太相信。"

"那你恨我吗？"

"搁前几天我会杀了你，但现在不会了。"

"为什么？"

嘉怡端着青花大碗，目光投向河面上的点点渔火："看到河上那些火光了吗？都是打渔的人家，他们常年就在河上漂着。平常人觉得地上是家，在他们看来船才是家。其实没有对错，只是一个在地上，一个在船上，眼光不同罢了。"洛芸听得似懂非懂。

嘉怡转过头："我想你应该不是为财，是为灵芸对吗？"

洛芸一口喝光碗中的酒，把酒碗抛进潮河，狠狠地抽了自己一个耳光："我真是头畜生！"

嘉怡抓住他的手腕："你没错。男人哪有不喜欢漂亮女人的？当初我不也是看上灵芸才豁出身家和载贝勒结下梁子的？这事儿不丢人。只是灵芸把你当成了兄长，跟我比你差了点缘分。"他从怀里掏出麻布包，"有些事儿不能整天揣在心里，否则就会得心病。"一扬手，夜风吹得麻布包轻飘飘地落进潮河。星空倒映，河水平缓如砥，像一条泛着金光的大道直通天际。

第二天傍晚行至金牛村，牛栏山近在咫尺。

嘉怡让洛芸骑马先去家里报信。洛芸迟疑，说是不是等天黑后再进镇子，免得载贝勒看笑话。嘉怡却摇头，说："偷偷进镇子才被人笑话，我就是要让所有人都知道兴泰没倒。"洛芸拗不过，只得先行去了镇子。马车徐徐前行，又走了小半个时辰才到东门外。远远地看到门外站着一群人：灵芸抱着慕卿，身边是林茂声、书瑶、峻卿、瑜卿、蒋先生，还有二十多个烧锅师傅、丫头伙计。杏儿扶着小山东，站在人群最后，半遮半掩的。

车一停下，几个伙计忙把嘉怡扶下车。

灵芸知道礼数，眼里虽然含着泪，却始终慢林茂声和书瑶半步。

嘉怡叫一声"岳父"，然后又搂了峻卿和瑜卿。人蹲不下，只能把他们揽在胸前。书瑶忙一把扶住，嘉怡却眼望着灵芸，两人眼中都含着泪。

"慕卿可好？"嘉怡问。

"好着呢。"灵芸把正在酣睡的慕卿送到嘉怡面前。男人咬着牙站稳，接了慕卿一阵亲昵。新荷怕东家腿脚不便，忙接过孩子。嘉怡一手挽着灵芸走到蒋先生跟前："蒋先生，这次我真的折了本。钱打了水漂，还赔上了一条腿。"

"人回来就好。留得青山在，就不怕兴泰没有再出头的日子。"蒋先生为嘉怡打气。

嘉怡点点头："您老扶着我，咱们在镇上走一遭，让所有做烧锅的都瞧瞧，兴泰没那么容易倒下。"蒋先生含泪点头。嘉怡一手挽着灵芸，一手挽着蒋先生，带着众人蹒跚着进了东门。小山东看东家走近忙垂了头，嘉怡停下脚步："小山东，我错怪你了。这就叫天道循环，果报不爽。我打折了你的腿，自己的腿也摔折了，今后别再怨我就是。"

"东家……"小山东想说话，嘴唇却抖得厉害。

嘉怡回头："你离我远点，两个瘸子，怕是被人笑呢。"

小山东"嗯"一声，听到嘉怡语气轻松，知道那个待自己像兄弟一样的东家又回来了，一时悲喜交集，泪如雨下。

兴泰的人在街上默默地走。暮色涂抹在街道的青石上泛起一道虚幻的光，人走在街上，被光点缀着，有一层神圣的意味。镇上的人看着，突然莫名地感动。兴泰，曾经是这个镇子的荣耀，撑起了牛栏山烧锅的名号。牛栏山烧锅行里，哪个不曾以兴泰为龙头？又哪个不曾受益于兴泰？毕竟这样的格局维持了两百年。不知从哪天起，掌柜们厌倦了，他们憎恶自己头顶的天空被加上了盖子。两百年波澜不惊的日子让他们产生了错觉，没有兴泰他们将飞得更高。私欲在逐渐膨胀，酝酿着种种不满。一直到载澜出现，酒禁废除，他们又一次产生了错觉，以为这家叫福恒昌的酒坊将是他们的救星。于是，他们不约而同地倒戈。尽管有的对载澜还不够信赖，但他们都渴盼着变革，渴盼着打破这沉闷的格局。于是，镇上的酒坊合力推倒了兴泰。但很快，他们发现福恒昌是横亘在头顶上更为牢固的盖子。这个盖子压得他们抬不起头来，几近窒息。这时，他们才想起以前嘉怡的种种慷慨，想起兴泰的种种大度。

白掌柜第一个站出来，走过去，代替蒋先生搀扶嘉怡。还有廖掌柜，默默地跟着人群走在嘉怡身后。一路长街行，走到福恒昌门前时，队伍里已经有五六个烧锅掌柜。门前台阶上站着载澜、薛三和几个外地酒商。原本，载澜打算在嘉怡经过时羞辱他一番，看到眼前的情形顿时失去了勇气。嘉怡人虽然瘸着腿，但精神却健旺，目光凛凛，令载澜不敢直视。

"好啊，这些掌柜想造反！"薛三咬牙切齿。

载澜背着手，脸上看不出表情。嘉怡经过时，目光对撞，载澜觉得心里像是被刀戳了一下，暗想，兴泰终究是个祸害。又咬牙切齿地把那些跟在嘉怡身后的掌柜细数了一遍：等着，看我日后跟你们算账！

白掌柜突然一声吼："来人，咱们把陈掌柜抬起来！"

嘉怡被酒坊掌柜们擎了起来。载澜咬着牙，低吼一声："都回去！"

福恒昌的大门"咣当"一声关得严严实实。

九月，天气几乎没有过度地转凉。风自北方来，竟然有了几分冬日才有的苍凉。牛栏山一夜之间没了先前的苍翠，在清晨弥漫的山岚中满眼枯黄。更让人觉得诧异的是，南边天上每到日暮竟然像血染一般红，隐约还弥漫着淡淡的血腥味道。镇上的老人都私下里议论这种异象恐非吉兆，血色之下便是京城，怕是大清国要有血光之灾了。

载澜难得起了个大早，怀里抱着一只橘色洋猫在花园里漫无目的地遛弯，心里却惦记着京城的情况。几个月前，洋人又开始闹腾。先是在北塘上岸，后又占了大沽，再后来索性连京城的门户通州也占了。载澜在心里暗暗埋怨皇上偏要听僧格林沁和肃顺的话，硬去触洋人的霉头。不就是银子和土地吗？以前又不是没被洋人抢走过？再要硬打下去怕是连京城都要丢了。僧亲王在八里桥摆开了架势，朝野上下都眼巴巴寄望于京畿一战。此役要是一败，怕是京城难保，国本都要动摇了。

正想着，有人把大门敲得山响。载澜心里一惊，听这动静十有八九不是好消息。一个小厮顺着甬道跑过来，嘴里不住地唤"贝勒爷"。仔细一看，是勋王爷府上的。

载澜连声音都抖了："怎么回事？慢慢说。"

"不好了，僧亲王败下阵来了！北京城门户大开，洋人马上就进城了！"

载澜听得面如土色："阿玛怎么说？"

"王爷和老福晋让我告诉您，赶紧收拾一下去多伦找那王爷，老福晋随后就到。听说就连皇上也要借木兰秋狝去热河躲洋人呢！"

载澜吓得手脚发软："怎么？连皇上也要逃？"

小厮点头："说是今晚就要起驾，勋王爷等一干大臣都要跟着去呢。"

载澜先是目瞪口呆了一番，后又发狠："这么大的家业抛在这儿我怎么能放心？你转告王爷和福晋，就说我守在这里，等哪天洋人来了我就跟他们拼命。"

小厮道："老福晋知道贝勒爷的脾气。再三嘱咐，说这些洋鬼子都是吃人的生番。她老人家亲眼见过，他们就连牛肉都敢生吃。前阵子僧亲王在大沽杀了四百多洋人，洋人们要恨死大清国了，口口声声要把大清国的宗室和大臣杀光杀净呢！她请贝勒爷务必听话，赶紧把能拿的东西带到多伦，不能拿的就挖地窖子藏起来。将来少不得割地赔款，洋人总有离开京城的那一天。"

载澜到底胆怯，思来想去还是性命要紧。看一眼怀里的洋猫，想起这也是洋人的玩意儿，顿时气不打一处来，遂用力扔了出去："狗日的洋人欺负我们大清，得空儿把你这洋猫的牙也扳个干净！"想想也没有别的办法，只好命薛三找几个可靠的人连明连夜地在后花园挖了地窖子，把值钱的家具古玩、锦缎被褥都藏了起来。又命薛三看守门户，自己带着几个小厮连夜收拾金银细软逃往多伦去了。

第十七章　夜奔

洋人马上要攻破京城的消息很快传遍了牛栏山。

牛栏山一片嘈杂，到处是装载财物准备避难的车马。林茂声惦念着书瑶，不待天明就敲开陈家的大门。屋门敞开着，灵芸正送一位郎中出门。看到林茂声忙叫一声"老爷子"，行了个万福。林茂声见灵芸眉头紧蹙，知道肯定与嘉怡的病情有关，忙问情形如何，灵芸摇头："昨儿起嘉怡的腿便开始疼起来，一天一夜水米未进。郎中先生说，本来腿骨已经接好，只需静养便没有大碍，可嘉怡从平泉到顺义一路颠簸，又在镇上走了个来回，骨茬早就错位了。"

林茂声忙问郎中："这么说他还要重新接骨？"

郎中点头："原本接上骨茬并不是难事，可现在骨茬已经长在一起，要重新接骨怕得再遭一次罪。"

林茂声不解。灵芸道："郎中的意思是先要砸断接茬的地方，才能再行接骨。"

林茂声听出了一身冷汗。

郎中道："断茬重接可是要命的事儿，在下医术不济，实在不敢动手。这事儿须得柳林营一位姓白的大夫才行。说起来这人可了不得，祖传一剂'快活散'，喝了它，人就会很快入睡，就是刀砍斧剁也不觉得疼。不过白先生可傲慢得很，一般人是请不来的。"又叮嘱道，"陈掌柜的断骨必须在三日内重接。要是晚了，断茬长牢就要落下残疾。"

林茂声眉头紧皱："这事儿难办了。这位白先生我也知道，是大营里一等一的正骨高手。听说当年僧亲王从马上掉下来摔断了腿，还是他用柳枝加上鸡血给续上的。不过他为人倨傲，专给那些将军王爷们接骨。"又搓着手道，"嘉怡这骨头接不上，万一洋人来了如何是好？"

"这事儿不用发愁，我不走。"嘉怡拄着拐杖出现在门口，"这地儿是祖宗留给我的，洋人凭什么要抢了去？我哪儿也不去，就留在兴泰。"

林茂声道："连皇上都要躲避，你一个酒坊掌柜的逞什么强？"

嘉怡哼一声："大清国要是多几个有骨气的也不至于到这般田地。"又对郎中道，"先生明儿来为我接骨就是。"

郎中捻须沉吟："陈掌柜，我怕自己的能耐欠火候。您遭罪不说，再留下残疾可就是我的罪孽了。"

嘉怡微笑："这些我自然知道。请您酉时初来，断骨的事儿不劳烦您动手，我自己知道怎么做。"

郎中只是摇头，说："还是请白先生吧，免得耽误了伤情。"说着话，拱手而别。

灵芸叹息："罢了，强扭的瓜不甜，明儿还是让小山东带着钱去请白先生吧。"

林茂声听了郎中的话，一阵心惊肉跳。生生撅断骨肉，其痛可知。心里不禁庆幸自己还算有眼光，女婿虽然对书瑶冷漠了些，但终究是条有担当的汉子。只是，一旦弄断腿骨就要静养百日以上。书瑶、峻卿他们总不能陪着他在牛栏山等洋人吧？

"老爷子，我知道您心里惦念陈家的孩子女眷。"灵芸看出了林茂声的心事，"嘉怡是万万走不得了。可家中这么多女眷、孩子，留在镇上总是不太平。听说您老在热河有亲戚，能不能让洛芸大师哥陪着您，带着咱们两家女人孩子去那儿躲避一下？"

"怎么，你也打算留下？"

灵芸点头："嘉怡得有人照顾。"又道，"老爷子放心，库房里有个夹间，是陈家祖上为躲避古北口匪患建的。有三进深，从外面根本看不出来。而且还有瞭望孔，街面上的动静能瞧得一清二楚。要是洋人真来了，在里面躲个十天半月没有问题。"

"那慕卿呢？"林茂声想起慕卿还在吃奶。

"这事儿我早就想好了。"灵芸道，"昨儿新荷找了位奶妈。让王妈和杏儿也跟着您去热河，书瑶姐姐离不得她们，家里留两个伙计和梁妈就行。"

"只能这样了。"林茂声叹一声准备车马去了。灵芸让家眷们收拾，又唤来洛芸叮嘱了一番。过了半晌，院子里才安静下来。嘉怡躺在榻上，看窗外空无一人，心里空落落地痛。刚躺下闭上眼，小山东在门外轻声唤"东家"。嘉怡忍痛翻身，问什么事，小山东说门外有人来访。

嘉怡皱眉道："不管是谁都说不见。这马上就要兵临城下了，还有闲客来访。"

小山东犹豫道："来人穿得挺齐整，说是京城艾掌柜的管家，姓辛。"

嘉怡顿时忘了痛，让小山东快去请客人。不一会儿工夫，辛管家笑吟吟地进了门。嘉怡忙让灵芸搀着勉力想站起来，腿却一软坐在了榻上。

"陈掌柜快些躺下，你腿上有伤不必客气。"辛管家也不拘礼，就在榻边坐了。

嘉怡暗觉奇怪，辛管家人在京城怎么知道自己受了伤？心里纳闷，嘴上却不便说，忙向灵芸介绍辛管家。灵芸行了一个万福，说："早就听嘉怡说到您。"辛管家对灵芸似乎也不陌生，问道："这位可是如夫人？听说，如夫人是一位贤内助。"看嘉怡一脸诧异，辛管家笑道："陈掌柜别多心，这些事儿我都是听我们掌柜说的。"

"肃大人知道我们兴泰的事儿？"嘉怡诧异道。

"是艾掌柜。"辛管家把手搭在嘉怡的手背上，"你应该知道，在江湖上走到处是险滩暗流，要想保命最重要的是耳聪目明。目下正是多事之秋，江湖上乌烟瘴气，明争暗斗，我们掌柜的一直惦记着兴泰。因为废除禁酒令成功与否全在兴泰兴衰。兴泰兴，则证明此政令裨益经济，兴泰衰，则证明此政令难以施行。顺义县一直有耳目传递消息，他老人家也听说了载贝勒的种种劣行。掌柜的常常慨叹，说江湖多奸党，又说江湖有侠义，幸赖这些为数不多的侠义之士，江湖还不至于一朝倾颓。"灵芸和嘉怡听得心惊肉跳，他们当然明白，辛管家口中的"江湖"就是大清国的庙堂。所谓奸党，当然是懿贵妃、勋王爷、载贝勒这些人。他们正在不觉之间陷入庙堂之争。

辛管家话锋一转："你知道这会儿我家掌柜在哪儿？就在离此不远的张镇行宫。不但他在，就连总号大掌柜也在。"灵芸和嘉怡明白，"总号大掌柜"就是皇上。尽管他们知道皇上计划北上热河秋狝，但没想到这么快就到了顺义。

辛管家接着道："原本艾掌柜要亲自来一趟，可毕竟守在大掌柜身边走动不便，所以悄悄派我来代他问候陈掌柜。另外……"辛管家略一沉吟，"另外，他想要向陈掌柜讨回自己的一个物件——就是你家酒坊门头那块匾额。"

"这是为何？"嘉怡不解。

辛管家道："这事儿听艾掌柜的，他自有道理，这也是为陈掌柜好。"

"只是——"嘉怡沉吟，"陡然把匾额摘掉，外人看了必然多想。"

"这事儿我们早已想到了。"辛管家附在嘉怡耳边低语了几句，嘉怡听得毛骨悚然。显然肃大人正面临着一场腥风血雨。他肯定知道嘉怡面临的难处，又难以预料此次朝堂恶斗胜算几何。如果自己败下阵来，匾额将为兴泰带来灭顶之灾。肃大人不愿连累故交，又知道嘉怡断然不肯主动摘下匾额，于是趁着这次陪皇帝北巡路过牛栏山，让辛管家了一下自己的心事。

嘉怡沉吟，望着辛管家："艾掌柜不会有事吧？"

辛管家苦笑："人在江湖，脑袋时常就在裤带上悬着呢。即便是我，也不知道明儿会发生何事。"又道，"陈掌柜，我时间不多，今夜还要赶回张镇行宫。外面的匾额我已经让人趁着夜色偷偷摘了。"起身向嘉怡和灵芸抱拳，"在下就此告别。你不认识艾掌柜，艾掌柜也不认得你。日后要是有一线生机，或许还有见面的时候。"说着话，人已经走到了门外。

"辛管家留步……我能帮什么忙？"嘉怡大声问。

"帮忙？"辛管家捻须回头，"这么深的江湖，你帮不上忙。"想想又道，"日后我家掌柜的若遭不幸，您就念着旧情祭奠一下，他老人家爱喝烧锅。"

嘉怡想送，却苦于难以起身，只得眼巴巴地看着辛管家的身影消失在夜色里。

第二天掌灯时分，外面突然起了风。长风呼啸，撕扯着树木、旗幡，似乎想把镇子连根拔起。一直等到酉时，小山东才气喘吁吁地进了门，身后并不见郎中。灵芸忙问："白先生呢？"小山东丧气道："官道上到处是官兵，各个路口都有人把守，根本去不得镇外。"灵芸听得心慌。嘉怡的腿骨此时还是新茬，要是再晚些时日就是华佗再世也怕是无能为力了。

"实在不行就去请教堂的洋郎中来。"小山东道。

嘉怡摇头："那位神甫看些日常小病还行，接骨这事儿他做不来。一切皆由天命，只能等皇上过了顺义再去请白先生。"

外面突然一阵捶门声，咚咚地山响。

小山东忙出门去瞧。拉开门闩，却是谭耀宗带着几个衙役，最后面还站着一个十六七岁的年轻人。那人青衣小帽，白净面皮，身材消瘦，虽然年幼，但眉眼举止却透着阴鸷老练。

"是谭老爷。"小山东忙要下跪。

谭耀宗一把拉住小山东："你家二奶奶可在？"小山东觉得奇怪，却也不便多问，只得点头。

谭耀宗松了一口气："在就好，你快带我们去见她。"

"这个，是不是得跟俺东家说一声？"小山东试探着问。

谭耀宗还没有说话，身后的年轻人却开了口："谭大人，跟一个下人啰唆什么？误了大事儿你们担得起吗？"声音锐利得像一把快刀，小山东听得毛骨悚然。谭耀宗唯唯诺诺，小山东再也不敢多问，只得领着一干人等进了中厅。

听说谭耀宗深夜来访，嘉怡翻身冲里，让小山东说自己受伤动弹不得。小山东说"谭耀宗点名要见二奶奶"，嘉怡和灵芸都吃了一惊。嘉怡一脸惊诧地翻过身来，还没来得及细问小山东，谭耀宗带人竟然直接进了卧室。

嘉怡才要发怒，却一眼看到谭耀宗身后的年轻人。灯光之下，瞧得真切。那人阴沉着脸，眉心紧蹙，带着一种说不出的威严。又见唇上白净无须，突然意识到此人很可能是宫里人。谭耀宗用目光征询年轻人的意见。那位公公直盯盯地瞧着灵芸，又朝女人的胸脯上瞄了几眼，然后点点头。

灵芸不由得红了脸。

谭耀宗对嘉怡看也不看，直冲着灵芸打躬："二奶奶在就好。快随我走，有皇差。"

嘉怡大怒："谭太爷也忒不知礼数！怎么夜闯民宅，还要带走我的家眷？"

那年轻人竖起柳叶般的细眉狠瞪嘉怡一眼："你是不要命了吗？"

谭耀宗忙冲嘉怡打躬："陈掌柜，事情紧急，请二奶奶马上随我去张镇行宫。天亮前，我保证把二奶奶带回来，事情容日后再细说。"

灵芸福至心灵。联想到昨儿辛管家说起皇上在张镇行宫，这会儿又有宫里人来访，肯定是宫中女眷有事。兴泰受载澜欺负，还不是朝廷缺少靠山？如此看来，这次"皇差"倒是一次挽救兴泰的机会。想到此处，她抢在嘉怡前面说话："既然是皇差，我就跟着谭父母去，只是容我收拾一下。"谭耀宗赔着笑看年轻人的脸色，那人哼一声转身出了卧室。谭耀宗忙亦步亦趋地跟在后面。

"灵芸，你不能去，谁知道他们要做什么？"嘉怡不由得拉紧了灵芸的手。

灵芸打开妆奁，对着铜镜拢头插簪："这事儿由不得我们，去了也未必是坏事。"又拿红纸在唇上抿了，"我看这事儿多半是跟皇家的女眷有关。"顿一下又回头瞧着嘉怡，"说不定兴泰的机会来了呢。"嘉怡想想有理，又觉得灵芸为了陈家连性命都能豁出去，一时想起此前自己的种种猜测，不由心生愧怍。于是，再三嘱咐女人早些回来。

外面公公等得不耐烦，训斥谭耀宗："顺义县，咱家看你这官儿是当到头儿了。若是小皇……若是小阿哥有点差池，别说丢官，怕脑袋也要丢了！"

谭耀宗慌了神，忙隔着门帘央求灵芸早点出门。

"来了。"女人掀开门帘，一屋子的人顿时都呆了。桃红色对襟小袄，湖蓝色马面裙，衬着雪白的肌肤，说不出的俏丽，就连那位公公也不禁怔了一下。

一行人出了门，谭耀宗才发觉带来的都是马匹，竟然忘了套车。那位公公又把他好一顿训斥。灵芸忙让小山东赶紧套车。一路上，到处是披坚执锐的兵丁。火把连亘不绝，远远望去竟然像是一条火龙。女人掀开窗帘，发现谭耀宗正骑马跟在车旁。

"谭大人，我们这是去干吗？"女人小心翼翼地问。

谭耀宗看公公正心急火燎地骑马走在前面，就压低声音道："二奶奶务必小心点儿，这次可是大差事。随皇上去热河的一位贵妃得了伤寒，贵妃怕传染给小阿哥，就断了小阿哥一天奶。跟班的婆子用羊奶充数，小阿哥吃了吐个不停。皇上让她们去找奶妈，可贵妃娘娘嫌乡下女人腌臜，就要随侍的安公公就近找富贵人家的妇女哺乳。贵妃说了，人要干净，而且还要长得漂亮。小阿哥吃谁的奶就会随谁，大意不得。我思来想去，还是二奶奶最合适……"

"不知是哪位贵妃？"灵芸问。

谭耀宗道："这可打听不得。你到了行宫，只管喂孩子，其余的事儿不可多问。"说到这儿语气里又多了一份央求，"二奶奶，顺义就在天子脚下，我这做知县的任谁都能踩一脚，以前有得罪的地方还请多担待。"

灵芸知道谭耀宗怕她在贵妃面前乱讲，于是笑笑道："这事儿我自然有分寸，只是日后还请您多照顾兴泰。"

"二奶奶放心，谭某心里有数。"

看谭耀宗如此害怕，又听他说起"小阿哥"，灵芸心里隐隐知道了这位贵妃是谁。皇上生子是普天大事，他有几位公主皇子也瞒不了天下：丽贵妃为皇上生了一位长公主，跟前有阿哥的只有那位深受恩宠的懿贵妃。看来，自己这次将要为大清国未来的皇帝喂奶。她心里雀跃着一个念头：机会难得，一定要把握时机替兴泰说句话！

不知不觉到了行宫，只见大门口灯火通明。除了几位官员，还有两名宫女。车马一停，宫女忙挽着灵芸下了车。谭耀宗才要跟安公公进辕门，却被喝止："顺义县，你在门外候着。这行宫岂是你可以进的？"谭耀宗只得面红耳赤地鹄立原地。宫女簇拥着灵芸疾走，安公公一路跟着嘱咐："见了贵妃要跪下叫贵妃娘娘。不可乱看，不可乱说，更不可乱问。贵妃问你话需口称回禀贵妃娘娘……"

绕过高大的蟠龙照壁，顺着一条牌坊通街走了百十步，又走过主殿穿廊来到一处戒备森严的四合院。众人站住脚，有女官对灵芸上下搜了一遍身，随后才放行进院。院子里灯火通明，正房里传来婴儿啼哭和女人焦躁的训斥声。灵芸低着头跟着安公公进了屋。隐约可见屋子正中站着一位年轻的旗装女人，身穿黑领金色团花纹褐色袍，外罩浅绿色的金绣大褂。虽然灵芸瞧不见她的面目，但一瞥之间也觉得这位贵妃长得异常艳丽。离她不远，正有一个婆子抱着襁褓嘴里呢喃着不停抖动。小阿哥的嗓门很大，一刻不停地啼哭。

"主子，人给您带来了。是顺义县最大的酒商，刚刚生养，人也长得干净周正。"安公公一直挺拔的腰杆瞬间塌了下来。灵芸道一声"见过贵妃娘娘"翩然下拜。

贵妃瞟一眼，道："免了这些俗礼，阿哥都快饿一天了，快些喂奶吧。"

灵芸起身走到婆子跟前，小心翼翼地把小阿哥抱定。说也奇怪，一直啼哭的小阿哥竟然噤了声。灵芸左右看看，见有两个太监在，一时手足无措。

"去屏风后面吧。"贵妃看到小阿哥不再啼哭，心绪稍稍好了些。又道，"毕竟是殷实人家，懂得礼数。"

灵芸被婆子带到屏风后面，在春凳上坐着喂奶。

贵妃许是受了一路的颠簸，加上行宫里饮食榻具又过于简单，对"小安子"抱怨个不停。说吃食简单、屋里陈设简陋也就算了，怎么连马车都没有准备好？自己的马车才出京城就坏了，还是内务府的人临时从民间找了一辆车来，连轿帘都是破的，一路上吃了不少尘土。

安公公解释道："这也不全怪内务府的人，嫔妃们都在宫里行走，有肩舆就够了。哪儿知道那些洋鬼子会打进北京城？内务府的人一时抓瞎，库房里的那些马车多年未曾使用过，连车轴都锈了。一上路倒坏了大半，只得从民间征召。您的还算好的，那些妃嫔贵人、答应常在都是用的柴车。"

"这么说我还要赏赐内务府的那些奴才不成？"贵妃愠怒道。

"那哪能呢？不打他们板子就便宜了。"安公公赔着笑，"主子别着急，我一会儿就让顺义县找马车去。"

贵妃似乎消了气，又唤安公公捶腿。唠叨说自己打三天前就咳嗽发热，吃了御医几剂药也不见好。加上今儿个奔波了一天，身上越发觉得乏了。小阿哥一直想吃奶，又怕自己传染给孩子，只能干看着孩子遭罪。

安公公道："肃疯子统管着御驾北上的事儿。都是他想得不周全，怕女眷太多拖累了皇上，那些宫里的乳娘都没带来。今儿下半晌奴才已经派人去京城接乳娘了。"

听到"肃疯子"三个字，贵妃冷哼了一声，絮絮叨叨地低声说起朝里的事儿。由于肃顺与兴泰的瓜葛，灵芸不由得侧耳细听，却又听得不甚真切，只听到肃疯子、刀山火海、你死我活之类的只言片语。

听到屏风后皇子吃奶的哂哂声，贵妃脸上舒展了许多："你找来的这个女人不错，人也长得好，小阿哥像是跟她挺有缘的。"

安公公"嗯"了一声："是奴才亲自去找的，一会儿我代主子好好赏她。"

贵妃问道："你刚才说她家是顺义县最大的烧锅酒商？"

"正是，听顺义县说乾隆老佛爷还为她家题过匾额呢，是正经的国酿贡酒。"

贵妃许是闷了，又听到小阿哥沉稳的呼吸声知道已经睡下，就让安公公去唤灵芸来见。婆子连忙接了小阿哥放在榻上，又用锦被盖好。

灵芸又要下拜，贵妃道："免了吧，坐下陪我说会子话。"宫女搬来春凳让灵芸坐下。贵妃仔细看了几眼灵芸，见她长得端丽，人又不卑不亢，眉眼间自带一股英气，心里竟然生出了几分喜爱。遂问她家里的酒坊可是顺义最大的酒坊，灵芸摇头："回贵妃娘娘，我家兴泰酒坊原来仗着乾隆爷的庇护确实是镇上最大的，可眼下却不是了。"

贵妃感觉奇怪，问是怎么回事。

灵芸道："去年有位载贝勒在镇上开了家福恒昌酒坊，后来顺天府出公文让载贝勒统一收购高粱，我们兴泰没有原料自然就倒了。"

贵妃怔一下，问安公公："小安子可认识什么载贝勒？"

"奴才没见过，但听说好像叫载澜，是勋王爷本家哥哥的孩子，自小失怙。加上王爷跟前只有几位格格，所以就过继给了勋王爷。王爷还挺喜欢他，上折子求先皇赏了他一个贝勒的名爵。"

贵妃沉了脸："原来是勋王爷的义子。明摆着是仗勋王爷的势欺负人家兴泰，还让顺天府出公文！不怪肃疯子说咱们这些旗人子弟到处圈地夺财，慢慢地要把天下人心都丢了！你去告诉顺天府尹，快把那道公文裁撤掉。"又想了一想，"给勋王爷留些面子。不要直接跟他说，让宗人府的人跟那个什么载贝勒说，让他收敛着点儿。"

安公公答应一声，说顺天府尹和顺义知县都在行宫外面候着呢，他一会儿就去跟他们说。又瞅了灵芸一眼，女人明白，又跪下口称谢恩。

贵妃在短榻上自己捶了几下腰眼："小阿哥吃了你的奶也是莫大的缘分，日后说不定还有再见的时候呢。"又道，"宫里的乳娘明儿一大早就能赶来，让安公公早点儿送你回去吧。"

灵芸却没走的意思，站在原地欲言又止。

"陈家二奶奶，贵妃让你退下呢。"安公公大声道。

贵妃瞪一眼安公公："你这么大声干吗？没看到她有话说？"又看着灵芸温言道，

"有什么话只管大胆说。"

灵芸道："也没什么。只是刚才我听娘娘说您的马车不好，我们乡下女人抛头露面的时候多，走远路全靠马车。去年我家男人专门从京城同兴和买了一辆，要是娘娘不嫌弃……"

"大胆！"安公公打断灵芸的话，"宫里还要向你一个酒坊讨便宜不成？！"

谁知贵妃却笑了："这位陈家二奶奶有心啊，既然你的车好，我就收下了。不过小安子说得有理，我皇家不能白讨你便宜。"又道，"知道你是大户人家，寻常的赏赐怕也不稀罕。这样吧，就把我坐过的那辆马车给你，再怎么着那也是贵妃坐过的，你在镇上怕是可以炫耀半辈子了。"

灵芸谢过恩，跟着安公公出了行宫。辕门外，顺天府尹刘鸿民和谭耀宗正袖着手在夜风中鹄立。看到安公公出来，连忙驱前打千儿问候。安公公沉着脸道："正好你俩都在，我传一下贵妃娘娘的话。先前顺天府可曾出公文要顺义县的福恒昌酒坊统筹高粱等一应造酒作物？"刘鸿民伏地称是。安公公哼一声："朝堂已废弛酒禁，你等又不是不知，怎么敢擅自出这等公文？"

刘鸿民尚想辩解，安公公却厉声道："不要说了，回去后赶紧废了这道公文，若是再听说有这等事儿怕你头顶的乌纱就没了。"两人诺诺而退。

灵芸告别安公公上了贵妃的马车。夜色阑珊，灵芸想着刚才的种种境遇，宛若梦中。有了这道懿旨，载澜就再也翻不起大波浪，剩下的只有等待时机扳回败局。路过镇子城门时，城头灯笼一闪，恍惚看到座旁放着一顶小小的帽子。忙拿起来瞧，却是一顶黄绢织成的童帽，上面都是金丝银线，又镶嵌了许多金片，拿在手里，盈盈一捧，金光闪闪。灵芸猜测应该是小阿哥的帽子，就唤了一声："小山东。"小山东勒住马，问："二奶奶什么事儿？"灵芸思忖片刻，决定留下这顶帽子。天高路远，兴泰注定风狂雨骤。日后也许能用它敲开皇宫的大门。想到这儿，嘴里道一声："没事儿，走吧。"马车又辚辚作响地驶进夜色。

第十八章　寻医

听到门闩声，嘉怡拄着拐杖在门前迎候。灵芸大惊，埋怨嘉怡怎么又起床乱走，连忙把他搀回榻上。看到灵芸神情轻松，嘉怡悬着的心才稳稳放下。又细问究竟，灵芸一五一十地说了。嘉怡大喜，说："废了这道公文，载澜就没了依凭，镇上所有的酒坊都将不再受制于他。等洋人的风波过去，咱们就开工造酒，把牛栏山烧锅的头把交椅再夺回来。"

正说话间，梁妈一阵风似的进了门，脸上没有一点儿血色。嘉怡吓了一跳，忙问怎么回事。原来梁妈刚才生火煎药，去抱柴时却发现柴房墙角坐着一个人。恍惚看见那人留着长胡子，样貌凶狠，绝不是陈家的伙计。

"梁妈，灶头钱可曾缺着？"嘉怡问道。原来，陈家祖上为了防止蟊贼走空后在酒里使坏，经常在灶间挂上几吊铜钱，算是给蟊贼的赏赐。

梁妈道："灶头钱在呢，那贼却没有动它。"

"那你快叫小山东带人瞅瞅去。逮着了也不要为难他，给几吊钱放他走。这兵荒马乱的，人不走到绝路哪儿会干这偷鸡摸狗的事儿。"嘉怡叮嘱。

"东家，这人怕不是什么偷鸡摸狗的小蟊贼，他身上有血！"梁妈道。

嘉怡吃了一惊："你怎么才说？快去唤伙计们出来，逮了送县衙去。"

灵芸觉得心下忐忑，听梁妈说的情形多半是江湖上的人。眼下，大清国风雨飘摇，民不聊生，要不是被逼上绝路谁肯做这刀头舔血的营生？她在江湖上走得久了，五行八作的都接触过，知道响马行的规矩，若是把人献了官就会跟整个绿林结下梁子。兴泰向来跟绿林井水不犯河水，灵芸自然不肯轻易结下仇家，想着就要跟梁妈一起去柴房。

嘉怡忙一把拉住："你去哪儿？这个热闹可看不得，碰上江洋大盗会见血的。"

"我哪儿是去看热闹？"灵芸轻轻掰开嘉怡的手，"我回来的路上见到处都是官兵，这人怕是被追剿的土匪。离这儿最近的土匪老巢就在古北口卧虎山。听人说他们跟军营的人常混在一起，都是些杀富济贫的主儿。也没听说有老百姓骂他们，要是逮着送了官府，这个梁子咱们算是跟绿林结下了。"嘉怡听灵芸说得有道理，只得松了手。

灵芸匆匆来到柴房。门前站着几个手持菜刀、斧头的伙计，正虚张声势地吓唬里面的人。听到没有动静，小山东一把推开房门。火把映照下，倚着柴垛果然坐着一个蓬头垢面、一脸髭须的壮汉。那人的脸上，一道疤痕自眉心一直划到嘴角。腿上有血渗出，点点滴滴的竟然拖了一地。手边还放着一把长刀，灯火一映，寒气逼人。

"大家伙儿把他捆了！"小山东叫道，伙计们怯生生地龟缩在后面不肯向前。

壮汉哈哈大笑，把刀拄在两腿间勉力站起来，目光凛凛地盯着小山东，脸上丝毫没有惧色。小山东一时进退失据，只能倚着门手颤脚抖地盯着壮汉。看见灵芸来了，小山东忙挡住去路："二奶奶，您怎么来了？这家伙看着不是善茬，您赶紧回去。"

灵芸推开小山东进了柴房，和壮汉无声地对峙数秒，突然开口："当家的，来我们酒坊踩盘子（踩点）还是捌包（抢劫）？"

壮汉一怔，见灵芸会说江湖切口，猜不透眼前这个俏丽的女人到底什么来头，冷哼一声道："你小瞧我了，兴泰这点儿家底我还看不上。不过是遇到鹰抓孙（官府）中了一花条（花枪），来你这儿避避风。"

小山东和伙计们听得一头雾水，又觉得眼前的二奶奶像是换了个人，看着娉娉婷婷的羸弱，话语间却透着一股江湖豪气。

女人又问："当家的哪条线（山头）的朋友？"

壮汉掸掸身上的土，脸色冷峻："行不改名，坐不改姓，古北口卧虎山胡一疤。"灵芸吃了一惊，京城方圆百里没有人不知道胡一疤的大名。他原是关外锦州人，十多岁因为家贫在古北口柳林营当了绿营兵。后来因为酒后打伤千总，就近在卧虎山落了草。这个人跟江湖上的其他土匪不同：上马不赌，下马不嫖，又立下七不抢八不夺的规矩，不动平民百姓一丝一毫，却专门跟官府作对。顺天府也曾围剿过数次，胡一疤仗着卧虎山天险屡屡脱险。每次围剿过后，就行掠一次官府，搞得顺天府不堪其扰。加上大清国国力羸弱，内有捻子长毛，外有洋人炮舰，朝廷哪里顾得上州县这些琐事？最后顺天府只能息事宁人，让柳林营与卧虎山隔岭相望，两不相扰。这次皇上北狩，古北口是通往热河的必经之路，朝廷严命顺天府府尹刘鸿民和古北口守备钱亦辰务必确保境内清净，又令热河的绿营兵一起帮着剿匪。刘、钱两人不敢怠慢，亲自带领兵卒围剿卧虎山。只是胡一疤耳目众多，柳林营里旧部早就把信息送到了山上。等官兵到了，匪众已经四散逃跑，倒是断后的胡一疤正好与官兵相遇。柳林营的兵卒顾不得情面，一阵恶战后胡一疤独骑马逃遁，误打误撞地进了牛栏山。

门外突然一阵人嘶马叫，有人把大门拍得山响。

胡一疤微笑："这位太太，捞钱的机会来了。把我送出去，胡一疤这颗脑袋怎么也得值上千两银子。"

女人也笑："胡大当家的小瞧我了。"说着话人就到了胡一疤跟前，一把攥了他的手腕，"要是信得过我，就听我的。躲进去——"灵芸指指柴堆。胡一疤竟然如中蛊般点了点头，他也想不出自己为何这么信任这个陌生女人。

刚刚停当，院外就传来官兵们的吆喝和撞门声。

小山东装作睡眼惺忪的样子，嘴里喊着："来了，来了。"刚抽出门闩，官兵举着火把蜂拥而入。灵芸站在照壁后面，听到脚步声忙迎出来。领头的是一名皂吏和一名军官。小山东认识，皂吏是县衙的张巡检，那名军官却不认得。张巡检认出灵芸，唤一声"二奶奶"，说奉命搜查土匪，又指着军官说是柳林营的韩把总。灵芸抱怨道："今儿随谭大人去行宫走了趟皇差，刚刚躺下又碰上搜查土匪，这觉怕是睡不成了。"韩把总见陈家门庭广大，灵芸又说什么"皇差"，一时搞不清楚怎么回事，也不敢过于造次。抱了一下拳，让兵卒们四处瞧瞧，还嘱咐不要打破东西。灵芸一路跟着，从酒坊一直搜到后院。张巡检一路问着嘉怡的病情，又道："早就听说兴泰二奶奶当家，今儿一见果然。"灵芸嘴里应付着，眼睛却瞟着柴房。有两个兵卒举着火把，瞧柴房门关着，推一把转身就走。没想到韩把总却突然发现门前有几滴血迹，叫一声"慢着"，举着火把蹲在地上细瞧。

灵芸听到了刀出鞘的锵锵声，心里骤然一紧。

小山东手里拎着一只刚燎毛的鸡，从膳房探出头来："二奶奶，这鸡是蒸了吃还是炖汤？"

灵芸故意蹙眉："给老爷补身子用，当然是要炖汤，这话还要我说多少遍？"又指着地上的血迹，"杀鸡在膳房里做就好，怎么搞得到处是血？"

小山东委屈道："才抹了它的脖子，谁知竟然又跑了出去，害得俺追了大半天才又逮着。家里的婆子丫头都去了热河，我一个人忙里忙外，哪里顾得了地上的血？"

"二奶奶，这大半夜的炖什么鸡？"韩把总问。

张巡检想做好人，忙道："大人，这家酒坊的大掌柜刚摔断腿，得靠鸡汤补身子呢。"

韩把总这才缓缓站起身来，又草草看了一遍后花园，方带人离开。

小山东关了大门，灵芸坐在回廊里软软的站不起来。一夜波折横生，女人早就身心俱疲，一时动弹不得。梁妈要扶灵芸回房，小山东却指指柴房，道："二奶奶，里面还藏着一位呢。"灵芸打开柴房，让梁妈赶紧端了些吃的来，然后又为胡一疤涂了金枪药，用布包裹好伤口。好在伤势不重，胡一疤活动下手脚道："今晚就回卧虎山去。"

灵芸说眼下官兵正多，还是多躲些日子好。

胡一疤大笑道："二奶奶不知道这些官兵的德性。今天一早皇上就会离开顺义。他老人家一走，这些官兵就全撤了，他们才舍不得性命去抓我。实不相瞒，这些年跟柳林营的官兵都结成了朋友。隔三岔五地，军营里的人就会上山喝酒。只是上面催得紧了，他们才虚张声势一下。就是这次围剿卧虎山，也是柳林营的弟兄报的信儿。"又让灵芸放心，他在柴房里窝上一天，入夜就走，外面自然有弟兄接应。

灵芸这才放心，一时倦怠得不行，就叮嘱小山东务必照应胡一疤，便回房睡觉去了。胡一疤看着女人消失在蛋清般浑浊的晨曦中，觉得奇怪，便问小山东："你们兴泰这么大的家业怎么不见当家的，里里外外全仗着一个女人操持？"

小山东道："当家的是陈掌柜，前些日子去平泉运粮时摔断了腿，现在只能由二奶奶一个人照应了。"想想那位姓白的蒙古郎中还没请到，不由得叹了口气，"掌柜的这腿伤可不好治，听郎中说要断骨重接。"

胡一疤问为何不赶紧找郎中，小山东道："原来是找了位接骨的郎中，可他怕走手砸了自己招牌，就不敢再应承了。不过他推荐了柳林营一位蒙古郎中。听说这人傲慢得很，只给将军王爷们接骨，寻常人家根本连看都不看一眼。今儿我还要去一趟柳林营，也不知道能不能见到他。"

胡一疤嘟哝了一句："可是姓白的蒙古郎中？"

"对，你认识他？"小山东问。胡一疤摇头。小山东心道，不认识你问这么多干吗，废了好多口舌，遂告辞回房歇息去了。中午时，门外有人唱莲花落。小山东听得心烦，用被子蒙了头继续酣睡。一觉睡到中午，才想起二奶奶嘱咐他照应胡一疤。忙推开柴房门，却发现里面早就空无一人，又一路跑着到了东家屋告诉灵芸。女人只是淡淡地说了声"知道了"，似乎早就料到胡一疤会不辞而别。

"二奶奶，您怎么一点儿都不吃惊？"小山东好奇。

"没听到中午门外有人唱莲花落？"灵芸道。

"叫花子嘛，有什么稀奇的？"

"那是胡大掌柜接应的弟兄，向他报信儿说官兵散了。你正好也该去请白先生了。"

小山东嘟哝道："什么狗屁江湖豪杰！不过是没有心肝的混混罢了。救命之恩，怎么连句感恩的话都没有？"吃过晌午饭，从账房里领了银两去古北口请白先生。

灵芸和嘉怡巴巴地等到二更初，小山东才无精打采地回到家。一问才知，皇上已经离开顺义，小山东顺风顺水地到了柳林营。费了些散碎银子，从兵卒嘴里打听到白先生正在潮河边钓鱼。急匆匆到了河边，却看见一个胡子拉碴、蓬头垢面的老头正盘腿坐在岸上，腰里还别着一个酒葫芦。看到小山东过来，眼角扫也不扫，只管端坐不动。小山东跪在地上把来意说了一遍，那老头纹丝未动。小山东解开包袱，露出里面的银子，老头还是不理。小山东急了眼，忍不住去推老头。老头摔了个跟头，爬起来从腰间拔出刀子要杀小山东。小山东吓得顾不得地上的银两，连滚带爬地跑出了柳林营。

嘉怡摆摆手，让小山东回房休息。看着灵芸愁云满面的样子，不觉心疼。拉着女人的手道："这都是定数，算了吧。反正是一条腿，又要不了性命。"灵芸垂首不语，想着日后男人可能要拄着拐杖走路，眼角不觉渗出了泪。

嘉怡才要劝慰，从京城刚回来的蒋先生进了屋，灵芸忙扶他坐下。嘉怡道过辛苦，忙问京城里的事儿。蒋先生道："城里分号都打点好了，还留了几个靠得住的伙计看家，东家尽管放心。"灵芸又问洋人的情况。蒋先生叹息，说京城里乱得很，自己和伙计躲在分号里不敢出来。后来来了一队洋人，撞开大门，连喝带砸糟蹋了不少酒，又把一些值钱的古董也抢了去，好在没有伤人。又道，回来前洋人们烧了清漪园、畅春园几座皇家园子，里面的宝贝都被洋人抢了去。嘉怡听得心下愤愤不平，又觉得朝廷无能，才落得今天这般田地。

外面突然有人敲门。嘉怡道："这些个日子一听敲门声就心惊肉跳，说不定又是县衙来找麻烦。"正说着，门房伙计带着白掌柜和廖掌柜进了屋子。嘉怡挣扎着要坐起来，两人忙上前扶住。聊了会子嘉怡的伤情，白掌柜才切入正题。他从怀里掏出一张纸来："陈掌柜，顺天府把先前的公文裁撤了，以后造烧锅的原料都能自由买卖。载澜架在我们脖子上的刀没了！"

嘉怡一拍床沿："好消息啊！灵芸，快拿酒来，我要和两位掌柜、蒋先生喝几杯。"

灵芸道："郎中的嘱咐忘了？这会儿哪能喝酒？"

嘉怡只得又狠拍一下床沿："那就留着这顿酒！圣井水已经淘干净了，只要有原料有烧锅师傅就可以开工。加上我们陈家的秘方，我就不信各路酒商不回头。"

"原料和烧锅师傅咱们都不缺。"廖掌柜笑吟吟地说，"你兴泰没有，可隆盛和鸿利都有。咱们三家兵合一处，把留守的伙计都用起来，马上就开工。"

白掌柜道："现在载澜躲洋人跑到了多伦，家里只有薛三看家。薛三做狗腿子还行，要是做烧锅却是个草包。听说每天都和镇上的混混们聚赌喝酒，把酒坊也糟蹋得不成样子了。"

嘉怡沉思片刻，点头："目下倒是个好机会，就是怕京城里的洋鬼子把手伸到顺义来。"

蒋先生摇头道："听说皇上见洋人来真的，早被吓坏了，一心想着息事宁人。他派了恭亲王做议和全权大臣，少不得要割地赔款了事。"

嘉怡叹息："朝廷无能，也只能如此，老百姓也少遭点儿罪。"又道，"眼下开工还缺一个烧锅大师傅。可惜吴老和跑了，我也伤了腿下不得床。岳丈又远在热河，眼巴前只能劳烦白掌柜了。"

白掌柜道："陈掌柜放心，我亲自守在曲房里，只是加秘方时恐怕还得您亲自动手。"

嘉怡用目光征询灵芸的意见。女人一笑："瞅我做什么，这是你大掌柜的事儿，我才不管。"嘉怡知道灵芸赞同，遂点头应允。

白掌柜道："听说顺天府这道公文还是二奶奶从懿贵妃那里求来的。都说二奶奶能干，即便是烧锅公会的会长怕也是当得起。"

灵芸忙道："我一个女流，家长里短的还行。做生意是你们男人的事儿，我这肩膀哪儿能挑得起？"

白掌柜不过一句笑话，嘉怡听了却觉得锥心，又后悔自己刚才显得太过依赖灵芸。陈家祖训，牝鸡司晨是持家大忌。不由得又胡思乱想，心里一时烦乱不堪。

众人散去，灵芸和嘉怡都一夜未眠。男人在想兴泰的日后，女人在想嘉怡的日后。两个人同床共枕，却背着身，各自想心事。灵芸心绪不宁，想着都说药王庙的药王爷灵验，既然实在请不来白先生，不如就去庙里烧烧香，说不定会有意外之喜。这样想着，天不亮就起了身。嘉怡一夜胡思乱想，直到凌晨时分才睡。灵芸路过门房时，看到小山东正在里面醋睡。他双脚搭在桌案上，手里还拿着一个朱红色的小荷包。灵芸认得这个荷包是杏儿的。她悄悄地走过去，一把夺过荷包。小山东一个虎跳，嘴里嚷着"俺的荷包"奋力去夺，看到是灵芸吓了一跳，忙束手束脚地站好。

灵芸笑吟吟地把荷包还给他："收好了，别把情妹妹的定情信物丢了。"

小山东面红耳赤地解释："这是杏儿临去热河前丢在俺屋里的，回来了再还给她。"

新荷不在，灵芸原打算自己去庙里，又觉得兵荒马乱的不太平，就让小山东陪自己走一遭。小山东收拾了纸箔祭品，扛了一个篮子跟在灵芸身后。天破晓时，两人来到了药王庙。月台上荒草萋萋，晨风浩荡吹得草屑横飞。灵芸突然想起师父和师兄弟们，那座搭在月台上的戏棚早已经不复存在，只剩下了齐膝深的草木。痴痴地伫立半晌，才跟着小山东进了庙。庙门破败，通向大殿的甬道上到处是纸灰，风一吹，迷迷蒙蒙地恍惚。灵芸仿佛看到了大殿里那条白色的幕布，左边是师兄弟，右边是女眷。风一吹，幕帘似雪，笑声、哭声、骂声、吵闹声，还有师父的斥责声都恍惚在耳。

这么想着，眼里不觉掉了泪。小山东把祭品放在桌案上，又点了纸箔，女人跪下合掌祷祝，又垂首拜了三拜。

殿外已经天色大亮，灵芸起身掸土出了庙门。不远处的潮白河波光粼粼，在枯黄的秋色中如同一条白练铺陈。她站在河岸默想了许久，才怏怏地向镇子走去。临到城门口，突然发觉一缕头发搭在鬓角，一摸才发现金簪不见了，她顿时脸色大变。小山东知道那枚簪子是陈家长媳的家传之宝，忙说一声"想是您叩头时掉庙里了"，转身向药王庙跑去。小山东气喘吁吁地跑到大殿前，见金簪明晃晃地搁在台阶上，忙捡起来揣进怀里。才要走，却听到殿内有窸窸窣窣的动静。他常听人说这庙早在明朝时就有了，年深日久里面就有了不干净的东西。小山东吓出一身冷汗，壮着胆子顺门缝向里张望，却见供桌前跪着一个披头散发的人，正捧着供品狼吞虎咽。小山东一脚踹开殿门，叫花子惊讶地回头。小山东被眼前的人差点惊掉下巴，原来是吴老和。

吴老和蓬头垢面，鹑衣百结，胡子也长到胸口。看到是小山东，吴老和一脸惶恐想夺门而出，却被小山东一把揪住衣领："好你个吃里爬外的东西，害得俺兴泰好惨！"一拳打在脸上，吴老和应声倒地，小山东跳上去又是一顿拳打脚踢，吴老和咬着牙愣是没吭一声。

"住手！"灵芸突然出现在大殿门口。

吴老和慢慢爬起，摇摇晃晃地站起身，然后双膝重重跪地："二奶奶，我不是人！害了兴泰，害了东家！"拱地俯身，呜呜地痛哭。

灵芸忙一把扶住："吴师傅快起来，你东家派了好多人找你，顺义和京城都找遍了也不见踪影。他总说老和人太老实，在外面别又让人骗了。"吴老和听得如利刃锥心，禁不住号啕大哭。

"人回来就好，有事儿咱们回去说。"灵芸不顾腌臜，一把拉住吴老和。女人在前面拉，小山东在后面推，三个人拖拖拽拽地进了镇子。经过福恒昌门前时，一个伙计正在台阶下洒扫，看到是吴老和，忙关了门向薛三通报。好容易到了兴泰，吴老和又抱住拴马桩不肯进院。小山东和几个伙计费了好大劲才把他拉进院子。过了酒坊，院中间摆着一把太师椅，两个伙计正搀着嘉怡蹦跶着坐下。看到是吴老和，大家都怔在了原地。

"东家，我不是人！"吴老和跪在地上，耳光扇得清脆响亮。

嘉怡怔了一会儿，突然仰天大笑，蜷着伤腿跳到吴老和跟前，小山东连忙扶住，道："东家，您犯不上跟这路人生气。"嘉怡腿疼蹲不得，索性一屁股坐在地上，伸手撩开吴老和遮在脸上的长发，仔细端详片刻，大笑："真的是吴师傅！你回来得正好！"

"东家，我对不起您和老东家！我被载澜和薛三骗了！"吴老和又要去扇自己耳光，却被嘉怡一把攥住手腕。

"这不怪你，你老东家也不会怪你。怪只怪我，平日只顾着那几钱银子，把兴泰的元老功臣都忘了。"嘉怡眼里含泪，"你回来就好，兴泰离不开你。"

"兴泰还要我？"

"当然要，我们兴泰的招牌让人给砸了，还得您老重新挂上呢！"

吴老和呆怔了一下，突然把头朝着地上一通猛磕："东家要是还看得起我，吴老和就把这一腔子血泼在兴泰！"嘉怡让小山东把吴老和搀到太师椅上，又另摆了把椅子在他对面，两人一直聊到晌午时才罢。

第十九章　拍花子

嘉怡觉得倦怠，连午饭都没有吃便和衣躺下。下半晌，腿疼得厉害，不住地咬牙呻吟。灵芸一时手忙脚乱，却又不知该如何是好。左思右想，还是得把白先生请来才好，少不得要自己亲自走一遭。

嘉怡听了连忙摇头，说柳林营到处是兵痞，一个女人家怎么能去？灵芸说："我不能这么看着你受罪，只能带小山东再去一趟，要是实在请不来就只能认命了。"嘉怡无奈，看窗外天色昏沉，道："要去也要明天去才好，今晚就先让镇上的郎中开剂止痛的药吧。"

初更时，突然有人敲门。小山东顺着门缝向外瞧，只见灯影里站着三个人。两个穿青色马褂的壮汉长相凶悍，其中一个手里牵着三匹马，正在拴马桩上系马缰。另一个正心急火燎地敲门。台阶下站着一个白发白须、身着绛紫色长袍的老人，腰里还挂着一个硕大的酒葫芦——竟然是白先生！小山东连忙把门打开，一个青衣人推开他径直进了院子。小山东才要唤住来人，只见白先生背着药箱也跟进了大门，忙躬身唤一声"白先生"伸手要接药箱，却被狠狠白了一眼。

另一个青衣人问："你东家在哪儿住？白先生为他治腿来了。"小山东忙在前面带路。到了正房，小山东敲门："东家，二奶奶，白先生来了。"

屋里的灯亮了，灵芸一脸春风地打开门："哪位是白先生？"

白先生虽然倨傲，可见到灵芸立马恭敬起来，打躬问道："可是二奶奶？"灵芸点头，忙把他让进屋子。两个青衣人不肯进屋，站在屋门把风。

嘉怡听说是白先生勉力爬起。白先生道："陈掌柜，你可不要再乱动了。要是再不听郎中的话，怕是华佗再世也奈何不得了。"嘉怡听了忙又躺下。

白先生打开药箱拿出一包药，道："二奶奶，这药叫快活散，喝了很快就能睡下。你让人把火炉搬到屋里来，我亲自煎药。"小山东急匆匆地出门去搬火炉。白先生又简略问了一下嘉怡的伤情再由。

说话间，小山东搬着火炉进了屋。白先生放上砂锅亲自煎药，一时间满屋药香，闻了令人昏昏欲睡。半个时辰过后，煎成一盏汤剂，灵芸和小山东服侍嘉怡喝下，才转眼间嘉怡就鼾声大作。白先生对灵芸道："二奶奶暂且到屋外候着，一会儿就好。"

窗纸上映着白先生的影子：俯身举起一个棒子样的东西。听得咔嚓一声脆响，小山东忍不住叫了一声。灵芸心里煎熬，再不敢去看窗子。大约半个时辰，白先生打开门，道一声"妥了"，不紧不慢地收拾药箱。灵芸和小山东赶紧到榻前去看嘉怡，人仍沉沉睡着。那条伤腿用柳条绑定，并用纱布吊在床头。白先生又写了两个药方，一口服，一熏蒸。嘱咐灵芸看好嘉怡，百日之内切勿再下地乱走。灵芸牢牢记下，又让小山东去拿诊费。白先生摆手："要是付诊费便是辱没我了，这事儿你不要谢我。"

灵芸知道事情有玄机，忙问："那我该谢哪位？"

白先生充耳不闻，挎起药箱转身便走。灵芸才要去追，一位青衣人却伸手拦了一下，道："二奶奶别追了，问也问不出来。我这儿还有一桩事儿跟您商量。我们掌柜的久闻兴泰大名，想定做五百坛烧锅。掌柜的在南北二道上走动，将来送人应酬用得着，不知道二奶奶可能做得主？"

自从斗酒输掉以后，兴泰已经冷清多半年。每日分毫不进，还要闲养着十多名师傅伙计。日日耗费钱财，幸赖家底殷实，一时半会儿尚不至于伤及元气。但嘉怡屡屡向灵芸说起，若是这种情势再延续一年半载，兴泰怕是真的难以翻身了。听青衣人说要订货，灵芸心里一阵狂跳：真是雪中送炭！看一眼酣睡的嘉怡，决心做主接下这单生意。

女人微微颔首。

青衣人从怀里掏出一沓官票来："这是订银，过年前我们自来取酒。"

灵芸接了官票："你家掌柜的在哪儿发财？"

青衣人摇头："二奶奶别再打听了，这契约也不用签了，我家掌柜的信得过您。"说着话，人已经到了大门口。白先生和另一位青衣人早已牵马在阶下等候。三人踩镫上马，飞一般消失在夜色中。

小山东站在门首怔了半晌，嘟囔道："二奶奶，我看您一定是天上的星宿下凡，不然的话，怎么走到哪儿都有人帮忙？"

灵芸苦笑："哪儿是什么星宿下凡？人呐，总是要做好人才行。你说咱兴泰两百年不倒，无非是靠忠信义三个字，这三个字做好了就会叫天天应，叫地地灵。"抬头看天，夜空寥廓，繁星如水，点点辰光把女人的眸子都映得亮了起来。

咸丰十年的冬日，天气出奇地冷。朔风从北方毫无遮掩地呼啸而来，牛栏山虚张声势地挡了一下，就任由它卷起草屑雪渍掠地而去。镇子似乎被冻住了，瘠薄的城垣裹着一层厚厚的雪，看上去肥硕了不少。就连潮白河都结了冰，河边渔船被镶嵌在冰里动弹不得，没了生计的渔人们只得凿开冰层钓鱼。蓑衣斗笠，孤舟垂钓，衬着岸上随风势癫狂起伏的枯柳，说不出的凄冷寒凉。

载澜回来了。一个人龟缩在马车里，袖着手，哈着气，不时撩开窗帘询问车夫路程。如今，大清国的情势更是每况愈下——九月，恭王爷、勋王爷在京城和英吉利、法兰西两国的洋人们又签了一份条约，不但要赔两国一千六百万两银子，还割让粤东九龙，并允以天津、大连为通商之埠。无非是割地赔款，都在载澜的意料当中。只有洋人撤出京城，皇上早日回銮，遮避在他老人家羽翼下的这些皇子皇孙们才好跟着抖威风。条约签订不久，勋王爷就从京城捎信儿来，说洋人们已经撤出京城回了天津，皇上可能很快回銮，要载澜做好回程的准备。哪知道，几天后勋王爷又遣人送信儿，说暂时不要回来。皇上说什么"二夷虽已换约，难保其明春必不反复"，恭王爷、勋王爷和桂良等一众留京大臣上书请求早日回銮，皇上索性披奏"惟此时尚早"，看样子皇上今冬是不打算再回去了。老福晋受不得多伦的风沙，日日念叨着要回京，即便是搭上老命也在所不惜。载澜也担心自己出来日久酒坊再生变故。一来兴泰不甘居人之下，必然要想方设法扳回败局，二来薛三此人阴鸷贪财，未必靠得住。这么大的家业放在此人的手里，怎么能让人放心？如此日日如坐针毡。后来又听说灵芸也不知怎的就找到了懿贵妃，把顺天府的公文给废了，目下正和鸿利、隆盛一起又重开炉灶做起了烧锅。载澜闻言彻底慌了神，心里暗骂兴泰这么大动静薛三却从未向他报信儿，心里越发觉得此人不可靠。又想洋人既然已经退回天津，短期内断无再犯京城之虞，不如先回去看看情势再接老福晋回京。拿定主意，载澜就不声不响地离开了多伦。路上风雪交加，一行人忍着饥寒，马不停蹄地走了五六日才到顺义。

入夜时分，马车悄无声息地进了镇子。载澜在福恒昌门口下了车，不住地跺脚哈手，好容易才缓过劲儿来。小厮叫开大门，一路哆嗦着到了中厅门口。尚未进门，就听得一阵丝竹喧哗。小厮才要推门，却被载澜挡住。他悄悄地捅破窗纸向里一瞧，只见薛三正抱着一个窑姐和镇上的几个混混杯来酒往，旁边还坐了一个弹琵琶的窑姐。载澜强忍怒气推开屋门，冷笑道："薛三爷好雅的兴致啊。"薛三喝得大醉，加上灯光晦暗，载澜又戴着海獭暖帽，一眼之下没有看清，以为是镇上哪个同他要好的混混，便大着舌头招呼载澜入席。载澜拿起案上的灯烛凑到薛三脸边，道："薛三爷，要不要本贝勒给你捶捶腿、解解乏？"

薛三一看是载澜吓得魂飞魄散，忙叫一声"贝勒爷"。载澜一把掀翻了桌子，一时杯盘狼藉，汤汤水水溅了众人满身。混混们连同两个窑姐见势不好纷纷散了，屋里只剩下载澜和薛三两人。

"好啊，薛三爷，薛掌柜！"载澜把暖帽揪下来扣在薛三头上，"看来你是想把我贝勒爷的这顶帽子也戴了去。"又作势打千，"薛贝勒爷，奴才给您老请安了。"

薛三吓得连忙跪下："贝勒爷，是我不开眼，没想到您要回来。这些日子有些忙，今儿只是喝酒解解乏……"

"忙！？"载澜蹲在地上和薛三平视，"忙着喝酒还是找窑姐？你当我不知道？现在兴泰又火起来了，门前拉酒的车子每天不断，福恒昌呢？"

"贝勒爷，您先别生气。"薛三似乎早就准备好了说辞，"兴泰的事儿我都门儿清，陈家二奶奶实在厉害，也不知道怎么就傍上了懿贵妃，人家的靠山硬，咱们可不能硬来。"

"那你倒是想办法啊！"载澜在薛三的脑门上狠戳一下。

"办法想好了，就等着机会呢。"薛三拉载澜坐在椅子上，低声道，"眼下陈嘉怡废了一条腿，一百天之内下不得地。兴泰大大小小的事儿全靠着二奶奶呢。要是把她也——"竖着手掌比划了一个"杀"的手势。

载澜吃了一惊："你想做了她？"

薛三摇头："这我哪儿敢？人家现在背后不但有肃疯子，还有懿贵妃，闹出事儿来咱们都得倒霉。杀人其实不一定动刀子。所谓杀人诛心，要是灭了她的心气儿兴泰可就没了主心骨。"看到载澜不明就里，薛三又道，"贝勒爷您说，现在这个女人最放不下谁？"

载澜想了想："除了陈嘉怡怕就是孩子了。"

薛三一拍大腿："您说到点子上了。您去多伦不久，林茂声那个老家伙就带着林、陈两家女眷去了热河乡下，听说这两天就要回来呢！要是在路上把这俩孩子绑了——"

"绑了后呢？做掉？"载澜瞪眼，"要是死了人，陈嘉怡和灵芸都会红眼，说不定就会去找肃疯子帮忙。要是顺藤摸瓜找到咱们这儿怎么办？肃疯子跟勋王爷不对付，肯定会趁机寻事，咱们酒坊垮掉不说，只怕勋王爷也要受牵连。"

薛三摇头："不是杀人，是绑票。一来釜底抽薪，把兴泰的本钱烧掉。二来断其心志。咱们就拿孩子折磨陈家，反复吊他们的胃口，不怕陈嘉怡和灵芸不被逼疯。"

载澜恍然，拍腿道："好，这办法好！不过要手脚干净些。"又把暖帽扣在薛三脑袋上，"这顶海獭帽儿便宜你了，这是人家多伦那王爷送我的，值好几百两银子呢。"

薛三喜滋滋地正正暖帽："谢贝勒爷，您就瞧好吧。"

大雪一连下了几天，从热河到顺义的官道上全是返乡的车马。齐膝深的积雪被车轮马蹄碾压成泥，道路更加泥泞难行。洛芸骑着马走在车队的最前面。朔风扑面，雪屑如镞，说不出的苦楚难熬。傍晚时分，大雪初霁。林茂声从车队后面纵马追上洛芸，说孩子们怕是早就饿了，前面到了穆家峪早点投店歇息。两人说着话进了镇子，紧挨着城门口不远就有一处客栈。朔风北来，吹得店招子呼呼作响，吊在门楣上的灯笼也摇曳不定。

孩子们又累又饿，远远望见客栈不由得欢呼雀跃。

走近了才发现门首站着一个蓬头垢面、鹑衣百结的叫花子。那人肩上搭着黄色褡裢，腰里束着鞭子，拿了竹板兀自在风中自言自语。新荷带着瑜卿和慕卿坐在第一辆车上，两个孩子手脚酸麻早就没了耐性。看到叫花子在说快板，瑜卿连喊带叫地让车夫停车，拉着慕卿一路小跑奔向叫花子。

叫花子看到来人立马有了精神，打着竹板唱道——

打竹板，笑开怀

小姐公子近前来

这位小姐生得俊

细皮嫩肉赛雪白

这位公子命格好

金银财宝往家抬

……

　　瑜卿和慕卿听了忍不住咯咯地笑。洛芸知道江湖规矩，下了马在叫花子破碗里放了十几个大子儿，免得他纠缠。叫花子道声谢，又去奉承洛芸："这位爷真阔气，一看就是有钱的，站着房躺着地……"洛芸不理，拉着慕卿要进店。慕卿一把甩掉洛芸的手，说要和姐姐听快板。洛芸无奈，只得让新荷陪着孩子听书。车马进店后，又是一阵忙碌。书瑶体弱，车里多装了几床被褥，又放着药罐火炉。王妈一时忙不过来，又不愿让小厮们去拿女人的物件，只得去门首唤新荷帮忙。叫花子唱得正欢，不时逗弄两个孩子，瑜卿和慕卿乐得前仰后合，任凭新荷怎么说好话，他们只是站在原地不动。那边王妈又叫得紧，新荷只得嘱咐了几句，就跑到院子里帮忙。来回几趟后新荷出门去看，两个孩子连同叫花子早就没了踪影，白茫茫的雪地只剩下几行凌乱的脚印。新荷叫得凄厉无比，忙跑回去报信。洛芸、林茂声连同几个小厮跑出来，顺着脚印去追。一直出了城门，脚印和车辙、马蹄印混杂在一起，几人顿时断了头绪。林茂声心慌意乱，只管顺着大道连喊带叫地追。

　　眼看着道路两侧林密山高，洛芸拦腰抱住林茂声，说别再追了，不如先去报官。林茂声兀自挣扎，说要是两个孩子丢了，他就在林子里一根绳子吊死，自己没脸再去见女婿和灵芸。洛芸和小厮们只得把林茂声抬了回去。

　　到了客栈，林茂声索性放声大哭。书瑶、王妈连同店掌柜、伙计还有住客都闻声而来。书瑶听了，晃一晃险些晕倒。这一双儿女都不是自己生的，若是找不到，嘉怡和灵芸肯定会猜疑到自己身上，今后必然再不会有一天舒心日子。店掌柜听洛芸说了个大概，吃惊道："怕是被人拍花子了，你们怎么这般不小心？"

　　这次不但林茂声，就连洛芸也吓得浑身哆嗦。江湖上五行八作，拍花子是最让人不齿的行业，人称绝户行。这些拍花子的也不知道用了什么手段，只要在小孩头顶轻轻一拍，孩子就成了木偶，乖乖地跟着走。拍到小孩转手倒卖，男孩一般去给人家做奴仆下人，女孩子多半会被卖到窑子里。洛芸心里不由得恨自己大意，怎么就眼睁睁地看着孩子被人拍了花子？回去之后如何向东家和师妹交代？想着就再也坐不住，忙带了小厮去找保正。保正说，拍花子这事儿听说过，倒是第一次遇到。这事儿得等到天亮向密云县衙报官才行。洛芸又急匆匆返回店里跟林茂声商议，自己连夜去密云县报官，然后回牛栏山向嘉怡、灵芸报信儿。林茂声和其他家眷都留在穆家峪等信儿，少不得又要花上些银两让保正出力，每日派人寻找。

洛芸一个人骑了马直奔密云。密云县衙的班头倒也通情达理，答应派衙役们打探寻找。只是拍花子这些人来去无踪，怕早就不在密云境内了。洛芸顾不得许多，又上马直奔牛栏山，直到日暮方才到家。小山东见是洛芸大吃一惊。洛芸顾不上多说，连滚带爬地去找嘉怡。他一把推开正屋的门，灵芸正坐在榻旁喂嘉怡药，看到一个蓬头垢面的大汉闯进来，一时竟然没有认出洛芸。

"东家，师妹……瑜卿和慕卿被人拐了！"

灵芸手一软，碗落在地上摔得粉碎。嘉怡忙支撑起身体，询问怎么回事。洛芸结结巴巴地把原委说了，灵芸觉得像是被兜头浇了一盆冷水，顿时手脚冰凉。嘉怡也瞪大眼睛，半晌说不出话来。

"这全怪我没用，没有看住两个孩子！"洛芸狂扇自己耳光。

嘉怡缓过神来："行了！就是打死你也没用，还是赶紧想办法把孩子找回来。"

洛芸道："穆家峪属密云县管。我已经报了官，衙役们正到处找呢。"

嘉怡怒道："拍花子的又不是没有长腿，密云县能有多大？你赶紧从账房领些银两，到顺义、大兴、宛平、良乡满世界找去！打点银子，让衙门里的人画影图形，务必找到这个拍花子的贼！"

洛芸答应一声才要去，却被灵芸叫住。她看出大师哥已经疲惫不堪，再奔波下去恐怕孩子未找到，他自己的身子倒先要垮掉。

"别去了。嘉怡说得对，拍花子的又不是没有长腿，密云不大，顺天府也大不到哪儿去。穆家峪离京城也不过是两日路程，再向北走就是热河。我们到哪里找去？"

嘉怡皱眉："这么说咱们就眼睁睁看着孩子被拐走？"

"事已至此，着急也没有用。"灵芸道，"也不知这拍花子的是什么用意，若是拐了卖给富人家的，咱们只能下硬功夫满世界找去。若是绑票要钱的，倒还容易些。"

洛芸点头："这事儿肯定是设计好的，现在想想，叫花子白天讨饭，晚上睡觉，哪里有夜间行乞的？看来是有人盯上咱们了。"

嘉怡一惊："难道是载澜他们？"

灵芸想了想："这事儿谁做的先不去理会，还是找到孩子要紧。"又问洛芸，"可曾看清叫花子的面目？"

洛芸摇头："那会儿已经打初更，客栈门口只有两盏灯笼，叫花子又蓬头垢面的，哪儿能看得清楚？"

正说话间，街上突然传来一阵快板声——

打快板，笑嘻嘻

有个故事真稀奇

昔日锦衣玉食赛皇帝

如今整天哭啼啼

这真是，落魄的凤凰不如鸡！

"好啊，找到家门口了！"洛芸怒不可遏，转身向大门外跑去。拉开门闩，大街上却空无一人，雪地上只留下一行凌乱的脚印。洛芸正要去追，却发现门槛缝隙里塞着一张纸，忙捡起来借着灯笼光细瞧，上面写着两行字："贵府公子小姐在敝舍做客，衣食无忧，勿念。奈家贫财寡，难以待客日久。见信速筹银五千两，以充茶饭之资。三日为限，勿报官，以免公子小姐性命之虞。"

洛芸忙回到正屋把纸条递给嘉怡。灵芸端着蜡台凑过来看了，长吁道："这事儿看来还有救，是绑票。"

嘉怡皱眉："五千两银子，胃口够大的。咱们兴泰才恢复元气，要凑五千两银子怕也不是易事。"

灵芸拿过纸片在灯下反复瞧了瞧："这字端秀得很，纸也是洒金的宣纸，叫花子背后有人指使。这样一来耗费兴泰的资财，二来消磨陈家的斗志。"

嘉怡点头："我看这事儿是冲着银子来的，要折了咱们兴泰的本儿，让咱们做不成烧锅！"

洛芸瞪眼道："看来真是载澜做的了！我找他去，打折他的狗腿！"

"站住！你去寻死吗？"嘉怡怒道，"载澜怕早就准备好了，等着咱们入彀呢！"

"嘉怡说得对，这事儿咱们还得从长计议。"灵芸道，"福恒昌冷清了半年，看到咱们兴泰又开始恢复元气，载澜坐不住了，所以要挖空心思找我们的麻烦。"

嘉怡点头道："是这个理儿。只是又想保全孩子，又想保全银子，这事儿两难啊。"

"我倒有一个主意。"灵芸道，"江湖上的事儿还得靠江湖上的人解决。大师哥再辛苦一趟，明儿跟我去一趟卧虎山，咱们求胡大当家出面帮忙。我救过胡一疤，想来他不会驳我的面子。"

嘉怡连忙摇头："这可去不得。卧虎山是响马窝子，山上都是杀人越货的悍匪，就连柳林营都奈何不了他们。你一个女人去了，岂不是羊入狼窝？"

"放心，江湖上的人讲道义。"灵芸去意已决。

嘉怡左思右想，又觉得女人的主意有道理，只能叹息默认。洛芸虽然疲惫，却哪里能睡得安稳？一夜枕上辗转叹息，到了四更初，才朦朦胧胧睡去。不到一个更时，他就听到院子里灵芸在唤小山东套车，忙一骨碌爬起来，去马厩牵马。灵芸乘车，洛芸骑马，一路碾踏着积雪向卧虎山而去。

路上片刻未停，直到日暮才到山脚下。洛芸勒住马，对着车里道一声："卧虎山到了。"灵芸掀开窗帘。这时大雪初霁，月映长城。连绵的城垣被雪覆压着，顿时没了先前的峭拔气势。女墙上依稀可以看到大串的红灯笼，还有在风里飘摇的旗子。如果没有呼呼作响的大旗，任谁也想不到岑寂的月下山岭里竟然会埋伏着千百个悍匪。

　　山势一路隆起，满眼白茫茫的，无处下脚。

　　小山东搁下马鞭，搀着灵芸下了车。洛芸怕土匪有暗哨伤了师妹，忙把她拉在车后。

　　"怎么上山？"洛芸找不到路径，又怕中了暗算，语气有些焦躁。

　　女人绕开车子，在山脚前站定，仰面看山。大雪盖住了上山的路，根本无从下脚。大事当前，顾不得许多了。灵芸把手拢在嘴上，大喊着胡一疤的名字。洛芸和小山东吓得半死，忙去拉灵芸。女人用力甩脱，冲着山顶大喊不止。

　　山腰处亮起几丛火，还有隐约的喧哗声，火光闪闪烁烁地奔着山下而来。

第二十章　上山

卧虎山寨给予了灵芸最高的礼遇。

从半山腰到山顶的寨子，火把映红了半边天。对面柳林营的人远远看了，像是一条蜿蜒在山间的火龙。两个大汉用“二人抬”把灵芸抬到聚义堂门口。胡一疤穿着貂皮大氅，威风凛凛地站在阶下，远远看到灵芸忙迎上来，扑通一声跪在地上，两旁凶神恶煞般的土匪们纷纷跟着跪下。一时间号角嘶鸣，钟鼓声声。柳林营值守千总吓得够呛，忙命令兵士们警戒。洛芸常在江湖上走，尚且能勉力把持不露声色。小山东哪儿见过这样的阵仗，早就吓得腿肚子转筋，双腿软软的无力。

灵芸忙搀住胡一疤，道：“可行不得如此大礼，今儿找大当家的有事相求，该下跪的是我。”

胡一疤道：“我这条命都是二奶奶给的，跟重生父母有什么两样？不但我要下跪，就是身后的这些儿孙们都要下跪。”一路说着到了聚义堂。

坐定后，两个模样俏丽的丫头端了茶放在案儿上。

灵芸笑道：“大当家的活得滋润，没想到山上竟然有这么漂亮的丫头。”

胡一疤挠头憨笑：“别看我这寨子荒蛮，可是什么都不缺，又不必忧国忧民，就连皇帝老子怕也不如我舒坦呢！”

灵芸又道：“大当家的勿忘行侠仗义四个字，可别祸害好人家的女孩。”

“二奶奶的话记下了。”胡一疤红了脸。又问，“二奶奶夤夜上山肯定有要事儿，说吧，要我做什么？”

灵芸把事情的来龙去脉讲了一遍。胡一疤锁着眉头，思忖片刻问洛芸：“你可看清那叫花子长什么样儿？”

洛芸道：“天黑哪儿能瞧得清楚？不过这叫花子肩上搭着一个黄色褡裢，看上去特别显眼。”

胡一疤眉头顿时舒朗：“这么说，他腰间一定还缠着一条鞭子？”

洛芸点头：“大当家的不说我还真没想到这点，他腰里确实缠着一条鞭子。”

胡一疤拍一下大腿：“这就对了，是康家门儿的人干的！”看灵芸和洛芸不解，胡一疤又道，“二奶奶有所不知，这些叫花子在江湖上常受人欺负，于是就找靠山搭伙壮胆，在江湖上分范、康、李、高四个门派。康家门儿的大当家当年用一条鞭子搭救了康熙爷，因为有救驾之功，老皇上就赐了他两件随身宝物。一是明黄色的褡裢，表明是皇家的人，官府胥吏不可妄动。二是鞭子，可以驱赶恶犬，鞭打恶人。所以叫花子行四大门派里数康家门儿势力最大。有时小偷小摸的被官府逮了就亮出黄褡裢，只要不是杀人放火的罪过，官老爷总要给老皇上三分颜面。"又问他们索要多少赎金。灵芸道："五千两。"

胡一疤冷笑："这个康小眼怕是被猪油蒙了心，张嘴就要人家倾家荡产。"

洛芸忙问："大当家可认识康家门当家的？"

胡一疤点头："有过一面之缘，不过算不上交情。好说怕是给不了面子，只能动硬的了。"转脸吩咐座下的一条汉子，"你带着五千两银子去一趟京城。康家门儿大掌柜康小眼在南水道子住，见了他就报我的号，把银子给他。孩子必须带回来，要是他不肯，就告诉他康家门儿的人最好别出京城。"汉子答应一声转身带人去了。

灵芸忙道："等我回去凑了银子便送到山寨来。"

胡一疤瞪眼道："二奶奶这是打我脸呢！我的命是你给的，这座山寨自然也是你的。别说五千两，就是把山寨的家当全部抵上也算不得什么。我知道你们兴泰的处境，放以前可能不算什么，但现在怕是把家底都要荡了去。我们山寨虽然不大，但五千两银子还出得起。"说着话又掏出怀表来，"已经三更天了，二奶奶今儿就在山寨上住。明儿傍黑人就会回来，给了孩子便罢，若是不给我还有下文。"

灵芸心下略宽。

一夜辗转无眠，第二天眼巴巴地站在山口等信儿。一直站到后半晌，山下才来了人。小山东眼尖，指着山下："来了，三匹马，还有一套马车！"

洛芸大喜："马车里说不定就是孩子们。"

几个黑点沿着山道一路攀援而上。灵芸眼巴巴地盯着，人影恍惚，似是又非，乍喜乍惊，反复数次，一时心里油烹般难熬。

一盏茶工夫，人影迫近。才发现隐约是三个大人，一个孩子。灵芸心里又一阵打鼓，难道救下瑜卿，留下了慕卿？想到这儿，她心里慌乱，忙迎了下去。走到跟前才发现，一个壮汉怀里抱的正是慕卿，脚下跟着的却是瑜卿。一眼看到二娘，瑜卿站住脚，眼神亮了起来。她挓挲着双臂，嘴里唤着"二娘"一路跑过来。灵芸眼里含泪，嫁到陈家两年，女孩从未跟她说过一句话，也从未叫过"二娘"，今儿乍一听到"二娘"两个字，心顿时化成了水，不由得蹲下张开双臂把女孩拥在怀里。又捧着瑜卿的脸端详，问可吃得饱，女孩点头，灵芸又把她紧紧拥在怀里。看到壮汉走近，灵芸站起伸手抱过慕卿。男孩身上裹着一条毛毯，睡得正酣。灵芸大喜，在慕卿的脸上亲了又亲。

"二奶奶，孩子没受罪。"壮汉道，"康当家的听说是胡当家的托情，不敢不给面儿。"

"可曾问谁是雇主？"洛芸忙问。

壮汉摇头："这是江湖上的规矩，问了也不会说。孩子没事就好，不能再向下探究了。"

灵芸把慕卿交给洛芸，一手拉了瑜卿回山寨报喜。

胡一疤极力挽留住些日子。灵芸推脱说妇人家在山寨不便，千恩万谢地辞行。卧虎山上号角再起，千把壮士排成两列，一直把灵芸送下山口。临别时，胡一疤低声嘱咐灵芸，再有事儿可以去京城天桥裕兆祥绸缎庄，那铺子是他的眼线。卧虎山临近柳林营，不可再来。嘱咐完毕，胡一疤怕柳林营的官兵寻事，又派几个人护送灵芸直到牛栏山方回。

沉寂已久的陈家大院再次喧闹起来。

灵芸带着孩子回来的第二天，林茂声的车队也回到了牛栏山，一时人喧马叫似乎要将整个镇子掀翻。载澜听了，气得半死，把薛三好一顿骂，心里对灵芸又恨了一层。

嘉怡下不得床，只能由灵芸代迎。书瑶下车时，灵芸吓了一跳。这半年工夫，一路颠沛，担惊受怕，书瑶瘦了一圈，脸皮蜡黄，形容枯槁，若不是杏儿搀着几乎难以站立。灵芸心痛，搀了书瑶一步步挪到院子中间，新荷忙放了把椅子让书瑶坐下歇息。林茂声看着灵芸精神健旺，神采奕奕，又见女儿犹如活鬼，心里不由发酸，眼中竟然坠下泪来。

听说孩子们和林茂声回来，十多个酒坊掌柜前来探访。大家议论纷纷，都道孩子被拐肯定是载澜捣的鬼。又说福恒昌欺人太甚，事事处处都要盘剥其他酒坊。嘉怡倚在被垛上道："当初还不是你们大家伙儿把载澜扶上了公会会长的宝座？"大伙儿顿时噤声。林茂声训斥嘉怡："那会子掌柜们都被载澜的花言巧语迷惑了，别说他们，就连我也想投福恒昌呢。"掌柜们忙随声附和。

灵芸道："看来载澜是铁了心要置兴泰于死地，然后独霸牛栏山烧锅，咱们要再单打独斗下去怕是都要吃亏。"掌柜们又是一阵附和，都说："二奶奶有什么好办法只管说，我们都听您的。"嘉怡听了暗感失落，不由得翻身向里。

灵芸道："我倒真有一个想法。兴泰有圣井水，你们今年收的原料也不少，咱们就拿原料抵井水，干脆兵合一处，将打一家，合起伙儿干。"

白掌柜叫一声好，道："还是二奶奶有主意。"

林茂声也听得心里欢喜，一来今年兴泰和富顺庄被载澜算计没能收来原料，二来嘉怡原来得罪了不少掌柜，此举正好缓和关系，还有最重要的就是瓦解载澜的势力。看着灵芸指挥调度，心里暗叹这丫头真的不凡，要是做掌柜的话怕也不比嘉怡差。

灵芸问嘉怡："这主意可行？"

"成。"嘉怡道，遂又低声嘟囔："你都拿定主意了还问我干吗？"

众人散去，嘉怡心里却倍感失落。自己是兴泰的掌柜，现在只能躺在榻上听灵芸说话，连半句话也插不上。但最近几件大事，若不是灵芸在，怕兴泰早就塌了天。到底是该喜还是该忧？思来想去，不由得心乱如麻。

灵芸突然垂泪。嘉怡惊问："怎么了？"

灵芸道："你刚才嘟囔什么？别说我不知道你是怎么想的，你的心思我可清楚着呢。你到底怕我什么？夺了你掌柜的大权，还是将来得了势把兴泰吞了？要是你能站起来料理这些事儿，我一个女人家哪里愿意抛头露面？你要是再这么提防，我就撒手不管了。"

嘉怡心里暗觉惭愧，从后面抱了女人劝慰。又说自己哪儿会不信任她，只是恨自己不能下地，心里烦闷而已。女人听了，心顿时软了下来，又倚在嘉怡的怀里算日子，说："再过几个月你就能下地，兴泰的活儿马上就能多起来。到时候你忙你的，我就躲在内院抱孩子，再也不用东跑西颠地耗神了。"

嘉怡把灵芸抱得紧紧的，温存道："凡你说的，我都答应就是。"

"真的？"

"真的。"

灵芸道："那好。这些日子小山东出力不小，上次你误伤了他，我一直想着一个报偿他的办法，不过这事儿还得你点头才行。"

嘉怡一口应允："我也觉得过意不去，你只管说。"

"他跟大房屋里的杏儿是同乡，小山东养伤时杏儿一直照顾着他。我看他俩挺般配的，不如咱们找个时机把他们的婚事办了，嫁妆喜酒的钱由咱们出，也算了一桩心愿。"

嘉怡轻拍床栏："这个办法好！你让蒋先生翻翻皇历，挑个日子办一场酒席。"

外面传来呜呜咽咽的笛声。洛芸在凉亭里吹笛遣怀。嘉怡和灵芸偎抱着，看窗纸上映着的灯笼光，一时说不出的温馨恬静。

翌年七月间，天气正热。街上的锣声响得突兀，震碎了天边的暮云。两个衙役，白衣白帽白鞋，一路恓惶地筛锣。嘉怡正在曲房看工人蒸料，听到锣声吓了一跳，忙让小山东出门去瞧。

锣声到兴泰门口停下，有衙役拿出一张告示贴在对面墙上。风很硬，告示在衙役的手里噗噗作响，好容易才贴上。

小山东眯着眼瞧："官爷，这上面写的啥？看不清。"

"什么看不清，是不认字吧？"衙役朝天上指了指，"变天了。"

小山傻乎乎地抬头看天，暮色沉沉一片赤红。

衙役险些笑出了声，另一个忙咳嗽一声。

小山东一愣："换新皇帝了？"

衙役用锣槌在小山东头上狠敲一下："别瞎说。"

锣声又起，衙役的声音在风中乱窜："大行皇帝龙驭宾天，立皇长子载淳为皇太子，著派载垣、端华、景寿、肃顺、穆荫、匡源、杜瀚、焦佑瀛，尽心辅弼，赞襄一切政务。晓谕军民人等，音乐、嫁娶，官停百日，军民一月……"

夕阳砰然坠落，云霞迸溅。

小山东听了忙跑进大院，嘴里叫着："东家，皇上驾崩了，肃顺大人当了顾命大臣，咱兴泰要彻底翻身了！"

嘉怡怒喝："瞎喊什么？再乱叫把你的狗牙敲掉！"小山东吓得连忙闭嘴。

黑夜来得猝不及防。家院们甚至还没来得及点亮灯笼，夜色就如同一块巨幕徐徐遮蔽了天空。嘉怡在院子当中已经徘徊了近半个时辰。他想起灵芸曾说过，懿贵妃和安公公对肃顺恨之入骨。这次热河北狩，是朝中两大势力的对决，胜负输赢都将牵扯到陈家的命运，兴泰正不知不觉地陷入一场惊天骇地的政治漩涡当中。艾掌柜早有预见，为了日后给兴泰开脱，悄悄在匾额上面做了手脚，这个秘密只有他和灵芸知道。多半年来，由于腿疾，嘉怡一直未顾得上去瞧那块匾额。想到这儿，他一手提了灯笼匆匆走到大门外，看左右无人，借着灯笼光细瞧匾额。一看之下，才明白艾掌柜的苦心，心下悲凉，眼里不禁垂下泪来。

载澜在许公公外宅足足等了两个时辰，一直到三更天才听到外面笃笃的朝靴声。他连忙站起揉揉眼睛，许公公向他拱一下手算是打过招呼，随即疲惫地瘫在太师椅中。载澜忙问怎么现在才回，许公公白载澜一眼，道："皇帝宾天，举朝致哀，你一个皇族也该操点儿庙堂上的心，怎么什么都不知道？"

载澜见许公公语带讥讽，心里十分不悦，按捺火气道："我才从牛栏山回京，晌午时就到了勋王府，等了一天也不见阿玛回来，老福晋说是和恭王爷在一起。还说热河那边乱得很，懿贵妃虽然做了西太后却当不得家。肃疯子等人把持着权柄，一直压着皇上的梓宫不让回京。老福晋染病不能久坐，后来就进屋歇息去了。我在客厅里等到天黑也不见阿玛回来，只好到你这儿打探消息，哪里知道你也在忙，只能又等了两个时辰。"

"问题就在这儿！"许公公拍一下大腿低声道，"现在的朝局诡异得很。恭王爷和勋王爷早早地就让内务府赶制白绫帐幔，准备梓宫回京的仪仗，谁知道日日等候却不见消息。后来才听说，肃疯子和懿贵妃——"说着在自己的嘴巴上打了一掌，"瞧我这嘴，是西太后。两个人龃龉日深，斗得厉害。皇上宾天第三天，肃顺就下令今后御旨都由顾命八大臣拟定，两宫太后只管钤印，不得更改。"

"这不是把两宫太后架空了吗？"载澜吃惊道。

许公公接着道："正是这个理儿呢。八月初六，御史董元醇上疏，以皇帝年幼为由，请求由两宫太后暂理朝政。第二天，西太后召见八大臣，要他们照董元醇所奏传旨。你猜肃顺怎么着？他说自己是赞襄皇上，不能听太后之命。不过西太后也不是吃素的，她搬出了新皇帝连哭带闹的，最后商定，今后上谕由八大臣拟进，经两宫太后和皇帝阅后，加盖两枚印章以为凭信。原来肃疯子这帮顾命大臣想借着代天行命控制朝政，到底还是被西太后化解掉了。"

"这不是反了吗？"载澜连连拍桌子。

许公公低声道："说的是呢，肃疯子真是疯了。听说当堂咆哮，把咱们的小万岁爷都吓得……吓得尿裤子了。"

载澜听得目瞪口呆。

许公公接着道："知道他为什么一直不愿意让先皇的梓官回京吗？"

载澜想了想："可是怕恭王爷？"

许公公道："贝勒爷这话对了大半。肃疯子这人虽然张扬跋扈，可平心而论还是真心想兴利除弊，为大清国出力的，算得上公忠体国。可错就错在，他自认为旗人不足恃，一味拔擢汉臣，得罪了太多的皇亲国戚。你可记得咸丰七年的户部宝钞案？那一次连户部尚书在内，户部司员被褫职哭问的大半以上，京城晋绅被其株连破家者不计其数，就连恭王爷的家人也被牵扯其中，肃疯子的外号也就是那次才有的。恭亲王掌控着总理衙门，他的岳父、文华殿大学士桂良又是三朝老臣，军机大臣、户部左侍郎文祥与户部右侍郎宝鋆是他老人家的左臂右膀。西太后要想彻底打败肃疯子，必须得和恭王爷联手。肃疯子虽然势大，可权势只在热河一隅，要是回到了京城怕就——"话锋一转，"咱们这位西太后将来定能成大事，那手段多着呢。"

载澜截住许公公的话头："我知道了，肃疯子一直不愿回京是害怕恭亲王和西太后联手。"

许公公手指轻敲桌案："现在怕是已经联手了。昨儿，两宫太后下令让武英殿大学士贾桢署理兵部，体仁阁大学士周祖培署理户部，兼领顺天府尹。你可知此人是谁？正是户部宝钞案中被褫职的户部尚书。更要命的是，西太后的亲妹夫奕譞当了步军统领，京城的防卫大权已然落在了两宫手中。肃疯子现在闻到味儿了，可他只能拖延些日子，先皇的梓宫总不能一直扣在热河，只要他一回京城……"

载澜心下顿时了然。

想想庙堂之上如此刀来剑往，载澜心下顿觉忐忑。不管愿意与否，福恒昌与兴泰都将被这场政治巨浪波及。谁输谁赢，全在朝中两股势力的高下。想到命运未卜，他越发心慌意乱。

许公公瞧出了他的心思，劝道："兴泰的事儿我也听说了，前些时候咱们的手段还是太软了。眼下暂且观望等候，一旦肃疯子势败，咱们就下硬手，告发陈嘉怡勾结乱党，务必把兴泰逼上绝路，以绝后患！"

载澜思来想去，目下也没更好的办法制衡兴泰，只得按照许公公说的等待时机。

同样忐忑的还有灵芸，她明白肃顺的命运已经与兴泰紧紧相连。

不过两日，京城来了消息：西太后和肃大人已经商定梓宫回銮。小皇帝和两宫太后先行回京，肃顺则护送梓宫随后返回。又听说八大臣和两宫之间的关系已经缓和。肃大人深明大义，主动要求两宫革去他理藩院和响导处实权，端华和载垣见肃顺如此，也请求免掉九门提督和领侍卫内大臣的职务。嘉怡听了不由得长吁一口气，两股势力能和谐相处才是百姓之福。灵芸听了，心事却更重了一层。上次听西太后和安公公的对话，话里话外要置肃大人于死地，哪里就能这么消消停停地让人在卧榻之侧酣睡？想来必是缓兵之计，肃大人此次返京定然会凶多吉少。

她提醒嘉怡，这段时间务必隐迹藏形，不要过于张扬，上次青衣人那批货交付之后，暂且关了酒坊歇工。嘉怡不以为然，说毕竟女人心眼小，肃大人和西太后都惧怕对方势大，犹如麻秆打狼，两下里小心，都巴不得和谐相处，哪儿就能生出血光之难来？

将新酒封了泥头后不久，青衣人果然如期而至，略数了数，就把余下的银两付给账房。正要装车返程，却被灵芸唤住："回去后代我向你们当家的致谢。"青衣人听得一脸狐疑。到底还是按捺不住好奇，问："二奶奶知道我们当家的？"灵芸一笑，"当然知道。是胡大当家的有心要帮兴泰一把，还有上次白先生为我们家老爷看腿那事，怕也是他做的吧？"

被灵芸说破，青衣人也不好再隐瞒，只得点头承认。又问："二奶奶怎么就知道是我们大当家的帮忙？"

灵芸笑笑："胡大当家的说过，他跟柳林营的人相熟。白先生开始拒绝瞧病，后来又主动上门治腿，除了胡大当家的面子还能有谁？还有——"指指车辕上刻的虎头："我在你们卧虎山住过一天，山上的车辕都刻着虎头。"

青衣人一拍脑门："大意了，幸亏二奶奶提醒。若是外出办事被'鹰抓孙'（指官差）逮着可就吃大亏了。"临行时又深深地向灵芸打了个躬，道："我们大当家的说，二奶奶不是寻常妇人，将来是能做大事的。"灵芸道："大当家的说笑了，你捎信儿给他，山上缺酒时尽管来兴泰取。"

青衣人作揖而别。

兴泰酒坊毫无预兆地歇业了。福恒昌更是门前冷落，索性连大门也关了。载澜有多半个月未曾露面，也不知道去了哪儿。镇上开始议论纷纷，都说牛栏山的情势跟大清国的朝局一样让人捉摸不定。

洛芸从京城捎信儿来，说是两宫太后已经回京，肃大人护送着梓宫还在路上。灵芸听得心惊肉跳，大势究竟如何怕只在这一两天了。入夜，刚才还月朗星稀，突然来了一阵风，凄凄惨惨地从牛栏山背后吹来，幽怨如鬼哭，刮得天上星云隐辉，地下草木俯首。灵芸忙去关厢房的窗户，一抬头却看见天上乌云密布，像是罩了一块厚重的黑布。转眼间，暴雨倾盆而下。一时间电闪雷鸣，恍如身处洪荒。女人担心慕卿害怕，忙从新荷手里接了孩子紧紧抱住。谁知道慕卿两眼炯炯，目光烁烁，听着外面的风雨雷暴声，脸上却没有一丝惊恐。正惊异间，突然隐约听到外面有人敲门。先还是"敲"，后来是"捶"，又听到一阵人声喧哗。灵芸心里骤然一紧。

第二十一章　夜祭

该来的到底还是来了。

陈家的男男女女被集中到了二进院正屋大厅里。县衙张巡检的旁边有一个披蓑衣的官员，由于帽檐压得很低看不清面目。两人身后是数十个持枪握刀的皂吏。院外人马声嘈杂，显然已经把兴泰包围。

见到嘉怡，张巡检不像往日那样温和，大声喊道："奉顺天府府尹刘大人严命，缉拿逆党肃顺附逆陈嘉怡。"嘉怡毕竟是见过大世面的，尽管心颤腿软，还是抗声高问："兴泰是本分的买卖人，和朝堂官员素无交集，何来附逆之说？"

"陈嘉怡，牛栏山谁不知道你和肃顺的交情？"张巡检旁边的官员抬起头。一张油腻的胖脸，两撇黑胡，一双鹞眼，说不出的阴鸷可怖。

"这位是顺天府同知洛庆福。"张巡检道。

嘉怡心里暗暗打鼓，顺天府同知亲自出马，看来自己的罪过不轻，一时语结气短，竟然说不出话来。

"洛大人，说兴泰是肃党附逆总得拿出证据来吧？"灵芸道，"要是拿不出证据来，那我就告到紫禁城里去，让皇后娘娘给我们评评理。"

洛同知背着手看灵芸几眼，心里暗暗吃惊。眼前的男男女女莫不噤若寒蝉，只有这个女人神情自若。又见她端庄沉稳，一时摸不清什么来头。张巡检在他耳边低语几句。听说灵芸和西太后有过交集，洛同知嘴上还是软了几分："证据自然有。肃顺曾经赠给陈嘉怡一把象牙折扇，牛栏山没有不知道的。他自己酒后不也拿着折扇在陈记篓铺炫耀过吗？还有你们兴泰那块匾额，那不是肃顺亲手题写的吗？"

嘉怡渐渐缓过神来，心里顿时明白，肯定又是载澜使的坏。去年盛夏，自己确实在陈记篓铺露过折扇。后来才知道篓铺老板陈朝海早年曾跟着薛三厮混，想来定是陈掌柜把这事儿告诉了薛三。不过折扇已经交还辛管家，匾额的事儿也亏得肃大人看得远，不声不响地做了替换。没有证据顺天府也不能随意定罪。想到此处，嘉怡心里顿时有了数。待洛同知说完，他只是淡淡吐了一句"子虚乌有"。

洛同知冷笑："看来是不见棺材不掉泪。来人，搜！"

张巡检跟着喊道："把门前那块匾额取下来！"

霎时，陈家大院里狼奔豕突。灵芸感觉嘉怡的身体在微微发抖，忙用力握了一下男人的手。嘉怡心领神会，敛气挺胸，不卑不亢地负手而立。灵芸看到书瑶摇摇晃晃地几欲站立不稳，连忙让杏儿找个春凳扶她坐下，又一手拉了峻卿，一手拉了瑜卿。此时，灵芸已经在陈家人的心目中变成了主心骨，她在，众人就觉得心安，就连孩子们也不哭不闹地看着眼前的这场闹剧。

四更天，班头向张巡检附耳低语。张巡检又低声跟洛同知说了半晌，只见洛同知的神色颇为失望。

"匾额呢？"洛同知问。

"已经拆下来了，就在门房呢。"张巡检道。

"好，即便找不到折扇，单单这块匾额也能要了他的命。"洛同知大声道，"抬着匾额，先把陈嘉怡押回县衙讯问！"皂吏们蜂拥而上，嘉怡被五花大绑地拖出大厅。书瑶和一众女眷哭喊着去拉嘉怡，却被灵芸拦住。

书瑶瘫软在地上，陈家大院哭喊声一片。蒋先生抹抹眼泪，嘴里絮叨着："这下完了，兴泰真的完了。"

"兴泰完不了。"灵芸心里有底儿，神情淡淡地说，"等着看，老爷不出一天就会回来。"

吴老和道："二奶奶，咱们还是赶紧去府县衙门打点一下。迟了，怕是东家的命就没了。"

灵芸道："先等着，等到天黑再说。"

这一天极为难熬。灵芸表面上不露声色，心里却像油煎般苦楚不堪。晌午时分，嘉怡未归，洛芸却快马加鞭地从京城回到酒坊。原来，京城分号被大兴县衙查封，衙役们还打碎了好多酒坛。灵芸也原原本本地把家里的事情说了一遍，洛芸脸上变色，道："肯定又是载澜这老小子做的好事！我找他去！"灵芸连忙拦住，说："咱们再等一等，这事儿还有转圜的机会。如果没有过硬的证据，府县也不能无故抓人。"

过了午时，饭菜温了三遭。连同烧锅师傅和下人在内，没有人动筷儿，只是眼巴巴地望着门洞。林茂声从五更天就坐在书瑶房里等候消息，灵芸怕老爷子饿着，亲自端了饭菜送去。林茂声叹气："眼下这情势说不定就是生离死别，哪儿还吃得下饭？"又道，"灵芸啊，如果嘉怡真有个好歹，陈家怕得由你来掌舵了。"

灵芸大惊："老爷子说的哪里话来？我一个女人家只管相夫教子就是，抛头露面的事儿我可做不来。再说陈家是有规矩的，女人不能当掌柜。"

林茂声苦笑："灵芸啊，什么规矩也有破的时候。这一年多来，明里嘉怡是兴泰的掌柜，可他一直瘫在床上，酒坊里的大事小情还不都得由你管着？"

书瑶在榻上一阵咳嗽，杏儿忙去捶背，好容易止住。她一把拉住灵芸的手道："妹子，嘉怡要是回不来，这家你就当了，我第一个赞同。"

灵芸红了脸："姐姐想多了，我为酒坊做事也是迫不得已，万万没有别的想法。"

书瑶道："事到如今不能不想后事。妹子啊，你要是做了兴泰的掌柜，我只有一件事儿相求。姐姐身子弱，说不定哪一天就要去了，我走后没什么可牵挂的，只有峻卿……"说着话，不由哽咽起来。"这孩子不争气，不肯用功读书，老爷又不待见，怕是成不了大事，只求你将来看在我的面子上赏他个事儿做……"

灵芸变了脸色："姐姐的意思是说我瞅准了兴泰的家业？！"

林茂声忙道："灵芸别误会。不是你想做，而是情势所迫，你也身不由己。书瑶说的也是心里话，如果真有那么一天，你千万要记着书瑶的话。"

灵芸正色道："老爷子，陈家祖训长子承业，这酒坊将来是峻卿的。嘉怡原想让峻卿好好读书，光耀门庭。可我看孩子的心思全然不在书本上，没事儿就往酒坊里跑，还跟吴老和厮混在一起。小小年纪就把做烧锅的十六道工艺学到了手，依我着，将来兴泰的大掌柜非他莫属。"

林茂声吧嗒着烟袋，良久才抬起头来："你说的是心里话？"

"当然是心里话。"

"灵芸啊，要是你真的这么想我就放心了。"林茂声突然跪了下去，吓得灵芸连忙去搀。"我林家就书瑶一个闺女，峻卿虽说姓陈，但也有我林家的一半骨血。我最牵挂的就是峻卿！要是真能像你说的，让峻卿继承陈林两家的酒坊，我就是把头磕破也值得。"

灵芸把林茂声搀起坐下，笑道："老爷子把心放到肚子里去，这酒坊将来必定是峻卿的！还有一件事儿——我头上这枚金簪由陈家长媳代代相传，我一直琢磨着怎么跟嘉怡说，把它还给姐姐呢！"

书瑶听得涕泪俱下："妹子，你没骗我？！"

灵芸笑着点头："这金簪本来就是姐姐的。名不正则言不顺，我戴着算怎么回事儿？即便嘉怡是大掌柜，也抬不过一个理字。这金簪只有戴在姐姐头上，你我心里才都会安生！"

灵芸一席话正中书瑶心坎。金簪原本就是悬在她头顶的一把利剑，一刻不戴在自己头上，自己长媳的地位就岌岌可危。自己地位不稳，峻卿就会前程堪忧。她万万没有想到，灵芸竟然会主动提到要把金簪交还自己，一时间心潮澎湃，恨不得立时跪在灵芸跟前。

书瑶唤一声"妹子"紧紧握住灵芸的手，泪珠滚落。

正说话间，外面一阵喧哗，就听小山东叫嚷："东家回来了！"灵芸和林茂声赶紧出门去瞧，只见嘉怡怡然自得地负手而归。"大家放心，咱们兴泰烧锅两百年都没倒下，更不会在我陈嘉怡的手里倒下。"嘉怡大声道。家院、师傅们围着一阵欢呼。

林茂声忙迎上前去："没事儿了？"

嘉怡点点头："被带到县衙盘问了一番，到底也没找出证据来。"

林茂声低声问："那匾额……"

嘉怡只是"嗯啊"搪塞了一番，便说自己有些累想回屋歇息。林茂声知道肯定有隐情，便不再追问。小山东让梁妈准备了些酒饭，招呼林茂声一起痛饮庆贺。嘉怡进了屋，灵芸掩上门细问究竟。

嘉怡道："他们找不到象牙折扇，便咬定匾额是肃大人题写，要把我押到顺天府大牢细细审问。我道，你仔细看看这匾额哪儿是肃顺写的？谭耀宗说，人人都知道你们兴泰门前挂着肃顺的匾额，我是亲眼见了的。肃顺是户部尚书，他的笔体我认识。还有这落款——雨亭，正是肃顺的字。我说，天下字体相近的多了。再说这匾额落款根本就不是雨亭，不信你仔细瞧。谭耀宗和洛同知两人一瞅，原来落款是'雨享'二字。他俩顿时傻了眼。我说这位雨享原是密云县衙的教谕，大名郭昶，字雨享。郭教谕极善书法，后来因为跟知县闹别扭，遂辞官不做，回了山西平阳老家。这是他临回家前为我们酒坊题的，哪儿就成了肃顺的字？"

灵芸听得心惊肉跳，忙问："谭耀宗信吗？"

嘉怡道："谭耀宗让人去密云打问郭教谕的事儿。后半晌衙役回来说，果真有个郭教谕，去年告老回山西后病逝了。两个人无奈，只能又合计了半天，才把我放了。"

灵芸松了一口气："难为肃大人想得周全，早早换了原来的匾额，又让人跟郭教谕通了气儿，不然这次咱们兴泰可就遭殃了。"

嘉怡叹息："回来路上听衙役说，肃大人是遭了西太后的算计，在密云馆驿内被抓。眼下人在宗人府押着呢，也不知道后面会怎么处置。"

灵芸道："肃大人做事张扬，吏治严苛，又重用汉人，宗室都对他恨得要死。洋人们也恨他对外强硬，说他是大清国的头号坏蛋。旗人、洋人两下里都不讨好，加上这次又带头跟两宫太后作对，怕是凶多吉少。"

嘉怡道："明儿我去附近寺里为肃大人祈福祷告。"

灵芸拉住嘉怡的手道："这次生死一线，老爷子和书瑶跟我说了好些体己话……"

嘉怡沉下脸："怕是他们在想我死后的事儿吧？"

"是说峻卿。"女人沉吟一下，"这孩子读书不行，不过倒是把做酒的好手。我的意思是，可以让他一面读书，一面在酒坊里跟着吴师傅，日后好让他接过你的衣钵。"

看灵芸说得坦荡诚恳，毫无私念，嘉怡的心不觉一宽，遂点头道："过些日子风平浪静了，就让吴老和收峻卿为徒，看时机我再把秘方交给他。酒坊里的这些杂事就由他做去好了，咱们俩也过几天清静快活日子。"

灵芸微笑，趁机又道："还有一件事儿，我替你答应了书瑶和林老爷子。就是这枚金簪……"

"不行！"嘉怡站起身来，眉头紧皱，"这是我陈家的东西，我是长子、大掌柜，愿意给谁就给谁，你不可妄送！"

灵芸把嘉怡拉坐在榻边："你急什么？也不想想，书瑶身子弱多半是因为这金簪而起。陈家长媳相传，怎么独独到了你这辈儿却给了偏房？书瑶心里肯定像有块石头压着，时间久了能不生病吗？再说，我戴在头上也觉得不舒畅，毕竟这簪子不属于我。还有林老爷子，眼下兴泰遭难，没有富顺庄辅佐，咱们兴泰想挺直腰杆都难。你想想，这簪子是不是定海神针？"

嘉怡神色稍稍和缓。

灵芸摘下金簪："今儿趁着大家都在，你一会儿把金簪给了书瑶。一枚簪子，咱们两下里安生。"

"你不后悔？"嘉怡问。

灵芸笑笑："你可别看扁我，寄春当年有不接簪子的雅量，难道我灵芸就没有？"说着话把金簪轻轻放在了嘉怡手心，又捏着手指让他攥紧。

苦等嘉怡消息的还有载澜。

早上听说陈嘉怡被府县衙门逮去，他心下高兴，让膳房做了几个菜和薛三喝将起来。堪堪等到响午，放心不下，又让薛三去县衙打探。得知洛同知和谭耀宗正在审讯嘉怡，载澜不由叫好，说："洛同知和谭耀宗收了银子倒也卖力。"又说，"这位谭知县真是位见风使舵的老手，见肃顺失势，立马就转了风向。"

谁知下半晌却传来陈嘉怡被释放的消息。载澜摔了酒杯，牙齿咬得咯咯作响，说他亲自去看过那块匾额，分明就是肃顺的字，现在怎么突然变成一个书呆子的字了？又命薛三让人盯紧兴泰，一有动静就去报官。

一连数日，兴泰的大门蚌壳般紧闭。

十月初六傍晚，镇上再次响起刺耳的铜锣声，县衙的皂吏拿着布告一路张贴。洛芸听见锣声忙开门去瞧，见街上一群人正围着告示议论纷纷：原来，本日午时肃顺已经在京城菜市口伏诛，另两位顾命大臣中的王爷端华和载垣被皇帝赐死。洛芸急匆匆回了大院，嘉怡一听，顿时脸色变得惨白。这时，蒋先生背着褡裢从京城赶回，说分号已经解封。灵芸问他可知道肃大人被斩的事儿，蒋先生道："正要跟东家和二奶奶说呢，今儿回来时正好在菜市口撞见了。说起来那位肃大人惨得很，站在囚车上被瓦砾土块砸得鼻青脸肿，满脸是血。到了刑场，肃大人仍旧站立不跪，刽子手用铁棍砸断了腿骨他才跪下，至死嘴里大骂不绝。"

嘉怡听得心如刀绞，摆摆手让蒋先生和洛芸退去。他跌跌撞撞地走到榻前一屁股坐下，人顿时就蔫了。灵芸唤了几声，不见嘉怡答应，忙上前晃他肩膀，只见他目光里没有半点神采，像是丢了魂儿一般。

"你倒是说句话啊！"灵芸急得要哭。

"灵芸……你可记得上次辛管家走的时候怎么跟我说的？他说，要是日后我家掌柜的遭到不幸，您就念着旧情祭奠一下，他老人家爱喝烧锅。"嘉怡嘟囔。

"他是这么说过。等风声过去了，咱们偷偷地去京城城隍庙祭奠一下。"灵芸柔声劝慰。

"不成，我得在他被杀的地儿亲自敬一杯兴泰烧锅！"嘉怡高声道。

灵芸吓了一跳，忙用手堵住嘉怡的嘴："你不要命了？"

嘉怡在灯下披衣呆坐了一晚，直到第二天辰时才昏沉沉地倒在榻上睡去。灵芸怕他做蠢事，目不交睫地看守着他。见嘉怡睡去，她也忍不住支颐而眠。堪堪亥时，灵芸听到外面新荷叫她用饭。她一睁眼，却发现榻上没了嘉怡，忙到院子里去找，却遍寻不见，又跑到门房去问，德旺说一个时辰前东家牵着一匹马出去了。

"可曾问他去干吗？"灵芸忙问。

"说是心里闷，去潮白河边散心。"

灵芸连忙唤小山东和洛芸去找，直到亥时末也见不到人影。她心里越来越不安，独自坐在亭子里思忖半晌，突然失声叫道："大师哥、小山东，你们快去菜市口，一刻也不耽误不得！"

第二天晌午时分，小山东一人一骑回了家，找到灵芸拖着哭腔道："二奶奶，坏事了，东家被官府抓了。"灵芸惊得浑身哆嗦，稳稳神问怎么回事。原来，昨儿嘉怡带了香箔纸钱和一坛酒，孤身骑马去了京城菜市口。监斩席棚就搭在西鹤年堂门前，枭首柱前还有一摊血迹。嘉怡只看了一眼就悲从中来，险些哭出声，又怕惊扰到官府，只得耐着性子在附近茶馆里等候。天黑后看人迹渐少，他就在席棚前跪下点纸洒酒，放声大哭起来。才哭几声，左右里不知从何处冒出几个皂吏，一把揪起他锁了铁链脚铐，直接押到了步军巡捕五营统领衙门。

这些都是洛芸从西鹤年堂伙计口中得知。

不到两日之内，惊魂连连，灵芸扶着亭柱险些摔倒。又问大师哥为什么没回来，小山东道："洛芸大哥从分号里拿银两打点去了。"

灵芸忙让小山东去请蒋先生和林茂声商议。

书瑶听到消息不禁号啕大哭。林茂声训斥道："你啊，临事儿没有半点主意，就会哭天抹泪！"

蒋先生道："朝廷正在清除肃党，这次祸怕是闯大了。别说大奶奶哭，就连我也想哭呢。东家糊涂，为个死人值得把身家性命搭上吗？！"

此言一出，书瑶更是哭得地动山摇。

洛芸满头大汗地进了酒坊，从大缸里舀了一瓢水咕咚咕咚地灌下。林茂声忙问情况如何，洛芸摇头："东家被关进步军巡捕大牢了！听说我是东家的跟班，几个皂吏还要拿问我呢。要不是跑得快，怕是连我也要绑了。"

林茂声一惊："看来兴泰的气数算是到头了！要救嘉怡除非西太后开金口！"

蒋先生苦笑："宫禁森严，侯门似海，恐怕我们连宫门都进不去！再说西太后恨透了肃顺，听说是他的党羽，哪里肯会轻饶？"

林茂声搓手乱转："那也不能眼睁睁看着嘉怡去死啊！"

"既然只有西太后能救嘉怡，那就去找她老人家。"灵芸终于开了口。

"二奶奶，我知道您做事干练，可找西太后这事儿就是说笑话了，您哪儿能跟她说得上话？"蒋先生道。

"我自有门道。"林茂声他们议论时，灵芸早就拿定了主意，"大师兄、小山东，你俩跟我一块儿去！"洛芸知道师妹做事向来有主见，也不询问，忙让小山东去后院备了车马。灵芸回厢房取了一个包袱，急匆匆地从后门上了车。

一路马蹄疾，傍黑儿时三人到了京城。

洛芸问灵芸去哪儿，灵芸道："去前门大街，随便找家客栈先住下再说。"洛芸和小山东也不知道她葫芦里卖的什么药，只得依言找客栈住下。女人关了房门有一个时辰没有露面，直到初更才开了门，叫上洛芸和小山东说要出去"逛药铺"。

小山东不明就里，暗地里嘟囔："药铺有什么好逛的？"

一路走到永安堂，灵芸转脚进了铺子。

伙计见她衣着绮丽，容貌姣好，知道是富家太太，忙迎上问："太太可是要抓药？"灵芸点点头，四处转了一圈，到僻静处停下脚问伙计："你们药铺什么时候开的？怎么没听说过京城还有一家永安堂？"

伙计顿时连脖子都红了，大声道："奶奶真会说笑！永安堂打前朝开始就跟宫里来往，就是那些御医和公公们也常到我们这儿抓药！您怎么说没听说过？"

灵芸故作惊诧："有这等事儿？我们也是做生意的，正好想结识一下公公们。"

药铺的自鸣钟响了八下。

伙计道："奶奶若是不信就等着，一会儿就会有内务府御药房的小公公来为玫贵妃配药。老皇上宾天后，这位贵妃就患了肝气郁结之症，她信不过御药房，只认咱们永安堂的配方，所以每天这个时辰就派一位小公公来取药。"

灵芸看墙角摆着一排客椅，便款款坐下。等了一刻钟时间，果然有个小太监提着灯笼脚步匆匆地去了柜台。取药后，又一刻不停地出门而去。灵芸忙招呼洛芸和小山东跟上。走了几步，小太监觉得身后有人就停下脚步，乜斜着眼瞅灵芸。

"小公公，这厢有礼了。"灵芸万福。

小太监哼一声，尖声尖气地问："你跟着咱家有事儿吗？"灵芸假意咳嗽一声，小山东忙从包袱里拿了一锭银子塞给小太监。

收了银子，小太监的态度自然和缓下来："这位奶奶看着也是懂礼数的人家。说吧，有什么事儿？"

灵芸道："不瞒小公公，我家是直隶南皮人。"

小太监大惊小怪地"呀"了一声："咱家也是南皮人，这么说起来还是老乡呢。"

灵芸故作惊喜状："原来是老家的人，算是我找对人了！打扰您是想寻宫里的一位亲戚，要是您认得就给他带个信儿。"

"说吧，只要是南皮人，没有我不认识的。"

"他姓安，也在皇城里做公公。"

小太监怔一怔："你说的莫非是安德海公公？"

"正是。"

小太监上下打量灵芸："这个信儿我可捎不了！人家是总管大太监，隔着好几辈儿呢！我哪儿见得着？您另找高明吧，我还得赶紧回宫煎药呢！"

"小公公，您不需要捎信儿，我想亲自找他去。"灵芸拦住去路。

小太监"哎呀"一声："亲自找？你还想进宫里去不成？"说着话一把推开灵芸。

"站住！"洛芸挡住了去路。

"嘿！"小太监发了噌，"怎么着？敢拦咱家的路？"

小太监直挺挺地撞上去，却像碰到了铜墙铁壁，一个屁股蹲儿坐在地上，连药包也抛了出去。他爬起来正正帽子，见洛芸叉着腰站在面前终究没了底气，只得道："这位奶奶，您要是找安公公也不是没有门路，只是不要告诉别人是我说的。"

灵芸道："放心，我又不知道您的名字。"

小太监急着回家，只得敷衍道："天福楼你可知道？"灵芸点头。天福楼对于灵芸来说并不陌生，曾经有小半年时间，福盛班一直在那里驻点唱戏。

"安公公看上了徽班一个花旦叫九岁红的，隔三岔五就会过去捧场。你在天福楼候着吧，一准能遇到他老人家。"一面说着，捡起药包飞也似的跑了。

第二十二章　授方

第二天掌灯时分，小山东早来几步包了天福楼的雅间。灵芸怕被熟人认出，进了戏园专拣灯暗处走。早有伙计端来盖碗、茶壶和各色点心摆在桌上。伙计打个躬才要走，却被女人唤住。小伙计瞅一眼灵芸，知道是富贵人家的太太，忙弓腰谄笑："这位奶奶有什么吩咐？"

"今儿可有九岁红的戏？"灵芸欲擒故纵。

"敢情奶奶没看水牌子。上面写着呢，是九岁红的'贵妃醉酒'。"

"哦，好戏。"灵芸轻拍一下手，"既然九岁红出场，宫里的安公公肯定得来吧？"

伙计干咳了一声："这我可不知道，奶奶要是没什么事儿我忙去了。"

洛芸从怀里摸出一块银子塞给伙计："拿去，奶奶给你的茶水钱。"

"哎哟！"伙计一迭声地叫着，"奶奶赏得太重了。这事儿我是知道的，只是您可别告诉别人，要是被掌柜的知道了非扒我的皮不可。"

灵芸点头。

伙计压低嗓音："只要九岁红出场安公公准来，只是宫里面事儿多，或早或晚可就说不好了。"又道，"听说安公公要娶九岁红呢，公公娶媳妇，这事儿自古至今怕是没有过……"

灵芸没工夫听他磨牙，忙问："安公公来了在哪儿看戏？"伙计指指正对着戏台的包厢，"当然是最敞亮的地儿。那个包厢是安公公的，日常就是空着也不敢有人进呢。"

洛芸怕他啰唆，摆摆手道："你忙去吧，有事儿我再叫你。"

开场锣一响，灵芸的眼圈就红了。锣鼓声，茶盏的碰撞声，还有陈旧的绛红色幕布，一点一滴都令她心痛唏嘘。这场景，这喧嚣，都曾经那么熟悉，可如今福盛班早已不知去往何处。她曾让洛芸在京城找过，师父刘鹤亭和一群师兄弟就如人间蒸发了一样杳无音信。正在伤情，忽听楼梯上有脚步声响。前面走的是一个哈腰弓背的老者，后面是三个身着丝绸马褂的人，一色白面无须，横眉冷目。走在中间那人尤其显眼，头戴着一顶皂色瓜皮帽，身着湖蓝色马褂，消瘦，阴鸷，一路走一路瞧着楼下戏台上的女戏子。

来人正是安公公。

灵芸拦住他，正面跪下。

"哎哟，樊老板，你看这事儿闹的！怎么也不安排伙计看着点儿？这谁啊？！"安公公尖声尖气地对老者叫嚷。

"安公公，是我！"灵芸抬头。

安公公眼珠转了几转，猛一拍脑门："我说这么面熟，敢情是兴泰酒坊的二奶奶！认得，认得，快起来说话。"

灵芸起身："安公公，能否移步到包厢说句话？"

"行。不过我可没那么多工夫，你有话得快说。"

"嗯，不耽误您看戏。"灵芸引着安公公进了包厢，又将门帘放下。

"有话就说吧，我听着呢。"安公公坐下端起茶盏。

灵芸递上包袱："安公公，这是我们当家的孝敬您的。"

安公公掂一下分量，笑道："有心了，那我可就不客气了。礼我收下了，事儿你总得说吧。"

"我想求您从步兵巡捕大牢里救一个人出来。"

"谁啊？是杀人了还是放火了？"

灵芸未语泪先流，抽抽搭搭地把事情原委说了一遍。安公公一听，把包袱一推起身便走："陈家二奶奶，这事儿我可办不了。太后现在正要铲除肃党呢，你们当家的犯下如此罪过，还想活着出去？"

"公公留步。"灵芸忙挡在门口。

"让开！"安公公变了脸色。

"我不求您讲情，只消把事情的原委跟太后说一遍就成。我们当家的跟肃顺只是一面之缘，一个做烧锅的哪儿懂得深浅？听说人死了，不过是仗着义气祭奠一下，又哪儿犯得上该死的罪过？"

"这话我可捎不了，你这是捋龙须呢！"

灵芸从桌案上拿起一顶黄绢童帽来："公公可知这顶帽子是谁的？"

"哎哟，这不是大阿哥——"又抽了自己一个嘴巴子，"这不是皇上的帽子吗？"

"正是，这是我从太后马车上找到的。一直想还给太后，苦于进不得宫门，这次请您奉还太后。"

安公公站住脚，怔了半天叹息道："好一个陈家二奶奶！这顶帽子怕是值得万金。你是不知道啊，太后老佛爷一想到北狩路上遇到的那些个事儿就想哭呢。孤儿寡母的，坐着快要散架的马车，一路颠得人要飞起来。皇上还吃不得奶，哭得嗓子都哑了。谁知道你一去，皇上就不哭了。老佛爷总说你有救驾之功呢！这话听着有点大，可你仔细琢磨，倒真是那么回事。要不是你二奶奶，皇上不定饿成什么样呢！"手把着帽子瞧了又瞧，"您瞧瞧，这帽子还是老佛爷请马聚源帽行老掌柜做的，老佛爷还亲手在上面缝了金线呢。一见到它，老佛爷的心啊就会软上那么三分。"说着话，眼里竟然泛起了泪，"别说她老人家，就连我这做奴才的瞧见，也会想起那段低头做人的日子！"抹抹眼泪又道，"好在，都熬出来了！陈家二奶奶，你的话我一定递到。"

灵芸再次跪下千恩万谢。

安公公掀开门帘朝外面瞅了瞅，低声问："你们当家的是喝醉了酒误打误撞去的菜市口对吧？"

灵芸一愣，随即点头："对，是喝多了。也不知道听哪个神婆子说，祭奠冤魂可以免除宿世孽债，就趁着酒兴去了菜市口。"

"这话拿稳了！"安公公意味深长地看一眼灵芸，"你明儿这个时候还在这儿等我，你们当家的是死是活就在太后的一句话了。"

安公公走后灵芸再也无心听戏，悄悄下楼回客栈去了。第二天，又巴巴地候了一天。天才擦黑，人就早早在天福楼候着。一直等到开场，也不见安公公的踪影。灵芸觉得五内如同油煎，眼睛半点不曾觑戏台，只管去看楼梯口。戏唱到半场，安公公的包厢仍旧空空如也。灵芸觉得天旋地转，心里想，这次就是神仙也救不得嘉怡的性命了。堪堪等到三更天，正戏唱完，大轴子武戏又唱了半个时辰。灵芸就像是丢了魂魄一般，目光呆呆地盯着楼梯口。洛芸看得心痛，也顾不上忌讳，一手拉了师妹道："灵芸，别等了，认命吧！"

"大师哥，我心里不甘啊！"灵芸嘤嘤地哭。她双腿软软地站起，被洛芸搀着一步一挪地到了楼梯口。

"二奶奶哪儿去？这戏还没散场呢！"迎面竟然是安公公。

"公公！"灵芸顿时还了魂儿，双膝跪下。

"快起来吧。"安公公忙一把扶起，"你的造化真大，又亏了皇上的那顶帽子。太后接了，想起那几天颠沛流离的，说比乡间的农妇还要苦上三分。又说起你的好，要不是你的那辆马车指不定还要遭多少罪呢！"

"那我们当家的事儿——"

安公公低了声音："准了。一来是朝廷大局已定，眼下正是用人之际，哪儿能赶尽杀绝？肃顺拔擢上来的那些大臣们太后还得用呢。老佛爷发慈悲，就连从肃顺府里搜出来的往来书信都一把火烧了！二来有你的旧情在，她老人家也正好做个人情。说你们当家的不过是酒后无德，让衙门训诫一番就是了。"

灵芸一时云里雾里，半梦半醒，对着安公公拜了又拜。

"别愣着了，快去步兵巡捕衙门救人吧。九岁红还要给我开小灶唱折子戏呢！"安公公一面说着，人已经到包厢坐定。

灵芸三人连夜驱车直奔步兵巡捕大牢。

到了大牢门外，洛芸向守门兵卒说明来意。显然衙门已经接到了太后的口谕，道一声"等着"就向里面通报去了。一盏茶的工夫，两个兵卒拖拽着嘉怡到了门口，喝一声"接着"，就把人抛给了洛芸和小山东。众人忙把血肉模糊的嘉怡抬上马车。

灵芸忍着泪让小山东直奔鹤年堂。

才三天时间，嘉怡已经形销骨立，腮边塌陷了两个深坑。他微微睁眼看到灵芸，嘴角绽出一丝笑意，头一歪枕在了灵芸的腿上。马车一路颠簸着到了鹤年堂，洛芸跳下马车敲门。早有郎中迎了出来，一面问缘由，一面查验伤情。看了几眼，又翻了翻嘉怡的眼皮，干咳几声，转身回了药铺。灵芸连忙跟上，问到底伤势如何，郎中低声道："这六扇门里的人歹毒得很，把肺腑都打破了，人怕是活不久了。"灵芸听了，犹如被兜头泼了一盆冷水。

郎中又问可是京城人氏，灵芸摇头，说是顺义牛栏山人。郎中道："我先用药敷治外伤，再开几付药对付着保命，到了家恐怕华佗再世也救不得了。"

灵芸默默地在台阶上坐了。眼前，洛芸、小山东和郎中的身影犹如幻觉一般。她昏昏沉沉地跟着上了车，迎着暗昧不明的晨曦一路出了东直门。

灵芸怕嘉怡受不了颠簸，双手拢着嘉怡的头抱在怀里。眼前人消瘦、疲惫，脸上看不到一丝血色。她禁不住泪如雨下。嘉怡感觉脸上热辣辣地烫，那种灼热甚至盖过了令人难以忍受的伤痛。他尽全力睁开眼，看到女人发髻上别着一枚骨簪，心中不由剧痛。"别哭——"男人抬手想为女人擦泪，却又无力地垂下。

"你这么做太不值了。"女人抽噎。

男人艰难摇头："当然值得……毕竟我答应了辛管家。"他用力竖起三根手指，"忠信义，就是这三个字撑起了兴泰两百年，不能打我手里丢了祖宗的德行……"女人把脸埋进男人怀里，那份温暖让嘉怡暂时忘记了疼痛。他振作着为女人拭泪："灵芸，我怕是活不久了。"灵芸抬起泪眼："别胡说，你倒了兴泰也就倒了。祖宗在地下都看着呢，你可不能倒。"

"这是天意。"嘉怡苦笑，"我即便去了，兴泰也倒不下。"

灵芸的泪水滴在嘉怡脸上，滚烫灼热，让男人快要冷却的血液重新汩汩流动。

"嘉怡，我问你——"灵芸泪眼婆娑。

嘉怡点点头，鼓励着灵芸。

"到底，到底你是不是把我当成了寄春？"

四目相对，女人的目光没有退却，这是她一直深藏在心底的疑问。

男人微笑："在我的命里有两个女人。一个是寄春，一个是灵芸，你们俩不是一个人。"

"真话？"

"真话。"嘉怡目光坚定，"你们俩谁也代替不了谁。寄春只是个女人，她可以倚靠着我的肩膀走一辈子。而你既是女人，也是男人，你可以和我相互搀扶着走一辈子。"

灵芸的心到底还是放下了："有你这句话，我这辈子就够了！"

"灵芸，我也想问你一句话。"嘉怡声音微弱得像来自天外。

"问吧，我听着呢。"

"我知道你心性很高，当初怎么看上我的？真的不是为兴泰的家业？"

灵芸摇头："你可记得咸丰五年的冬天，你在天桥附近的胡同里救过一个女孩？"

嘉怡认真地想："好像有那么回事……"他突然吃惊地睁大双眼，"怎么，那女孩是你？！"

灵芸点头，温热的泪水滴在嘉怡脸上。男人抱灵芸的胳膊不由得用力，两人紧紧拥在一起，像是怕对方丢了，化掉，变成蒸汽飘到半空。一直到了兴泰门口，灵芸才松开手。林茂声、书瑶、白掌柜、廖掌柜、吴老和、蒋先生都在门口候着，七手八脚地将嘉怡抬进院子，书瑶一路跟着放声大哭，众人也纷纷抹泪叹息。

蒋先生请来了教堂神甫。洋郎中匆匆地来，又匆匆地走，临走时撂下一句话："上帝已经在召唤陈先生了。"

书瑶闻言拉着嘉怡的手哭天抢地。

嘉怡睁开眼，冲众人摆摆手："你们都出去……书瑶和峻卿留下。"

喧闹的屋子骤然安静，只剩下书瑶和峻卿的啜泣声。

"书瑶，"嘉怡握紧书瑶的手，"我怕是要走了……"

"你说的哪里话？"书瑶哭得岔了音，头上的金簪也歪了，几绺头发垂下遮住了半张脸。

"真的，留不得了。"嘉怡眼角含泪，又一把握住峻卿的手，"我走后兴泰没了掌柜的，按家规峻卿要接下兴泰。"

书瑶大愕："他才十二，这么大的家业哪儿承担得起？"

"不是还有你呢吗？还有我岳丈。"

"我这病恹恹的身子哪儿成？我爹……我爹他不是姓林吗？"书瑶错愕不已。

"可总得有人去料理兴泰吧……这是陈家祖宗多少辈人打下来的江山。"

"灵芸，只有灵芸能担得起。"书瑶急切道。

嘉怡苦笑："书瑶啊，你真是个实诚人……峻卿是陈家长子长孙，将来必须要做兴泰的大掌柜，秘方也必须传给他，这是祖宗的规矩。"

书瑶把嘉怡的手握在胸前："嘉怡，我知道你的一片苦心。可眼下除了灵芸，没有第二个人能担得起这个重任。我要是为了私利，怕是会把兴泰葬送了。接任掌柜这事儿关系着兴泰的生死存亡，陈年旧规，该破的时候也得破！"

"你这么相信灵芸？"

书瑶点头："原本我也不信，总觉得她为人太过聪明，不知道她打的什么算盘。可自从这枚金簪插在我头上，我才知道，灵芸的心是透亮的。"

嘉怡犹豫不决。

"拿主意吧！"书瑶用力摇摇嘉怡的手。

"十年，就以十年为期怎么样？十年后，灵芸让位，秘方再传给峻卿。"

"不，十五年。峻卿这孩子性子过于顽劣，就用这十五年时间来打磨吧。"书瑶道，"你不也是二十七岁接的大掌柜？年纪小了，担不起这份家业啊！"

"好，有你这样的贤妻这辈子也算值得。"嘉怡沉吟片刻，"书瑶，别记仇……我知道待你不好。逢年过节多给我烧些纸箔，我在阳间大手大脚惯了，别让我在阴间遭罪。"说着话，涕泗横流。

书瑶跟着嘤嘤地哭："我哪儿算得上贤妻？有件事儿我一直埋在心里——那年寄春从秋千上跌下来丢了命，说起来跟我也有瓜葛。当时下着雨，我在亭子里听到寄春咯咯地笑，想起你平日里对她的宠爱，不由抬头狠狠瞪了她一眼。哪知道寄春正好和我目光相对，她马上变了脸色，脚一滑就……都说眼光会杀人，看来果然如此。"

嘉怡先是叹气，后又苦笑："万般皆是命。我要是当初对你好些，你也不会有这么大的怨气。"又道，"瑜卿是吃你奶长大的，也算你代寄春尽了心，将来她的婚事就由你做主，务必找个好人家嫁了。到了地下我跟寄春说清楚，她自然不会怨你。"

书瑶含泪点头。

"不说这些了，眼下紧要的是把咱们兴泰的后事交代清楚。"嘉怡轻抚着峻卿的头，"峻卿，你读书不成，倒是个做烧锅的好材料……我走后，你就拜吴老和为师，把他的活计学到手，将来你才是兴泰真正的掌柜。"峻卿大哭而拜。

嘉怡挣扎着坐起，郑重地整理衣领纽襻："灵芸，你进来吧。"

灵芸失魂落魄地进了门。

"你——"嘉怡指着灵芸，"从现在起，你就是我兴泰的大掌柜，牛栏山陈家的第一个女掌柜。"

灵芸大惊，一时嗫嚅着说不出话来。

"别再推辞了，我的时间已经不多了。"嘉怡颤颤巍巍地下了地，书瑶和灵芸连忙扶住。嘉怡一步一挪地出了屋子向后院走去，众人惊愕地跟随其后。

小山东开了后院祖祠。

迎面一座宽大的条案，上面林林总总地摆满了牌位，中间还挂了一幅斑驳的"耕读传家"中堂画。

"上香！"嘉怡用手撑着条案，中气十足地喊。

"陈掌柜……好了？"廖掌柜拽拽白掌柜的衣襟。

白掌柜却偷偷地抹泪："怕不是好事儿，回光返照罢了。"

青烟缭绕。嘉怡带着灵芸、书瑶和孩子们跪下："列祖列宗，不肖子孙陈嘉怡携妻子叩拜禀告。蒙祖宗荫庇，兴泰绵延二百年。嘉怡无能，横遭恶人暗算，归期未远。兴泰生死存亡之际，奈稚子年幼，难受重托。今有侧室灵芸虽为女流，却人情练达，世事洞明，堪付重托。嘉怡欲将秘方授予灵芸，十五载后待长子峻卿成人，再付交接。嘉怡不肖，甘受祖宗责罚！"

一室愕然。众掌柜面面相觑，都瞧林茂声。有人拽拽他的衣角。林茂声低声道："这是人家兴泰的家事，再说陈家除了灵芸哪里去找第二个合适人选？"

白掌柜道："确实如此，二奶奶做了大掌柜是我们这些烧锅坊的福分！"

嘉怡揭开中堂画，墙壁上露出一个长方形暗格。他从衣襟下取出一枚铜钥打开暗格，里面搁着一个朱红匣子。

"灵芸，兴泰的制酒秘方在此。"嘉怡捧着匣子，"对着亲戚邻居、各坊掌柜你要盟誓，十五年为期，秘方连同掌柜都要还给峻卿！"灵芸进退不决。

"二奶奶接了它！"林茂声突然大喊。

"接了它！"一室喧哗。

灵芸只得含泪接了匣子，高高举起。

嘉怡喝一声："大掌柜向列祖列宗叩拜！"

灵芸朝着祖宗牌位叩了三个头。

临去那晚，嘉怡紧握着灵芸的手。女人把男人的手捧在脸上，感觉他体内原本灼热的血液逐渐冷却，手指缓缓松弛，直到完全放开。两个人，终于被分隔在了两个世界。

灵芸号啕大哭。

陈家的哭声卷地而来，摇撼着整个牛栏山。

镇上的人都在传，嘉怡一去，兴泰从此就有了一个女掌柜。陈家二奶奶人再精明能干，毕竟是个女人，兴泰偌大的家业怎么能靠女人撑得起来？

殃榜贴在了兴泰门外，镇上许多人的眼里都噙了泪。出殡那天，秋风浩荡。

"起灵！"蒋先生大喊。

峻卿把丧盆重重地摔在地上，瓦屑四溅，箭镞般锐利，油汪汪的阳光被刺得千疮百孔。哭声四起，洛芸拍一下棺材，断喝——起！

灵芸和书瑶扶枢恸哭。两个女人是潮汐中的一簇败叶，被热烘烘的声浪裹挟着向镇外走。牛栏山黑黝黝的轮廓蛰伏在强烈的光影下，如一头老迈的困兽。女人突然想起自己初嫁时也是走的这条街。只不过，彼时是来，此时是去，彼时是喜，此时是哀。她的手搭在棺木上，尽管阳光炽烈，指尖所触却凉得冰手。隔着厚厚的棺木，她也似乎能触摸到嘉怡的肌肤。女人泪流满面，想起自己第一次抱紧嘉怡时，手指轻扣男人的脊背，指尖也是冰凉一片，男人的肌肤是冷的。

出殡队伍经过福恒昌，酒坊的门紧闭着。载澜没有勇气去接受陈家人的目光。他弓着腰趴在门缝上向外瞅，看到许多酒坊掌柜也在出殡队伍当中。身披重孝的峻卿一把纸钱抛到了天上，纷纷扬扬，犹如飘雪。纸钱落下，铺满了福恒昌门前的台阶。

载澜不由得心惊胆战。

熬到队伍出了镇子载澜才把门打开。小厮们把台阶上的纸钱清扫了，他一个人默默坐在院子里发呆。嘉怡的死并没有成全福恒昌，而是让福恒昌跟镇上所有的酒坊都结下了仇。他又觉得京城繁华，到处是温柔富贵，哪里是牛栏山可比？大清国虽然衰败，但瘦死的骆驼比马大，还缺他们这些旗人贵胄吃的喝的？何必跟这些做烧锅的下九流怄气？一时想着就没了斗志，悄然一人回京城快活去了。每隔十天半月又独自一人一马地回来，到账房支些银子就又不见了人影。酒坊全靠薛三做主，宫里有许公公照应，勉勉强强地还能过得去。

灵芸在厢房里躺了三天，兴泰酒坊也冷清了三天。第四天清晨，灵芸突然打开房门：她穿了一身黑色的丧服，鬓边插一朵白花，越发衬得脸色白皙。院子里站满了人，他们眼巴巴地看着灵芸，等待着大掌柜发号施令。没人知道，这三天里她像是从蛹中挣扎而出的蝴蝶。悲痛犹如层层血痂，她奋力挣扎，啃噬，啄击，终于将美丽的羽翼从束缚中摆脱。

小山东搬来一把椅子放在院子中间。

灵芸却没有坐，她拉着吴老和的手走到椅子前："吴师傅，您请坐这儿。"

吴老和满脸惶恐："大掌柜，这可不成。"

"您坐下。"灵芸声音低沉而威严。

吴老和只得无奈坐下。

"吴师傅，您在兴泰多久了？"

吴老和眼泪涟涟："老掌柜在时我就在兴泰。"

"今后呢？"

吴老和吃惊地抬头望着灵芸："当然还要为兴泰效力，伺候您和少掌柜。"

"可我不懂烧锅，峻卿还是个孩子。我这大掌柜怎么能坐得稳呢？"

吴老和道："大掌柜是女人家不方便，就让少掌柜跟着我。这孩子天分好，我的手艺他少说也学会了一半。再调教几年，怕是就要赶上我了。"

灵芸向峻卿招手："峻卿过来，向你师父磕头。"

峻卿答应一声，结结实实地跪在地上。吴老和吓得脸色大变，叫着"少掌柜使不得"去拉峻卿。

灵芸道："吴师傅，峻卿以后就是您老的徒弟。你们爷儿俩说得来，这是天注

173

定的缘分，您自然该受他大礼。"吴老和含泪复又坐下。峻卿拜了三拜，叫了一声"师父"。

"嗳。"吴老和挽起峻卿。

一旁蒋先生低声道："大掌柜，兴泰全在您的肩上了。咱们不能这么消停着，工期耽搁不起啊。"

灵芸道："这几天我已经想好了。牛栏山烧锅是各位掌柜一起闯出来的名声，我们兴泰不能独享。蒋先生，烦请您写张布告，就说牛栏山烧锅本就是一家，单打独斗永远成不了气候。有钱咱们大家一起赚，凡是镇上的烧锅作坊都能来兴泰入股，用咱兴泰的水，使咱兴泰的方子，有事共商，年底分红。"

白掌柜抱拳一揖："大掌柜省张纸吧，我们鸿利酒坊入股！"

跟着是廖掌柜："隆盛酒坊入股！"

人群中一片"入股"的声浪。

人们议论：新掌柜这招厉害，兴泰虽然没了烧锅公会会长的名分，却轻轻松松地把公会架空了。

灵芸站在院子中间喝一声："开工！"

踩曲歌响起，兴泰酒坊的烟囱再次冒出了白烟。那烟不怕风吹，直直地冲上天际，一直弥散在云霭里……

第二十三章　赌局

同治五年的春上，载澜风风火火地回到福恒昌。进门直奔账房，酒坊上下不见人影，账房的门也敞开着，桌子上落了厚厚一层尘土。载澜用马鞭敲打桌子："老张，死哪儿了？"喊了几声看无人回答，就拿起桌上的账本翻看。才看几页，脸色顿变。正张嘴错愕间，薛三和账房张先生一路说着"贝勒爷今儿可能回来"进了屋，看到怒容满面的载澜忙跪下行礼。

载澜晃着账本："看看你们这笔烂账！每年我阿玛都要向福恒昌投几千两银子，宫里面又有许公公照应，不赚钱倒也罢了，怎么反倒有这么多亏空？！我可告诉你们，阿玛这几年被皇上支应着杀捻子，顾不上理会咱们。所以每年只是照例让账房投银子，从来不看账目。如今捻子已经被李鸿章和左宗棠打得差不多了，他老人家也不知道怎么就心血来潮，要让府里账房来牛栏山盘账。这万把两的亏空……"一时结语，指着二人吼道，"我吃不了兜着走，你们也别想睡踏实了！"

张先生弓着身子："贝勒爷您消消火，听我跟您盘算一下。这些年咱们生意靠许公公照应不假，不过都是宫里边边角角的小生意，赚的钱还不够付烧锅师傅薪水。加上许公公每年的分红、您每月的花销，一来二去的已经不剩什么了。您老人家又在陈记婆铺开了赌坊，生意看着挺红火，可您那些天南海北的朋友白吃白抽的……"

载澜低声斥道："别再提赌坊的事儿。这事儿要是被阿玛知道了我得挨鞭子，被宫里知道了怕得送宗人府治罪呢！"又道，"你们先说眼巴前的——明儿府里账房的人就到，这一万两的亏空我可怎么补上？"

薛三咳嗽了两声。

载澜瞪他一眼："有话就说！"

薛三道："要说补上这亏空，也不是没好办法。"说着，目光直直地盯着载澜腰里的蟠龙玉佩。

载澜顿时明白，这老小子是在打玉佩的主意。他举起马鞭："好啊薛三，你小子胆子不小啊！知道这玉佩是谁给的？我大清国太祖皇帝赐予太宗皇帝，太宗皇帝又赐予我老祖的铁券丹书！可以免死的救命牌子！"

薛三连忙打躬作揖："爷啊，我的贝勒爷，这不是权宜之计嘛。京城万庆典当行掌柜的跟我熟识，先拿玉佩当一万两银子，日后补上亏空再把玉佩赎回来。神不知鬼不觉的谁又知道？不然眼前的麻烦可混不过去。"

载澜缓缓放下马鞭，一屁股坐在椅子上喘粗气。

张先生趁机劝道："贝勒爷，我看薛三爷这主意成，且先救了眼前的急。"

见载澜态度松动，薛三趁热打铁："贝勒爷，这几年您在京城里满世界跑，可不知道兴泰赚了多少银子。咱们还是得想办法把江山夺回来，只要整倒兴泰，白花花的银子有的是。到时别说一万两银子，就是十万两也拿得出！"

"整倒兴泰？你以前也没少出馊主意，哪次成了？"载澜白眼道。

薛三讪笑："那不有陈家那位二奶奶吗？她主意多，人脉广，咱就绕过她去拣软的捏。"

"你眼下可有准主意？"载澜语气缓和了不少。

"有啊。"薛三凑前道，"少掌柜峻卿才十六岁，人整天泡在酒坊里，听说手艺已经能比得上老师傅。这孩子人挺老实，就是有点儿贪玩，闲暇的时候就喜欢跟师傅们打骰子……"

"好，峻卿这颗鸡蛋上只要有缝，你薛三这只苍蝇就能找到下嘴的地方。"载澜用马鞭敲打着膝盖，"那就依你的主意，先把玉佩悄悄在万庆换了银子，把亏欠的账冲上。峻卿那个小崽子就交给你了，咱们这场仗务必要把兴泰打翻，断根，永除后患！"

这年盛夏，溽热的天气让十六岁的少年峻卿热血沸腾。连师父吴老和也说不清楚，不知道从何时起，峻卿变成了一头龇牙示威的小兽，时时想向人展示自己尖利的爪牙。这天下工后，几个烧锅师傅躲在糠房里掷骰子赌钱，峻卿蹲在旁边看热闹。有人怂恿他打几把，峻卿心里发痒却又怕师父瞧见，支支吾吾地不敢接骰盅。众人就笑话他怕吴老和，说哪儿有东家怕扛活儿的，又有人说别看峻卿是少掌柜，大掌柜管得严，兜里怕是连几文钱也没有。几句话说得峻卿五内翻腾，一把夺过骰盅，将兜里的碎银子拍在地上。

恰巧吴老和到糠房取东西，把峻卿逮个正着。他怕峻卿学坏，忍不住上前训斥了几句。峻卿受了挑唆心里正自有气，忍不住梗着脖子顶撞了几句。吴老和气不过，就到书瑶跟前告状。书瑶生气道："咱们兴泰的祖训，陈家弟子戒嫖赌抽等诸般恶习。他将来是要做兴泰大掌柜的人，怎么能犯这样的忌讳？"

吴老和道："峻卿这孩子干活还算踏实，就是喜欢喝酒打骰子。这原也不算什么大毛病，可就怕日后成瘾败家，这事儿您不能不管。"

书瑶咬牙道："我去跟灵芸妹子说，得动家法才行！"

灵芸正挽着袖子在酒窖跟一帮工人刷洗酒坛，听到此事心里咯噔一下。她知道良家子弟亡家不外乎嫖赌两个字。要是嘉怡还在，怕峻卿早就脱一层皮了。但转念又想，虽然视峻卿如同己出，但毕竟书瑶才是亲娘，自己动怒使了家法怕她面子上不好看，遂道："嫖赌关乎陈家子弟声誉，这事儿小看不得。但峻卿还小，也未大赌，我一会儿把他叫上来训斥一番。以后姐姐和我都要看紧了，不能让他再犯。"

书瑶却不赞同："妹子是咱们兴泰的大掌柜，陈家的家法得由你来掌管。按祖训峻卿必须领受家法，关在祖祠思过三天才行。我知道妹子是照顾我的面子，可要是不让峻卿吃点苦头，说不定哪天就把这酒坊给败了！"

灵芸觉得在理，把峻卿唤来当面训斥了一番，又让小山东和德旺把他关进祖祠思过。

峻卿气呼呼地进了屋，扑通一声跪在祖宗牌位前，嘴里念经般絮絮叨叨地背诵着家训，才半个时辰就觉得膝盖酸疼。想想还要跪上三天时间，不由得头皮发麻。又觉得师父吴老和全无师徒情谊，不过犟了几句嘴就要到二娘跟前告状。想到此，又暗恨二娘。不过是几钱银子的事儿，训斥一番也就算了，怎么还当真要在黑咕隆咚的祖祠里关上三天？

眼看着天黑，小山东扛着提篮进了祖祠。峻卿也不理会，只管盘膝对墙而坐。小山东过去扳一下峻卿肩膀："少掌柜，吃饭了。"峻卿摇头不语。小山东央求："我的爷，好歹吃两口，不然饿瘦了大掌柜还得怪我。"

"要想让我吃饭也行，得让我出去透透气。"峻卿终于开了口。

小山东连连摆手："那可不成！要是让大掌柜知道了肯定扒我的皮。"

峻卿瞪下眼："山东叔，你真要我在这儿待上三天啊？我要是憋疯了你不也心疼？"峻卿自小跟着小山东厮混，两人之间不像其他主仆那样循规蹈矩。峻卿接着道，"山东叔，我也不难为你。就今儿一晚，天亮前我一准回来。"

看小山东犹豫便又道："我看杏儿婶子的肚子大了，就在镇上银匠铺定了件长命锁。"说毕，眨眨眼。

小山东被他说得忍不住笑起来："其实大掌柜和吴师傅也不是故意跟你过不去，只是怕你将来走邪路。你别记恨他们才是。"

峻卿连连点头："不说这个了，快让我出去透透气。"说话间人已经到了门外。小山东连忙追出去问他去哪儿。

"镇上遛遛弯去。"峻卿从后门溜出大院。

一路遛到宝记饭铺才想起没吃晚饭，于是进铺子叫了一碗杂碎面。邻桌两个外地口音的客商正在嘀咕寻乐子的事儿。其中一个四十多岁年纪，额头光洁可鉴，留着两撇胡须，身着皂色丝绸马褂。那人一面端着盖碗品茶，一面说陈记篓铺后院开了家赌坊，有酒有烟有女人，不如去那里混上一晚。峻卿这几日手气正顺，一听赌坊两个字不觉技痒，朝桌上撒下几个大子儿直奔篓铺而去。

进了篓铺，伙计殷勤地跑前跑后，问："少掌柜可是要定制酒篓？"

峻卿知道篓铺掌柜陈朝海一向跟载澜走得近，脸上挂着霜道："谁要你的篓子？"

"那您——"伙计赔着笑。

峻卿压低声音："耍钱的地方在哪儿？"

伙计装傻充愣："少掌柜找错地儿了！我们是卖酒篓的，耍钱去找赌坊去。"

"还想瞒我？你们家后院设着赌局呢。"

伙计急了眼："少掌柜可别乱说！您是读过书的人，大清律您总知道吧？凡赌博，无论军民俱枷号两个月，杖一百。要是被县衙知道了，我们掌柜的屁股还不被打烂？"

门后突然绕过一个人来，五十上下的年纪，胖得几乎要爆裂开来。这人手拿折扇踱过来道："别这么跟小掌柜说话，再吓着人家。"峻卿认得，正是篓铺掌柜陈朝海。

"少掌柜可是要耍钱？"陈朝海笑问。

峻卿冷哼一声，算是答应。

陈朝海道："少掌柜想是听说了，我这篓铺确实有赌局。只是赌坊规矩大，您可曾带银子来？"

峻卿掂掂腰上的荷包，沉甸甸地响："不带钱来你们这种地方干吗？"

"好！"陈朝海收起折扇拍一下掌心，"带少掌柜进后院！"

伙计答应一声，拎着灯笼走在前面。穿过两道门，第三进是一个不大的院子，甬道旁堆满了荆条篓筐。推开东厢房的门，里面的摆设极为简陋：中间是条案桌椅，一侧山墙前摆放着多宝格，另一侧山墙是一件红木立柜。伙计走到立柜前，轻轻向旁边一推，墙壁上竟然闪出一道门来。里面别有洞天，一派喧嚣。

"请吧，少掌柜。"伙计道。

峻卿一脚踏进门里。谁知脚下竟然是台阶，一个趔趄险些摔倒。他稳稳神，再回头却发现立柜已经把门挡住。顺着台阶向下走，转过一道玄关，眼前是一座敞亮的大厅。满屋人正围着十多张桌子吆五喝六地叫，屋子里弥漫着一股呛人的烟味儿。峻卿负着手一路看过去，却不见有镇上的熟人。看样貌不是官宦就是富商，操各路话的都有。心里暗暗吃惊，没想到小小的篓铺下面竟然暗藏着这样一个赌局。旁边有伙计忙过来招呼，问他喜好骨牌还是摇摊，他指指正中的桌子，正是他最喜欢的打骰子。

伙计捧着一个簸箩，里面满是钿花的筹码。乍一看，这些筹码跟铜子儿一样，只不过在边缘刻了繁杂的花纹。不绝于耳的摇骰声，犹如仙乐一般让人沉醉。峻卿顿时觉得血液在体内呼啸生风，忙兑了一簸箩筹码，迫不及待地凑到桌前。峻卿的手指跟父亲嘉怡一样纤细白皙，像生了眼睛般敏感。每次摇动骰盅，都能感觉到那些晶莹滑腻的小东西在舞蹈，像是精灵。此刻，他就是这些精灵的主人。骰盅上下翻飞，犹如蝴蝶在花丛中穿行，动作舞蹈般夸张。直到感应到精灵们已经被彻底驯服，他才用力把骰盅掼到桌上。

周围山呼海啸，峻卿平静自若。缓缓打开的一瞬，又是一阵狂浪的喝彩声。少年峻卿被音浪裹挟着，身体轻飘飘地被托起又迅捷地放下，强烈的失重感让他迷醉不已。

将近四更，峻卿面前簸箩里筹码堆积如山。倦意袭来，他不由得打起了哈欠。

身旁有一只手递过烟枪："抽一口，提提神。"

一口下去，肺管里充满了辛辣的烟味，峻卿咳嗽成一团。众人哄堂大笑，有人道："原来是个雏儿。"峻卿瞪着眼睛扫视周围，索性站在凳子上吹喇叭般高高挺起烟枪，用足力气猛抽一口。烟雾渗透血脉肺腑，陡然精神倍增。目光所及，所有家什都变得边角圆润，所有人物都觉得和蔼可亲，就连手里的骰盅都生出了翅膀。他以一种造物主的姿态颐指气使，任意摆布指挥。

峻卿昂首大笑。

隔桌传来噼里啪啦的掌声——正是那位在宝记饭铺邂逅的外地客商。

"在下宋克己。"那人向峻卿抱拳，"我想跟这位少爷赌个大的。"

"来啊！"峻卿摇摇晃晃，身体里的血液滚烫如岩浆，"有多大？"

宋克己指指峻卿眼前的簸箩："一把，敢不敢？"

峻卿呵呵冷笑："你先。"

"你先。"宋克己用拇指捋着两撇小胡子，眼神里满是不屑。

"好，六颗骰子，点大为胜。"峻卿道。

这一次，精灵们没有遵照他的意志，而是散乱地不成点数。宋克己哈哈大笑，拿起骰盅晃动几下，而后轻轻扣在桌上。众人围拢。盅盖缓缓掀起，一片刺目的红。

峻卿觉得脑子嗡的一声，手脚顿时变得冰凉。

宋克己哈哈大笑，把一簸箩筹码拉到自己跟前："好了，天快亮了，我得回客栈。这些钱够我耍几天了。"

"慢着！"峻卿喝道，"赢了钱就想走？"

宋克己站住脚回头："怎么，还想玩一把？"

"还是刚才的规矩，再玩一把。"

"你还有钱吗？"宋克己笑吟吟地盯着峻卿。

峻卿神情窘迫："我回去拿钱，咱们今晚戌时初再战。"

宋克己微笑着点点头，负手而去。

小山东提心吊胆地等了一夜，幸好大掌柜和大奶奶都没来瞧峻卿。直到天亮才见峻卿晃晃悠悠地回来，脸色苍白，神情倦怠。小山东忙上前问他去哪儿了，峻卿只是皱眉摇头，一头倒在隔间榻上呼呼大睡。小山东叹口气，轻轻拢门上锁。他才一转身，却见灵芸进了月亮门。

"小山东，峻卿昨晚可睡得好？"灵芸问。

"大掌柜放心，少掌柜好着呢！这会儿还没醒。"小山东红着脸道。

灵芸点点头："这孩子天资好，可不能被这些恶习耽误了。你俩处得不错，也经常说说他。"

小山东点头称是。灵芸又问杏儿几时临盆。小山东道："快了，也就一个月的事儿。"灵芸道："杏儿有小产的毛病，这次保住孩子实属不易。酒坊里的事儿你先放一放，有空儿多照顾杏儿。"小山东连连打躬，说："多亏大掌柜照顾我俩才有今天。"

峻卿听得外面两人对话翻身坐起。想想今晚还要捞回面子，可本钱又从哪儿来？二娘掌家甚严，每一笔银子都要有出处。即便是他这个少掌柜，也是按月领俸，绝无额外收入。想到此，他叹口气躺下，烙饼般翻来覆去难以成眠。想想昨晚前半宿神仙般的感觉，不由得心痒难忍。况且宋克己的轻蔑态度实在让人生气，要是不赢回面子，日后肯定会被镇上人传成笑柄。

如此想着，不觉到了晌午。草草吃过饭，接着倒头大睡。一直到申时末，峻卿一骨碌爬起来捶门，嚷着要小山东放他出去解手。出了门，他磨磨蹭蹭地拐进戏台后面的花木丛中，又绕过去溜进前院。他拿定主意：账房里每日银票往来，蒋先生又年迈神衰，趁机拿上一张正好有了今晚的赌资。

一条黄狗趴在账房门前，见到峻卿摇头摆尾地示好。峻卿嘘了一声，黄狗呜呜几声遂趴下不动。账房的门开着，蒋先生正摇着蒲扇打算盘。峻卿躲在荷缸后面，捏着嗓子叫："蒋先生，大掌柜叫你去一趟呢。"蒋先生应一声，掩了门匆匆向前院走去。峻卿知道银票和现银藏在账房夹墙的银窖里，要领取大额现银，需要大掌柜和蒋先生同时开锁才行。可蒋先生嫌麻烦，有时会把银票夹在账本里。峻卿打小爱听蒋先生说古，对他的这个习惯了如指掌。他蹑手蹑脚地进了账房，翻开摊在桌上的账本，里面果然夹着几张银票。犹豫一下，拣了张三百两的揣在怀里。听到蒋先生的脚步响，一溜烟窜到荷缸后面躲了起来。

这一夜，峻卿遭遇了十六岁人生中最大的一次挫败。昨夜神仙上身般的幸运再也没有降临。峻卿大口大口地吸着烟枪，只有这种迷药般令人销魂的烟味才能暂时安抚他狂躁的情绪。四更天，峻卿面前已经没了筹码。宋克己眼睛乜斜着，满是挑衅意味："我的大少爷、少掌柜还玩吗？"

旁边观阵的陈朝海道："少掌柜，您要是还想玩的话也不必回去拿银子，我这里可以借钱。"手一伸，伙计递过一张纸来，"连借条都给您写好了，只需填个数儿签上名字就成。"

"五百，五百两。"峻卿说得咬牙切齿，提笔在借条上签了字。

少年鲁思皓第一次从山东老家来到京城。京城虽然繁华，但住得久了也不免生厌。听父亲鲁振宇说要去牛栏山谈生意，便央求着跟了过来。鲁振宇是兴泰的新主顾，灵芸带着蒋先生和洛芸亲自在门口迎接。见到思皓唇红齿白的模样，灵芸禁不住夸了几句。

鲁振宇摇头叹息道："好看有什么用？原本打算让他读书做官，哪儿想只得了个生员就再也难以向前半步，只能让他跟着我做生意。"

灵芸道："这孩子年纪尚小，还是再读几年书好。"

鲁振宇摇头："大掌柜不知道，这孩子看着聪明却愚钝得很，再读书怕就读傻了。不如带着他跑跑生意，免得将来成了书呆子。"

众人在大厅落座，献完茶就聊起了生意上的事儿。

思皓觉得无聊，趁父亲不注意溜了出来，顺着门廊一路走到后花园。正是盛夏季节，园子里草木葳蕤，蜂蝶乱舞。思皓正看得出神，突然见草丛里有一个雾青的胭脂瓷盒。那盒子比铜钱略大，上面花饰繁复，甚是悦目。思皓弯腰拾起，打开闻了闻，一股奇香直冲脑际，人瞬间觉得清爽了不少。正思忖间，两个女孩一路分花拂柳地顺着甬道走来。走在前面的与思皓年纪相当，十五六岁上下。那女孩面容姣好，穿着一件白色掐腰小褂，红裙曳地，手里捻着一枝花。跟在她身后的是一个十多岁、梳双螺髻丫头模样的女孩。两人一路说着话，像是在找什么东西。红裙女孩叫跟班的丫头"盈儿"，说那盒谢馥春胭脂是托洛芸舅舅去京城买的，怎么不小心就丢了。一路说一路走，抬头看到面前站着一个锦衣少年。女孩的脸顿时红了，蹙眉问道："你是谁？怎么在我家园子里？"

盈儿向思皓道："这是我们家二小姐。"

思皓慌得心跳如鼓，忙打躬道："见过二小姐。"

瑜卿的目光在思皓身上停了一下："可是外地的酒商？"

"山东鲁氏酒庄。家父鲁振宇，我叫思皓。"少年忍不住又多瞧了女孩儿眼。

"那也不能乱闯。"瑜卿瞥一眼思皓手上的胭脂盒，"我的胭脂怎么在你手里？！"

思皓连忙辩解："是我在花丛里捡的，这可是姑娘您的？"

瑜卿接过胭脂盒："不是我的难道还是你的？"虽然陈家家教甚严，但瑜卿生就男孩子一般的性格。加上生母寄春走得早，嘉怡和书瑶都疼爱放纵，所以说话做事全不拘泥于闺阁礼数。她皱着眉打开胭脂盒闻了闻，突然红着脸扔掉："好好的一盒胭脂怎么有了一股子汗味？不要了！"说毕，带着盈儿转身就走。

走到转弯处款款回头，只见思皓傻乎乎地站着。突然又咯咯笑得如裂锦一般，凌霄花一时落成了锦阵。思皓俯身把胭脂盒捡起，攥在手里闻了闻，香味馥郁，哪儿就有汗味？一时不明就里，攥着胭脂盒呆立在花丛中，半晌回不过神来。

第二十四章　迷梦

才送走鲁振宇父子，小山东就着急忙慌地向灵芸报信儿，说峻卿昨儿下半晌就溜了号到现在也不见回来。灵芸切责他为什么不早点回禀，小山东嗫嚅着说不出话来。吴老和道："峻卿这孩子贪玩得很，是不是去镇上找那些混混赌钱去了？"灵芸忍着怒气，让小山东带人分头去找。

书瑶听王妈说峻卿跑了，忙到客厅去寻灵芸。看到书瑶脚软手颤的样子，灵芸一阵心痛，忙挽了她坐下，说小山东已经去找了，镇子就这么大，找回来再说教一顿就是了。书瑶这才略感宽心。

小半晌时间，小山东急匆匆回到大院。

书瑶忙问："可曾找到峻卿？"

小山东道："打听到了。被陈朝海这家伙关在了柴房，说是欠了他家的债。"

屋里的人都吃了一惊。兴泰酒坊富甲京北，哪儿听说过少掌柜借别人钱的事儿？

灵芸脸色大变："肯定是峻卿耍钱输了。"

书瑶一阵眩晕，摇摇晃晃地瘫坐在椅子上。王妈一声惊叫，蒋先生又是扇风又是掐人中，陈家大院顿时乱作一团。"肯定是陈朝海这家伙受了载澜指使，我找他要人去！"洛芸拿起护院用的棍子，气冲冲地朝陈记篓铺去了。小山东又唤来十多个师傅、家院一路跟了上去。

书瑶对灵芸道："妹子，你倒是拦着他们点儿。载澜岂是好欺负的？这要是出了人命还了得？再说峻卿还在人家手里呢！"

灵芸道："先由着他们去，然后我再去解围，不然载澜会觉得咱们陈家太怂。"

陈记篓铺好像早有准备，一帮伙计正拿着棍棒站在店铺门前等候。洛芸也不说话，上去放倒两个伙计就要向里闯。

薛三从人群中突然冒出来："慢着——"

洛芸一把揪住薛三的衣领，吼道："让开，不然连你一块儿打！"

薛三拿出混不吝的撒泼模样："好啊！你要是有胆就从我身上踏过去！"又向四周一抱拳，"各位乡邻，兴泰酒坊果然是店大欺人啊，欠债不还，还要打人！"

"我们家少掌柜借篓铺的钱？笑话！"小山东在旁边帮腔。

薛三冲一旁噤若寒蝉的陈朝海使个眼色。陈朝海壮起胆子把手中的欠条朝四周展示：“欠条在这儿呢。白纸黑字，陈俊卿先后从我这儿借了五千两银子。”

洛芸怒不可遏，嘴里说着“胡说八道”就要动粗。两边都气势汹汹，眼看着就是一场恶仗。瞧时机已到，灵芸分开人群走到陈朝海跟前：“大家先别动手。”

陈朝海拿着欠条：“大掌柜来得正好，您瞧瞧这欠条。”

欠条上字迹分明，果然是峻卿的字迹。

“大掌柜，您可看清楚了，到底是不是你们家峻卿的字迹？”薛三道。

“是与不是跟你有什么关系？”灵芸冷脸问道。

“您移步到里面就知道了，这里闹哄哄的，别让人看笑话。”薛三瞧洛芸一眼，“不过，只能您一个人进去。”

洛芸才要说话，灵芸伸手拦住：“大师哥，你们在外面等着。我是兴泰的大掌柜，这事儿必须得由我出面才行。”

“大掌柜果然大气！”薛三竖起大拇指，推开伙计请灵芸进了店铺。

铺子大厅里摆着一张太师椅，上面竟然坐着载澜。他正悠闲地闭目把玩扳指，听到脚步声才乜斜着眼看过来。一惊一乍地叫着“大掌柜”，跳起来让薛三去搬座儿。

灵芸知道载澜的把戏：他座下是太师椅，而搬来的却是一只春凳，女人坐在他面前倒像是听人训斥一般。灵芸不理会薛三，娉娉婷婷地站在从门洞流泻而进的阳光里，娴静如花。

“大掌柜倒是沉得住气。”载澜负手踱步。

“不过是五千两银子，我兴泰还拿得出。”

“知道你们兴泰有钱。”载澜围着灵芸转了一圈，“你再瞅瞅我，眼下只剩下了一个贝勒爷的空名头。你们兴泰别逼人太甚，好歹也给别人留碗饭吃。”

“这么说，这事儿是你做的？”灵芸问。

载澜冷笑：“是我做的又怎样？顺义县衙、顺天府衙任你告去。话又说回来，你能告我什么？你们家少爷欠人家婆铺的银子不还，我贝勒爷主持下公道何过之有？”

一旁陈朝海帮腔道：“大掌柜，这五千两银子峻卿只不过借了三千两，其余是抽大烟的钱。您告贝勒爷等于是在告峻卿。我大清律法，食鸦片烟者杖一百，枷号两个月。”

灵芸吃了一惊：“峻卿抽大烟了？”

载澜一屁股坐回太师椅：“不但抽了，还上了瘾。这会子正口吐白沫地在柴房寻死觅活呢。要不然，您就先拿几百两银子买些烟土让他过过瘾，省得遭活罪。”

两个人的目光在无声地交锋。女人星眸硕硕，剑锋般锐利，几欲穿透载澜的皮肉。看到灵芸仍旧如当年一样俏丽，载澜心里又恨上了几分。他收起目光，恶狠狠地道：“大掌柜，你要是舍不得这几两银子，峻卿少爷就成了活鬼，你借刀杀人的名声怕就要传开了。毕竟，他是大房的儿子，而且将来还是要代替你做掌柜的人。你也是有孩子的人，我不信你能向着别人的孩子。"

耳边隐隐传来峻卿凄厉的呼号，眼前是载澜轻薄的笑。毫无疑问，这是一个精心设计的圈套。灵芸明白，载澜确实不怕她告状。顺义县、顺天府哪个衙门不怕勋王爷的权势？突然想到，载澜刚才话里唯独没有提及宗人府。又想到当初在张镇行宫西太后曾对安公公说过，要宗人府切责载澜。看来载澜怕的还是宗人府。灵芸心里拿定主意，不如唬一唬载澜，也许能诈出一线生机来。

想至此，灵芸收敛怒容："贝勒爷，峻卿这孩子犯了家规，赎回去也是要打断腿的。人是要不得了，他归你处置就是。不过，开赌坊抽大烟，还有诱骗良家子弟、圈禁人口都是重罪。你即便是皇亲国戚，我也要告到宗人府讨个说法。宗人府不成，我就告到宫里去，让太后老佛爷评评理。"说完转身要走。

载澜大惊失色，忙不迭地叫着"大掌柜"伸手去拦。灵芸一眼瞥见他腰间空荡荡的，顿时心生疑窦：蟠龙玉佩载澜从来都是片刻不离身，这会儿怎么不见了？

灵芸福至心灵，指指载澜腰间："你的玉佩呢？京城谁不知道你玉贝勒整天恨不得把玉佩顶在脑瓜门上，今儿怎么不戴了？"

一番话正戳在载澜痛处。他也猜不透灵芸是否知道自己当了玉佩，忙又左遮右拦地挡去路。

灵芸正色道："贝勒爷，你老毛病又犯了。可记得咸丰六年在天桥下被人揍了一顿？"

载澜大惊。他作恶太多，原本这些糟烂事他也记不得，只是那顿打却刻骨难忘。如此说来，灵芸就是那个遭他调戏的小姑娘。

灵芸低声道："你可知道打你那人是谁？"

载澜惊问："谁？"

"是嘉怡。"灵芸冷笑。那笑刀子般刺破载澜的五脏六腑。载澜一时心智大乱。

"你当了玉佩抵亏空是不是？"灵芸逼问。

载澜心慌意乱："当了又怎样？到时赎回来就是了！"

"好啊，敢承认就行。这话你最好在太后跟前亲自说！"灵芸趁着载澜慌神快步走出篓铺。

载澜回过神来，怒气冲冲地朝薛三发火："当玉的事儿你说出去了？这婊子认识安公公，要是传到太后耳朵里我就完了！"

薛三诚惶诚恐："我的爷，这事儿是要掉脑袋的，哪儿能乱说？再说这事儿只有咱俩知道……"

"得！"载澜一拍大腿，"这婊子是在诈咱爷们儿呢！我一晃神露了怯！"

正懊恼间，陈朝海怯生生地问："爷，陈家少掌柜这会子正在柴房连喊带叫的……"

"给他烟啊！"载澜大吼大叫，"别让这兔崽子死在咱们这儿！"

陈朝海又蹙着眉："爷，开赌坊可是要绞立决的，您老是旗人，我脑袋可没人罩着。"

"有我呢，本贝勒爷不是罩着你呢吗？！"载澜歇斯底里地喊。

柱子后面转出一个富商模样的人，却是和峻卿对阵打骰子的宋克己。薛三和陈朝海忙叫一声"阿贝勒"。

阿贝勒蹙眉对载澜道："陈家二奶奶果然名不虚传，她这招接得高明。咱们现在骑在老虎背上了，上不去，也下不来。"

载澜道："阿林保，我说你的心眼怎么也跟小生意人似的，咱们头上不是还有勋王爷呢吗？天塌下来，还有他老人家顶着呢！"

书瑶听说灵芸并没有要赎峻卿的意思，顿时傻了眼。先是怔怔想了半天，猜度应该是心疼银子。后来索性哭闹起来，要王妈回屋收拾她积攒的细软，还说要向父亲林茂声借钱去赎。林茂声被女儿闹得不知所措，忙向灵芸低声下气地央求，要是兴泰一下拿不出这么多银子来，他就想办法筹一些。

灵芸摇头："老爷子，我这么做跟银子没关系。福恒昌目下经营得千疮百孔，搞得载澜还当了祖传的玉佩。他心里咽不下这口气，于是就算计起了峻卿。这个陷阱挖得刁钻毒辣，除了耗费兴泰的银子，还要败坏我们的名声，挑唆我们的关系。载澜想看到的就是陈家鸡飞狗跳，离心离德，然后他再坐收渔翁之利。"

林茂声道："这个理儿我也明白。只是眼下也不能把峻卿丢在篓铺不管，要是有个三长两短……"书瑶听了，又是一番捶胸顿足。

"姐姐先别哭，峻卿犯了家规本就该受责罚，让他受几天罪磨磨心性也好。"

"敢情不是你的儿子，你又不心疼。"书瑶瘦得形销骨立，此刻却像是一头咆哮的母狮。

"姐姐，这事儿急不得。咱们要是现在交银子赎人，不但伤了我们兴泰的根本，而且峻卿的名声也就坏了。将来他还如何做大掌柜？"灵芸道。

书瑶暗觉有道理，抽抽噎噎地问："你有什么好办法？峻卿总不能一直在篓铺困着。"

"我自然会想办法。"灵芸道，"三天时间，如果这个办法不灵，咱们就只能拿银子赎人了。"

灵芸进屋写了一封信，叫洛芸拉上一百坛好酒去京城找裕兆祥绸缎庄掌柜。洛芸知道灵芸此举必有深意，也不多问，骑马径直去了京城。

鲁振宇惊讶地发现，思皓从牛栏山回京城后完全变了一个人。经常倚着柜台发呆，一副神不守舍的样子。有客人来时，鲁振宇支应思皓接待，常常不是洒了茶水，就是答非所问。又过了几日，索性连饭都不吃了，原本健硕俊朗的身形日渐消瘦，大烟鬼般形销骨立。

鲁振宇忙请郎中为儿子看病，吃了几剂药也不见好。又找来和尚、道士做法事，一连数日都不见起色，只得花重金央人请了京城名医韩伯华。韩先生进了卧室也不问诊，只是用鼻子闻了闻，看一下思皓的脸色，又四下里胡乱打量。看到枕边放着胭脂盒，便要拿来细看。思皓却紧紧攥住不肯放，被鲁振宇一顿训斥方才松手。韩先生打开胭脂盒，发现胭脂已经干涩凝结，心里顿时有了数。

出了卧室，韩先生向鲁振宇打听思皓近日行踪。

听说之前曾去过牛栏山，便道："鲁掌柜放心，这不是什么要命的大病。我开一剂药，你按方抓药即可。"遂拿了笔墨一挥而就，而后拱手别去。送走韩先生之后，鲁振宇迫不及待地去看药方，却见上面写着两行字：人有生老三千疾，牛栏山上寻良方。鲁振宇读书不多，一时参不透是什么意思，便拿了药方向街上代写书信的老秀才讨教。秀才看了道："第一句是南宋陆游的一首诗，说是相思之疾最难医治，第二句再明白不过，意思是要想治病，除非去牛栏山寻药。"

鲁振宇这才恍然大悟，急急忙忙地回家逼问思皓，才知道他爱上了兴泰酒坊的二小姐。鲁振宇思忖着兴泰高门大户，富甲京北，自己不过是一个小生意人，如何高攀得起？可见思皓活鬼一般，心里大为不忍，只得硬着头皮去牛栏山求亲。

这天晚上，镇子里来了一位外地酒商，轻裘快马地直奔陈记篓铺。他在店铺门前拴了马，拢着手在店里看了又看。陈朝海询问可是要订货，他却操着山东口音道："想找点乐子。"陈朝海最是势利，看来人衣着华丽，气宇轩昂，肩上的褡裢沉甸甸地坠着，便觉得此人定然大有来头，遂附在耳边问可是想要钱，山东人大笑。陈朝海便亲自领他进到赌坊。一夜豪赌，掷钱无数，后半夜玩得困倦，陈朝海便递过一杆烟枪。山东人嫌烟枪腌臜，说这烟枪油腻腻的不知道多少人用过。又骂骂咧咧地说陈朝海欺客，起身准备离开。陈朝海忙让伙计拦住，自己向躲在里间跟女人饮酒的载澜禀报："外面来了个出手阔绰的山东人，嫌咱们烟枪腌臜，我一时哪儿去寻新烟枪去？"

载澜正喝得高兴，随手拿出一杆新崭崭的烟枪来，说是端郡王送他的英吉利洋货，上面还让人錾了"玉贝勒"三个小字。他一次也没有用过，就让那个山东佬体验体验吧。

天亮时，山东人带着烟枪不见了踪影。载澜也不以为意，觉得此人也是瘾君子，贪图小便宜罢了。谁知没过一天时间，顺天府衙门来了一群皂吏把篓铺围得水泄不通，带头的仍然是那位洛庆福。皂吏们踹开赌坊的门，把三十多个赌客全都捆了，又查抄出一批福寿膏和烟枪。有人在柴房里看到了气息奄奄的峻卿，遂把他搭到门外，问清缘由后令陈家前来领人。

皂吏封了赌坊，把一众犯人戴着枷拷收监。正在里屋鬼混的载澜也被一并抓去。载澜知道私开烟馆是绞监候的重罪，即便自己是旗人怕也要枷号两月，流放千里。加上又无玉佩护身，一时心里惶恐，忙挣扎着大喊"洛同知"。洛庆福虽然受过他的惠赠，可知道兹事体大，朝廷对旗人子弟办赌坊烟馆恨得要命。若是隐匿了，怕到头来吃亏的还是自己。见载澜叫个不停，只得走上前低语："贝勒爷也太大意了，怎么把錾着名字的烟枪给了人？那人说了，要是顺天府不受理，他就到刑部和宗人府去告，连带着将府尹刘大人和我一起告。您也不是不知道我朝律法，旗人吸食洋烟者枷号两个月，鞭一百。官员见而不行拿获的鞭一百，枷五个月。我要是放了你，自己也逃不了干系。"说毕径直上了轿子。载澜大怒，禁不住破口大骂。

此事很快就传到了朝廷。此时，同治皇帝尚小，朝廷大事裁决均由东西两宫太后垂帘听政。西太后看了奏报勃然大怒，突然想起数年前北狩时曾经听过载澜的恶名，遂批示宗人府严办。勋王爷得到消息时，载澜已经锒铛入狱。忙派人去牢中探望，并要他用蟠龙玉佩赎罪。哪知派去的人回禀，载澜为了填补酒坊亏空把玉佩当了。勋王爷险些气得吐血，转而对万庆典当行恨得要命。遂派人不时寻事：大兴县衙或三天两头堵门封铺，或借着其他由头科以重税。掌柜的多方打听才知道自己得罪了勋王爷，忙托人把蟠龙玉佩送回，又额外送了些孝敬方才罢休。玉佩失而复得后勋王爷才略略宽心。老福晋一直催促他向西太后要人，勋王爷只得拿着玉佩进宫陈情。朝局不稳，西太后正在用人之际，这点面子还是要给勋王爷的。于是就由枷号两月、流放黑龙江改成了削去贝勒爵位，贬为镇国公才放人。至于薛三、陈朝海等一干从犯，被仗一百，发配充军。载澜出狱后，勋王爷着实将他数落了一番。载澜发了一番宏愿，说自己一年之内务必让福恒昌起死回生，若再无起色就回京老老实实地奉养老福晋。看勋王爷脸色好转，载澜又叫着"阿玛"求他把薛三放了。说若没有薛三，自己在牛栏山难以立足。勋王爷被缠得心烦，命师爷带着手札去步兵巡捕衙门要人。最终只是苦了陈朝海，屁股被打得稀烂不说，还要被流放到黑龙江苦寒之地受罪。

载澜雇车去巡捕衙门接薛三。刚刚吃过一顿杖责的薛三屁股上血肉模糊，只得趴在车上。马车略一颠簸，薛三就呻吟不止。载澜心里愤懑，一心想找出那个拿走他烟枪的外地豪客。薛三道："上哪儿去找？咱们跟他又没有冤仇，多半是兴泰那个女人捣的鬼。不但省了赎人的五千两银子，还让我们关了赌坊吃了官司。"

载澜恨得险些把牙齿咬碎。

峻卿被接回来时瘦成了病痨鬼。

灵芸打听到鄂东有位叫杨济泰的名医。此人在道光年间和湖广总督林则徐多有交集，专治烟毒之病。碰巧的是杨济泰目下正在京城，于是连夜派洛芸带着银子去请。洛芸回来说，杨先生年迈行不得远路，不过还是配了草药，只要按时服用半月便可见效。最要紧的，今后决不能再让病人碰大烟。

峻卿现在一犯烟瘾就会呼天抢地，抓肝挠肺，以头撞墙。不要说丫鬟婆子，就是洛芸和小山东也按不住。灵芸和林茂声商议，只能狠心将他捆在榻上任由他呼喊挣扎。书瑶听了，心里犹如刀割锥刺一般，偷偷求王妈花银子去外面黑市上买了一块福寿膏。趁着看门的德旺醋睡，书瑶和王妈偷偷进了屋。只见油灯幢幢，峻卿被白绫捆住四肢，仰面八叉地躺在榻上，嘴角满是白沫。王妈嘴里唤着"小祖宗"，忙拿了烟枪在油灯上点着。峻卿眼里顿时有了神采，像是饥民看到了吃食。正在这时，灵芸突然进屋，瞪着王妈，眼中像是要冒出火来。王妈吓得手一抖，把烟枪丢在地上。

"妹子，你就让峻卿抽一口吧。"书瑶跪地乞求。

灵芸捡起烟枪一把撅成两截，摔门而去。

峻卿狂兽般挣扎嘶吼。

那一夜，陈家大院都听到了书瑶的骂声。她历数着灵芸的绝情，并且猜度着这种绝情背后隐藏的野心，甚至连那枚灵芸"让出"的金簪都成了"阴谋"的一部分。

峻卿在惨叫，书瑶在詈骂。灵芸的房门却始终关闭着。她躺在黑暗里，用骨簪刺着手腕。血在暗夜里漫溢，蜿蜒如蛇。

如此一连过了十多天。这天晚上，峻卿的屋里突然变得安静。小山东火急火燎地向灵芸报喜，说少掌柜饿了，嚷着要吃东西呢。灵芸喜出望外，忙让梁妈去膳房做了蛋羹，亲自捧着去喂峻卿。已经瘦成一把骨头的峻卿不由得掉下了眼泪，道："二娘，我到底还是活过来了。"汤匙沾到唇边，峻卿却突然号啕大哭，一匙蛋羹全洒在了胸襟上。

"二娘，我在地狱里走了一遭！"峻卿哽咽，"我知道您也在地狱里走了一遭。"

"峻卿，你可憎恨二娘？"

"当时恨得不得了，这会儿才知道二娘对我的好。"

"那二娘就没白疼你！等病好了，赶紧回酒坊。你是少掌柜，咱们兴泰离不开你。"

"嗯。"峻卿含泪点头。看着峻卿喝完汤药昏昏睡去，灵芸才起身离开。临出门时，迎面遇到书瑶。书瑶嗫嚅着想说话，灵芸却目光冷峻，看也不看她一眼。

书瑶尴尬地站在原地，目送灵芸进了前院。

鲁掌柜到了牛栏山。

奉茶之后，先是跟灵芸说了一番生意上的事儿。临近晌午，鲁掌柜并没有要走的意思。看神情，灵芸知道鲁掌柜肯定还另有他事。

“鲁掌柜可是还有别的事儿？”灵芸问。

鲁掌柜红了脸：“大掌柜说的是，只是——”又嗫嚅着不肯说出口。

灵芸笑道：“大家都是生意人，有事儿只管说。”

鲁掌柜吭哧半晌才道：“府上可有位小姐，才十五六岁的样子？”

灵芸道：“我们陈家只有一位二小姐，名叫瑜卿。”

“正是这位二小姐了。”鲁掌柜满面通红，“我那犬子前几天在贵府花园偶遇二小姐，谁知道这不争气的东西竟然……不怕大掌柜笑话，回去之后，犬子竟然茶饭不思，人也瘦了一大圈……”

“原来是为这事儿。”灵芸扑哧一声笑了，“可是跟你来的那个孩子？”

鲁掌柜点头称是：“正是犬子思皓。”

“那孩子长相俊朗，唇红齿白的，倒和我家瑜卿般配。”灵芸道。

鲁掌柜见灵芸并无不快之意，心里大喜，站起来深深一揖：“大掌柜，鲁振宇不揣浅陋前来求亲。我知道兴泰的门楼高，原也不敢妄想。可犬子性命所系不得不唐突拜访，还请大掌柜见谅。”

灵芸道：“鲁掌柜想多了。我们兴泰能有今天都是生意场上大家的抬举，哪里会心存贵贱之想？思皓、瑜卿两个孩子倒是般配，不过还要看我家瑜卿是否愿意。”又道，“此事强求不得，我看不如让思皓再来一次偶遇。”

“大掌柜指教。”

“我们陈家历来规矩大，女孩不能随意出门。每月也就初一、月末两天可以上街买些针黹脂粉。明儿初一，瑜卿会去镇上高家首饰楼买花钿。”

鲁振宇一躬到地：“振宇明白了。”遂拜谢而去。

鲁掌柜前脚刚走，书瑶就进了屋。

灵芸见了也不理会，以手撑颐，面壁而坐。书瑶唤一声“妹子”，见灵芸不答应，又倒了一杯茶亲手奉上：“妹子，姐姐错了。知道你是为峻卿好，可我就峻卿这么一个儿子，看着他受罪比剐我的心还疼。我也是被猪油蒙心伤了妹子，姐姐给你赔罪了。”说着，扑通一声跪在地上。

灵芸连忙去搀：“姐姐这么着我可难做人了。”

书瑶哽咽道：“妹子，你看姐姐这身子，说不定哪天就跟着嘉怡去了。峻卿年纪又小，妹子也替我想想，我哪儿会不多想？”说着又抽噎不止。灵芸见她眼窝深陷，隔着衣服都能看到高耸的肩胛骨，心里不由得酸楚，一把抱了书瑶，两人相拥而泣。

王妈怕书瑶气弱伤了身子，忙劝慰了一番，两个女人这才抹泪坐下。灵芸说起刚才鲁振宇求亲的事儿，书瑶自小抚养瑜卿，一直视为己出，听说有人求亲自然上心。仔细询问了思皓的家境，听说不过薄有资财，小卓之家，心里到底不甚满意。又问灵芸如何处置，灵芸道：“思皓那孩子长得周正，又是有功名的人，品行可想而知。要是瑜卿愿

189

意，倒也是门当户对。"

　　书瑶不便直接拂灵芸之意，搪塞道："这事儿不急。瑜卿年纪尚小，先别应承鲁家。此事也不要跟瑜卿说，日后怕能遇到更好的人家。"灵芸知道嘉怡临终的交代，此事儿不便多问，只得把话题岔到了其他事儿上。两人一直谈到日暮时分才罢。

第二十五章　私奔

翌日清晨，思皓早早出现在高家首饰楼门口。他脸色苍白，身材消瘦，一袭宽大的青衫被晨风吹得呼呼作响，人越发显得形销骨立。

一直等到巳时末也不见瑜卿踪影。

希望在一点点抽离，思皓的血逐渐冷却，脚底软软的没有半点力气。也许，女孩不会来了。他绝望地想，这是一次根本称不上缘分的邂逅，仅仅是陌路人的偶遇而已。如此想着，不觉过了午时。首饰楼门前香车宝马，环肥燕瘦，人来人往，却看不见那朝思暮想的袅娜身影。跟班小厮陪着思皓已经站了将近两个时辰，饥肠辘辘，腿软脚酸，忍不住劝思皓：人怕是来不了了，不如早些回客栈歇息。思皓只得叹口气，跟在小厮后面行尸走肉般向客栈走去。

才到街角，迎面一阵咯咯的笑声。

瑜卿正袅袅娜娜地走过来，身后还是那个梳双螺髻的小丫头盈儿。思皓浑身的血顿时呼啸沸腾，下意识地伸展臂膀拦住瑜卿。"瑜卿小姐……"他拿出捂在胸口的胭脂盒，手在剧烈抖动。

女孩怔了一怔，突然大笑："原来是你啊，怎么还留着它？"瑜卿接过胭脂盒打开，看到胭脂已凝结成一团，红得通透如血，心不由剧烈一颤，脸上的笑就此凝结，有些郑重地用汗巾把胭脂盒包好，然后收起。

"好了，我留下了。"瑜卿歪头看着思皓。

"还有……"思皓递过一张叠得方方正正的信笺。

瑜卿脸上一片绯红，犹豫数秒，到底还是接了。突然拽起盈儿的胳膊飞也似的向首饰楼跑去。思皓呆呆伫立街头，一直看着女孩进了店铺才收回目光。

峻卿身上结了一层血痂，蚕蛹般厚厚地裹着他。第十五天，那层痂壳子般褪去。他像是刚从蛋壳里孵出来的雏鸡，抖棱着精湿的羽毛颤颤巍巍下了地。喝过一碗粥，就让小山东搀扶着去了曲房。吴老和正带着师傅们踩曲，看到峻卿都吃惊地停了下来。眼前这个少年虽然羸弱，但眼神里的光与以往已经截然不同。仿佛一场病让峻卿脱胎换骨变成了另外一个人。

"师父！"峻卿走到吴老和跟前双膝跪地，"我错了。"

"少掌柜快起来！"吴老和一把抱住峻卿，两人涕泗横流。

瑜卿没有心思买花钿胭脂。人在店里，眼睛却不住向外睃望。少年站在街对面向店内眺望，伫立片刻后消失在了街角拐弯处。阳光正好，暖烘烘地衬托起一个颀长的背影。瑜卿心头鹿撞，说不出的甜蜜。她再也无心逛街，搂着盈儿回了酒坊。回到屋里关门上闩，急急地掏出信笺。那些字在热烈地跳跃，诉说着一个陌生少年对女孩的爱意。指尖所触，墨迹滚热烫手。信末的字有些潦草，想是少年手颤握笔不稳——今夕月圆时，人约元圣宫。

瑜卿自幼失怙，嘉怡又疏于管教，养成了一副执拗性子，自己认准的事儿任谁也拦不住。不过这次却一时没了主意。拿着信笺，心里甜蜜，又有些生气。心想鲁思皓也过于大胆，怎么如此浮浪？陈家京北望族，女孩岂是那些乡野村姑？既然有心就该正大光明地三媒六证才好——她并不清楚鲁振宇已经来过。这样的轻薄邀约自己去了会不会有失陈家体面？这样想着，一时将信笺攥成一团。立时又觉得不舍，害怕就此失去一段好姻缘，忙又铺在梳妆台上捋得平整。心底隐隐有所期盼，犹如清泉，汩汩不绝。支腮想了半晌，拿定主意去一遭，看看思皓到底能做出什么鲁莽的事儿来。

这天正是十五。才一入夜，就月华铺地，满眼皎洁。瑜卿悄悄从后门溜出。元圣宫在镇子东北角，离着城门不远。这座庙宇也不知道建于何年。殿宇早已破败，院子里古柏森森，夜鸟啁啾，甚是吓人。瑜卿素来胆大，仗着月光倒也不太害怕。进了庙门，月光一下子暗淡下来。古柏枝叶交横，将月光滤得一地婆娑。女孩咳嗽一声，从古柏背后转出一个人影来。正是思皓。

"瑜卿小姐。"少年低唤。

瑜卿站在原地："你叫我来这儿干吗？"神态矜持，声音比地上的月霜还凉。

"我——"思皓搓手鼓足勇气，"我……想你。"

三个字犹如雷霆，瑜卿的脸顿时红了，腿脚软软的没有半点力气。思皓又近前一步，相距咫尺，闻到了瑜卿身上好闻的脂粉味儿，不由得一把攥了女孩的手。瑜卿红着脸挣了挣，却甩不脱，只觉得指尖温润如玉，心里说不出的甜蜜，只得低头无语。

"瑜卿，嫁给我。"思皓声音颤抖，"没有你我会死。"

瑜卿沉吟片刻，终于勇敢地抬起头迎着少年的目光，"我是陈家的女孩，容不得轻浮。要想娶我就三媒六聘把我迎进你家！"说完，用力挣脱。

"家父前几日去府上求过亲，也见过大掌柜。"

瑜卿一惊："我怎么不知道？"

思皓道："大掌柜倒是挺乐意，只是你大娘嫌我鲁家门庭窄小配不上你们陈家，所以这事儿就搁下了……"

瑜卿咬着嘴唇："这是我自己的事儿，我能做主。"

思皓大喜："这么说你答应了？"

瑜卿嗔道："谁答应你了？明儿让人再抬着聘礼来一趟！"言毕，头也不回地向宫外疾走。脚步虽急，心下却又暗暗不舍。

"瑜卿！"思皓大喊。女孩站住脚。

"你等着。我明儿就写聘书，请媒人到府上求亲。"

女孩逃也似的穿街过巷，幸福得想要飞起来。

到东街拐角时，迎面来了两匹马。马蹄轻快，差一点儿撞到瑜卿。有人在马上断喝："什么人乱跑？"借着月光，马上是一个长着虬髯的胖子。三十岁上下年纪，辫子溜光水滑，身上是堇色的马褂。身后还有一匹马，马上人却是洛芸。看到是瑜卿，洛芸斥道："这么大的姑娘黑夜乱跑什么？"瑜卿叫一声"舅舅"，支吾道："晌午时刚买了花钿，却不小心丢了。盈儿又早早睡了，只好自己来寻。"

"快回去吧，我送钱公子去客栈。"洛芸道。

瑜卿"嗯"了一声，逐渐消失在月光中。那位钱公子目不转睛地盯着女孩背影，一直到看不见方罢。

洛芸不悦，道："钱公子，咱们该走了。"

钱公子这才心神不宁地"噢"了两声，兜转马头，快快而去。

第二天午时，古北口守备钱大卓就派媒人拿着聘书进了陈家大院。媒人对灵芸说："守备钱大人的儿子钱奕辰看上了你家瑜卿，要三媒六证地把她娶到守备府呢。"又说，"这位钱公子虽是富家子弟，但人品不错，三十了还未娶亲，瑜卿进了门就是正房。"

灵芸昨儿是见过钱奕辰的。人长得很胖，又颟顸，读书不行，钱守备只好让他试着做些生意。有父亲的名头镇着，倒也赚得钵满盆盈。最近又对烧锅生意有了兴趣，一心想打通多伦的商道，没承想回客栈时却遇到了瑜卿。灵芸想，思皓和钱奕辰的才华相貌有云泥之别，料想瑜卿不会答应。又怕得罪钱守备，只好虚与委蛇地推说瑜卿尚小，还要等上几年再说。媒婆不悦，走到大门口禁不住嚷起来，说陈家再有钱也不过是卖酒的，门槛能有多高？守备的儿子都看不上，难道还要闺女嫁尚书、总督不成？小山东听了，挽起胳膊要打，又被守备府的两个小厮拦住，一时拉拉扯扯地聒噪起来。

书瑶听得外面吵吵嚷嚷的，就让王妈去问怎么回事。

王妈回来说是守备的儿子前来向瑜卿求亲，不料被二奶奶婉拒了。媒婆气不过，说咱家的门槛高呢。书瑶道："按说这媒婆说的也不错。守备好歹也是朝廷的五品官，咱们兴泰这么大的产业，将来要是有守备做靠山岂不更稳当？"

王妈虽然经了一次教训，但仍对灵芸心存芥蒂，有意挑拨道："大奶奶，您说的还在其次。二小姐是您的奶养大的，跟您亲闺女一样。要是有了守备公子做女婿，峻卿将来也有个帮手不是？也免得被人欺负。"

书瑶知道王妈所指。虽然近来灵芸的作为颇为公允无私，但到底还是不甚放心。有了钱公子做女婿，峻卿将来岂不就有了靠山？

王妈接着道："大奶奶，这事儿您不能糊涂。那个姓鲁的酒商儿子也看上了瑜卿，听说大掌柜好像对他还挺满意。这门亲事要是成了，姓鲁的自然会偏向着大掌柜。将来人家还不是慕卿的帮手？"

书瑶大吃一惊道："上次我跟她说过这事儿不急，她不会已经答应鲁掌柜了吧？"

"那谁知道呢！瑜卿可是您养大的。况且嘉怡临去前曾经说瑜卿的婚事要您做主。"

书瑶对着镜子气呼呼地怔了半晌，暗想：灵芸也太不把我放在眼里。她虽然是酒坊大掌柜，可我毕竟是大房，儿女大事怎么也不知会一声？

钱奕辰的媒人前脚刚走，鲁振宇后脚就到。兴泰门第广大，他这样的小户人家派媒婆来怕有失礼数，只能自己亲自登门。鲁振宇赔着小心进了门，屁股只有半截搭在春凳上，一副随时站起来施礼的模样。又小心翼翼地向灵芸说明来意："两个孩子在街上碰面了。据我那犬子说，贵府小姐倒也有意。"鲁振宇瞒过了瑜卿和思皓私会的事儿。

灵芸笑道："两个人郎才女貌，金童玉女一般，这事儿要是成了可是大好事儿。不过，我家瑜卿是大奶奶养大的，这事儿我还要同她商量，鲁掌柜暂且在客栈里等候几天。"

"不用等了。"书瑶进了客厅，"这事儿我不同意。"

鲁振宇连忙站起打躬："大奶奶……"

书瑶看也不看："瑜卿是吃我奶长大的，跟我自己生的闺女一样，她的婚事自然该我做主。"话虽然说给鲁振宇，灵芸听来却格外刺耳。又瞥一眼鲁振宇："鲁掌柜，你可知道兴泰酒坊名下有多少分号？养着多少家院师傅？又有多少自家田产？你靠什么攀我兴泰的高枝？"

鲁振宇一时面红耳赤。

灵芸看书瑶气得脸色苍白，忙道："姐姐，这事儿怪我。酒坊里事儿太多，还没来得及跟你仔细商议。不过，婚姻大事总得孩子愿意才行，等问过瑜卿的意思之后再定夺不迟。"

"问她干吗？"书瑶眼中有了阴戾，"她是我养大的闺女，儿女嫁娶，父母做主，还要同谁商议？"

灵芸见不是事儿，忙对鲁振宇道："鲁掌柜请先回，我们姐妹商议过后再说。"鲁振宇红着脸，逃也似的告辞而去。

"妹子，陈家万事你都可以做主，单单瑜卿的婚事还是由我来定吧。"书瑶拂袖而去。灵芸唤一声"姐姐"，书瑶头也不回，只撇下灵芸独自倚门而立。

瑜卿被书瑶唤进屋。女孩站着，女人坐在床榻上，两人都知道这是一场对垒。

书瑶开口道："今儿钱守备的公子来提亲了。"

"我知道。"

"守备大人是五品命官……"

"不关我事儿。"

"他要娶你怎么不关你事儿？"

"大娘，那人我见过——我不嫁。"

书瑶盯着瑜卿："怎么，你看上鲁家那个穷鬼小子了？"

"他也是有功名的人。"瑜卿捻着衣角垂首道。

"休想！"书瑶狠狠地说，"你也不想想，他是什么人？一个落第的秀才，这也算功名吗？蒋先生也是秀才出身，还不是给我们酒坊算了一辈子账？镇上的陆先生也是秀才，还不是沦落到给人写书信对联？"

"那我也愿意。"瑜卿道。

书瑶指向瑜卿的手抖个不停："你看看你，哪儿还有半点规矩？为了一个不认识的穷小子竟然要跟大娘翻脸！当初你爹临死前把你托付给了我，这门亲事我必须做主！你二娘是大掌柜不假，可在这件事上我不能让她！"

瑜卿素来倔强，听书瑶说得没有半点转圜余地，不由犯倔道："要嫁你就嫁给那个姓钱的胖子。"说毕，摔门而去。书瑶听得目瞪口呆，王妈捶了半天的背才缓过劲儿来。

傍黑时，灵芸让小山东去请林茂声、蒋先生和洛芸商议在南直隶和多伦建分号的事儿。林茂声一听头摇得拨浪鼓一般："这可不成。打康熙爷那会子咱们牛栏山烧锅就有个不成文的规矩——烧锅酒南不过长江，北不过多伦。一方水土养一方人。南方酒多是大米做原料，口感柔顺，咱们这儿是高粱做原料，口感浓醇。再说，南边有刘一口把得严严实实。北边的蒙古酒是五畜之奶酿造而成，他们管五谷酒叫作黑酒。咱们远天远地地派人过去，怕最终还是折本。"

灵芸对这事儿筹划已久，林茂声的反应自然在意料之中。她温言道："老爷子，在两地建分号的事儿我想了大半年时间，这事儿可行。您想想，咱们大清国幅员广大。俗话说三里不同轨，离我们不远的热河烧锅口味也跟我们不一样，咱们的烧锅在当地不照样有人喝？草原上的人喜好烈酒，我已经打探过了，爱喝烧锅的不在少数。再说咱们牛栏山烧锅两百年国酿，哪一步不是向外看？要是咱们就守着京城内外这巴掌大的地方，怕是早晚要断了炊。刘一口守着南路不错，可他又不是朝廷的封疆大吏，谁说江南就许他刘记一家卖酒？"

蒋先生点头道："大掌柜说得在理。站得高才能望得远，眼下兴泰势头正好，切不可故步自封啊！"

林茂声吧嗒着烟袋，想一想道："可眼下咱们缺原料啊。顺义附近的地都被那些皇亲国戚圈了大半，他们再租给农户，买原料贵得要命。咱们多两个分号，单原料这一笔就够我们受的。还有人手，建分号总得有人去打理吧？"

灵芸笑道："老爷子想的我也想过了，要破这个难题倒是有个办法。咱们把农户的散地租过来自己种稻子、高粱、大豆，这样成本就会少六成以上。农户不用忙死忙活地种庄稼，收益却比种地强许多，他们肯定会乐意租地。至于人手，大师哥走南闯北见多识广，江湖上的朋友也多，就由他先把南边分号建起来。日后少不得要想法把刘一口拉过来，等到那时咱们再建多伦的分号。"

林茂声一拍脑袋："这办法好，我以前怎么就没想起来？原料充足，南北畅通，以后再也不怕载澜这小子卡咱们脖子了！"

洛芸蹙眉道："载澜这小子又把薛三从大牢里捞出来了。他们的靠山硬，府县衙门咱们都得提防才是。"又道，"听说谭耀宗这老小子告老了，才来了一位新知县，叫什么段本节。"

"天下乌鸦一般黑！不管什么谭耀宗、段本节都是一样。"林茂声叹息道。

"这倒不一定。"洛芸摇头，"谭耀宗原是商人出身，后来用银子捐纳的知县，所以视财如命，唯利是图。听说这位新知县是进士出身，翰林院编修补的知县缺，说不定跟谭耀宗不一样呢。"

林茂声苦笑："你何时见到大清国有不爱银子的官？我看还是要照例打点一下。"

灵芸点头："这事儿还要麻烦蒋先生代劳。花上几百两银子做常例，就说我一个女人家不方便抛头露面。"

众人一直说到三更天才罢。才把林茂声和蒋先生送走，小山东火急火燎地进了屋："大掌柜不好了，大奶奶让王妈和德旺把二小姐关在柴房了！"

洛芸吃惊道："大奶奶这些天火气怎么这么大？"

灵芸低叹："还不是为瑜卿的婚事，嘉怡走的时候说过，瑜卿是书瑶奶大的，酒坊里的事儿我都可以当家，唯独瑜卿的婚事要她做主。"沉吟片刻又道，"书瑶到底还是不信我，她攀钱守备这门亲怕是有别的想法。"

洛芸走后，灵芸在灯下支颐沉思，一时万事扰心，心烦意乱，直到黎明才入睡。

五更未尽，门外一片喧闹。

原来，鲁振宇提亲受挫后觉得脸上无光，把怨气都撒在了思皓身上。一顿臭骂之后，强迫思皓随他回京。思皓哪里甘心，一直在兴泰门口打转。正巧碰上盈儿出门，忙一把拉了过来询问瑜卿的情况。盈儿道："二小姐被大奶奶关在柴房里了，说是必须嫁给什么'手心手背'的儿子。"思皓听了犹如晴天霹雳，半晌说不出话来。

盈儿道："要是少爷没有别的事儿我可走了，王妈指派我去药铺给大奶奶取药呢。"

"慢着！"思皓眼里泪光闪烁，"回去后跟你家小姐说，要是还惦念我，就是等一辈子我也候着。要是想嫁给钱家少爷，也告诉我一声，我就把头剃了到五台山出家去。记住，我在山东会馆住着呢。"盈儿看思皓目光烁烁的样子有些害怕，答应一声转身跑了。

思皓正暗自出神，突然一阵喧闹，只见几个小厮正抬着箱子向兴泰而去，王妈站在门首笑盈盈地往里让客。

是钱家下聘礼来了。

思皓失魂落魄地回到客栈，一头扎进屋里，任鲁振宇在外面敲门叫骂就是不开。

这年盛夏，爱的美妙感觉并没有给予瑜卿多少幸福，更多的是刺痛。她躺在床榻上紧握着胭脂盒，迫切地想见到那个并不那么熟悉的少年。思皓的面容在她眼前不甚真切地晃动，那双温热的手仿佛盈盈在握。女孩翻来覆去地回味着在元圣宫短暂的见面，捕捉着每一个细小情节，包括思皓的笑容，修剪整洁的指甲，还有微笑时嘴角浅浅的酒窝。但这一切都将毫无希望地终结。

大娘的态度冷酷而决绝。

一想到眼前就是诀别，瑜卿感到连呼吸都痛起来。突然听见外面门锁哗哗作响，以为又是王妈，一骨碌坐起来大喝一声——"滚"。进来的却是灵芸，瑜卿忙跳下床叫声"二娘"一把抱了。灵芸抚摸着女孩的头发，心里说不出的爱怜。想到自己刚进陈家门时瑜卿才七岁，头上留着一对小鬌鬏，看人时目光冉动，充满着好奇而又稚嫩的敌意，转眼间，女孩已经亭亭玉立，周身洋溢着青春的气息，心里不由慨叹韶华易逝，人生易老。两人相携在榻边坐下。

"二娘，我不想嫁给姓钱的。"瑜卿抽噎。

灵芸看着瑜卿的泪脸："那你想嫁给谁？"

女孩红了脸。

灵芸笑道："可是鲁家叫思皓的少爷？"

女孩点点头。

"我早看出来了。"灵芸道，"这事儿我也知道，鲁家那孩子人品长相都配得上你，原本是天造地设的一对儿。可你爹临终前有交代，说你是大娘奶大的，你的婚事由她做主。"

"那您就眼睁睁看着我往火坑跳？"女孩抽出手，把脸别过去。

灵芸道："你的选择是对的。那位钱少爷我打听过了，不过是个纨绔子弟。不过这事儿我还得同你大娘慢慢商议，她身子弱万万受不得气。要是你俩拧巴起来，这事儿就更难办了。"

女孩伏在灵芸肩头泣不成声："二娘，我意已决。我绝不会嫁给那个猪头！如果大娘逼得紧了，我就拿三尺白绫悬在梁头……"瑜卿话说得决绝，虫噬般让灵芸心痛。

"别做傻事，你的前程好着呢。"灵芸眼神里似乎藏着什么，瑜卿却看不透。

晌午时，王妈拎着食盒进了柴房。一面摆放饭食，一面笑吟吟地对瑜卿说："钱少爷下聘书的人刚走，二小姐好有福气，将来是要做官太太的。"话还没说完，瑜卿就把食盒掼了出去，又一把将桌上的碗碟扫在地上。指着门外喝道："快滚！"王妈顾不得拣地上的破碗残碟，一路嘟囔着"大奶奶说了，任是谁说也不让步"灰溜溜地去了。王妈的话显然是在针对二娘，瑜卿仅存的一点希望破灭了。

女孩望一下梁头，愤怒地撕扯着被子。她准备用生命做一次抗议。"啪"的一声，有东西掉在地上。瑜卿连忙捡起，却是一枚铜钥。床榻上怎么会有钥匙？她的眼睛骤然亮起，肯定是二娘，她在为自己指路。

有人轻敲窗棂，抬头看却是盈儿。

"盈儿。"瑜卿收起钥匙，急切地走到窗前。

"小姐，我遇到那个少爷了。"盈儿比划着，"就是那个高个头，白净面皮，拿你胭脂的少爷。"

瑜卿的心顿时一荡："他说什么了？"

盈儿道："少爷让我告诉您，要是想嫁给他的话，不管遇到什么他都会等你一辈子。要是改主意了，也请告诉他，少爷要刮光脑袋去五台山出家呢。"

瑜卿怔了半晌，像是浸在冰水里，周身都凉透了。她用力咬着下嘴唇，突然下定了决心："盈儿，等着我。"她扯下大褂内衬，打开胭脂盒，蘸着已经凝结的胭脂在内衬上写下了几个字，隔着窗棂递给盈儿，嘱咐她去客栈交给鲁少爷。

盈儿到了山东会馆，只见鲁振宇正指挥着伙计们向车上装行李，看样子是要回京城。盈儿怕惊动鲁振宇，就站在玄关后悄悄等候。鲁振宇嘟囔说儿子把自己的脸都丢尽了，又冲屋里吆喝，要思皓早点收拾回京城，一直忙活了半日方才回屋歇息。趁院子里无人，盈儿悄悄拍打思皓房门，轻唤一声"鲁少爷"。见是盈儿，思皓忙从榻上爬起问："二小姐可有话捎来？"盈儿把衣衬递上，思皓连忙展开，只见上面写着八个艳红小字：今晚三更，后门等候。

第二十六章　暗战

兴泰二小姐瑜卿和山东酒商之子鲁思皓私奔的消息在溽热的天气中悄然发酵。尽管兴泰的大门紧闭着，但家丑还是丝丝缕缕地传进了每个人的耳朵里。柴房的门大开着，后院的门也大开着。一切都像是在示威，宣告着瑜卿激情满怀的叛逆。书瑶还怀有一丝希望，盼着瑜卿只是一时气不过躲了起来。家院们找遍了镇上的角角落落，但看不到瑜卿的任何踪迹。德旺带回一个更坏的消息：更夫说昨晚三更，看到有两人共乘一匹马向着河码头而去，看样子是一男一女。书瑶心有不甘，让德旺带人去京城找瑜卿。鲁氏酒庄一直上着板，一打听才知道鲁振宇怕陈家寻事，卷铺盖回了山东老家。德旺气不过，让人把酒庄砸了个稀巴烂，悻悻地回到了牛栏山。

书瑶号啕大哭，跪在祖宗牌位前打自己的脸。

灵芸独坐回廊沉默不语。是她放走了瑜卿，给了两个年轻生命光明的未来。但她又玷污了门庭，让陈家清白的名声蒙羞。对与错，也许只有未来的岁月才可以证明。

兴泰的大门一直关了月余才开。

送给新知县的常例银被退了回来。蒋先生带着银票去找灵芸，说这位段知县正派得很，看到银票竟然变了脸色，说自己是朝廷命官，自有俸银养身。民之治乱在于吏，若他这样的郡县官吏人人都讨要常例钱，百姓还哪里有活路？蒋先生又道，这位段知县人长得也清爽，不像其他官员个个脑满肠肥的。听说新近丧偶，身边还带着一个女孩。

灵芸听了心里倒生出几分好感来，道："大清国难得有个不贪的官吏，怕就怕不是真面目。"

蒋先生点头："三年清知府，十万雪花银。大清国从根上烂透了，哪儿还有干净的地方？咱们且走着瞧就是了。"又道，"段大人还说过两天要亲自拜访您呢。"

灵芸皱眉道："说不定是黄鼠狼给鸡拜年。这些日子载澜也没闲着，到处散播瑜卿的事儿。新知县来了他肯定又要收买。他背后有勋王爷，这位段知县的前程全在人家手里攥着呢，哪能不看载澜的脸色？"

蒋先生道："大掌柜说的是。再过一个月，西太后的母亲七十大寿，点名要顺义县拿烧锅做寿礼。载澜应着烧锅公会会长的名儿，这次贡酒的机会他肯定不会放过。说不定，段知县来兴泰是要劝说咱们退一步呢。"

灵芸冷笑："烧锅公会会长是兴泰帽子上的明珠，打咱们手里丢了，咱们还要捞回来。我倒要看看这位段知县怎么偏袒载澜。"

段本节第二天果然来了酒坊。没有仪仗轿子，只骑了一头蹇驴，带着一个跟班小童，身着青衣小帽到了兴泰门口。德旺以为是外地酒商，忙上前盘问。段本节道："你去告诉大掌柜，就说顺义知县段本节拜访。"灵芸正在曲房跟吴老和说事儿，听德旺说知县大人来了，心里吃了一惊。没想到段本节这么快就屈尊驾临了。灵芸有意冷落一下他，便对德旺说先让蒋先生陪着在客厅坐，自己忙完来。段本节等了一盏茶的工夫，女人才进门。屋外秋意正浓，清浅的阳光肆意涂抹。女人穿着团锦对襟小袄，下身是白色褶裙。光晕濡染，像一只蝴蝶静静栖落凡间。

阳光毫无声息地映照着男人的眼睛，纯净如浅水。见到灵芸时，那泓浅水微波一荡，女人恍然看到了嘉怡。那眼中的神采与当年的嘉怡多么神似啊——自信、坚毅、果敢，还有几分愤世嫉俗，说不清道不明地让人黯然销魂。

两人都走了神。

"段大人，这是我家大掌柜。"蒋先生道。

见段本节没有说话，蒋先生提高声音："段大人，这是我家大掌柜。"

段本节收敛心神，忙抱拳："大掌柜好，在下段本节。"

灵芸也回过神来，轻轻浅浅地回了个万福："见过段父母。"

让到座上，女人亲手奉茶。段本节忙站起接茶，两人的手无意中轻触在一起。段本节心头一荡，女人也顿时红了脸颊。

段本节道："唐突来访，打扰大掌柜了。"

灵芸道："原本该我去段衙拜访才是，没想到大人倒来了。"

段本节道："大掌柜忙得很，哪里敢劳动？兴泰事关顺义县近一半的税赋，本县百姓受益良多，我来拜访原也是应该的。再说，我来还有一件重要的事情要说——下个月西太后的母亲寿诞，内务府要本县拿上等烧锅做寿礼……"

听段本节这么说，灵芸心里顿觉薄凉。这么俊朗的人物到底还是难以免俗，果然是为福恒昌说情来了。于是不待段本节说完，便冷笑道："镇上烧锅公会会长由载贝勒担着，这事儿找福恒昌就是了。我们兴泰的酒再好，怕内务府也不会要。"

"想来大掌柜误会了。"段本节猜到了灵芸心中所想，"既然是贡酒，自然是本县最好的才行。我已打听过了，兴泰烧锅原本就是朝廷贡酒，福恒昌比不得，这贡酒自然要你家来做才行。"

灵芸不知段本节的话是真是假，便试探道："如果由兴泰贡酒，怕勋王爷和许公公都会不高兴，有误段大人的前程。"

段本节拱手向天，正色道："知县虽小，却是七品命官，天子的门生。段某眼里只有朝廷，只有皇上太后，不知有王爷公公。"灵芸和蒋先生俱吃了一惊，心想段本节能说出这样的话不像是装的，应该真的出于本心。

段本节接着道："自然，这事儿我也不会硬来。我听说牛栏山的陈年老理儿——要当烧锅行的头把交椅就要摆阵斗酒，赢者为上。我看咱们就依旧例，兴泰和福恒昌再斗上一场如何？"

蒋先生道："这事儿公允，可就怕斗酒办不下去。福恒昌会应战吗？"

段本节道："万事由我担着，你们只管准备就是。"

灵芸和蒋先生对视一眼，看来段本节果然与那些庸官俗吏不同。堪堪过午，灵芸吩咐膳房准备茶饭，段本节却说县衙还有公务，站起告辞。灵芸一直送到门外。段本节牵着蹇驴，被阳光晕染得顾长修伟。灵芸不知怎的又想起了嘉怡。

隔着一条街薛三看得真切，急忙回福恒昌向载澜报信儿。载澜正用马鬃逗弄一只蛐蛐，看到薛三进来，招手道："你快过来瞅瞅这蛐蛐。方头、卷须、黄身子，上等的佳品。知道谁孝敬的？"

薛三赔笑道："肯定是哪个衙门的老爷。"

载澜拍手丢掉马鬃："你小子聪明，是顺天府洛同知。这家伙自从上回得罪咱们之后，现在又巴巴儿地求我原谅。别看我现在是被贬成了镇国公，我阿玛说了，过个一年半载还求西太后把贝勒的爵位赏我。要是做得好了，还能做贝子呢！"又指指腰间，"瞧见没？老福晋疼儿子，这块救命的玉佩又给我了！"

薛三逢迎道："我就说贝勒爷只是一时不顺，过不了多久还会凤凰还巢呢。"

载澜又去鸟架前逗弄鹩哥："薛三，这次西太后母亲寿辰咱们可得用心，贡酒这东西不是玩的。"

薛三道："贝勒爷，这贡酒咱们还不一定能做得上呢！"

载澜吃惊地回头："这话怎么说？"

薛三道："那位姓段的新知县刚去兴泰了，我亲眼看着灵芸送出大门来。您说，这个节骨眼上他们还能合计什么？肯定是贡酒的事儿！"

载澜焦躁地来回踱了几步，站住脚道："这姓段的来顺义少说也有十多天了吧，怎么一直不来拜码头？也没听说他背后有什么靠山，不过是从翰林院编修补的缺。"

"他哪儿有什么靠山？不过是书呆子气罢了。让他吃几次亏自然就懂得礼数了。"薛三道。

载澜按捺不住，命薛三备马随他去县衙："他不来看咱爷们，咱爷们就去看他。我要亲自教教这位段大人怎么做官！"临行前，载澜还故意穿了朝服，蟠龙玉佩腰间挂，威风凛凛地骑马上路。

下半晌到了县衙，两人大摇大摆地进了仪门。班头认得载澜，忙跪下去口称："见过贝勒爷。"载澜问："你家老爷呢？"衙役道："勘察河道去了。"

载澜道："还算是我皇家的好奴才，挺卖力的。"

班头引载澜到寅宾馆歇息，说："这就去找太爷。"载澜溜溜等了一个半时辰才听到门外有靴子响。那声音不紧不慢，全无一点急迫的意思。段本节慢条斯理地进了门，掸掸袖子打了个千："顺义县正堂段本节叩见镇国公。"载澜不由心头火起，虽然现在自己被贬为镇国公，但官员奴仆们仍以贝勒爷相称。谁知道这个书呆子竟然摆出了一副公事公办的样子。

"段大人好大的官威。"载澜道。

"一县之政事全在段某一人。朝廷托付，不敢懈怠。"段本节看载澜没有让座的意思，就在对面椅子上坐了。

"段大人来顺义几日了？"

"已经半月有余。"

"哦……半个月。"载澜上下打量，"本爵爷溜溜地候了段大人半个月，现在只能亲自来访。"

"爵爷虽是宗室，但不是段某上差，拜与不拜都在两可之间。"段本节端茶轻啜，全不把载澜看在眼里。

载澜吃了一记软钉子，心里暗暗窝火，但想到此行的目的，只能暂且忍气吞声。遂放缓语气问道："段大人，我这次来也是公事。听内务府许公公说，太后母亲大寿咱们顺义要上贡烧锅作贺。本爵爷还兼着烧锅公会会长之职，这差事自然要我们福恒昌领受才行……"

"贡酒不是小事，让哪家做得公平公允才行。"段本节放下茶盏。

"你说什么？"载澜站起身来，"听你这意思贡酒是不让福恒昌做了？你说说，那要谁做？"

"太后母亲大寿，这事儿岂可随意？自然是谁家酒好就用谁的。"

"你什么意思？"载澜瞪着眼睛逼问。

段本节迎着载澜的目光："卑职虽然到顺义县不久，可牛栏山烧锅的优劣好坏还是知道一二的。兴泰有圣水、秘方，堪称甲等，富顺庄和昌隆在康熙年间原与兴泰一家，可称乙等……"说到这儿，段本节假意咳嗽。载澜心里明白，福恒昌在段本节的眼里最多也就是丙等。

茶盏在段本节面前摔得粉碎，载澜咬牙切齿地冷笑："姓段的，你不知道勋王爷是我什么人吗？不知道王爷、福晋和太后是什么关系吗？"

段本节坐着未动："这个自然知道。可段某是朝廷命官，心目中只有皇上和太后。此番上贡寿酒，务求上佳，段某不敢谋私，此事经过还要据实写本上奏。"

载澜气得一时语结，说不出话来。

"看样子段大人是要兴泰做贡酒。"薛三在一旁插嘴道。

段本节摇头："你们牛栏山有斗酒的规矩。咱们就公平一点儿，按照老理儿由内务府、地方官府和酒坊、酒商四方评判，唯有德者居之。另外，烧锅公会事关顺义一县税赋多寡，谁做贡酒，这会长的位置就是谁的。"

"主意已定？"载澜问。

"断无更改。"段本节镇静回答。

载澜从茶几上拿起马鞭，扬一下："走了，咱们就斗酒场上见！"

"不送。"段本节略作一揖，算是送客。载澜和薛三灰溜溜地出了县衙。两人打马狂奔，把顺义大街搞得鸡飞狗跳。看城门的守正看见两骑飞奔而来忙上前拦阻，却被载澜狠狠抽了一鞭子，骂了声"狗奴才"。看到载澜的顶戴补子，兵卒不敢犟嘴，只得忍气吞声地开了城门。

载澜和薛三拍马踏尘而去，一直到了官道才勒住缰绳，缓辔而行。"贝勒爷，这气咱们就这么受了？这事儿得告诉勋王爷。"薛三道。

"你懂什么？段本节看着像个书痴，可狡猾得很。你没听他说要把贡酒的事儿据实上奏吗？这是在将我的军呢！上次被贬，太后已经对我多有不满，要是这次段本节在折子上乱说，怕我这镇国公也当到头了！"

"这么说贝勒爷真的要和兴泰斗酒？"

"不这么着还能如何？"载澜叹气，"目下镇上的酒坊大半在兴泰入股，大一点的酒坊只有昌隆跟着我们。不过，昌隆的韩天福掌柜看着兴泰生意好，也有些摇摆不定。你回去之后把内务府的活儿多分给他些。一来稳住他，二来让他去拉其他的小酒坊入伙。"

薛三道："内务府肯定是向着咱们的，这倒不用操心。只是酒商还要拉一把刘一口，听说这老小子跟灵芸有些交往。"

载澜冷笑："你去告诉他，通州漕运厅署衙门厅丞可是我阿玛的人，不怕断了他南下的财路就尽管跟兴泰交往！"言毕，扬鞭催马，绝尘而去。

天气转凉，书瑶的病情越发加重。先前还能让王妈搀着下床，瑜卿一去，加上秋寒，人就蔫得不成样子。整日咳嗽不停，新近又添了呕血的毛病。灵芸放心不下，专门让小山东从京城请了鹤年堂的郎中来瞧。郎中一番把脉，不露声色地写了几剂药方，道："不过是风寒小症，吃几付药就好了。"灵芸送出门外，郎中低声说："大奶奶本来就体弱，加上近来肝气郁结不畅，人早就没了一点神气，怕是时日不久了。"

灵芸吃了一惊，问："可有延寿之方？"

郎中道："世间没有起死回生的良药。不过人活着全在心气两字，要是夫人有未竟的心愿，还是尽早达成。心境一宽，自然会神气充盈，说不定会稍有转机。"

听书瑶在屋里有气无力地唤灵芸，女人偷抹了把眼泪，强作欢颜进了屋。

"妹子，郎中说我这病怎样？"书瑶问。

"刚才郎中不是说了吗，只是感染风寒。"

书瑶却突然笑了，凄凄惨惨让人毛发倒竖。

"妹子你别骗我。"书瑶道，"我打小就捧着药罐子过日子。老话说久病成医，这病我看是不行了。"

灵芸坐在榻边，一把握住书瑶的手："姐姐不要胡说……"

"我哪儿是胡说？酒坊里的事儿我不懂，可这治病的事儿我却比你强。"书瑶凄然道，"妹子，你看杏儿都有两个孩子了，我羡慕得要命。要是能亲眼看着峻卿成婚，我也心满意足了。"

灵芸想起郎中的话，这未竟之事就是峻卿的婚事。如果能早点让峻卿成婚，或许书瑶的身体还有转圜余地。又忽然想起近来听新荷说，昌隆掌柜韩天福的女儿芳子似乎对峻卿有意思。想至此，眼前不由一亮："姐姐不说我倒忘了，眼下就有一段好姻缘。"

书瑶振作精神撑起身子："快说说，是谁家闺女？"

"昌隆韩家的女孩，叫芳子的。"灵芸道。

书瑶想一想："韩掌柜这闺女我是见过的。长得挺好，听说人也实诚，倒和咱家峻卿门当户对。不过，昌隆不是一直跟载贝勒走得挺近吗？"

灵芸笑道："姐姐怕是不知道。我听杏儿说，峻卿和芳子早就好上了。前阵子韩掌柜生病吃药，要咱们的圣井水做药引子，自己又不好意思来。峻卿知道了，每天早晨挑水亲自送到昌隆去，芳子就在门前等着峻卿。上次还做了一件汗衫给峻卿呢。"

书瑶抱怨道："妹子，你怎么不早说，要是这样的话，赶紧找媒婆提亲去。"

"找什么媒婆，眼前就有一个。"灵芸笑道，"我让蒋先生写好聘书，明儿就去提亲。韩掌柜跟载澜走得近不过是贪图内务府的一些小生意。眼下看其他酒坊在兴泰入股，他早就心痒得不行。我要是亲自去了，他肯定会答应。这样不但陈韩两家结了亲家，还卸了载澜一条臂膀！"

书瑶一把将灵芸抱了："我的好妹妹，这事儿就全拜托你了！"

洛芸接到师妹书信，说斗酒在即，让他从南直隶回来帮助料理酒坊。洛芸知道这次斗酒事关兴泰声誉利益，遂租了一条船顺着大运河北上。

在镇江泊船时已是黄昏。夕阳正好，染得运河半江瑟瑟半江红。洛芸坐在船头正看得陶醉，突然邻近船上传来女孩的尖叫，还有隐约的打斗嘶喊声。洛芸让船家划过去，船家却说别惹麻烦，这一带的水贼凶得很。洛芸解开缆绳，一把推开船家撑篙接近邻近船只。堪堪撞上时，凌空一跃跳到甲板上。却见一个壮汉正在和一个女孩争夺褡裢，船艄又有壮汉和一个少年厮斗。洛芸一脚把夺褡裢的壮汉踹进水中。船尾的汉子见洛芸身手凌厉，连忙跳进水中逃之夭夭。

"多谢搭救。"女孩上前万福。借着船头灯光，只见女孩穿件低领湖蓝褂子，亭亭玉立地站在夜色中。夜风也在帮衬女孩，呼呼劲吹，衣袂和颈后没被别上的头发随风飞舞，像是要临空飞升的仙子。

洛芸一时竟然语结。

船尾的少年上前见礼。原来两人是姐弟俩，家住常州。姐姐叫崇秋，弟弟叫崇文，父亲在京城做生意。前几日，父亲捎信让他们进京帮忙，两人遂租船北上。崇文无意间露富，船家顿生歹心，借着天黑想加害姐弟俩，幸好遇到洛芸才免遭毒手。

洛芸见姐弟俩落魄，就邀他们一起上了自己的船相伴而行。正是秋高气爽，运河静默长流，三个人坐在船尾赏景饮酒。崇秋虽然是女孩，但性子豪爽，不像寻常女儿家那样忸怩作态。洛芸在江湖上行走惯了，最喜欢这样的女孩。每次崇秋向他微笑，皓齿微露，衬着红唇，洛芸沉寂已久的心便开始怦怦狂跳。

在运河上行船四五日，通州在望，眼见就要分手。洛芸和崇秋似乎都有话要说，但话到嘴边却又不知该如何开口。他心里空落落的，舍不得离开崇秋，又磨不开面子问崇秋住哪儿。还是崇文聪明，主动向洛芸打听地址，说日后要去拜谢搭救之恩，又留了父亲在京城客栈的地址。

船泊通州，姐弟俩弃舟登岸。话别之后，洛芸继续乘舟顺着潮白河北上。他站在船头，心不知怎的顿时空成了壳。崇秋袅娜的身姿在暮光中渐行渐远，他没有勇气再去看第二眼，忙低头进了船舱。灯火倒映，波光粼粼，满目浩瀚。雾气从河面升腾而起，帐幔般缓缓在天地间弥漫。他忍不住又打开窗子向岸上眺望，崇秋模糊在了氤氲的水汽中……

灵芸提着裙角轻快地踏上兴泰的门阶。她要向书瑶报喜，韩掌柜一口应承了峻卿和芳子的亲事。书瑶正在院子里晒太阳，听到喜讯脸上泛起了红晕："妹子，别耽搁！快请人选日子成亲。要是我的身子争气，说不定能见到孙子呢！"

灵芸道："姐姐说的什么话，你身子硬朗着呢，一定能看到峻卿的孩子。"

两人正聊着，林茂声和蒋先生进了院子。书瑶唤声"爹"。林茂声看一眼，惊讶地问道："今儿气色怎么这样好？"

灵芸道："向老爷子道喜，您就要有外孙媳妇了。"

林茂声忙问是谁家女孩，灵芸道："昌隆韩掌柜的闺女芳子。"

林茂声和蒋先生相视一眼，不禁喜出望外。

"这下好了！有了昌隆做亲家，又断了载澜一条胳膊。"林茂声道，"我跟蒋先生来原本就是为这事儿。载澜这小子这两天上蹿下跳不安分，还想像上次那样拉山头。我俩最担心的就是韩掌柜，没想到这次倒成了儿女亲家，跟咱们一荣俱荣，一损俱损，韩掌柜不会再为载澜出力了。"

蒋先生道："这么看来眼下最关键的就是刘一口。刚才我跟林掌柜看到他醉醺醺地从福恒昌出来，薛三还搀着他上了马车。他经营南路烧锅，要走水路运货，得指着载澜疏通漕运衙门的关系呢。"

灵芸道："刘一口这人虽然油滑，但人品还不算坏。他受过我家老掌柜的恩惠，心里一直念念不忘，上次淘井也是他的主意。咱们不能眼睁睁地看着载澜拉拢他，少不得我再去京城找他一趟。"

正说话间，洛芸风尘仆仆地进了大院。

灵芸道："大师哥回来得正好，明儿跟我去一趟京城找刘一口去。"

第二十七章　恨别离

到京城周记老店时已过午时。洛芸突然想到，崇文留的地址就是这爿老店，心里只道是凑巧而已。灵芸向伙计打听刘一口，伙计说刘掌柜昨儿在牛栏山喝多了，一直睡到午时还没醒。屋里，刘一口听到有人找他，捅破窗纸向外一瞧，见是灵芸和洛芸，连忙钻进被窝。

洛芸敲门不见屋里有声响，又提高嗓音叫了几声"刘掌柜"，仍不见有人说话。瞧一瞧灵芸，作势要去踹门。灵芸连忙拦住："既然刘掌柜喝多了，就让他多睡会儿。他老人家又不是孙悟空，还能变个虫儿飞出去不成？咱们在门前等着就是了。"

刘一口不由得一阵皱眉，心想这位缠人的二奶奶又来了。一时想不到脱身之计，不由得心里烦躁。堪堪过了一个时辰，灵芸仍在外面晒太阳。刘一口口渴难忍，有心下床倒水，又怕外面的人听到，只得耐着性子躺在榻上。

灵芸道："老爷子开门吧，我知道你在里面。"

刘一口忍耐不住，爬起来倚床而坐："大掌柜，您可别一直缠着我。咱们几年前就说过本利两讫了，您可得说话算话。"

灵芸笑道："老爷子到底还是说话了。我哪儿是缠你，不过想找你做生意罢了。我知道这几年你一直从福恒昌购酒，其实载澜根本就没有做烧锅，那些酒都是昌隆韩掌柜做的，他不过在中间要了个差价。这事儿恐怕您老也知道，只不过您还得靠载澜疏通漕运衙门关系，所以只能装聋作哑罢了。"

"哎哟——"刘一口赤脚跳下床，"我的大掌柜您就少说两句，让我耳根子清静清静吧。"

灵芸不管不顾："老爷子，我眼下倒有个主意，说给您听听。您可能还不知道，我们兴泰准备在南直隶建分号，还准备招兵买马成立陆路车队和水上船队。"

刘一口忙趴在门缝上侧耳细听。

灵芸接着道："我得实话实说，您现在要是聪明的话就来参股，兴泰和刘记平分江南天下。要是晚一步，怕是将来悔得肠子都要青了。"

刘一口不知是真是假，一时心慌意乱。

灵芸听屋里没有动静，站起身来道："既然刘掌柜铁了心要跟载澜摽在一起，那咱们就等着瞧。这次斗酒之后，你们刘记和我们兴泰就是仇家，以后还是不见面的好！"又冲洛芸道，"大师哥，咱们走。"

刘一口正在迟疑是否要出去，月亮门外突然传来一阵盈盈笑语——竟然是崇秋和崇文！看见洛芸站在台阶上，姐弟俩大愕，洛芸也怔在原地。"洛芸大哥！"崇文突然一声大叫，一个虎跃盘腰抱住了洛芸。

"你怎么在这里？"崇文又惊又喜。

"我们找人谈生意。"

崇秋问："可是找我父亲？"

洛芸大惊："你父亲是刘一口？！"灵芸吃惊地看着三人，她哪里知道洛芸北来路上的一番奇遇。

崇文忙去敲门，大叫："爹，救我们的恩公来了。"

刘一口忙开了门，向洛芸深深一揖："我只听两个孩子说路上有人搭救他们，哪里承想竟然是洛芸兄弟。"又唤崇秋道，"傻丫头，还愣着干什么，快去让店家做几个菜，咱们招待大掌柜和洛芸兄弟。"

掌灯时分，红烛高烧，五人围桌对酌。

刘一口喝得半醉，拉住洛芸的手千恩万谢。

灵芸道："我的话老爷子刚才也听到了，眼下载贝勒正四处游说各路酒商。斗酒胜败事关牛栏山烧锅的盛衰，还望老爷子三思。"

刘一口慨然道："这还有什么可说的，有洛芸兄弟的这份情在，这股我参定了！刘记和兴泰合成一家，今后咱们同兴衰、共命运。水路和陆路两条道南下的主意甚好，只要打开南下路径，我就再也不用看载澜那小子的脸色了。"

"那咱们就一言为定！"灵芸和刘一口一饮而尽。

觥筹交错间，灵芸瞥见崇秋目光闪烁，柔水秋波般不时抛向洛芸，又时时提箸为洛芸夹菜。大师哥低着头，目光偷偷瞥向女孩，才一眼就面红耳赤。灵芸知道两人的心思，听得屋外秋风萧瑟，心里既为大师哥高兴，又有几分说不出的薄凉。不知为何，突然想到了段本节。那男人无来由地在她脑海中徘徊不去，梦一般恍惚。不由得再饮一杯酒，去浇心里的烦愁。

一直喝到三更酒席方散。

回客栈的路上灵芸不肯上车，一路走得歪歪扭扭，小山东只能驾车徐徐跟在身后。

"灵芸，你喝多了。"洛芸道。

"那女孩对你有意思。"灵芸答非所问，"我是女人，看得出来。这女孩不错，忙过这阵子我就向刘一口提亲。峻卿腊月成婚，他毕竟是主人，你们抢不得先，就等到明年春上完婚。"

洛芸想去搀灵芸，却被轻轻甩开。

"灵芸，你也该想想你自己……"洛芸嗫嚅。

"想我什么？"

"你这么年轻，嘉怡毕竟走了……"

"大师兄胡说什么！我，兴泰的大掌柜，再嫁他人？陈家的脸面往哪儿搁？峻卿和慕卿的脸面往哪儿搁？兴泰烧锅的脸往哪儿搁？"女人愤愤地走，身影柔弱，却又迅疾。洛芸一时想不透，师妹的盛怒究竟来自何处。

斗酒这天刚刚下了一场薄雪，药王庙月台下搭了席棚。

载澜又像当年一样穿着朝服，外面罩了一件堇色斗篷，早早地落座等候。许公公也在，两人不住窃窃私语，对往来身边的掌柜们看也不看。载澜时时撩起斗篷，有意露出那枚蟠龙玉佩，既是给许公公看，也是给掌柜们看，似乎在提醒他们，这天下是他载澜家的。

段本节来得不迟不早，直到开锣前一刻才进棚。看到载澜和许公公慢慢地踱过来打千，礼毕就挨着许公公坐了。他双眼微阖，并不多话，全不把两人放在眼里。灵芸最后一个进棚，身穿绯红色棉袍，发髻高绾，虽然只是插着一支普通的骨簪，却丝毫不减风致，说不出的娇媚干练。段本节不知为何心跳如鼓，看到灵芸万福，忙起身回了一揖。

载澜对许公公低语道："瞅见没，我一个爵爷，你一个五品的内官，还不如一个女人。"

许公公哼了一声："这位段知县才任职，哪儿知道官场的规矩，怕是要多吃些苦头才懂。"

载澜又低声道："灵芸这女人实在不简单。为了笼络大太太，把陈嘉怡赠她的金簪都让了出来，现在又不知道使了什么手段将段本节也搞得五迷三道的。"

灵芸对载澜和许公公视若不见，在段本节旁边款款落座。许公公气得要死，瞟一眼段本节，低声道："段大人，临来时勋王爷嘱托咱家向你捎来八个字：兹事体大，不容轻率。"

段本节道："卑职自然知道兹事体大。请公公代我向勋王爷回话，段某必以朝廷为大，断不敢徇私。"

许公公听出了话里的机锋，又不便发作，只能又冷哼一声。巳时已到，灵芸和载澜分别捻香献祭已毕，许公公率先上台。他略尝了尝两家的酒，便把红花放在福恒昌酒坛前。接着是段本节上台。载澜的心一阵狂跳，不知道这个书呆子会有怎样的选择。手上用劲，把扳指捏得咔吧作响。段本节还是把红花放在了兴泰酒坛前，没有半点犹豫。载澜几乎要跳起来，许公公忙用力在他腿上拍了一下。

这场斗酒最终成了载澜的噩梦。

不但段本节，还有刘一口、昌隆的韩掌柜都把红花投给了兴泰。几年前那场斗酒的结局在重演，只不过福恒昌和兴泰作了一个颠倒：福恒昌的酒坛前只有一朵花，而兴泰酒坛前却红花堆积。

载澜再也按捺不住，怒气冲冲地跳上月台将自家酒坛摔得粉碎，又狠瞪段本节一眼负气欲去。

"站住，请爵爷把烧锅公会的印章留下。"段本节道。

"你——"载澜手指段本节，到底还是无话可说，只得掏出印章用力拍在桌子上。

台下一片欢腾，众人纷纷向灵芸道喜。许公公觉得无趣，讪讪地离开了药王庙。

兴泰祖祠的门打开了。

那枚烧锅公会印章被灵芸高高举起。她要告慰陈氏祖宗，贡酒的名分再次归兴泰，烧锅公会会长的宝座也再次属于陈家人所有……

那是灵芸最耀眼的时刻。

转眼就是腊月。大寒时节，白雪纷飞。兴泰门前红装十里，白雪衬着红绫烧灼着人们的双眼。峻卿终于要完婚了，书瑶展现出从未有过的鲜活生命力。她头插金簪，一身红装端坐中堂，峻卿和芳子携手向上三拜。书瑶活力绽放，笑盈盈地走过去。步态轻盈，脸色红润，哪里像一个久病之人！人们还惊异地发现书瑶竟然长得那样动人：梨涡浅笑，犹如少女。

喜事连连，灵芸不觉喝得微醺，醉眼蒙眬间跟书瑶说了好些体己话。书瑶道，自己这桩人生最大的心愿算是完成了，即便是此时去见嘉怡也没什么后悔的。灵芸以为书瑶在说酒话，也不以为意。书瑶又摘下金簪，道："妹子，这金簪也该物归原主了。"

灵芸惊道："姐姐乱说什么，这金簪本来就是陈家长媳才能戴的。"

才一转眼，书瑶眼中已是泪光婆娑："我恐怕没有福气戴它了。你是大掌柜，兴泰这艘大船还得靠你掌舵，戴着它才能配上你的身份。"灵芸见书瑶醉酒，不便过于推让，盘算着待明日酒醒再还她不迟。于是就任由书瑶将骨簪抽掉，换上金簪。

书瑶上下打量："你瞅瞅，这簪子就是为你量身定做的，戴上它又添了几分人才。"

五更天，深院人初定。王妈突然一声凄厉的惊叫。

书瑶去了，在清冷的冬夜一个人沉沉睡去，最终再没有醒来。灵芸再回想起昨日种种，才明白原来是回光返照。那是一个生命在最后时刻迸发出的倔强与辉煌。

光绪元年的秋闱，十六岁的顺义县生员陈慕卿高中举人。八月二十这天巳时初，已经日上三竿，慕卿仍在书房里呼呼大睡。报喜的小吏高举榜帖乘马从西门而入，一路高喊："恭喜陈府慕卿老爷高中乡试第一。"一群叫花子跟在马后狂奔，嘴里嚷着要向陈府讨喜。小山东正在门前扫街，看到报喜的人群忙扔了扫帚关上大门。他知道这些叫花子的厉害，总要趁着讨喜敲竹杠，给的钱少就会嚷着"改换门庭"，连家都能拆得粉碎。他腿脚不灵便，以一种滑稽的姿态疾走，过二道门时还被门槛绊了一跤。

灵芸正在账房和蒋先生理账，听到小山东的叫嚷忙迎出门外。此时，她已年届四十，但仍旧人物清秀，身段袅娜。听到报捷，蒋先生忙从钱柜取了几串大子儿当作喜钱。灵芸却道："少了，少了，再拿些碎银子来。"这时，大门被叫花子们擂得山响。灵芸让德旺和小山东打开门，叫花子们一拥而上，反倒把报喜人挤在了一旁。小山东和蒋先生拿了碎银子、大子向上一抛，叫花子们一阵欢呼。小吏挤过来举起榜帖大喊："快请陈解元迎喜！"

教书的郭先生兴冲冲地去敲书房的门，叫了好久慕卿才揉着睡眼探出头来。

"慕卿，快点儿穿好衣服，门外都乱成一锅粥了！这次乡试你高中举人，而且是第一名，解元！"郭先生一辈子落第，能教出这样的学生足荣生平，比自己中第还要高兴。

慕卿头发蓬乱，只裹了件丝绸单裰。听先生如此说，打开门又四仰八叉躺回榻上，双手相叠撑在脑后道："先生，富贵非吾愿！将来做大清国的奴才官，不过是贪几两银子罢了，我家又不缺银子，有什么可高兴的！"

郭先生气得直抖："不为做官那你参加乡试做什么？"

慕卿道："我若不去，我娘怎会答应？还有您老先生，整天在我耳边唠叨，烦得我要死。想来想去还是贡院清静，参加秋闱也只是为了躲清静而已。谁知道随便写写便中了，可见朝廷所用非人。"

郭先生吓得直跺脚："慕卿啊，你竟然说出这样大逆不道的话来！将来可是连我这把老骨头都要被挫骨扬灰的！你看在咱们多年师徒的分上就少说两句吧！"

正说着灵芸进了屋，慕卿连忙站起垂手鹄立。

"你怎么不出去，郭先生没跟你说吗？"灵芸语气严厉。

"我这就出去。"慕卿忙对着镜子抹抹头发，穿上马褂出了房门。

郭先生长吁一口气："东家，慕卿这孩子绝顶聪明，就是过于不安分了。放着圣贤的学问不做，总是高谈阔论什么洋务、维新。这孩子就怕您，大掌柜可要多说着点儿，不然将来是要闯大祸的。"

正说话间，门外有锣响。小山东来报，说段大人前来道贺，人已经在大门外了。女人心头一阵鹿撞。段本节在顺义做官十多年，政绩卓著，却总也不见拔擢。后来听人说，朝廷几次有心提携，他却央求吏部上员仍要留在顺义做知县。更怪异的是，四十有余却一直鳏居不娶。每每有人提亲，他总是婉拒，说做官的四海为家，免得将来拖累人家。镇上的人多有议论，说段本节是为了兴泰大掌柜才留任不娶。风言风语传到灵芸耳朵里，为了避嫌她一直回避与段本节见面。实在磨不开，就让新荷或蒋先生跟在身边，免得旁人说闲话。但夜深人静时，却又常常想起段本节，心里也说不出到底为何。此时段本节来访，避无可避，只得去客厅等候。

段本节和慕卿携手进了客厅。

道贺已毕，段本节勉励慕卿用功，来年春闱夺个进士功名，将来好为国效力。慕卿本来又要高谈阔论一番时政，见母亲目视自己，忙道"竭力而为"。蒋先生也怕慕卿胡说，借着换衣服拜祖祠把他拉回书房。客厅里只剩下了灵芸、段本节和新荷三人。一时无话，段本节只能借着咳嗽遮掩尴尬。看着男人欲言又止的样子，新荷突然意识到了什么，对灵芸说一声"梁妈还在膳房等我"，蹑手蹑脚地退了出去。

屋里突然静了。灵芸盯着泊在脚上的阳光，心里却盼着时光过得慢些，再慢些。

"大掌柜……"段本节的声音有些发颤，又咳嗽了两声，"这次来一是向公子道喜，还有一事……"

灵芸的心一阵狂跳："大人请讲。"

段本节鼓足勇气："按我朝官制，地方官三年一任，我在顺义就职已久。亏得吏部尚书是我老师，才得以流连多年。此次朝廷拔擢，怕是再也躲不过了。"

灵芸心头陡然一震。

段本节嗫嚅道："我想……如果大掌柜有心，我想辞官不做，就在牛栏山寻个营生……"

灵芸听得心颤。多年相悦，到底还是说出来了。

段本节目光里罩了一层柔水，小心翼翼地望着灵芸。

"我知道你的心。"灵芸颤声道，"你容我再想想……给我点儿时间行吗？"女人把脸转向里。光线在帐幔间漫溢，丝丝缕缕，把女人藏进了一片缭绕的光晕。

"后日我要赴京城领凭——"段本节从袖子里拿出一枚钗子来，"这是先妣遗物。我明日派童子来，若是你有意就让他空手而归。若是无意，就让他把钗子拿回来。"灵芸垂首不语。她听到段本节站起身，袍襟簌簌作响。钗子被轻轻放在了桌上。这是他们第一次距离如此之近，她甚至闻到了男人身上的味道。听到脚步声远去，灵芸忍不住站起身要追，脚到门槛处却硬生生地站住。

段本节踩着缭乱的日光走出院子，临到垂花门停住了脚，回首这座小小的院落。别了，这段情。他闭上眼，静静地伫立在光影中，任秋风吹得长袍簌簌作响。

女人在屋子里独坐了一下午。桌子上一枚是嘉怡留给她的金簪，另一枚是段本节给他的金钗。两样首饰是摆在眼前的两条路。她正站在人生的路口，油灼般煎熬。两个男人的身影在她眼前来来往往，挥之不去。掌灯时分，新荷敲门说大师哥洛芸从山东讨债回来了。

灵芸应一声忙去开门。

洛芸风尘仆仆地进了屋："灵芸，你猜我在济南遇到了谁？鲁掌柜，鲁思皓的父亲。"

灵芸忙问："你可问起瑜卿的下落？"

"不但问了，我还见到瑜卿了。"洛芸道，"咱兴泰不给他供货，鲁掌柜的酒庄早就没了营生，眼下只能在街上开了一爿杂货店。"

"那瑜卿呢？"

"我让鲁振宇带我去见瑜卿，开始他还犹豫，后来还是带我去了。他们家穷得很，粗衣陋食的。瑜卿跟前也有了一双儿女，不过她和思皓两人夫唱妇随的倒也快活。"

灵芸叹气道："当年我有意放走瑜卿，也不知道是对是错。那会儿只觉得耽误了两个年轻人是罪过。"

洛芸道："你哪儿有错，要不是当年放走瑜卿，恐怕现在她的下场更惨。"

灵芸忙问为何。

洛芸道："你整天困在酒坊里忙活，外面的消息全然不知道。钱奕辰去年跟着载澜鬼混，在京城娼馆跟人争风吃醋，竟然把人打死，被发往宁古塔为奴了。钱守备受到牵连也被革职回了老家。"

灵芸松了一口气："这样看来，当年还不算错。"又问，"你可曾劝瑜卿回来？"

"说是说了。只是这丫头犟得很，说自己吃糠咽菜也不肯回来受气。"

"书瑶去世的事儿她知道吗？"

洛芸摇头。灵芸道："你再去一趟济南。告诉瑜卿，就说大娘已经去世，她要是还惦记着养育之恩，就带着思皓和孩子们回来。她是陈家的女儿，娘家人没人会嫌弃他们。"

洛芸道："我明儿就去。"目光却落在了两枚首饰上。

"段本节要走了。"她鼓足勇气说。

洛芸呆想了片刻："我知道段本节对你有意。这些年镇上也颇有议论，都说他留在顺义是为了你。"又叹息道，"妹子，咱们都是江湖出身，理会那些名节干吗？段大人不错，千万别蹉跎了后半生。"

灵芸垂泪道："师哥，这事儿我也想过多次，怕是要辜负段本节的心了。你想过没有，人都说兴泰烧锅好，我觉着靠的不全是圣井和秘方。这烧锅里面还有一种气在。我也说不来这种气到底是什么。思来想去，它放在江湖上就是义气，放在朝堂上就是忠勇，放在生意上就是信誉，放在名节上就是贞烈。有了这种气兴泰才在江湖、在官场、在生意场上屹立不倒。你再想想看，陈家两百年哪儿有再嫁之女，我不能做第一个。兴泰人气聚起来不易，我一走这气儿怕就要散了。"

洛芸听了，不住摇头叹息。

这一晚，灵芸整夜未眠。

第二天，酒坊里果然来了个十二三岁的童子。小山东领着来见灵芸，女人正坐在镜台前梳头。见到童子，她把金簪插在髻上，把那枚金钗递给童子。

书童转身欲走，却被灵芸叫住。灵芸从橱子里拿出一个布包，让他转交段大人。

段本节苦苦等了一个半时辰，远远地看到童子进了院子，细看两手，却是空的，顿时心下释然。进了屋，忙问大掌柜怎么说，童子从怀里掏出金钗，说大掌柜让他把钗子还给大人。段本节顿时被兜头浇了一盆凉水，连血脉都凝成了冰。童子又拿出布包，说这是大掌柜给他的。段本节忙打开来看，里面是一双布鞋。簇新的底子，针脚缝得密密的，看样子得费不少时日。段本节突然想到，自己昨晚才向灵芸表白，她不可能一夜之间缝制一双布鞋。看来这是早就做好了，又想到她竟然知道自己的脚码，想来定是费了不少心思。如此想着，心下悲凉，忍不住把鞋捂在脸上号啕大哭起来。

第二十八章　逼宫

瑜卿回来了，拉着一双儿女。两个孩子粗布衣裳，神情怯怯的，没有见过世面的样子。瑜卿也变了。虽然眉宇间还残存着倨傲，但时光的磨砺和生活的艰辛，已经让她有了一些沧桑。衣服是乡下的碎花粗布，虽然刻意在发髻上抹了桂花油，但仍然显得凌乱仓促。

瑜卿远远地看到二娘带着陈家的人在大门前等候。二娘仍旧那么风姿绰约，就像新嫁到陈家时那样袅娜可人。她的身旁是大哥峻卿，怀里抱着孩子，身边还站着一个拉着孩子的女人，想来这位就是大嫂。

昔别君未婚，儿女忽成行。

瑜卿心内大恸，叫一声"二娘"，拉着孩子双膝跪地。灵芸迎上去抱住瑜卿放声大哭，又拉过一双儿女亲昵不已，对瑜卿哽咽道："回来就好。你是陈家的女儿，兴泰永远都是你的家。"瑜卿、思皓又与哥嫂诸人厮见，一时说不尽的亲情别离。

安顿好后，瑜卿夫妇又带着孩子去祖坟祭奠父母、大娘。抚着书瑶的墓碑，瑜卿大哭了一场。

灵芸和蒋先生、林茂声商议：南直隶分号有刘一口看着不必操心。眼下酒坊又离不开洛芸，京城分号不如就由思皓打理。瑜卿和孩子们暂时在酒坊安住，待思皓在京城理出头绪后再搬过去不迟。思皓久困名场，早就憋着一股劲儿施展才能，听灵芸说要他去京城打理分号，自然一口应允。儿子在兴泰落了脚，鲁振宇又从济南回到京城，仍旧开了一爿酒庄，倒也可以勉强糊口，衣食无忧。

载澜这些年时乖运蹇，颇不如意。先前西太后对付肃顺等一干旧臣时，对恭王爷、勋王爷等宗室颇为倚重。载澜有勋王爷庇护自然受益，任着性子放纵也无人敢管。同治皇帝宾天后，恭王爷和大学士文祥也不知道受了谁的蛊惑，突然热衷于办理洋务来，地方大员如李鸿章、张之洞、曾国藩、左宗棠等人打着"自强求富"的旗子办船厂、开矿产、兴学堂。眼见着汉人纷纷占据朝廷要位，一众皇亲国戚们纷纷去找勋王爷，要他带头去向太后陈情，说"夷狄之道未可施诸于中国"，又说"立国之道，尚礼义不尚权谋，根本之图，在人心不在技艺"。哪知道西太后竟然也赞同恭王爷和汉臣搞洋务，下懿旨申饬了宗室一番，说他们全无"为国之心"，"只知道为己之私利"。勋王爷看了懿旨，吓得浑身发抖，才知道先前西太后迁就宗室不过是因时而动。自己这般年纪受到切责，心里大为不平。加上从光绪元年开始，山西、直隶、陕西、河南、山东等省大旱，一时饿殍载道，白骨盈野，西北又有动乱，天下纷扰不息，大清国风雨飘摇，勋王爷顿时有了归隐林泉之心。于是推脱有病，息交绝游，闭门养老去了。大清官员势利得很。勋王爷失势后门前渐可罗雀，鞍马稀少。载澜没有办法，只能硬着头皮借勋王爷余威去地方上打秋风。毕竟勋王爷是近支宗室，官员们也不愿得罪，每个衙门一年订上百十坛烧锅倒也不难。谁知道前阵子又横生波澜——载澜和钱奕辰在妓馆寻欢，因为醋海生波，钱奕辰失手打死了另一位官员之子。那官员一本奏章把钱奕辰和载澜参了，载澜虽为从犯，但嫖妓有失宗室体面，遂被罚了三年的俸禄。眼瞧着兴泰门前人欢马叫，近几年还添了南方口音的酒商，巴巴地让人眼馋。后来陈家三少爷慕卿中了举人，载澜更是烦恼。慕卿志向颇高，常有惊人之语，将来若踏进官场定能飞黄腾达，到那时再想制衡兴泰怕是难上加难。

这几天老福晋染恙，用度颇多。勋王爷没地方抓挠，只好向酒坊要钱。载澜一筹莫展，把薛三唤过来一顿臭骂，说养他还不如养条狗。

薛三并不生气，诌笑道："贝勒爷别气，眼下就有一个扳倒兴泰的机会。早年间跟人私奔的陈家二小姐回来了，陈家姑爷去了京城分号当掌柜，二小姐的公公也沾光回京城开了一爿酒庄。那位老鲁掌柜我原也认识，小生意人的脾气，性格吝啬贪鄙，又胆小怕事，正好可以利用。"

载澜点头道："既然姓鲁的认识你，这事儿不如让阿林保贝勒出头。他现在也赋闲在家，明儿一早咱俩进京跟他合计合计。"载澜说话时困兽般踱来踱去，听到旁边鹩哥不住学他说话，骂一声"丫挺的学我"，用力一甩鸟架，吓得鹩哥不住叫唤——吓死本贝勒了。

鲁振宇这些天过得颇为顺心：京城的酒庄再次开张。凭着与兴泰亲家的这层关系，他从牛栏山低价购酒再高价卖出，一来二去盈利不少。如此每隔几天就要去兴泰纠缠蒋先生，把老人家烦得够呛。

鲁氏酒庄离兴泰分号不远。鲁振宇每天一早准时会提着鸟笼溜达进分号，对伙计们吆五喝六地训斥，仿佛自家生意一般。这天看到思皓忙着在柜台理账心里不悦，沉着脸道："你小子见到我怎么连个安都不请？"

思皓一脸无奈："您老人家不待在自家店里，天天在别人家厮混，我哪能天天侍奉得周到？"

鲁振宇怒道："什么别人家，见外了！这是我亲家的店，我来这里就是走亲戚。再说你是这儿的掌柜，我就是老掌柜，每天来看一眼又能怎样？"

思皓不耐烦道："我还忙着呢，您老自便。"

鲁振宇讨个没趣儿，气哼哼地在店外的客桌前坐下，又吆喝伙计倒了一碗茶。正无趣间，街对面来了两个人，一个穿着丝绸大褂，头戴青色瓜皮小帽，四十多岁的年纪，一副生意人模样。跟在身后的是一个二十多岁的小伙儿，满脸风尘，肩上挂着沉甸甸的褡裢。见到鲁振宇，那商人抱拳打躬，操着南方口音问这里可是兴泰分号。

鲁振宇一见有生意可做，忙站起回礼："正是。掌柜的有什么事儿？"

"我想见掌柜的。"商人道。

鲁振宇大喜："这里掌柜的是我儿子，他正忙着呢，有事跟我说一样。"

商人上下打量，面露疑惑。鲁振宇见他不信，便大声招呼伙计上茶。见伙计态度恭顺，商人这才坐下。互相问了姓名年庚，原来这位南方商人姓封，扬州人，先前是做茶叶生意的，奔波半生攒了不少钱。近来听说牛栏山烧锅的生意好做，便起了改行的心。

鲁振宇大笑："封掌柜算是找对人了，兴泰大掌柜是我儿女亲家。这分号虽然姓陈，却跟姓鲁没什么差别。"

封掌柜大喜："实不相瞒，这次我接了两淮盐运使一单生意，要订五百坛烧锅。可到了牛栏山才知道，来往兴泰酒坊的都是老主顾，我这生意不大不小，人家又忙不过来，等了几天也没见到大掌柜。眼看到嘴的鸭子要飞，只能来京城分号碰碰运气。"

鲁振宇道："这事儿不难。我去一趟牛栏山，跟我那亲家见上一面就行。"

封掌柜连忙站起，一揖到底："这次全仗鲁掌柜了。"

鲁振宇咳嗽两声道："只是我这里要比牛栏山的价格略高一些。"

封掌柜忙问高多少。

鲁振宇伸出五指："每坛多出五百个大子儿。"

封掌柜释然："不就是多半两银子吗？使得，使得。不过时间紧迫，我要三天之内见货。"

鲁振宇道："这事儿容易，我直接从酒窖里拉就是了。"

封掌柜又嘱咐："货的品相须是上等。"

鲁振宇低头捻着纸烟道："封掌柜也过于啰唆了，我亲家会坑我不成？"

封掌柜大喜，拿出早就拟好的契约，签字盖章后又交了订银，约好三天后到鲁氏酒庄拉货。送走封掌柜，鲁振宇忙让伙计备车直奔牛栏山。到镇上已是掌灯时分，找了家客栈住下，心里盘算着这笔生意一夜辗转无眠。翌日起个大早，见德旺正在门前扫街，鲁振宇大摇大摆地上了台阶。

德旺横着扫帚挡住去路："哪儿去？"

鲁振宇瞪眼："当然是去酒坊，你不认识我？"

"认得。"

"认得拦我干什么？"

德旺冷笑道："鲁掌柜，你这亲戚走得也太勤了点儿。师傅们还没上工呢，丢了东西怎么办？"

鲁振宇一把推开德旺："我去见我亲家，还轮得到你一个看门的说话？"

德旺气得朝地上狠啐一口。鲁振宇心里惦记着生意，不愿跟德旺纠缠，回头瞪一眼径直去了后院账房。虽然嘴上总是亲家长短，可毕竟对灵芸忌惮。蒋先生掌管着生意往来，人又老实，他每次纠缠总会有所收获，这次看来还要向蒋先生下手才是。账房的门半开着，里面传来一阵咳嗽声。鲁振宇由窗子向里窥视，只见蒋先生正披着衣服理账，旁边火炉上还煎着药。

见灵芸不在，鲁振宇顿时来了精神，叫一声"蒋先生"就进了屋。见是鲁振宇，蒋先生皱眉道："我说鲁掌柜，你怎么又来了？"鲁振宇大大咧咧地隔桌坐下："我来走亲戚还不成吗？"

蒋先生摇头叹息："成，你走你的亲戚。请到前院去，别妨碍我算账。"

鲁振宇赔着笑："蒋先生，这次还要麻烦你一下。"

蒋先生眉头蹙成了一团："好，我给酒窖管事的写个条子，二十坛老酒。拿了你就走，别碍事儿，我们这几天忙得很。"

鲁振宇架着二郎腿笑而不语。

蒋先生抬头："怎么还不走？"

"这次是五百坛。"鲁振宇伸出五根手指。

蒋先生一阵咳嗽："五百坛？没有！你快走吧。南直隶的订单还在发愁呢，哪里有五百坛？"

"那我就不走了。"

"不走可以，但别在我账房待着。这里有现银，丢了算是谁的？"

听到吵闹声，梁妈忙找来瑜卿。见到瑜卿，鲁振宇越发撒起泼来，竟然一把将药罐打翻，还把一摞账本抛在地上。正闹得不可开交，灵芸突然出现在门口。鲁振宇一时手足无措，叫了声"大掌柜"怔在原地。

"鲁掌柜，蒋先生是我们兴泰的功臣，你不能跟他这么说话。"灵芸目光锐利如刀，鲁振宇能听到利刃剥离皮肉的声音。

他硬着头皮道："大掌柜，我只是想买酒……"

"没有，一坛也没有。"灵芸语气决绝。

鲁振宇看一眼手足无措的瑜卿，哼一声转身就走，才出账房就听蒋先生大叫"我的账本！"又听得满屋脚踩水浇的灭火声。

鲁振宇又怕又恼，一路出了镇子东去，想在河边寻个茶棚歇息一会儿。却见道旁有家叫"兴盛"的小酒坊，墙外面堆着乱七八糟的酒坛，几个伙计正往马车上装酒。酒坛黑釉束口，上面贴着大红的酒字斗方，冷眼一瞧跟兴泰的酒坛一模一样。他灵机一动，招手让一个伙计过来。

伙计见他生意人模样，恭恭敬敬地抱拳打躬，问他可是想买酒。

鲁振宇道："你们可是兴泰烧锅？"

伙计道："兴泰现在连南直隶都有了分号，哪儿忙得过来。外地客商一时买不到的都会从我们酒坊买，牛栏山烧锅原本是一家，味道差不到哪儿去。"

鲁振宇听了大喜。封掌柜每坛多给五百大子儿，再加上小酒坊每坛酒价又低了几成，岂非盈利更多？拿定主意，忙让伙计找来掌柜谈妥价钱，又低声问酒坊掌柜，能不能把斗方上"兴盛"的黑色印戳换成"兴泰"？

酒坊掌柜心领神会，点头道："这有何难？保证一模一样。兴泰酒坛底儿上还有一个小小的'陈'字，那是他们酒坊的暗号，我这儿也能造得出来。"

鲁振宇交了订金，兴高采烈地回了京城。

蒋先生的麻烦并没有结束。

一册账本被火燎去半截，蒋先生正在懊恼，昌隆韩掌柜又进了账房，大喇喇地坐下，说要从账上支三百两银子。蒋先生正在气恼，没好气地说："眼下到处都在花银子，哪儿有银子可支！"

韩掌柜脸上变了颜色，道："我是搭伙人，兴泰也有我的股份，我花自己的银子再正常不过。"

蒋先生道："酒坊的盈利年底自然会分红，哪有半道支取的？！"

韩掌柜厉声道："我现在急着用银子。"

蒋先生冷笑："怕是贵公子在赌坊输掉了吧？"

小山东听到两人争吵，忙又去叫峻卿和芳子。两人好容易才把韩掌柜劝住。蒋先生气得浑身发抖，把烧得黑乎乎的账本抛在地上，大声说要回山东青州老家，这笔破账让他们自己算。

韩掌柜一看残破的账本，指着蒋先生道："好啊，你们兴泰用这样下三烂的手段糊弄我们！看着今年赚钱，竟然故意把账本毁了，好年底分红时捣鬼是吧？"

蒋先生颤颤巍巍地回了自己屋。

韩掌柜指着峻卿道："姑爷啊，你真是个窝囊废！知道这兴泰是谁的吗？是你的！你是陈家长子。可你二娘把着酒坊的大权不放，知道是为了什么吗？为了人家慕卿，那才是她的亲儿子！"

峻卿垂手嗫嚅："家父临终前说，要二娘当家十五年，从咸丰十一年算起，这才十二年……"

"怎么，你还要等上三年？"韩掌柜拿着账本晃得人眼花，"你知道这女人安的什么心！她的手段可多着呢！连载贝勒都斗不过，何况你？"又指着芳子道，"还有你，事事听你这个偏房婆婆的，被人家卖了都不知道！"言毕气呼呼地站起，大步流星地出了后院。

灵芸在屋里听到了后院的吵闹声。她不动声色地梳头，脸上看不出任何表情。新荷在一旁替她不平："二奶奶，您就歇了吧。替他们陈家，还有镇上酒坊出了这么大的力，到头来还不是养了一群白眼狼！"

灵芸绾了髻，别了簪子，对着镜子端详。镜中的女人面目姣好，可到底鬓角还是有了白发。虽然才几根，却在乌云堆积中触目惊心地存在。灵芸苦笑："你家老爷临终前说给我十五年时间，我看大家都等不及了。"

新荷一时不知道灵芸话语所指。正懵懂间，灵芸又拉住她的手问："你今年三十了吧？老姑娘了。磨坊老耿家的儿子不是已经见过了吗？那孩子挺实诚，人也精神，我看就年底完婚吧。"

新荷眼角渗出了泪："奶奶哪儿的话，我跟着你已经习惯了。"

灵芸摇头："我已经耽搁你半辈子了，哪儿还能再耽搁下去？"

新荷叫一声"二奶奶"，把头伏在灵芸膝上恸哭。

韩掌柜离开兴泰后去了富顺庄。进门就闻到一股药味，林茂声正躺在榻上咳嗽，林家二姨娘在他背后轻捶。廖掌柜和鸿利酒坊少掌柜白德利等人恰好也在。

韩掌柜吃了一惊，忙问："老掌柜何时染恙？怎么也不吭一声？"林茂声苦笑："上了年纪的人哪儿有不病的，只是这次病来得凶，怕是熬不过年关了。"

众人看他眼窝深陷，皮肤蜡黄，不由得纷纷喟叹。

韩掌柜过去拉住林茂声的手道："老掌柜，您身体健旺，以后的路还长着呢。"又道，"不过您老这年纪是该惦记着身后事儿了，我知道您老最惦念的还是峻卿。"

林茂声阖目不语。

韩掌柜转头对廖掌柜和白德利道："正好今儿几位搭伙的都在，咱们把血汗钱投在兴泰，兴泰酒坊不也有咱们一份吗？可今儿我手头紧，去账房支取几百两银子，那姓蒋的老头凶巴巴地把我训斥了一顿，还把今年的账本烧了，到了年底谁知道盈利多少！这主意他一个账房先生想不来，怕是大掌柜的主意。十二年，大掌柜已经掌管兴泰十二年了，峻卿的孩子致文都快十岁了，还不交权？她心里是怎么想的想必大家都知道……"

林茂声一阵咳嗽，厉声道："够了！大掌柜不是那样的人，我信得过！"

鸿利酒坊的老白掌柜前年故去，他的儿子白德利天天看着兴泰门前车马争喧，早就眼红得不得了。听韩掌柜这么说，忙道："韩掌柜说的是。这女人心机太重，目下把账本烧了，还不是看今年活儿多利重。说句难听的，林老掌柜在还好，若是哪一天去了，峻卿还有咱们这些搭伙的不知道要受怎样的欺负呢！"又对林家二姨娘道，"还有二娘，家里又没有个男丁……"

一句话戳到二姨娘痛处，女人拉着林茂声的手哽咽不止。

韩掌柜咬牙道："今儿就是时候！趁着大家都在，咱们把大掌柜叫来说清楚！扶峻卿当大掌柜！"

见林茂声不反对，众人纷纷附和。

傍晚时，富顺庄的管家来找灵芸，说林老掌柜病得厉害，想见大掌柜和少掌柜一面。灵芸和峻卿急匆匆到了林家，见几家掌柜的都在，灵芸心下顿时明白了几分。林茂声仰面躺在榻上，两颊深陷，林家二姨娘坐在榻边垂首啜泣。听到灵芸和峻卿的声音，林茂声勉力抬起眼皮。

"老爷子。"灵芸叫一声，扑到榻边握住林茂声双手。

林茂声苦笑："大掌柜来了就好……我怕是撑不了几天了。"

灵芸道："老爷子说的哪里话来。"

林茂声又向峻卿招手。峻卿在榻边跪下，低头呜呜地哭。

"峻卿啊，我就你这么一个后人，我走后你二姨姥就托付给你了。"林茂声道，"我林家的家产大半都是你的，小半给你二姨姥，够她养老就是了。"二姨娘和峻卿听了，禁不住放声大哭。

"可怜呐，老爷子看不到外孙当大掌柜的那一天了。"韩掌柜摇头叹息。

白德利道："大掌柜，今儿正好大家都在，我们有几句话想说——"

灵芸摆手："不用说了，大家怎么想的我都知道。"又拉过林茂声的手道，"老爷子，我原打算按嘉怡说的再过两年将酒坊交给峻卿。可我熬不过去了，毕竟有了点儿年纪。峻卿跟着吴师傅也学了十多年，是做烧锅的一把好手，生意交给他我也放心。"

林茂声颤声道："大掌柜……"

灵芸淡然一笑："老爷子，我想让您老在有生之年看着峻卿当上大掌柜。"她转过身去，"各位掌柜，明儿卯时咱们在兴泰见面，我给大家一个交代。"

光绪元年初冬，满地霜雪。林茂声被人用一架藤椅抬到了兴泰。陈家人和各大酒坊掌柜站在霜天中，目睹了灵芸把秘方朱匣和圣井钥匙交到峻卿手中。峻卿在祖宗牌位前三拜，领受秘方和钥匙后又叫一声"二娘"，拉着芳子郑重地向灵芸磕头。起身后，灵芸率先叫了峻卿一声"大掌柜"，眼里顿时有了泪花。

"兴泰从此是你的了。"灵芸颤声道。她想起咸丰十一年嘉怡交付秘方的情景。那些影影绰绰的光影在眼前晃动，若真若幻。

立冬这天夜里，京城鲁氏酒庄来了十多个人，领头的是封掌柜。一群人拿着木棍把酒庄砸了个干净，鲁振宇吓得躲在柜台下瑟瑟发抖，最后还是被一个壮汉拎了出来。

"封掌柜，您这是干吗？"鲁振宇哆哆嗦嗦地问。

封掌柜冷笑："姓鲁的，我那批酒是怎么回事？！"

"酒怎么了？"鲁振宇装傻充愣。话音刚落，背后就被人狠踹了一脚，额头撞在破损的酒缸上磕出一个口子来。用手一抹，顿时血流满面。

"姓鲁的，贝勒爷的生意你也敢黑！"封掌柜怒斥。

"贝勒爷？"

"对，阿林保阿贝勒，这笔生意是他的。"封掌柜拉过椅子坐在鲁振宇面前，"我大清律法，凡诈伪欺瞒以取财物者，以窃盗论。我现在就拿着阿贝勒的片子把你交到大兴县衙去。"

鲁振宇听了犹如晴天霹雳一般，忙央求道："别，别，我赔银子就是。"

"这笔买卖我们前前后后赔了三千多两银子，说吧，怎么赔？"封掌柜逼视鲁振宇。

"三千两？"鲁振宇险些昏厥过去，"银子我拿不出，我赔你酒就是，我用兴泰分号的好酒换你的劣酒。"

封掌柜从柜台上拿起抹布擦擦鲁振宇的脸："这也成。明儿三更天我把你的酒拉到兴泰分号，若是见不到你，就把你儿子的店也砸了。"

封掌柜走后，鲁振宇连忙命伙计去唤思皓。见酒庄被砸，父亲挨打，思皓忙问怎么回事。鲁振宇哀叹道："儿啊，只有你能让爹逃过这一劫。"遂把事情原原本本地说一遍，思皓听了大惊失色："爹，我们一时去哪儿找三千两银子？！"

"跟你大舅哥借去，他刚当大掌柜。"

"我们才从山东来投奔人家，哪儿有脸张嘴向人家借钱？"

鲁振宇瞪大眼睛："那你就等着给你爹收尸吧！阿贝勒我打听过，人阴毒得很。我搭上一条性命好说，怕是你也躲不过他的手段。"看思皓手足无措，鲁振宇又道，"眼下倒是有一个办法可以救我的命……"看左右无人，附在思皓耳边低语了一番。思皓变色道："这可不成！兴泰最看重的就是信誉二字，分号这批酒是南直隶酒商的货。要是换了劣酒，江南这条路怕是要断了。"

鲁振宇生气道："这酒原本就差不了多少，阿贝勒喝惯了烧锅所以才能尝出来。南方人喝烧锅的少，哪里就能分辨得出来？"

思皓皱眉不语。

鲁振宇一把鼻涕一把泪地数落着老婆走了，自己养儿不易。思皓听得心软，只得仰天长叹一声，道："明日三更让他们悄悄地来分号。"

第二十九章　危机

　　翌日晌午，洛芸从牛栏山到了京城。看分号打理得井井有条，心中暗暗高兴，着实把思皓夸赞了一番。又叮嘱他说，后天南方的客人来分号拉酒，务必要小心才是。思皓听了心下忐忑不已。晌午吃饭时，两人又聊起了目下兴泰的境况。洛芸说："林老掌柜昨儿晚间刚刚谢世，峻卿目下正在料理丧事，酒坊里自有我和小山东打点。"又顿一下道，"蒋先生被你父亲烧了账本，他是老秀才，人傲气得很，出事后回青州老家养老去了。"

　　思皓红了脸，说日后一定专程去青州探望蒋先生，替父亲向他道歉。

　　洛芸接着说道："你二娘被镇上那帮掌柜逼得寒了心，住进了牛栏山下的老宅子。新荷刚出嫁，现在只有薛妈陪着她。"

　　思皓叹道："那帮掌柜的都这么没有良心！要不是二娘这些年苦心经营，他们哪里会有今天！"

　　洛芸点头："你二娘并非贪恋大掌柜的位置，而是想践你岳丈的十五年之约，可韩掌柜他们到底还是沉不住气。眼下峻卿的麻烦怕是就要来了——那些掌柜的见近几年兴泰生意好，都眼红得厉害，借着账本被烧这件事闹着要撤股分红呢。这样一来，可就要狮子大张口了。"

　　如此谈了许久，下半晌时洛芸才返回牛栏山。想着兴泰当下的境况，思皓心里大为忐忑。但又想到如果不行此险招父亲将有性命之虞，到底还是下了决心换酒。于是早早地把伙计支出去，店里只留下了自己一个人。三更时，听到外面马车辚辚忙开了门。鲁振宇拉思皓走到马车前，揭开苫布，里面的酒坛果然跟兴泰的一模一样。鲁振宇道："你瞧，这哪里能瞧得出真假来？"

　　思皓一声低叹，无奈道："让他们快点儿，伙计一会儿就回来了。"

　　鲁振宇招招手，十多个伙计一起动手搬运酒坛。思皓垂头丧气地坐在柜台里任由他们往来忙碌，将近四更天才搬运完毕。

　　峻卿在林茂声丧事上一直忙碌了七天，下葬后才筋疲力尽地回到酒坊。刚进门，就见客厅里坐满了人。看到峻卿回来，一伙人"轰"的一声围拢上来，说要清账分红。峻卿道："账本已经被烧坏，要理清账目怕还得等些时日。"

白德利道："那可不成，这事儿明摆着是个局，是你们兴泰看今年买卖好想独吞。"

峻卿有些生气："蒋先生刚回了老家，我又才忙完姥爷的丧事，眼下要谁去理账？"

白德利瞪眼道："你是大掌柜，谁去理账是你的事儿，我们只管要钱。"四周又是一片附和声。峻卿去瞧韩掌柜，只见岳丈躁眉耷眼地低着头，知道他也不会为自己说话。

正吵闹间，外面一阵喧哗。小山东跑进来道："大掌柜不好了！南直隶来了十几个酒商，说咱们以次充好让他们折了本，正在门前闹事呢！"

峻卿和掌柜们忙迎出去。

兴泰门前，酒气冲天，到处是酒坛的瓷片。十多个南方酒商正与吴老和吵闹。见到峻卿，立刻把他围在了中间。

峻卿抱拳道："各位掌柜的想是搞错了，我们兴泰两百年的国酿盛名，何曾听说过做劣酒？"

领头的酒商捧过一个酒坛："大掌柜，别欺负我们南方人不懂烧锅，这可是你家酒坛？"峻卿接过细看，只见斗大印戳都没有错。又瞧瞧坛底的暗号，跟自家的毫无二致。忙让小山东拿过一个海碗来，倒了酒略一品咂，觉得苦涩淡薄，显然是掐酒的功夫未到。峻卿又把碗递给师父，吴老和一尝顿时变了脸色，道："这酒没有掐好，不是我们兴泰的烧锅。"

酒商闻言又是一阵喧闹："酒坛跟你们的一样，又是从你们分号中拉出来的，怎么变成了别家的酒？"一时间，两下里又吵作一团。

廖掌柜和韩掌柜连忙拦住，好说歹说先把酒商们劝回客栈，说明日定然给一个说法。回到客厅，搭伙的掌柜们见竟然发生了这样的事情，更觉不能和兴泰搅在一起，纷纷嚷着要撤股。峻卿气不过，指着众人道："你们都拍着良心想想，这些年你们受了兴泰多少恩惠？要不是兴泰的圣井水和秘方，你们哪儿能年年分红？"

白德利道："当初搭伙时咱们契约上写得明明白白，入股自愿，撤股自由，扯这些道义何用？"

峻卿冷笑道："都听好了，明儿卯时你们再来，我一并给个答复。"众人听了，只得讪讪而去，只剩下廖掌柜、韩掌柜和吴老和。

峻卿垂头坐在春凳上发怔，良久才对廖掌柜道："廖掌柜也走吧，明儿我给你答复就是。"

廖掌柜道："大掌柜，我隆盛这些年受了你们兴泰的恩惠，无论如何我绝不撤伙。"

峻卿又看一眼自己的岳父。韩掌柜忸怩道："峻卿啊，按说眼下这个节骨眼我该跟兴泰同甘共苦，可我也有自己的难处。你家大舅哥不成器，赌钱把大半个家当都抵上了，债主整天堵着门……"

峻卿摆摆手："我说过了，明儿一并答复。"

廖掌柜和韩掌柜走后，吴老和对峻卿道："大掌柜，这事儿我总觉得有些蹊跷，兴许背后有人捣鬼。虽然你酒坊里的活儿在行，可处理这些麻烦我看还得请教二奶奶。"

峻卿点头道："这些天一直在忙老爷子的丧事，顾不上去瞧二娘，正好请下安。"

傍晚时，峻卿和吴老和到了牛栏山下。

正是初冬时节。牛栏山下，白水绕峰，红叶满地。陈家老宅斜倚潮白河，背靠牛栏山。两个看坟的老年佣工住在前院，灵芸还有薛妈、王妈住在后院。书瑶去后，王妈悲痛欲绝，说"怕大奶奶一个人孤单"，央求灵芸搬到老宅看坟，灵芸心软，就应了王妈。

峻卿进门后，叫一声"二娘"跪在了地上。灵芸连忙挽起，埋怨道："不年不节的，怎么还行起了大礼？"又见峻卿形容憔悴，心疼道："才几天工夫不见，你怎么看着这么消瘦？"

峻卿一时哽咽难语。吴老和便把事情经过说了一遍。灵芸摇头叹道："本来想着卸了大掌柜的担子就可以清静，哪承想才几天就发生了这么多事儿。"

吴老和道："兴泰烧锅十六道工序，我跟大掌柜片刻不敢离开酒坊，也不知道是谁使坏害我们。"

灵芸道："少不得又有那位载贝勒，目的是要搞坏兴泰的名声，拆散搭伙的酒坊。这事儿必须得搞清楚。峻卿，你让小山东去京城把思皓叫来。"顿一下又道，"嘱咐小山东，让他留意一下分号有什么异常。"

峻卿点头，复又叹气道："入股的酒坊也跟着凑热闹，纷纷要撤伙，其中鸿利的白少掌柜闹得最凶。"

灵芸道："白老掌柜活着的时候最深明大义，为人也方正得很。可他的这位少爷却是载澜门前常客，整天跟着载澜、薛三厮混，估计又是他们俩怂恿的。这些年，咱们兴泰顺风顺水，这些酒坊有些眼红，不明白兴则两利的道理，看来还是要让他们吃些苦头才好。峻卿，明儿把话挑明，账本虽然被烧，可往来流水还在，找个好点的账房算清楚，连本带利都给了他们。但有一点，凡是撤伙的，今后再不能用我们的圣井水，更不能使用我们的秘方，包括你岳父韩掌柜。"

峻卿点头。

灵芸又道："至于南方的酒商，咱们就按照契约赔偿。"

峻卿面露难色："最近酒坊购料、工钱、运费都已经超支，还有些钱暂时也收不上来。赔款、分红两下里一加，怕不是个小数目。"

灵芸道："留得青山在，不愁没柴烧。兴泰什么样的风雨没见过，跌倒了再爬起来就是，但万万不可丢了信誉二字。"又道，"你先回去算账筹钱，不够的我来想办法。"峻卿和吴老和走后，灵芸让薛妈去唤大师哥洛芸，告诉他自己在潮白河边等他。

洛芸匆匆来到河畔。只见河上渔火闪烁，霜霭漫天，灵芸独立岸边向远处眺望。听到洛芸的脚步声，灵芸转过头来，叫一声"大师兄"。洛芸见她神色疲惫，发丝上染了霜雪，仿佛白了鬓角一般，不由得心疼道："灵芸，既然已经把重担交给峻卿就由他做主吧，好好过你的清静日子。"

灵芸苦笑摇头："我何尝不想清静？可眼下兴泰风雨交加，峻卿一时怕驾驭不了这艘大船。"又道，"大师兄，这次风波来得蹊跷，明儿思皓会来牛栏山，你务必盘问清楚。"

洛芸点头。

灵芸又道："今晚你还要辛苦一趟，替我去卧虎山办件事儿。"说着，从发髻上抽下金簪，"这簪子是陈家媳妇的传家宝，将来我也要传给芳子。可咱们兴泰有难，必须得拿它当信物了。你代我跟胡大当家的说，这根簪子是皇家之物，也是陈家的脸面。兴泰借山上五千两银子，以此簪为信，三年之后连本带利还清。"

洛芸道："要是胡一疤不肯收呢？"

灵芸道："你跟他说，银子都是弟兄们用血肉性命换来的，留下簪子也好跟大家交代，免得他在中间为难。"

洛芸走后，灵芸踩着薄霜向老宅缓步而行。

陈家祖坟，石碑林立，坟茔累累。霜雪映照之下，更显寂寥苍凉。灵芸走到嘉怡墓前，抚碑而坐。"嘉怡，你别怪我，御制的金簪我先暂且押在卧虎山。放心，兴泰渡过这道难关后我一定讨回来。"一时思绪翩翩，仿若又回到了咸丰六年的冬夜，嘉怡的眸子在寒夜里像两扇温暖的窗……

思皓第二天午时才到牛栏山。

隔着一条街，见一群人刚从酒坊出来，思皓认得是南直隶的酒商们，忙闪身躲进胡同。他从小跟着父亲走南闯北，听得懂南方话。众人正在议论，说兴泰毕竟是国酿老字号，看重信誉二字，按照契约赔了银子，只是不知道这事儿到底是什么缘故。又听见有人说，肯定是有同行捣鬼，说不定还会有内鬼策应。思皓不由得脸红心跳。

进了正厅，只见峻卿愁眉苦脸地坐在太师椅上。几个搭伙的酒坊掌柜跟吴老和、小山东争论得面红耳赤。见思皓进来，峻卿目光里的责备甚至怨恨显而易见。思皓忙低头唤一声"大掌柜"，峻卿扭头不理会。白德利这会儿闹得最凶，说要是拿不出钱来就把酒窖里的货全部拉走，然后再把兴泰的门拆了。

正不可开交，洛芸风尘仆仆地进了门，身后有两个伙计抬着一个大箱子："大掌柜，银子弄来了，一共五千两。"

峻卿一惊："这银子从哪儿弄的？"

洛芸道："是你二娘想办法借的。"

众掌柜纷纷说还是二奶奶有办法。又有人说，兴泰的家底儿毕竟厚实，这些年不知道赚了多少银子。

洛芸掀开箱子，厉声道："拿上你们的银子，然后滚蛋，以后永远都不要进兴泰的大门。"白德利知道洛芸武生出身，也不敢多说，讪讪地捧着三封银子走了。韩掌柜抱了银子，尴笑道："姑爷，我先回去了。"峻卿冷哼一声，扭过头去。

掌柜们走后，大厅安静下来，只是静得让人发慌，思皓垂着头不敢去看峻卿。

"思皓，这批酒是怎么回事？"峻卿的语气里充满了火药味。

思皓低语："我也不知道是怎么回事……"

峻卿忍住怒气问："那你告诉我，为什么出事前你父亲天天黏在分号，可自打出事之后人就不见了踪影？听说你家酒庄还被人砸得稀烂。"

思皓犹如被兜头浇了一盆凉水，腿哆嗦得险些站不住。瑜卿不知何时抱着孩子进了屋，看他的眼神里没有一丝心疼怜悯，而是愤懑、怨恨。思皓觉得天旋地转，再也支撑不住，两腿一软瘫坐在地上："别说了，这事儿是我做的……"

峻卿大吼："你可知道，因为你们父子兴泰不仅丢了信誉，还赔了家底？我二娘把金簪抵押了借钱。那簪子可是我陈家女人的脸面！还有蒋先生，他老人家回到山东之后，觉得自己犯下大错，误了兴泰的前程，气得一病不起，前几天人已经走了！"

思皓吃惊地张大了嘴。

"你滚——"瑜卿凄厉地尖叫。她丢下孩子，疯狂地扑向思皓。男人瘫坐不动，任由瑜卿厮打，辫子一下子散开。洛芸忙把瑜卿拉开，又让盈儿将她搀回厢房。思皓孤魂野鬼般坐在地上呢喃低语，断断续续地说着经过。峻卿紧攥着椅子把手，吱嘎作响。他万万没有想到，在兴泰背后捅刀的竟然是自己的妹夫。他摇摇晃晃地勉力站起手指思皓，骂人的话还没有出口就倒在了地上。

陈家乱作一团。

厢房里传来瑜卿凄厉的哭骂声。

思皓失魂落魄地走出酒坊，下了台阶，冲着大门重重磕了三个头，然后一路趔趄着出了镇子。

数日之后，小山东去京城接手分号。伙计告诉他，几天前思皓在店里收拾了一下行李，第二天就不知去了哪里，连他家的酒庄也盘了出去……

坏运气似乎一直在纠缠着兴泰。赔偿的风波过去不久，顺义县衙户房的人就来到酒坊，告知他们由于南方酒商联名举报兴泰欺诈，内务府行公文把兴泰做贡酒的名分除去。峻卿无脸见人，躲在房里不肯出门，直到第二天晚上才趁天黑跑到老宅去见灵芸。

一见面跪在地上，大叫"二娘，我把兴泰的牌子砸了"，而后放声大哭。灵芸抚着峻卿的头发，道："峻卿啊，你是陈家的男人，千万不能倒下。眼前的事儿都不打紧，只要圣井水和秘方在咱们手里就有翻身之日。"

正说着，慕卿进了门。兴泰风云变化，慕卿却像是局外人一样，每天只管把自己关在书斋读书，或者蒙头大睡。前几日酒坊里闹腾，他嫌过于聒噪，就搬到了老宅和娘做伴。

峻卿道："这些事儿都是载澜出的主意，看来我们陈家确实该出个做官的人才是。慕卿啊，明年春闱你可要为咱们陈家争气，无论如何都要挣个一官半职回来，将来咱们酒坊也好有个靠山！"

慕卿却道："哥啊，你还是眼界太浅，看不到这事儿的根本所在。即便我做了官也当不得什么靠山。别说七品的小官，就是一品大员遇到载澜这样的宗室也要打千儿。大清国这样的不平事太多了，症结就在故步自封四个字。如果陈规陋习不变，任我做多大的官也保不了兴泰。"

峻卿听不明白，又问："依你这么说咱们陈家要一辈子被载澜欺负了？"

"不然。"慕卿的眼睛里突然光彩熠熠，"只要朝廷改制，还权于民，人人平等，大清国的百姓就有希望。"

峻卿听了，忙不迭地向慕卿作揖："陈大秀才，陈老爷，你可别再乱说了，日后你这张嘴要为我们陈家招灾的。"

慕卿冷笑："哥啊，你们生意人眼睛只盯着自家这份产业，却从未想过天下。"

一旁王妈多嘴道："小少爷可别这么乱说！大掌柜说得对。这些话要是传到官府耳朵里，怕是我们这些下人都要跟着受牵连呢。"

慕卿低声说了句"愚民"，转身进了里屋。

灵芸笑道："峻卿别跟你兄弟一般见识。一个书呆子又不懂人情，更不懂生意，能跟他说出什么结果来？"两人切回正题，又商议起酒坊当前要紧的事儿。

灵芸道："赔偿和撤股让兴泰元气大伤了。我看南直隶分号已经无力经营，只能让你洛芸老舅去一趟盘出去。刘一口跟了咱们，不能让人家吃亏，亏损咱们都担下。"又嘱咐峻卿："对撤伙的酒坊不能心软，务必要叫他们吃吃苦头，好知道合则两利的道理。"峻卿都一一记下。

临走时，灵芸问起瑜卿，听说人瘦了一大圈，灵芸心疼不已。让峻卿捎信，请她过来老宅住几天。并说，思皓这孩子原是本分人，做出这样的事儿也是他爹的胁迫，看在瑜卿和孩子的分上他们切不可记仇，等过些日子再派人找他回来。

光绪八年的春上，慕卿和段本节在户部官廨偶遇。

这时的慕卿已经是光禄寺主簿。光绪二年，他高中二甲，赐进士出身。先任翰林院编修，过了不到半年因为与同僚争执，被贬到光禄寺任主簿，从正七品降到了从七品。光禄寺任职后，性子越发变得倨傲狷狂，整天不理政事在外面游荡。光禄寺本来是管理皇家膳食的地方，他却跟八竿子打不着的总理衙门打得火热，隔三岔五地会引同文馆的译员甚至是洋人来官廨，关在耳房里不知聊些什么，有时还会捧着一本洋文书看得出神。寺丞看不惯，说教了几次，每次都被他顶撞回去。寺丞见他跟总理衙门关系热络，也不敢惹恼他，只得睁一只眼闭一只眼，任他游荡。这天，实在抽不出人手来，又见慕卿夹着本洋文书在游廊里闲坐，寺丞就让他去户部办理一下春祭的拨银。慕卿正闲得发慌，接了公文一口应承下来。

到了户部官廨，慕卿径直去找度支主事。没想到主事耳房的门紧闭着，里面正有人在大声争吵。一个道："这事儿如何不急？勋王爷的家人去多伦给蒙古王爷送酒，哪知道在卧虎山让土匪给劫了。他老人家如何咽得下这口气？亲自去宫里向老佛爷告状。太后把我们提督大人一好阵训斥，要求务必清净京畿，把天子脚下的这些匪类一扫而光。"

另一个道："大人说得好听。眼下我们户部的差事哪一件是小事？你看看这个折子，是两广总督张树声为黑旗军刘永福奏请军费的折子。你说说是剿匪事大还是靖边事大？"

慕卿敲敲门，里面没好气地问什么事儿。慕卿道："光禄寺办理拨银的。"

里面主事厉声道："你先回去吧，我这儿清缴京畿土匪的费用支出尚且理不清楚，哪里还顾得上你们光禄寺吃吃喝喝的事情？"

慕卿道："你们是军国大事，我这儿是皇上吃喝的大事。你要是没时间我就等着，还怕你们吵上一天不成？"说着话就在抄手游廊坐下，从怀里掏出洋文书翻看。

过不多时，顺着游廊来了一个三十多岁的太监，身后还跟着一个十多岁的小太监。大太监一路走得风风火火，经过慕卿时瞟一眼他胸前的补子，莫名其妙地哼了一声。只见他径直推开主事的房门，大摇大摆地闯了进去。慕卿好奇，踱到门前偷听。只听屋里一连串地叫"马公公"。马公公尖声尖气地问道："你们两个在这儿干吗呢？先把内务府的银子拨了，老佛爷还等着用呢！"

主事忙道："卑职两个谈的不过是些小事，公公的事儿才是大事，我先给您办着。"慕卿听得心头火起，推开房门闯了进去，主事和兵部官员、马公公都吓了一大跳。主事见是慕卿，喝道："出去，谁让你进来的？！"

慕卿手里摇着公文道："都是公事，主事大人何必厚此薄彼？我先到的，你让我回去。怎么这位公公一到，你们的军国大事就变成了小事儿？"

马公公气得脸色发白："嗬——哪儿来的兔崽子，敢跟咱家叫板？！"

慕卿瞪眼道："本官光禄寺主簿陈慕卿，是朝廷命官，不是什么兔崽子。"

马公公哪里受过这样的气，尖着嗓音道："好啊，一个芝麻粒大的官儿竟然敢在户部衙门咆哮，我看你是不要命了！"

慕卿听得火起，索性把帽子摘下扔在地上道："我这从七品小官也是寒毡坐透、铁砚磨穿换来的，不像你小刀一挥就换来了大好前程。"

正在吵闹时，一个穿戴五品补子的中年人推门进了耳房，厉声喝道："这是户部衙门，吵吵闹闹成何体统？！"马公公被他的气势镇住，又不认得是谁，只好忍气吞声，坐在春凳上喘粗气。来人和慕卿四目相对，两人都吃了一惊。

竟然是段本节。

主事打躬叫了一声"郎中大人"。

马公公听说是户部郎中，又来了气："我说郎中大人，你这衙门是怎么管的？一个小小的主簿就敢在这儿大闹，我要是告到老佛爷跟前怕你也吃不消！"

段本节捡起帽子看一眼慕卿："你跟我来。"又对度支主事道，"你先把公公的银子拨下来，这人交给我处理。"

慕卿跟着段本节顺游廊来到后院。

两人在竹丛前站住脚，段本节问道："你可是慕卿？"

"是我。段大人，您什么时候到的户部？"慕卿又惊又喜。

"我也是刚刚转任户部。"段本节道，"你今天闯祸了。刚才那位马长顺马公公不认得我，可我却认识他。光绪五年，我去宫里奏事，当时马公公就站在太后旁边。除去总管李公公，这位马公公算是太后跟前的红人。而且此人原也读过几年书，颇擅文字，又能画上几笔，那位红人李公公却大字不识几个，正好让马长顺钻了空子，太后懿旨多出此人之手。他在宫里跋扈惯了，你今儿给他这么大的气受，怕他不会善罢。"

慕卿傲然道："他尽管把我这主簿的官撸去。我读书本为求治世之术，哪儿想做这管吃管喝的奴才？"

段本节道："小声点儿，你这倨傲的性子还是改不了。你想过没有，要想伸展胸中的抱负，就必须在官场站稳脚跟。没有这顶乌纱，哪里还能想富国强民的大事儿？"说着话，将帽子戴在慕卿头上，又端正一下，"要是我不帮你捡起这顶帽子，今天这事儿就尴尬了。不用马公公撸你的官，你自己就了断了前程。"

慕卿觉得段本节训斥得有礼，遂拢着袖子低头不语。

两人沿着竹间甬道踱步而行。段本节道："说来这个光禄寺主簿确实做不得大事。这些年我俩虽然没有接触，可我一直在打听你的消息，知道你跟总理衙门的人来往密切，懂西学，会洋文，是难得的人才。"

"那又如何，还不是管些鸡毛蒜皮的小事！"慕卿抱怨道。

"你若不声不响，朝廷如何知道？"段本节看着慕卿的眼睛，似有所指。"你既有洋务之才，就该让朝廷知道你治国理政的宏论。你若是在闲衙门里待上一辈子，就是戴上二品大员的顶戴又有何用？"

慕卿点头道："段大人点拨的是！以我之见，眼下的大清国吏治腐败，文官卖官鬻爵，贿赂成风。武官营务废弛，操练不勤。财政入不敷出，国库亏空。百姓萎靡不振，蝇营狗苟。所有这一切症结何在？全在制度二字！我想上奏朝堂，兴洋务，办邮政，建工厂，造火轮，同时整饬吏治，有个三五年必见成效！"又道，"本朝李鸿章中堂有诗云，一万年来谁著史，三千里外欲封侯。李中堂就是我之楷模，他生于安徽乡下贫困之家，却有吞吐天地的志向，最终得以称侯封相。我家境优渥，自幼读书，岂能蹉跎于庖厨之间？"

段本节叫一声"好"，拍拍慕卿的肩膀道："听了你这一番议论，我更觉得不可埋没了你的才华。你回去后写个折子，朝廷日后必当重用！"

"只是我的官阶太低，折子递不上去。"

"这事儿不难，你写好后我可以代为转奏。"段本节道。

一席话说得慕卿豪气干云，血脉偾张，恨不得立刻铺纸蘸墨，挥洒胸中意气。两人坐在石凳上又谈了一会儿国政时局，段本节干咳两声，想询问灵芸的近况，但沉吟良久到底还是没有张开口。

慕卿告辞后，段本节回到耳房，从抽屉里拿出一个锦缎包，层层打开，里面的鞋子仍旧簇新。

第三十章　罢官

　　白德利在福恒昌的客厅坐了足有一个时辰，也不见有人奉茶，直觉得口干舌燥，心里烦闷不已。这些年，福恒昌门前各地衙门采购烧锅的车马渐多：西太后觉得恭王爷日渐势大，独擅总理衙门大权，并重用汉臣曾国藩、左宗棠、李鸿章等人，渐成尾大不掉之势。原本宫里有东太后掣肘，西太后怕恭王爷与东太后联手，尚有所顾忌。光绪七年，东太后薨。西太后开始对宗室分而待之，极力打压恭王爷，搞得他只得称病休养。勋王爷年高德劭，西太后就让他赞理机务，表率百僚。举凡朝政宗室之事，无论大小悉以咨之。往日那些疏远勋王爷的官员门生又开始苍蝇逐臭般追随逢迎。载澜也咸鱼翻身恢复了贝勒爵位，并借着勋王的势到处打秋风、敲竹杠。各大衙门乐得拍勋王爷的马屁，管它酒好酒坏，买了来全都赏给下人走卒。只是载澜过于促狭，对待追随他的酒坊掌柜盘剥无度。可谓夺泥燕口，削铁针头，又不肯分活儿给他们，险些把这些酒坊饿死。

　　鸿利酒坊已经数月没有开张，白德利只得厚着脸皮找载澜讨些活儿做。可几次来福恒昌，小厮只推说"贝勒爷不在"。白德利知道载澜在躲着自己，这次索性来个守株待兔赖在客厅不走，看他能躲到几时。眼见坐了一上午，白德利又饿又渴，耐不住性子开始在院子里四处搜寻。顺着抄手游廊一路走到后院，听到抱厦里有人说话，忙趴在门上细听，果然是载澜。白德利一把推开门，见短榻上载澜正和一个女人相对而卧，手拿烟枪吞云吐雾。载澜吓了一跳，坐起大喝："谁让你进来的？快滚！"

　　白德利索性撕破了脸皮："好啊，载贝勒，当初是你挑唆着让我们这些掌柜和兴泰分账，还说要我们跟着福恒昌吃香喝辣。如今我们这几个酒坊个个锅清灶冷，你却在这儿抱着娘们儿快活！"

　　载澜一拍茶几，喝道："反了，反了！来人，把他的嘴给我堵上！"

　　薛三带着几个小厮闻声而至，一巴掌打得白德利嘴角淌血。小厮们将他绑了，推推搡搡地送至顺义县衙。

　　载澜心里窝火，对薛三嘟囔道："这些日子走背字。前些日子，送给多伦那王爷的酒让卧虎山的土匪给劫了，还写了张条子骂我。如今白德利又来大闹一场！"又急赤白脸地问薛三，"京里可有清缴卧虎山的消息？"

薛三道："有消息了。太后把兵部和顺天府的人臭骂了一顿，让他们近期务必把卧虎山的巢穴端掉。听说，军需折子已经批了，户部正在拨饷银呢。"载澜听了心下稍安，复又看一眼旁边惊慌失措的窑姐，那女人忙点上烟枪递过去。

跟白德利一样惶惑的还有韩天福。

眼下他正在芳子屋里等峻卿，嘴里不住地埋怨芳子无能，做不得峻卿的主。圣井水用不得，秘方更是碰不得。眼下酒坊伙计饿跑了十多个，就连账房先生也卷着银子逃了。又训斥道："你就是不心疼你爹，也要为你哥哥想想，都四十岁的人了还没找到老婆，再这样下去怕是要打一辈子光棍。"

芳子埋怨道："当初是您老人家带头要撤伙分红，差点把兴泰逼上绝路，峻卿怎么能不记恨？"正说着，峻卿搴帘而入。看韩天福在，脸色一沉转身就要向外走。

韩天福叫一声"站住"拦住去路："峻卿啊峻卿，当初贪恋那几两银子是我不对。可再怎么说我也是你岳父！芳子娘去世得早，她是我拉扯大的，现在她成了你老婆。总该念着这点儿抚育之恩吧？三节两寿你不送贺礼也就算了，平日里在镇上遇到也是冷着脸不理会。你让我这张老脸往哪儿搁？"转脸又冲女儿发火，"芳子，峻卿要是不认我这个岳父，你今后也别再叫我爹了。"说毕，顿足而去。芳子忙穿了鞋去追，屋子里只剩下珠帘晃动的簌簌声。

慕卿风风火火地回到牛栏山。向母亲请过安，说自己专程告假要写一篇惊世骇俗的文章。这篇文章是"惊天动地的经世之道，富民强兵的治国良药"。灵芸没有多想，就勉励了几句。慕卿又道："母亲知道我这次在户部遇到了谁？段本节段大人。"

灵芸听了心头鹿撞，装作漫不经心的样子问："段大人现在可好？"

"好着呢，刚转任户部郎中。"

灵芸忍不住低声问："段大人可曾提起我？"

慕卿心里惦念着奏章，人又心性率直，全然没有多想，照实道："段大人并未提起母亲，不过倒是为孩儿的文章指点了不少。"灵芸"嗯"了一声，心下生出几分寒凉。也许，这辈子就这样了。当初的情义种种，不过是一场迷梦而已。

慕卿没看出母亲脸上的变化，他急着要实现自己的抱负，将官帽向榻上一抛，挽起袖子就要准备笔墨。灵芸回过神来，嘱咐慕卿不要鲁莽触了官场禁忌。慕卿有口无心地应声"知道了"，脑子里开始酝酿自己吞天吐地的雄文。

掌灯时，瑜卿几次唤弟弟吃饭。慕卿嘴里漫应，却总也不见开门。灵芸道："别管他，由他写吧。"

瑜卿担忧道："慕卿性子旷达，这原本是好事。可总觉得他过于直率，二娘还是要多说着点儿才好。"

灵芸道："慕卿的事儿我盯着呢，你别多挂念。"看到瑜卿的女儿云裳正在灯下练字，突然想起了思皓。叹息一声道："瑜卿，我原想着思皓走几年就会回来，没想到这孩子却一去不回头。你洛芸老舅把京城和山东都找遍了，也不见踪影。儿子闺女都这么大了，你大哥的怨气也消了大半，是该让思皓回家了。"

瑜卿放下饭碗推说困了，独自回了屋。坐在灯下发了半晌愣，眼角不觉渗出了泪。

跟灵芸一样，瑜卿已经习惯了老宅的生活。她不敢回到酒坊，那里有她与思皓的初遇，有少女时代最令人目眩神迷的爱情。而那段往事已成幻境，那个叫思皓的少年早已不在人间。她迷恋着牛栏山下的静谧。潮白河静默南去，不狂躁，不喧嚣，像是一段柔软的梦境。只有听着潮白河的水声，她才能安然入眠。瑜卿常常想，那就陪着二娘在牛栏山下潮白河边了此一生吧。但这种短暂的静谧经常会被一段反复出现的梦境打断。梦里，思皓一个人孤苦地在街上蹀躞，蓬头垢面，鹑衣百结，形如乞丐。瑜卿夜半惊醒，常常会叫着思皓的名字放声大哭。每次灵芸敲门问起缘由，她总会抹去眼泪，笑笑说"鬼压身了"。

灵芸当然知道她的心事。每次酒坊有人出差，她都会叮嘱在当地找一找思皓。

这些家长里短慕卿从不理会。不是他薄情，而是心思完全没有在家事上。他的胸怀里装着这个日益沉沦的庞大帝国。此刻，他正目光炯炯地挥毫疾书——臣光禄寺主簿陈慕卿今有一本启奏：今日之国，外有洋夷，内有哗民，左近又有朝鲜之变。万事纷扰，则我大清殆矣。窃以为，天下之事，穷则变，变则通。西洋夷人欺辱中国，盖仗其器之利尔，我大清欲愤然自振，必先效其器其制，然则可以后兴……

黎明时分，榜纸上已经洋洋洒洒有了三千言。慕卿哈了哈墨迹，展纸细读。折子气韵浩大，语句铿锵，读来让人血脉偾张，自觉十分满意，不由得拊掌大笑。

吃早饭时峻卿来了。

与慕卿厮见后，峻卿向灵芸说起这几日酒坊的境况：账房告病，蒋先生的儿子正好从老家投靠兴泰。小蒋先生文字娴熟，就让他依旧做了账房。

灵芸道："蒋先生是我们兴泰的功臣，小蒋先生子承父业最恰当不过。"

峻卿又道："白德利被薛三打了一顿，以'冲撞宗室'之罪蹲了几天班房。出来后气不过，带着十多个酒坊掌柜在福恒昌门前闹事。这些年，载澜靠着各大衙门过得有滋有味，那些追随他的酒坊连汤也喝不上一口，说起来也是罪有应得。"

灵芸道："话虽如此，但牛栏山烧锅本为一家。当年咱们跟这些小酒坊闹翻，目的不是为了泄愤，而是想让他们明白合则两利的道理。这几年载澜把牛栏山烧锅的名声败坏得够呛，再不能任他胡闹了。看准火候咱们再把这些酒坊聚在一起，五指攥成拳头打出去才有力气。"

峻卿点头："二娘说的是。还有一事向二娘讨主意——昨儿韩天福来找我，临走时撂下一句话，说我再不认他这个岳父，他也就不再认芳子这个闺女。芳子一直哭个不停，我拿不准该怎么办。"

灵芸道："你岳父算不得坏人，只是当年过于贪财了。他既然来求你，就先让他入股兴泰。没有现银可以拿烧锅师傅和原料顶，正好做给其他酒坊看，吸引他们投靠兴泰。刘一口又把南直隶的路子打开了，目下是用人之际，这些酒坊正好可以补上缺口。"

峻卿点头称是："二娘跟我想的一样。咱们兴泰不仅要在南直隶重新站稳脚跟，还要在多伦打通路子。但我最犹豫的就是北上的路不太平。从牛栏山到多伦到处是土匪马贼，折了本钱是小事儿，怕还要搭上人命。"

"说起土匪马贼我倒想起一件事儿来。"一旁正在反复审看折子的慕卿插言道，"那天我去户部公干，度支主事跟兵部官员正在谈京畿剿匪的事儿。说卧虎山土匪劫了勋王爷送给多伦那王爷的酒，太后发怒，这几天就要对卧虎山的土匪动手。"

灵芸和峻卿都吃了一惊。如果朝廷下重手，卧虎山必定会血流成河。

峻卿道："看来载澜也看准了多伦这块宝地，他讨好那王爷是想打开北上的路呢！"

灵芸道："先不管这些，救卧虎山的弟兄要紧。峻卿，赶紧让你洛芸老舅向胡大当家的报信儿。卧虎山有大恩于我们，这事儿咱们不能见死不救。另外还要物色在多伦建分号的人选，不能让载澜抢了先。"又道，"还有一件事儿要记牢，把卧虎山的银子连本带利都还了，金簪还押在山上做信物呢。芳子这些年替你拉扯儿女，料理家务，算得上陈家的好长媳，这金簪也该传给她了。"

峻卿答应一声，忙告辞回了镇上。

慕卿也收拾完毕，准备回京。临行时，灵芸一直把慕卿送到潮白河边，整整儿子的官帽叮嘱道："要是在官场上不如意，就回牛栏山来。"慕卿点头，纵马绝尘而去。灵芸凝望良久，儿子骑马扬鞭的样子颇似当年的嘉怡，忍不住到嘉怡坟前坐了，听着风声簌簌，不由得又湿了双眼。

奏事处小太监把一摞奏章送到储秀宫时，随侍太监马长顺正抱着蝇帚坐在台阶上打瞌睡。小太监凑在耳边轻唤了两声"马公公"。马长顺睁开眼指指身旁的春凳道："把奏章放在上面。太后正在午睡，等醒了我再呈上去。"小太监走后，马长顺再也睡不着，就拿了奏章翻看，正好翻到户部郎中段本节的奏章。因前几日在户部见过此人，忙打开来看，却是代光禄寺主簿陈慕卿所奏的"富国强民言事折"。马长顺吃了一惊，喃喃自语，怪不得那天段本节护着陈慕卿，原来两人有瓜葛。细看奏折，倒也文字酣畅，无非是洋务派那些见识。看到最后，不由得站了起来。这个陈慕卿官职虽小，抱负却大，竟然说什么"富国强民之本在于制度之变"，还要"中学为体，西学为用"。马长顺心道，这两个人全是书呆子。老佛爷用汉臣搞洋务无非是要大清国多些银子用度，哪儿就想着要把朝廷交出去？正想着，听到殿里西太后唤"小顺子"，忙捧着奏章进了屋。

伺候洗漱后，西太后随手翻看折子。无非是洋人教士在地方上闹事、朝鲜军乱之类的烦心事，再有就是一些地方官吏拍马屁的请安折。太后抛了奏折，以手扶额道："我们大清国的官儿不怪洋人说的，个个颠顸怔忪，遇事就要向朝廷推，就向太后、皇上讨主意，哪里有自己的担当？"

马长顺赔着小心道："老佛爷，依奴才看这些庸官倒还算好的。"

西太后乜斜着眼问道："你这是什么意思？"

马长顺道："这些庸官起码还听话。有他们在，朝廷就永远有人捧着护着。要是遇到那些有想法的……"说着话，捧起段本节的奏章。

西太后连忙打开，看了几行点头道："这个段本节我知道，原来在顺义县做过一任知县，后来又到顺天府做府尹，倒也有些政声。只是陈慕卿……你可认得？"

马长顺道："此人是京郊顺义人，光绪三年的进士，做过翰林院编修。后来跟同僚打架被贬了一级，到光禄寺任了主簿。人挺狂妄的，前些日子跟奴才还在户部吵了一架……"

说着话，只见西太后眉头渐蹙："陈慕卿果然狂妄！搞洋务还在情理之中，可大谈'中学为体，西学为用'是什么意思？！这不是要动摇朝廷的根本吗？"又发狠道，"陈慕卿年轻倒也罢了，怎么段本节也跟着犯糊涂？"

马长顺趁势挑唆："听说陈慕卿跟总理衙门里的洋人整日厮混，以奴才之见是中了那些洋人的毒。此人留在朝里终是祸害……"

西太后抛下折子："把段本节贬了。他不是从顺义县来的吗？还让他回去，仍旧做他的知县。至于陈慕卿，把他流放了，越远越好，省得再跟那些洋人鬼混。"

马长顺"喳"了一声才要走，却被西太后唤住："你刚才说陈慕卿是顺义人？"

马长顺点头："牛栏山的。他家里原不是书香门第，祖辈都是做烧锅的。叫什么兴泰……"

"兴泰。"

"对，就是兴泰，听说是牛栏山最大的酒坊。"

西太后想起咸丰十年北狩路上遇到的那个漂亮女人，又想起了儿子载淳，心里不由得一软："你这么一说我倒想起来了。先帝在的时候，我还跟陈慕卿的母亲有过一面之缘，也算得上是位故人。他们陈家祖上受过乾隆爷的恩典，世代经商，出个读书人不容易，就暂且革职候任吧，也算是给他一个教训。"

马长顺暗暗后悔多嘴。可太后已经拿定主意，自己便不敢再多言，只得草拟懿旨让西太后钤上了"同道堂"的印章，又送到军机处专呈皇帝钤印下旨。

薛三急匆匆赶到福恒昌时，载澜正和几个京城来的公子哥逗弄画眉。看到薛三，载澜喜滋滋地道："你来得正好。这画眉是奉国将军载珩府里一位阿哥送的，你瞅瞅，方头三棱嘴，是画眉里的上品呢。阿哥说这小东西还会算命呢。"薛三不敢扫载澜的兴，只得硬着头皮假笑。

载澜冲一位公子哥道："你让它给我算上一卦。"

那人吹一声口哨，画眉竟然从纸牌中叼起一张拖到载澜跟前。拿起来细瞧，上面画着一个手拿鞭子的猎人正在驯虎。老虎瘦骨嶙峋，脖子上还挂了一个项圈。

公子哥低声念道："虎落平川成家犬，田舍农家任亵玩……"瞅着载澜脸色阴沉，连忙噤声不语。

"不玩了，散了吧。"载澜气恼道。众人一哄而散。

薛三仍旧站在原地。

载澜没好气地问："什么事儿？"

薛三道："白德利、韩天福和镇上十多家酒坊又入伙兴泰了。"

载澜气恼道："怪不得画眉都说我虎落平川呢，我这只斑斓猛虎怎么一到牛栏山就变成了家猫，被陈家人逗得团团转？"

薛三道："贝勒爷别生气，我这儿还有个好消息。陈家二少爷慕卿因妄言朝政被贬了，现在革职在家呢。"

载澜拍一下大腿，叫声"好"："这个陈慕卿为人狂妄得很，我还怕他日后成事为难咱们呢。没想到咱们还没动手，他自己却毁了前程。"

薛三趁机劝道："那些小作坊去就去吧，倒省得照顾他们了，反正那些烧锅老师傅都被咱们挖过来了。"

载澜点头道："你说的也是。不过，听说兴泰动了在多伦建分号的心思。这事儿咱们不能落后，多伦有了分号，就打通了草原的关节。瞅机会我亲自去一趟多伦，在草原扎下根，咱们福恒昌烧锅就又多了一条道儿。"

晌午的时候，老宅外传来卖脂粉簪环的拨浪鼓声。牛栏山下，向来冷寂。云裳刚刚十四岁，正是天真烂漫的年纪，听了叫卖声，忍不住拉盈儿一起去看。初冬时节，门外枯柳染霜，潮白河上蒸腾着白烟，虚虚幻幻的宛若仙境。货郎五十岁上下，四块瓦毡帽遮住了半张脸。他摇着拨浪鼓，漫不经心地盯着老宅门口。看到云裳和盈儿出来，叫卖声越发大了起来。

货架上无非是些俗脂庸粉。云裳看了一遍，觉得无趣。货郎问道："小姐可要簪环首饰？"

盈儿道："不要了，都是些小姐看不上眼的。"

货郎大笑："看上眼的只怕你买不起。"

盈儿瞪一眼货郎："好大的口气！知道这是谁家？还有牛栏山陈家买不起的簪环？"

货郎从怀里拿出一枚金簪："这枚簪子是当年乾隆爷亲自吩咐内务府监制的，售价万金，你们陈家能买得起吗？"

云裳想看个仔细，货郎却把它收在了怀中。盈儿见他脸上有一道深疤，吓得连忙拉着云裳跑回老宅。

货郎推起独轮车沿潮白河岸渐渐远去。

回到膳房，灵芸和瑜卿正在吃饭。云裳说："刚才遇到一个刀疤脸的怪货郎，说手上有一枚乾隆爷赏的金簪，又笑话我买不起，盈儿姐姐还跟他犟了几句。"

灵芸大吃一惊，忙问货郎在哪儿，云裳说推着车子沿河岸走了。灵芸丢了筷箸忙向外追。

拨浪鼓声远远传来，货郎正坐在车辕上向河面远眺。

"胡大当家的。"灵芸低声唤。

货郎把毡帽摘下，回头微笑，果然是胡一疤。两人相视而笑。

"谢谢二奶奶，要不是您，卧虎山的弟兄就全完了。"胡一疤抱拳一躬。

"当年大当家的解了兴泰燃眉之急，如今正该投桃报李。"

"洛芸兄弟已经送到银子，信物也该还您了。"胡一疤把金簪郑重递上，"二奶奶，如今卧虎山是待不得了，我已经把金银给弟兄们分了。今儿来牛栏山一是为还金簪，二是想跟二奶奶告别。我从此要远遁江湖，今后怕是再难见了。"

灵芸问："大当家的有何打算？"

胡一疤笑道："这些年我在道上交了不少朋友。从古北口到热河，再到多伦，一路上都有我的兄弟。勋王爷和载澜这老小子饶不了我，京城这一带不能再露面了。我认识多伦那王爷的管家，那地方天高皇帝远的，他勋王爷也管不着，好歹在多伦混口饭吃。"

灵芸想了想："我们正合计着要在多伦建个分号，好打通北上的销路。既然大当家的有门路，就当我们分号的掌柜如何？"

胡一疤大笑："这么说，二奶奶还想跟我胡一疤打几年交道？"

灵芸也笑："岂止几年，怕得一辈子。"

胡一疤拍下大腿："爽快！既然你们兴泰信得过，这个分号掌柜我当定了！"

"牛栏山就在天子脚下，大当家的多有不便，不如先去多伦等着。我跟峻卿商量一下，让大师兄带着银子随后赶上。"灵芸道。

胡一疤点头："洛芸兄弟若是到了，就到热河会馆找我。"说完，抱拳而别。灵芸一直目送胡一疤远去方回。

慕卿在家闲居，经常有一些穿洋装、留辫子的怪人造访。灵芸怕再无事生非，就让他到酒坊帮忙。到了酒坊，他每日只管捧着书本在圣井亭闲坐，有时还会让梁妈做上几个小菜自斟自饮。峻卿的大儿子致文最和三叔说得来，常常丢了书本去听慕卿讲古。慕卿嘴里全是些富国强民、救亡图存的大道理，致文听得热血沸腾，目光里满是向往和憧憬。峻卿偷偷训斥了致文几次，却全然不起作用，最后也只能听之任之。

　　这一天，酒坊突然来了一位身着绸缎袍子的富商，五十岁上下年纪，举手投足透着雍容大气。小山东不敢怠慢，忙引着客人去见峻卿。客人自称姓周，安徽至德人，原来做丝绸生意，久慕兴泰烧锅盛名专程来牛栏山拜访。峻卿陪着周掌柜看了曲房、酒窖，见他全无半点兴趣，只好又带着他去瞧圣井。却见慕卿正在冬阳之下独坐凉亭自饮。周掌柜的眼睛顿时亮起来，问峻卿亭下那位贵公子是谁。

　　峻卿道："是舍弟，原来也是有功名的人。前阵子因言获罪，目下在家赋闲。"

　　"原来是位老爷！"周掌柜忙向慕卿抱拳。慕卿正闲得无聊，见客人生得气宇轩昂，连忙站起请到亭子里。周掌柜见石桌上摆着一壶酒，端起来闻一闻："这就是牛栏山烧锅？"言毕皱眉放下。

　　峻卿忙问："这酒哪有不对吗？"

　　周掌柜摇头："酒是好酒，可惜能解得了凡人之愁，却无法解朝廷之愁。眼下我大清民生凋敝，洋夷欺凌，这烦心事儿纵有千万坛美酒也解不得。"

　　慕卿哈哈大笑："先生错了，这酒也能解朝廷之愁呢。"

　　"说说看。"周掌柜道。

　　慕卿端一杯酒一饮而尽："我大清国力衰弱之根本，全在抱残守缺四字。就拿牛栏山烧锅来说，虽是顺义税赋主要来源，可它只能肥一县之域。要是让它膏腴一国，就必然要令它能够流通天下。可我大清南北交通全赖运河漕运，而这漕运又把持在宗室手里。比如人之气脉不畅，自然浊气淤积，周身不安。若能兴洋务，造轮船，修铁路，通邮政，则举国往来通畅，货物流通自如，到那时牛栏山烧锅就能膏腴天下，充实仓廪。国库充盈，则可以兴民生，强军队，内修民政，外御强敌，这不就解了朝廷之愁吗？"

　　周掌柜听了，饮一杯酒拊掌大笑道："慕卿兄高论！"

　　慕卿吃了一惊："先生认得我？"

　　"岂止我认识，就连当今的李中堂也认识呢！你的那份折子早就传遍天下了！"

　　峻卿听了吓得脸色苍白，连连向周掌柜作揖："周掌柜，舍弟年幼，写了那些不知天高地厚的文字。经朝廷训斥他已经知悔了，求您别再提起此事。"

　　周掌柜向峻卿抱拳道："不瞒大掌柜，在下并不是什么商人。我叫周馥，目下任天津海关道。"

　　慕卿连忙站起抱拳："原来是玉山先生。"

　　峻卿听说是官老爷，忙要跪下却被周馥拦住："大掌柜忙去吧，我跟令弟闲谈几句。"峻卿无法，只好出了亭子，又回头盯一眼慕卿："不要乱说乱讲。"

慕卿微笑道："周先生是洋务重臣，我正见之不得呢，今儿正好碰上哪能轻易放过？"待峻卿走远，两人携手大笑。

周馥道："兄的折子李中堂已经看过了，他说兄的见识极远，又识得洋文，是难得的洋务人才。他托我请慕卿兄出山，咱们一起辅助中堂富国强民，干一番千秋功业，方不负大丈夫青云之志。"

慕卿听得心潮澎湃，遂问："若是我到中堂大人跟前效力，不知能作何用？"

周馥道："我为慕卿兄想了两条路，一是跟在中堂身边处理北洋事务。二是先在天津水师学堂学习船政，而后到北洋水师效力。"

慕卿叫一声"好"，起身端着酒盏递到周馥跟前："这两条路兄以为我该走哪一条？"

周馥捋须道："依我看，要想做官的话跟在中堂身边自然要快得多。不过要是真想富国强兵，非第二条路不可。自道光二十年始，我大清屡受欺于洋人，其原因何在？盖器不如人尔。李中堂曾说，'西洋炸炮，战守攻具，天下无敌，若我朝火器能与西洋相埒，平中国有余，敌外国亦无不足。'慕卿兄，你可记得道光二十七年，李中堂进京会试，途中写的入都诗？"

两人执杯畅饮，同声吟哦："丈夫只手把吴钩，意气高于百尺楼。一万年来谁著史？三千里外欲封侯。定将捷足随途骥，哪有闲情逐野鸥？笑指卢沟桥畔月，几人从此到瀛洲！"

第三十一章　风雪归人

初冬天气，潮白河边一派肃杀。

这天早晨，院外有轻叩门环的声音。盈儿开门，却见一个穿青色缎袄的高个男子负手站在门前，身后小厮正在门前高柳上拴马。

"这里可是陈宅？"男子温文尔雅。盈儿点头，问男子找谁。

男子道："陈家二公子叫慕卿的可在？"

盈儿道："前几天随一位周先生去天津了？"

男子吃了一惊："天津？他去天津做什么？"

盈儿道："我也不太清楚。"

门里传来灵芸的声音："盈儿，是谁敲门？"说话到了门首，见是段本节，怔了一下："段大人？"

段本节抱拳一揖："大掌柜一向安好？"

灵芸回过神来，回礼道："听说慕卿这次上折子把段大人也连累了……"

段本节笑道："我既然代慕卿上折子，那折子也就是我的本意，哪里谈得上连累？顺义县我也待的时间长了，好山好水的比京城要惬意许多，来这里也正好称了我的愿。"说话间，眼神里就有了一种热烈的光彩。

"这事儿我也听说了。"灵芸躲过眼神，"前几天慕卿随天津海关道周馥大人去做事了。走得过于匆忙，没来得及向段大人辞行。"

"周馥大人？可是在李中堂跟前做洋务的？慕卿这次大志可酬了！"段本节面露喜色。

灵芸见外面霜浓路滑，就请段本节到客厅说话。两人落座，盈儿去膳房烧水烹茶。一时屋里沉寂无声，两人都盯着鞋子，盼望着这种静谧能永无止期。

段本节沉吟良久道："大掌柜，那双鞋子我还留着。"从怀中掏出锦缎包轻轻打开，鞋子仍旧簇新。

灵芸心里一动，柔声道："这鞋子本来就是让你穿的，怎么还当宝贝揣起来了？"

段本节轻叹："这本来就是宝贝，只有带着它我活得才有劲头。"

两人的目光撞在一起。段本节的目光热烈奔放，犹如潮白河水遒劲绵长，灵芸的目光却如一泓静水被投进石子，荡起涟漪阵阵。灵芸低头看到案几上的金簪，上面的点翠烁烁放光，刺得她不敢直视。

"盈儿！"女人喊，"怎么去这么久？"

盈儿答应一声，端着茶盘进了客厅。段本节忙收起鞋子，两人的目光不再交集。

"大掌柜，我人就在顺义，相去不远。钱粮财赋事关重大，日后少不得叨扰。"段本节道。

灵芸的声音有些冷涩："兴泰的大掌柜现在是峻卿，有事让下面的人找他就行。"

段本节觉得心被重重戳了一刀。他明白，灵芸始终跨不过一道坎，一道无形横亘的坎。

段本节只能快怏告辞。送到客厅外，灵芸没有下台阶。男女大防，她怕被人瞧见。目送段本节颀长的身影绕过影壁墙，灵芸觉得鼻子发酸，泪水止不住掉下来。

旁边盈儿惊问："二奶奶怎么哭了？"

灵芸道："回去吧，外面风大，迷了眼睛。"

这天掌灯时，瑜卿又一次把媒婆骂出了屋。人还没有下台阶，聘礼就被掼了出来，首饰细软散落一地。灵芸听到瑜卿的哭声，心里不觉酸楚万分。

思皓一去十年无音讯。

瑜卿人正年少，灵芸也思量着不是事儿。前阵子王妈多事，跟灵芸说："咱家姑爷这么多年没露面，说不定人早已没了。二小姐才三十出头，人又漂亮，这么好的年华怎么能就这样消磨了？前阵子媒婆说粮店宋掌柜刚刚失偶，宋掌柜人老实，年龄也跟瑜卿相仿，不如试着说合一下。"灵芸知道瑜卿仍然在等思皓，可毕竟已经十年没有消息，不能眼巴巴地看着她守活寡。于是，只能不置可否地一笑。

王妈心思活泛，知道灵芸是在默许。媒婆带着聘礼来见瑜卿，话还没说上一半就被瑜卿骂了出去。再后来，镇上一位在县衙做书办的小吏托媒婆向瑜卿求亲，这位书办是落第秀才，人有学问，也从未婚配，只是个子略矮一些。媒婆兴冲冲地带了聘礼来说合，又被瑜卿骂得仓皇而逃。

媒人走后，瑜卿趴在被垛上号啕大哭。

灵芸悄悄进了屋，看到梳妆台上放着一个陈旧的胭脂盒，心里大恸：恐怕段本节把那双鞋子也看得如此珍贵。如此想着，不觉悲从中来，一手将瑜卿揽在怀中。

"二娘，以后别让那些媒婆再来了。我情愿守一辈子寡等着思皓。"瑜卿哽咽。

灵芸紧拥着瑜卿："我让人再去找，哪怕把大清国翻个底朝天也要找到思皓！"说着话，泪下如雨，打湿了瑜卿的肩膀。

次年六月，洛芸和胡一疤在多伦找到了一处合适的店铺。盘下来之后，又招了伙计和账房。多伦是那王爷的地盘，兴泰要想真正扎下根必须要他点头才行。胡一疤请道上的朋友邀王府的富管家出来喝酒。富管家原本倨傲，收了胡一疤的银子后话才多起来。说那王爷的祖上是康熙三十年参加多伦会盟的四十九旗王爷之一，就连康熙爷都亲自敬过酒的。又说想见那王爷眼下就有个机会。

胡一疤忙问什么机会。

富管家道："六月初四是多伦的那达慕盛会，那王爷要亲自奖赏草原勇士。两位掌柜可以趁机向那王爷献礼，我再说些好话，这事儿就成了。"

转眼到了六月初四，多伦草原到处人欢马腾。洛芸和胡一疤早早候在王府门口。仪仗摆开，一阵号角过后，那王爷头戴圆顶立檐帽，身着锦裘，阔步出了大门。一群随侍蜂拥而出，中间竟然夹杂着一个穿官服的清瘦身影。胡一疤眼尖，发现那人竟然是载澜。

"是载澜，这小子怎么也跟着来凑热闹？"胡一疤惊道。

洛芸道："前阵子你劫的酒就是他巴结那王爷的，咱们在多伦建分号他哪儿能睡得香？"

胡一疤啐一口："真是冤家路窄！今儿正好在多伦碰上仇家。京城边上咱们没机会，在这天高皇帝远的地方正好教训他一下，出口恶气！"

多伦城外万骑奔腾。

毡房前摆着一溜长桌，上面铺满酒食。那王爷居中而坐，两边是载澜等一干贵客。号角声起，跤手们腾跃而出。富管家低声在主人耳边说了几句话，又冲洛芸和胡一疤招手。两人连忙捧着礼盒向那王爷鞠躬献礼。那王爷含笑微颔，让富管家请他们在侧席坐下。载澜见是洛芸和胡一疤脸色大变。他附在那王爷耳边一阵低语。那王爷高高地扬起一只手，顿时万籁俱寂。

"载贝勒有话要说。"那王爷道。

载澜指着胡一疤："此人是土匪，曾经劫过我送给那王爷的酒。"又环顾左右，"来人，把他抓起来！"

随侍们纹丝不动。那王爷见载澜跋扈，面露不悦。

胡一疤道："贝勒爷在京城横惯了，到了草原一点也不收敛。以为多伦是你家酒坊呢！你说我是土匪有何证据？"

载澜气道："你脸上的疤就是证据！"

胡一疤大笑："问一下草原上的勇士，哪个男子汉的身上没有伤疤？难道他们都成了土匪？"

周围一阵呼啸声。

洛芸抱拳道："那王爷，我们跟这位贝勒爷有些过节，想借着今儿的盛会了结一下。"

那王爷瞧瞧载澜，见他神色慌张心下就有些瞧不起。"贝勒爷，你意下如何？你们旗人原本就擅长布库，不会怕这两个酒商吧？"周围又是一阵起哄声，载澜虽然小时候练过布库，可这些年旗人子弟都提笼架鸟游手好闲惯了，体力哪里还跟得上？原本想让那王爷遮拦一下，没想到他竟然拱起火来。一时面子上挂不住，只能发狠答应。

洛芸拉住跃跃欲试的胡一疤："兴泰跟福恒昌之间恩怨太深了，今儿让我出口恶气。不就是撂跤吗？我在戏班时跟着天桥的跤把式学过。"

两人换了跤衣站在场子中间。号角过后，两人搭手。载澜被酒色掏空了身子，洛芸略一试探心下就有了底儿。撕缠数下，就势脚下一勾，载澜顿时横飞出去。周围一片欢呼。载澜恼羞成怒，爬起来再次贴上。洛芸让过，就势潜身以肩顶腹，把载澜高高举起。新仇旧怨涌上心头，飞快地抡了几圈将载澜狠抛出去。

欢呼声四起。

洛芸脱掉跤衣，向那王爷抱拳打躬。

"好汉子！"那王爷斟满奶酒，洛芸一饮而尽。那王爷又从随侍手中取出一块方旛："把它悬在酒坊的门匾上，自然无人敢向你们寻事。"洛芸捧着方旛四下展示，周围阵阵山呼海啸。

才到小雪时节，天气就变得阴沉起来，北风顺着潮白河航道一路向南。天地冻结，大雪随即而至，漫天遍野地泼洒着。镇上传来消息，说朝廷今年修南北海，所费不赀。京畿郊县都要弥补朝廷的亏空，一时顺天、直隶饥民流离。兴泰门前搭起粥棚施舍灾民。

这天，老宅前来了一个蓬头垢面的叫花子。他头发板结，裹着一件油渍麻花的破棉衣。面色也是漆黑一片，看不清眉目。盈儿看他可怜，就从膳房盛了一碗粥端过去。那人却不接，只是靠着枯柳瑟瑟发抖。盈儿又给他几个大子儿，那人还是不接，只是目不转睛地向老宅看。

云裳一出现，叫花子的眼神骤然亮了，嘴唇哆嗦着似乎想说话。

云裳向他微笑："你可是饿了？"

叫花子点头，眼睛里泪光闪烁。

"那为什么不吃粥？"云裳又问。

叫花子无语摇头。云裳跑回宅子拿了件棉袄出来，披在他身上："这件袄是我爹的，反正……"退后端详一下，"你还别说，穿上还真挺合身的。"

叫花子突然呜呜恸哭，走上前想去抓云裳的手。

盈儿一把打掉，斥道："哪儿来的疯子？快滚！"

叫花子抬头，盈儿觉得这人很面熟，却又说不上在哪儿见过。她顾不得多想，忙拉云裳进了院子，又将大门牢牢闩上。

正是吃早饭的时候。进了膳房，云裳心有余悸地向灵芸和瑜卿唠叨叫花子的事儿。

又对瑜卿说："娘，我把爹的那件锦袄给叫花子了，这天寒地冻的，我怕他冻死。"

瑜卿冷着脸："给就给吧，就当你爹已经死了。"

盈儿在旁边道："这个叫花子怪得很。既不要吃的，也不要钱。只是小姐一出来，不知怎么就哭了。"又道，"我觉得他很面熟，可又想不起来到底在哪儿见过。"

灵芸放下碗筷："那人还在吗？"

盈儿道："刚才还在。"

灵芸起身就向外走。瑜卿突然也意识到了什么，跟着二娘跑进漫天大雪。门外无人，只有一行脚印向着河岸方向延伸。雪雾弥漫，好在那人走得不快，很快就看到了他在河边行走。灵芸唤一声"思皓"，那人听了连滚带爬地在雪地上跑。

"是思皓。"灵芸喜极而泣。

"鲁思皓，你个没良心的，站住！"瑜卿疯狂地喊。

思皓连冻带饿早已筋疲力尽，跑不多远就滚倒在雪地上，神志像离开了躯壳，迷迷糊糊地只听到女人们的哭喊声。再醒来时只见烛光摇曳，却想不起自己在哪儿，拽着床栏勉力坐起，隐约听到外屋瑜卿的哭声。云裳掀开帘子，又惊又喜："娘，我爹醒了。"

"云裳，你是云裳？"思皓伸着胳膊想拉住女儿。

云裳怯怯地向前，点点头。

灵芸站在门口。"二娘。"思皓爬起身下床。

"这些年你去哪儿了？"灵芸轻声问道。

思皓叹气不语。

瑜卿掀开帘子，指着思皓怒斥："你还有脸回来？！你们爷俩给我们陈家带来多大的祸害？兴泰差点毁在你们手里，知道吗？"

云裳忙去拉瑜卿的手："娘……"

瑜卿瞪一眼云裳："护着他干吗？他撇下你时，你才几岁。这些年他可曾想过你？"

"瑜卿……"思皓揉搓着头发，"我当年犯下大错，何尝不想赎罪？这些年我一直在南方闯荡，想混出个样子再回家见你和孩子，可没想到好容易有些起色又被爹……"

瑜卿冷笑："鲁思皓，你根本不像是我陈家的姑爷。你回来得正好，媒婆都快把我们家门槛踩烂了。是爷们儿你就写封休书，咱俩脱清干系，也让我能看得起你！"

灵芸斥道："你乱说什么？思皓刚回来，又病得厉害，有话咱们明天再说不迟。"大家又一阵劝，瑜卿方气呼呼地回了自己的屋。

夜阑人静，思皓靠着床栏出神。想着十多年的离索全拜载澜所赐，顿时怨气塞胸，恨不得立马杀了他才好。又想着瑜卿方才的话，分明是笑他懦弱，一时怒气激荡，再也躺不安生，便趿拉着鞋下床。见外面无人，悄悄到膳房拎了把菜刀揣进怀里，一路向着镇子大踏步走去。到了福恒昌酒坊，才要去踹门，街角处突然出现两个人影，一路跟跟踉踉地走着，有人在口舌不清地说着醉话，说什么老子的胳膊到现在还没好利索，等过年洛芸回来一定好好跟他算账。

竟然是载澜和薛三。

一眼看见思皓，薛三喝道："叫花子快滚，别脏了那块地儿。"

思皓站着未动。

载澜大着舌头对薛三道："跟一个叫花子置什么气？本贝勒爷菩萨心肠，还要赏他点儿饭钱呢。"说着话，从腰间荷包掏出一块碎银子来，向思皓招手："来，讨饭的，贝勒爷赏你。"思皓走上前，突然从怀里掣出菜刀向载澜砍去。薛三手疾眼快，用力拉了载澜一把，又一脚将思皓踹翻，扭住胳膊压在了雪地上。

二更时分，老宅院外有人敲门。啪啪作响，透着惊慌。

是峻卿。

思皓被载澜扭送到了顺天府。原本这事儿应该由顺义县处置，可载澜怕段本节偏袒，就让薛三拿了片子直接送了顺天府。

"二娘、大哥，你们倒是快想办法救思皓啊。"瑜卿闻言不由得恸哭。灵芸明白她的心思，嘴上说恨得不得了，心里却还是撇不下这份情，否则哪里会熬上这么多年？要不早就夺志改嫁了。

峻卿搓手道："刺杀宗室可是大罪……载澜将人送到顺义县尚有余地，可他却直接送到了顺天府。现在的府尹是原来的顺义县丞王歆，他素来跟载澜走得近，这事儿怕是难办了。"

"峻卿，顾不得许多了。你快去顺天府打点，我去县衙向段大人讨个主意。"灵芸道。峻卿不敢迟疑，答应一声急火火地去了。灵芸让小山东套了车，迎着漫天大雪直奔顺义县衙而去。

段本节升堂点卯后，回了三堂花厅晨读。班头来报说牛栏山的陈家二奶奶来访。段本节知道灵芸素来在乎名节，孤身来访肯定有急事，忙让班头去请。又对着镜子端正官帽后方郑重地在门外迎接。

请到屋里，让灵芸偎着火炉坐下。段本节唤声"婷儿上茶"。一个二十岁上下的女孩从隔间转出来，娉娉婷婷向灵芸道了万福，然后斟茶奉上。女孩向灵芸一笑，齿如瓠犀，蝤首蛾眉，说不出的悦目。见灵芸目不转睛地盯着女孩，段本节道："这是小女菀婷。她母亲去得早，人就一直跟着我辗转任上。孩子眼光挺高，任多少官宦富贵之家提亲总没一个看得上的。"

"爹，您瞧您说的什么话？"菀婷娇嗔一声退去。

段本节问灵芸来意，灵芸把事情经过说了一遍。段本节问伤得可厉害，灵芸道，只是胳膊上刺了一下。

段本节皱眉："这事儿搁在民间原不算大事儿，可载澜是宗室。虽然事出有因，可毕竟思皓伤了人。要想了结，恐怕得朝廷有人出面才行。"

灵芸愁道："虽然跟太后有过一面之缘，可宫门似海，哪儿能进得去？再说屡次叨扰，怕她也会烦。"

段本节思忖片刻道："其实，这事儿不用去宫里找，眼前就有一个人可以救您家姑爷。"

灵芸忙问是谁。

段本节道："慕卿。前阵子他来信说正在天津水师学堂求学，李中堂对他颇为看重，有意让他日后去大沽船坞做事。慕卿要是开了口，李中堂无不应允。只消一封书信，顺天府必然会放人，就连载澜也不敢多嘴。"

灵芸喜出望外，想着思皓在寒狱中遭罪不敢耽搁，忙起身告辞。段本节向里屋唤女儿："婷儿，快拿你的斗篷来。"菀婷捧出斗篷，段本节恭敬地替灵芸披上。女人本能地躲避一下，但到底还是站住了脚。一眼瞥到段本节手上有冻疮，温言道："大人冻手了。该留神点儿，不然开春了会痒得厉害。"

段本节心里一暖："公文繁多，整天提笔，哪有不冻手的？"

段本节站在门首任由寒风劲吹，目送灵芸进了重光门才回身。身后菀婷窃笑有声。段本节假意怒道："丫头笑什么？"

菀婷好容易止住笑，道："听说这位大掌柜一直没有另嫁，爹如果有意何不让人去牛栏山说合？"

一句话戳到段本节痛处，他皱眉道："女孩儿家瞎说什么？你还是多想一下自己吧，都二十多了还不嫁人。"

菀婷正色："我在等人呢，又不是不嫁。"

"等谁？"段本节问。

"英雄，拯救这混沌世界的英雄。"女孩说。

峻卿连夜去了天津。芳子、崇秋、杏儿，还有刚嫁出去的新荷都聚拢到了老宅。廖掌柜、韩天福、白德利等搭伙的掌柜们也在外厅候着消息。

原本岑寂的宅子顿时有了生机。

灵芸一面跟女人们说话，一面用药臼捣药。芳子道："二娘要做月亮上的玉兔仙子，捣灵药呢。"灵芸羞红了脸，说是从镇上郎中那儿讨了一个治冻疮的方子，想制成药膏呢。崇秋问："你的药膏要给谁用？"灵芸笑而不答。芳子说笑道："二娘怕是要给情郎用呢。"灵芸嗔道："胡说什么？怎么说起话来没大没小的？"嘴上恼着，心里却甜美。

芳子顺着话题道："说起来慕卿今年已经二十七了吧？早就该娶亲了。"

灵芸叹气道："我这个儿子整天不知道想些什么。按说是个有功名的人，娶个富家小姐原也不难。这些年来提亲的不少，可就是不入他的眼。也不知道他到底想要什么样的。"突然眼睛一亮，"说到这儿，我倒想起来一个人来。前儿我去县衙找段大人讨主意，遇见了他的闺女菀婷。那女孩比慕卿小几岁，人长得非常俊俏，只是也跟慕卿一样眼界高得很。"

崇秋拍手道："这不正是一段好姻缘吗？等姑爷这事儿过去后咱们就去提亲！"

灵芸笑道："这么说倒是挺般配的。"

一直等到第三天傍晚，峻卿和慕卿才踏着暮色进了老宅。众人听到小山东喊一声"大掌柜和二少爷回来了"，连忙蜂拥而出。

"峻卿，慕卿，事儿办得怎么样？"灵芸迫不及待地问。

慕卿从怀中掏出一封信来："妥了。这是李中堂写给顺天府尹王歆的，要他立即放人。"

峻卿道："我们哥俩跟着周馥大人专程跑到大沽船坞去见中堂。他老人家不但写了信，还让慕卿捎话给王歆，说他早就听说过载澜的恶行，要是再这么跋扈就直接给太后老佛爷说去，把载澜送到宗人府治罪呢！"

白德利拊掌大笑："好啊，李中堂是什么样的人物？就是当今皇上和太后也要给他三分面子，勋王爷怕也惹不得他。"

慕卿道："事不宜迟，我这就去顺天府衙找王歆，让他早些把姐夫放了。"

第三十二章　盗秘方

载澜的伤势并无大碍，但心里却堵得厉害。思皓送到顺天府迟迟不见王歆发落。原来王歆知道近些年兴泰生意红火，大江南北都有人脉，尤其二少爷慕卿颇得李中堂赏识，他心里自然不敢轻视，故意拖延时日，等着陈家打通关节。载澜本要亲自上门督促，可王府来人说勋王爷染恙。于是心神不定地在王府服侍了三天，看阿玛并无大碍，寻个说辞直奔顺天府。

王歆正在吃早饭，见载澜带着薛三气势汹汹地闯进门来，连忙起身迎接。载澜用马鞭拍着手掌道："王大人好受用，全不把我的事儿放在心上。"

王歆赔笑："载贝勒的话卑职哪儿敢不听，只是……"

载澜瞪眼："只是什么？"

王歆似乎早有准备，从怀中掏出一封信来："李鸿章中堂专程让人给卑职送信……"

载澜展信，见信写得语气峻厉，对王歆全是切责之词。文字间对载澜往日行为颇为不满，隐约透露着以观后效的意思。原来李鸿章做事最是缜细，他知道王歆必定会让载澜看信，故意敲山震虎，警示载澜。

载澜气往上涌，作势想揉烂信纸，可想着李鸿章的威势却又不敢，只得把信狠狠拍在桌上。李鸿章是直隶总督、北洋大臣、文华殿大学士，皇上和太后倚重的洋务大臣，当下权势熏天。勋王爷虽是皇上的近支宗室，但此时的大清国全仰仗着曾国藩、左宗棠、李鸿章、张之洞这些汉臣。即便官司打到朝廷上去，皇上和太后也必然会偏向李鸿章。况且，这样一来自己的所作所为都将为朝廷所知，说不好又会被褫夺爵位。可就这样把鲁思皓放了，自己的脸面又往哪儿搁？一时间举棋不定，只能叹气坐下。

王歆看时机成熟，趁机道："这鲁思皓刺伤宗室原是大罪。既是李中堂写信要人，依卑职之见，人是要放，但活罪难免。"

载澜忙问："你什么意思？"

王歆竖起三根手指："杖一百，枷号三日。我让皂吏们下手重点儿，管教他后半生不敢再在您面前抬起头来。"

载澜看一下薛三，薛三点头。

"成。我给李中堂一个面子，也给你一个台阶下，免得为难。"载澜拿起马鞭扬长而去。

思皓被抬到老宅时已经瘦成了一把骨头。枷号三日，风吹雪淋，人又黑又瘦。瑜卿见了，扑上去抱住恸哭。众人好一通劝，这才勉强止住眼泪。

思皓归来，老宅子顿时沸腾了。灵芸让王妈和梁妈动手做菜，一众男女分成两桌，都在客厅坐了喝酒。峻卿、慕卿、致文、小山东和廖掌柜等人坐一桌，灵芸跟女眷们坐一桌。

芳子道："若是洛芸老舅从多伦回来咱们人就齐了。"

崇秋道："前几日他来书信说过年时回来，信上还问慕卿的婚事呢。"又转头问慕卿，"你到底相中了哪家女孩？"

慕卿手指天上道："我的心上人在月亮上呢。"

众人哄堂大笑。灵芸却沉着脸责备他别挑三拣四，要不将来打一辈子光棍。

致文怕慕卿尴尬，忙岔开话题，问："三叔在水师学堂都学些什么？"这下正中慕卿下怀，他一杯烧锅下肚，立时口若悬河。说水师学堂分步、马、炮、工程四科，自己学的是工程。致文不懂，慕卿解释道："就是造枪炮火轮的学问。"众人一阵惊呼。致文问："难道咱们大清国真的跟洋人们一样能够造出枪炮来？"

"岂止枪炮，将来就是铁甲舰也能造得出。"慕卿道，"你们可能不知道，咱们大清国的舰队比东边的日本国舰队都要强呢！今年夏天，北洋水师去日本国访问，小日本举国上下都被咱们的舰队吓破了胆！"

少年致文目光闪烁地盯着三叔，心里满是羡慕。

白德利拍手道："三少爷，上次你回来说要为北洋水师筹军费，咱们大伙儿也筹了一万两银子。说起来，这舰队里也有咱牛栏山的一份力呢！"

这一夜，是老宅子最热闹的一夜。人们沉浸在对慕卿所描绘的大好前程憧憬中，大清国，从没像今天这样感觉亲切。他们为大清舰队能有自己的一份贡献而骄傲。一直到四更，男人们才醉醺醺地相互搀扶着回了镇上。

慕卿醉了一夜，日上三竿时方醒。见过母亲后，说要收拾行装赶回天津。灵芸取过菀婷的斗篷："你别急着回去，这件斗篷是段大人闺女菀婷的。你去县衙一趟，一来把斗篷还给她，二来你跟段大人叙叙旧。"慕卿接过斗篷，灵芸又道："记着，一定要代我当面谢过菀婷。"慕卿点头，才要走却又被唤住，灵芸递过一个精致的珐琅小盒："把这个送给段大人……"看慕卿眼神里疑惑闪烁，忙解释道："这是用老方子调制的冻疮膏。段大人待我们兴泰不薄，对你又有知遇之恩，也算是我的一点儿心意。"

慕卿"嗯"了一声，语调里满是欢愉和理解。灵芸觉得脸上烫烫的，犹如火燎。

傍晚时分，慕卿才从县衙回来。灵芸正在瑜卿房里看望思皓。见慕卿进门，问他可曾见到段大人，两人都说了些什么。慕卿呃呃地搪塞，眼神却很迷离。

"慕卿，你到底怎么了？"灵芸问。

慕卿抬起头："娘，我要求亲。"

灵芸和瑜卿对视一眼，忙问："向谁求亲？"

"菀婷，段大人的女儿菀婷。"

灵芸突然抑制不住地大笑起来："好，好，明儿我就让你哥带着聘礼去县衙求亲。"

瑜卿低声道："二娘这纤儿拉得妙。"

让载澜感到烦心的不仅仅是段本节与陈家结亲的事儿，还有福恒昌在多伦的生意。因为有兴泰分号的存在，年底算下来不仅没有赚钱，还赔了不少。勋王爷患病，王府账房不时催账。载澜无奈，只得厚着脸皮向各大衙门打秋风。恭王爷此时再次复出，官员们见勋王爷年迈多病，对载澜也就冷淡了许多。碰了几次软钉子后，他把怨气全归结到了兴泰酒坊，急赤忙慌地把薛三唤来商议对策。

薛三道："兴泰的酒好全仗着圣井、秘方两样法宝。上次在井里投药后兴泰加派人手看护圣井，怕是再也下不得手了。咱们这次不如在秘方上动动心思。"

载澜皱眉："你这算什么鬼主意？要是秘方那么容易搞到手还用等到今儿？"

"以前咱们不是不知道秘方藏在哪儿嘛！"薛三附耳道，"我曾听白德利说，秘方就藏在陈家祖祠中堂后面的暗格里……"

载澜眼睛一亮："这主意倒也可行，只是派谁去偷呢？"遂上下瞅薛三几眼："要不你去吧，成年价养着你，好意思吃白食吗？"

薛三连连摆手："我的贝勒爷啊，我哪儿有这能耐？不过我倒认识一个有手段的人。此人可不是溜门撬锁的小偷小摸，他有通天彻地的大本事，专偷名门大户。后来因为偷了咱家勋王爷，才被步军衙门费了大力气抓住。"

载澜忙问："可是人称'无翅鹞鹰'的白五？这事儿我知道，去年冬天把老福晋的几件家传首饰都卷包会了。说来白五倒也真有本事，人进了府里，不但护院没有发现，就连科尔沁王爷送的那条细犬也毫无知觉，连叫都不曾叫一声。我阿玛原也不想招惹江湖上的人，要是偷些寻常的东西也就算了，可没承想他从承恩堂偷了太宗皇帝赐给我老祖的黄马褂！我阿玛这才命令步军衙门抓捕，动用了百十号人才将他堵在澡堂子里。"

薛三点头："我说的正是白五。他被判了监斩候，目下就押在步军衙门大牢，要想用他得先捞出来才行。不过，这事儿不能惊动勋王爷，毕竟白五是因为祸害他老人家才下的狱。"

载澜踱步思忖："把白五弄出来倒也不难，花些银子就是。只是一旦出了大牢我们还如何控制他？要是跑了怎么交代？毕竟他身上还担着盗取宗室的罪名。"

薛三笑道："贝勒爷不知道江湖上的规矩。像白五这样的江洋大盗最在乎名声二字，宁可砍头他也不会跑掉。放心吧，成事之后他自然会悄无声息地回到大牢。"

载澜一拍大腿："这事儿就这么定了！你见到白五后告诉他，这事儿要是办得好，我就替他说情，由监斩候改成遣刑，要是不允就等着砍脑袋吧。"

薛三为难道："贝勒爷，这话可说不得。您是不知道，他在牢里过得一点不比咱们差。有酒有肉，还不缺女人。闷了，随时可以出门逛街。只是他也不愿意过多招惹宗室，怕朝廷下死手，坐牢只是给勋王爷一个台阶下罢了。"

"有这等事儿？"载澜惊问。

"白五偷来的银票都在票号里存着呢。想吃想喝，只消打发牢头拿着凭票去取就是了。上至提督，下至牢头，都是被白五买通了的，人根本就死不了。"

载澜惊得瞠目结舌，想不到大清官场风纪已经败坏至此。怔一会儿，问薛三："既然他不怕砍头，还怎么为咱们卖命？"

薛三道："毕竟他偷了王府。虽然在牢里不会吃苦，但步军衙门也不敢放他出来。您要是以勋王爷的名头去一趟步军衙门，见到白五，许以事成之后变监斩候为遣刑，这事儿就成了！"

载澜叹气摇头："这些衙门平时说话都是皇上太后朝廷的，原来背地里都这样目无国法。"

薛三劝慰："我的爷，官场风气都是如此。说难听点儿，咱们不也给过内务府、顺天府好处？咱们管这些干吗，只要能把秘方偷来，就是我们的福气。"

载澜只得点头："你支一千两银子打点一下牢头，抓紧让我见到白五。"

薛三站着未动。载澜怒道："怎么还站着？"

薛三道："一千两打发牢头还行。白五……怕还得支两千两。"

载澜瞪眼道："他偷我们家东西正好效力赎罪，哪有给他钱的道理？"

"您别着急啊。"薛三奉上茶盏，"江湖上的规矩叫贼不走空。就是白五再理亏，再乐意为您老效力，也得收银子才办事儿，不然不吉利，坏了规矩，您就是宰了他，人家也不干。"

载澜无奈，只得让薛三支三千两银子连夜去了京城。

临近年关，洛芸从多伦回到了牛栏山。未进酒坊，他先到老宅探望师妹。洛芸身后还跟着一人，头戴四瓦帽，帽檐压得很低，看不清楚面目，看上去像是仆佣。

"见过大掌柜。"那人抱拳弓腰。灵芸听声音耳熟，一把摘下他的帽子，一看竟然是胡一疤。两人相顾大笑。

灵芸道："胡大当家的真大胆，载澜可在镇上呢，你也不怕遇上？"

胡一疤道："腊月慕卿少爷完婚，我怎能不亲自一贺？酒坊里没几个人认得我，我只当是洛芸的仆人，谁又能知道我是胡一疤？"

三个人说说笑笑进了客厅。奉茶之后，洛芸道："回来的路上，我在热河见到老谭了。"

灵芸一惊，问可曾见到师父。

洛芸摇头："老谭说咸丰九年离开牛栏山后，师父带着戏班去了保定。后来，又在河南、山东流浪。这些年民生凋敝，百姓连饭都吃不上，哪儿还有心看戏？戏班难以为继，只能分了盘缠各走各的。老谭在热河跟师父分了手，只知道他向北去了。"

灵芸听了不禁掉下泪来。这些年她一直在找福盛班，寻遍各省也不见踪影，谁知道此时师父会在什么地方受苦？洛芸劝灵芸不要伤心，说师父只要人活着就好，再走也走不出大清国，终有相见那一天。

眼见天黑，洛芸和胡一疤告辞回酒坊。两人走到酒坊大门时，只见门洞里蜷缩着一个叫花子。洛芸怕他冻死，弯腰推了一把。叫花子睁开眼略瞧一下，就转过身接着呼呼大睡。

门房德旺见是洛芸，连忙把骆驼系在拴马桩上，转身要轰叫花子。洛芸道："天寒地冻的，别再冻死他。你去拿些吃的来给他，等明儿暖和了再让他走不迟。"

胡一疤借着灯笼光瞧了叫花子几眼，不声不响地进了大门。

崇秋知道洛芸今天到家，早就准备好了饭菜。见过崇秋后，胡一疤对着一桌饭菜没有动筷的意思。洛芸问他怎么了，胡一疤皱眉道："门口那个叫花子有点儿不对劲儿，手腕上有刺青。"

正说着，德旺拎着食盒进门抱怨道："这叫花子真奇怪！撵他不走，拿吃的给他人却不见了。"

"不好！"胡一疤撇下筷子快步出了院子，洛芸连忙跟上。大雪纷纷扬扬，门洞里没了人影，只剩下雪地上的一行脚印。胡一疤拎着灯笼细瞧，只见门庑墙上画着一个六角形图案。

胡一疤惊道："有道上的朋友盯上咱们兴泰了。"

二更天，街上传来更夫的吆喝：关门关窗，防偷防盗。

洛芸忙对德旺道："你快去把大掌柜叫醒，另外通知小山东让伙计们看好圣井、账房和祖祠。"

不过片刻，峻卿披着棉衣快步来到门口。胡一疤让他看门上的标记，道："这是江湖飞贼的记号，最近几天就要对酒坊下手。"

峻卿道："后天是慕卿的婚期，怕是有人想趁乱摸咱们的银子，明儿就请镖局的人看守账房。"

"还有圣井。"洛芸道。

清晨时分，灵芸从老宅回到酒坊。老宅逼仄狭隘，比不得酒坊大院宽敞，慕卿的新房就安置在灵芸当初住过的东厢。女眷们正忙着收拾屋子，峻卿、洛芸和胡一疤心急火燎地进了门。峻卿让女眷们先出去，说要跟二娘商量一下明儿的婚事。芳子嘟囔道："怎么商量婚事还要背着我们女人？"峻卿沉着脸不语。

灵芸忙问怎么回事，胡一疤忙把事情说了一遍。又道："我仔细想了想，那个叫花子手腕上刺着一只鹰，他应该就是'无翅鹞鹰'白五。这个飞贼曾经跟我谋面，只是我昨晚戴着帽子，加上天黑他没认出我来。"

灵芸蹙眉道："可是京城那个专偷大户的白五？"

胡一疤道："正是。他去年因为偷勋王府被步军衙门抓去坐大牢，可怎么就出来了呢？我想一定有人捞他，趁着明儿酒坊里乱好下手。"

峻卿道："我已经请镖师看守圣井和账房了。"

灵芸摇头："白五这次来怕不是为了银子，也不是为了圣井水。"

峻卿不解："那是为了什么？"

灵芸道："懂行的人都知道，商号的现银一般都存在银号里，账房能有多少现银？他是大盗，这点儿规矩不会不懂。圣井恐怕也不是他的目的。这位白五爷的名号我在戏班时听到过，这人除了偷大户的财物，投毒杀人的事儿从不触碰。这么看来，他是想打秘方的主意！"

峻卿吓出一身冷汗："二娘，您要不说我还真想不到！以前大掌柜交接都是咱们兴泰自家人，后来镇上的其他酒坊入股，两次交接他们都看在了眼里。秘方藏在祖祠已经不是秘密……"

灵芸笑道："白五对咱们的秘方没兴趣，是他背后的人有兴趣。你们想想，这个人是谁？"

"载澜！"峻卿道。

"我现在就带人去祖祠看护秘方！"洛芸道。走到门口，又被灵芸叫住："大师哥，看守不是最好的办法……"

胡一疤恍然："二奶奶的意思是想顺水推舟？"

灵芸微笑点头："载澜这些年一直在败坏牛栏山烧锅的名声，也该让他付出点儿代价了！明儿迎亲咱们要热热闹闹地搞，痛痛快快地喝。除了圣井，其他地方都不用看护。等白五动了手，咱们就把秘方被偷的消息传出去。"

峻卿一脸茫然："二娘，您这话我还是听不明白。"

胡一疤笑道："大掌柜是实诚人，不懂我们江湖人的手段。"

灵芸对峻卿低语："你另外写一份秘方，把大曲的分量比例重新分配，然后让小蒋先生誊写做旧再重新放回匣子……"

慕卿和菀婷的婚事是牛栏山的一场狂欢，酒坊内外人声鼎沸。就连门口大街也摆上了酒席，叫花子来了一拨又一拨。四更天，客人才陆续散尽。小山东放心不下，到圣井、账房又特地巡看了一遍。进了后院，听到一阵呜呜的狗叫，声音低沉喑哑，人哭一般。顺着声音走到祖祠前，只见狗趴在地上用力咀嚼什么。忙抬头，只见祖祠的门敞开着，中堂被扯成两截，暗格铜锁已被打开。小山东吓得跳着脚地嚷："快来人，家里进贼了！"又从墙上摘下巡夜的铜锣一阵敲打。

峻卿急匆匆进了后院，假装大惊，忙让小山东去县衙报官。胡一疤走到狗跟前，掰开嘴薅出一团头发来："果然是江湖人的手段，这是掺了头发的黏糕。"

兴泰秘方被盗的消息眨眼传遍了全镇。

白五把朱匣放到载澜卧室窗台上，轻敲两下窗棂，纵身穿房越脊没了踪影。载澜和薛三一直在提心吊胆地等候白五，听到动静忙去开门。看到匣子，载澜喜不自胜，忙让薛三撬开铜锁。只见里面有一卷发黄的绵纸，写满密密麻麻的蝇头小楷。

兴泰酒坊传来一阵铜锣声。

两人灯下对视哈哈大笑。载澜关上匣子道："好，这事儿你办得漂亮。等哪天合适的时候，我跟阿玛打声招呼，赏你个一官半职。"

薛三连忙打千："谢贝勒爷。"

载澜正色道："这事儿除了白五，只有你我知道。你是做过烧锅的，配料时你要亲自按照秘方勾曲。不过——这辈子你都不能离开福恒昌，不然的话脑袋可留不住！"

薛三连忙打躬："贝勒爷这是说哪儿的话，这辈子您就是赶也赶不走我，还怕我自己跑了？"

载澜又道："还有一个好消息。许公公说明年孟夏朝廷大祀，许公公已经疏通礼部关节，接了祭酒这单大生意。这可是朝廷的脸面，容不得半点差池。你要好生把秘方钻研一番，让我跟许公公都露一脸。这事儿要是办得好了，我向阿玛给你请功，你薛三爷就是我大清的命官了！"

薛三喜不自禁："得嘞，请贝勒爷放一万个心！我也是做过烧锅的，这秘方一看就懂，出不了差错。"

天亮后，县衙班头带着衙役在兴泰盘查了一番，又撒下人四处查案。家里如何喧闹慕卿全不放在心上。新婚之夜过后，他嫌酒坊过于闹腾带着菀婷回了老宅。又过了几天，一位马弁风尘仆仆地到了老宅，说是周馥大人让慕卿即刻去刘公岛水师锚地任千总。慕卿接了总理衙门的印信，还有军服、佩剑，让马弁先回，说自己随后启程。回了屋，一把抱住菀婷说自己要去水师任职，怕半年多时间都难以相见了。菀婷心里不舍，撒娇说自己要随他去刘公岛。

慕卿笑着摇头，道："周大人有意让我从千总干起，把从洋人手里学来的东西好好传给水师弟兄们。刘公岛孤悬海上，风高浪急，你去了我如何放心？我休假时自然会回来看你。"

菀婷把头倚在慕卿肩头暗暗掉泪，又嘱咐他万事小心。慕卿有心逗妻子开心，就拆了水师军服的封袋，穿戴整齐后问菀婷是否威武。只见慕卿一身石青色呢子马褂，腰束皮带，脚蹬薄底战靴，手里竖起指挥刀，满眼的飒爽英姿。

"怎么样？像不像我大清的军官？"慕卿问。

菀婷突然流了泪："这就是我心目中的英雄，我这辈子值了。"

慕卿又一把将她揽在怀里："怎么说着话又哭起来了，又不是生离死别？"

灵芸轻轻敲门，慕卿拉开门闩，伸展胳膊向母亲展示戎装。灵芸笑着点头："嗯！漂亮，威武，像个将军的样儿。"

慕卿得意道："娘，我现在还只是个六品千总，不过以我的才学，肯定会守备、游击、参将地做下去，将来还要做管带、提督！也就是你说的将军！"

灵芸颔首，突然泪眼婆娑："我相信我儿，将来一定能指挥大清国的舰队。"

慕卿帮灵芸拭泪："怎么一个个哭哭啼啼的，好像我去了就不回来似的？到了夏天我有休假，一定回来看娘和菀婷。"

灵芸道："去了好好练兵，报答李中堂和周大人的知遇之恩，别总惦记着家里。"

慕卿重重地点头。

"走之前去你爹坟上看看，跟他说一声。"灵芸的眼泪再次掉下，"就穿着这身军服去。"

听说慕卿要走，峻卿带着致文赶来送别。看到三叔的军服和指挥刀，致文羡慕得不得了。慕卿又拿了望远镜让他看，男孩跑到院子里眯着一只眼远眺。正有一只雄鹰在冬季苍茫辽阔的天空飞过，他的心瞬间飞了起来。

"三叔，明年我不想参加秋闱了。"致文目光坚定地说。

"那你想做什么？"

"跟你一样，天津水师学堂，我也想学工程。"

慕卿拍拍致文肩膀："好，有志向。到时我举荐你，咱们爷俩一起在水师干！"

峻卿听得心里恼火，但碍着慕卿的面子，只是狠狠瞪了儿子一眼。看着三叔纵马远去，致文在想，这才是英雄的样子。终有一天，自己也将像叔叔那样成为拯救大清国的英雄。

第三十三章　沧海孤帆

转眼到了次年春上，牛栏山一片苍翠时，思皓终于下了地。

瑜卿搀扶着他在院子里踟蹰。灵芸隔着窗子看见两人静默地走着，瑜卿不时会低语鼓励。她突然想到，眼前这一切都是瑜卿当年执着换来的。白头相偕，还有什么比这更令女人心动的呢？

峻卿前来请安，脸上阴沉沉的带着心事。坐下后，开始吧嗒烟袋。也不知道从何时起，他接过了姥爷林茂声的翡翠旱烟。

"有事儿？"灵芸问。

"嗯。"峻卿面色凝重，"致文这孩子太不让人省心了。今年秋闱乡试，他本来有望中举。可慕卿日前捎了一封信给他，致文自打接了信便不再温书，闹着要去天津。放着大好的前程不走，非要去当什么水师。您说说，慕卿哪儿有这样当叔的？眼下兵荒马乱的，要是哪一天……"

"致文现在在哪儿？"灵芸问。

"被我关在祖祠思过了。"

灵芸沉吟片刻道："峻卿，可还记得当年你被关进祖祠的事儿？"

峻卿垂目道："怎么不记得，我一辈子都忘不了。"

灵芸道："那会子你参想让你读书，他觉得那才是正途。可你呢？就喜欢在酒坊里混，觉得眼前这些甑啊，缸啊，比书本有意思多了。于是你参就不住地敲打你，压着你读书。但你少年心性，干脆破罐子破摔。后来还迷上了赌钱，这才有了掉进载澜圈套的事儿。"

峻卿明白二娘的话外之音，低头不语。

"相比读书来说，做烧锅也不能说不是正途吧？"灵芸轻声问。看峻卿无语，又接着道："致文是你儿子，自然该由你管教。可你既然来跟我说这事儿，我倒要劝你一劝。做官是效力国家，当兵也是效力国家，都是正途。再说，即便做了官又怎样？大清朝这副鬼样子，还不是多了一个盘剥百姓的人？官府的亏咱们吃得少吗？"

窗外传来瑜卿咯咯的笑声。思皓摔了一跤，瑜卿吃力地将他扶起，又低声埋怨他太笨。

灵芸向窗外喊一句"瑜卿慢着点儿",接着道:"还有你妹妹。当年也是被你娘困在柴房里,一头是守备的儿子,一头是外乡的穷小子,哪头的炕热?当时是不是觉得那个钱公子才是最好的选择?可后来钱奕辰流放宁古塔,家庭败落,瑜卿要是跟了他会怎样?思皓虽然生了些波澜,但你看眼下,瑜卿高兴得像个孩子。你说当初瑜卿的选择是对还是错?"

峻卿垂首叹息:"我听二娘的,还是在老二致武身上多下些功夫,致文就随他去吧。"

窗外檐下,燕声呢喃。灵芸道:"峻卿,你听这燕子的叫声,老燕子每天衔来虫子喂小燕,总想着孩子长大后能跟它一样住在屋檐下,然后养儿育女。可小燕子呢,却眼睛看着天空,想早一天腾空而起振翅高飞。我们就是这只衔泥筑巢的老燕,而慕卿和致文就是想飞上天空的小燕。"

峻卿终于抬起了头:"二娘,我懂了。就让致文去吧,有他三叔照应,将来在水师谋个一官半职也算光宗耀祖了。"才要起身告辞,却被灵芸叫住:"你妹夫的腿脚好得差不多了,可总得给他找个营生。不然老婆孩子这么一大家……"

"兴泰还能养得起他们。"

灵芸摇头:"再亲近也是姑爷,总得让他心里好受些。"

峻卿想一想:"就让他在酒坊做些杂活儿吧。"

"我倒有个想法。"灵芸说,"目下胡一疤回了多伦,你洛芸老舅暂时管着京城分号,不如让思皓去京城把他替回来给你做帮手。"

峻卿一怔:"二娘,当年……"

灵芸一摆手:"你是大掌柜,酒坊里的事儿自己拿主意,我只是提一提。"

峻卿走到门口,又停下脚步:"二娘,思皓倒真是个人才。不过,您说他还会不会重犯当年的错误?"

"那你会不会再像当年一样赌钱、抽大烟?"灵芸反问。

峻卿用力拍打一下门框:"我明白了!"灵芸走到窗前,望着峻卿走向思皓夫妇。窗外燕子啁啾,听不清峻卿在说什么。只见思皓一下子跪在地上,峻卿连忙伸手去搀。灵芸微笑,把金簪郑重地插在发髻上。每次去嘉怡坟前清洗墓碑,她总会戴上金簪。灵芸想让嘉怡看到,她是多么在乎这枚簪子。

孟夏大祀在即,春酿出甑这天,载澜穿了朝服。蟠龙玉佩在腰间晃荡,映着日光粲然夺目。许公公也被他从京城请来,专程要品秘方烧锅。人还没有到酒窖,载澜就闭目闻了闻,道:"香,透着空气都是那么香!"

薛三讨好道:"这第一口原酒得贝勒爷亲自尝才行!"载澜走得有些迫不及待。进了酒窖,小厮捧过一个盛满酒的青花细碗。载澜闻一闻,夸张地闭目细品,薛三和一众小厮诣媚地观望主子的表情。一口烧锅下肚，载澜突然脸色大变，"噗"的一声将酒喷了出来。

"爷，您这是？"薛三忙问。

载澜一把揪住薛三的衣领："果然是第一口酒！你压根就没尝过是吧？尝尝，这是什么烧锅？比邻村张庄的村酿都不如！"他拿着青花碗强灌薛三，两下里用力，酒洒了薛三满身。

"薛三，你快去把秘方拿来！"许公公道。薛三答应一声忙跑着去了前院。

载澜像一头暴怒的狮子，狂吼着把酒坛一个个摔碎，呛人的酒味在酒窖中弥漫。

薛三拿来了秘方。许公公走出酒窖，迎着阳光举起那页绵纸看了几眼，又放在鼻子下闻了闻："秘方是假的，纸是做过旧的。"

"许公公，您是不是看错了？这可是白五从陈家祠堂暗格里偷来的。"薛三不信。

许公公斥道："内务府广储司是干吗的？多少古董名画打我的眼前过，是真是假我还能瞧不出来？这纸是用黄柏、皂角煮水做的旧，你闻闻这味道！白五偷来的不假，可人家就不能放一张假秘方等着你们这些傻子去偷？"一阵风吹来，绵纸被刮上半空。许公公站在风里愣怔半晌，他指着载澜："载贝勒，你让我拿这种村酿去供奉太庙社稷？这罪过大了！我活不了，你也等着掉脑袋吧！要是太后皇上知道了，就是玉佩也保不了你！"说着话气冲冲地向外就走。

载澜忙拦住央求："许公公，您老倒是想个办法啊！"

"想办法？什么办法？大祀就在眼前，就是神仙也变不出好烧锅来！"许公公甩着袍袖愤愤而去。

载澜向薛三勾手，轻声道："薛三你过来。"

薛三战战兢兢地凑近，载澜一巴掌打得薛三摔了一个马趴。

目下，能救载澜的只有兴泰。载澜一跺脚，厚着脸皮独身去了兴泰。到酒坊门口时，小山东正坐在板凳上逮虱子。载澜涎着脸叫一声"小山东"。看到来人是载澜，小山东立马跳了起来："你来干吗？"

"跟你家大掌柜做一桩买卖。"载澜赔笑道。

"我家大掌柜不跟你做买卖。"小山东张开双臂左遮右挡。

载澜到底放不下贝勒爷的架子，沉了脸道："让开，再敢拦我就把你扭送到衙门去。"

思皓捧着一摞账本走过，一眼看到仇人，立刻丢了账本发疯般和载澜厮打。随后赶到的薛三和几个跟班小厮连忙拦住。思皓声嘶力竭地跳脚大骂，众人忙拥着载澜回了福恒昌。

"我的爷，您怎么去兴泰了？"薛三拿着热毛巾为载澜敷脸。

载澜哼一声道："眼下要保住的可不是顶子，而是脑袋。谁能救我？只有兴泰，我买他们的酒还不行吗？"

"只怕花大价钱兴泰也不肯卖给咱们。"薛三叹气道。

"那咱们就来硬的，抢！"

薛三连连摇头："那更不成了。这事儿本来就要保密，要是被朝廷知道了……"

"买也买不得，抢又抢不得，你说怎么办？"

薛三道："还得让许公公出面。他管着宫里的用酒，陈俊卿总要给上三分面子。"

载澜辫子散乱地搭在肩上，垂头良久："明儿咱俩去一趟京城，务必让许公公出面。"

慕卿来信了。两封，一封给母亲，一份给妻子。随信还寄来一个小小的锦囊，也是给妻子的。送信的马弁刚走，菀婷就听到了消息。她含羞微笑，唤一声"娘"。灵芸笑道："你的耳朵真灵啊，慕卿给你来信了，还有这个锦囊。"

菀婷笑嘻嘻地拿过书信锦囊回了自己屋。灵芸摇首叹息："都快要做母亲了，怎么还跟孩子一样？"

看到熟悉的字迹，菀婷不由得心跳加快："菀婷吾妻，念甚。我到锚地已经半载，日常训练、讲课，岛上饮食丰厚，身体甚健，勿念……"接着是慕卿对她抑制不住的思念，并要她陪在母亲身边，代自己尽孝。还说，已经知道妻子怀孕，要她好好将养身体。菀婷摸摸已经悄然鼓起的小腹，内心一阵抑制不住的甜蜜。

慕卿在信件末尾说："随信寄来自己的心，就放在锦囊里。"菀婷好奇，忙打开锦囊，却是一枚通体粉红的贝壳，犹如一颗勃勃跳动的红心。慕卿说，这是他从海外带来的鸡心蛤，自己爱菀婷犹如此心。菀婷红了脸，把贝壳贴在心口，仿佛慕卿的心在与自己同频共振。

慕卿写给母亲的信却透着艰涩与愤懑。到刘公岛以后才发现，水师已经空有躯壳。户部尚书翁同龢与北洋大臣李鸿章素来不睦，借口太后修缮清漪园，竟然已经六年没有拨给水师一分一文经费。恭亲王失势后，醇亲王又挪用了水师一笔经费。这样一来，水师更是雪上加霜。更让慕卿感到惊讶的是，水师军纪涣散，士气低迷，训练不足。刘公岛上赌馆、烟馆、娼馆林立。慕卿到岛后，在左翼总兵林泰曾麾下效力。这位林总兵，深通西学，性行忠谨，两次随舰出访日本。他与慕卿一见如故，经常感叹水兵久不训练，早晚会染上绿营兵的习气，那将是北洋水师的灭顶之灾。可又苦于没有经费，只能望洋深叹。

灵芸合信闭目，心潮翻滚。天空传来一阵春雷声，滚滚犹如战鼓。

风从东方来。敏捷号风帆训练船绷紧的缆绳被海风拨动，发出刀剑般锵锵的锐响。少年致文站在船首举着望远镜向前方眺望。天色蔚蓝，海鸥翱翔，一座绿色的小岛突兀地出现在海天交接处。

"刘公岛！"致文大喊。船员们纷纷抢夺望远镜。刘公岛，是他们这些水师学员的处女航目的地。身后传来尖利的哨音，洋人教官嘉格蒙用力吹响哨子，学员们迅速在甲板上列队。

嘉格蒙的脸上还带着血痕。前天晚上，由于他的一句"猪猡"，引起了清国学员和洋人船员之间的斗殴。他的脸结结实实地挨了副炮弁陈致文一拳。这一拳，打掉了嘉格蒙对清国学员的轻蔑。致文眼中的怒火让他感到了恐惧，这个国家还是有希望的，毕竟年轻人的血性还在。

"听着，一会儿靠岸后锚地的官长要检阅学员，你们都要打起精神来。"穿西装留长辫的译员翻译着嘉格蒙的话。敏捷号抛锚靠岸，码头传来阵阵鼓号声。船员们站坡列队，等待官长检阅。

船停稳后，第一个走上甲板的竟然是慕卿。此时他已是五品守备。致文眼睛一亮，差点脱口而出叫一声"三叔"。慕卿比以前壮硕了不少，皮肤黝黑，目光炯炯。嘉格蒙吹一声长哨，学员们迅疾地收帆，降索。慕卿一眼就看到了致文。他身材颀长，迅捷得像头小豹。

又是一声长哨，学员们再次在甲板列队。

慕卿郑重地从学员面前走过。走到致文跟前时，他威严地问："姓名？"

"陈致文。"致文大喊。

"哪里人？"

"顺天府牛栏山。"

"什么职位？"

"司炉工。"致文的声音低沉下来。

慕卿在致文胸前砸了一拳，致文微晃一下。

"好！"慕卿又向前一步低声说，"傍晚时我在码头等你。"

天色渐暗，晚霞铺满海面，一片嫣红，瑟瑟满眼。

瞭望塔升起了一串红灯笼。远处楼宇间灯红酒绿，传来丝弦和笑声。致文下了船站在码头上迎风远眺，远处停泊着数艘铁甲舰。它们硕大的身影倒映海面，主炮威武地指向天空。鸥鸟在船桅上盘旋，鸣叫，似乎在向这些海上巨无霸致敬。

致文暗自庆幸自己当初的选择。

"这些船很威武对吗？"身后传来慕卿的声音。

"三叔！"致文跳起来抱住慕卿。

"快下来，我手里还拿着东西呢！"慕卿挓挲着手。

致文恢复了少年心性："快让我瞧瞧是什么好东西！"

"酒，咱们的兴泰烧锅！"慕卿拉致文跳上一块礁石，熟练地启开泥头，把酒倒进一只褐色陶碗。"来，咱爷俩能相聚在刘公岛难能可贵，先干了这碗酒！"

致文捧起碗，犹豫道："您知道，出海不能饮酒。"

慕卿道："我已经跟你们教官说了，今晚破例。"

致文"嗯"了一声，端起碗一饮而尽。抹抹嘴，又止不住呛得咳嗽数声。

慕卿哈哈大笑："你是第一次喝酒？"

致文点点头。

慕卿倒一碗喝干，亮下碗底："咱们牛栏山的子弟怎么能不会喝酒呢？"又把脸凑过去，"啥感觉？"

"觉得血在烧。"致文迎风起身环顾海上，指着远处的铁舰："三叔，我想将来开那艘大舰。"

慕卿哈哈大笑："这就是咱牛栏山烧锅！一口下肚，能把你的血烧成铁水，什么话都敢说，什么事儿都敢做！"

借着灯笼光看到致文脸上有伤，忙问怎么回事。

致文道："前天夜里洋教官骂一个同学是'中国猪'，我带头跟他们打了一架。"又道，"你还别说，原来那个嘉格蒙整天仰着脸，以鼻孔示人，这一架打下来他倒变得客客气气了。"

慕卿道："这就是洋人的德性。咱们大清国整天被洋人欺辱就在于此，我们总是用最弱的一面示人，怎能不挨打？"他又喝干一碗。

"三叔，您可悠着点儿。"致文道。

慕卿起身指着身后："我心里难受啊！咱们大清国就是这么不争气。你瞅瞅岛上，那些逛窑子、抽大烟的都是咱们水师的船员。官长带头倒烟土、养婊子，把整个水师搞得乌烟瘴气。"又指着海上的战舰，"你再瞅瞅，那艘巨舰就是大名鼎鼎的定远舰，是北洋水师的旗舰，灵魂。可你并不知道，它的外表就像大清国一样大得吓人，可里面呢？铁锈堆积。朝廷已经六年没有拨给水师经费，这艘巨舰就一直这么静静地停泊在码头。"

致文听得惊心动魄。

慕卿接着道："你知道这些年日本国在干什么？光绪十一年，我水师船舰出访日本。从那时起，日本人就在暗中和我们较劲，甚至他们皇太后把自己的首饰都捐了出来。而我们的皇太后在干什么？老婆子在拿着水师的经费修园子！"慕卿难消胸中块垒，大声吼道："这六年间，我们的水师又在做什么？平日里大家都在岛上快活。朝廷来人巡视，上上下下就做一场戏给他们看，就这样上下欺诈哄瞒！我一直害怕，要是有那么一天战争来了，这艘北洋水师的旗舰会是什么下场？"

致文心里像是被压上了一块石头，不由得又喝了一口酒："三叔，水师如此废弛，我们这么舍家撇业的到底有没有意义？"

"当然有。"慕卿平稳心绪，盘膝坐下，"哪怕你我这样的人再少也是一颗种子，我们掺杂在秕糠里就会落地生芽。眼下日本借乱局出兵朝鲜，大清官兵和日本士兵正在朝鲜对峙。如果谈判破裂，一场海战在所难免。朝廷昏聩，可我们当兵的不能坐视。总兵林泰曾跟我商量想筹措些银两，加紧海训，以防万一。"

"三叔，我能做点什么？"致文问。

慕卿抓住致文的手："致文，你就是秕糠里的种子。好好珍重，将来找一片纯净肥沃的土地，而后生根发芽，长成参天大树！"

致文听得似懂非懂，但见三叔目光殷切，似乎这句话里包含着万千道理。

帆船上传来急促的哨声。

"三叔，我得回船了！"致文放下酒碗。

"去吧，明儿我就不来送你了。"慕卿说。

致文跳到岸上，又回过头来大声问："三叔，我何时才能再见你？"

"待到海战胜利时！"

海浪扑打着礁石，激荡之声犹如万钧雷霆让人心悸。

许公公亲自来了兴泰，峻卿还是出面见了。几句闲话过后，就扯到了买酒的话题上。看峻卿沉默不语，许公公说价钱兴泰可以说，多些也无妨。

峻卿似乎早就打好了腹稿，借着许公公的话道："既然公公亲自出面，我也不好驳您的面子。"他伸出了三根手指。

许公公暗自吐了一口气："加三成？"

峻卿摇头："三倍。"

许公公腾地站起来，两下里目光交锋，铿然作响。

"没有商量的余地？"许公公问。

峻卿摇头："这已经是给公公面子了。你我心里都明白，是载澜偷了我家的秘方。"

许公公重重坐下，越来越觉得自打载澜偷秘方开始，陈家就已掘下了一个深不见底的大坑。他有心负气而去，可自知峻卿定然不会拦着，到那时自己将走投无路。想至此，只能压制怒火："好，既然话已经说到这儿，那我就应了大掌柜。"说话时许公公字字千钧，费了好大的力气才吐出来。

峻卿缓色道："其实多出的这些钱兴泰一文也不要，全捐给水师。他载澜平日里口口声声说大清国是他们家的，眼下大清国有难，他不能不出点血吧？"

峻卿这番话说得义正词严，许公公倒也挑不出理儿来，便匆匆告辞，径直去了福恒昌。

听了许公公的回复，载澜心中愤恨难消，道："岂有此理！兴泰设计骗了我们，可我们还要花上几千两银子去填这个坑！不如让勋王爷去跟王歆说，寻个过错拿问陈俊卿！"

"别忘了，是你偷人家的东西！"许公公同样暴怒，"拿问陈俊卿？要是真拿了谁会卖酒给我们？朝廷那儿咱们怎么回复？拿自己的脑袋去顶吗？"

载澜梗着脖子发狠："我还有蟠龙玉佩，朝廷自会网开一面。"

许公公癫狂大笑："我说贝勒爷啊，您老还做千秋大梦呢？您以为自己活在太宗朝？现在日本人已经发兵朝鲜，眼见着就要打起来了。别听李鸿章整天吹嘘北洋水师是什么亚细亚洲第一，水师现在连饷银都发不了，那些战舰不过是一堆漂在海上的破铜烂铁！这一旦打起来能有几分胜算？国库这么空虚，可朝廷还要拿大把银子养你们这些吃闲饭的黄带子。我说贝勒爷，您得有点儿眼力见儿，收敛点儿吧，该低头时就低头。这事儿要是捅出来，太后和皇上的气非撒在您身上不可！圈禁、削爵那都是小事儿，掉脑袋可是大事儿，朝廷又不是没杀过宗室！"又恨道，"陈俊卿说得不差，你们宗室不是整天把'大清国是我们家的'挂在嘴边吗？人家说了，多出来的银子全捐给水师打仗用。这银子是用来保护你们家的，您总该顺顺当当地出点血吧？"

"嘿——"载澜脸上挂不住，腾地站起身来，"好你个许智广，竟然教训起我来了！"

许公公冷笑几声，转身拂袖而去。临到门槛时撒下一句话："这钱拿不拿您自己看着办！"

载澜呆坐半天，心里空落落的。朝堂乱作一团，勋王爷也不知道还能残喘多久。自己背后的靠山已经松动，仿佛向后一仰就会跌进万丈深渊。他把椅子扶手捏得嘎巴作响，咬咬牙唤门外的薛三："让账房出银票，给陈俊卿送去！"

第三十四章　落日旌旗

六月正热时，菀婷临盆。这孩子倔强，一直折磨了她一夜，临近天亮时才呱呱坠地。灵芸在窗外坐立不安，直到稳婆开门报喜一颗悬着的心才落地。婴儿在大声啼哭，声音清越嘹亮，震得房梁都在颤。

"盈儿，你快去县衙向段大人报喜！"灵芸有些手忙脚乱，"还有，梁妈，你让小蒋先生写信给慕卿，就说他有儿子了！"

段本节来得很快，身上穿着官服，显然是刚刚下堂。灵芸隔着窗子看到他消瘦了不少，一手托着宽大的袍襟在快步小跑。进得门来，段本节忙问："孩子在哪儿？"灵芸说："在这儿呢，快来瞅瞅你的外孙。"阳光从窗纸渗进来，绒绒的像是长了毛。

"这孩子的眉眼简直跟慕卿一模一样。"段本节啧啧称赞。

菀婷像是看到了一幅画：父亲脸上满是微笑，伸出手指轻轻抚摸孩子的小脸。一旁是仍旧腰身纤细、姿容俏丽的婆婆。她抱着孩子小心地呵护，由于谨慎连笑都在有意收敛。

菀婷心里荡起一层暖意，她用力撑起身子："爹，娘，我有句话要说。"灵芸突然预感到儿媳想说什么，脸上荡起一片红云。

"有话就说吧。"段本节抱着孩子，用微笑鼓励女儿。

"你们能不能……在一起？"

"菀婷，不要胡说！"灵芸急道。

"我没有胡说。娘，您不可能不知道，我爹已经等了您半辈子，不能让他再等下去了！您瞅瞅他头发都白了。我知道您是怎么想的，难道就不能向前走一步吗？别人的话真的就那么重要？"

屋里顿时安静下来，灵芸不再说话。

段本节沉吟许久才开口："菀婷，我知道你婆婆是怎么想的。她的心里有一座大山，这座山是她在用一辈子的力气在支撑。要是她一松劲儿的话，那座山就会落下来，山上的石头就会把地砸塌。"又温言道，"孩子，你真的不懂。我宁愿守着这个梦，我不指望它能变成现实。只要不醒来，这个梦不散场就够了。"

灵芸眼里蒙上了一层湿雾，淡淡地闪烁。

屋里再次沉寂，三人相对无语。

"段大人先坐着，我看午饭去。"灵芸垂首疾走。

段本节深叹一声。菀婷瞬间明白了父亲的话：婆婆承受的不仅仅是一种叫作名节的东西，还有一份托付。那份托付，关系着这个门庭的生存，以及这个门庭护持下的众生。

看到父亲华发丛生，菀婷的心禁不住隐隐作痛："爹，难道你就这么守着？"

段本节苦笑："你还是不懂，有梦在就有盼头。我跟她一样，没有这种守护怕早就垮下来了。"

班头进门在段本节耳边低语。段本节忙和女儿道别，急匆匆向门外走去。灵芸在影壁墙前站着，像是无意碰到，又像是有意等待。

"段大人要走？"

段本节站住脚，令班头门外等候。树荫烟一般堆积，两人站在斑驳光影中默然相对。

"刚才孩子的话你别放心上。"段本节道，"不过，菀婷也是好意。"

红晕飞上灵芸脸颊，燃烧着一团火。

段本节的声音又低了一层："为了这个梦，我愿意一直等。"

女人的心在打鼓，嗵嗵地响。她没有正面回答，只是低声说："你瞅着很憔悴，多照看着点儿自己的身体。"

段本节点头："这些天忙得很。"又沉吟一下道，"刚才菀婷在，我怕她担心所以没有多说……日本人占领了朝鲜。前天又在牙山湾口袭击了我朝的运兵船，船上九百多官兵只有二百人生还。朝廷刚刚下诏，让各地紧急筹集钱粮，准备预防不测，这两天我一直在乡下筹粮……"

"那慕卿……"灵芸身体在微微颤抖。

"我看了邸报，慕卿所部目下还在锚地备战。"段本节道。

"要是打起来，我们有胜算吗？"灵芸问。

段本节摇头："朝堂之上一片混乱。皇上和户部尚书翁同龢主战，而太后的心思却在自己的六十大寿上。李中堂想着保存北洋水师的实力，一直寄望于媾和。眼看着战争在即，可三下里莫衷一是，水师那边更是进退失据，这仗要想胜难了！"

灵芸心里荡起一片乌云，弥漫着，连眼睛都罩上了云翳。

段本节心疼地看着女人，低声道："你别太过担心。朝廷主和派还是占了多数，兴许打不起来。这些话你不要跟菀婷讲，她身体正虚弱，免得挂念慕卿。"

段本节走后，灵芸带着盈儿去了陈家祖坟。她用汗巾蘸着清水擦拭嘉怡的墓碑。四周虫声唧啾，山风吹得草木摇曳，簌簌有声。她想起多年以前，自己跟嘉怡就在这样的山风中低语。那时嘉怡正当意气风发，连走路都能踏得地皮生烟。此时若是他在的话，应该也像段本节一样鬓角生白发了吧？她凝视墓碑："嘉怡，眼下咱们陈家正面临着一场血雨腥风。慕卿选择的路，我没拦着，你应该不会怨我吧？"

墓碑沉默。恍惚间又像是嘉怡站在眼前，他在微笑："这是慕卿自己要走的路。好样的，是我们陈家的种。"

"嘉怡。"灵芸伸手去摸，墓碑坚实冰冷。

过了中秋，秋雨无始无终地下着。官道上一匹快马穿过雨帘向着顺义县衙狂奔。马到衙前，未等停稳，一名皂吏跳下来，背着桐油信筒闯进大堂。班头见是官差，忙问："上差有何公干？"

"快些带我去见太爷，有兵部紧急文书。"皂吏道。

后花厅，段本节正穿着一件中衣倚栏看书，见到皂吏连忙起身。

皂吏递过信筒："段大人，兵部紧急文书。"段本节前几日听说朝廷已经向日本国宣战。见是兵部来人，心不由得怦怦乱跳，取出信札抖开细看：

> 本月以来，倭人于朝鲜海上寻衅，我水师覆没，数千将士殉国。水师千
> 总陈慕卿，顺义牛栏山人，殁于此役，其节堪嘉，见文优恤。

落款盖着兵部朱红大印。

文书是刊印好的，只是姓名籍贯处用了手写。段本节觉得双腿发软，班头连忙从后面扶住。

"陈慕卿的遗物我也带来了，就在衙门外的马背上，是一个皮箱。"皂吏道。

"去牵马来。"段本节对班头道。

"您这是……"

"快去牵马！"段本节怒吼。

快马从秋雨中穿过，像是越过幕帘重重。到了牛栏山脚下，段本节"咣当"一声推开老宅大门。梁妈见亲家老爷神色仓皇，吓了一跳。

"你家二奶奶和少奶奶在哪儿？"段本节气喘吁吁地问。

"在正房逗孩子呢。"梁妈战战兢兢地说。

菀婷正抱着孩子呢喃。灵芸亲一下孩子的小脸说："这孩子也该有个名字了，不能这么宝啊孩儿的乱叫。"

菀婷道："慕卿肚子里墨水多，名字还得由他取。"

灵芸叹气："也不知道慕卿什么时候才能回家。"

"咣当"一声，门被推开。段本节失魂落魄地出现在门口。

"爹——您这是？"菀婷惊慌地站起身。

"慕卿，慕卿他殉国了！"段本节泪流满面。

灵芸轻飘飘地倒下去。

菀婷怔了半晌，才凄厉地叫了一声——慕卿。

天津水师学堂同样笼罩在这场绵绵秋雨中。天色晦暗，乱云堆积，低低地压在学堂屋檐上。致文已经知道了三叔殉国的消息。他两天油米未进，躺在床上怔怔地望着天花板。肉体尚在，灵魂却不知去了哪儿。屋外传来尖利的哨声，有人摇晃致文。

秋雨潇潇，黄龙旗低垂。

教习站在队列前望着学员们，目光涣散，看不出任何内容。

"还有谁未到？"教习问。

致文双腿多日未曾着地，一瘸一拐地走向队列最后排。教习盯着致文入列，目光里并没有责备的意思。

教习冲乐队一挥手，顿时鼓乐大作。

宝祚延麻万国欢——教习引唱。

学员们狂吼：

宝祚延麻万国欢
景星拱极五云端
海波澄碧春晖丽
旌节花间集凤鸾

这是北洋水师的军歌。致文暗沉的眼睛瞬间被点燃，他在雨中用尽全身力气嘶吼，宣泄，黄龙旗竟然飘了起来。

一曲终了。教习吼道："上谕，着自今日起裁撤海军事务衙门及海军内外学堂。所有学员，各回原籍。"

致文摇了一摇险些摔倒。乐声又起，黄龙旗徐徐降下。

自鸣钟的声音大得吓人。十一下，已经是深夜子时。满屋寂静无声。

灵芸声音喑哑地开了口："峻卿，把你兄弟的皮箱打开吧。"峻卿"嗯"了一声，颤抖着打开皮箱：是一套叠得齐齐整整的军服，上面还有一封信和一枚勋章。他捧起勋章递给灵芸。这是一枚星芒状的珐琅彩奖章，正面杏黄底色，中间镶有绿色旗牌，上嵌一个"赏"字。左右两条黑龙盘护，下方一艘北洋水师的旗舰，舰下是蓝色的大海和白色水浪。灵芸把勋章捂在胸口，忍不住又哽咽起来。

峻卿拿起信，看看正在无声流泪的菀婷，又看看二娘。

"给我。"灵芸手颤得厉害，信纸簌簌地响。

字迹有些潦草，像是在匆忙中写就：

> 男慕卿跪禀母亲大人：来信收悉。知菀婷体健，吾儿壮硕，甚慰。倭人之船舰已在眉睫，军国事大，不敢多叙，唯愿母亲康健。此去生死不知，但七尺躯效命海疆，儿无悔矣。儿效力之船舰名曰致远，正合儿辈名序，吾儿以此为名，足威足壮。告知菀婷，若此役大胜，则相见有日。若此役败北，则请另择佳偶，不必为我守节。

灵芸看罢泣不成声，又转递儿媳。菀婷泪滴书信，摇头哽咽。

"致远。"灵芸止住泪抱过孩子，"打今儿起你就叫致远了。"

薛三兴冲冲地跑进厅堂，嘴里叫着"贝勒爷"。载澜正负手站在窗前看雨，听到薛三叫也不转头。

"爷，咱们舰队跟日本人打起来了，听说陈家的二小子被日本人炸死了。"薛三兴冲冲地说。

载澜不语。薛三凑过去："爷，咱们福恒昌被兴泰欺负这么多年，总算老天有眼出了胸中的一口恶气。"

载澜突然回身，一巴掌打得脆响："陈慕卿是为大清国死的，是功臣，是忠臣！"载澜瞪大眼睛狂吼，"你还幸灾乐祸？！水师没了，大清国的海上门户也就没了。接下来就是旅顺口，这些王八蛋一登岸京城就完了！没了朝廷，你我全喝西北风去吧！"

鸟架上的鹦哥学着载澜说话："没了朝廷，你我全喝西北风去吧！"怪声怪气的，让人脊梁骨发冷。

次年春上，峻卿强逼着致文进京参加春闱。致文骑着一匹塞马快映地一路向南。官道上红尘万丈，他的眼前迷迷蒙蒙的，什么都不真实，像是面对着烟涛微茫的大海。曾经，他笃信大清国的出路必在洋务。只要把夷人之技学到手，大清国就可以改头换面，不再受列强之辱。可大清国搞了三十多年洋务，到头来强国迷梦却被倭人击得粉碎，致文的信念也随之碎成齑粉。心灰意冷之际，三叔的叮嘱言犹在耳：你就是秕糠里的种子，好好珍重，将来找一片纯净肥沃的土地，而后生根发芽，长成参天大树！这话时时在致文耳边萦绕，他苦苦思考着，那片"纯净肥沃的土地"到底何在？

到了京城，见过姑姑瑜卿和姑父思皓后，致文无心温习功课，神不守舍地在街上胡乱溜达。走得累了，就在街旁一个茶水摊坐下。远处突然人潮汹涌，一群人正鼓噪着穿过街市。待走近了才看清楚，来的全是举子模样的读书人。正看得出神，队伍里一个高瘦的举子向致文一揖："年兄可是应试的举子？"

致文连忙回礼："正是。"

那人一把拉了致文走进队伍："凡我大清举子，皆负有强国之责，年兄不能当看客。"

致文不明就里："您这是要带我去哪儿？"

"都察院。我们十八省的举人要向皇上进献万言书，请求朝廷拒签中日和约，迁都抗战，变法维新！"又道，"弟是广东顺德人，叫麦孟华，请教年兄仙乡名讳。"

致文道："弟是顺天府人，叫陈致文。"

麦孟华紧攥致文的手慨然道："你我一南一北，皆要做天下读书人的楷模，进言朝廷变法图强！请求皇上下诏鼓天下之气，迁都定天下之本，练兵强天下之势，变法成天下之治，非如此，则大清危矣！"

一句话正挠到致文的痛处，顿时生出万丈豪情来。他道一声好，被人流裹挟着向都察院而去。一路上，百姓们袖着手站在道旁看热闹，听到南方举子的口音，人群顿时叫着"侉子"大笑，又指指点点，品评举子们的人才相貌。到了都察院门口，早有兵士拦在门口，又有十多个手持洋枪的武弁站在最外围。举子们大声呼喊"变法"，声浪喧嚣，振聋发聩。

麦孟华又问致文："陈年兄可曾在万言书上签名？"

致文道："弟刚进京，不曾见过万言书。"

"你跟我来。"麦孟华拉致文走到队伍最前面，向一个蓄短须的举子打躬："老师，有顺天府举子附名。"

那人命身旁两个举子拉开条陈，取过笔墨。致文看到落款处林林总总写着各省举子的籍贯姓名，前面的内容也看不大清楚。他顾不得许多，大笔一挥签了名，赢得周围一片喝彩。

短须举子振臂高呼："马关新约丧权辱国！我大清一十八省举子要上书皇帝，请官长接条陈！"

周围一片附和的呐喊。

兵士们手持长棍横截过来。两下里相互推搡，人潮波动。加上百姓鼓噪，都察院前顿时乱作一团。

兵士四处追打，举子们风流云散。致文拉着麦孟华一路跑回分号。过中厅时，正好遇到思皓。见姑父面带疑惑，致文忙道"同学找我闲叙"。进了房门，致文一把插上门闩："麦年兄，你跟我说说，这变法到底要怎么变？"

麦孟华道："这次海战我朝全军覆没，李中堂又在日本马关签了合约。不但赔了两亿两白银，还要割让台湾和澎湖列岛。从古至今，可有比这条约更丧权辱国的？"

致文点头称是，拉着凳子又近前了一些。

麦孟华慨然道："此前三十年间我国大搞洋务，以为练兵制器就可以图强。可事实如何？这证明此前之举谬矣！练兵制器不足以图强，治国之道，宜重根本。要想强国图存，唯有变法才可！说起这变法来内容可谓广矣。大致说来就是裁汰冗员，开办实业，设立商会，裁减绿营兵，改练新军，还要提倡西学，废除八股，改试策论，开经济特科，奖励创办报刊，准许自由组织学会。"

致文眼睛发亮，用力一拍大腿："是了，这就是我苦苦找寻的自强之道！"心中暗想，自己这颗种子终于找到了"纯净肥沃的土地"。

思皓听伙计说外面举子们闹事，又见致文拉着一个陌生人风风火火地进了屋，放心不下，借着叫致文吃午饭想看一下究竟。敲了半天，致文才错开一条门缝，道："我正和同学切磋时艺呢。姑父先吃，不要管我。"

听着思皓远去，麦孟华低声道："这次上书虽未成功，但衣冠塞途，大有叫醒天下之势！日后咱们还有第二次、第三次，直到成功为止。"

致文拍一下桌子："天下兴亡，全在我读书人的身上，我跟你干！"又道，"这个商号就是我家开的，以后议事尽管来这儿。"

一直谈到掌灯，麦孟华才告辞回客栈。

载澜去各大衙门打秋风，听说是他，官长们纷纷托词不见。碰了一鼻子灰后，载澜怏怏地回到京城府邸。还没坐稳，阿林保风风火火地进了门，拉着载澜在凉亭石凳上坐下，说："坏大事儿了。"

载澜忙问什么事儿。阿林保道："举子们闹事你可知道？"

载澜道："这么大的事儿我怎能不知道？不过这些书呆子闹不出什么结果来。所谓秀才造反三年不成，吃一顿板子就老实了。"

阿林保道："恐怕是没那么简单。要是这些书呆子倒也还罢了，这会子各部院堂官、督抚也纷纷上书，要求变法呢！"他敲敲脑袋，"有那个……天津海关道盛怀宣，还有两江总督张之洞。军机大臣翁同龢虽然没有上书，但听宫里人说，这老家伙竟然也支持变法！"

载澜大惊失色："那皇上怎么想？"

阿林保叹道："怕是真要变法了！皇上刚下了一道'举人才诏'，要各省举荐精于天文、地理、算术的人才。这还倒罢了，又说什么要工商立国，让老百姓们开办实业呢。更可恨的是，朝廷还要取消旗人的供养，要咱们自己找饭辙呢！"

"岂有此理！"载澜气哼哼地站起身，来回踱了几步："这道诏令下来咱们酒坊哪里还有活路？举实业，办商会，烧锅行还不都成了兴泰的天下？难道咱们旗人这铁杆庄稼真要倒了？"

阿林保道："眼下正是咱们宗室生死存亡之际！明儿一大早，我们这些有爵位的要亲自去户部领俸银去，要是不给咱们就闹起来。"

载澜咬牙切齿道："闹得好，就该这么闹！"

阿林保又嘱咐载澜记得穿官服顶戴。

翌日辰时，载澜乘了一架肩舆赶到户部衙门。大门紧闭，衙门口站着几个挎腰刀的兵士。门前广场上乱七八糟地摆放着轿子、肩舆，还有人从轿子里取了矮凳坐着喝茶。众人厮见，一片打千儿道吉祥的嘈杂。一位穿团龙补子的迎面走来，载澜一见却是郡王承硕。两人嘴里不住道着"您吉祥"，相互撞肩行礼。

载澜问道："承郡王，这户部不是该卯时上堂吗，怎么这个时候也不见开门？"

承郡王哼一声道："他张孝谦还想在我们宗室跟前耍威风，怕这个御史要做到头儿了！"

一旁阿林保趁机保煽风点火："郡王爷您还看不出来吗，这是挡着我们不让进呢！"

承郡王骂一声"姥姥"，怒道："这天下都是咱们旗人的，衙门咱们还不能随便进吗？大家伙儿都去敲门，敲不开就用脚端！我看张孝谦这老东西敢把咱们怎么样！"

众人一哄而上，在户部大门上一阵乱敲乱端。

正闹得不可开交，大门洞开，有武弁带着一群兵士气势汹汹地走出来。武弁喝道："传御史张大人的话，变法是奉朝廷之诏，令旗人学四民之业，自养自足。旗籍的俸银俸粮从今儿起就断了，要是再有人敢闹事就抓了送宗人府治罪。"

宗室们一阵狂躁，冲破兵士防线进了衙门。武弁大怒，喝令抓捕闹事的宗室。又是一阵鸡飞狗跳，十多个宗室被按在地上。载澜的脑袋被人狠狠按压着，他大声叫道："我有蟠龙玉佩，太宗皇帝赐给我老祖的，见玉如见君……"腰间一阵剧痛——有人狠端了他一脚。

思皓忧心忡忡地回到牛栏山。

峻卿正在曲房跟一帮烧锅师傅踩曲，看到妹夫回来，忙穿了鞋袜拉他到院子里："你怎么一个人回来了？致文呢？"

思皓嗫嚅半日方道："我昨儿要他跟我一起回牛栏山，致文说有事回不来。"

"他能有什么正经事儿？！"峻卿怒道："原本去应试，这下可好，让那帮举子闹得试没应了，人也被勾在了京城。你倒是跟我说说，这几个月他在京城里都干些什么勾当？"

思皓垂首道："致文……参加维新派组织的强学会了。"

峻卿听得目瞪口呆："他跟那些搞变法的人混在一起了？"

思皓点头："前阵子我没敢跟你说。致文经常带一些南方举子在分号过夜，也不知道谈些什么。"

峻卿顿足道："致文怎么跟他三叔一样不安分？这变法可是要掉脑袋的事儿！要从那些皇亲国戚和堂官督抚手里要权、要钱，愿意的能有几个？致文一个人搭上性命也就罢了，还要拉上整个陈家！"又责备思皓，"你和瑜卿也该说说他，怎么能看着致文往火坑里跳呢？"

思皓摇头叹气："嘴皮子都磨烂了，他哪儿能听进去半分？这阵子又开始从柜台支银子。瑜卿问他用银子做什么，他说要印什么报纸。后来支得多了，我就让账房推说没银子。致文倒好，索性带着那些举子们来装酒，听说是便宜卖了然后换成银子。"

峻卿听得怒气塞胸，咬牙切齿地骂致文"逆子"。又问思皓，"可知道他的报馆在哪儿？"

思皓道："已经打听清楚了，就在孙公园胡同，叫什么《中外纪闻》报馆。"

峻卿解下围裙甩在地上，冲小山东大喊"备车"。

思皓忙问："大哥去哪儿？"

峻卿怒道："当然是去找致文这个败家子，还能去哪儿？！"走到门口又回头道，"你难得回来一趟，去老宅子看看二娘吧，这阵子她心情不好，瘦得厉害。"说罢匆匆坐上马车，向着京城绝尘而去。

第三十五章　乾坤之变

进京后，小山东一路打听着找到了孙公园胡同。顺着胡同向里走上几步，就见到了《中外纪闻》报馆的牌子。峻卿推开门大步流星地向里闯，迎面走来一个穿西装留辫子的年轻人问："先生找谁？"峻卿道："我找陈致文。"

年轻人道："原来是找陈副主笔，我带您去。"

阔间里到处是举止斯文的年轻人，南腔北调地议论着版面内容，无非是些什么维新、强国、变法之类的调调。紧挨着阔间还有一间屋子，门楣上写着"副主笔"三个字。年轻人敲敲门，听到一声"进来"后方才推门。只见致文身穿西装，正在埋头写稿，头也不抬地问："版面可排好了？"

峻卿咳嗽一声。致文抬头见是父亲，脸上先是惊诧，后是欣喜，忙站起来叫一声"爹"，问："您老怎么来了？"

峻卿道："好一个陈副主笔，请问这主笔是几品的官？"

致文一面请父亲坐在沙发上，一面奉茶："我这个副主笔啊，无品无级，却又高于那些堂官督抚。"

峻卿道："这么厉害？说说看你有多大的权力。"

致文挨着父亲坐下："爹您看啊，堂官政令不过全国，督抚政令不过一省。我这官儿虽然没有品级，可写出来的文章却能让天下人看到，就连皇上和外国人也看呢！"

峻卿冷言道："哟，权力是够大的。可朝廷为什么不给你们拨银子办报，还要贱卖我的烧锅筹经费？你少说这些没用的，马上跟我回牛栏山去。"

致文道："您老也可能听说了，皇上已经诏令变法，这其中就有我们报纸一份功劳呢。中国之所患在民智不开，要不是我们报纸呼吁呐喊，如何能唤醒朝廷，唤醒天下民众？目下正是大丈夫立不世之功的时候，我怎么能说走就走呢？"

峻卿再也听不下去，拉了致文就向外走。两人一路撕扯着穿过阔间。有人想拦，却见致文不住地叫"爹"，一时手足无措，不知道该如何处置。跟跟跄跄走到门口，致文一把拉住门框。峻卿甩手喘息："致文，今儿有两条路任你选。一是你跟我走，好好读书，来年再应试。二是留在这儿，继续当你的什么副主笔。但你要写下文书，咱俩从此再不是父子，免得将来连累我们陈家。"

父子两人在树荫下无声地对峙。屋里，致文的同事们正探着脑袋向外瞧。峻卿怒道："瞧什么瞧？放着圣人的书不读，祖宗的成法不守，偏要做这些违背天理人伦的事儿！看你们最后能有什么好下场？！"又对致文道，"我没工夫陪你在这儿耗着，回不回给句话。"

致文垂首思忖，半晌才抬起头来："也好，忠孝不能两全。"又道，"爹您等着，我这就写文书。"峻卿刚才不过是气话，哪里料到致文竟然当了真。他一时手脚冰凉，双腿软得几乎站立不稳。

不一会儿，致文拿了纸和印泥出来："爹，文书写好了。日后儿子要是真的闯下祸来，您老就把这张文书给衙门里的人看，自然会平安无事。"又展纸念道，"陈俊卿、陈致文父子二心不同，一意难归，原来父子，当下路人。从此之后，天涯海角，再无瓜葛。"峻卿哆嗦着接过纸，见上面还钤了一个红指印，鲜亮如血。他呵呵冷笑着蘸了印泥用力在纸上一按，折叠后装入怀中。"陈副主笔，我走了！"峻卿仰天大笑，拂袖而去。致文站在树下，看着父亲跌跌撞撞地出了大门。人已远去，那笑声却兀自还在半空中回荡。

载澜的腰过了一个月方好，但走得稍快些仍旧会隐隐作痛，只能一手挂了拐杖徐徐而行。这天正在鱼池旁坐定发呆，薛三带着一名皂吏进了院子。

"给贝勒爷请安。"皂吏打了个千，"段大人要您去县衙一趟呢。"

"谁？"

"段本节段大人。"

载澜怒道："好啊，这墙还没倒就开始众人推了！他段本节一个七品前程就敢在我面前发号施令？这大清国还在呢！"

皂吏似乎早有准备："回贝勒爷，来时段大人有交代，这次您是代表福恒昌选牛栏山烧锅商会会长。朝廷诏令要办实业，兴商会，又说选举必须公平，他来您这儿不合适。"

"不是有烧锅公会吗？我这个会长还在这儿呢！又搞什么烧锅商会！"载澜用拐杖愤愤地敲打池沿。

皂吏道："回贝勒爷，眼下这个商会可跟原来的公会不同。公会是民众自发，这商会可是官督民办。朝廷已经成立农工商部，日后凡有政令都要通过商会下达执行。"

载澜忍着火气问道："你倒是说说，这个会长该怎么选？"

皂吏背书一般："按照章程，各会董齐集，公推熟悉商情众望素孚者。"

"你看本贝勒爷可能当会长？"载澜阴阳怪气地问。

皂吏摇头："那小的可不知道。不过段大人说了，会长须具才品、资格、名望之要求方可被选。"

"滚，快滚！"载澜喝道。

皂吏走后，载澜咬牙切齿地发狠。薛三试探着问："贝勒爷，这公推会咱们去还是不去？"

载澜反问："你觉得我能选得上会长吗？"

薛三怔了怔，摇头。

载澜怒道："那你还问！"又吩咐道，"你去备马，跟我回一趟京城。"

到许公公外宅时天色已晚。载澜刚到门前，就听到里面一阵叫嚷哭喊。许公公在咆哮："好你个臭婊子，看爷爷我倒了就想跑路找带把儿的男人去。想得美！就是困也要把你困死！"

接着是一阵女人尖利的喊叫声："你的衙门都让人裁撤了，还要在女人面前逞威风。没了这个广储司郎中的位置，你从哪儿搞银子？没了银子你靠什么养我？！"

又听到许公公突然降下声调央求女人别走，后来竟然嘤嘤嗡嗡地哭起来。载澜的手悬在半空，到底没能敲下去，叹口气只得骑马去了勋王府。进得门来，只见勋王爷榻前围坐了一圈宗室，阿林保、承郡王等俱在。一众皇族正哭天抹泪地说："这次铁杆庄稼是真的要倒了，俸银俸粮收了不说，还要我们像奴才一样自谋生计。从太祖爷到今天哪儿看见过旗人做工的？偏偏这时候恭亲王也病了。"

又有人道："就是恭亲王不病又如何？听说他还劝皇上变法呢！说什么破除积弊，整顿庶政，顺应世界潮流。这岂不是吃里爬外吗？"

载澜接话道："正是如此。眼下牛栏山那帮奴才们办起了商会，知县段本节拿着鸡毛当令箭，要他们办实业，还要搞什么西学学堂。"

勋王爷在榻上不住咳嗽，见到载澜，枯指微勾。载澜忙近前，在他背后轻捶。

"儿啊，你怎么回来了？"勋王爷气若游丝。

载澜红了眼睛道："阿玛您老是不知道啊，我是被牛栏山的奴才们赶回来的。自打闹变法之后，他们再也不把我这个贝勒放在眼里。现在连顺义知县都欺负到我头上来了，您老得替我们这些皇族做主啊……"

四周一片附和声。

勋王爷咳嗽半晌才道："你们啊，到底沉不住气！要我说啊，变法这事儿长不了。"

承郡王道："王爷啊，皇上看来是铁了心了，下诏封领头变法的康有为当了总理衙门章京，还准许他专折奏事，准备着裁冗官、废漕运、撤厘金、裁绿营、放旗兵、废八股，您听听，这一桩桩、一件件哪儿是变法，是憋着坏让天下大乱呢！"

勋王爷用汗巾捂着嘴咳嗽几声："承郡王，你还是年轻经的事少。如今皇上刚刚亲政，就像关在笼子里的雏鸟刚放出来一样，时时刻刻想着振翅高飞。可毕竟在笼子里待惯了，一旦遇到狂风暴雨就又会回到笼子里去。"

阿林保道："王爷，这暴风雨打哪儿来啊？"

勋王爷笑得直喘气，好容易止住笑："太后老佛爷这些日子怕一直忍着呢。不但咱们宗室，前几天六部堂官还有那些低一些的御史、侍郎来找我的也不少。大家都憋着一口气，皇上这是要摔天下做官人的饭碗呢。现在只等着太后老佛爷一声令下，那大清的天空就会电闪雷鸣，风雨交加。我们的小皇上就会回到笼子里来，那时，咱们宗室还跟当初一样，一切照旧。"

宗室们恍然大悟，都道："还是王爷见识高。"

承郡王道："那咱们就添一把柴，大家一起抬着王爷见太后去！"

勋王爷又咳嗽半响："如今恭王爷病危，咱们宗室的老人除了醇亲王就是我了。可醇亲王又是当今皇上的亲爹，这事儿他怕是出不得面，只能将我这把老骨头推到前面了！"又冲载澜道，"儿啊——"载澜忙垂手侍立。

"把阿玛抱起来，咱们见太后去！"

致远周岁这天，陈家难得团圆。峻卿也特意歇了一天工，带着一众家眷来到老宅。大家有意借着致远抓周哄灵芸开心。大厅里摆下了五六桌，灵芸被拥在中间坐下。菀婷抱着孩子向奶奶行礼。致远壮硕可爱，有模有样地学着菀婷作揖，引起一阵哄堂大笑。灵芸一把抱了致远放在膝上，又逐桌看去：峻卿、芳子、瑜卿、思皓、洛芸、崇秋、小山东、杏儿、新荷、致武、吴老和、小蒋先生、德旺连同十多个家人、孩子都在，独独少了致文。

"致文呢，这孩子怎么多半年也没见到过他？"灵芸问峻卿。

芳子怕丈夫嘴笨连忙搭茬道："致文还在京城温习功课。这次会试被举子们搅了，准备着来年再考呢。"说罢，人讪讪地举手无措。

灵芸看得真切。她知道芳子人老实，说不得谎话，刚才神情慌乱，其中必有缘故。心里如此想，嘴里却虚应着："京城离这里也不过多半天路程，思皓转告致文，就说我想他了，让他回来看看。"

思皓应一声，脸上却变颜变色。

看看人都齐了，灵芸道："梁妈上酒吧，人都齐了。"身后却无人应。

新荷低声道："昨儿梁妈已经回保定老家养老去了，她不是见过您了吗？"

灵芸怅然若失，许久才回过神来："春上王妈去世，今年梁妈又回老家，跟前的老人是越来越少了。"苦笑一声道，"不说了，今儿大好的日子说这些干吗？新荷，你和盈儿斟酒，咱们喝着。"

顿时举座皆欢，一片喧闹。喝到半酣，峻卿起身道："今儿咱们可是为致远抓周来的，大家别光顾着喝酒，还是先办正事吧。"

丫头婆子在毯子上把笔墨、书籍、酒坛、戥子、银两、脂粉、宝剑摆了一个圆圈，菀婷抱过致远放在最中间。

"行了，放手吧。"灵芸道。

"慢着，还少一样东西。"菀婷从腰间荷包里取出汗巾，打开来却是那枚北洋水师勋章。

满屋喧哗顿时噤声。

她把勋章放下，转身时眼中泪光闪烁。峻卿忙道："我来以碗代鼓。"锵锵地敲着，致远开始向酒坛爬去。瑜卿道："咱们陈家世代做烧锅，这孩子怕是想要继承祖业呢！"

爬到半道，致远却又坐下四处环顾，众人一片遗憾声。

"致远，抓书！"思皓叫道。致远果然又向着书本爬去，众人一片欢呼。爬到书本前，眼睛却又盯向银锭。

芳子道："这孩子怕是要继承祖业。"

正议论间，致远却一把拿起银锭旁边的勋章。

举座默然。

菀婷禁不住啜泣有声。峻卿抛下碗筷，嘴里道一声"晦气"转身就走。

"你回来！"灵芸在身后喝道，"哪儿来的晦气？"

峻卿也自觉失言，忙道："二娘别生气，我也是不愿意孩子走慕卿的老路。"

"那致文呢？是不是也在走他三叔的老路？"灵芸盯着峻卿，"你们瞒不过我，致文到底去了哪儿？本来想底下问你们，可现在既然话已经到这儿不如摊开了说。"

峻卿垂手无语。芳子有意为丈夫解围，低声道："这事儿还没没得及跟您说……致文跟着那帮搞变法的做事，峻卿去京城找他，两人翻了脸，致文写下文书说……说要跟咱们陈家脱离关系。"

屋里顿时炸了锅。这事儿本来只有峻卿、芳子和小山东知道。事关陈家的脸面，即便是杏儿，小山东也没有吐露半句，没想到今天话赶话地在大庭广众之下摊了牌。

峻卿扑通一声跪下："二娘，我也是怕他为咱们家招祸才逼他回来。谁知道致文竟然铁了心要跟着那帮搞变法的，我一提出来要断绝父子之情，他就毫不犹豫地写了文书！这样的逆子要他何用？还不如一刀两断爽利。"

灵芸摇头苦笑："峻卿啊峻卿，你做了半辈子生意却越活越糊涂。要我说，致文这孩子有担当，你当他真的不惦记你跟芳子？真的不惦记着我？错了，致文跟他三叔一样，是要干大事儿的人，心里揣着天下的人……"

"可是二娘，慕卿他粉身碎骨又有什么用？"峻卿再也忍耐不住，"朝廷还不是跟日本人签了约，照样割地赔银子？县衙给了我们一千两的优恤银，难道慕卿的命就值一千两吗？"

"慕卿的命千金难买！"灵芸把酒壶摔得粉碎，"他的死不值，那这满天下的举子为何上书？朝廷为何变法？你如何当上了烧锅商会会长？你想过没有，这些都是慕卿这样的人用命换来的！致文也没错，他不过在走他三叔没有走完的路。要我说，慕卿和致文才是为我陈家壮脸面的孝子贤孙！"

屋里静得令人发慌。

灵芸缓过气来，对思皓温言道："思皓，你回京城后去找找致文，就说我想他了，让他回牛栏山一趟。"

思皓苦着脸："前些日子找过他几次，都不在。临回牛栏山前又去找他，人家说他跟着一个叫麦孟华的人去了上海，也不知道什么时候才能回来。"

灵芸心里像堵了块石头，硌得血脉生疼。芳子和菀婷低声啜泣，只有致远在咯咯地笑，他手中勋章上那艘北洋水师的旗舰在闪闪发亮。

这天一大早儿，牛栏山镇来了一队人马。除了段本节和另外一个穿官服的人，还有一个五短身材、留短须的中年人。那个中年人站在一众官员中间非常显眼：他戴一顶洋人的高礼帽，脑袋后面也没有留辫子。下马后，他将帽子随手递给站在门前的德旺，兴致颇高地左瞧右看。此时，兴泰门侧又多了一块长长的竖匾：牛栏山烧锅商会。

峻卿带着洛芸站在阶下迎接，段本节向中年人介绍道："这位是新推举出来的烧锅商会陈会长。"

中年人笑着伸出肥胖的手来，叫一声"陈会长"。峻卿抱着拳，一时不知所措。

段本节忙道："峻卿，这位是海外中华商会的林松会长。他这是要跟你握手呢。前阵子不是让留洋学生教过你们商业礼仪吗？"

峻卿"哦"一声，连忙抓住林会长的手摇了摇。

段本节又指着身旁的官员道："这是朝廷农工商部的参议大人。"峻卿连忙见过。林会长顾不得身后，迫不及待地进了酒坊。

段本节对峻卿道："这次林会长是慕名而来，点名要来兴泰看看。"

一路说着进了曲房。林松仰头闭目细闻，道："好酒香！我们这些海外华人梦里也想着能喝到牛栏山烧锅呢。"语调说不出的怪异。峻卿南来北往的客人见得多了，各路方言都能听得懂。林会长这话却不知道是哪儿的乡音。他顾不上多想，遂问林会长是不是想把烧锅带到海外去。

林松道："那是自然，不然我也不会远赴重洋到国内来。"

看见吴老和带着伙计正在碎料，林松走过去抓了一把料才要去闻，吴老和丢了铡刀一把夺过："我们烧锅行的规矩，外人不能看辅料。"

参议大人道："这位是朝廷请来的客人，不得无礼。"

吴老和梗着脖子道："不管是谁，我是这里的大师傅，来到我们兴泰规矩都得守着。"

林松却不气恼，笑道："入乡随俗，这规矩必须守。"从衣袋里拿了手帕擦擦手，又对峻卿道："陈会长，我听说兴泰烧锅有两绝，一是圣井水，二是加曲秘方。今天能不能让我开开眼？"

峻卿为难道："看圣井可以，只是秘方是我们吃饭的家伙，这个有祖训，不能在人前演示。"

参议大人道："那就让林会长看看圣井水也无妨。"

到了圣井旁，林松恭敬地合十向圣井亭上的匾额鞠了一躬。峻卿让小山东开锁打水，舀了一瓢递给林松。喝了一口，林松赞道："一口下去如饮醇醪，怪不得当年乾隆老皇上要为你们题匾呢。"又道，"本商会有意跟兴泰合作，让我海外赤子都能喝上这故国的佳酿。不过这具体文契我还要回去商议，待拟定好后再来拜访。"

峻卿听得满心欢喜，连连应着。林松又道："你这圣水能否让我带一坛回去，让海外同胞尝尝故国之水？"

峻卿道："这有何难？"忙让小山东拿酒坛灌水封上。

正说着话，吴老和端来一个铜盆，向林松打了一躬："这位老爷，您刚才脏了手，照规矩得用清水洗手。"

林松一愣，随即大笑："这位老师傅是不信任我啊。好，入乡随俗。"双手在铜盆里洗了洗。

吴老和又道："那坛水你也不能带走。"

参议大人看不下去，喝了一声："好大的胆子！林会长是我部的客人，这里哪容得下你说话？"

峻卿连忙拉一下吴老和衣襟："师父，不就是一坛水吗？让他带走就是。"

吴老和道："我觉得这人不太地道。"

峻卿道："一坛水能有什么？快去忙您的吧，别把咱们的财神爷得罪了。"吴老和看峻卿态度坚决，只得罢手。

林松瞄吴老和一眼，让跟班拿了圣水，又和峻卿握手告辞。

临上马时，洛芸问："还不知道林会长老家是哪儿的？"

林松一脚踩在马镫上，怔一下道："我祖父辈就到了海外，据说老家是江浙一带。"坐在马上，又微笑着对峻卿说："陈会长等着，咱们终有再见之期。"

目送着一行人远去，洛芸道："吴师傅说得不差，总觉得这位林会长有些怪异。他又拿圣水，又闻辅料的，难免让人生疑。我记得你爹在世时跟我说过，外地有家酒坊掌柜为了学艺，曾经扮成工人在糠房干了三年苦活儿，学成之后又跑回老家酿酒。你爹古道热肠，早就发现他不对劲儿，直到他跑路也没将这事儿捅破。教训在前，这事儿咱们不能不防。"

峻卿一心惦念着这笔海外生意，只怕得罪林松，替他辩解道："老舅怎么跟我师父一样疑神疑鬼？江浙一带口音本就难懂，何况他是爷爷辈去的海外，说话怪异在所难免。"

洛芸叮嘱道："万事总要小心为好。"峻卿也不以为意，漫应着回了酒坊。

深秋时，京城的气氛突然紧张起来。街上到处都是兵勇皂吏，城门口和各个官道也层层盘查，似乎是出了什么大事。晌午时分，分号里来了三个兵勇，一进门就急吼吼地要伙计开酒。伙计说，这是酒庄不零卖。兵勇才要发怒，柜台里的思皓忙出来训斥伙计，又亲自开坛倒酒，还让伙计去膳房取了几样下酒菜摆上。三个兵勇谢过，边吃边说起了近几天的朝局。

一个说："那个姓康的变法党跟皇上商量着要害太后，没想到被太后知道了。太后连夜从颐和园回到宫里，把皇上软禁在了瀛台。这还不算完，太后还下令要把康党全抓起来治罪呢。"

另一个道："忙活好几天，康党倒是抓了不少，只是那个领头叫康有为的跑了，目下正满世界找呢。"

思皓听得心惊肉跳，连打算盘的手都哆嗦起来。

好容易等兵勇走了，思皓提了食盒直奔孙公园。一路上到处是持枪挎刀的兵勇，就连犄角旮旯儿都有便衣梭巡检查。好容易到了报馆前，只见门上贴着一张封条，上面还钤着步军统领衙门的官印。对面门洞突然闪出两个兵勇，厉声问思皓"什么人"。幸好思皓有准备，晃晃手里的食盒，说是店铺伙计要为报馆的人送饭。

兵勇道："没看到门上的封条吗？里面的人早就被抓干净了。"

另一个斥道："不想吃牢饭就快点离开这儿。"

思皓行尸走肉般回到分号。瑜卿听了吓得面如土色，一来怕致文被抓，二来怕陈家被牵连。夫妻俩思来想去，还是尽早回牛栏山报信儿为好。思皓出门未远，马车就被堵在了大街上。远远地传来开道锣声，人群里喊一声"要砍人了"，顿时喧哗声四起，人潮汹涌而来。

思皓顾不上马车，让伙计在路旁等他，自己随着人潮逐流而去。眼见着到了菜市口，远远地看到兵勇打开囚车，六个囚犯被拖拽着走向席棚。临街铺店前都放一张条案，上面摆着一排"送魂酒"。领头的囚犯在一家裁缝铺前停下，皂吏端着酒送到他嘴边，囚犯仰头喝下。周围顿时山呼海啸般叫好，都在说"是条汉子"。思皓踮着脚，想瞧清楚六个人里是否有致文。可距离太远，那些人都影影绰绰地模糊，一时心里犹如油煎。

囚犯被送到监斩棚前，个个昂首不跪。其中还有人在大声喊着什么，四周顿时肃静。萧冷的秋风裹挟着声音远远地送到思皓耳朵里，那人喊的是"有心杀贼，无力回天。死得其所，快哉快哉！"周围又轰然爆出一声"好"来。监斩官从桌子后面探出身子，用红笔在囚犯额头分别点了点，然后把毛笔抛向人群。人海里荡起一片涟漪，呐喊声惊天动地而来："快抢状元笔啊！"那支笔被人高高举起，随即又被人潮覆盖。刽子手拖拽着囚犯，又按头强迫他们跪下。四周顿时阒然无声，一片死寂。

一阵笑声传来，悠悠荡荡地让人心悸。

是其中一个囚犯在仰头大笑。人虽然跪着，却身板笔直。

笑声未落，人头已然落地。血从腔子里喷出，染红了天空。

此时，载澜和阿林保、许公公正坐在临近法场的一间酒楼上。他们居高临下，一面对酌，一面瞅着街上的情景。看到囚犯的血喷溅出来，阿林保学着戏腔叫一声好，三人的酒杯碰在一起。

窗外，阴云密布。

"这天变得好快啊！"载澜摇头晃脑道，"匪党伏法，太后再次训政，新政全部废止，我们的铁杆庄稼又长出来了！"又端着酒杯对许公公道，"许公公，詹事府等六个被裁撤的衙门重新开衙，您的饭碗算是端牢了。"

许公公笑吟吟地与载澜碰杯："载贝勒，咱不能光顾着高兴。陈致文一直跟着乱党，后来我托人打听，说这小子去了南方，侥幸逃过一劫。不过，他可是陈俊卿的儿子，这么说来陈俊卿也是附逆。咱们要趁着这个机会，把兴泰彻底推倒才行。"

载澜沉吟道："这事儿原该顺义县管，只是段本节是陈家亲戚。看来只能去一趟顺天府找找王歆，这老小子爱钱，少不得花些银子让他替咱们出出力。"

阿林保道："用不用让勋王爷向下面交代一下？"

载澜苦笑："我阿玛病得成了一把骨头，哪儿还有说话的力气？这时候再拿这些琐事烦他，别人该骂我不孝了，这事儿咱们就亲力亲为吧。"

第三十六章　日暮长河

傍晚时分，思皓马不停蹄地回到牛栏山，匆匆下马，把事情原原本本地向峻卿讲了。峻卿青着脸听完，问："你可看清楚了死囚里面没有致文？"

思皓道："虽然看不太清，但步态身高都不像他。致文应该还在南方。不过……目下朝廷正在追讨乱党，我怕咱们兴泰被牵连进去。"

峻卿面色苍白，坐在酒篓上叹气："都是这个逆子！"顾不上吃晚饭，两人叫上洛芸一起去了老宅。

他们想让灵芸和其他女眷去多伦避祸。

灵芸听了却不住摇头："依我看，还不如就在牛栏山待着不动。要是没事儿，带着这么多人去多伦反倒会引起官府注意。要是有事，即便去了多伦怕也难逃追捕。那王爷再厉害，毕竟多伦也是大清的地盘。"

峻卿愁道："二娘，那咱们这么一大家也不能坐以待毙啊！"

灵芸反问："咱们陈家何罪之有？"

峻卿一愣，道："乱党附逆啊，阖族的罪过。"

灵芸又问："致文与陈家何干？"

峻卿怔一怔，突然明白了二娘所指："您这么一说，我倒想起致文写下的那张文书。"

灵芸眼神里闪过一丝幽怨："峻卿，我早就说过致文这孩子想得长远，那张文书是他留给咱们陈家的救命符。"

仔细想想大闹报馆那天，致文确实说过"日后官府若是寻事，您老就把这张纸给他，自然会平安无事"，峻卿眼里泛起了一层水雾。原来，致文早就知道自己在以身试险，他以父子之情换取了家族的一条生路。

洛芸道："载澜肯定不会袖手旁观。要把这事儿弄消停，恐怕单凭这张纸还担不下来。"

灵芸点头："载澜肯定会借机生事，咱们得做好准备。致文是顺义的生员，按理说该县衙管。可载澜知道段大人与咱们陈家的关系，他肯定不会碰这个软钉子，倒是顺天府王歆那儿咱们该多加注意。"看一眼洛芸，"大师哥，大清国的官员最贪财惜命，对付王歆还是江湖上的人来得爽利。"

洛芸点头："师妹说得不错。载澜有勋王爷，咱们有江湖客。这事儿交给我处理，我连夜去京城找天桥裕兆祥绸缎庄的掌柜。胡大当家的交代过，江湖上的事儿可以找他帮忙。"

翌日天亮，府衙果然来了人。皂吏们气势汹汹地把兴泰围得水泄不通，领头的是顺天府通判。一行人大嚷大叫着说是要查乱党，峻卿听到吵闹连忙迎了出来。通判认得峻卿，暴喝一声"拿下"。皂吏一拥而上，把峻卿围在中间。

"大人，您就是抓我也该把话说明白吧？"峻卿抗声高问。

通判喝问："生员陈致文可是你的儿子？他做了乱党附逆，你可知道？"

"是我儿子不假，不过早在去年他就写下文书，跟我陈家脱离了关系。"峻卿从怀中掏出一页纸递上，"上面按着他的手印，白纸黑字容不得假。"通判展纸细看，言辞凿凿，倒也说不出什么。又怕无法复命，只得说"此事还要府尹大人定夺"，命人先把峻卿带回府衙盘问。

这天夜里，王歆一直和载澜、阿林保、许公公鬼混到半夜方回府衙。

屋里没有点灯，门首的灯笼又暗昧不明。王歆跌跌撞撞地推开房门，唤了两声"夫人"也不见回应。摸索着走到多宝格前搬动梅瓶，墙上的一轴古画"啪"地卷起，袒露出一方暗格来。他从怀中掏出银票，捧在面前亲了一下，喜滋滋地放入暗格，又挪动梅瓶放下画轴。拍拍手，觉得口渴，歪歪扭扭地到了八仙桌前摸索水壶。水壶没有摸到，却摸到了一把寒气森森的刀。

借着屋外的灯笼光，隐约对面坐了一个人。王歆吓得魂飞魄散，忙去抽墙上的镇宅宝剑。

那人却呵呵低笑："试试你的剑快，还是我的刀快。"

王歆壮着胆子道："这可是顺天府衙，我只要叫一声拿贼，你的小命可就没了。"话音未落，一把刀横在了脖颈前，虽然未沾皮肉但却冷飕飕地吓人。

那人底气十足："姓王的，你可以试试看。"

"我夫人呢？"王歆哆嗦成一团。

"床上捆着呢。放心，人没事儿。"

王歆央求道："想要钱的话我可以给你，但千万别杀我。"

"暗格里的钱都是不义之财，我自然不能留给你。"那人用刀在王歆的脖子上轻缓地比划，"但你还要给我办一件事儿。"

"你说……"

"牛栏山陈家的事儿你不要再管了，把陈俊卿赶快放了。"那人用刀锋在王歆颔下轻轻一抹，"行与不行，给句痛快话！"

王歆连忙点头："这事儿我应下了，明儿一大早就放人。"

"好！"那人站起来，"要是这件事儿办得不清爽，我就再来一趟。"说着话打开暗格，把金银细软和银票全塞进怀中。王歆不住地作揖央求："好汉爷，您好歹给我留点儿。"

那人冷笑一声："连你的脑袋一起留下可好？"说毕，大摇大摆地出了屋子。风吹灯摇，眨眼人就消失在了黑暗中……

这次漫长的等待让灵芸焦灼万分。生死一线，悬在陈家头上的利剑随时可能掉落。

她和芳子坐在圣井凉亭里一夜无眠。百虫唧啾，夜露繁重，新荷催了几次回房，灵芸只是摇头不语。眼见东方破晓，已是卯时之末。按照洛芸与绸缎庄掌柜的约定，如果峻卿辰时还不归家，家眷们就要收拾行装准备北上多伦。胡一疤在那儿已经为她们找好了落脚地。

金鸡三唱，小山东招呼伙计们套车装行李。

灵芸站起身："芳子，你们走，我和吴师傅留下看家。让你洛芸老舅护着女眷，带足盘缠，一路向北，千万别回头！"

"可您……"芳子不舍。

灵芸为芳子擦拭泪水："这么大的家业总得有人看着，不然会被载澜这只狼叼了去！再说我还得留下来救峻卿呢。你是陈家长媳，这件事儿上不能任性，还有致武、致远他们呢，那是咱们陈家的根苗、香火，不能断！"

一众家人惶恐地站在院落里，菀婷抱着致远不住低泣。

"都愣着干什么？走，快走！"灵芸低喝。

小山东拉动马车，车轮辚辚滚动，碾压着灵芸的心。

"大掌柜回来了！"远远地，前院传来德旺的喊声。峻卿真的回来了。

欢呼声犹如雷霆滚滚而过。

峻卿走到灵芸跟前重重跪下："二娘，我回来了！"

灵芸一把抱住峻卿，泪流满面："你真的没事了？"

峻卿点头："没事了，王歆一大早就让人放了我。牢头还专门告诉我，王大人说了，陈家有陈致文断绝关系的文书，陈慕卿又海战殉国，断无再追究陈家之理。"

洛芸在一旁冷笑："这个王歆还算是识时务。"

对于王歆的举动载澜愤懑不已。他几次怒气冲冲地去府衙寻事，王歆却躲着不见，无奈又去步军统领衙门举告。提督、总兵自然见不到，只能找到巡捕五营的参将。参将见了状子，皱眉说眼下京城乱得一塌糊涂。除了乱党附逆，山东的义和团也来凑热闹。这帮乱民在涿州扎下了根，不时在京畿骚扰，他们哪儿能忙得过来？况且朝廷也下了诏书，除康梁等罪大恶极者，其余附从不再追究。陈致文原是顺义县生员，此事还应由顺义县处置。

载澜无奈，只得垂头丧气地回到牛栏山。屁股还没有坐定，薛三着急忙慌地来报，说是送往涿州的酒被义和团拳匪给劫了，两大车的货被砸了大半，剩余的被抢了个精光。

载澜瞪着眼睛吼道："拳匪不是嚷着要扶清灭洋吗，怎么把我们的酒给抢了？"

薛三喏嚅半日方道："贝勒爷有所不知，这批酒原是送给涿州教会医院的。因为山东义和团闹得不可开交，海外的酒精送不过来，洋人就想用烧酒充当酒精，哪知道在去教会医院的路上碰到了义和团……"

载澜一巴掌打得薛三嘴角淌血，斥道："养你还不如养条狗顶用！拳匪最恨的就是洋人，你可倒好，还要告诉他是为洋人送酒，他不砸你砸谁？"

薛三原本是混天津卫码头的青皮混混，平日里横行惯了，跟着载澜无非是名利二字。眼见勋王爷势力日渐衰退，原本承诺的官爵都成了镜花水月，薪酬赏赐也远不如从前，因此早就有了背叛之心。结结实实挨了一巴掌后，他不由得心头火起，气呼呼地出了酒坊，一路到了镇外梁记酒馆。

伙计见薛三脸上挂着怒气连忙赔笑，问："三爷可是要喝酒？"薛三瞪眼喝道："废话，来你这儿还能有别的事儿？开个雅间好酒好菜上着。"

酒馆里还坐着一个穿大褂的年轻人，身旁搁着一个体积庞大的皮箱。薛三路过时见皮箱碍事，就狠狠踢了一脚。年轻人见状站起身问他为什么要踢皮箱，薛三撸起胳膊，指着年轻人骂道："你个外乡人也不问问牛栏山是谁的地盘，别说踢你的箱子，就是扔进潮白河又能怎样？"

两人说话间就要动手。隔壁雅间门帘一挑，闪出一个穿白西装的人来。那人身量不高，戴了一顶白色遮阳帽，唇上留着短须，胸前的怀表链金光闪闪，气度神态颇显威严。

"林会长。"年轻人忙鞠躬。

来人正是林松。他上下打量薛三，紧绷的嘴角绽出一丝笑意："这位先生，我刚才听你说牛栏山是你的地盘？"

薛三见这位"林会长"气度不凡，也不敢莽撞，昂头挺胸道："这话是我说的，那又怎样？"

"可否来雅间一坐？"林松态度恭敬。

"有什么不敢的？"薛三大步进了雅间。

桌上已经摆了几样小菜和一坛兴泰烧锅。"鄙人林松，海外中华商会的会长。"林松一面执壶为薛三斟酒，一面自我介绍，"实不相瞒，我正在找能在牛栏山说得起话的人。"

"那你算找对人了。我薛三在镇上跺一下脚，牛栏山都得颤三颤，潮白河也要水涨三尺。"

"那你是做什么的？"林松问。

"福恒昌知道吗？就是勋王爷开的那家酒坊，我是酒坊的掌柜。"

林松哈哈大笑："福恒昌？可是那位花花公子载澜做掌柜的酒坊？"

薛三见林松知道底细，忙辩解道："载贝勒是大掌柜，我是二掌柜。他经常在京城，酒坊的事儿自然要归我管。"

林松盯着薛三微笑："你跟着一个公子哥能干出什么大事儿来？"说着话，从怀里掏出一个晶莹剔透的鼻烟壶来，用小勺挖些粉末搁在鼻子下闻了闻，然后闭目伸颈打了一个喷嚏。见薛三看得目不转睛，林松遂把鼻烟壶递过去："你要是喜欢就拿去。"

薛三大喜过望，学着林松的样子闻了闻，一个喷嚏打得惊天动地。

林松笑道："这玩意是吕宋的鼻烟，看样子你也没见过。你不如跟我干，将来还能出洋见见世面，外面好玩的东西多着呢。"说着话，又掏出件珐琅彩的怀表来，"这叫怀表，有了它随时可以知道时间。"

薛三道："我在许公公府上见过这玩意儿，说是什么瑞士国的东西。"说着话伸手去拿怀表。

林松不动声色地收起："天下哪有吃白食的便宜事？你得替我做事才行。"

"您说，您要我干吗？"

林松拍拍酒坛："我想把兴泰拿下。"

薛三愣怔了好一会儿："您这话我没明白……"

"兴泰不是姓陈吗？我想让它改姓林。"林松用力在空中攥拳，"搞到秘方，把兴泰的魂儿抓住！"

"您的意思是想做牛栏山烧锅？"

林松点点头："岂止是做？将来不但兴泰，连同你主子的福恒昌都是我的。"

薛三似有不信："林会长，您这话说得大了。人家载澜背后可是勋王爷，虽然现在勋王不受太后待见，人又病入膏肓，可毕竟是宗室，朝廷能不向着人家？"

林松哈哈大笑："实不相瞒，鄙人与英吉利、美利坚、德意志、日本国等诸强国使馆、商会多有来往，也是你们朝廷农工商部的座上宾。不要说勋王爷，就是太后见了也要给上我三分面子，扳倒勋王这个病痨鬼实在不在话下。"

薛三纳头便拜："林会长，今儿我薛三走狗屎运遇到贵人了！载澜那小子就知道吃喝玩乐，勋王的家底早晚会被他败光。还不如跟了您老在牛栏山开天辟地，一起干大事。"

林松扶起薛三："这事儿要从长计议，你权且还跟着载澜。"

"那要等到什么时候？"

"快了。多则一年，快则半载。"林松眯着眼睛，笑得很诡谲。

京城里不知道从何时起变得躁乱不堪。

操各种口音的义和团拳民从四面八方涌进京城。他们在街市上设坛请神，吐火练功，一时间把四九城外搞得鸡飞狗跳。去勋王府的路上，载澜和阿林保不时会被拳民截停盘问，一直延宕到掌灯时分才到王府门前。

载澜抱怨道："不知道太后老佛爷是怎么想的，放这些腌臜的拳民进京，闹得皇城乌烟瘴气的像什么样子！"

阿林保道："这才是老佛爷的高明之处呢。那些洋人一直跟朝廷对着干，正好让这些无法无天的拳民来对付他们，出了事朝廷再出面当好人。要是拳民死了正好，又不折我大清国一兵一卒。"

两人说着话进了府门。

勋王爷这几日昏昏沉沉的，进食也减了不少。听得阿玛刚刚睡去，载澜带着阿林保去了老福晋的屋。老福晋形容枯槁，坐在灯影里犹如活鬼一般。阿林保叫一声"老福晋吉祥"，打千跪下。

"这跪着的是谁啊？"老福晋眯着眼睛瞧了半晌。

载澜道："额涅，这是阿林保，他小时候见过您老的。"

老福晋恍然："阿林保小阿哥？知道，知道。记得道光老佛爷在时，你额涅抱着你来过王府，那会子你还穿开裆裤呢。"一面伸手作势搀扶，让阿林保起身。

阿林保在春凳上搭了半边屁股道："老福晋好记性，只是我额涅前年已经过世了。"

老福晋叹息一番，又问阿林保几个孩子。阿林保道："有两个阿哥，两个格格。按规矩，老大日后降级承袭爵位，还可做个不入八分镇国公。只是我那老二溥珲人颟顸得很，也不好好读书，整天跟些闲散宗室混在一起提笼架鸟，实在让人头疼……"

老福晋听出了话外之音，不由瞧载澜一眼，眼光里颇有抱怨，遂闭了眼，犹如睡着一般。载澜使个眼色，阿林保捧起放在地上的匣子，轻声道："老福晋，我这里有些孝敬。"老福晋这才睁开眼，轻轻打开匣子，珠光宝气把脸都映得红了。

阿林保近前一步，弓着腰道："老福晋，老祖宗，我家老二的事儿您得开开金口。"

老福晋叹口气道："这忙我怕是帮不了。你家勋王爷做主时，那些六部堂官、各省督抚犹如绿头苍蝇一样嘤嘤嗡嗡。可他一病倒，这些人都散了。这做官的事儿，我一个妇道人家哪儿能做得了主？这盒首饰你还是拿回去吧。"

阿林保忙道："我已经为老二捐了个七品的功名，但还请老福晋操心给他找个实缺。"沉吟一下又道，"吏部左侍郎寿耆不是您老的娘家侄子吗？"

载澜忙帮腔："额涅，最好是去顺义县。咱家酒坊可就在那儿呢。姓段的知县处处跟我作对，把他远远调任才好。"

老福晋闭着眼不置可否。载澜凑到老福晋耳边："我的好额涅，现在咱家的花费用度可全指着酒坊呢。"

老福晋这才睁眼对阿林保道："保阿哥先回去，明儿我把寿耆唤来说下试试。"阿林保"嗳"了一声，又恭恭敬敬地磕了头，欢天喜地地退了出去。

京城的局势一天紧似一天。先是拳民把东交民巷的外国使馆围了，刀来枪往的死了不少洋人和拳民。接着朝廷竟然向美利坚、英吉利、法兰西等十一国同时宣战，一时间大清国陷入了剧烈的震荡之中。又过了几日，洋人的联军攻陷大沽口。皇城内外顿时炸了营，北去的官道上到处是宗室官员的家眷。车马塞途，绵延数十里。牛栏山近在京畿，镇上到处是讨水、问路的达官贵人。大户们见了心下慌乱，纷纷酝酿着携家外逃。

兴泰的田产地业加上各地分号遍及数省。峻卿更是昼夜忧虑，一时难以照应周全，只得跟洛芸商议着先把女眷送到多伦。陈家人聚集在老宅，车辆已经备好，只等灵芸点头大家即刻上路。谁知跟上次一样，灵芸不想离开牛栏山，只是催洛芸护送着女眷及早北去。说自己哪儿也不去，就想守着这座空宅子。

峻卿顿足道："这些洋人把天津城的城墙都拆了，哪儿把人命放在眼里？二娘要是有个三长两短，我将来怎么有脸去见列祖列宗？"

灵芸神情淡然："我嫁到你们陈家时就住在这座宅子里，这镜子里、院子里都有你爹的影子。他的坟也就一墙之隔，我住在这儿晚上睡得安生。至于洋人，就任凭他们去吧。"

说话间，段本节到了老宅。

早上，他接到吏部的调任文凭：知任直隶怀来府怀来县，接文后即行交割赴任，不得延宕。大伙儿听了，不明就里。顺义地处京畿，眼下又正是混乱之际，吏部怎么在这个节骨眼上调人？

段本节道："接任我的是阿林保的儿子溥珲。"

峻卿冷笑："这就明白了，一定是载澜趁着乱局把自己人放到了顺义。"

段本节点头："正是如此。可这位贝勒爷挑错了时候，眼下这阵势，在顺义做官怕是脑袋要系在腰带上了。"

菀婷心疼父亲远行，不住啜泣。灵芸拉了她的手，道："菀婷，你爹孤身赴任需要有人照应。我看你还是跟着去吧，正好也可以躲躲洋人之乱。"

菀婷泪眼婆娑："娘，那您……"

灵芸道："我没事儿，有峻卿照应呢。"又道，"你把致远和盈儿也一起带去。致远是我们陈家的根苗，绝对不能留在牛栏山。"又看看段本节，"段大人，怀来虽然苦寒，但距离京城遥远，一时兵燹难以到达，段大人倒是因祸得福。要是兴泰侥幸脱险，段大人致仕后就随着菀婷、致远到我们牛栏山养老。"说着话，眼中泛起了泪光。

段本节一眼瞥见灵芸鬓角的丝丝白发，不由想起初见她时正当年轻，满头乌云堆积，可转眼间红颜已是白首。幽梦匆匆，令人喟叹。又想到，灵芸和自己一样，面对着一份坦诚而丰沃的爱，可却只能远远地观望，仿佛那爱是一丛野火，走近了就会烈焰焚身。想着不禁悲从中来，止不住就要掉眼泪，忙虚应一声要回去交割印信，逃也似的走了。

芳子带一众女眷跪在灵芸面前。

"芳子，你过来。"灵芸招手。芳子膝行至灵芸跟前，脸上满是泪水。灵芸拔下金簪："这支金簪陈家正房长媳代代相传。我原本打算等我临终时再传给你，现在看来是等不及了。"她把金簪轻轻插在芳子发髻上，然后左右端详，天光之下簪体闪烁不定。她一时恍惚，好像看到当年自己对镜梳妆，嘉怡为她绾髻插簪，说不尽的情意缱绻，燕侣莺俦。而今一切都烟消云散，仿佛是大梦一场，想着不由得泪如雨下。

洋人从天津河西务、通州一路打过来，京城里乱成了一锅粥。偏偏勋王爷在这个时候断了气。老福晋险些晕过去，载澜忙让家院去唤太医。家院回来说："皇宫早就空了，太后、皇上带着卫队和后宫女眷向山西方向去了。"载澜大惊。好在老福晋这会儿已经缓过劲儿来，让载澜去宗室家下白帖子。载澜道："我的亲额涅呀，洋人马上就进城了，连皇上和太后都跑去山西了，哪儿还有宗室？咱们娘俩得赶紧走，不然就遭殃了。"

老福晋道："你阿玛怎么办？他十多年前就备下了金丝楠木的寿棺，好歹得用上啊。"

载澜连忙唤"来人"，应声的只有那名老家院。

"人呢？"载澜喝问。

家院道："洋人从广渠门攻进城了，大家伙儿都向城外跑呢。"

载澜一听慌了神，再也顾不上什么棺木，命家院赶紧备车。

老福晋道："咱们走了也不能把你阿玛落下啊！"

载澜在屋里转了几圈，一拍大腿："还能怎么办，先用芦席卷了，出了城再说。"

老福晋仰头大哭："你阿玛他可是王爷啊！"

载澜道："额涅，这会儿别说王爷，就是皇上、太后也不顶事儿，咱们还是先顾活人吧。"看老福晋一身珠光宝气的，又道，"额涅还是换身衣服吧，您穿这身咱们根本出不了城。"遂找了身婆子的衣服给老福晋穿上，脸上又抹了一层锅底黑。

老福晋在镜子前一照，不由得恸哭失声。

载澜顾不上额涅，把黄带子解掉，头发挠得蓬乱，穿了件下人的粗布衣裳。又手忙脚乱地收拾细软，将蟠龙玉佩用布包好放在怀中。收拾停当，这才招呼家院用芦席卷了阿玛搭上马车。老福晋抹着眼泪上车，恋恋不舍地离开王府。街上到处是乱窜的饥民、逃兵。载澜知道洋人从广渠门进城，东便门、朝阳门、东直门也有洋人攻城，现在只能反向而行。一路跌跌撞撞地随着人流挤出广安门。出了城门，又折向牛栏山而去。哪知道出城时人潮汹涌，把家院挤丢了，只得出高价雇了个强壮点的饥民做马夫。一路到了牛栏山镇外，看官道旁野地里无人，载澜让马夫停车草草地把勋王爷埋了，又用树枝在坟头上做了一个记号。一旁老福晋哭得惊天动地。

牛栏山镇早已空空荡荡。

福恒昌大门紧闭。载澜踹了几脚，薛三方才露出半张脸来。载澜一把推开，急火火地进账房收拾金银细软，潦草地打了个包袱。

"贝勒爷，您这是哪儿去？"薛三追在屁股后面问。

"多伦，我投靠那王爷去。洋人现在最恨皇上太后，要知道我是宗室还不得剐了？酒坊你先看着，等太平了我再回来。"

"可是爷，这兵荒马乱的要是有人讹咱们家产怎么办？名不正言不顺地我如何照应？"

"要凭证是吧？等着。"载澜拿起笔伏案疾书："乱世流离，难安故地。今将福恒昌一应家产托薛三照应，生意往来，悉可自主。"在纸尾匆匆按了手印签了名字。屋外，听得老福晋在哭喊："儿啊，你去哪儿了？"载澜心急忙慌又把地契拿出来托薛三保存，道："有了凭证和地契，福恒昌目下你做主。"言毕，脚不沾地地出了账房。

薛三在他身后喊："贝勒爷什么时候回来？"

载澜头也不回——"等洋人走了就回。"

洋人很快就占了京城。思皓和瑜卿把分号封了门，又托一个城里的老户看管，匆匆赶回牛栏山。峻卿问起京城的情况，思皓禁不住掉了泪，说现在的北京城分明就是人间地狱。洋人到处烧杀抢掠，街上早已经血流成河。八个国家的洋人还在京城划分了地盘，听说东四以北是日本人的地盘，距离牛栏山很近。峻卿听了连忙催促思皓夫妇上路北逃。

思皓和瑜卿走后不久，兴泰门前来了一队人马。

第三十七章　占鹊巢

听到敲门，德旺顺着门缝向外张望，只见台阶下站着一队穿藏青色咔叽布军装的持枪兵士，看样子不是大清国人。被护卫在中间的正是林松。薛三哈着腰，毕恭毕敬地跟在林松身后。

"林松先生。"德旺忙打开门。

林松没有开口，倒是薛三说了话："去把你们大掌柜叫出来。"

林松面无表情地进了酒坊。德旺不敢阻拦，连忙到曲房去找峻卿。薛三搬出一把太师椅放在院子中间，恭恭敬敬地服侍林松坐下。

峻卿正在曲房跟吴老和一起忙活，听说林松来访暗觉诧异：当下乱局，何苦冒险从海外来中国做生意？远远看见林松，峻卿忙迎上去抱拳："林会长好，哪阵香风把您给吹来了？"

薛三向前站一步道："重新认识一下，这位是日本国新潟烧酒株式会社的小林社长。"

峻卿等人顿时呆了。

吴老和哼了一声。他原本就怀疑林松的身份，只觉得此人神态形貌口音都很怪异，闹了半天却是一个日本人。

"陈会长，"小林开了口，"明人不说暗话，这次来是为了你的秘方。说起来咱们还是同行，鄙人家乡新潟是日本的酿酒之乡，我们小林家族是日本国最大的酒商。上次鄙人的牛栏山之行就是来看看虚实，把你们的烧锅工艺带回新潟。"他又看一眼吴老和，"我对这位吴师傅印象很深。他是难得的人才，若是吴师傅愿意，我可以把你带到日本……"

吴老和重重地哼一声，别过头去。

峻卿气得手抖脚颤："这秘方是我陈家的独传，不能传给外人。"

小林道："外人？陈会长得搞明白，这个世界本来就是弱肉强食。别说你一个酒坊，就是大清国还不是被联军瓜分了？东北是俄罗斯的，胶州湾是德意志的，广州是法兰西的，台湾是我日本国的，大清国的土地上到处是你口中的外人，大清国民不过是俎上之肉，可你们又能怎样？"他阴鸷地盯着峻卿，"陈会长，秘方到底藏哪儿了？"

峻卿昂首道："秘方在哪儿是我陈家的事儿，不劳外人费心！"

小林阴笑："你这种态度我早就预料到了。"使个眼色，两名日本兵将峻卿推到荷花缸前，又揪住辫子把头按进水中。吴老和跟德旺才欲上前，却被兵士拦住。

小林神态悠然地拿出怀表看着，将近两分钟时叫一声"停"。峻卿脸色苍白地躺在地上，狂咳不已。

"陈大会长，想通了吗？"小林走过去蹲下。

峻卿闭目不语。

"好骨气！"小林站起身又一挥手。

兵士们再次把峻卿按进水缸。

"住手！"门口站着灵芸。

小林喝一声"停下"。兵士们松开手，任峻卿躺在地上喘息。

"这位夫人是？"小林问。

"她是陈家的二奶奶，陈俊卿的二娘。"薛三说。

小林一副恍然的样子："噢——早就听说陈家二奶奶精明能干，今天一见果然练达。"

灵芸目不斜视："听说日本国也尊孔崇儒受过圣人教化，怎么无故闯到我家还要伤人夺财？"

"二奶奶果然伶牙俐齿。"小林昂首大笑，"你们大清国人还有另外一句话，叫作'人不为己，天诛地灭'。今天我把话摆在这儿——若是陈大掌柜不把秘方交出来，那他就会被一直折磨到死为止。"略一举手，兵士们架起峻卿又要向荷花缸里按。

"停下吧。"灵芸道，"知道秘方的又不是峻卿一个人，我也知道。"

小林歪着头打量灵芸："二奶奶什么意思？"

"把他放了，我把秘方交给你。"

"这么说你知道秘方在哪儿？"

"不，秘方在哪儿只有大掌柜知道。你应该知道我也做过大掌柜，秘方早就刻在脑子里了，抄写下来还不一样？中国人在乎名节，峻卿是男人，是大掌柜，要是丢了名节还不如杀了他。我一个乡下的妇道人家，名节这东西我不在乎，骂名就由我来担吧。"

小林紧绷的面部肌肉顿时松弛下来，拍一下巴掌，叫声"好"："二奶奶果然爽利，这买卖做得。放人！"

灵芸让德旺拿了笔墨，就着石磨铺开纸页。

"二娘，秘方不能给……"灵芸才举起笔却被峻卿一把攥住，两人的手因为用力而剧烈抖动。

"秘方是死的，人可是活的。"灵芸用力掰峻卿的手。

"不行，秘方给了日本人，我就没脸活了。"

"我说过了，秘方是死的。何况给日本人秘方的是我，不是你！"灵芸将峻卿的手指一根根掰起。峻卿冲天大吼一声，坐在地上恸哭。

灵芸匆匆写下最后一笔。因为有了眼泪的浸染，墨迹骤然洇开，犹如一朵墨色的花。

小林接了秘方审视一番，又盯住灵芸："二奶奶没有骗我？"

灵芸道："兴泰就在牛栏山，我们跑不出大清国。要是秘方错了，小林先生可以随时来找我。"

小林把秘方揣进衣兜，向着灵芸深鞠一躬转身而去。

日本兵却留下了。兴泰和商会的牌匾被扔在地上，代替它的是一块白底黑字的牌子：安民公所。门前还竖起了一根旗杆，兵士们哼唱着哭丧般的曲调升起了一面旗。

段本节一大早就迎候在官道旁。黄土漫漫，到处是扶老携幼的饥民。响午时分，远处来了十几辆马车，周围还有兵士护卫。段本节忙带着一众吏员跪下迎接。车马拖拽着浮尘，云里雾里如同仙境。呛人的尘土中率先跑过来一个脸色黧黑的太监，手中的蝇帚已经秃去半边。细看之下，竟然是马长顺。

"跪着的是哪家？"马公公问。

段本节道："卑职怀来县正堂段本节。"

听到段本节的名字，马公公低头一瞧："呦，段本节，咱俩可真算是有缘啊。"又问，"宣化府尹可在？"

段本节踌躇未答。马公公知道府尹已经逃离，也不过多询问，忙唤段本节起身接驾。段本节端着官服前襟躬身走到第一辆马车前跪下，大声道："臣怀来县正堂段本节接太后、皇上、皇后圣驾。"

马公公掀开车帘，段本节不敢抬头，只听得一个沉郁的女人声音："段本节……我知道你。你不是在顺义吗？什么时候到的怀来？"

"回太后，臣刚到半月。"听得是女人，段本节知道是太后。

太后沉吟一下，声音里似乎有怒意："顺义县换的是谁？"

段本节道："是一位宗室叫溥珲的，听说是阿林保贝勒的二公子。"

"真是胡闹！京城被洋人占领，正需要段本节这样的人才护卫京畿，使我京城周边不遭荼毒，派那些只会吃喝玩乐的公子哥去能干什么？我们这些宗室啊，越发颠顶蠢笨了！"太后语气里透着无奈。

马长顺连忙劝慰："这些微末小事儿不值得太后生气，等日后回銮再过问不迟。"又问段本节可曾安排好食宿。

段本节奏道："前面关帝庙已经备下饭食。只是兵荒马乱，都是些粗粮。臣怕太后皇上和宫眷久蒙风尘，还准备了些衣裳跟马匹粮秣。"

马车里"嗯"一声，道："有心了。"

马公公催促："段大人快些带路去庙里。"

向前半里有余就是关帝庙。车队在庙前停下，段本节又跪下迎接。面黄肌瘦的宫女们先是搀下一个穿粗布衣的老太婆来。段本节知道是太后，忙叫一声："臣见过太后。"接着又下来一个年届三十的年轻人，也穿着粗布衣袴，只是眉头紧蹙，一副沉郁神情。段本节又叫一声："臣见过皇上。"再后来是一个肥胖的年轻女人下车，段本节不知道是谁，一时不敢妄语。旁边有宫女搀了，道："皇后小心。"段本节忙称："见过皇后。"

拉拉杂杂的，一群狼狈不堪的男女进了关帝庙。

庙内早已荒废，墙倾屋塌满眼狼藉。院中荒草刚被剪除，新整出一方平地来。正殿廊庑摆着几张桌子，饭菜都被轻纱笼盖。段本节请太后和皇上到偏殿廊下净手。太后才走两步，皇上却对段本节道："死里逃生，哪儿还有那么多讲究？"语气里分明有不满，也不知说给谁听。

太后哼了一声道："即便是生死路上，皇家的体面总还是要的。"又狠瞪一眼，皇上无奈只得到廊下草草净手。待太后、皇上入座，随侍的王公大臣忙不迭地一通狼吞虎咽。太后毕竟讲究些，用一个粗布汗巾半遮着嘴细嚼慢咽。吃到半截，太后停下筷子，看一眼侍立身旁的段本节："你可曾吃过？"

段本节连忙躬身道："太后、皇上身陷兵燹，终日受饥饿之苦，臣安敢饱食？"

一句话竟惹得太后抹起了眼泪，向段本节招手："来，挨着我坐下，添副碗筷一起吃。"

段本节躬身道："臣不敢。"

太后和颜道："让你坐你就坐，不要害怕。"段本节看一眼皇上，这位年轻人正在认真地剥红薯皮，对太后和他的对话置若罔闻。段本节坐下后，太后问他："可是正途出身？"

段本节奏道："臣是同治元年壬戌科进士。"

太后一听"同治"两字不觉掉下泪来。马公公狠瞪段本节一眼，段本节自知失言连忙跪下。

太后道："快起来吧。我贵为太后，可终究也是人母。一提起皇儿来，不觉就掉了泪。"又抹抹泪道，"你也不易，光绪八年还是我贬了你的官，让你去顺义做知县。"对面皇上抬头看了段本节两眼。

段本节道："正是臣。"

太后问："段本节啊，你可记恨？"

"臣不敢。"

太后突然号啕大哭，皇后和一众太监宫女忙围住相劝。段本节跪在地上一动不敢动。

"段本节，知道我为什么哭吗？"太后擦掉眼泪，"我实在后悔啊，当初你代奏的那个富国强民折说得好啊！"又沉吟一下问，"你代奏的是什么人的折子？"

"陈慕卿，当时是光禄寺主簿。后来在水师做千总，黄海船战时殉国了。"

皇上竟然也在偷偷抹眼泪。

"陈慕卿？"太后若有所思，"他家可是牛栏山做烧锅的？"

段本节道："正是。"

太后又问："记得陈家有个漂亮女人。咸丰十年，我随先帝北狩时曾经遇到过，你可知道她？"

段本节道："她叫灵芸，是陈家二奶奶，陈慕卿的母亲。也是——也是臣的儿女亲家。"

太后沉吟良久才道："缘分。"又道，"段本节，日后我和皇上若能回銮，你有事可以直接去内宫找我。"又问马公公，"可记下了？"马公公忙跪禀："奴才记着呢。日后只要段大人去内宫，我一定直接报老佛爷。"

载澜的马车一刻不停地驶向草原。

老福晋一路哀哭，加上道路颠簸不住地干呕，又说头疼得厉害。官道旁有座土地庙，墙塌柱倾，说不出的破败。载澜让马夫停了车，扶老福晋进大殿歇息，又取了干粮服侍她进食。老福晋说心里难受，咽不下去。载澜怕她饿着，再三央求老福晋好歹吃两口。马夫在庙外田地里割了些干草喂马，谁知那马闻了闻竟然扭过头去。马夫一路受了载澜不少训斥，心里正有气，借着牲口指桑骂槐："就连马也拿王府牲口的脾气，不过是一匹老牲口罢了，朝廷都倒了还端什么架子？"载澜听了要出去教训马夫，老福晋忙一把拉住，说："眼下咱是落架的凤凰，哪儿能和下人一般见识？他若生气走了，咱们娘俩怕是只能靠腿走路了。"

载澜只得忍气吞声。

铺好干草伺候老福晋躺下，载澜靠着柱子思来想去一时难以入睡。大约三更天，听得外面一声惨叫，接着是一阵杂乱的脚步声。他知道肯定是马夫遇到了土匪，忙把老福晋背到神龛后面。幸好帐幔败落，丝丝缕缕的，像是隔了一层雾，两个人躲在里面大气不敢出。一阵火光摇曳，又听到有人拿刀乱戳，老福晋吓得险些叫出声来。载澜忙用手捂住老福晋的嘴，在耳边低声叮嘱："额涅，千万别出声。"

土匪看神龛后面蛛丝萦绕过于腌臜，就吆喝着"没人"出了大殿。接着听到外面马嘶人叫，车轮辚辚。等没了声响，载澜才敢探头探脑地向外瞧。月冷星稀，马夫躺在天井中，身下一片血迹。马车连同车上的财物、干粮早就没了踪影。

载澜不敢久留，背起老福晋出了庙。又怕官道上有贼，一路顺着偏僻小道走。破晓时，载澜已经筋疲力尽，又渴又饿。钱财尽被劫去，路上满眼饥民，连讨饭的地方都没有。载澜打听得此地距离丰宁县衙不远，就用老福晋的耳环换了一辆独轮车，吱吱嘎嘎地一直走到正午才到县衙。扶老福晋下车后，载澜抹抹头发，正正衣领，又端出贝勒爷的架子大摇大摆地上了台阶。值守的班头一把拽住载澜的后襟，问他去哪儿。

载澜喝道："来县衙自然是找你们太爷。"

班头上下打量："你打哪儿来，怎么就知道太爷会见你？"

载澜撩起衣襟，露出蟠龙玉佩，道："瞧见没？这玉佩是太宗皇帝恩赏给我老祖的。快去通禀你们太爷，就说正黄旗奉恩贝勒载澜找他。"

班头抱着胳膊，满脸堆着冷笑："我管你什么贝勒不贝勒！眼下连太后、皇上都跑了，大家都是各家顾各家，哪儿还顾得上你一个小贝勒？"

载澜跳脚道："好啊，一个班头就敢顶撞贝勒？这丰宁的太爷怕是要当到头了！"

班头歪一下头，两个衙役连推带搡地把载澜赶下台阶。载澜脚下拌蒜，摔得七荤八素，半晌没有起身，一时分不清身在何处。他心里悲叹，也许大清国真的是气数已尽，就连马夫和衙役都敢欺辱他贝勒爷了。

天寒地冻，老福晋已经说了半天的胡话。看来衙门是指望不上了，只得翻肠倒肚地找值钱的东西。蟠龙玉佩自然不能卖，狠狠心拔下老福晋头上的黄金钗，找当铺换了五十两银子。在客栈住下后，又找郎中为老福晋看病。听客栈伙计说，联军在京城杀人无数。大街上到处都是尸体，野狗吃人后连眼睛都变成了红色。又说，这些洋人奸淫掳掠无恶不作。同治皇后的父亲、户部尚书崇绮的妻女更惨，被那些洋畜生拘押到天坛轮奸。又说洋人极恨宗室，只要听说是皇族就要杀了泄恨。载澜听得心惊肉跳，见老福晋病情略有好转，连忙雇车继续北上。

断断续续走了十多日才到多伦。

安顿下老福晋，载澜直奔那王府。门人听说是宗室避祸，就让人把他带到附近一家客栈，说京城来的好些王爷、贝子、贝勒都住在那儿。一进门，果然好多熟人。个个面目寒酸，衣着褴褛，早没了京城时的气派。见过之后，大家又相互打听熟人的去向。有人说，阿林保贝勒在出城时被洋人用枪打成了筛子。又有人说承郡王路上遇到土匪，银子被抢去不说，家里的女眷也被掳到了山上。承郡王一时想不开就疯了，人也不知道去了哪儿。众人一面听，一面唏嘘。想着阿林保故去，载澜忍不住哭出声来。大家劝慰了一番，又说起那王爷架子忒大，这些天来没露过一次面，吃的住的跟下人一般。载澜听得心里冒火，但盘算着自己早已没了银两，不如先和老福晋住下再说。

一连过了三天，每天都是不重样的几碟菜蔬，清汤寡水的让人难以下咽。宗室们嚷着要见那王爷，王府富管家怒道："你们是来投靠王爷的破落户，一口菜、一杯水都是王爷的赏赐。你们数数京城宗室到底有多少人在多伦白吃白喝，我们那王府的银子又不是天上掉下来的，怎么还任由你们挑三拣四？"

载澜冷笑道："你们那王爷是怎么做的王爷，还不是当年我们康熙圣祖爷的赏赐？当初多伦会盟时，你们王爷的祖上是如何向康熙爷说要仰沐圣恩，永享太平之福的？如今宗室吃你们几顿饭就沉不住气了？"

富管家听了大怒，拍桌子叫人要把载澜赶出去。

载澜自觉伤了面子，一把揪翻桌子，汤汤水水的溅了富管家一身。富管家大怒，命令手下把载澜连同老福晋赶出客栈。又厉声道："今后再有说饭菜不好的一律赶出多伦。"宗室们吓得面面相觑，再也不敢胡乱叫嚷。

富管家又着腰让人把载澜向外推。载澜气得跳着脚骂："朝廷还在呢，你们这些下人不要狗眼看人低。"一转身却瞧见洛芸和胡一疤正站在街角。

"我的贝勒爷，在这儿耍横呢"！洛芸戏谑道。

载澜把老福晋搀到台阶上坐下，走到两人跟前道："洛芸，要是想报仇的话，等我安顿下额涅再说。"身后老福晋喊载澜，问他是不是遇到了熟人。

载澜道："额涅先坐着，遇到两个朋友正说话呢。一会儿咱娘俩找家饭铺吃饭去。"说着话，眼里泪光闪闪。

胡一疤上下打量载澜："按说你这些年也搜刮讹诈了不少，怎么混成这副德行？"

载澜别过头去，道："路上被土匪劫了。"

胡一疤大笑："本来今儿想跟你好好算账，可竟然被同行抢先了，我也饶过你这一遭。日后要是有机会回牛栏山就老实点儿，多积德省得遭报应。"

身后老福晋又在一声声地唤载澜。

载澜应声道："儿子这就来。"又瞧洛芸一眼："我额涅把眼睛哭坏了，得有人伺候。你要想报仇就晚几年，等哪天把额涅送走了你再打我杀我不迟。"说完，蹒跚着去扶老福晋。

"站住！"洛芸在他身后唤。

载澜转过脸："洛芸，你也是条汉子，迟些日子报仇也不肯吗？"

洛芸却道："多伦这地方苦寒得很，你跟你额涅日后怎么活？"

载澜道："这就不劳你操心了，我有手有脚养得活我额涅。"

"你跟着我俩干如何？"洛芸道。

载澜站住脚："跟着你们？干什么？"

"我们酒坊账房还缺个下手。你也是读过书的人，抄抄写写的活儿总还干得来吧？每日管吃管住，还有半吊大子的工钱，这样也不至于把你额涅饿死。"

看载澜欲行不行的尴尬模样，洛芸又道："你别多想，我这也算是回报你。咸丰八年，我流落药王庙又冻又饿险些丧命，你为了收买我做暗桩，让薛三把我救进福恒昌，算是拣回一条性命。当时我说'你救我性命，早晚回报给你就是'。我记得薛三对我说，'你小子怕是一辈子不能如愿了！你这样的穷光蛋拿什么回报贝勒爷'？这些话你是否都还记得？"

载澜苦笑不语。

洛芸哼一声接着道："天道循环，你当年绝不会想到自己会流落多伦，更不会想到我能有回报你的机会。"

"载澜，载澜……"老福晋看不见眼前的情景，心里不托底儿，就一声声地高唤载澜，唯恐他弃自己而去。

载澜突然仰头大笑，笑得不能自己，笑得涕泪俱下。他没想到自己竟然沦落到要仰仗仇人施以援手。可眼下又有什么办法呢？哪怕是洛芸故意侮辱自己，那也好过横尸街头。何况，他的身边还有一个瞎眼的额涅。

"成，只要不让我额涅饿着、冻着，你让我干什么都成。"载澜说得血脉偾张。

听说载澜住进了分号，思皓从膳房找了把菜刀直奔后院，洛芸连忙挡住去路。

思皓红了眼，用力推搡洛芸："让开！载澜让我们兴泰吃的苦头还不够吗？他混到这般田地是老天有眼，还轮得到咱们去可怜他？"

洛芸用力拢住思皓胳膊，夺下菜刀："咱们兴泰恩怨分明，当年他曾救我一命，我这也是还他一命。咱们不欠他的人情账，两不相欠我心里才好受。更重要的是，载澜是牛栏山的人！"

"那又怎样？"思皓大吼。

"昨儿我才知道小林是日本人，他抢走了咱们的秘方。日本人的胃口绝不仅仅是秘方！一旦发现没有圣井水和杨镇白稻壳秘方作用有限，他肯定还会把嘴长得更大，要把整个牛栏山吞掉！你想想看，现在兴泰和福恒昌共同的对手是不是日本人？！"

"所以你想打动载澜，让福恒昌入股兴泰？"

"对，至少应该试一试，让牛栏山烧锅攒成一个拳头！"

思皓扔下菜刀靠在墙壁上苦笑："我的洛芸老舅，你觉得草原上的狼会改掉吃羊的性子吗？"

峻卿一直躺在榻上昏睡谵语。

灵芸让德旺寻遍全镇也没有找到郎中，无奈只得去教堂请神甫来瞧。吃了几天西药还是不见好转，灵芸想找人讨主意，可眼前只有德旺一人。吴老和被日本兵软禁在酒坊，说他是"小林先生的宝贝"，要等着小林回国时带到新潟去做大师傅。

昏睡中的峻卿梦到自己变成了一只蝴蝶，周围晦暗混沌，身后有数不清的蝙蝠在拍翅追逐。他惊恐地扇动翅膀，蝙蝠们却如影随形。"峻卿！"他听到了二娘的召唤。那声音犹如一束光，刺破黑暗，瞬间光芒万丈，蝙蝠们化成一缕缕黑烟，消散不见。

峻卿终于睁开了眼。二娘正在微笑，但眼睛里却泪光闪烁。

第三十八章　返乡

吴老和走的那一天，大雪漫天。

他一直被日本兵困在酒坊里，连大门都出不得，每天只能躲在屋里喝闷酒。这天三更时起夜，听到曲房里一片喧闹，百无聊赖的日本兵正在喝酒嬉闹。酒窖的存酒已经所剩无几。除了供"安民公所"的守兵糟蹋，薛三还不时带人搬酒装车，说是"小林先生要招待盟军"。

吴老和刚要回屋，却听到门口薛三在大声吆喝："快点儿，磨磨蹭蹭地干吗？"眯眼细瞧，只见几个女人正束手束脚地站在院子中央，想来是薛三为日本兵找的婊子。

一个女人的声音："薛爷，老和还在这儿吗？"

薛三嬉笑："怎么，还惦记着你老相好呢？"

仿佛雷霆万钧，竟然是涟雪！吴老和茫然走近，灯影摇摇，涟雪就在眼前。女人一身粗布袄褂，不住地把手捂在嘴上哈气。看到吴老和，女人顿时也呆了，两下里相视无语。

"老和。"涟雪的目光枯萎了，软软的，没有一丝生气。

"你知道这院子住的是什么人吗？是日本人，这些人是畜生！"吴老和突然大吼。

女人们顿时一声惊叫，慌乱地向门外跑。在她们眼里，这些洋人都是喝人血吃人肉的鬼。进北京城时，他们连杀了三天人，皇城变成了一座大坟场。涟雪和姐妹们只好把脸涂了锅底黑，穿上农妇的衣服混出北京城，一路颠沛到了牛栏山。她也动过心思去找吴老和，到底没有底气，思来想去还是投奔了薛三。没想到，薛三却把她们引进了狼窝。

吴老和拉着涟雪向门外跑。女人尖利的叫声刀子般锐利，黑漆漆的夜空被割开了一个口子。身后传来日本兵气急败坏的叫嚷，还有拉动枪栓声。

"老和你快跑，别管我。"女人捧了一跤。

吴老和转身拉起："哪儿来这么多话？快跑，不然没命了！"

枪响了，涟雪觉得像是被什么重物狠撞了一下。血从胸前喷涌而出，在雪地上肆意喷洒。

镖局门前的兵刃架被厚雪覆盖，像一座瘦骨嶙峋的山。吴老和变成了一头狂暴的怒狮，他抽出一杆关刀，手起刀落，有人头在雪地翻滚。枪声大作，他摇摇晃晃地摔倒，感觉身下的雪热得烫人。

涟雪的目光在黑夜中闪烁。

吴老和慢慢爬向她，两人的脸终于凑到了一起。火把四下里乱晃，涟雪还像当年在潮白河初见一样，一张脸俏丽得令人心醉。嘴唇下一粒小小的痣，米粒大小。

"涟雪……我一直想问你，到底后不后悔曾经跟着我？"吴老和问。

两人的手握在一起。

"后悔。"涟雪道。

吴老和失望地闭上眼睛。

"后悔我没能好好珍惜那段日子……"女人说，"要是能回到过去……"

吴老和睁开眼睛，用目光鼓励涟雪。

"我会选择跟你私奔……逃到一个只属于我们的世界……只有你才是真正疼爱我的男人……"女人的手慢慢地松开。吴老和突然觉得眼前的世界豁然开朗，洁白无垠，犹如天国。

清晨，迷雾浓稠得像污血。峻卿和德旺一人拉着一辆柴车走在雾中。直到眼前，灵芸才看清躺在车上的吴老和：眉毛胡须上染着霜，就连睫毛也变成了白色。他在微笑，很幸福的样子。另一辆车上是涟雪，灵芸撩开垂在她额前的长发，脸色苍白无血，却没有一点惊恐的样子，安详得像是在睡梦中。

灵芸黯然垂泪。

峻卿仰天怒吼一声，从院子里拎出一把铡刀。德旺连忙拦腰抱住，灵芸挡在他面前："日本兵个个都有枪，你去不是送死吗？"

"那师父岂不是要白白死掉？"峻卿顿足恸哭。

"你师父不会白死，但报仇不是现在。"

"大清国烂成这样，就连太后皇上都跑了，哪儿还有报仇的日子？"

"等。"灵芸指指灰蒙蒙的天，"有阴必有晴，终有开天的时候。"她掰开峻卿的手指接过铡刀，"先把你师父送走，把他埋在咱家的坟圈子里。老和一辈子为兴泰做事，又是你师父，算不得外人。还有涟雪，她是你师父这辈子最爱的女人，就按照夫妻之礼埋在一起吧。"

雾气在潮白河上不安地涌动。云里雾里，陈家的坟圈子里又多了两座新坟。灵芸擦拭着嘉怡石碑上厚厚的积雪，手冻得通红，指尖却暖暖的，碑身像是嘉怡宽厚的身板。灵芸忍不住拥抱石碑，她分明感受到了石碑是活的，还有怦怦的心跳声。

洛芸和胡一疤在街角瞧见了载澜。

大雪刚过，北风劲吹，载澜辫子散乱地搭在肩上，脸被冻成了黑灰色。他穿着肥大的棉袄，双手拢在袖中不住跺脚哈气。地上摊着一块红布，上面摆放着几件首饰。

"载澜怎么在街上卖首饰？"洛芸吃了一惊。

"这些天你去围场讨账不知道家里的事儿，载澜这小子真落魄了。"胡一疤摇头叹息，"老福晋病得厉害。想来是花销太大，他拉不下脸来求我，只能把他额涅的首饰卖了充作诊费。"

远远望去，有两个人像是看中了载澜的蟠龙玉佩，指指点点地要他摘下来，载澜不住摇头。其中一个突然拖掉玉佩转身就跑，另一个拢了首饰朝反向跑去。载澜一时难以取舍，犹豫之间两人都跑得远了。载澜禁不住放声大哭，满脸都是鼻涕眼泪。首饰不算什么，那玉佩可是太宗皇帝的恩赏。载澜一直视为命根，眼下却被两个混混抢走，日后回到京城如何向朝廷、宗室交代？正哭得天昏地暗，眼前却站了两个人。抬眼一看，是洛芸和胡一疤。

洛芸递过首饰："别哭了，玉佩和首饰都在这儿呢。你要是缺钱可以先从账房支，日后有钱了还上就是。"

载澜接了玉佩和首饰才要答谢，洛芸和胡一疤却已走远。

"你俩站住。"载澜大喊。洛芸和胡一疤停住脚。

"大恩大德我都记下了！若是能回到牛栏山，我亲自到府上向二奶奶和大掌柜请罪！"载澜在风中喊。

对于载澜恶劣的过往，少年致武并没有多少印象，反倒觉得眼前这个人喜欢沉默，也勤谨得很，下了工就去后院房里伺候老娘，偶尔得空儿喜欢待在账房作画。致武喜欢看载澜画画，怯生生地靠近，看着他一笔一笔地绘出那些跃动着生机的花花草草。

载澜也很喜欢这个胖乎乎的男孩。他见致武目不转睛地看他画画，就问致武可喜欢画画，致武说喜欢。又问："先生为何画得这般好？"

载澜道："我们旗人宗室原本规矩大，琴棋书画都是打小就要学的。你若是喜欢我可以教你。"

致武连连点头，恭恭敬敬地叫了一声"师父"。

载澜"嗳"了一声抱过致武，把着他的手在纸上画兰草。正好思皓到账房支银子，一眼看到立时沉了脸："致武回书房去！别让这人带坏了你！"

致武见姑父发怒，只得恋恋不舍地丢下笔。又向载澜鞠一躬，道："先生我先回书房了。"载澜点头。

思皓见账房先生不在，冷哼一声重重关门而去。

这天夜里传来载澜的一声凄厉号啕。

老福晋去了。

第二天在后院扎了灵棚，洛芸吊唁后让小山东帮着照应。小山东一百个不情愿，但又不敢违拗洛芸，按照吩咐买了一具好棺材把老福晋入殓了。载澜向避难的宗室们报了丧，稀稀落落地来了几个落魄的王爷、贝勒，都是烧了纸，略问候几句就迫不及待地去了。奠仪也不过多则十多两，少则几吊大子。载澜看了，心下凄凉。又苦于棺木无处安置，一面守孝，一面哀叹，脸上终日挂着鼻涕眼泪，狼狈不堪。洛芸心里不落忍，又去城外喇嘛庙施舍了银子，将棺木暂存庙中，等着南归时再运回京城。

载澜在庙里守过三七又回到分号。他虽然心里感激，但到底放不下宗室的架子，只是嘴里称着谢，向洛芸抱拳微微一躬。

出门时正好遇到思皓。载澜一揖："鲁掌柜，我有话说。"思皓哼了一声站住脚。

"我以前做了些混账事，今儿向您赔礼。"载澜又是一躬。

思皓冷笑："我差点被要了命，你这么轻飘飘地一躬就想了事？天下哪有这么容易的事儿？"

"鲁掌柜想要我怎样？"

思皓左右瞧瞧，指着账房对面小山般的木桩道："这些木桩是做木炭的，号里急着用。到明儿早上要是你能劈完的话，咱们之间的事儿就一百了。"说毕，头也不回地走了。

这一晚对载澜来说是人间炼狱。

他一刻不停地挥动斧头。北风穿透脊背，五脏六腑都被吹得冰凉，血脉几乎冻结。远处谯楼梆响，二更、三更、四更，他心如油煎。种种遭际和憋屈堵塞在心中，唯有汗水才能疏通经络。于是，他拼了命地劈砍，那些木桩就变成了洋人、土匪和富管家。

平明时，小山似的木桩终于变成了木柴，一根根有条不紊地垒成了堆。

芳子上街买水粉时遇到一个叫花子。那人正裹着破棉袄坐在太阳地里抓虱子，面前放着一个缺角的破碗，里面搁着几个大子。他满头纷乱的白发，手指甲鬼爪般吓人。偶一抬头，脸色像陈年树皮，粗糙、枯槁、毫无生气。芳子见他可怜，就向碗里放了几文钱。哪知道花子一把拉住芳子的裙角，抬头死死盯着她。女人吓得躲进首饰楼，等伙计把叫花子赶走才敢出门。

没承想叫花子就在街角拢着手等她。

"太太别怕，我有话说。"叫花子的声音苍老沉郁。

芳子吓得大气不敢喘："我又不认识你，有什么好说的？"

叫花子抬起枯枝般的手指："你的金簪……"

芳子吓得魂飞魄散，这叫花子原来是看中了她的簪子！

"你可认识灵芸？"叫花子流下两行清泪。

"她是我的二娘。"

"二娘？"叫花子盯着她，"这么说你是她儿媳？"

芳子点头。

叫花子从怀里掏出一个银色的长命锁来："你把这个给她，就说我想她。"

芳子手抖得厉害，顾不得多想一把接了长命锁，又问叫花子怎么称呼。叫花子苦笑说："我也不知道我是谁。"说着话，人蹒跚着远去。

芳子回到分号和女眷们说起此事。瑜卿、新荷、杏儿拿着长命锁看来看去，也没猜出个结果来。

来年七月，天气正热，德旺去镇上买菜，路过兴泰酒坊时却发现大门敞开着，"安民公所"的牌子被抛在台阶下，上面还踩着许多脚印。德旺不敢大意，探头探脑地向酒坊里瞅，院子里空荡荡的没有人。他大着胆子进了院，只见一片狼藉，就是不见人影。又到曲房、酒窖看了一眼，里面到处是破碎的酒甄和坛子，酒液污地，空气里弥散着浓郁的酒味。

德旺一路向镇外跑，撞开老宅的门哭嚷："二奶奶、大掌柜，东洋人滚蛋了！"

峻卿一把揪住德旺的衣襟："你是不是疯了？"

德旺摇头："大掌柜，我没疯。是真的，咱们酒坊里一个人影都没有！"

白德利兴冲冲地进了门："大掌柜，东洋人真的滚蛋了！我刚从京城回来，满街是撤退的洋人，老百姓正在放鞭炮呢。听说是李鸿章跟洋人签了合约，太后和皇帝这几天就要回銮！"

峻卿又喜又忧："一准又得赔银子。"

"那还用说？这次是多少来着？"白德利拍一下脑门，"说是赔洋人四亿多两白银。"

灵芸叹息一声："这些银子到头来还不是从老百姓腰包里掏？"

白德利道："二奶奶，管他从谁腰包里掏，东洋人一走咱们就能酿酒了。再这么拖下去，大家伙儿可真就揭不开锅了。"

峻卿道："白掌柜说的是，咱们先把酒坊打扫一下，让德旺去多伦把家眷们接回来，秋酿或许还能赶得上。"又沉吟一下，"上次小山东回来时说载澜也在分号做事，不知道这次回来后还会不会跟咱们作对。"

白德利冷哼一声："我不知道洛芸是怎么想的，收留载澜这种人不是养虎为患吗？福恒昌跟咱们兴泰一直不对付，目下载澜低眉顺眼那是因为迫不得已，一旦得势还是会吃人的。"

灵芸摇头："你俩啊，都没有明白大师哥的意思。牛栏山这方水土日本国可没有，小林拿着秘方回去，一准还得回来。对付日本人，单靠咱兴泰一家不行。不管怎样，福恒昌也是镇上数一数二的大酒坊。他是想着兴泰能跟福恒昌一起拧成一股绳，攥成一个拳，让日本人的念想落空。"

白德利叹一声："得嘞，您说的都对，那咱们就看将来吧。"

回家的路山高水长，车队从多伦浩浩荡荡地奔向牛栏山。女眷还有孩子们兴奋地打量着官道旁的山山水水。尽管来时已经走过，可那时哪儿有心情看风景？眼下就连道旁的狗尾草都显得那么生机勃勃，那山，那路，那云，还有道旁的花，都充盈着热烈的希望。

队伍的最后是一辆拉棺木的马车。载澜骑马跟在车后，他想拉回京城后向内务府上表，按照亲王之礼将额娘和阿玛下葬。

半道上，致武的马伤了腿。载澜策马追上来，叫一声"致武"，一把将他拉上马，两人共乘一骑。

"致武，太后和皇上回銮，明年一定会开恩科，秋闱时拿个举人回来如何？"载澜大声问。

"先生放心，在多伦这些日子我也没荒废功课。"

载澜若有所思："先前那帮读书人闹事也不是没有道理，大清国太需要人才了。这次国难我才明白，咱们大清国再这么混下去还得挨揍。"

"先生回牛栏山后准备怎么办？"致武问。

载澜道："早就想好了。东洋人势力大，只能福恒昌入股兴泰，咱们撂着膀子一起干！"

"想好了？"

"想好了！"

芳子从车窗里看见，对瑜卿和崇秋道："你说载澜这人，怎么像是换了一个人似的？"

瑜卿道："古话说江山易改本性难移。他现在低头是迫不得已，一旦得势怕还得尥蹶子。"

青黛色的牛栏山像是画师的刻意洇染，淡淡地在天边浮现。女人孩子开始大呼小叫："快看，牛栏山！"官道上到处是"驾、驾"的策马之声，人人归心似箭，恨不得马上就能听到牛栏山风吹万木的轻啸，闻到潮白河湿润清洌的气息。

灵芸、峻卿和德旺、白德利站在酒坊前。近了，马蹄嘚嘚；近了，烟尘滚滚。女人终于看到了大师哥和他身后的车队。

"大师哥！"灵芸顾不得体面，摇着手大声喊。

洛芸远远地望见灵芸。那年他带着师妹在天桥看摔跤不小心走散时，灵芸就这样无望地站在人群中大声疾呼"大师哥"，孩子般挓挲着双臂，迫切想得到亲情的拥抱。洛芸跳下马一把拉住灵芸。接着是女人们，跳下马车一路跑着，脸上挂着泪。她们把灵芸拥在中间，用力地拥抱，像是要把对方嵌进自己的身体。

灵芸抹掉眼泪："好了，好了，咱们这般闹再让人笑话。酒坊已经收拾好了，今儿咱们好好热闹一下。"

只有一个人是沉默的。

载澜蓬头垢面地牵着马缰，进退失据，脸色尴尬。灵芸走出人群，行个万福："载贝勒。"

载澜恭敬地打躬："二奶奶安好。"

"听说您一直在多伦分号帮忙，这一年辛苦了。"灵芸说得和风细雨，又心里暗惊，才一年时间，载澜眼中的乖戾之气竟然没了，柔柔地罩上一层和善，像是换了一个人。

"是洛芸大哥收留了我和额涅，这恩情一辈子都忘不了。"载澜说得情真意切，"今儿是你们家宴，我就不叨扰了，来日再专程拜谢。"说完，转身欲去。

身后致武叫一声"先生"，载澜站住脚。

"等我去找您学画画。"致武说。

"嗯。"载澜郑重地点头。

这次重逢已经相隔一年。灵芸心里高兴，竟然也喝了几杯酒。问起多伦的风土人情，瑜卿说，那地方虽然人少天寒，但还算富庶，都是贩卖皮子、烧酒、牛肉的商人，就连个叫花子也很少见。

芳子道："二娘，瑜卿这么一说我倒想件事儿来。前些日子我在多伦遇到一个叫花子，大约七十岁年纪，他说要我向二娘捎一样东西。"说着从荷包里掏出长命锁来。

灵芸接过一瞧脸色大变，急切地问："那个叫花子去了哪儿？"

芳子摇头："他只是让我把这个给您，还让我捎信说他想您。"

灵芸把长命锁捂在胸前号啕大哭。

坐在邻桌的洛芸看得一清二楚。师妹小时候一直戴着这把长命锁，直到十多岁时师父才替她收了起来。他万万没有想到，师父竟然会出现在多伦。

"芳子，你为何不早些告诉我？"洛芸的眼里也噙了泪，"那个叫花子是我和你二娘的师父。"

芳子悔道："我哪儿知道这些？起先还记着，后来一忙就没跟您老人家说。"

洛芸道："说来也怪，师父怎么知道芳子是陈家的人？"

灵芸抹抹眼泪："一准是看到了她头上的金簪。当年，这把金簪是嘉怡让师父转交给我的。"又哽咽道，"没想到他老人家竟然落到这般田地，我们做弟子的在这里吃香喝辣，他老人家却在冰天雪地里讨饭……"说着眼泪又止不住掉下来。

洛芸拍案而起："师妹放心，我明儿再回草原去。就是把多伦翻个底朝天也要把他老人家带回来。"灵芸再也无心欢叙，让新荷搀着进了屋。

一室肃然。

街上突然传来一阵呼喝声，远远地，仿佛载澜的声音羼杂其中。

第三十九章　末路长啸

走到酒坊前载澜才吃惊地发现匾额被换了——"福恒昌"变成了"日升"。他刚上台阶就被门房拦住，恶声恶气地问找谁，载澜一巴掌将门房打得转了一个圈。坐在门槛里的几个伙计一窝蜂围上来，牢牢把住载澜的胳膊。细瞅之下，一个个都是生面孔。载澜斥道："哪儿来的狗奴才？连你家贝勒爷也不认识？！"

原来这些伙计全是薛三新换的。

他们见载澜蓬头垢面，穿着粗鄙，哪里放在眼里？一起用力将载澜揉倒在阶下。载澜叫着薛三的名字大骂。正在不可开交时，一身锦裘的薛三出现在大门口。他不知何时剪了辫子，齐脖颈的长发溜光水滑。

薛三嘴里叫着"贝勒爷"，躬身把载澜揉起，又恶狠狠瞪几个伙计一眼，道："这是咱们酒坊的老东家。你们真是瞎了狗眼，日后老东家再来，一定要客客气气的！"载澜听了，险些气得吐血。他忍着气到客厅坐定，又瞧见中堂上自己亲手画的梅兰图被换成了一轮嫣红如血的太阳，四周光芒万丈，落款是"明治三十三年，小林"。

载澜喝道："薛三，你老实交代，门前的匾额为何换成了日升？这幅画的落款又是什么鬼年号？"

薛三讪笑："我的贝勒爷，可不敢乱说。这不是什么鬼年号，是人家东洋皇帝的年号。咱们福恒昌被日本人收购了，小林先生是日本国新潟烧酒株式会社的社长，也是日升号的经理。"又提醒道，"您当初可是写了文书将福恒昌全权交付于我的，如何处置自然是我做主。"

"噢，我明白了。"载澜向薛三轻轻勾手，薛三佝偻着身子凑过去。载澜抡圆巴掌，如同惊雷狂奔。薛三觉得脑袋嗡的一声，结结实实地摔在地上。载澜还不解恨，上前一阵拳打脚踢。听见主子惨叫，伙计们忙进屋搭救，又把载澜合力揪了出去。

载澜用力拉住门框，向薛三狂吼："姓薛的，你等着！我连夜到步军统领衙门告你里通外国，霸占宗室财产，好歹也要将你砍头！"

薛三掸掸身上的土，负手围着载澜转了一圈，不住冷笑："我的贝勒爷，您老还要去步军统领衙门告我？知道京城什么情况吗？别觉得太后、皇上回銮了就有了靠山。您是不知道李中堂是怎么求爷爷告奶奶装孙子才把合约签下来的。"又突然冷脸，"告诉你载澜，洋人第一个要惩办的祸首就是太后老佛爷。要不是张之洞大人抗议，恐怕这会儿太后也要进监牢了。后来老佛爷拿近亲宗室毓贤、启秀顶账，两人连同汉臣赵舒翘都被朝廷当成首恶杀了。你掂量一下自己的分量，她老人家有心情管你这破事？"

载澜听得惊心动魄。连日颠簸，耳目闭塞，他没想到朝堂之上竟然出了这么大的事儿。薛三笑道："我说贝勒爷，今后您也打不得我。我现在是东洋人的雇员，您瞅瞅咱这头发——"又揪一把载澜的辫子，"这条脏辫子咱给剃了。这日升是东洋人的酒坊，您要是再敢动我半根手指那可就是外交纠纷，小心老佛爷拿你顶缸！"

大门"咣当"一声紧紧关闭。

载澜失魂落魄地走下台阶，抬眼望，日升酒坊的匾额横亘如刀，就悬在头颈之上。目下，京城他不敢回去，福恒昌也变成了东洋人的酒坊，堂堂贝勒竟然无家可归。一时想着懊恼塞胸，恨不得一头撞死在拴马桩上了账。踌躇多时，只得和马夫一起将勋王爷的尸骨启出，暂且把两具棺木拉到了元圣宫。寒风萧瑟，古柏交横，载澜坐在断壁残垣间独对两具冰冷的棺木。往事历历，嘉怡、灵芸、峻卿、洛芸、思皓、胡一疤，还有勋王爷、阿林保、许公公、薛三，这些人影在心头眼前来来往往，犹如皮影戏一般。

好容易撑到天亮，载澜忍着痛寻根木棍权当拐杖，一瘸一拐地向县衙走去。他不甘心。这块土地毕竟属于大清国，一个皇家宗室的酒坊怎么就变戏法一样成了东洋人的？晌午时分，人才挪到县衙门口。门首的班头连忙拦住，问他找谁。载澜哑着嗓子，指指腰间的蟠龙玉佩："我，贝勒载澜，我要见溥珲。"班头原是见过载澜的，听他这么一说，仔细辨认才发现真是原本锦衣华服的贝勒爷，忙到后堂禀报溥珲。

半天时间，溥珲才出门来向载澜一揖，道声"侄儿溥珲见过贝勒爷"。载澜素知溥珲不学无术，又见他面色暗晦，哈欠连天，知道昨晚肯定又一夜未睡。在后堂花厅坐定，载澜问起阿林保的事儿。溥珲道："家父被洋人枪杀，当时京城正乱，侄儿也不敢擅自入城。后来局势稍好，听说找不到苦主的尸体都被拉到西直门外乱葬岗了，侄儿就到乱葬岗去找。那些尸体堆得跟小山一样，又被野狗啃噬得面目全非，只得烧了炷香焚了些纸钱回来。"

载澜听了心里无限悲凉。没想到阿林保一辈子锦衣玉食，临了却被喂了野狗，心里忍不住骂溥珲混账。他又把酒坊的事儿说了一遍，溥珲紧皱眉头道："这事儿我是知道的。您也太过大意，怎么写了张托付家产的条子给薛三，何况他的手里还有地契？这官司还如何打？"

载澜拼命遏制心中涌动的愤恨："这么说来，福恒昌怕是一辈子要叫日升了？"

溥珲点头道："怕是如此。不要说薛三手里有地契，即便没有侄儿也不敢过问。您没看他背后的主子是谁？是东洋人。打京城的联军拢共三万多人，单东洋人就占了两万多，这八国联军里面最狠、最阴险的就是东洋人，侄儿可不敢惹。"

载澜怒道："如今东洋人已经撤出京城，你怕什么？"

溥珲不住摇头："您老一直在塞外，消息闭塞。这次李中堂跟东洋人签订的条约里可有规定，人家要护桥、护路，在北京、天津、塘沽、山海关等地都驻扎着兵马，叫什么清国驻屯军。您老想想看，从古至今，哪儿有自己国家驻扎外国军队之说？咱们大清国就跟玉盘摔在地上一样，早就变成八瓣了。"

载澜愣怔片刻，突然狂笑，前仰后合地不可遏制。溥珲忙唤人去叫郎中，说："贝勒爷得失心疯了。"

载澜大声道："我载澜没有得失心疯，是朝廷，是大清国得失心疯了！"他用力将茶杯摔在柱子上，碎屑四溅，一地璀璨。而后摇摇晃晃地出了花厅，笑声透着悲怆绝望……

这年春上，避难的人们逐渐回到了牛栏山。他们惊异地发现，福恒昌的匾额换成了日升，薛三的辫子也变成了四角齐的散发。他身着绸缎大褂，手里拄着一种被洋人叫作文明棍的手杖，透着八面威风。经常出入日升号的是一些身着洋服、体形矮小的东洋人，还有大大小小的朝廷官员。而酒坊原来的主人载澜却狼狈地栖居在元圣宫，他辫发散乱，面色黝黑，深居简出，完全没了先前趾高气扬的样子。

人们慨叹世事无常。

峻卿和其他酒坊掌柜忧心忡忡地观察着日升号的一举一动。福恒昌被日本人占为己有，就像是一颗果子上的烂点，会慢慢地腐蚀、浸染，直到这颗果子彻底烂掉。兴泰当然不能期望独善其身。日本人之所以先从福恒昌下手，仅仅是因为载澜的疏忽。小林已经手握秘方，他站稳脚跟后肯定会将牛栏山的酒坊一个个吞掉。灵芸和峻卿明白，两百年来兴泰最强大的对手来了，而且这个对手来自远隔重洋的异族。他们不能不打起十二分精神应对这个前所未有的对手。

日升号门前不时会有拉货的马车停停走走，没人知道车上的麻袋里装着什么东西。小山东决定走一着险棋，他喝过一碗烧锅后，推着独轮车摇摇晃晃地撞向马车。绑在独轮车前面的铁钎扎破麻袋，白色的稻壳撒了一地。小山东忙作揖打躬地告罪，日升号伙计以为是个醉鬼，围着一顿臭骂了事。

峻卿正和掌柜们商议开工的事儿，小山东气喘吁吁地跑来报信儿，说日升号正在大量收购杨镇白稻壳。峻卿顿觉眼前一黑，杨镇白稻壳是兴泰烧锅秘方中的主要辅料。如此说来，小林正在按照秘方做酒。

从京城回来的思皓又带回一个更让人忧心的消息：日升在京城开了分号。掌柜们一听顿时炸了锅，日本人已经掌握了兴泰的秘方，背后又有东洋金主支持。大清国那些麻木不仁趋炎附势的官员们根本指望不上，兴泰孤军奋战，怕是难逃落败的命运。更让大家揪心的坏消息还在后面，思皓说朝廷新成立的商部刚刚颁布《商标注册试办章程》。

白德利听得一头雾水，问："何为商标注册？"

思皓拿出章程供掌柜们传阅，道："临回来前我已经打听清楚。所谓商标就是以图形、文字、记号为商标要领，一旦在商部注册，别人就不能再用商标名号。我让伙计偷偷去了一趟日升分号，他们的坛子上都印着一个太阳和牛栏山形状的图形，下面写着'牛栏山烧锅'。我这才知道，这个图形和文字就是商标。"

峻卿怒道："牛栏山烧锅是我们祖宗用了几百年的名号，怎么就成日本人的了？"

一旁正在看章程的韩天福突然嚷道："你们听听这段——唯注册之商品，同为行销中国之货物，华洋商注册公费及保护之法，自应无分轩轾。大伙儿说说，这朝廷到底是百姓的朝廷还是洋人的朝廷，怎么处处为洋人的利益着想？"

思皓叹道："韩掌柜有所不知，这章程本来就是由海关总税务司一位洋人雇员制定的。朝廷被洋人打怕了，哪儿敢说半个不字？商部只管颁布执行，才不管百姓的死活。"

白德利对峻卿道："大掌柜，烧锅商标要是被东洋人注册了，咱们以后恐怕连牛栏山这三个字都碰不得了！"

早春二月，从牛栏山俯冲而下的风还是冷的。载澜把辫子在脖颈上绕了两圈，嘴里衔着辫梢在元圣宫殿后挥锹挖土。他要把勋王爷和老福晋埋在这儿。原本，依着勋王爷的爵位是可以葬在西陵的，可太后回銮后下诏变法，要取外国之长，去中国之短，实行新政。各部衙门乱作一团，都在为自己的前程忧心，谁还顾得上理会一个死去的老王爷？载澜去了礼部几次，连官员的面都不曾见上。几番折腾，心灰意冷，眼看天气越来越热，只能把棺木葬在元圣宫后的柏树下。

天边涂满阴郁的暮色。

致武来了，一声不吭地帮载澜挖坑。终于筋疲力尽，两人抛下铁锹倚着土壁瘫倒。

"先生，日升号要注册烧锅商标。"致武喘着粗气说。

载澜急道："大掌柜呢？这可是要命的大事儿，不能袖手旁观。一旦日本人注册了，以后咱们的酒不能再叫牛栏山烧锅了。"

致武不由一怔，载澜的急迫之情是一种只有亲人之间才会有的关切。

"先生，你把自己当成牛栏山人了。"致武说。

载澜靠着土壁喘息："以前福恒昌跟兴泰斗，跟其他小酒坊斗，那都是咱们牛栏山人自己的事儿。可日升就不一样了，它是日本人的，它不属于牛栏山。它是盗贼，是小偷。"

"可眼下连朝廷都要看洋人的眼色，我们又能怎么办呢？"致武叹息。

载澜撑起身子："致武，你说咱们要从这个坑爬上去得怎么做？"

致武道："搭人梯自然可以上去。"

载澜踩着致武的肩膀爬出土坑，然后又拽上致武："带我去见你爹，咱们一起从坑里爬出来。"

掌灯时分，峻卿无心吃饭，靠着凉亭柱子抽烟。星火粲然，映着他的一腔愁绪。烟丝是思皓托人从南洋捎回来的，劲大，烟浓，一口抽下去就呛得人咳嗽。他躲在烟雾后面，眉心皱成了一团。兴泰正处于生死关头，却恼于自己无从下手自救。

"把烟灭了。"烟雾后面传来灵芸的声音。

峻卿忙站起把翡翠旱烟在栏杆上磕干净。

"别学你姥爷整天烟不离手，对肺不好。"灵芸伸手接过烟枪，把烟袋缠绕在烟杆上。

峻卿一筹莫展："二娘，儿子也不想抽，可是发愁啊。大清的官儿跟洋人勾结在一起坑咱们百姓，您瞅瞅，按照合约朝廷要赔洋人四亿五千两白银。大清国连没断奶的孩子身上也压着一两银子的重担。咱们做生意的摊在头上的更多，光是洋捐酒坊每年就要出上一大笔银子，这个忍忍也就算了。现在日本人又要把牛栏山烧锅霸占了，要注册什么商标。咱们到哪儿说理去？祖宗用血汗创立的名声，难道真的要在我手里败坏？"

灵芸见峻卿鬓角已经半白，想起初到陈家时他正值幼学之年。才一转眼，那个怯生生的男孩已届四十。人生过半，满眼的沧桑。灵芸禁不住拉住峻卿的手掉了泪。

"二娘，这两年您老哭得多了。记得做大掌柜时，天大的事儿压在身上也不见您皱一下眉头。"峻卿叹息。

"人老了自然就变得爱哭。"灵芸拭一下泪，"我是心疼你肩上搁着这么重的担子。不过，事关牛栏山烧锅的生死存亡，咱们已经无路可退……"

"可我们又能怎样？"

"二奶奶，大掌柜，这事儿交给我来办吧。"夜色里站着载澜，身后跟着致武。

载澜在商部衙门并没有受到任何阻拦。尚书溥颋是他近支宗亲的子侄辈。两人在客厅坐定，溥颋询问王爷和老福晋的下落，载澜忍着眼泪把经过说了一遍，惹得溥颋也不觉掉了眼泪。溥颋道："目下朝廷混乱不堪，待大局稳定就上折子把勋王爷和老福晋依国礼在西陵安葬了。"载澜连忙谢过，又趁机把日升号注册商标的事儿说了一遍。

溥颋面露难色，说："日本人对此事追得很紧，那个叫小林的酒商跟日本驻屯军往来密切，三天两头地来催，侄儿也不敢推得太久。"

载澜道："牛栏山烧锅的名号是牛栏山人用两百年时间闯出来的，是我大清国酿，怎么一下子就变成了日本人的商标？我大清的官员都如此没有骨气吗？难怪那些举子要闹变法。"

溥颋红了脸道："侄儿何尝不知道此事丧权辱国？但朝廷尚且硬不起来，我又能怎么样？"

载澜道："你跟小林说，要想得到牛栏山烧锅的名号也成，但得按牛栏山的规矩来。他们东洋人不也讲究荣誉吗？那就名正言顺地分出个高低来，我大清的国酿要是输了，牛栏山烧锅的商标就是他的。"

溥颐问什么规矩。

载澜道："斗酒。打康熙爷开始，牛栏山的酒坊要想当龙头老大就得斗酒，赢了就坐头把交椅。"

溥颐道："这倒可行。侄儿只是担心万一日本人赢了呢？据说小林已经有了兴泰的秘方，加上此人诡计多端，心狠手辣，孰胜孰败也在两可之间。"

载澜冷笑："你何时听说徒弟打得过师父的？何况这位徒弟还名位不正，最多算个窃贼而已。"

溥颐沉吟半晌："小林明儿要来商部，我试着说下看看。"

载澜盯着溥颐看了又看，道："溥颐，你不要忘了自己是大清国的官员，切莫向着洋人说话。要把话说透，让他没有退路才行。"

溥颐红着脸点头。

翌日早晨，小林来访。溥颐赔着小心把载澜的话学了一遍。没有想到，对于斗酒的提议小林一口应承了下来，并说："目下正是春暖花开，正好拿春酿来斗。"他一定要兴泰"输得心服口服"。溥颐大喜，忙命皂吏去牛栏山找载澜报信儿。小林却道："不劳烦大人了，我亲自去一趟牛栏山见见陈掌柜。"

洛芸几乎找遍了多伦的角角落落，却不见师父的踪影。酒坊开工就在眼前，只好嘱托胡一疤继续寻找，自己独骑而返。到热河时已是日薄西山，偏偏又下起了雨。洛芸只好寻了家客栈住下歇息。突然听到外面有人向店家询问可有闲房，听着是尖声尖气的京腔。忙从破败的窗纸中向外窥视，竟然是许公公和薛三。许公公穿着绀色的马褂，肩背褡裢，扮成了商人模样。薛三仍旧一副流里流气的痞子样，用马鞭敲打桌子催促伙计上茶。洛芸吃了一惊，不知道他们两个怎么混在了一起。

许公公养尊处优惯了，哪里受过鞍马之劳？他一面龇牙咧嘴地脱靴子，一面问薛三到多伦还有多远。

薛三道："紧走慢走也得三天。这条道上土匪太多，咱们还是小心点儿，小林先生带给那王爷的礼物可得看好。"

洛芸大吃一惊，原来东洋人要结交那王爷，看来野心不小。

又听许公公问："不知这次斗酒小林先生能有几分把握？"

薛三道："公公放心……"四下里望了望，压低声音道，"东洋人就是鸡贼。秘方辅料全靠杨镇的白稻壳，咱们已经高价把杨镇稻壳买空了。陈峻卿和载澜从哪儿去找辅料？"

许公公叹气道："这次怕兴泰是输定了。只是载澜这人跟我打了半辈子交道，如今落魄到这种地步也确实让人唏嘘。"

薛三瞪许公公一眼："公公在这事儿上可不能糊涂。朝廷像扔破抹布一样把广储司裁撤了，要不是小林先生收留，您老怕得上街讨饭去。载澜已经是泥菩萨过河自身难保，你惦念他干吗？"

许公公诺诺而应。

又听薛三吆喝伙计把行李搬进房去，伙计扛了行李一个劲地道"好沉"。

三更天后，洛芸蹑手蹑脚地出了房门。月色沉沉，一片鼾声入耳。他从腰间掣出蒙古短刀溜到马厩，看自己的坐骑旁拴着两匹马。不用说，肯定是许公公和薛三的坐骑。他用刀撬下马蹄铁，然后悄悄走回前院，拨开门闩进了客房。月色铺地，薛三和许公公躺在炕上睡得正香。洛芸扛了行李直奔马厩，而后纵身上马，一声吆喝绝尘而去。

听到外面马蹄嘚嘚，薛三下意识地一摸，发现行李卷不见了踪影。他腾地一下坐起，用力推醒许公公，大嚷"行李丢了"。两人急火火地跳下土炕直奔马厩，解了马匹挥鞭疾追。疾雨刚过，道路湿滑，薛三一个马失前蹄摔了下来，紧跟其后的许公公也人仰马翻，摔了个七荤八素。

小林来得很是时候，酒坊掌柜们都在兴泰。他拄着文明杖笑嘻嘻地踱向客厅，一进门满室喧哗顿时沉寂。

"怎么我一来大家就不说话了？"小林摘下礼帽横在胸前。

"这是我们家里事儿，不欢迎外人。"峻卿坐在主位上冷冷地说。

小林摇摇手指："我知道你们在讨论什么，没有我这场戏演不下去。"他从口袋里掏出几页纸来，"我今天来是下战书的。你们牛栏山人不是有斗酒的规矩吗？那我就入乡随俗，用烧锅让你们心服口服。"又瞟了一眼峻卿，"大掌柜，你是牛栏山烧锅商会的会长，是龙头，这封战书还是由你来接。你赢了，牛栏山烧锅的名号就是你们的，输了就是我的。敢不敢？"

峻卿一把接了战书，铺在桌上挥笔签名，钤章。小林哈哈大笑，拿了一份揣进衣兜。"记着，咱们斗的是春酿，酒入库后贮存半年，九月初一药王庙见。"一路笑着出了门，下台阶时洛芸拎着行李卷正拾级而上。洛芸故意朗声说道："大掌柜，我回来了。路上遇到两个笨贼，捡了一卷破行李，回头让新荷为后院的狗改两床褥子。"

小林边走边回头向洛芸张望，只觉得他手中的行李眼熟，怀疑是洛芸劫了送给那王爷的礼金，却又无法证实，只得忐忑地离了兴泰派人北上去寻薛三。

第四十章　春雷声声

这天夜里下起了雨，春雷一阵阵从天边滚滚而来。老宅外有人敲门，琐碎而又急迫。新荷打开一条门缝，却见外面站着一个披蓑衣的人，帽檐遮住了半边脸。新荷好奇地问："您找谁？"那人这才扬起脸来，叫一声"新荷姐是我"。借着灯笼光细瞧，面前站着的竟然是致文。虽然比先前要成熟许多，唇上也留了短须，但那双眼睛却没有丝毫变化。明澈，热烈，像是新酿的烧锅。

"致文！"新荷差点跳起来。

"嘘，小声点儿。"致文一把将新荷拉进大门，反身插了门闩，"奶奶可在？"

"在呢，在呢。"

致文远远地看到厢房窗子上映着灵芸和致武的剪影。灵芸正在灯下做女红，致武坐在对面画画。致文抛了蓑衣，推门而入："我的大掌柜奶奶何时学会了拈针弄线？"灵芸摘下花镜，抬头仿佛是慕卿，忙揉揉眼，却见那人已经跪在膝下。

"不肖孙致文来见奶奶了。"致文流泪仰望。

灵芸忙丢下针线一把将致文抱了："你是我的致文？"灯影幢幢，看得真切，不是致文是谁？

灵芸的泪水就如决堤一般，又捧了致文的脸细瞧："这些年你都跑到哪儿去了？怎么瞧着瘦了许多？"

"南方，广州。"致文道。

一旁致武抛下毛笔，叫声"哥"也抱住致文亲昵不已。致文站起身道："几年不见，致武已经是小伙子了，可曾考取功名？"

致武噘嘴："去年倒是中了生员。今年本来要参加秋闱，哪承想袁世凯、张之洞等人上折子要朝廷立停科举推广学校，我眼下也不知道该怎么办，家里闲着呢。"

致文摇手道："没什么可惜的！学了这些虚文将来也不过是大清国的一员庸吏，不如早进新式学校学些经世强国的真本事。"

灵芸忙让新荷去酒坊唤峻卿和芳子来，又吩咐膳房准备饭菜。致文坐在奶奶身边唠起了这些年的行迹：变法失败之后，他随着麦孟华一起去了上海，又辗转到香港避难。一路奔走，他发现"变法"不过还是在维护清国朝廷。要想真正改变中国，就必须通过暴力革命推翻帝制。在与保皇派闹翻后，他追随着杨衢云参加了兴中会……

屋外有急切的脚步声，致文连忙噤声躲在门后。

门开却是峻卿和芳子。母子相见，相拥而泣。峻卿一把拉了致文上下打量："你是致文？"他颤声问。

"爹，是我。"

"你还认我这个爹？"峻卿欣慰道。

"当初写那一纸文书是为了保咱们陈家。"致文道。

峻卿哽咽点头："我知道。当初要是没那份文书，怕咱们酒坊早就倒了。"

落座后，灵芸不住用汗巾拭泪。峻卿道："二娘怎么哭了？今儿致文回来咱们该高兴才是。"

"我是心疼致文，刚才你们进门时他紧张得要命，也不知道这些年他东躲西藏的受了多少惊吓。"灵芸抹泪道。

"致文，你还跟着那帮乱党？"峻卿皱眉问。

"我现在是兴中会会员，眼下预备着成立同盟会呢。"峻卿道。

"同盟会？还是要变法吗？"峻卿有些紧张。

致文摇头："我们不是保皇派，而是革命派。"看父亲一脸疑惑遂解释道，"康有为先生原先的变法根本上还是要保皇，学的不过是西洋的技艺科学，而我们革命派是要通过暴力推翻帝制，建立共和。"

峻卿白了脸："推翻帝制？"

"就是把朝廷、把皇上打倒！"致文攥紧拳头挥了挥。

"致文，你这是要把陈家向火坑里推啊！"峻卿心跳手颤，"原本跟着那些乱党变法已是不赦之罪，现在你又要搞什么革命，这可是株连九族的罪过啊。"

致文却不温不火："爹您先听我说。我想问您，辛丑国难是怎么来的？还不是因为这个不争气的朝廷？他们想子子孙孙承袭帝位，把国家当成了自个的家……"

"我不听你的大道理！"茶盏被摔得粉碎，"我只要安安生生地做酒，本本分分地做老百姓！"峻卿失态地咆哮。

"革命的目的就是要您安安生生地做酒，本本分分地做老百姓。"致文也提高了嗓音，"吴师傅是怎么死的？咱们陈家又是怎么颠沛流离到多伦避难的？日本人是怎么欺辱兴泰的？这眼巴前的事儿怎么就忘了？爹，我告诉您，只要这大清的朝廷还在，您就安生不了！"

"那好，你告诉我，这次回来干什么？要给陈家招祸吗？"峻卿忍着气问道。

"我这次北上的目的是筹银，为成立同盟会做准备。"

峻卿瞪视着致文，半晌才吼出来："致文啊，这事儿要是被官府知道我陈家就完了！我上辈子是造了什么孽才生出你这个逆子来？！"

致文哼了一声："中国就是愚民太多，要是民众不觉醒恐怕还得挨打！"

两下里唇枪舌剑，灵芸用力拍了一下桌子，父子俩才算消停。

"你们爷俩怎么一见面就掐？"灵芸盯一眼峻卿，"致文又累又饿，有些话还是等他吃过饭再说。"

致文负气道："我吃不下，一肚子的气。"又对灵芸和芳子道，"奶奶，娘，我先去睡一觉，明儿一早就走。"说着转身出了门，芳子拉致武连忙追出门去。

屋里只剩下灵芸和峻卿。

愣怔了片刻，峻卿唉声叹气道："二娘，您老说，致文这孩子不是为我们招祸吗？"

灵芸道："你们爷俩都在气头上，这事儿越说越炝火，不如先搁下过后再说。正好给我说说斗酒准备得怎么样了，这才是眼巴前要命的大事儿。"

峻卿垂首摇头："说起这事儿来我就头大。东洋人阴毒得很，来了一个釜底抽薪，把杨镇的白稻壳全部收购一空。眼下又是春酿的最好时节，九月初一要开锣斗酒，我从哪儿搞稻壳蒸料？以前斗酒，输了也是咱们大清国的人。可这次要是输给东洋人，我算是没脸去地下见祖宗了。"

"这事儿我听说了，这两天我一直寻思着破解的办法。"灵芸用簪子拨弄着灯芯，"咸丰九年的时候，载澜把顺义产的高粱收购一空。没了原料，咱们兴泰也就没了后路。你爹跑到平泉高价收购高粱，虽然后来摔断了腿，但也算是给咱们指了一条明道。世间万物奇正相生，总有可替代的东西。你把吴老和的本事都学到手了，动动脑筋，看有没有能替代杨镇白稻壳的东西。"

峻卿以手扶额，眼睛突然有了神采："二娘提醒得好！师父在的时候曾经跟我说过一嘴，说玉田县的胭脂米比咱们杨镇的白稻米还要香。要是用胭脂稻壳做辅料，不但酒更香醇，恐怕颜色也会更为澄亮，说不定酿出来的酒还要强上许多。当时我们爷俩不过是闲聊，谁也不曾试验过。"

灵芸轻拍桌子："希望全在这胭脂稻壳上了！这事儿耽搁不得，明儿一早你就启程去玉田。"

"二娘，这事儿怕还是不成。"峻卿愁道，"玉田胭脂米我曾见过，是稻米中的上品。那米是赤红色的，米梗上还有一条红线，吃在嘴里又香又糯。不过这种米只有玉田小泉山下有，而且是皇家贡品。稻壳虽然不是贡品，但也是官府控制，要收购稻壳怕是没那么容易。"

灵芸想一想道："你前几日说载澜近支侄子溥颉在商部做尚书，是他促成了这次斗酒。我的意思你还是叫上载澜一起去，再让商部的人说句话，咱们把价钱抬高点儿，这事儿就易办了。"

"您别说，要是载澜去这事儿可行！"峻卿紧皱的眉头终于舒展，"还是您和洛芸

316

老舅处事看得长远。要是依着我跟载澜记仇的话，今儿这事儿就难办了。事不宜迟，我这就去元圣宫找载澜去。"站起来复又坐下，指指对面厢房，"致文这小畜生可是明儿要走？"

灵芸轻叹一声："你们爷俩本来相处的日子就不多，怎么一见面就是吵呢？况且致文说的也没错，这个国家再破败下去，怕是咱们连安生过日子的机会也没了。你去那屋瞧瞧他，这一别也不知道何时才能见面呢。"

屋外虫声唧哝，春露繁重。峻卿踱到东厢房窗根下，听到致文正在和娘说话。

芳子说："致文，别怪你爹，咱们陈家这么多人就指着你爹呢。你瞧他身板单薄，却能撑起这么大一个酒坊，不容易。"

又听致文说："娘，我哪儿会怪爹？只是我们爷俩的看法不同罢了。有话就要讲出来，这就叫民主。"又沉吟一下，"娘，我记着爹的手天一冷就会裂开，我给他带回几瓶南洋蛇油膏。这可是好东西，凡是手裂一抹就好。娘，您交给我爹，让他每日抹着。"

峻卿的心不由一动。

芳子嗔怪道："那你为什么不当面交给你爹？"

致文嘿嘿地笑："他老人家一见到我就会黑下脸，准备好的话也就说不出来了。"

又听得致武向哥哥问东问西，致文慷慨激昂地讲起兴中会的主张。说大清国"政治不修，纲维败坏。朝廷卖官鬻爵，公行贿赂。官府剥民刮地，暴过虎狼。盗贼横行，饥馑交集，哀鸿遍野，民不聊生"，已经是"病入膏肓"了。欲救亡图强，必要"驱逐鞑虏，恢复中华，创立合众政府"。又说："到了那时，皇上也就成了普通人，百姓人人都是这个国家的主人。所以只有推翻帝制，咱们陈家才能像爹想的那样安安生生地造酒，本本分分地做百姓。"一旁致武不住地鼓掌叫好，峻卿虽然听不太明白，却也被致文的讲述吸引了。这些话说起来都是杀头之罪，可字字珠玑，要是真如致文说的将来人人都成了国家的主人，陈家哪儿还会遭受这么多无妄之灾？！一时听得他心潮澎湃，手心里竟然冒出阵阵冷汗来。

夜已三更，他从怀中掏出一张银票放在窗台上，又小心用烟袋压住。敲一下窗棂，大踏步出了院落。

薛三和许公公结结实实地挨了小林两巴掌。薛三虽然心里窝火但尚能忍受，许公公一直在宫里养尊处优，哪里吃过这样的大亏？脸上火辣辣地疼，尚能忍受，可小林看待看门狗一样的目光却让他五内翻腾，心如油烹。打过之后，小林见许公公捂着脸垂首不语，想着此人到底还有用处，遂温言道："刚才我失手了，这事儿许公公莫怪。跟多伦那王爷见面的事儿暂且先搁下，目下咱们专心斗酒。等赢了兴泰，我们再去多伦打通关节，把兴泰分号连根端掉。"

许公公捂着脸诺诺而已。

小林又瞪一眼薛三："你也别闲着，派人盯死兴泰，看他们有什么动静。对了，陈家老宅也要派人盯着，那位二奶奶的鬼主意可比他们家大掌柜要多。"

薛三急着想在小林跟前立功，当晚就溜到陈家老宅盯梢，没承想正好遇到峻卿和芳子急匆匆地进了院子。候了一个时辰，才见峻卿独自出来。又等到五更初，老宅大门响动。此时，骤雨初歇，朝暾初上，只见灵芸、芳子、致武正在送一个陌生人。薛三见那人颈后没留辫子，身着黑色丝绸马褂，举止洋派，倒像是他在小林会社里见到的那些南洋人。

侧耳细听，灵芸在唤那人"致文"。薛三惊出一身汗来，原来此人就是陈家的长孙，当年跟随康党的致文。又听灵芸嘱咐他路上小心，不要张扬，免得被官府认出。致文向奶奶和母亲跪下辞行，说："此番一去，山高路远。同盟会要做改变中国的大事业，若是成功，我将功垂青史，若是失败，我将头悬国门，无论如何，我都将光耀陈家门庭。"灵芸和芳子忍不住哭得嘤嘤有声。

致文叩头之后，扬鞭催马一路沿着潮白河向南而去。薛三又惊又喜，陈家的大少爷原来是革命党，这要是被官府抓了，陈家大大小小都将被株连，倒也省得小林先生费尽心机搞垮兴泰了。灵芸等人回老宅后，薛三忙从树林里牵出马来沿着河岸一路狂追，堪堪过了半个时辰，才在后沙峪村撵上致文。

听到身后马蹄声疾，致文勒马回头，一见是薛三脸色大变。薛三大笑："我说少爷，这么多年没有回牛栏山，也不多待几日再走。"致文回过神来，一言不发地拍马狂奔，薛三在身后紧追不舍。眼见跑进一片树林，致文勒马而立。薛三挡在致文面前冷笑不止，道："少爷，怎么一见故人就要逃跑？"

致文不声不响地跳下马，背过身去高举双手。

薛三大笑："少爷到底是见过世面的人，知道我要干吗，那我可就不客气了。"一面说着弯腰解下绑腿带子。才到跟前，致文突然转身迎面一拳，薛三顿时眼冒金星，这才想起致文原在水师当过兵。他晃晃脑袋才要爬起来，只见致文手里多了一样东西——撅把子。薛三跟着小林混了些日子，知道这玩意叫洋枪，洋人们打义和团全仗着它呢。薛三不敢妄动，只得躺在地上举手求饶。致文一脚踩了薛三，单手扼住他的喉咙，厉声道："姓薛的，你一直跟我们陈家作对。以前跟着载澜倒还罢了，无非是混个吃喝，可你眼下跟了日本人，这可是汉奸，你这条命今儿怕是要交代在这儿了。"

薛三吓得面如土色，不住求饶，辩称自己不过骗日本人银子罢了，哪儿就成了汉奸？

树林外传来一阵驼铃声，震荡着层层晨雾。

致文原本也没打算要薛三性命。见有商队进树林，就朝薛三的脸上连挥了几个大嘴巴："今儿算你走运，今后再敢跟日本人鬼混就把你大卸八块。"言毕纵身上马，又拉着薛三的坐骑绝尘而去。

清明前，菀婷抱着致远回牛栏山为慕卿扫墓，一起回来的还有段本节。才多半年时间未见，段本节老了许多。摘下顶戴的那一瞬，灵芸看到了他的满头白发，人也消瘦不堪，摇摇晃晃的仿佛随时都要摔倒。见过之后，灵芸趁菀婷收拾屋子时问怎么回事。

菀婷抹泪道："怀来那地方本就苦寒，风大沙大，加上父亲身体不好，又操劳政事，不知怎么就得了气虚的病。郎中说这病症最是折磨人，说话喘气都像是被人卡了脖子。我劝父亲致仕，他说自己老家远在南直隶，家里早已没了爹娘，致仕后哪里去？我想着跟娘和大哥说一声，看父亲能否在牛栏山常住养老。"

灵芸听了心里暗自伤感。这个男人为自己厮守了半世，临了也未能遂愿，眼见着这身子骨将近油尽灯枯的样子，却连个落脚的地方都没有。遂对菀婷道："他是你父亲，你是我儿媳，原本就是一家人，还用得着商量？你大哥去了玉田，等回来后就安排段大人在酒坊后院常住。你们父女朝夕相处，正好尽孝。"

菀婷连忙跪谢。灵芸一把拉起，说："致仕怕还得朝廷恩准才行。"

菀婷点头道："父亲休息几日后就进京，把致仕的折子递上去。"

灵芸又抱起致远坐在膝头，问他可曾读书。

致远道："姥爷每天都要教我识字，读书。"

菀婷道："这孩子跟慕卿一样聪明，书本一拿起来就不舍得放下，写起大字来也有模有样，将来是个读书的好材料。"

听菀婷提到慕卿，灵芸心就像是被戳了一刀，痛得持久不绝。见婆母脸上变色，菀婷自知失口，心里也暗暗难过。两个女人枯坐相对，只有致远在咿咿呀呀地自言自语。

听说陈致文参加了兴中会，小林拊掌而笑，夸赞薛三干得好，说："康有为那些人变来变去无非还是要皇上当家做主。这兴中会可就不一样了，目的是要推翻帝制，改朝换代。这事儿让朝廷知道必定会株连陈家所有人，要是这样的话哪里还用得着斗酒？"

薛三连忙道："我现在就去县衙告发陈家。"

小林道："少不得你要跟溥珲花上些银子，即便不能将陈家阖族法办，也务必要将陈俊卿以窝藏乱党之名下狱。因为陈峻卿是吴老和的亲传弟子，他在兴泰就有翻身的机会。他要是死了，兴泰必亡于我手。"小林说着紧紧握拳，连嘴角的肌肉都在抖动。一旁侍立的许公公不禁重重打了个冷战。

夜半时分，峻卿和载澜押着胭脂稻壳回到了牛栏山。卸完稻壳峻卿困得厉害，刚要回房睡觉，门外一阵人喊马嘶，接着是重重的捶门声。还没来得及问缘由，皂吏们蜂拥而入，嘴里嚷着"拿下窝藏乱党附逆"，将峻卿五花大绑地押上了囚车，又不由分说将曲房、酒窖都贴了封条。

载澜见峻卿被抓，忙上前询问缘由。班头连忙打躬，说："陈俊卿的儿子陈致文参加了兴中会要谋逆造反，陈俊卿知情不报，窝藏乱党，我们太爷要将他押往京城步军统领衙门处置。"

载澜忙问："可有证据？"

班头道："这个还要问我们太爷。"

皂吏们前脚走，灵芸和瑜卿后脚就赶到了酒坊。载澜道："这事儿怕是小林他们告的密。要是大掌柜有个三长两短，牛栏山烧锅怕真的要拱手让给东洋人了。"

灵芸道："虽然他们并无太多证据，怕只怕峻卿扛不过酷刑。到那时，陈家大大小小都要被牵连。目下能为我们解套的只有朝廷了。"她看一眼载澜。

载澜知道灵芸的用意，他摇头叹息："找朝廷行不通。现在朝局混乱，皇上幽居瀛台，太后重新训政。兴中会是她眼中钉肉中刺，即便有门路找到她怕也是白走一趟。"

灵芸靠在椅子上闭目不语。平生以来，这是她第一次感到束手无策。咸丰十一年，为救嘉怡她曾经找过一次太后。当年还是安公公牵的线，如今安公公已经故去，太后与自己萍水相逢，断无再见之理。看来这条唯一能救峻卿的路被堵死了。

"我来试试。"段本节缓步从灯影里走出来。

载澜摇头苦笑："我说段大人，你才是七品的官阶，连内宫的门怕都进不了。"

段本节道："载贝勒有所不知。庚子国难太后和皇上西巡，我在怀来县迎驾。当时后有洋人追兵，前无倚重之臣。是我备下膳食衣裳、马匹粮秣，才解了太后皇上的燃眉之急。太后当时甚为高兴，许我日后有事可以直接面禀，这次我正好借着递致仕折子为峻卿求情。"

灵芸担忧道："这事儿涉及乱党怕是要冒风险，说不好还会连累大人……"

段本节苦笑道："我这样糟糠一般的身子还怕什么？要是能说得下来最好，要是惹恼了太后推出午门斩杀了就是。"话语铿锵，似有所指。灵芸心有灵犀，知道段本节心里的苦楚，忍不住鼻子一酸，又险些掉下泪来。

段本节叫一声"菀婷"，道："此番进宫，非生即死。你预备好棺材，要是我三天不归，你们去京城抬我尸首就是了。"菀婷闻言大哭。

灵芸劝道："段大人这又是何苦？我四十多年前也曾和太后有一面之缘，逼急了只能再舍着脸试一下。"

段本节摇头："宫门深似海，你进不得宫里。再说太后一生阅人太多，又心硬如铁，不一定会给面子。前年西巡正是她落魄之时，我在危急之下供奉衣食，她心存嘉许，一直想着提携我。我偏偏又是个不爱仕途的，真见到太后说不定会有转圜余地。"

满屋沉寂，唯有菀婷在啜泣。

段本节慨然道："就这么定了！我明日就去，你们候着消息。"又对菀婷意味深长地说道，"我若遭不测，你记得把那双布鞋放在棺材里。"

灵芸觉得眼前沉沉发黑，满目所及都是缭绕的黑雾。

翌日到了京城，段本节一刻不停地进了宫。先到景运门内奏事处值所递交了牌子。当值太监见是个七品外官，理也不理就把牌子扔在桌上，说："你们府尹大人见太后怕也没那么容易。"段本节忍着火道："我要向太后递交致仕折子，烦劳公公通报。"

太监乜斜着眼道："你这人怎么这么不懂规矩？四品以下官员致仕折子向吏部递交，而后由吏部代奏朝廷，哪儿有直接见太后的道理？！"

段本节道："公公有所不知，太后曾允我直接面奏。此事儿马公公是知道的。"

太监看段本节两眼，笑出了声："我说你这人是不是得失心疯了？谵语妄言让人笑话。你一个七品外官哪儿有机会见太后？！快走快走，再胡搅蛮缠我可让人把你赶出去了！"段本节见说不通心里焦躁，索性出了门冲内宫大喊："臣怀来知县段本节觐见太后！"

几个太监、侍卫忙冲过来一把将段本节拿住，有人喝道："你不要命了？敢在宫里喧哗！"又有侍卫将段本节用绳子绑住，准备送吏部治罪。段本节发疯般大喊大叫不止。月亮门里急匆匆走来一个太监，嘴里叫着："谁这么大胆在这儿闹事？！"

来人正是马公公。

段本节挣扎着大喊："马公公是我。"

一见是段本节，马公公惊叫了一声："这不是段大人吗？"忙喝退侍卫和太监，一手拉了段本节到官房坐定。

马公公道："回銮之后，太后老佛爷不时唠叨着要见你呢。只是洋人和乱党闹得凶，那些告急的折子雪片似的压着太后，她老人家实在腾不出空儿来。今儿你来得正好，我一会儿就进去通报。"又低声道，"恐怕太后见到你要赏个三四品的顶戴，到时候别忘了咱家的引荐之情。"

段本节只是诺诺点头。

"那咱们就走着！"马公公一手拉了段本节，穿过层层殿宇进了储秀宫。

第四十一章　情劫

到了台基下，马公公让段本节在院内等候。古柏苍劲，满院荫翳，阳光安静地穿过古柏树隙，斑驳的光影铺满一地。段本节心里却如火燎一般。如果太后拒不见面，不但峻卿性命有虞，而且陈氏一门怕也危险了。

正惴惴不安，马公公站在门口向段本节招手。他急匆匆上了台基，马公公小声道："太后刚睡醒。这几日心情不大好，你说话需小心点儿。"段本节点头，跟着马公公进了殿。迎面是地屏宝座，后置五扇紫檀嵌寿字镜心屏风，宝座上却空无一人。马公公指指西暖阁。西侧有花梨木雕隔扇，与明间隔开。段本节知道太后在暖阁歇息，连忙跪倒："臣怀来知县段本节拜见太后。"屋里有窸窸窣窣的簪环碎响，过了一会儿才听有女人说话："段本节你来了？"声音喑哑，疲倦不堪。

段本节忙叩头："臣在。"

听着脚踩地毯的声音在隔扇后停下："别跪着了，站起来说话。"

段本节谢恩站起。

又听太后道："段本节，才不到两年时间怎么这般苍老消瘦？"

段本节道："臣老迈，又有气虚之症，怕是难以胜任知县之职了。"说着话把折子递了出去，马公公接了揣在袖子里。太后没有说话。屋里只有西洋钟指针跳动的声音，短促微弱，却又惊心动魄。

片刻之后，太后才叹息一声："我原本还想让你到朝廷里来。以前你代陈慕卿上过自强求变的折子，那些话我都记得呢。现在，载泽、戴鸿慈、徐世昌、端方他们已经出洋考察宪政，回来之后还要酝酿着立宪。原想着你正好可以有一番大作为，谁知道你却有了退意。"沉吟一会儿又道，"当初我跟皇上落魄之时，群臣鸟散，只有你供奉衣食，尽显忠心。这事儿我常记心头，总想着给你赏赐点儿什么。说吧，你还有什么未了之事？"

段本节知道时机已到，忙又跪下。

"你怎么又跪下了？"太后问。

"臣有一事想求太后为臣开脱。"

"说吧。"

段本节将小林陷害峻卿一事原原本本地说了。又说陈致文原先确实曾追随康党，可他曾与陈俊卿写下文书，断绝父子关系，此后并没有回过一次陈家。顺义县衙听信东洋人诬告，故意构陷陈家，目的是想独霸牛栏山烧锅这个名号。牛栏山烧锅自打康熙朝始就名满天下，是大清国酿，怎么能拱手相让？

"好了！"太后喝止段本节，"我记得你以前曾经跟我说过，陈家与你有姻亲关系。那你照实告诉我，陈致文到底有没有参加兴中会？"

段本节叩头道："臣实在不知。陈致文一直杳无音讯，南方丧乱，怕人早就没了。"

太后沉思良久："这个牛栏山陈家，我这辈子倒和他们缘分不绝。"话中有几分怨气嗔怪，段本节心里"咯噔"一下，连忙把头伏在地毯上一动不敢动。

"不过，那位叫灵芸的二奶奶早年间曾经喂过先帝一次奶，他们家的陈慕卿又在黄海海战中为国捐躯，你这个儿女亲家又有护驾之功……"太后沉吟，然后发狠，"庚子国难，这东洋人最为阴损，出兵最多。辛丑签约后又在北京、天津、塘沽、山海关驻扎了驻屯军。我总觉得这是火种，早晚有一天这些驻屯军会将大清国烧起来。"

段本节听太后对东洋人忌惮，心里不禁又一阵打鼓。

隔扇内茶盏落地，铿然脆响，段本节、马公公连同一旁侍立的宫女都浑身一颤。

"这东洋人的手伸得长啊！"太后厉声道，"马长顺——"

马长顺连忙"嗻"一声。

"你去跟步军统领衙门说，把陈俊卿放了。他儿子是不是乱党，是咱们的家事儿，这事儿不容东洋人置喙。"马长顺又"嗻"一声。

段本节心里一块石头落了地，忙叩头谢恩。

"段本节，你走吧。"太后声音嘶哑，"眼下这大清国成了一坑浑水，我知道你不想再蹚浑水。可你得明白，你就是这坑里的鱼，跑不了！"

段本节心惊肉跳地诺诺连声，站起身又道了句"太后保重凤体"，骤然抬头，只见隔断的玻璃后太后皱着眉头，眼神阴郁，凶神恶煞一般，吓得一个趔趄险些跌倒。

马公公一直送他出了穿堂殿，才道："段大人从此逍遥江湖也算是美事，这大清朝的官儿不做也罢。"

段本节小声道："太后说已经派人出洋考察，看来朝廷是真想预备立宪，兴许大清国中兴有望。"

马公公站住脚上下打量段本节，嘴角浮着冷笑："我说段大人，你可真是读书读痴了。真要是搞什么立宪哪儿还有大清国？哪儿还有朝廷、太后？哪儿还有咱家容身之所？"

段本节怔怔地呆立原地。

马公公不耐烦道："段大人，这几十年的官场你算是白混了！好了，咱家这话你慢慢琢磨去。从此咱们江湖路远，怕是一辈子见不着了！"说毕，狠甩蝇帚转身去了，只剩下段本节在殿宇间呆立。立宪的事儿不是太后亲口说的吗？自己究竟哪句说错了，惹得马公公发这么大脾气？

小林对于峻卿能够全身而退感到十分诧异，忙让薛三去向溥珲打听。溥珲说人是步军统领衙门放的，听说是太后亲自下的懿旨。小林听了恨道："看来我们跟兴泰这场斗酒在所难免了。"

许公公道："陈俊卿得了吴老和的真传，又有圣井水加持……听说最近偷偷去玉田县买了胭脂稻壳，真要是斗起酒来怕咱们也难有胜算。要想稳拿，怕得在这些评酒的官员、掌柜和酒商身上下功夫。"

小林令许公公："你把他们列个名单，然后照方下药，凡是评酒的都要送上辛苦钱。"

许公公又道："这其中说话最有分量的酒商是刘一口。他跟陈家也有姻亲关系，怕是得找人说和说和。"

小林问许公公："刘一口现在人在哪里？"

许公公回道："常州，他经营着兴泰在南直隶的分号。"

小林冷笑道："知道人在哪儿就好，这事儿你不用管，会有人去拜访他。"

洛芸急匆匆进了料房，峻卿正穿着围裙翻料。甑锅上热气蒸腾，水滴凝结成珠，落在峻卿身上，像淋了雨一般。见洛芸在门口向他招手，忙解了围裙迎上去。洛芸道："我听说小林正派许公公上下活动，收买人心，这事儿咱们大意不得。"

峻卿思忖片刻道："许公公早年间不是一直跟载澜合股吗？这事儿最好让载澜出面。他俩相处这么多年，一定知道许公公的弱点。"

洛芸点头："这主意可行。时间不多了，你只管酿酒，外面的事儿就交给我和载澜去办。"又问，"胭脂稻米壳可派得上用场？"

峻卿左右环顾，声音又低了三分："多亏二娘，这胭脂米润的料更为细致，我觉得比白稻壳还要好。再说，牛栏山烧锅除了水和料讲究外，最重要的就是看花摘酒的功夫。这第二锅的酒是为上品，掐酒的火候没有几十年功力怕是掌握不好。您只管放心，小林挖去的那些师傅功力年头都不如我，如果小林不捣鬼的话，这次斗酒咱们一定能赢！"

许公公从梁记酒馆出来时已经天交初更，一路跟跟跄跄地回到镇子。在一条小巷前有两个黑影挡住了去路，仔细一瞧，却是载澜和洛芸。许公公转身要走，被洛芸伸手拦住，连忙脸上堆了笑，对载澜抱拳一躬："贝勒爷。"

载澜冷笑：“许公公倒还记着我这个贝勒爷。”

许公公赔笑道：“奴才就是奴才，走到哪儿也不忘了朝廷的规矩。”

载澜又是一声冷笑：“现在你已经不是朝廷的奴才了，而是东洋人的奴才。”许公公借着夜色遮脸低声道：“我的爷，广储司不是裁撤了吗？我不得赚几两养老钱吗？”

“许智广！”载澜厉声道：“朝廷把你们这些去了势的奴才都安排在蓝靛厂养老，花销可都是国库的银子。你犹嫌不足，竟然出卖朝廷跟了东洋人！你可听说过‘内务贪，太守肥，三千太监三千贼’这句话？你在内务府做了半辈子广储司总办郎中，还缺那几文养老钱？”说着话从怀里掏出一本账册来，“姓许的，这是你跟我分红的账册，上面有你的签字，还有你贪墨各地督抚衙门孝敬朝廷的贡品记录。别说你擅自出京，只要这本账册送到内务府慎刑司，单是贪墨贡品一项足够你掉脑袋的。”

许公公腿一软跪在载澜跟前：“我的爷，我拿分红不也是替你办事吗？”

载澜笑道：“别忘了我是宗室，即便有罪过也不过被宗人府圈禁几日。而你是个贪墨皇贡的奴才，又跟了东洋人为虎作伥，朝廷正好拿你杀头撒气。”

许公公磕头如捣蒜：“我的爷，您有所不知，我攒下的那些家产，全被对食的婊子给卷跑了。后来遇到薛三，他就介绍我跟了小林。既然贝勒爷点到了，那我明儿就走，走得远远的，省得您看着我心烦。”

“你不能走。”洛芸抱着胳膊低声说。

许公公愣怔一下：“你们不让我跟东洋人我走还不成吗？干吗非要赶尽杀绝？”

“没说要杀你。小林是不是给了你一笔银子？”洛芸问。

许公公点头：“对，要我收买酒商和镇上的掌柜。”

“现在你听我们的，一直拖到斗酒前再走。银子先收着，作为你日后的养老钱。”洛芸道。

“我知道您的意思了。成，这事儿我照办。”许公公恍然，“我就跟小林说酒商、酒坊掌柜俱已收买。”

载澜盯着跪在地上的许公公：“这本账册我暂且留着，等到斗酒的前一天你来找我拿。要是出了差错，我随时送你上菜市口挨千刀。”

许公公叩头不止：“我的贝勒爷，我许智广这条贱命全在您手心里攥着，哪儿敢使半点诈？”又千盟万誓地说了半天，却听不见回音，偷偷抬头，载澜和洛芸早就没了踪影。

八月初一这天，灵芸早早起来对着镜子梳头。眼睛昏花，恍惚之间镜子里仿佛有嘉怡。揉揉眼，嘉怡仍在。他像当年一样在为灵芸梳头。

“灵芸，你可记得这面镜子是谁送你的？”嘉怡问。

“我记得呢，这是师父送我的嫁妆。”灵芸道。嘉怡把手搭在了她的肩头，温热如初。

　　"嘉怡，今儿咱们兴泰又要斗酒呢。"灵芸温言道，"不过这次对手是东洋人。"

　　"放心，兴泰输不了。"嘉怡眼睛里盛满了柔水，轻轻地把灵芸的头靠在自己厚实的胸口上，"这牛栏山和潮白河有灵性，他们护着子孙万代呢。"

　　珠帘簌簌地响，峻卿站在门口请安问候。

　　却见二娘对着镜子在自言自语。

　　新荷满怀忧戚，低声道："这些天二奶奶许是糊涂了，天天去祖坟一坐就是半晌，还经常自言自语。"

　　峻卿眼窝温热，看着二娘老态龙钟的样子不觉悲从中来。"二娘，"他轻唤，"儿子今儿要跟东洋人斗酒去了。"

　　灵芸回头，眼眸云翳尽散，顿时变得明澈："峻卿，你爹说了，咱们不会输。你只管去斗，我等着消息。要是咱们赢了，你就把药王庙前的鼓擂上三通。若是输了，就擂上一通。"

　　峻卿应了一声："嗯，辰时末开始，大约巳时末就知道结果了。"

　　灵芸挥挥手："去吧，我等着好消息。"

　　峻卿去后，灵芸便不再说话。早饭摆在桌上，她一口未动，只是侧着耳朵在听，等候着远处的鼓声。

　　药王庙前，照例在月台正中置了神龛。龛前香案上摆着两个酒坛，上面的红斗方上分别写着兴泰和日升。台下，小林身穿洋服，手持文明杖，笑容可掬地坐在前排。隔座是载澜，接下来分别坐着王歆、溥珲和峻卿。见许公公不在，小林回头向薛三打听。薛三低声道："打昨儿夜里就不见了人影。"

　　小林皱眉："可是喝醉了？"

　　薛三摇头："他常去的梁记酒馆也找了，伙计说这几天都没见到他。"小林皱下眉头，心里虽然不快，却也不甚为意，以为又到哪儿找乐子去了，全不知道许公公此时早就揣着银子去了云贵。

　　日影移动，堪堪到了辰时初。一声锣响过后，峻卿与小林献牲已毕。先是王歆走上月台，尝酒后把红花放在了日升酒坛前面。峻卿和载澜隔座对视一眼，显然王歆早就被小林收买，此举全在意料之中。溥珲慢吞吞地上了台，将两杯酒略沾一下嘴唇，也将红花搁在日升号前。小林抿着短须，暗自得意。载澜按捺不住火气，大踏步迎上溥珲。肩膀相撞，溥珲一个趔趄险些摔倒，连忙整理撞歪的官帽，一时狼狈不堪。载澜先尝一口日升号的酒，噗的一声喷了出来，又弯腰做干呕状。台下顿时笑作一团。小林气得脸色通红，可又不便发作，只得阴沉着脸忍气吞声。载澜又端起兴泰的酒一饮而尽。他手拿红花，一副举棋不定的样子，自语道："这红花该给谁呢？按说该给兴泰，可咱收了人家东洋人的钱。只收钱不办事哪儿成？可要是给了日升又怕昧良心，夜里有鬼敲门怎办？"台下又是一阵哄笑。

当下朝廷混乱，地方官们各自为政，已然不像以前那样惧怕宗室。王歆怕小林面子上挂不住，有意替他出头，便用折扇敲打桌面，嚷道："载贝勒，今儿斗酒，你瞎嚷嚷什么？"

载澜索性又干了一碗兴泰烧锅，摇摇晃晃地盯着王歆道："果然大清国该亡，现在奴才都敢训起主子来了！"

王歆听载澜说得离谱，又用力敲打桌面："载贝勒，你可是宗室，再这样胡说八道，我就写折子参你！"

载澜听了笑得前仰后合："真是怪了，奴才竟然要参主子！"又一拍脑门，"哎呀呀，我忘了，现在王大人换主子了。以前的主子是朝廷，现在的主子却是东洋人。"他端着酒碗走到王歆和溥珲跟前，"我想请两位大人再尝一尝兴泰的酒，凭着自己的良心说，哪家酒好？"

王歆掸袖怒道："载贝勒，你这是干什么？"溥珲在一旁袖着手垂手不语。

载澜举碗畅饮，而后向两人亮亮碗底，用力将碗摔得粉碎。小林冷哼道："王大人，你是一方父母，在你的地面上该管教管教这位贝勒爷了。"

王歆拍案道："来人！将载贝勒送去宗人府，我的折子随后就到。"

载澜一把揪掉腰间的蟠龙玉佩，厉声道："你敢！看见这玉佩没有？这是太宗皇帝赐予我老祖的！有它在，即便我犯了该死的罪过也能赦免，这就是我载澜的丹书铁券！"

一旁溥珲实在忍不住，打躬道："我的贝勒爷！朝廷都这个样子了还哪儿来的丹书铁券？侄儿斗胆劝您一句，您老就消停会儿吧。咱这半拉朝廷，现在也就能管管京郊这几个府县，您老还当是祖宗们才入关的时候呢？"

载澜乜斜着眼道："你的意思是说这蟠龙玉佩没用？"

溥珲灰着脸，用力点点头。

载澜哈哈大笑，眼角渗出了泪珠："我也知道它没用，不过这话我就是要从你嘴里说出来！原先，我总想着它是护身符，是尚方宝剑，无论我犯了多大的罪过都有它庇护。可现在我才发现，它不过是一块徒有其表的石头，是一坨扶不起来的烂泥！就像这大清国一样，空有万里疆域，亿兆百姓，有了昏聩软弱的朝廷，有了你跟王歆这样没有骨头的臣子，有了你们上上下下的腐败无能，它连自己的子民都保护不了！迟早都要了账，我还要它何用？！"他高高举起玉佩，小林和王歆、溥珲吓得连忙用胳膊护住脸面，"与其瓦全，不如玉碎！"玉佩被狠狠砸在地上，白屑飞溅，举座寂然。

王歆指着载澜一时说不出话来。本来仅凭载澜摔坏先皇帝的御赐就可以将其治罪，但王歆见载澜一副豁出去的疯样，唯恐他拼个鱼死网破，把自己过往的种种不堪上奏朝廷，只好铁青着脸隐忍了事。峻卿怕出事，忙使个眼色。洛芸和小山东连拉带劝地将载澜推进庙里歇息。

薛三见冷了场，连忙冲隔座正打瞌睡的刘一口喊道："刘掌柜，该您老上场了。"刘一口依旧垂头酣睡。薛三讪笑解嘲："这人上了年纪连耳朵都不好使了。"遂大喊一声"刘一口"。刘一口如梦初醒，连声"嗳"着晃晃悠悠地上了台。

台下众人又是一片哄笑。

刘一口道："你们笑什么？老人家哪有不打瞌睡的？"又啰唆道，"我就是再糊涂也懂得谁家的酒好，要不然这刘一口的外号是打哪儿来的？"边说边端起日升烧锅沾了下嘴唇，遂向小林伸出大拇指，道一声"好"。小林嘴角微翘，冲他抱拳致谢。刘一口又端起兴泰烧锅喝个干净，抹下嘴冲小林问道："小林先生，您说我是说实话呢还是说假话？"小林摸不清刘一口到底想说什么，只得道："当然是有什么说什么。"

刘一口苦笑摇头，从怀里掏出一张银票来："诸位，为难啊！要是说实话，可我已经收了人家的银票，拿人钱财替人消灾，江湖上的规矩得守着。要是说假话，又怕刚才载贝勒说的应验，半夜碰到鬼敲门。"又冲王歆打躬，"王大人您说，我到底该怎么着？"

王歆听出刘一口话带机锋，唯恐他再说出什么疯话来，再也坐不下去，冷哼一声恨恨地站起拂袖而去。溥珲也怕再伤体面，向小林抱拳道声"告罪"落荒而逃。

刘一口仰天大笑。

小林攥文明杖的手儿几乎要拧出汗来。

"小林，知道日升的酒跟兴泰差在哪儿吗？"刘一口瞪着眼睛问，"秘方你可以偷，火候你可以学，但这酒里的精气神你却永远都得不到。因为，这牛栏山、这潮白河的魂儿全在兴泰酒里呢。这山、这水不会向着外人！"他把银票撕得粉碎，一把扬起，漫天碎屑纷纭而下。小林觉得眼前一黑，摇摇晃晃地站起身，薛三连忙搀住。小林甩掉薛三的手，独自一人拄着文明杖蹒跚而去。

欢呼声摇撼着牛栏山，鼓荡着潮白河。

峻卿把辫子在脖颈上了盘了盘，用力咬住辫梢，擂响了药王庙前的大鼓。

鼓声犹如响雷，滚滚而来。

新荷对着正在发呆的灵芸说："二奶奶，鼓响了！"灵芸侧耳细听，鼓声阵阵，席卷着满地的尘埃，经久不绝。听得二通鼓响起，灵芸眼睛渗出了泪，她低声哼唱：

> 辕门外摆刀枪剑戟如麻，
>
> 叫穆瓜你与我前去问话，
>
> 或斩兵或斩将细问根芽。

往事历历，镜里的嘉怡又仿佛当年一样，闭目倾听，神情陶醉。

光绪三十四年的冬天，天气肃杀，牛栏山上一片枯黄萧瑟，就连潮白河都结了厚厚的冰。这天清晨，菀婷哭哭啼啼地敲开老宅大门。灵芸正在梳头，听到哭声，她的心骤然一紧——那个可怕的时刻就要来了。

段本节病入膏肓。

辞官以来，段本节在酒坊后院耳房安了家。他深居简出，要不是深夜传来的咳嗽声，人们几乎已经忘记还有这样一个人存在。几年之间，他郁郁终日，人越发消瘦得厉害。这年一入秋，他就终日狂咳水米不进。灵芸心里挂念，让峻卿请了京城名医韩伯华诊治，吃过几服药后倒也有些起色，哪知才交小雪又倒在榻上日渐尫羸，眼见人就不行了。

峻卿、洛芸、思皓等人都在。病榻上段本节瘦成了一截枯木，菀婷忍不住扑上去失声恸哭。段本节勉力睁开眼，看到灵芸时嘴角绽出一丝笑意。眼光不济，他看不到心爱的女人已经满头华发。在他眼里，灵芸仍旧是初见时的模样，俏丽、端庄，洋溢着青春活力。

时光流逝，斯人未变。只是，离别就在眼前。

灵芸读懂了段本节眼中的不甘，她的手终于勇敢地伸了出去。指尖相触，男人的眼神骤然泛起一丝亮色。他紧紧攥住心爱女人的手。能携子之手便是第一等宏愿。终于，如愿了。段本节心下释然，慢慢闭上双眼。

墙外传来一阵锣声，隐隐有官差的喊声：太后懿旨，昭告天下。着摄政王载沣之子溥仪承继毅皇帝为嗣，并兼承大行皇帝之祧……

段本节的眼皮剧烈地一跳。他睁开眼睛，又迅疾暗淡下去。灵芸觉得指尖在快速冷却，犹如握住了冰雪。泪水滑落，毫无顾忌地落在段本节脸上。

"成殓吧。"灵芸道。

满室的哭声。泪眼蒙胧间，灵芸看到菀婷把那双自己亲手缝制的鞋子放进了段本节手中。

一段人间深情，终归黄土。

第四十二章　魂归牛栏山

皇帝驾崩。隔了一日，太后也驾崩了。醇亲王三岁的儿子溥仪继承大统，年号宣统。登基那天，小皇帝哭嚎不止。醇亲王满头大汗地扶着龙椅上的皇帝，道："别哭，别哭，马上就完。"朝臣们听了面面相觑，有醇亲王这句没轻重的话，大清国算是完了。

果真一语成谶，此后几年大清国的形势一日紧似一日。

宣统三年六月间，蒙古土谢图汗部亲王杭达多尔济把库伦办事大臣的衙门包围，对外宣称建立博克多汗国。多伦也跟着动荡不安，那王爷去世后，承位的小王爷跟漠北诸部来往密切，见外蒙闹独立也逐渐有了不臣之心。先是亲近俄国人，后又跟东洋人耳鬓厮磨。

八月间，南面的武昌又生了乱子。振武学社和共进会的人鼓动新军攻打湖广督署，湖广总督瑞澂弃城而逃。新军掌控武汉三镇后，改国号为中华民国，并成立了湖北军政府。嗣后，形势更为紧迫。湖南、广东等十五个省纷纷宣布独立。同盟会还在南京成立了中华民国临时政府。

致文上次一别后就再无音讯。峻卿见南方势乱担心不已，让思皓托南方商人打听致文下落。后来有人捎信说在公报上见到过致文的名字，据说做了民国政府教育部的佥事。那人也说不上来这个名字到底是否致文本人，峻卿听了心里才算稍安。

朝局日益吃紧，去江南和多伦的路都被掐断，酒坊的生意也跟着吃紧。峻卿惦念着南北两地的分号，就让小山东去南方，洛芸去北地分头打探消息。一去十多日，小山东满脸惶惑地回到了牛栏山。他带回消息说，刘一口死了。尸体在苏州河漂了三天三夜才被发现，胸口上有好几处血窟窿。酒坊分号被一群蒙面歹徒砸得稀烂，崇文也受了重伤。崇秋听了哭得死去活来。很明显，肯定是小林衔恨刘一口下了杀手。峻卿心里焦灼：大清国乱了套，东洋人恃强乱中取栗。下一个目标说不定就是载澜。

致武去元圣宫找了几次载澜，想让他搬到酒坊去住。

载澜却摇手道："毕竟我还是宗室，东洋人再怎么也不敢下手。"又说自己哪儿也不去，只等着太平些后想办法求见新皇帝，把阿玛和额涅的棺椁送到西陵葬了。致武见说不动，只得罢了。谁知隔天夜里元圣宫就来了几个壮汉。他们没有蒙面，显然知道宫里只有载澜一个人在。领头的骂载澜不识好歹，不该去招惹东洋人。有人将载澜腰间的"黄带子"解下，一端投上房梁，一端反扣了胳膊，几个人用力一扯将载澜吊在了半空。载澜道："你们可记下了，我是贝勒，是皇室宗亲，这可是掉脑袋的罪过。"

领头的大笑，说："贝勒爷还没醒呢？瞅瞅大清国哪儿还像个国家的样子！十五个省都宣布独立了，老佛爷和皇上也归了西，只剩下没断奶的小皇帝和摄政王、隆裕太后一家三口强撑着。朝廷跟纸糊的差不多，怕洋人怕得要死，可你却偏偏要去招惹他们。"

"这么说，我阿玛和额涅回不去西陵了？"载澜问。

领头的摇头："不但他们，你也回不去了，就在这牛栏山待着吧。"

"得了，回不去就回不去吧，地下见了祖宗也是无话可说。"载澜先是拖着哭腔，而后哈哈大笑。

领头看着心里发毛："你是吓傻了吧？"

载澜朗声道："我载澜二十多岁来到牛栏山，犯着浑，耍着楞，一直在这儿混了五十多年，到今儿才算活通透，敢情这牛栏山是教我做人呢！得了，能埋在牛栏山我睡得安稳，你们动手吧。"

领头的道："东洋人说了，不能让你死这么痛快。"

载澜用下颌指指墙角的酒坛："临了给我喝口烧锅壮壮胆。"

领头的点点头。有人捧了酒坛，咕咚咕咚地灌酒。载澜一面喝，一面流泪，胸口上湿了一大片。

"好酒！论烧锅还是兴泰，东洋人的酒真的不行。"载澜狂笑。

领头的喝一声："送贝勒爷上路！黄泉路上恶鬼多，咱们给贝勒爷净鞭开路。"手下有人答应一声，拿了蘸盐水的鞭子抽打载澜。

惨叫声一直持续到天亮。

致武眼皮跳了一夜，心悸得难以入眠。平明时，披上衣服去了元圣宫。只见殿门虚掩着，载澜遍体鳞伤地在半空中荡来荡去。忙踩着凳子将他卸下，摸一下心窝还有热乎气儿，忙背起一路向教堂跑。

载澜喃喃自语，断断续续地说："没想到把自己吊死的是这条黄带子，看来大清国真的完蛋了。"又叮嘱致武，自己死后就葬在元圣宫殿后王爷、福晋旁边。

到了教堂，神甫帮着致武将载澜抬进内室，拿起听诊器搁在胸脯上，只听了数秒就摇头道："人不行了。"

致武放声大哭，半晌才缓过神来回酒坊报信儿。

峻卿让思皓在京城寻找载澜近支宗室报丧，思皓打听半天，也没找出半个亲故来。原来，载澜早年浮浪，流连于青楼烟馆，蹉跎半世，并无妻孥。京城被洋人攻占后，王府早就人去楼空，连个看门的人都没留下。宗室们更是人人自危，谁还顾得上一个死贝勒？听了信儿，都推说不认识。思皓只得回牛栏山报信。

无奈之下，峻卿一面准备棺椁寿衣成殓，一面让小山东去县衙报官，好让溥珲上奏朝廷，按照宗室之礼安葬。溥珲并没有露面，只派了班头和仵作草草填写了尸格，然后就再无音讯。峻卿去探问了几次，溥珲都推辞不见。班头和峻卿熟识，好意劝他不要再追问，说："近些年宗室被洋人明杀暗宰的多了。载澜之死已经上报宗人府，主事的随便将文书扔在了纸堆里。目下朝局一片混乱，人命就如蝼蚁一般，哪儿还顾得上一个小小的贝勒？"

致武只能含愤把载澜葬在了王爷和老福晋墓旁。

乱草萋萋。载澜的墓碑上写着一行小字——故正黄旗奉恩贝勒，又有一行大字——新公民爱新觉罗·奕澜。

这天晌午，思皓从京城急匆匆赶回牛栏山，说带来一位姓田的热河酒商。田掌柜原本做热河烧锅生意，目下热河匪类猖獗，加上驻扎热河驻屯军的一个守备队不时侵扰，酒坊几乎全部熄了火。田掌柜只好跑到京城来寻货源，一来二去的就找到了兴泰分号。

峻卿正在苦闷，摆手道："眼下我也没心思做生意了，让人家再寻货源吧。"

思皓劝慰："大哥，兴泰和搭伙掌柜一家大小都得糊口呢。再说田掌柜大老远跑到牛栏山，来者是客，咱们可不能撅人家。"

峻卿觉着有理，只得勉强与田掌柜见面。

田掌柜正在客厅四处闲看字画。只见他穿锦缎马褂，戴着一副金丝眼镜，人透着精明强干。峻卿抱拳见过，落座攀谈。田掌柜态度谦和，不温不燥，开出的价码也颇为大方。峻卿暗自高兴，眼见着日头西斜，就邀田掌柜在膳房用饭。田掌柜却道，自己是第一次来牛栏山，想感受一下风土人情，不如在潮白河畔找一家酒馆，谈妥之后就地签了契约。

路过日升号时，见酒坊里灯火通明，人声嘈杂，田掌柜问峻卿："镇上酒坊都冷冷清清，为何这家酒坊这般红火？"

峻卿冷笑，道："这是东洋人从载贝勒手里强夺过来的，又靠着驻屯军的势力打通了南北关节，眼下正要一步步把牛栏山烧锅的名号夺过来呢！"

田掌柜愤然道："列强当中数东洋人野心最大，又与我大清紧邻，将来必是中国的心腹大患！"

三个人一路慨叹着进了梁记酒馆。

窗外秋风飒飒，潮白河蜿蜒南去。酒席间，田掌柜发了一通家国兴亡的感慨，又大骂驻屯军暴虐，官府懦弱，搞得国将不国，民生凋敝。这些话句句戳在峻卿心坎上，他直到今日才知道慕卿和致文两人的高远见识和胸襟怀抱。家国兴亡之叹萦绕心头，峻卿以酒浇愁喝得酣畅。田掌柜酒量颇大，一杯接一杯地敬峻卿和思皓。天交二更，思皓不胜酒力伏桌而睡。峻卿却谈兴正浓，高声议论朝廷混账致使国家兵燹不绝。又借着酒兴说起弟弟慕卿和儿子致文。听说致文在南方政府当了教育部佥事，田掌柜连忙捂住峻卿的嘴，道："陈掌柜不可高声，这可是掉脑袋的事儿！"

峻卿苦笑："眼下还有朝廷吗？您瞧瞧这个国家都烂成了什么样子？"心中悲愤，又举杯一饮而尽。烧锅鼓噪着血脉在身体里呼啸奔涌，五脏六腑像是着了火。朦胧中，只见田掌柜拿出几页纸来，说要签契约。峻卿略看了几眼，醉眼惺忪的瞅不真切，便用力摇晃妹夫。思皓呢喃几句又睡了过去。一旁田掌柜道："这契约都是咱们说好的，我田某做了半辈子生意，从来不会糊弄人。"峻卿见他说得豪爽，遂接过印泥钤了指印。田掌柜怕钤得不瓷实，索性拿过他的手指用力按了按。

北边果真出了事儿。

洛芸去多伦的路上风波迭起。饥民流离，盗匪横生，驻屯军又在热河设下关卡，严查北上的流民。后来才知道，是东洋人怂恿多伦小王爷独立，唯恐清军北上，故意横加干涉。好容易才到多伦，一口热水还没有喝下，胡一疤就告诉他分号遇到了大麻烦。先是半个月前运货的驼队在多伦城外遭劫，前些天又有几个蒙古汉子到铺子里闹事，把柜台和酒窖砸了。最近几天，一群来路不明的叫花子在门前晒太阳，见有酒商来就起哄打闹，吓得酒商不敢靠近。

洛芸知道背后定然有人指使。

两人去了几次王府，富管家都避而不见。好容易在一家烟馆把他堵住，央求半天，富管家才含含糊糊地说出一个日本人的名字：小林。洛芸说想拜见一下小王爷，富管家把头摇得如拨浪鼓一般，说："小王爷一心想结交东洋人，你们恐怕是在多伦站不住脚了。"又说，"晚上小林先生的心腹要和小王爷会面，商谈日升酒坊在多伦建分号的事儿。王爷十分看重小林的势力，听说这位心腹是京城人氏，还特意找了一家京戏小班来唱堂会。"

洛芸和胡一疤无奈告辞。回来的路上两人商量，今晚一定要想方设法把这个局搅散，否则，兴泰分号只能关门，兴泰北上的通道将被完全切断。

掌灯时分，两人到王府前求见。门房听说是兴泰酒坊的人，推辞说王爷今晚不在府上。两人不甘心，躲在一旁等候机会。临近初更时，府门外来了几辆马车，车上下来的是几个戏子模样的人。一个佝偻着身子的白发老人显然是班主，正在指挥两个戏子运箱。洛芸见班主的样貌有几分眼熟，揉揉眼，灯影下又看得不甚真切。

"青芸，去把衣箱搬过来。"圆熟而苍老的京腔。又听得唤一声："老谭，你也别闲着帮把手。"

一旁又有熟悉的京腔道："我这不也没闲着嘛，手里拎着盔头呢！"

搭腔的人竟然是老谭！

洛芸犹如雷霆击顶一般，忍不住叫了一声"师父"，追到府门前，朱红的大门已经牢牢关闭。

"怎么了？"胡一疤追上来。

"我师父。"洛芸摩拳擦掌，"今儿我们必须想办法进去。"

胡一疤道："王府东墙外有棵钻天杨，咱们打那儿爬进去。"

王府内灯火辉煌，刘鹤亭被门房带进正房大厅，听得门房低喝"跪下"，忙屈膝跪倒在地毯上，道一声"见过王爷"。

恍惚见上面坐着两个人。坐在主位的身着绀色团锦马褂，留着短须，模样威严，显见是王爷。坐在客位的是一个五十多岁形容猥琐的瘦子，青衣小帽，却剪去了辫子，留着齐颈的怪异长发。王爷见刘鹤亭下跪，略哼了一声算是答应。门房道："行了，起来吧，拿戏单来让王爷挑出好看的。"

王爷道："我身处塞外，平日里很少听京戏。薛先生打京城来，是行家，还是您挑吧。"

那位"薛先生"却道："小的人虽在京城，却也不甚在行，还是请班主自己挑出热闹的吧。"

"那就'闹天宫'，我们先去扮相。"刘鹤亭应承一声到屏风后穿箱去了。

当初离开牛栏山时他才三十岁，如今已经是耄耋之年。这五十年来，他一直践守着当初对嘉怡的承诺，终身不再踏进牛栏山半步。又怕灵芸到京城找他，就带着戏班从热河、山西一直流落到草原。中途世事变迁，戏班渐渐地散了。他独身飘零多伦，先是讨饭过活。后来又遇到失散的老谭，两人便商量着重新搭班唱戏，从直隶、山东等地的乞儿当中选出十多个来组成了戏班。多伦商贾汇集，有不少爱听京戏的。戏班虽然盈利甚少倒也不至于饿着。对于刘鹤亭来说，这些年支撑着他活下去的希望还是灵芸。他既践守着自己"不踏进牛栏山半步"的承诺，又在内心强烈地希望能见到灵芸。五十年光阴倏忽，在他心里灵芸仍然是道光二十五年那个流落街头的女童，梳着两个鬓鬓，睫毛上挂着白霜，脸被冻得通红，胸前挂着银色的长命锁。原本，刘鹤亭已经心死。直到光绪二十六年，他在街上遇到了芳子，见到了那枚金簪，又辗转获知兴泰在多伦建了分号，冷却的心才重新燃起希望。刘鹤亭期盼着有一天能在牛栏山之外见到灵芸，了却自己的一桩心愿。于是，他常常在分号附近转悠，可灵芸却始终没有出现，倒是见到过洛芸几次，有心上前，却不知为何临事儿却没了勇气。

刘鹤亭在屏风后为青芸勾脸。外间，小王爷和"薛先生"茶叙。小王爷道："请薛先生转告小林先生，这几日就让人烧了兴泰分号，日后这多伦就是你们日升的天下。"

"薛先生"抱拳道："我替小林先生谢过王爷了。兴泰南方的分号已经被端掉，再加上多伦的分号，兴泰已经折掉了一对儿翅膀。"

刘鹤亭和老谭吃了一惊，不约而同地停下了活儿，侧耳细听。

"薛先生"接着道："目下兴泰已经钻进了我家主人的圈套。最近两天，驻屯军会把牛栏山围住，把陈家的人——"他在脖子上比划了一下。

屋外的洛芸听得真切，那位"薛先生"正是薛三。

小王爷突然喝一声："怎么还不开戏？"

屏风后，刘鹤亭用力握住老谭的手："兄弟，今晚怕是要连累你了。一会儿你带着孩子们没命地向外跑，不用管我。"

老谭明白班主的心思，苦笑："这乱世道横竖都是一死，还有什么可怕的？"

刘鹤亭拿着戏单从屏风后走出来："王爷，今晚猴戏怕是演不成了，演猴王的武丑闹肚子。"瞧一眼薛三，"先生，要不您再挑一出？"

薛三扭回头一瞥，目光正与刘鹤亭相对，脸上惊恐与疑惑迭现："你是……"刚才刘鹤亭跪在地上，一直低着头，薛三瞅不真切。现在他就站在灯影下，相貌举止似曾相识。

"在下福盛班班主刘鹤亭，咸丰八年曾经在牛栏山唱过戏。"

薛三突然记起，眼前这个人就是灵芸的养父。不容他话出口，刘鹤亭拿起茶几上的蜡扦用力掼向薛三太阳穴。血光迸溅，一室惊愕。

"反了！这狗日的世道！"老谭在屏风后一声吼，手持关刀扑向王爷。刀光横飞，两名侍卫和老谭同时倒地。

洛芸踹翻门前侍卫夺刀在手，一把拽了刘鹤亭向外就走。刀光剑影，重重叠叠地挡在面前。洛芸一声狂吼，冲向人群。胡一疤拔掉门闩，把惊慌失措的戏子们放了出去，又以门闩当棍横扫，瞬间血肉横飞。

"洛芸快走！"胡一疤眼中冒火。

洛芸的刀已经卷刃，他紧紧攥着刘鹤亭的手，直到觉得臂上骤然一松。他看到一条淋血的胳膊在半空中翻滚，又听到师父苍老凄厉的喊声："快回牛栏山向灵芸报信儿！"转回头时，一片血雾迷离。

一阵乱砍乱杀，洛芸的腰刀只剩了一节刀柄在手。胡一疤以身为盾，挡住了大门。

"走！"他仰天大吼。

洛芸冲出王府，向着兴泰分号号啕狂奔。一脚踹开大门，从马厩里牵出一匹马来，又将马灯扔在干草上，眨眼间店铺变成了一片火海。

田掌柜又来了。不过，这次身后跟着几个背枪的骑兵，看装束有几分像朝廷的新军，又像是当年的东洋兵。他手持马鞭，毫不理会在门首作揖的德旺，大摇大摆地进了酒坊。峻卿和十多个家院、女眷正在院子里摊晒辅料——时局混乱，生意难做，只好辞退了许多外地伙计，让家院、女眷补了空缺。

峻卿见是田掌柜连忙迎上作揖，道："田掌柜来早了，这酒做出来怕得到腊月才行。"

田掌柜故作惊诧: "什么酒? 我今天来是收酒坊的。" 说着话从怀里掏出契约来, "前天大掌柜喝多了, 契约就没给你。" 峻卿连忙展开来看, 顿时觉得脑袋嗡的一声, 人险些摔倒。那契约上白纸黑字地写着日本国新潟烧酒株式会社收购兴泰酒坊全部产业, 购额为白银两千两。签契约时, 峻卿喝得头晕眼花, 只是扫了一眼金额, 哪承想这份契约却是个惊天陷阱。

"你是日本人?"

"新潟烧酒株式会社副社长田中介。"

"狗日的!" 小山东再也忍耐不住, 提着铡刀奔向田中介。枪声响起, 小山东应声而倒, 鲜血缓慢地从身下满溢而出。杏儿发出一声惨厉的叫声。

峻卿向着女眷大吼: "拉住她, 不许哭!"

人群里是压抑而绝望的哭声。

"大掌柜, 按照契约必明天午时以前将酒坊交付我们。" 田中介用马鞭轻拍手掌, "明天我带的人可就不是这几个了, 而是几十个、上百个荷枪实弹的皇军。不要说你们, 就是大清国的新军都不是对手。如果到时酒坊里还有你们的人, 皇军将会用子弹解决麻烦。" 他的目光从众人身上逐一扫过, 笑容冷酷地凝结。

兵士们收起枪, 簇拥着田中介走出大门。

瘦骨嶙峋的洛芸回到牛栏山, 他一瘸一拐地进了屋: "灵芸, 师父死了。"

哭声撕心裂肺地响起。

灵芸紧抱着洛芸, 这是她有生以来第一次拥抱大师哥。她毫无顾忌地张大了嘴, 孩子般用力哭喊。陈家所有的人都站在屋外陪着灵芸流泪。

狂风由牛栏山山巅俯冲而下, 席卷起枯叶败枝呼啸着掠过潮白河。千人一哭, 和着风声呜咽不绝。

"二娘!" 峻卿重重跪下。女眷和下人们也纷纷跪在门首, 他们在等待着一个决定陈家兴亡的时刻。

屋里的哭声终于停止了。

德旺搬出一把太师椅, 让灵芸坐在了院子中央。

"峻卿, 赶快收拾东西, 带上地契、银票、细软向山西吕梁走。" 灵芸语气决绝, "那地方山高路险, 东洋人的手一时半会儿还够不到那儿。还有致远, 让德旺把他送到南方交给致文。"

"二娘, 您和老舅带着家眷一起走。我是兴泰的大掌柜, 陈家的长男, 哪儿有逃生的道理?" 峻卿跪在地上抗声道。

灵芸用力拍打扶手: "峻卿, 你糊涂啊! 正因为你是大掌柜才不能让你扛! 因为这牛栏山烧锅的血脉还得靠你延续呢！你以为东洋人能在牛栏山站得住脚？别忘了大清国还有千千万万像慕卿这样的忠臣良将、致文这样的革命党人。我算定，东洋人迟早得滚蛋。将来你还有回来的时候，到那时靠谁去做酒？你想着让两百年的牛栏山烧锅断在你手上不成？"

芳子哀求："二娘，您老和我们一起走。您要是一个人留在这儿，我们心里怎么能安生？"

"还有我呢，我也留下。"洛芸道，"我师父的仇还得报呢。"

灵芸对芳子苦笑："咱们要是都走了就被东洋人看扁了，大师哥说得对，他们欠下的血债总得要还。"她向倚在菀婷身边的致远招手，抱在膝头亲昵不尽。然后又向致武招手，一手拥了他的肩膀。"致武，致远，将来都指望着你们呢，记着咱们牛栏山人的血海深仇。"天色骤暗，风声犹如鬼哭。

灵芸对洛芸笑道："大师哥，咱们兄妹俩一起回酒坊，看门去。"

"嗳！走着！"洛芸拉住灵芸的手蹒跚着走向门口。

夜色正深，一队车马悄无声息地离开了牛栏山。

平明时，小林和田中介带着一队荷枪实弹的兵士进了镇子。秋风吹动落叶在街道上翻滚，簌簌地响着，缠绵凄绝，犹如哀歌。小林骑在马上，黑色的斗篷被风遒劲地鼓起。他把胳膊横在眼前，遮挡着迷眼的风沙。

"社长，我们为什么非要得到兴泰？"田中介啐着嘴里的沙子有些恼火。

小林正正风镜："我原也想着用兴泰秘方在新潟造酒，后来，我发现这根本行不通。刘一口说得对，这牛栏山、这潮白河的魂儿全在兴泰酒里呢。离开牛栏山，没了圣水和本地的稻壳、高粱，烧锅也就没了魂儿。"他用力在空中攥拳，"把兴泰抓住，就等于抓住了牛栏山烧锅的魂儿！懂了吗？"

兴泰近在眼前。匾额高悬，门户洞开，却不见人影。小林勒住马缰，挥一下手，兵士们迅速包围了酒坊。

没有任何危险迹象。

小林和田中介跳下马，跟着兵士进了大门。绕过垂花门，黄沙漫漫间院子里坐着一个人。小林看清是兴泰的女主人，陈家二奶奶。他举起手，制止了兵士们进一步的行动。满脸堆欢地迎上前去，叫一声"陈家二奶奶"。

"来了？"灵芸问。

"二奶奶在等我们？"小林笑吟吟地反问。

"是啊，我们陈家人做生意靠的就是信誉两字。尽管卖酒坊的契约签得不明不白，但总归是峻卿按了手印。这江湖道义不能坏，我得把酒坊向小林先生交割清楚。"

田中介很警惕，四下里不住观望。

"别看了，没别人，只有我一个孤老婆子。"灵芸站起身，晃晃手中沉甸甸的一串钥匙，"跟我来吧。"

灵芸在风中蹒跚。曲房门前，她停下脚步，隐约又听到了伙计们的号子声，似乎又看到了嘉怡、吴老和峻卿在赤脚踩曲。他们一面踩，一面唱着踩曲歌。女人不由自主地哼唱：

牛栏山高，
潮白河长，
牛栏山下踩曲忙。
山高高，水长长，
圣井泉水做佳酿。
水为血来曲做骨，
皇帝老子亲口尝。
大江南北称国酿，
兴泰美名天下扬。

田中介低声对小林道："社长，这女人怕是疯了。"

灵芸取下一把钥匙交给小林，道："这是曲房的钥匙。"

又移步蒸房。推开门，墙壁千蒸万熏早已成了黑色。灵芸慢慢走向天锅，恍惚又看到嘉怡赤膊掐酒。她目光迷离，觉得光阴既长且短，咸丰八年仿佛就在眼前。抚摸一下天锅，指尖温热，像是和嘉怡的手重叠在一起。"嘉怡，你等着，我马上就来。"灵芸嘴角浮起一丝笑意。

走到圣井前，凉亭上的圣匾已被峻卿取下。

小林叽里呱啦地对田中介道："瞧，这就是那口圣井。有了它，咱们就揪住了牛栏山烧锅的尾巴。"灵芸打开圣井盖，一股清凉扑面而来。向下望，一方井水晃动，映照着一个丽人，正是年轻时的灵芸。女人在透过岁月微笑，真实不虚。一恍神，井水中又是满头白发的灵芸。两鬓苍苍，朱颜凋落。她忍不住伤心，人生一世，怎么就像一场幽梦呢？

"二奶奶。"小林在身后轻唤。

灵芸拭一下眼泪，递过井盖钥匙："圣井是你的了。"

小林把钥匙紧紧攥在手心。

"只剩下酒窖了，那里面还存着五百坛老酒呢。"灵芸道。小林心里暗暗高兴：想来是陈家人怕他下狠手，这是拿酒来讨好他呢。

打开酒窖，浓郁的酒香在空气中肆无忌惮地漫溢，盖过了呛人的尘沙。

田中介耸耸鼻子，又皱眉道："怎么这么大的酒味儿？"

小林道："酒窖嘛，当然酒味大。"

酒窖黑暗如漆，阴冷的气息在通道里流动。灵芸点亮挂在门首的马灯，一路向着酒窖深处走，小林紧跟在身后。田中介迟疑片刻，挥手让兵士们跟上，自己也混杂在队伍中亦步亦趋。

"小林先生，这些陈酿还是我嫁到陈家时存下的。"灵芸说，"算起来整整五十年了。"

"瞧瞧去。"小林兴致颇高。

灵芸回头，望见身后绵长的队伍。

酒味越来越大。小林站住脚，用手帕掩住鼻子："二奶奶，是不是有人打翻了酒？"

灵芸道："伙计们毛手毛脚的事儿常有，有什么稀奇？"

酒坛环峙，中央是一尊长满铜锈的酒神像，桌案上摆着三牲、香炉，还有一副火镰。

"站住！"田中介在后面喊，"社长，别再走了，这个女人在使诈。"

灵芸回头微笑："按照我们牛栏山的规矩，新主人要向酒神献祭。小林先生要是不愿献祭的话，酒神老爷可认生。"

"应该的，应该的。"小林收起手帕，虔诚地在酒神像前鞠躬合十。默祷片刻，用力一擦火镰，火焰虚幻地弥散，像是怪异的蓝色蝴蝶。刹那间，小林看到灵芸在火中微笑，那笑容甜美甘怡，没有一丝恐惧慌乱，衬着烈焰，绚丽如花。凄厉的惨叫声顿时四起，兵士们慌乱地奔走逃窜。身后，酒坛垒成的高墙轰然倒塌，层层叠叠地泼洒着酒液，酒窖瞬间成了炼狱。

洛芸看到了东洋人在火焰中舞蹈，也看到了师妹在火焰中枯萎。往事历历，仿佛就在眼前。这朵艳丽的生命之花，竟然以如此绚烂耀眼的方式终结。他悲壮地高高举起酒坛，酒水拖曳着火焰，形成一道幽蓝的弧形……

剧烈的爆炸声从牛栏山传来。

行进在官道上的车队停下了脚步。举目东望，牛栏山变成了一片火海，燃烧着蔚蓝的晨曦，直到高耸的山峦变成一片炫目的血色。

1933年的十月，正是初秋。牛栏山红叶满地，经日光洇染，一派红雾弥漫。陈家祖坟前，站着两个人，一个身着青色长衫，五十岁上下。一个穿灰蓝色中山装，年届四十。两人肃立在灵芸墓前，长时间地沉默。

"致远，是奶奶用生命换取了牛栏山烧锅的血脉。"穿青色长衫的人低声说，"那一把火，不仅让日本人把酿酒秘方带到了地狱，而且也让他们对牛栏山烧锅死了心。没了秘方，他们还曾寄望于那口圣井，认为有了圣井水同样可以酿出好烧锅，谁知道井水碱性过大根本无法酿酒，最后他们只能一把火将酒坊烧了个干净。"

致远神情凝重地望着致武，等待着他说出答案。

致武叹息一声："这也是爹临死之前才说出的秘密。在咱们陈家逃往山西之前，奶奶让爹向圣井里投了大量的草木灰。日本人走后，爹从山西返回老家，又用奶奶留下的淘井秘方净水，这才让咱们牛栏山烧锅延续了下来——这也是奶奶交代的。有朝一日陈家重返牛栏山，要把兴泰的牌子摘掉，镇上所有的烧锅酒坊合并成一家，就叫牛栏山烧锅。"

致远在墓碑前肃立。他摊开手掌，手心里那枚北洋水师勋章依旧光彩熠熠："奶奶真是用心良苦。她让大伯把我送到南方，是要我寻找救国的真理。现在我想对奶奶说，我已经找到了。"

"那你……"致武猜测着。

"我是中国共产党员。"致远把目光投向寥远的天际，"日本人已经攻破山海关，古北口正在血战。我们准备和一切爱国将领合作成立抗战同盟，在察哈尔地区与日军决战。现在大哥就在冯玉祥的麾下，多亏他促成了这次合作。"

"你们兄弟俩为抗战出力，我这个大掌柜也不能落后。说吧，需要酒坊做什么？"致武问。

"酒精，我需要高浓度的白酒，它是战士们的救命药。"

"放心。"致武用力在致远的手背上拍了拍。

"还有一件事儿。"致武掏出一枚金簪，"你还记得它吗？这是陈家长媳的传家宝，奶奶传给了我娘，我娘临终前要我交给大嫂……"

"大哥还没结婚呢。"致远苦笑摇头，"他常说匈奴未灭何以为家，什么时候日本人走了他才会考虑终身大事。可他现在已经五十多了……"叹口气道，"也不知道什么时候才能把日本人彻底赶回去。"

致武想了一下，郑重地把金簪放在了灵芸的墓碑上。也许，只有奶奶才配得上这华贵的簪子。

秋风瑟瑟而起，野花乱拂，掩映着灵芸的墓碑。影影绰绰地，兄弟俩仿佛看到奶奶在甩起水袖轻灵地起舞。远处，潮白河萦带般拥抱牛栏山。山环水绕，缠绵缱绻，随后又携带着风雷之势滚滚南去……